Weitere Titel der Autorin:

Der Eid der Kreuzritterinnen
Das Geheimnis der Pilgerin

Titel in der Regel auch als E-Book und als Lübbe Audio erhältlich

Über die Autorin:

Ricarda Jordan ist das Pseudonym einer erfolgreichen deutschen Schriftstellerin. Sie wurde 1958 in Bochum geboren, studierte Geschichte und Literaturwissenschaft und promovierte. Sie lebt als freie Autorin in Spanien.
Unter dem Autorennamen Sarah Lark schreibt sie mitreißende Neuseelandschmöker (*Im Land der weißen Wolke, Das Lied der Maori* und weitere), die allesamt Bestseller sind. Als Ricarda Jordan entführt sie ihre Leser ins farbenprächtige Mittelalter.

Ricarda Jordan

DIE PESTÄRZTIN

Historischer Roman

BASTEI LÜBBE TASCHENBUCH
Band 27068

Bastei Lübbe Taschenbücher
in der Bastei Lübbe GmbH & Co. KG

Originalausgabe

Dieses Werk wurde vermittelt durch
die Literarische Agentur Thomas Schlück GmbH, 30827 Garbsen

© 2008 by Bastei Lübbe GmbH & Co. KG, Köln
Titelillustration: © Columbine, Vinci, Leonardo da (1452-1519) (school of) / Musee des
Beaux-Arts, Blois, France / Giraudon / Bridgeman Berlin
Umschlaggestaltung: HildenDesign, München
Satz: SatzKonzept Urban, Düsseldorf
Gesetzt aus der Garamond
Druck und Verarbeitung: CPI – Ebner & Spiegel, Ulm
Printed in Germany, September 2011
ISBN 978-3-404-27068-2

Sie finden uns im Internet unter
www.luebbe.de
Bitte beachten Sie auch: www.lesejury.de

Der Preis dieses Bandes versteht sich einschließlich
der gesetzlichen Mehrwertsteuer.

Hurenkind

Mainz 1330–1347

1

Der Regenvorhang tat sich wie eine Wand vor Rachel auf, als sie das Haus der Familie von Metz verließ. Müde und mutlos zog sie die Kapuze ihres wollenen Mantels über den Kopf. Lange würde er sie nicht vor den Fluten schützen, die sich an diesem Herbstabend über das Mainzer Judenviertel ergossen. Rachel machte den ersten Schritt in die Nässe und Dunkelheit und dachte sehnsüchtig an das warme, vom offenen Feuer erleuchtete Zimmer der Wöchnerin, das sie soeben verlassen hatte. Doch ein ruhiger, trockener Abend in einem der ersten Bürgerhäuser der Stadt sollte ihr heute nicht vergönnt sein. Gleich nachdem sie den neugeborenen Ezekiel gebadet und in seine Wiege gebettet hatte, war ein verhuschtes und völlig durchnässtes Küchenmädchen im Hause Metz erschienen.

»Die Hebamme, ist sie noch hier? Es ist dringend, meine Herrin liegt in den Wehen! Und wir haben große Angst, dass sie stirbt, der Herr und die Köchin. Obwohl die Maurin sagt, sie stirbt nicht, aber die meint ja immer, alles zu wissen...« Das Mädchen sprudelte die Worte nur so hervor und vermochte zwischendurch kaum Luft zu holen.

»Nun mal langsam.« Judith, die Amme, reichte der Kleinen ein Tuch, sodass sie sich ein wenig abtrocknen konnte. Das Mädchen musste völlig kopflos und ohne Regenschutz aus dem Haus gestürmt sein. Seine Haube hing schlaff und traurig wie ein nasser Vogel auf seinem krausen braunen Haar. »So schnell stirbt man nicht. Erzähl uns jetzt ganz ruhig, was geschehen ist und wer dich überhaupt schickt.«

Dabei wusste Rachel es längst. Schon als die Kleine die »Maurin« erwähnt hatte, war ihr klar gewesen, dass es Sarah von Speyer sein musste, die in den Wehen lag. Schließlich hatte nur eine einzige jüdische Familie in Mainz eine arabische Dienerin: Benjamin ben Juda von Speyer, ein Fernhandelskaufmann, hatte die maurische Sklavin vor einigen Jahren im spanischen Toledo gekauft – eine Transaktion, der ein größerer Skandal in der Bischofsstadt vorausgegangen war. Rachel wusste nicht genau, worum es ging, aber die Maurin, Al Shifa mit Namen, war offenbar knapp dem Scheiterhaufen entgangen. Seitdem diente sie im Hause der von Speyers. Sie hatte sich Rachels größte Hochachtung erworben, indem sie Sarah bei deren letzter Entbindung äußerst kundig beigestanden hatte. Rachel selbst war damals bei einer anderen Wöchnerin aufgehalten worden und kam gerade noch rechtzeitig, um Al Shifa bei der Arbeit zu beobachten. Während die anderen Frauen des Haushalts hilflos um das erstickende Kind herum standen, hatte die Maurin seinen Rachen kundig vom Schleim befreit, ihm Luft in die Lunge geblasen und es zum Atmen gebracht.

Rachel hatte sich seitdem oft gefragt, ob das auch mit den Mitteln möglich gewesen wäre, die sie selbst anwandte. Auf jeden Fall traute sie Al Shifas Urteil vorbehaltlos. Ihre Einschätzung von Sarah von Speyers jetzigem Zustand war zweifellos richtig. Doch auch wenn die Speyerin sich nicht in Lebensgefahr befand – für Rachel bedeutete die Nachricht weitere Stunden harter Arbeit. Sie würde Sarah selbstverständlich beistehen und deshalb ihr eigenes Bett in dieser Nacht kaum zu sehen bekommen. Und wenn es weiter so regnete, würde sie obendrein bis auf die Haut durchnässt sein, ehe sie bei den von Speyers ankam.

Rachel seufzte tief, als sie sich durch Kälte und Nässe kämpfte. Nach kurzer Überlegung wählte sie den kürzesten, wenn auch gefährlicheren Weg zum Stadthaus der von Speyers in der Schulgasse. Bei Nacht bevorzugte sie größere und belebtere Straßen, denn sie fürchtete die verschlungenen Gassen im Viertel um die Synagoge. Zwischen den kleinen Geschäften und Wohnhäusern, in denen sowohl jüdische Familien als auch ein paar ärmere christliche Bürger lebten, befanden sich zwei berüchtigte Schenken. Sie zogen oft übelsten Abschaum an. Wahrscheinlich hätten die Stadtbüttel diese Spelunken schärfer überwacht, hätten sie sich nicht gerade im Judenviertel angesiedelt. Die Sicherheit der jüdischen Bürger kümmerte die Stadtwache allerdings kaum. Selbst schuld, wenn ein Mann mit gefüllter Börse oder gar eine schutzlose Frau sich zur Unzeit im Umkreis des »Blauen Bären« oder des »Güldenen Rads« aufhielt!

Rachel, die ihr Beruf zwangsläufig auch nachts auf die Straßen zwang, fragte sich zum wiederholten Mal, warum Mainz nicht über ein abgeschlossenes Judenviertel verfügte wie die meisten anderen Städte. Manchmal wünschte sie sich schützende Mauern um sich – obwohl sie natürlich wusste, dass es im Zweifelsfall für Menschen ihres Glaubens keinen Schutz gab. Wenn eine Seuche ausbrach, wenn Missernten sich häuften oder ein Feuer wütete, suchte man die Schuld gern bei den Juden. Und brach der christliche Mob erst einmal ins Ghetto ein, waren die Mauern dem Überleben eher hinderlich, da sie jede Flucht unmöglich machten.

Rachel wappnete sich gegen den Gestank von billigem Bier und Spanferkel am Spieß, der um diese Zeit meist aus dem »Güldenen Rad« drang und die Nasen der umwohnenden Gläubigen beleidigte. Nun sollte in einer so kalten, nassen Nacht zumindest nicht allzu viel Betrieb herrschen. Selbst das lichtscheue Gesindel, das sich sonst hier herumtrieb, drängte sich heute in den dunklen Ecken schäbiger Kaschemmen. Dennoch hatte Rachel ihren Lohn sicherheitshalber bei den Metzens gelassen. Um ihr Leben und ihre Ehre fürchtete sie nicht so sehr. Schließlich war sie nicht mehr jung, und schön war sie nie gewesen. Und Fleisch war billig in der Gegend um das »Güldene Rad«! Der Wirt verschacherte junge Huren für wenig Geld; obendrein lungerten meist ein paar verzweifelte Mädchen in den Gassen rund um die Schenke und versuchten, auf eigene Rechnung ein paar Kupferpfennige zu verdienen.

Tatsächlich waren die Gassen vor der Wirtschaft in dieser Nacht menschenleer, auch wenn drinnen reger Betrieb herrschte. Man hörte Gläserklirren und obszöne Lieder. Angewidert zog Rachel ihren Umhang straffer um den Körper und mühte sich, rasch vorbeizugehen. Aber dann vernahm ihr geübtes Ohr Frauenschreie. In dem Grölen und Lärmen, das aus der Kneipe drang, waren die Schreie kaum zu vernehmen. Ob die Kerle da drinnen ein Mädchen schändeten? Rachel zwang sich, weiterzugehen. Sollte ihre Befürchtung zutreffen, konnte sie dem armen Ding ohnehin nicht helfen. Sie murmelte rasch ein Gebet.

Doch als sie den Durchgang zum Innenhof der Schenke erreichte, wurden die Schreie lauter. Und sie kamen nicht aus der Schenke, sondern vom Hof dahinter. Rachel packte das kleine Messer, das sie immer bei sich trug, wenn sie diesen Teil des Viertels durchquerte. Sie war eine couragierte Frau, und selbst wenn sie am Galgen enden sollte, falls sie tatsächlich einmal einen christlichen Gauner vor seinen himmlischen Richter befördern sollte: Kampflos ergeben würde sie sich nicht! Und dieses Mädchen konnte sie nicht ihrem Schicksal überlassen, ohne sich wenigstens davon zu überzeugen, was vor sich ging. Vielleicht schrie ja bloß eine Hure in Ausübung ihrer Profession. Aber das arme Ding konnte durchaus auch Jüdin sein! Für die Kerle wäre das eine zusätzliche Verlockung, denn in diesem Fall wäre das Mädchen sicher noch Jungfrau – und ihre Schändung würde von den Stadtbütteln kaum geahndet werden. Sicher, die Juden standen auf dem Papier unter dem Schutz des Bischofs, doch bis eine Klage zu diesem hohen Herrn durchdrang, war die Untat wohl schon verjährt.

Beherzt betrat Rachel den Hof hinter der Schenke. Hier befand sich der Abtritt, der bestialisch stank, wobei er mit dem Abfallhaufen in einer anderen Ecke des Hofes konkurrierte. Ein paar streunende Katzen, die sich an halb verfaulten Innereien gütlich getan hatten, stoben auseinander. Es gab allerdings auch einen Pferdestall, und Rachel fand schnell heraus, dass die Schreie des Mädchens aus diesem Verschlag drangen. Sie wurden nun schwächer, jedoch langgezogener, kläglicher, und in Rachel, der erfahrenen Hebamme, keimte ein Verdacht: Diese Frau wehrte sich nicht gegen männliche Angreifer. Wenn Vergewaltigung die Ursache ihrer Schmerzensschreie war, so lag die Untat neun Monate zurück.

Rachel folgte den Schreien, die von Wimmern und Weinen unterbrochen wurden, und hörte bald weitere Frauenstimmen.

»So viel Blut! Das darf nicht sein, Annchen, da stimmt was nicht ... und das Kind sollte auch mal zu sehen sein. Aber sie presst nur und presst, und da kommt nichts!«

»Was verstehst du schon davon, Lene! Die einzigen Kinder, die aus dir rausgekommen sind, hat doch der Engelmacher rausgekratzt.« Die Angst in der noch jungen Stimme strafte die harte Wortwahl Lügen.

Rachel sah die Sprecherinnen nun vor sich: zwei Mädchen, die eine schmutzige Tranlampe in der äußersten Ecke des zurzeit leeren Stalles entzündet hatten und sich nun in deren trübem Funzellicht über ein wimmerndes, zartes Frauenzimmer beugten, das offensichtlich in den Wehen lag. Eine der besorgten Helferinnen war rotblond und lang aufgeschossen, die andere drall und dunkelhaarig.

»Sie stirbt, Annchen!«, flüsterte die Blonde. »Gott sei ihrer Seele gnädig. Meiner Treu, kann nicht ein Priester ...«

»Ein Priester kommt nicht in ein Hurenhaus, dummes Lenchen.« Annas Stimme klang jetzt nachsichtig. Sie schien als Hübschlerin erfahrener zu sein als die lange Lene.

»Vielleicht reicht ja auch eine Hebamme!«, bemerkte Rachel

und erschreckte die Mädchen damit beinahe zu Tode. Beide fuhren zu ihr herum und erschauerten beim Anblick der schwarz gekleideten, dick in ihre Schals und Umhänge vermummten Frau, die sich plötzlich aus dem Dunkel schälte.

»Der Tod ...!«, wimmerte Lene.

Das beherztere Annchen schüttelte den Kopf. »Das wär's erste Mal, dass der Sensenmann sein Weib schickt«, spottete sie. »Nein, die da kenn ich. Ist bloß 'ne alte Jüdin, die schleicht hier öfter rum. Auch nachts ... wer weiß, vielleicht treiben's die Hebräer ja lieber mit alten Vetteln.«

Rachel schlug verärgert ihren Kopfschutz zurück und enthüllte ihre Haube, die sie als ehrbare Frau auswies. »Die Hebräer liegen am liebsten den eigenen Frauen bei und wachsen und mehren sich, wie der Ewige befiehlt!«, gab sie streng zurück. »Und wenn er ihre Verbindung segnet, kommt das Kind meist nicht im Stall zur Welt, sondern im Haus und unter den Händen einer alten Vettel wie mir. Und jetzt lass mich vorbei, Dirne, ich will sehen, ob ich deiner Freundin noch helfen kann!«

Lene lamentierte, dass Rachel ihrer Ansicht nach lästerliche Reden über Christi Geburt geführt habe, doch Anna – offenbar praktischer veranlagt als ihre Freundin – gab rasch den Weg frei. Rachel machte sich auch keine Sorgen, obwohl ihr die Anspielung auf eine andere Geburt im Stall entschlüpft war. Wenn es jemanden gab, dem man noch weniger Glauben schenkte als einer Jüdin, so war es eine Hure. Und diese Mädchen drückten sich auch bestimmt nicht mit Billigung ihres Hurenwirtes im Stall herum. Der duldete keine schwangeren Hübschlerinnen in seiner Schenke. Lene und Anna mussten ihre Freundin also hier versteckt haben. Ihre Furcht vor Entdeckung war gewiss größer als ihr Glaubenseifer.

Rachel stellte ihre Tasche ins Stroh und warf einen ersten aufmerksamen Blick auf die junge Frau, die hier auf ein paar stinkenden Decken lag und vergeblich versuchte, ihr Kind herauszupressen. Einen Herzschlag lang stockte Rachel fast der Atem, als sie das Gesicht des Mädchens sah. Natürlich war es jetzt verschwollen und verweint, die Lippen zerbissen vor Qual. Doch es war immer noch zu erkennen, wie engelhaft schön dieses junge Ding gewesen sein mochte, als es das unselige Kind empfing. Es hatte zarte, elfenbeinfarbene Haut und goldbraunes, gelocktes Haar. Der Gesichtsschnitt war nicht grob wie die Züge von Anna und Lene, sondern so fein, dass sie einem Madonnenmaler hätte Modell stehen können. Schmale, zarte Hände krampften sich um die groben Decken, als ihr graziler Körper von einer neuerlichen Wehe erfasst wurde.

»Oh Maria, oh Jungfrau, oh heilige Mutter Gottes!«

Das Mädchen stieß die Worte aus. Es war also noch bei Bewusstsein, auch wenn es eben keinen Ton von sich gegeben hatte, während Anna und Lene den Blutstrom kommentierten, der anstelle des Kinderkopfes zwischen den Beinen des Mädchens hervorschoss.

Rachel untersuchte es rasch.

»An eurer Mutter Gottes hättest du dir früher ein Beispiel nehmen sollen«, brummte sie dabei. »Jungfrauen passiert so was nur selten ...«

Das Mädchen wimmerte, als die Wehe verebbte, schien dann aber seine ganze Kraft zusammenzunehmen und wandte sich mit klarer Stimme an Rachel.

»Es ist kein Hurenkind!«

Die junge Frau schien noch etwas sagen zu wollen; dann aber erfasste sie die nächste Wehe. Sie folgten jetzt rasch aufeinander, doch die Hübsche konnte das Kind nicht herauspressen. Rachel hatte längst erkannt, woran es lag.

»Das Kind liegt falsch«, erklärte sie den Mädchen und der jungen werdenden Mutter, sofern diese überhaupt noch imstande war, die Worte aufzunehmen. Nach der letzten Wehe wimmerte sie nur noch. »Mal sehen, ob ich es drehen kann. Aber es ist spät, sie ist schon sehr geschwächt. Obendrein ist irgendwas in ihr zerrissen, sie verliert zu viel Blut. Wie heißt sie denn? Wie heißt du, Mädchen?«

Rachel wandte sich hoffnungsvoll an die Wöchnerin, doch es war Anna, die schließlich antwortete.

»Beatrix heißt sie. Aber woher sie kommt, wissen wir nicht. Tauchte vor ein paar Monaten hier auf, zusammen mit ihrem Stecher. Den Kerl hat's dann bald erwischt. Ließ sich vom Roten Hans für seine Bande anwerben, Leuten aufzulauern und ihnen die Börsen zu stehlen. War aber zu dumm dazu. Sie haben ihn aufgeknüpft auf dem Platz vor der Stadt...«

»Nur wegen einer gestohlenen Börse?«, fragte Rachel erstaunt. Sie tastete Beatrix' Leib ab und suchte nach einem Ansatzpunkt für den Griff, der das Kind durch eine geschickte Bewegung in die richtige Lage für die Geburt befördern sollte. Das gelang nicht immer, doch bei diesem zarten, dünnen Persönchen war Rachel guten Mutes. Die Lage des Kindes war leicht von außen zu ertasten. Wenn sie nur zwei Stunden früher gekommen wäre...

»Nein, nicht nur wegen der Börse«, sagte Anna. »Der Rote Hans hatte vorher noch einen Kerl abgestochen. Das hat Beas Stecher wohl arg verwirrt. Konnte offenbar kein Blut sehen. Als die Büttel kamen, ist die ganze Bande weggerannt. Nur er stand noch da und starrte auf die Leiche wie 'n Hase ins Licht, das blutige Messer in der Hand, das der Rote Hans ihm rasch zwischen die Finger gedrückt hatte. Da war jedes Leugnen zwecklos.« Anna zuckte bedauernd mit den Schultern.

Beatrix stöhnte unter der nächsten Wehe. Dann aber schien sie das Bewusstsein endgültig zu verlieren. Viel zu viel Blut war geflossen. Rachel glaubte nicht daran, das Mädchen noch retten zu können. Aber das Kind rutschte jetzt mit einem Ruck in die richtige Lage. Rachel richtete sich aufatmend auf – und musste dann auch schon neben der Wöchnerin niederknien, um das Kind in Empfang zu nehmen. Das Köpfchen, das sich nun endlich in die Welt schob, war winzig. Das Mädchen hätte eine leichte Geburt gehabt, wäre da nicht diese Querlage gewesen. Rachel seufzte. Wer kannte die Wege des Ewigen?

Sanft zog sie am Kopf des neuen Erdenbürgers und beförderte so auch die Schultern des Kindes zutage. Mit einem letzten Schwall Blut und Fruchtwasser glitt das Kind ins Freie.

»Ein Mädchen«, sagte Rachel.

»Lebt es?«, fragte Anna beinahe verwundert.

»Aber ja!« Rachel hob das zerknitterte, blutige kleine Wesen an den Füßen hoch, klopfte ihm energisch auf den Rücken und löste damit einen kräftigen Protestschrei aus. »Da hört ihr's!«

Selbst Beatrix in ihrer barmherzigen Ohnmacht schien das Kind gehört zu haben. Noch einmal schlug sie die Augen auf. Rachel sah ein beinahe irritierend dunkles Blau, in dem helle Lichter blitzten, als die junge Mutter ihr Kind erkannte.

Beatrix schien etwas sagen zu wollen, brachte aber kein Wort mehr hervor. Ihre Hände machten eine fahrige Bewegung, die an einen Segen erinnerte. Dann sank ihr Kopf zur Seite. Die junge Mutter war tot.

Rachel schloss ihr bedauernd die Augen.

»Es war zu viel für sie«, sagte sie leise. »Armes kleines Ding.«

Die Hebamme ließ offen, ob sie damit Beatrix oder deren neugeborene Tochter meinte. Mitleid empfand sie für beide. Was würde nun aus dem kleinen Mädchen werden, das im Stall eines Hurenhauses das Licht der Welt erblickt hatte? Sofern man die trübe Tranfunzel überhaupt als Licht bezeichnen konnte.

Rachel suchte ein paar Tücher aus ihrer Tasche zusammen und säuberte das Kind notdürftig. Dann wand sie den trockensten ihrer Schals um den winzigen Körper.

»Wer von euch wird sich des Kindes annehmen?«, fragte sie Anna und Lene, die fassungslos auf die Leiche ihrer Freundin blickten. Lene hatte sich bei Beatrix' Tod immerhin bekreuzigt. Anna hingegen schien sich eher um die Folgen ihres Tuns zu sorgen. Der Hurenwirt würde nach Mitwisserinnen suchen, wenn er am Morgen die Tote fand.

»Von uns?«, fragte sie dann entsetzt. »Ihr glaubt doch nicht etwa, wir könnten hier ein Kind aufziehen? Meiner Treu, dann hätt ich auch meine eigenen drei Bälger zur Welt bringen können, aber ich war nicht so dumm wie die da! Es wäre noch Zeit gewesen, meinte der Engelmacher. Aber nein, sie wollt's ja haben. In Teufels Namen. Das hat sie nun davon. Und das Mädchen...«

»Können wir's nicht ersäufen?«, schlug Lene vor. »Wie die kleinen Katzen? Mein Alter hat immer gesagt, die merken da nichts von. Und wenn wir's vorher taufen, kommt's geradewegs in den Himmel.«

»Und du endest in der Hölle, weil du einen Christenmenschen vom Leben zum Tode gebracht hast!« Anna verdrehte die Augen vor so viel Dummheit. »Wir setzen es aus. Am Dom, da kommt vor morgen früh keiner hin. Dann ist es auch tot.«

»Die Jüdin könnt's ertränken«, bemerkte Lene. »Bei der kommt's nicht drauf an. Vor dem Dom aussetzen ist grausam. Da erfriert's doch!«

Rachel wiegte das winzige Neugeborene, das jetzt traurig vor sich hin wimmerte, als verstünde es die Worte der Dirnen. Es brauchte Wärme und Milch – und die einzigen Menschen, denen seine Mutter sich hatte anvertrauen können, dachten nur darüber nach, wie man es ohne größere Auswirkung auf ihr eigenes Seelenheil möglichst schnell loswurde.

»Ich hab's nicht zur Welt gebracht, um es zu ertränken!«, herrschte Rachel die Mädchen an. »Die Mutter sagte, es sei kein

Hurenkind. Was kann sie damit gemeint haben? Gibt es irgendwelche Verwandten?«

Anna zuckte mit den Schultern. »Sie sagte, sie wär verheiratet gewesen mit ihrem Stecher. Geglaubt haben wir's nicht. Aber dem Hurenwirt verdingt hat sie sich erst, als der Kerl am Galgen baumelte. Noch ehe er kalt war, sonst hätt sie rausgemusst aus der Stube bei der Schenke. Konnt ja die Miete nicht mehr zahlen, und da kennt er keine Gnade, unser Herr Heinrich. Jedenfalls war sie dann allein mit ihrem Balg im Bauch...« Sie zeigte auf das Mädchen in Rachels Armen.

Rachel seufzte. Wie es aussah, blieb die Sache an ihr hängen. Wenn sie Anna und Lene das Kind überließ, würde es die Nacht nicht überleben.

Lene beugte sich jetzt immerhin über das Neugeborene und schaute in sein zartes Gesichtchen.

»Ein Jammer«, murmelte sie. »Aber Ihr müsst es einsehen! Wenn wir's behalten, fliegen wir raus... der Herr Heinrich setzt uns schon vor die Tür, wenn er nur mitkriegt, dass wir Bea versteckt haben. Und dann stehen wir mit dem Balg auf der Straße. Da ist keinem mit geholfen. Und davon kriegt's auch keine Milch.«

Letzteres war nicht von der Hand zu weisen. Diese Mädchen waren nicht böse. Grausam war nur das Leben, das sie führten. Rachel urteilte jetzt ein wenig milder über sie, nur half das auch nicht weiter.

»Also schön, ich nehm's mit«, fügte sie sich schließlich in ihr Schicksal. »Vielleicht werde ich's in einem Kloster los.«

Sehr viel Hoffnung machte sie sich allerdings nicht. Die Nonnen müssten ihr die Geschichte erst einmal glauben. Eine jüdische Hebamme, die nachts in einem dunklen Stall ein christliches Kind entband – wer konnte sagen, welche Folgen das für sie selbst haben mochte? Rachel stand nur Jüdinnen bei; die Christen hatten ihre eigenen Geburtshelferinnen, und die verteidigten ihre Pfründe. Natürlich hätte sich keine von ihnen dazu herabgelassen, einer kreißenden Dirne zu helfen, egal ob Christin oder nicht. Aber wenn Rachel sich hier einmischte und obendrein eine tote Mutter zurückließ ... Sie hatte keine Lust, dieses Abenteuer womöglich auf einem Scheiterhaufen zu beschließen!

Anna und Lene wirkten deutlich erleichtert, als Rachel schließlich mit dem Neugeborenen abzog. Es regnete immer noch, und Rachel musste das Kind unter all ihren Tüchern und Umhängen verstecken, damit es nicht nass wurde und womöglich doch noch erfror.

Aus den Wohnvierteln der Christen erscholl jetzt der Ruf des Nachtwächters. Die elfte Stunde hatte geschlagen. Rachel überkam ein Anflug von Schuldgefühl: Über Beatrix' Entbindung hatte sie Sarah von Speyer fast vergessen! Die Wöchnerin und ihr Gemahl würden bereits ungeduldig warten. Hoffentlich war es nicht wieder eine so schwere Geburt wie damals bei David! Und dem Ewigen sei Dank, dass Sarah immerhin Al Shifa an ihrer Seite hatte.

2

Rachel kam jetzt schnell vorwärts und erreichte bald das wuchtige steinerne Stadthaus in der Schulstraße, das Benjamin von Speyer mit seiner Familie bewohnte.

Der Hausherr selbst öffnete so schnell auf ihr Klopfen, als hätte er hinter der Tür auf sie gewartet. Zweifellos stand ihm Davids knappes Überleben noch zu deutlich vor Augen, als dass er der Sache gelassen gegenüberstehen konnte. Vielleicht hatte er sich in dem kleinen Kontor im Vorderhaus mit Arbeit abgelenkt.

»Da seid Ihr ja endlich, Frau Rachel!«, bemerkte er erleichtert. Benjamin von Speyer war ein hochgewachsener Mann in mittleren Jahren, der erst spät eine Familie gegründet hatte. Als Fernhandelskaufmann hatten seine Reisen ihn um die halbe Welt geführt. Seiner jungen Frau war er nun aber herzlich zugetan, wie Rachel schon bei früheren Besuchen bemerkt hatte. Seine beiden Söhne, Esra und David, vergötterte er. »Wo habt Ihr denn bloß gesteckt? Ich habe schon vor Stunden nach Euch schicken lassen!«

Von Speyer ließ Rachel ein, und das zittrige Küchenmädchen von vorhin machte Anstalten, ihr die Umhänge und Schals abzunehmen.

»Ich wurde aufgehalten, Reb von Speyer.« Rachel wählte eine ehrfurchtsvolle Anrede. »Wobei mir dies hier in die Hände fiel.«

Sie wickelte das Neugeborene aus dem Schal und hielt es dem Hausherrn entgegen. Die Kleine wimmerte, als sie sich dem Schutz und der Wärme der Wolle beraubt fühlte. »Würdet Ihr wohl veranlassen, dass man dem armen Wurm etwas Milch gibt und ihn wärmt und wickelt?«

Benjamin von Speyer musterte das Kind mit einem Blick, der zwischen Verwunderung und Abscheu schwankte. »Das ist ein Neugeborenes! Habt Ihr es ... gefunden, Frau Rachel?«

Rachel vernahm die vorwurfsvolle, unausgesprochene Frage: »Und dafür habt Ihr uns warten lassen?« hinter seinen höflichen Worten.

»In gewisser Weise, ja«, sagte sie ungeduldig. »Kann es mir nun einer abnehmen, sodass ich Eurer Frau zu Hilfe eilen kann?«

»Aber es ist ein Christenkind, nicht wahr? Oder glaubt Ihr ...?«

Benjamin von Speyer gehörte zu den Vorstehern der Jüdischen Gemeinde. In Gedanken ließ er alle heiratsfähigen Mädchen vor seinem inneren Auge vorüberziehen. Nein, von denen konnte keine schwanger gewesen sein.

»Es ist ein Christenkind, aber kein Hurenkind, wie man mir sagte«, bemerkte Rachel. »Vor allem ist es ein Kind und hat Hunger. Ein Mädchen übrigens. Hier, nimm es, aber lass es nicht fallen!« Sie drückte der kleinen Küchenmagd das Bündel in die Arme und steuerte dann energisch die Wochenstube an.

»Ich werde es nehmen«, sagte eine dunkle Stimme mit seltsam singendem Akzent. Al Shifa, die Maurin, hatte das Lager ihrer Herrin verlassen. Dabei konnte sie die Stimmen Rachels und Benjamins im oberen Stockwerk kaum gehört haben. Aber vielleicht war Sarah auch nur ungeduldig geworden und hatte nach ihrem Gatten verlangt. Das Küchenmädchen betrachtete Al Shifa dennoch mit Argwohn; es schien der Frau aus dem Morgenland magische Fähigkeiten zuzutrauen.

Rachel teilte diesen Glauben nicht, fühlte sich aber dennoch seltsam berührt von Al Shifas Anblick. Von der Maurin ging eine Würde aus, die keiner anderen Frau gleichkam, mit der die alte Hebamme je zu tun gehabt hatte. Die Sklavin bewegte sich mit tänzerischer Anmut, und jede ihrer Gesten schien eine seltsame Geschichte zu erzählen. Man konnte den Blick kaum von ihr wenden;

sie beherrschte unweigerlich den Raum. Al Shifa war nicht mehr jung, musste aber eine außergewöhnliche Schönheit gewesen sein. Ihre Haut war dunkler als die der meisten Jüdinnen, aber nicht schwarz oder olivfarben, sondern eher, als habe man Sahne mit dunkler Erde vermischt. Al Shifas Züge waren edel, die Wangenknochen hoch, die Lippen fein und klar geschnitten. Ihre Augen leuchteten in hellem Braun, fast golden, eine seltsame, betörende Farbe, und ihr Haar musste tiefschwarz gewesen sein, ehe sich erste graue Fäden darin gezeigt hatten. Als artige Dienerin trug sie ihre Haarpracht aufgesteckt unter einer Haube, doch die Flechten waren so üppig, dass es kaum möglich war, sie gänzlich zu verbergen. Hätte Al Shifa sie offen gelassen, hätte das Haar ihren Körper wie ein Mantel umweht. Was nun diesen Körper anging, gab die Maurin sich alle Mühe, ihn unter der schlichten Kleidung einer Magd zu verstecken, doch war nicht zu übersehen, dass Al Shifas Körper vollkommen war. Rachel fragte sich, ob Sarah nicht manchmal um die Treue ihres Gatten fürchtete. Doch Benjamin von Speyer hatte wohl keine Augen für Al Shifas Reize, und die Maurin selbst ermutigte keinen Mann. Zumindest wurde nicht über sie getratscht, was das betraf.

Jetzt näherte sie sich der Hebamme und verbeugte sich.

»Ihr seid nicht zu spät, das Kind liegt richtig, und es ist nicht groß. Die Herrin leidet nicht schlimmer, als Gott es jeder Frau auferlegt, doch eine oder zwei Stunden wird es wohl noch dauern. Die Pforte öffnet sich langsam. Wenn Ihr gestattet, werde ich mich um Euer Findelkind kümmern, während Ihr nach der Herrin seht. Ruft mich, falls Ihr mich braucht.«

Al Shifa wartete nicht ab, ob Rachel irgendetwas gestattete. Sie nahm dem Küchenmädchen ganz selbstverständlich das Kind aus dem Arm und legte sein Gesichtchen frei – und dann sah Rachel die Maurin zum ersten Mal lächeln. Ihre langen, schlanken Finger streichelten die zarten Züge des kleinen Mädchens.

»Das Licht der Sonne hat dich geküsst«, sagte sie selbstvergessen und strich über den goldenen Flaum auf dem Köpfchen der Kleinen. »Mögen alle Küsse, die du je empfangen wirst, so warm und süß sein!«

Rachel ließ Al Shifa mit dem Kind allein. Sie hatte jetzt anderes zu tun, und bei der Maurin war das Mädchen offensichtlich in guten Händen.

Sarah von Speyer erwartete sie ungehalten. Die junge Frau war schön und verwöhnt. Sie schien die Schmerzen einer Geburt als persönliche Beleidigung zu betrachten und ließ ihren Zorn an jedem aus, der ihr am Wochenbett beistand. Rachel ließ ihre Vorwürfe für ihr Ausbleiben geduldig über sich ergehen, während sie die Gebärende untersuchte. Al Shifa hatte recht gehabt. Alles ging gut, nur ein wenig langsam. Rachel gab dem Küchenmädchen ein paar Kräuter, um einen Tee aufzubrühen. Vielleicht ließ die Sache sich ja etwas beschleunigen. Vor allem musste Sarah wissen, dass man sich um sie kümmerte. Rachel bemühte sich, sie bequemer zu betten, und unterhielt sie mit der Nachricht von der Geburt des kleinen Ezekiel ben Salomon von Metz, dem sie vorhin auf die Welt geholfen hatte.

»Ach, das freut mich für die Metzens, dass es ein Junge ist!« Sarah war gleich besserer Laune, war sie doch mit Ruth von Metz eng befreundet. »Ich dagegen würde mich nicht ärgern, wenn es diesmal eine Tochter würde. Ich glaube, Benjamin auch nicht, obwohl er natürlich sagt, ein Mann könne nicht genug Söhne haben. Und wenn nun Ruths Ezekiel und mein Mädchen am gleichen Tag geboren werden... Vielleicht ist das ja ein Zeichen! Wir mögen sie miteinander verheiraten, wenn sie erwachsen sind!«

Rachel hielt die Bemerkung zurück, dass man das Kind doch besser erst mal zur Welt brächte, bevor man es verkuppelte. Auch ließ sie die Uhrzeit unerwähnt. Es hatte noch nicht zwölf geschlagen, doch bevor das Kind zur Welt käme, würde der Tag auf jeden Fall zu Ende gehen. Dabei schien Sarahs Kind es jetzt ein wenig eiliger zu haben. Die Geburt ging schneller voran, als Rachel und Al Shifa angenommen hatten. Die Anwesenheit der Hebamme hatte Sarah wohl mit neuem Mut erfüllt. Dennoch war Zeit zwischen den Wehen, und Rachel nutzte sie, um Sarah von Speyer eine verkürzte Version ihres Abenteuers im Stall des »Güldenen Rads« zu erzählen. In aller Vorsicht natürlich; die junge Frau durfte auf keinen Fall denken, Rachel habe sie zu Gunsten einer christlichen Hure vernachlässigt. Aber Sarah war jetzt gut aufgelegt.

»Und Ihr habt das Kind mitgebracht?«, fragte sie beinahe belustigt. »Ein Hurenkind? Was wollt Ihr damit anfangen?«

Rachel zuckte mit den Schultern. »Eurer Al Shifa scheint es zu gefallen. Ich hab sie nie so glücklich gesehen wie in dem Moment, als sie es an die Brust nahm. Vielleicht erlaubt Ihr ja, dass sie es behält . . . ?«

Rachel glaubte nicht wirklich daran und versuchte deshalb, die Frage ein wenig scherzhaft klingen zu lassen, doch sie konnte die Hoffnung in ihrer Stimme nicht gänzlich verbergen.

»Sie hat wohl selbst Kinder gehabt«, meinte Sarah und bäumte sich gleich darauf unter der nächsten Wehe auf. Rachel stützte und beruhigte sie, wies sie an, richtig zu atmen, und gab ihr Tee zu trinken, als sie wieder zur Ruhe kam. Erst dann griff sie das Thema erneut auf.

»War sie denn verheiratet, dort im Morgenland, wo sie herkommt?« Rachel war neugierig.

Sarah schüttelte den Kopf. »Sie kommt nicht aus dem Morgenland, sondern aus den iberischen Landen. Al Andalus, wie sie es nennt. Es liegt tief im Süden, aber man muss kein Meer überqueren, um dorthin zu kommen. Ich glaube allerdings nicht, dass sie dort Kinder hatte; das muss schon im christlichen Spanien gewesen sein. Sonst wären die Bälger wohl nicht im Kloster gelandet, und da sind sie angeblich. Ihr früherer Herr hat sie fortgegeben ... oh, es geht wieder los! Der Schmerz! So tut doch etwas, Frau Rachel!«

Rachel konnte nicht viel tun, doch es war sicher nicht ratsam, jetzt weiter über irgendetwas anderes zu reden als über Sarahs Niederkunft. Sie bemühte sich also, die junge Frau zu beruhigen und zu trösten. Und schließlich hielt sie wortlos durch, als Sarah ihre Hände in der letzten Phase der Geburt schmerzhaft drückte und zerkratzte. Die junge Mutter schrie dabei zum Steinerweichen; dann aber schob sich das Kind endlich ins Freie. Zum zweiten Mal in dieser Nacht nahm Rachel ein blondes kleines Mädchen in Empfang. Sarah vergaß ihre Schmerzen sofort und strahlte übers ganze Gesicht.

»Sie soll Lea heißen!«, bestimmte sie und versuchte, sich aufzurichten. »Nach Benjamins Mutter. Was macht Ihr denn so lange, Frau Rachel? Lasst sie mich halten, ich will sie sehen!«

Rachel ließ sich nicht hetzen. In aller Ruhe goss sie kaltes Wasser aus einem Holzbottich und warmes aus einem Tonkrug in eine bereitstehende Waschmulde, badete das Kind und wickelte es in saubere Tücher. Erst dann bettete sie es in die Arme seiner Mutter. Die kleine Lea sah ihrem Findelkind ähnlich. Aber was für ein unterschiedliches Leben die beiden Mädchen erwartete! Lea würde wie eine Prinzessin aufwachsen. Das andere kleine Mädchen hatte nicht einmal einen Namen ...

Benjamin von Speyer drängte jetzt in die Wochenstube, und auch David und Esra durften hereinkommen und ihre Schwester willkommen heißen. Die Jungen konnten nicht viel mit dem Neugeborenen anfangen, zeigten sich jedoch erleichtert, dass ihre Mutter wohlauf war. Sie hatten die letzten Stunden in der Küche bei der lamentierenden und ängstlich betenden Köchin verbracht, die ihre Herrin schon tot wähnte. Auch fehlte der Reiz des Neuen, was das Kind anging, denn Al Shifa hatte die Jungen bereits das Findelkind bewundern lassen.

»Haben wir jetzt zwei Schwestern?«, fragte der kleine David. »Dann müssen wir aufpassen, dass wir sie nicht verwechseln. Die andere sieht genauso aus.«

Sarah runzelte die Stirn. »Natürlich ist nur Lea deine Schwester, David! Und sie ist unverwechselbar. Auf was für Ideen du kommst!« Sie lachte ein wenig unsicher. »Aber nun müsst Ihr mir Euer Hurenkind doch zeigen, Frau Rachel. Schon, damit ich nicht denken muss, es sei womöglich hübscher als das meine!«

Rachel versicherte ihr, niemals ein schöneres Kind gesehen zu haben als die kleine Lea, und Benjamin beeilte sich, ihr beizupflichten. David jedoch nutzte die Gelegenheit, zurück in die Küche zu hüpfen und Al Shifa zu rufen.

»Mutter will das Huhnkind sehen. Warum nennt sie es Huhnkind, Al Shifa?«

Das christliche Küchenmädchen bekreuzigte sich. Die jüdische Köchin warf ihm einen misstrauischen Blick zu.

Al Shifa runzelte die Stirn. »Es heißt nicht Huhnkind, David. Und das andere Wort wollen wir nicht sagen. Das Kind ist ein Geschenk Allahs, egal wer es gezeugt hat.«

Bei der Erwähnung Allahs bekreuzigte das Mädchen sich ein weiteres Mal.

Al Shifa stand auf und machte Anstalten, sich weisungsgemäß mit dem Kind in die Wochenstube zu begeben. Das kleine Mädchen schlief süß an ihrer Schulter. Es war satt und sauber: Al Shifa hatte die Zeit genutzt, es zu baden und mit verdünnter Milch zu füttern.

»Aber Mutter hat es so genannt...«

»Deine Mutter hat nur Spaß gemacht«, behauptete Al Shifa. »Sie hat Frau Rachel bloß necken wollen.«

Mit dem Kind an der Brust verneigte sie sich tief, als sie an

Sarahs Bett trat. Rachel fiel ein, dass sie Al Shifa niemals hatte knicksen sehen. Und ihre Verbeugung drückte eher Würde aus als Unterwürfigkeit.

Sarah warf kritische Blicke auf das fremde Neugeborene, denn Al Shifa hatte es in ihre Windeln gewickelt. Doch Sarah war an diesem Tag so glücklich, dass sie keine Bemerkungen darüber machte.

»Es ist in der Tat ebenfalls blond und auch recht niedlich«, meinte sie huldvoll. »Man könnte es wirklich behalten – als Spielgefährtin für Lea. Was meinst du, Benjamin? Würde der Ewige das als Geste des Dankes annehmen? Für Lea und unsere wundervollen Söhne? Für Davids Überleben nach der schweren Geburt?«

In Rachel keimte Hoffnung auf. Al Shifa schaute mit zunächst leerem, dann jedoch lauerndem Blick von einem zum anderen. Schließlich fixierte sie ihren Herrn. Davids Überleben dankte er nicht seinem Gott, sondern ihr, Al Shifa! Und sie wollte dieses Kind!

Benjamin von Speyer fing ihren Blick auf und verstand die Botschaft. Dennoch zuckte er mit den Schultern.

»Der Ewige würde es zweifellos als Geste der Güte und Freundlichkeit anerkennen. Aber wie stellst du dir das vor, Sarah? Du kannst kein Christenbalg an Kindes statt annehmen. Und du auch nicht, Al Shifa, frag gar nicht erst! Habt Ihr das Kind überhaupt schon getauft, Frau Rachel? Wenn nicht, so wird es Zeit. Ihr könntet sonst in größte Schwierigkeiten kommen!«

»Ach, niemand wird den armen Wurm anmahnen«, meinte Rachel wegwerfend. »Ob der getauft ist oder nicht, wen kümmert's? Hätte ich das Kind nicht mitgenommen, hätten seine feinen Gevatterinnen es wie eine Katze ersäuft!«

»Niemand wird das Kind anmahnen, solange keiner es sieht«, bemerkte von Speyer und warf einen prüfenden Blick in das Gesichtchen des Kindes. »Aber sobald es irgendwo auftaucht, wird man Fragen stellen. Und dann kommt schnell heraus, dass keine Jüdin es geboren hat. Und keine Muselmanin!« Er wandte sich an Al Shifa. Die streichelte das Kind schicksalsergeben. Ihr kurzer, aufbegehrender Blick war erloschen. Al Shifa kannte ihre Möglichkeiten. Für sie und dieses Kind gab es in Mainz keine Zukunft.

»Aber grundsätzlich würdet Ihr es aufziehen, Reb Speyer?« Rachel gab so schnell nicht auf. »Wenn sich vielleicht eine christliche Pflegemutter fände?« Obwohl sie sich an Benjamin als den Hausherrn wandte, blickte sie Sarah an. Die junge Mutter lächelte dem fremden Kind jetzt zu. Al Shifa hatte es geistesgegenwärtig neben sie gelegt, damit sie es genauer anschauen konnte. Und Sarah fand sich plötzlich mit einem Neugeborenen in jedem Arm wieder.

»Grundsätzlich schon...«, meinte von Speyer zögerlich. Auch er sah das Schimmern in Sarahs Augen, doch für ihn bedeutete es weniger Hoffnung als Komplikationen.

»Dann fragen wir jetzt euer Küchenmädel!«, erklärte Rachel entschlossen. »Die ist doch Christin, oder? Jedenfalls bekreuzigt sie sich alle naslang, auch wenn sie sonst nichts zustande bringt. Wo habt ihr sie überhaupt her? Sie scheint mir nicht sehr aufgeweckt.«

Benjamin lächelte. »Da war Sarah auch wieder zu weichherzig. Die Mutter kam an unsere Schwelle, um das Mädchen in Lohn zu geben. Sie ist nicht die Klügste, aber das zweitälteste von zehn Kindern, und sie brauchte eine Stelle. Und um Wasser zu tragen und am Sabbat die Lichter anzustecken, braucht's nicht viel Verstand...« In fast jedem jüdischen Haus gab es einen oder mehrere christliche Diener. Sie nahmen den Herrschaften am Samstag Verrichtungen ab, die ihnen als gläubigen Juden untersagt waren.

Rachel nickte. »Bei zehn Kindern fällt eins mehr oder weniger kaum auf«, erklärte sie mit einem Blick auf ihr Findelkind. »Die

Mutter wird's gern für ein paar Pfennige in Kost nehmen. Und wenn die Kleine zur Arbeit kommt, kann sie's mitbringen. Das Mädel wohnt doch zu Hause, oder?«

Sarah nickte. »Selbstverständlich. Das Grietgen geht jeden Abend heim. Ihr wisst doch ...«

Juden war es verboten, christliche Diener unter ihrem Dach zu beherbergen.

Rachel strahlte. »Na also! Wo zehn unterkommen, da kommen auch elf unter! Und keiner wird fragen, woher sie das neue Balg haben, da zählt doch gar niemand mehr mit. Wie ist es, Reb Benjamin? Wollt Ihr mit dem Mädchen reden?«

Al Shifa griff fast ungläubig nach dem Kind, von dem sie sich vorhin wohl schon verabschiedet hatte. Benjamin von Speyer sah den Ausdruck in ihren Augen. Er schuldete ihr etwas. Ohne ihr Eingreifen hätte sein Sohn damals nicht überlebt.

Schließlich nickte er.

»Dann denkt euch einen Namen aus«, meinte er, während er aufstand, um das Küchenmädchen aufzusuchen, das wahrscheinlich schon süß neben dem Ofen schlief. Die von Speyers mussten es jeden Abend fast mit Gewalt nach Hause schicken. Ob es wirklich eine so gute Tat war, nun auch noch das Findelkind in diese Familie zu stecken? Viel Wärme und Geborgenheit gab es in Grietgens Heim ganz sicher nicht.

Grietgen verstand nicht recht, worum es ging; sie war wirklich nicht die Klügste. Von Speyer musste schließlich mit ihr nach Hause gehen und mit ihrer Mutter sprechen. Voller Abscheu tastete er sich durch die verschmutzten Straßen am Rand des Viertels »Unter den Juden«. Raffgierige Vermieter hatten hier die Gänge zwischen den Häusern, die ursprünglich dem Brandschutz dienten, mit Holz überbaut. So entstanden primitive Unterschlüpfe,

»Buden« genannt, in denen arme Familien ein Dach über dem Kopf fanden. Sollte es wirklich mal brennen, raffte es diese Bauten natürlich als Erstes dahin. Zum Schutz der angrenzenden Steinhäuser hatte man Brandmauern errichtet. Von Speyer zog den Kopf ein, als Grietgen klopfte. Die Dachkallen waren nicht dicht, und der Regen ergoss sich aus den rissigen Rinnen auf seinen Kopf.

Grietgen schien die Nässe kaum zu bemerken. Sie huschte rasch ins Innere der Bude und überließ von Speyer die Verhandlungen mit ihrer Mutter. Rike Küferin erwies sich dabei als zäh und gerissen. Binnen kürzester Zeit handelte sie einen geradezu fürstlichen Pensionspreis für das kleine Mädchen aus.

»Ihr müsst das verstehen, Herr, es geht auch um die Ehre«, erklärte sie treuherzig. »Die Leute werden alle denken, das Balg sei von meinem Grietgen. Dabei ist das Mädel unschuldig wie das Lamm Gottes, Herr! Und wer weiß, vielleicht find sich gar ein Ehemann. Aber wenn da erst ein Balg ist . . .«

»Ihr könntet es als das Eure ausgeben«, meinte von Speyer und bemühte sich um Geduld. Rikes Kindern war deutlich anzusehen, dass mehr als ein Mann an der Zeugung dieser Horde beteiligt gewesen war.

»Und dann lass ich's mit dem Grietgen rumziehen? Nein, nein. Wenn's das meine sein soll, dann legt Ihr noch drei Kupferpfennige im Monat drauf, dafür behelligt's Euch auch nicht mehr!«

Benjamin warf einen Blick auf die unordentliche Wohnung, den schmutzigen Lehmboden und die verdreckten, kalten Schlafstätten der Kinder, die man vor dem Schlafengehen sicher nicht gewaschen hatte. Tagsüber sah er sie mitunter auf der Straße, gelangweilt und verwahrlost. So hatte er sich das Leben von Rachels kleinem Findling nicht vorgestellt.

»Ich leg drei Kupferpfennige drauf, aber Ihr gebt es Grietgen jeden Tag mit, und Ihr legt es abends in ein sauberes Bett. Das

Grietgen lernt, wie man ein Haus sauber hält und ein Bett bezieht. Es wird wissen, was ich will. Und bringt mir das Kind auch nur eine Laus oder einen Floh ins Haus, zieh ich Euch die Pfennige wieder ab! Können wir uns so einigen?« Benjamin zückte seine Börse.

Die Küferin nickte. Aber noch gab sie nicht auf. Wäre ja noch schöner, wenn der reiche Jud das letzte Wort hätte!

»Aber Ihr bringt es mir nicht ins Haus, bevor's getauft ist, hört Ihr?«, bemerkte sie. »Ein Heidenkind nehm ich nicht, und erst recht kein Judenbalg!«

Benjamin bat seinen Gott um Langmut und nickte. »Es wird christlich getauft, und am Sonntag in der Kirche lasst Ihr es einsegnen«, erklärte er und musste Grietgen anschließend noch einmal wecken. Das Mädchen war auf seinem heimischen Strohsack gleich wieder eingeschlafen und begriff nicht, warum es jetzt noch einmal mit zu den von Speyers gehen und das fremde Kind holen sollte.

»Ach, lasst die beiden Bälger heut Nacht bei Euch!«, meinte die Küferin großzügig. Anscheinend hatte sie keine Lust, die Tür nachher noch einmal für Grietgen zu öffnen. Und auf das Geschrei eines Neugeborenen konnte sie auch verzichten. »Die Nachbarn haben ja gesehen, wie das Grietgen heimkam, da wird keiner tratschen.«

Grietgen tappste also brav neben ihrem Herrn her, zurück ins Haus der von Speyers. Dort schlief es selig vor dem Ofen in der Küche und hätte seine neue kleine Schwester dabei auch durchaus im Arm gehalten. Die erhielt jedoch erst mal ihren Namen, über den Al Shifa lange nachdachte.

»Es muss ein christlicher Name sein. Aber er soll auch ein bisschen Sonne in sich tragen…«, meinte sie, als Rachel schließlich couragiert Wasser über die Stirn des Neugeborenen rinnen ließ, widerwillig ein Kreuz schlug und die christliche Taufformel sprach. Das Gesetz verpflichtete sie dazu, wenn sie ein christliches Kind auf die Welt holte, das womöglich nicht lange überlebte. Wobei eine Nacht im Haus eines Juden wahrscheinlich als gefährlicher angesehen wurde als eine zu frühe oder schwere Geburt.

»Ich taufe dich auf den Namen ...«

»Lucia«, bestimmte die Maurin. »Das Licht.«

3

So begann das Leben der kleinen Lucia in zwei Welten, die unterschiedlicher nicht sein konnten. Wenn Grietgen das Kind im Morgengrauen in die Schulstraße brachte, wartete Al Shifa bereits darauf, es zu baden und frisch zu wickeln. Sie fütterte es mit süßer Milch und später mit Honigbrei, sang ihm vor und bettete es schließlich, sauber in Hemdchen aus edelstem Leinen gekleidet, in die gleiche Wiege wie Lea. Wenn Sarah von Speyer aufstand, fand sie dann meist schon beide Kinder vor und liebkoste und wiegte sie fast gleichermaßen. Ihre »kleinen Prinzessinnen« wurden gehegt und gepflegt, und sobald sie die ersten Worte verstanden, las man ihnen vor und spielte mit ihnen.

Doch nach Sonnenuntergang, wenn Grietgens Dienst endete, wurde Lucia dem Prinzessinnendasein ebenso rasch entrissen, wie man sie morgens hineinbeförderte. Grietgen trug sie wie einen Sandsack, ließ sie gleich nach dem Heimkommen auf ein unordentlich gemachtes Lager sinken und dachte gar nicht daran, ihr bei Nacht die Milch zu geben, die Al Shifa fürsorglich für sie vorbereitete. Die Leckerei landete stattdessen in den Mägen der jüngeren Küfers, die sich meist so lauthals darum stritten, dass Lucia erwachte und vor Angst und Kälte schrie, bis die Erschöpfung sie übermannte. Die Küferin wertete dies als Erziehungserfolg. Sie hatte alle ihre Kinder schreien lassen, sobald ihre eigene Milch versiegte; und das ging im Allgemeinen rasch, schließlich empfing sie meist wenige Wochen nach der Geburt das nächste Kind.

Am schlimmsten waren die Feiertage, an denen Grietgen nicht zur Arbeit musste. Dann blieb Lucia zwischen den Kindern der

Küferin, wurde selten gewickelt und noch seltener gefüttert. Meist erbrach sie das altbackene, in Wasser aufgeweichte Brot sofort, mit dem Grietgen ihr »das Maul stopfte«, wie die Küferin es nannte. Am folgenden Tag kam sie dann schmutzig und mitunter verlaust zurück zu den von Speyers. Al Shifa rügte Grietgen scharf für die schlechte Pflege des Kindes, aber das Mädchen hatte längst begriffen, dass ihm die Fürsorge für Lucia eine gewisse Machtposition bot: Wenn die von Speyers Grietgen hinauswarfen, verloren sie Lucia. Das Mädchen machte sich insofern wenig aus Al Shifas Vorwürfen und bot mitunter sogar frech Paroli. Schließlich gab die Maurin es auf. Letztendlich war es ja nur eine Frage von wenigen Jahren, bis Lucia selbst laufen und in die Schulstraße flüchten konnte. Und allzu viele freie Tage hatten Dienstmädchen wie Grietgen nicht.

Als Lucia heranwuchs, wurden ihr die Unterschiede zwischen Lea und ihr selbst zunehmend bewusster. Nun gab es jeden Abend Kämpfe und Tränen, da die Kleine nicht mit Grietgen gehen wollte. Auch Lea trennte sich nur schwer von ihrer »Milchschwester« und schrie lauthals mit. Aber ihr stand zumindest nicht das abendliche Martyrium bei den Küfers bevor. Lucia schlief jetzt nicht mehr gleich ein, wenn Grietgen sie nach Hause brachte, sondern wurde ins »Familienleben« einbezogen, das größtenteils daraus bestand, dass die anderen Kinder sie neckten und quälten.

»Was ist ein Hurenkind?«, fragte sie eines Morgens Al Shifa, als sie drei Jahre alt war. Die Maurin ließ die Kinder zu ihren Füßen spielen, während sie Sarahs feine Truhen aus edelsten Hölzern abstaubte und wachste. Lucia und Lea stellten Tonfigürchen zusammen und spielten »Familie«.

Sarah von Speyer, die mit einem Buch am Feuer gesessen hatte, schlug die Hände über dem Kopf zusammen.

»Was kennt das Kind für Ausdrücke, Al Shifa? Lucia, Spätzchen, solche Worte wollen wir nicht in den Mund nehmen!«

Lucia blickte verständnislos, wobei der fragende Blick aus ihren tiefblauen Augen zwischen ihren beiden Pflegemüttern hin und her wanderte.

»Aber die Küferkinder tun's!«, sagte sie. »Gestern haben sie mich so genannt. Und wenn ich ein ... äh ... bin, muss ich doch wissen, was das ist.«

Der gestrige Tag war Karfreitag gewesen, stets der meistgefürchtete Tag des Jahres für die Juden von Mainz. Der jüdischen Bevölkerung war es am Tage der Kreuzigung Christi verboten, sich in der Öffentlichkeit zu zeigen. Sie verschanzten sich in ihren Häusern, ängstlich bemüht, nicht die geringste Aufmerksamkeit zu erregen. Schon Kleinigkeiten konnten an solchen Tagen Verfolgungen auslösen. Der Bischof von Mainz hielt zwar offiziell seine schützende Hand über die Gemeinde, doch bei den letzten Ausschreitungen hatten seine Büttel erst eingegriffen, nachdem zehn Gemeindemitglieder getötet worden waren.

Al Shifa war zwar keine Jüdin, hielt sich aber trotzdem zurück, obwohl ihr Herz blutete, wenn sie Lucia mit den Küfers zur Kirche gehen sah. Sie fürchtete sich stets vor dem, was die Kleine dort zu hören bekam – sowohl während der Messe von den Priestern als auch vorher und hinterher von den anderen Kindern. Dazu kam, dass Lucia im Hause der von Speyers unweigerlich an jüdischen Festen und Zeremonien teilnahm. Das Kind plapperte die hebräischen Gebete ebenso eifrig nach wie die Lieder und Kinderreime, die Al Shifa ihm in ihrer eigenen Sprache vorsang. Nicht auszudenken, wenn Lucia etwas davon vor dem Pfarrer wiederholte!

Aber nun hatte sie wohl weniger ihre Erziehung bei den Juden als ihre eigene Vergangenheit eingeholt. Al Shifa seufzte.

»Du musst nicht darauf hören, Lucia!«, meinte sie schließlich. »Hurenkind bedeutet ... nun, es bedeutet, dass Mutter und Vater eines Kindes nicht miteinander verheiratet waren. Aber das ist bei dir nicht so. Deine Mutter hat der Frau Rachel versichert, sie sei deinem Vater vor Gott und Gesetz angetraut gewesen. Die Kinder wollen dich nur ärgern, Lucia.«

Lucia überlegte. »Aber die Küferin hat doch auch keinen Mann«, folgerte sie dann. »Sind ihre Kinder dann nicht ...«

Sarah von Speyer unterdrückte ein Lachen.

»Deshalb reden wir nicht darüber!«, beendete Al Shifa resolut das Gespräch. »Und nun komm, Lucia. Du kannst mir helfen, den Herd zu befeuern, damit es heute noch etwas Warmes zu essen gibt ...«

Den Juden war dies am Sabbat verboten. Ihr heiliger Tag diente allein der Ruhe und Gelehrsamkeit. Üblicherweise verbrachten die Männer fast den ganzen Tag in der Synagoge; an diesem Ostersamstag jedoch verzichtete Benjamin von Speyer auf die Teilnahme am gemeinsamen Studium der Thora. Es war besser, die Christen nicht durch den Anblick der Juden zu reizen, die sie an der vorgeschriebenen Tracht, dem Judenhut und dem gelben Ring auf der Kleidung, sofort als solche erkannten. An hohen kirchlichen Festtagen blieb man als »Hebräer« lieber zu Hause.

Lucia durfte niemals mit in die Synagoge, so wie die Kinder der von Speyers; dennoch liebte sie den Sabbat. Sie freute sich an jedem Freitag auf das Sabbatmahl und genoss die Zeremonie mit wohligem Schauern, wenn Sarah die Sabbatkerzen entzündete und Benjamin den Feiertag willkommen hieß. In Grietgens Familie wurden christliche Feste kaum begangen. Zwar schleppte die Küferin ihre Brut in die Kirche; danach aber blieben die Kinder auf sich allein gestellt, während sie selbst durch die Schenken zog. So war es kein Wunder, dass Lucia sich weit mehr auf Chanukka und Pessach freute als auf Weihnachten und Ostern. Auch der

Kirchgang behagte ihr nicht, obwohl sie die christlichen Lieder und Gebete ebenso rasch lernte wie die der Juden. Aber die Kirche war nicht warm und gemütlich wie die Wohnstube der von Speyers. Lucia empfand den nur von Kerzen erhellten großen Raum als dunkel, während es den meisten Christen gerade umgekehrt erging. Die Küferkinder konnten sich nicht sattsehen an den dicken Wachskerzen und den Laternen vor den Heiligenbildern. Bei den von Speyers dagegen erhellten Kerzen in Hänge- und Wandleuchtern die Wohnstube, und Lea hatte sogar ein Nachtlicht, eine Art gläserne Kugel, in die man eine Kerze stellen konnte. Verglichen mit all dem war die Christenkirche düster und unheimlich.

Auch der Messe konnte Lucia nichts abgewinnen. Das endlose Knien während der Predigt und der Gebete strengte sie an und langweilte sie. Und zu allem Überfluss stürzten die Christenkinder sich auf das »Hurenkind«, sobald der Gottesdienst zu Ende war. Sie bewarfen Lucia mit Unrat, jagten sie durch die Straßen und versuchten, sie in die Höfe der Schenken und Freudenhäuser zu treiben: »Vielleicht findste deine Mutter, Hurenkind!« Lucia fiel dabei oft hin und machte ihre Kleider schmutzig. Und dann schämte sie sich, wenn sie zurück zu den von Speyers kam.

Als Lucia älter wurde und die Zusammenhänge erkannte, lieh sie sich zum Kirchgang einen Kittel der Küferkinder, um weniger aufzufallen. Das edle Tuch, in das der reiche Kaufmann von Speyer selbst seine Pflegetochter hüllte, erregte bloß Neid. Allerdings verschwanden Lucias eigene Sachen dann oft wie durch Zauberhand während des Kirchgangs. Die Küferin wollte nichts davon gewusst haben, und Grietgen schon gar nicht. Lucia schlich sich dann schuldbewusst und in Lumpen zurück in die Schulstraße, wo Al Shifa sie schimpfend von Flöhen und Läusen befreite. Wenigstens dauerte die Qual nicht mehr tagelang. Inzwischen war das Mädchen alt genug, um nach der Kirche allein in die Schulstraße zu laufen, sobald man die Kinder sich selbst überließ.

Lea und Lucia waren inzwischen zu hübschen kleinen Mädchen herangewachsen. Beide waren blond, wobei Lucias Haar mehr ins Honigfarbene spielte, während Leas wie goldenes Haferstroh glänzte. Auch die blauen Augen waren beiden Mädchen geblieben – ein wenig bedauert von Sarah, die selbst braune Augen hatte. Das Blau bildete einen reizvollen Kontrast zu dem blonden Haar der Mädchen. Bei Lea hatte sich die hellblaue Farbe ihres Vaters durchgesetzt, während Lucias Augen dunkler waren: Wenn Rachel sie sah, fühlte sie sich auf beinahe unheimliche Weise an den Blick der sterbenden jungen Frau erinnert, die sie vor nunmehr sechs Jahren von diesem Kind entbunden hatte. Auch in Lucias Augen konnten helle Blitze aufleuchten, wenn sie sich freute oder über etwas erregte.

Doch auf den ersten Blick waren diese Unterschiede zwischen Lea und Lucia kaum zu bemerken. Nach wie vor wurde Sarah oft gefragt, ob Gott sie mit Zwillingsmädchen gesegnet habe. Sarah lachte darüber, Al Shifa jedoch schien es nicht gern zu hören. Sie nannte Lucia oft »mein Mädchen« oder gar »Tochter«, wenn sie unter sich waren und die Maurin in ihrer seltsam singenden Sprache mit der Kleinen tändelte. Besonders die Morgenstunden, in denen Lea und Sarah noch schliefen, gehörten ihnen allein. Lucia lernte dabei ganz selbstverständlich Arabisch, während Lea Al Shifas Sprache nur in Bruchstücken aufschnappte. Ohnehin war Lucia lerneifriger als ihre Milchschwester. Sie erfasste auch das Hebräische schneller und überraschte Al Shifa, indem sie selbst lateinische Verse nachplapperte. Dabei saß sie nur spielend dabei, wenn Al Shifa Leas ältere Söhne unterrichtete.

»Aber du kannst das doch auch alles!«, meinte Lucia gelassen, als Al Shifa sie darauf ansprach. »Wenn die Mädchen in deinem Land es lernen ...«

Lucia wusste längst, dass es in Mainz höchst ungewöhnlich war, wenn Mädchen Latein und Griechisch lernten. Die meisten Bürgerkinder konnten zwar lesen und schreiben, doch Frauen wie die Küferin legten keinen Wert darauf. Grietgen und ihre Geschwister beherrschten es folglich nicht. In jüdischen Familien dagegen lernten zumindest die Jungen meist mehrere Sprachen, auf jeden Fall ausreichend Hebräisch, um die Thora zu studieren. Wenn die Familie sich keinen Privatunterricht leisten konnte, fand der Unterricht in der Synagoge statt, der »Schul«. Mädchen wurden fast immer zu Hause unterrichtet, häufig von ihren Müttern, seltener von den Hauslehrern ihrer Brüder. Hier bot der Haushalt der von Speyers eine echte Ausnahme, über die man auch unter den Juden von Mainz tuschelte: Al Shifa, die Maurin, unterrichtete Latein und Griechisch. Nur für das Studium des Hebräischen kam ein anderer Lehrer ins Haus.

Al Shifa lächelte. »Auch in meinem Land lernen es nicht alle Mädchen«, erklärte sie dann. »Ich habe eine Schule besucht...«

»Ja, ich weiß!« Lea lachte und drehte sich anmutig in der Mitte der Stube. Sie trug ein neues Kleid aus Seide, die ihr Vater aus den Manufakturen in Al Andalus hatte kommen lassen. »Und da hast du auch tanzen gelernt und singen und die Laute spielen! Wenn ich groß bin, will ich auch in solch eine Schule!«

»Was der Ewige in seiner übergroßen Güte verhüten möge!«, bemerkte Sarah entsetzt.

Lea schaute verständnislos. Im Gegensatz zu der eher ernsten Lucia war sie der Sonnenschein der Familie. Singen und Tanzen waren ihre größte Freude, und sie schlug auch schon ein wenig die Laute. Was mochte ihre Mutter wohl dagegen haben, wenn sie sich hier vervollkommnete?

Al Shifa lächelte. »Man geht nicht einfach in eine solche Schule, Lea, man wird dorthin verkauft!«, erklärte sie dann gelassen. »Das ist kein allzu erstrebenswertes Schicksal, wenn auch nicht das Schlimmste, was einem Sklavenmädchen passieren kann. Aber du, meine Süße, bist ja keine Sklavin, sondern eine Prinzessin. Allein dein späterer Mann soll sich an deinem Gesang und Tanz freuen. Und das wird er gewiss, auch wenn du diese Künste nicht studierst! Latein und Griechisch dagegen haben nichts Anstößiges. Frauen können es ebenso lernen wie Männer, auch wenn sie es seltener benötigen.«

Lea zeigte allerdings kein Interesse an der Aneignung dahingehender Kenntnisse. Lucia blieb allein, wenn sie nach dem Unterricht der Jungen in ihren Büchern schmökerte.

Inzwischen musste Lucia sich jeden Tag damit auseinandersetzen, dass sie anders war. Sie fiel sowohl unter den Christen auf als auch unter den jüdischen Kindern, die manchmal zu den Festen der von Speyers kamen und deren christliches Pflegekind spätestens dann misstrauisch beäugten, wenn es nicht mit in die Synagoge durfte. Das Mädchen fand jedoch Trost darin, dass sich auch Al Shifa von allen anderen Frauen unterschied, die sie kennen lernte, und sie schöpfte Kraft aus der würdevollen Art der Maurin, damit umzugehen. Das Leben in Mainz war nicht immer leicht für Al Shifa. Die Juden waren in den christlichen Städten zwar nur widerwillig geduldet, hatten aber immerhin Bürgerrechte. Vor der Maurin dagegen spien die Christen ungeniert aus, wenn sie über den Budenmarkt am Dom ging oder durch die Läden am Flachsmarkt schlenderte. Lucia verstand nicht ganz, warum. Sie konnte auch nicht nachvollziehen, warum man den Juden vorwarf, Jesus Christus getötet zu haben. Sein Tod lag schließlich schon so lange zurück, dass Benjamin von Speyer und die anderen Gemeindemitglieder schwerlich daran beteiligt gewesen sein konnten. Und Al Shifas Volk beschuldigte man, das Heilige Land gestohlen zu haben. Dabei kam Al Shifa gar nicht aus Palästina, und die von Speyers hätten sie auch kaum im Haus behalten, wenn sie zu Diebstählen neigte. Al Shifa würdigte die Pöbeleien und Schmähungen denn auch nie einer Antwort. Sie bewegte sich so anmutig und würdevoll unter ihren boshaften Mitbürgern, als würde sie von einer Glocke aus venezianischem Glas geschützt.

Lucia jedoch nahm all das auf, empörte sich darüber und hielt ihre christlichen Glaubensgenossen bald für ziemlich dumm. Sie wäre lieber Jüdin gewesen oder auch Maurin wie Al Shifa.

»Ach, wünsch dir das nicht, Tochter. Das Leben einer Frau ist nicht einfach in meinem Land!«, sagte Al Shifa lächelnd, als Lucia diesen Wunsch eines Tages laut äußerte. Wieder einmal bewunderte Lucia die besonderen Fähigkeiten ihrer Pflegemutter, diesmal im Bereich der Krankenpflege. Esra hatte sich beim Spielen verletzt, und Al Shifa behandelte die Wunde mit einem Umschlag und einer heilenden Salbe. Lucia beobachtete fasziniert, welche Essenzen und Kräuter sie dazu verwendete.

»Wenn ich groß bin, werde ich Medikus!«, erklärte sie schließlich, löste damit aber nur wieherndes Lachen bei den Söhnen der von Speyers aus.

»Bei den Mauren geht das, nicht wahr, Al Shifa? Da gibt es Schulen! Ich gehe einfach nach Al Andalus, und dann ...« Lucia schaute ihre Pflegemutter hoffnungsvoll an, senkte dann aber enttäuscht den Blick, als Al Shifa bedauernd den Kopf schüttelte.

»Nein, Liebes, Medikus kannst du auch in Al Andalus nicht werden«, zerstörte sie Lucias Träume. »Es gibt Schulen, aber sie unterrichten keine Mädchen. Einzig in Salerno soll es eine Schule geben, an der Frauen in Heilkunde unterwiesen werden, aber wie viel sie dort wirklich lernen, weiß ich nicht. Du wirst dich also mit dem bescheiden müssen, was ich dir beibringen kann. Komm, wir sehen mal, wie es Lea geht!«

Auch Lucias Milchschwester war zurzeit krank. Sie schlug sich mit einer bösen Erkältung herum, und Sarah saß besorgt an ihrem Bett. Al Shifa scheuchte Grietgen herum, ihr Kräuter für Umschläge zu stampfen und Tee aus Salbei und Weidenrinde aufzubrühen. Das Mädchen war verärgert darüber und herrschte Lucia an, als sie in die Küche kam, um die Sachen zu holen.

»Was soll das heißen, es müsste längst fertig sein?« Unwirsch füllte Grietgen den Tee in einen kostbaren Krug aus Keramik, der eigentlich schonender behandelt werden sollte. »Spiel dich nicht auf, Herzchen, du bist nicht meine Herrschaft! Als gutes Christenkind solltest du sowieso nicht ständig an den Lippen dieser Hexe hängen! Geh lieber zur Kirche, und bete für deine Freundin. Vielleicht erhört Gott dich ja, auch wenn sie Hebräerin ist!«

Erschrocken zog Lucia sich zurück und dachte nach. Ob es wirklich half, wenn sie zur Kirche ging? Gott konnte Lea sicher schneller gesund machen als alle Kräuter Al Shifas. Der Pfarrer predigte schließlich jeden Sonntag von den Wundern, die Jesus und sein Vater geschehen ließen. Und beten war einfacher als studieren – Lucia hatte Herrn von Speyer sagen hören, man müsse sieben Jahre und mehr lernen, um Medikus zu werden.

Das Mädchen brachte also nur rasch den Tee nach oben und stahl sich dann aus dem Haus. Die Kirche St. Quintin, die älteste Pfarrkirche von Mainz, lag nur wenige Gassen von der Schulstraße entfernt. Jetzt, am Alltag, jagte der Kirchweg Lucia keine Angst ein. Die Kirche jedoch war bedrohlich, und Lucia musste sich überwinden, um einzutreten. Am wirkungsvollsten war das Gebet sicher vorn am Altar, aber sie traute sich nicht, in der ersten Bankreihe Platz zu nehmen. Stattdessen verkroch sie sich in einer Kapelle und betete zu einer Jesusstatue mit offenem, blutigem Herzen. Lucia empfand es als tröstlich, dass der Gottessohn trotzdem ganz gesund aussah. Wenn er mit einer solchen Wunde herumlaufen konnte, schaffte er bestimmt auch eine schnelle Heilung bei Lea.

Lucia formulierte also förmlich ihre Bitte, machte sich dann aber Sorgen, ob Gott sie auch verstand. Die Priester sprachen schließlich immer auf Lateinisch zu ihm! Nun, das konnte sie auch. Langsam, um nur ja keinen Fehler zu machen, der Gott womöglich so erzürnte wie Davids Grammatikfehler seinen Hebräischlehrer, sprach sie die Worte noch einmal in Latein, dann auf Hebräisch. Das musste Jesus eigentlich gefallen; er war doch der König der Juden gewesen. In der Folge sagte Lucia alle Gebete auf, die sie kannte, sowohl christliche als auch jüdische. Kniend in der kalten Kirche war das harte Arbeit, doch Gott musste sehen, wie ernst es ihr war. Erst als es draußen dunkel wurde und die Kerzen die Kirche in noch gespenstischeres Licht hüllten, bekreuzigte sich Lucia, knickste brav vor dem Allerheiligsten und machte sich auf den Heimweg. Sie war sehr zufrieden. Bestimmt wartete Lea schon auf sie, und alle waren verwundert über ihre schnelle Gesundung.

Tatsächlich aber wartete nur Al Shifa, die ihre Ziehtochter bereits in den unteren Höfen in Empfang nahm. Sie war fast verrückt vor Sorge.

»Das fehlte mir gerade, dass ich mich auch um dich noch ängstigen musste!«, fuhr sie das Mädchen in ungewohnt harschem Ton an. »Lea hat hohes Fieber, ihre Mutter sorgt sich zu Tode, und all meine Mittel wirken nicht richtig. Und du verschwindest, statt mir zur Hand zu gehen! Wo warst du überhaupt? Du siehst ganz verfroren aus und blass!«

Al Shifa zog ihren Liebling ins Haus und versorgte Lucia erst mal mit heißem Tee.

»Nicht, dass du mir auch noch krank wirst. Und nun erzähl! Was hast du angestellt?«

Lucia kam sich ein wenig dumm vor, als sie von ihrem Ausflug zur Kirche erzählte. Zumal er ja nichts gebracht hatte. Im Gegenteil, Lea ging es schlechter, und auch Esras Knie, für dessen Heilung sie pflichtschuldig ebenfalls ein paar Gebete gesprochen hatte, war immer noch geschwollen und steif.

»Vielleicht hilft Gott den Juden wirklich nicht«, meinte sie schließlich resigniert. »Aber gerecht finde ich das nicht.«

Al Shifa wusste offensichtlich nicht, ob sie über die Geschichte lachen oder weinen sollte. Schließlich setzte sie zu einer Erwiderung an, doch Benjamin von Speyer kam ihr zuvor. Der Kaufmann war eben eingetreten und hatte sich im Korridor vor dem Küchentrakt seines Mantels entledigt. Dabei musste er Lucias letzte Worte gehört haben.

»Nun, die Leitung Gottes ist wunderbar. Wenn auch die Wohltaten gegen Israel nicht so augenfällig sind«, zitierte der Kaufmann den großen Rabbiner Eleazar ben Juda.

Lucia sah verstört zu ihm auf, während Al Shifas Anspannung sich in einem nervösen Lachen Luft machte. Von Speyer zwinkerte ihr zu, ehe er sich direkt an Lucia wandte.

»Es ehrt dich sehr, Kind, welche Sorgen du dir um deine Freundin machst, und wie viel Mühe du dir gibst. Aber so funktioniert es nicht mit Gottes Wohltaten. Nicht bei den Juden, nicht bei den Christen und nicht bei den Mauren. Schau, Lucia, der Ewige hat uns den Verstand geschenkt, auf dass wir ihn gebrauchen. Nicht nur zum Nachplappern von Gebeten, sondern zum Forschen und Lernen zur Ehre seines Namens. Irgendwo auf der Welt gibt es ein Heilmittel für fast jede Krankheit, Lucia. Aber die Menschen müssen es selbst finden und dann anwenden im Namen des Ewigen, der es geschaffen hat, so wie er uns geschaffen hat. Wenn wir ihm dann noch im Gebet dafür danken – umso besser. Aber Wunder tut Gott nur in seltenen Ausnahmefällen. Darauf kannst du nicht bauen. Und handeln kannst du erst recht nicht mit ihm. Wie geht es meiner Lea denn nun wirklich, Al Shifa? Sarah weint sich ja die Augen aus, wie ich höre. Sie hat extra ins Kontor nach mir schicken lassen. Ist es wirklich so schlimm?« Der Kaufmann schien das nicht anzunehmen. Wenn Lea tatsächlich lebensbedrohlich erkrankt wäre, hätte

Al Shifa an ihrem Bett gesessen, statt hier mit Lucia zu philosophieren.

Al Shifa verneigte sich. »Ich denke, das Fieber wird morgen sinken, Herr. Es schien auch im Laufe des Tages herunterzugehen, stieg gegen Abend aber wieder. Das kommt vor, Herr. Ich denke nicht, dass Leas Leben in Gefahr ist.«

Benjamin von Speyer murmelte ein Gebet, bevor er Al Shifa dankend zunickte.

Lucia hätte gern noch einiges gefragt, doch eben stieg das missmutige Grietgen die Treppe herunter und machte Anstalten, sie mit nach Hause zu nehmen. Die Magd hatte länger bleiben müssen und machte Lucias Ausbleiben dafür verantwortlich.

Auch die Küferin schimpfte, als die Mädchen mit Verspätung eintrafen. Sie hatte ausgehen wollen, aber ihr jüngstes Kind war gerade erst sechs Wochen alt. Das mochte sie denn doch nicht mit Grietgens jüngeren Geschwistern allein lassen. Die Küfers lachten wiehernd, als Lucia sich mit ihrem Kirchenbesuch entschuldigte.

»Gott hört halt nicht auf Hurenkinder!«, rief Eberhard, der Lucia im Alter nahe stand und sich gern und erbarmungslos über sie lustig machte.

»Und auf Judenkinder erst recht nicht!«, höhnte die etwas ältere Gudrun. »Gib's doch zu, Lucia, du glaubst gar nicht an unseren Herrn Jesus Christus! Du plapperst Gebete nach, aber im Herzen bist du ein Jud!«

Lucia kroch unter ihre Decken. Zu solchen Vorwürfen sagte sie am besten gar nichts – erst recht nicht, seit sie angefangen hatte, auch die Gebete mitzumurmeln, die Al Shifa fünfmal am Tag gewissenhaft sprach. Die Maurin pflegte dazu jede andere Arbeit zu unterbrechen und sich in Richtung Osten zu Boden zu werfen. Letzteres traute Lucia sich nicht; vielleicht lag es ja daran, dass auch Allah ihre Fürbitten bislang stets überhörte. Aber dem Mädchen gefielen die Worte, die Al Shifa dabei murmelte. Der Singsang klang tröstlich und auch irgendwie geheimnisvoll.

Am nächsten Morgen ging es Lea immer noch nicht gut, aber das Fieber war tatsächlich gesunken. Lucia durfte ein paar Stunden mit der Freundin spielen und ihr vorlesen, aber Schule hielt Al Shifa noch nicht wieder mit den Mädchen. Außerdem langweilte sich Lucia um die Mittagszeit, als Lea erschöpft schlief. Ein bisschen missmutig folgte sie Al Shifa ins Bücherkabinett. Die reichhaltige Büchersammlung Benjamin von Speyers füllte ein ganzes Zimmer und bildete das Allerheiligste seines Hauses. Grietgen ließ er hier nicht herein, das regelmäßige Abstauben der Folianten übernahmen Sarah oder Al Shifa selbst. Viel Arbeit machte das Zimmer dabei nicht. Im Gegensatz zu den sonstigen Wohnräumen, die Sarah mit zum Teil reich verzierten, filigranen Möbelstücken aus dem Orient bestückt hatte, bestand die Einrichtung nur aus einem Lesepult, einem schmucklosen Eichentisch und einem Stuhl. Auf dem Tisch lagen Schreibmaterialien. Benjamin pflegte hier auch seine private Korrespondenz zu erledigen. Für die geschäftliche besaß er ein Kontor bei seinen Lagerhäusern am Rhein, nahe der Anlegestelle. Von Speyer versuchte, seine Arbeit und sein Familienleben strikt getrennt zu halten. Den Abend, und erst recht den Sabbat, widmete er Frau und Kindern – sowie seiner großen, unschätzbar wertvollen Büchersammlung. Das Bücherkabinett war seine ganze Freude, und er wollte nicht gestört werden, wenn er sich für ein paar Stunden hierhin zurückzog. Lediglich Esra, sein ältester Sohn, wurde mitunter zugelassen, auch wenn er sich nicht wirklich für die Bücher interessierte.

Lucia und Lea betraten den Raum nur selten, meist im Schlepptau von Sarah oder Al Shifa, die genau aufpassten, dass die Mädchen ja nichts anfassten. Lea hatte dazu auch keine Lust. Anstelle der Bücher schaute sie sich lieber die hübschen Tonfliesen mit aufgemalten Figuren an, mit denen der Fußboden des Raums ausgelegt war. Lucia dagegen war neugierig. Voller Ehrfurcht betrachtete sie die Folianten und Pergamentrollen, die sich in den Regalen häuften. Sie nahmen die gesamten Wände des großen, hellen Raumes ein. Nur im Bereich der mit feinstem Pergament bespannten Fensteröffnungen wurden keine aufbewahrt. Von Speyer fürchtete wohl, dass hier Feuchtigkeit oder Sonnenstrahlen eindringen könnten, die seine Schätze verdarben.

Lucia strich bewundernd an den Regalen entlang und versuchte, die Titel der Bücher und Kodizes zu lesen. Leicht fiel ihr das nicht, waren die Werke doch in den verschiedensten Sprachen abgefasst. Lucia entzifferte Latein und ein wenig Griechisch. Die hebräischen Schriftzeichen erkannte sie, vermochte sie aber nicht zu deuten: Der Hebräischlehrer der Jungen pflegte Lucia aus dem Zimmer zu scheuchen, wenn sie dem Unterricht lauschen wollte. Wieder so eine Sache, die nur Jungen vorbehalten war!

»Latein, Griechisch, Hebräisch ...« Lucia sang die Sprachen vor sich hin, die sie erkannte. Aber dann stockte sie und blickte mit gerunzelter Stirn auf mehrere Schriften, die mit ganz andersartigen Zeichen beschrieben waren. Auch das Material war seltsam; es schien kein Pergament zu sein wie bei den meisten anderen Büchern. Lucia griff vorsichtig danach und tastete über die raue Oberfläche der zusammengehefteten Blattsammlung. Als Al Shifa hinter ihr erschien, zog sie erschrocken die Hand zurück.

»Ich ... ich wollte nicht ...«

Al Shifa lächelte und zog den Kodex aus dem Regal. Vorsichtig legte sie ihn in Lucias Augenhöhe auf den Tisch.

»Schau es dir nur an, Tochter. Du hast nichts zu befürchten, es gehört mir.«

»Dir?« Lucia war verblüfft. Al Shifa war eine Sklavin. Außer der Kleidung, die sie trug, durfte sie eigentlich gar nichts besitzen.

Die Maurin verstand. »Sagen wir, die Schriften kamen mit mir«, erklärte sie. »Ansonsten gehören sie natürlich dem Herrn. Aber er kann nicht viel damit anfangen. Zwar spricht er ein paar Worte meiner Sprache, aber lesen kann er sie nicht.«

»Dann ist es deine Sprache?«, erkundigte sich Lucia. Sie hatte die Zeichen fast für Blütenranken gehalten. Auf einigen der maurischen Einrichtungsgegenstände, mit denen Sarah ihr Haus schmückte, meinte sie Ähnliches gesehen zu haben. Die Bücher mochten Musterzeichnungen enthalten.

Al Shifa nickte. »Ja. Das ist arabische Schrift. Und dies ist ein sehr nützliches Buch. Es heißt ›Qanun al-Tibb‹, Kanon der Medizin, und stammt von Ali al-Husain ibn Sina, dem größten Arzt, der je gelebt hat ...«

Lucia betrachtete das Werk voll Ehrfurcht. »Da steht alles drin?«, fragte sie flüsternd. »Alles, um alle Krankheiten zu heilen?«

Al Shifa lächelte. »Nicht alle Krankheiten. Das hat dir der Herr doch gestern schon erklärt. Aber Allah hat Ibn Sina in seiner Güte so manches Heilmittel offenbart, und er hat es niedergeschrieben. Es gibt auch noch einfachere Bücher ...« Sie suchte zwischen den Kodizes auf den höheren Regalen und förderte eine weitere Heftung von Blättern zutage.

»Hier: ›Handbuch für alle, die keinen Arzt in der Nähe haben‹. Von dem großen Gelehrten Ar-Rasi. Darin ist ganz einfach geschildert, was man tun kann, wenn jemand Fieber hat wie Lea oder eine kleine Verletzung wie Esra.«

Lucia hoffte auf bekannte Schriftzeichen, aber leider war auch das Handbuch in arabischer Sprache verfasst. Das Mädchen fasste einen Entschluss.

»Bringst du mir bei, das zu lesen?«, fragte sie gespannt. »Oder dürfen Mädchen das wieder nicht?«

Al Shifa lachte. »Ich kann es doch auch lesen, Tochter. Und es wurde mir von einer anderen Frau geschenkt. Wenn es nun auf dich übergehen könnte, würde ich mich geehrt fühlen.«

Sie verbeugte sich leicht vor ihrer Ziehtochter. Lucia errötete. Und sie wurde sich gleich über die Konsequenzen dieses Erbes klar: Al Shifa konnte ihr die Schriften nicht wirklich vererben oder gar schenken. Sie waren Eigentum der von Speyers. Wenn Al Shifa daran Anteil haben wollte, musste sie den Inhalt auswendig lernen. Aber erst kam das Studium der Schrift.

»Können wir gleich anfangen?«, fragte Lucia.

4

Benjamin von Speyer gab Al Shifa gern die Erlaubnis, die Kodizes mit Lucia zu studieren.

»Es kann auch Lea nur guttun, ein wenig darüber zu lernen, wie man Krankheiten bekämpft. Aber seid vorsichtig! Schon wir Hebräer gelten dem Volk und der Kirche als verdächtig. Es ist mir gar nicht recht, dass Lucia so viel von unserer Sprache aufschnappt. Eines Tages könnte sie im falschen Moment damit herausplatzen und den Christen als Ketzerin erscheinen. Umso schlimmer, wenn man dann auch noch maurische Schriften bei ihr findet. Also beschränkt euch auf dieses Haus, am besten auf das Bücherkabinett und vielleicht noch deine Kammer, Al Shifa. Wir dürfen nicht unvorsichtig werden. Wenn die Jungen Arabisch lernen, so ist das Teil ihrer Ausbildung zum Fernhandelskaufmann. Aber Lucia ist keine von uns!«

Das wusste Lucia nur zu gut. Je älter sie wurde, desto bösartiger fielen die Sticheleien der Küferkinder und ihrer Nachbarn aus. Das »Hurenkind« geriet dabei fast ein bisschen in Vergessenheit; lieber neckte man sie jetzt mit ihrer Beziehung zu den Juden.

Der neueste Ausdruck, den Eberhard für sie erfunden hatte, war »Judenliebchen«. Lucia hatte einmal den Fehler gemacht, gemeinsam mit David aus dem Haus der von Speyers zu treten und sich dabei angeregt mit ihm zu unterhalten. Das war an sich eine Ausnahme – eigentlich verhielten David und Esra sich zu Lea und Lucia wie Hund und Katze. Die Jungen nahmen ihren kleinen »Schwestern« übel, dass die Mutter sie verwöhnte. Lea und Lucia durften schließlich oft spielen, während ihr eigener Tag mit dem Studium bis zum Bersten ausgefüllt war. Ein jüdischer Junge, der später zur Kaufmannschaft gehören wollte, musste ein enormes Pensum an Wissen bewältigen. Viel Freizeit blieb David und Esra da nicht. An diesem Tag hatten David und Lucia aber kurzzeitig Frieden geschlossen. Die Jungen studierten seit einigen Wochen die arabische Sprache, und David erhoffte sich von Lucia Hilfe bei einer Hausaufgabe. Lea bestand allerdings darauf, dass sie diese Hilfe nicht kostenlos gab. Die Kaufmannstochter war ziemlich geschäftstüchtig und hatte längst Regeln aufgestellt, welche Nachhilfe mit wie viel Zuckerzeug vergütet wurde. David und Lucia waren nun auf dem Weg zum Flachsmarkt, und als Lucia dort größere Mengen Honigkuchen und Zuckerstangen von David in Empfang nahm, war für Eberhard die Sache klar: Lucia hatte was mit diesem »Judenbengel«.

Die anderen Kinder griffen das »Judenliebchen« genauso bereitwillig auf wie damals das »Hurenkind«, aber diesmal bekam das Mädchen auch einen ersten Eindruck davon, wie gefährlich die Sache werden konnte. Der Pfarrer von St. Quintin bestellte sie am Freitag nach der Vesper ein, um ihm Rede und Antwort zu stehen. Eberhard überbrachte die Nachricht feixend am Hintereingang des Hauses von Speyer. Er erhoffte sich wohl eine Belohnung, aber die Köchin warf ihn hinaus.

Al Shifa war äußerst besorgt, als die Vorladung sie erreichte.

»Sei vorsichtig, was du sagst, Tochter!«, wies sie Lucia an. »Am besten erzählst du so wenig wie möglich – diese Pfaffen drehen dir das Wort im Munde um!« Al Shifas Stimme klang bitter, als habe sie Erfahrung mit solchen Verhören. »Hast du wirklich keine Vorstellung davon, worum es geht?«

Lucia, die sich schon den ganzen Tag müde und schwindelig fühlte, schüttelte den Kopf. Sie dachte gar nicht an die dummen Sprüche der Küferkinder – die musste sie sich schließlich schon ihr Leben lang anhören. Umso überraschender kamen die Vorwürfe des Priesters.

»Ein Mägdelein, dazu noch ein so junges, das mit einem Juden herumzieht!«, mahnte er sie, gleich nachdem er sie – offensichtlich zum ersten Mal – gründlich gemustert hatte. Ihr offener Blick und ihre ordentliche Kleidung schienen sie ihm nicht sympathischer zu machen. »Sag mir, Tochter, was ist wahr an den Geschichten, die man über dich erzählt? Liegst du dem Jungen bei? Verführt er dich zu unzüchtigen Gedanken und Handlungen?«

Lucia wusste nicht, was sie darauf antworten sollte. Unzüchtige Gedanken und Handlungen wurden im Hause der von Speyers nie erwähnt; sie wusste nur ungefähr, was überhaupt darunter verstanden wurde. Natürlich sprach man mitunter schon von einer Verheiratung Leas, aber vor dem sechzehnten Lebensjahr wurden die jüdischen Mädchen der Gemeinde selten vermählt. Was mit Lucia selbst geschehen sollte, war überhaupt noch nicht erörtert worden, und das Mädchen dachte auch nicht darüber nach. Bislang blutete sie nicht einmal in jedem Monat wie Lea. Bei der hatte die Menstruation vor zwei Monaten eingesetzt, worum Lucia sie glühend beneidete.

Schließlich half sich das Mädchen mit einem Gemeinplatz.

»Ich bin Christin, Herr. Und ein Jude darf keine Christin zur Frau nehmen. Seine Familie stößt ihn sonst aus, wisst Ihr. David würde nie...«

»Mit den Bräuchen der Hebräer scheinst du ja gut vertraut zu sein!«, meinte der Pfarrer, ein rotgesichtiger kleiner Mann, dessen Kutte zu eng um seine rundlichen Körperformen saß. Wie die meisten seiner Gemeindemitglieder schien er nicht reich zu sein, und er betrachtete Lucias Kleid aus feinem Tuch und den Spitzeneinsatz am Ausschnitt voller Argwohn. Andererseits schien er Gefallen an ihrem zarten weißen Gesicht und dem züchtig zu Zöpfen geflochtenen honigfarbenen Haar zu finden. »Und du gehst in ihren Häusern ein und aus! Weißt du, dass dies in anderen Christenlanden verboten ist? Der Erzbischof von Mainz ist sehr gütig zu seinen Juden, manchmal vielleicht schon zu nachlässig ...«

Lucia wusste wieder nicht, was sie antworten sollte. Tatsächlich wusste sie von solchen Verboten, was Kontakte zwischen Juden und Christen betraf. In Kastilien zum Beispiel waren die Bräuche sehr streng. Ein Freund der von Speyers, der dort oft geschäftlich zu tun hatte, berichtete immer wieder davon. Aber davon erzählte Lucia dem Priester besser nichts.

»Im Haus der von Speyers gibt es Juden, Christen und ...« Lucia stockte. Auf keinen Fall durfte sie dem Mann auch noch von ihren Beziehungen zu einer Muselmanin erzählen! »Juden und Christen«, verbesserte sie sich rasch. »Ich gehe mit meiner Ziehschwester Grietgen hin, die dort als Magd arbeitet. Die von Speyers sind sehr gütig zu mir; das betrachten sie als ...« Beinahe hätte sie »Christenpflicht« gesagt! Damit pflegte die Küferin zu erklären, warum sie das Findelkind Lucia aufgenommen hatte. Aber bezogen auf Benjamin von Speyer wäre es wohl anstößig gewesen. »... als Gott wohlgefällig, ein Waisenkind zu nähren und zu kleiden.«

Sie senkte schüchtern die Augen. »Waisenkind« oder »Findelkind«? Hoffentlich hatte der Priester nicht »Hurenkind« hören wollen ...

»Und es womöglich zum Abfall von seinem Gott zu bewegen!«, erregte sich der Pfarrer. Lucias Herkunft war ihm offensichtlich egal. »Also gut, Lucia. Zweifellos wäre es das Beste, dir den Aufenthalt bei den Hebräern zu untersagen. Aber die Küferin hat vierzehn Bälger zu ernähren, da ist es ihr recht, wenn die Juden eins der Mäuler stopfen! Aber das darf deine unsterbliche Seele nicht gefährden. Von jetzt an kommst du jeden Freitag nach der Vesper zu mir, und ich werde dich in unserem Glauben unterweisen. Ich werde dich auch prüfen, Lucia, und jede Sünde unnachgiebig strafen!« Dabei fuhr er dem Mädchen über die Wange, eine Geste, die väterlich wirken sollte, Lucia aber unangenehm berührte und eine unbestimmte Angst in ihr weckte. Sie fühlte sich auch nach wie vor nicht wohl und litt unter heftigen Leibschmerzen, als sie ins Haus der von Speyers zurückkam.

Auf das Angebot des Pfarrers hin hatte sie nur nicken können. Und Al Shifas Gesichtsausdruck bei ihrem Bericht trug auch nicht dazu bei, dass sie sich sicherer fühlte.

»Unterweisen will er dich?«, fragte die Maurin spöttisch. »Oh, ich kann mir gut denken, in welcher Kunst! Wir hätten einen weiten Kittel für dich wählen sollen, Kind, kein Kleid wie dieses. Wer hat euch bloß erlaubt, den Ausschnitt so tief zu legen? Kaum lässt man euch Mädels selbst schneidern, da werdet ihr schamlos! Die Herrin hat Lea auch schon zusammengestaucht. Aber gut, es hätte dir wahrscheinlich auch nicht geholfen, wärest du in Sack und Asche vor diesen Herrn getreten. Dein Haar und deine Augen genügen, um ihn zu reizen. Es hat schon etwas für sich, dass wir Frauen in meinem Land angehalten werden, uns zu verschleiern!«

»Aber warum denn?«, fragte Lucia unsicher und versuchte, eine Haltung zu finden, in der ihr Leib nicht schmerzte. Außerdem zupfte sie am Ausschnitt ihres Kleides herum, eines eng anliegenden, ziemlich weit ausgeschnittenen Gewandes nach neuester Mode. Lea hatte Abbildungen dieser Kleider gesehen, und die Mädchen hatten sie nachgeschneidert. »Er wird den Katechismus abfragen, und den kann ich doch.«

Plötzlich wurde Lucia schwarz vor Augen. Sie tastete nach einem Halt, fühlte sich von Al Shifa umfangen – und ließ sich in ihre Umarmung fallen. Als sie wieder wach wurde, lag sie auf einem Diwan in Sarahs privaten Räumen. Sarah schätzte dieses orientalische Möbel sehr, und die Mädchen waren sonst angehalten, es schonend zu behandeln und nicht darauf herumzutollen.

Jetzt aber hatte man Lucia darauf niedergelegt und ihr Kleid sowie das eng geschnürte Hemd darunter gelöst.

Lucia setze sich unsicher auf. Al Shifa bot ihr einen Tee an.

»Mach dir keine Sorgen, Liebes, du bist nicht krank!«, nahm sie ihre Frage vorweg. »Du hast dir nur den ungünstigsten Moment ausgesucht, zur Frau zu reifen. Es ist beinahe so, als hätte dieser Pfaffe dich verhext!«

Von nun an blutete auch Lucia jeden Monat und fühlte sich sehr wichtig in ihrem neuen Status als junge Frau. Gemeinsam mit Lea registrierte sie jede Veränderung ihrer Körper und freute sich, als ihre Brüste zu schwellen begannen und ihre Hüften sich rundeten. Al Shifa schien das jedoch eher mit Sorge zu betrachten. Besonders am Freitag, bevor sie Lucia zum »Beten« schickte, wies sie das Mädchen an, Leinenbinden um ihre Brust zu winden, um den Busen zu verstecken. Sie gab ihr weite Kleider und große Hauben, die ihr Gesicht fast so versteckten wie ein Nonnenschleier.

Dabei trat ihr der Pfarrer nur selten zu nahe. Meist fragte er nur den Katechismus ab und las Lucia aus der Bibel vor. Anscheinend war er der Ansicht, das Mädchen könne das nicht selbst. Natürlich rückte er ihr dabei manchmal so nahe, dass sein Bein unter der Kutte das ihre unter dem weiten Rock streifte, und oft war auch sein Atem an ihrer Wange fühlbar. Lucia hasste besonders Letzteres, da die Zähne des Priesters verfault waren und bestialisch stanken. Da war es ihr schon lieber, wenn er zum Abschied über ihre Wange oder ihre Schulter strich oder ein unsichtbares Kreuz auf ihre Stirn malte. Mehr kam jedoch nicht vor – und auch wenn Lucia diese Annäherungen verhasst waren: Manchmal ließen sie ein seltsam sehnendes Gefühl in ihr erwachen. Mit einem Mann, den man gern hatte und dazu einlud, mochten »unzüchtige Handlungen« gar nicht so unangenehm sein.

Verstohlen sprach sie mit Lea darüber, die wissend nickte.

»Oh ja, es soll wundervoll sein, wenn ein Mann einem in Liebe beiwohnt. Das sagt zumindest meine Mutter. Und es gibt auch Gedichte in der Bibel. ›Siehe, meine Freundin, du bist schön . . .‹ Das Hohelied Salomons! Wenn das mal ein Mann zu mir sagen würde!«

Lea warf ihr Haar zurück und blickte sehnsuchtsvoll. Sie wusste, dass ihre Eltern seit einiger Zeit nach einem Gatten für sie Ausschau hielten. In der Synagoge spähte Lea oft von der Empore der Frauen hinunter zu den Männern und versuchte, sich den schönsten der heiratsfähigen Jungen auszuwählen. Sie hatte zwar nur ein geringes Mitspracherecht bei der Wahl ihres Gatten, aber wenn sie einen Jungen fand, den sie mochte und der obendrein reich und klug war, würden ihre Eltern sich nicht sträuben, auch mit seiner Familie Verbindung aufzunehmen.

Lucias Gedankengänge waren noch nicht so konkret. Die christlichen jungen Männer, die sie kannte, stießen sie allesamt ab. Dabei hatten Eberhard und seine Kumpane jetzt aufgehört, sie zu necken. Stattdessen begannen sie, das hübsche Mädchen zu umgarnen, sprachen davon, ihr Küsse zu rauben, und folgten ihr mit lüsternen Blicken.

Eines Tages beobachtete Al Shifa dieses Treiben und erregte sich fast so darüber wie über die »Privatstunden« beim Pfarrer.

»Geh niemals im Dunkeln aus dem Haus, Lucia! Gesell dich den Frauen zu, wenn du zur Kirche und zurück gehst. Ich werde den Herrn auch bitten, dir den Knecht mitzugeben, wenn du abends mit Grietgen nach Hause gehst. Deine Jungfräulichkeit ist dein höchstes Gut, Lucia. Achte darauf, sie nicht zu vergeuden!«

Tatsächlich wandte die Maurin sich gleich am Abend an ihren Herrn, doch Benjamin von Speyer winkte ab.

»Nun übertrieb es mal nicht, Al Shifa«, mahnte der Kaufmann.

»Wir sind nicht in Al Andalus, und es geht um keinen Brautpreis. Unter den Christen sind die Sitten lockerer, erst recht bei Familien wie die der Küferin. Dem Grietgen würd's nicht schmecken, wenn du sie unter die Aufsicht vom Hans stellst. Oder hast du nicht gesehen, dass neuerdings ein Galan auf sie wartet, wenn sie nur um die Ecke geht?«

Al Shifa mochte das nicht bemerkt haben, aber Lucia war es selbstverständlich nicht entgangen. Sie wusste jetzt auch ziemlich genau, was unter »unzüchtigen Handlungen« zu verstehen war, und es machte ihr Angst, wenn Grietgen in den Armen des Jungen quietschte und stöhnte, sobald er unter ihre Röcke griff. Meist überließ sie die zwei dann sich selbst und rannte allein zur Bude der Küferin. Die Begleitung des Knechtes wäre ihr dabei nicht unlieb gewesen.

»Lucia ist nicht so!«, beharrte Al Shifa und fixierte ihren Herrn mit beinahe bösem Blick.

Von Speyer jedoch ließ sich nicht erweichen. »Lucia muss sich klar werden, welchem Stand sie angehört«, erklärte er kühl. »Ich mache mir da langsam Sorgen, Al Shifa. Sie wird erwachsen. Und sosehr es dir und Sarah auch gefallen hat, das Kind zu hätscheln wie einen Schoßhund: Sie ist nicht unseresgleichen, und deinesgleichen erst recht nicht! Auf die Dauer muss sie aus dem Haus und sich behaupten. Du tust ihr keinen Gefallen, wenn du ihr jetzt eine Leibwache stellst.«

Al Shifa wollte erneut auffahren, senkte dann aber demütig den Kopf. »Ihr habt recht, Herr«, sagte sie widerwillig. »Aber es kann nicht richtig sein, wenn ein Kerl sie in eine Ecke hinter der Schenke drängt und missbraucht. Sie ist erst vierzehn, Herr! Und auch brave Christenmädchen gehen als Jungfrauen in die Ehe.«

»Dann finde doch einen Mann für sie!«, meinte Benjamin von Speyer brüsk und ließ die Maurin stehen. Ganz offensichtlich wollte er sich mit Lucias Angelegenheiten nicht weiter befassen.

Al Shifa sah ihm verständnislos nach. Seine Härte überraschte sie. Bislang hatte sie stets angenommen, dass auch von Speyer Lucia mochte und sich an ihrem aufgeweckten Wesen freute.

Lucia selbst dagegen ahnte, warum ihr Pflegevater ihr neuerdings abweisend gegenüberstand. Erkannte sie in den letzten Wochen doch das lüsterne Glimmen im Blick der Straßenjungs in den Augen eines Knaben wieder, bei dem sie es am wenigsten erwartet hätte: David von Speyer betrachtete sie wohlgefällig – gut möglich, dass dies seinen Vater erzürnte. Benjamin von Speyer hätte es gern gesehen, wenn Lucia einen christlichen Galan gefunden hätte, wie Grietgen Küfer. Dazu aber konnte Lucia sich nicht überwinden. Nach wie vor gefiel ihr keiner der Jungen, die sie auf dem Weg zur Kirche ansprachen und neckten.

Als sie am Abend mit Grietgen nach Hause ging, folgte ihnen David von Speyer. Der Junge hatte die Unterhaltung zwischen seinem Vater und Al Shifa gehört und war nun fest entschlossen, Lucia selbst den Geleitschutz zu geben, den sein Vater ihr verwehrt hatte. David selbst besaß noch keine Waffe, auch wenn er sich ein wenig im Schwertkampf übte. Den Juden war der Besitz eines Schwertes nicht untersagt; aber es wurde nicht gern gesehen, wenn sie es in der Öffentlichkeit trugen. Schließlich standen sie unter dem Schutz des Bischofs, und es wurde als Undankbarkeit ausgelegt, wenn sie trotzdem meinten, sich verteidigen zu müssen. Die reichen Kaufleute ließen ihre Söhne allerdings durchweg im Gebrauch der Waffe unterrichten. Auf ihren Reisen durften sie nicht hilflos sein.

Doch David musste jetzt all seinen Mut zusammennehmen, um das Schwert seines Vaters aus dessen Kontor zu holen. Von Speyer selbst trug es fast nie, hielt es aber stets parat.

David schloss die Hand um den Griff und ließ die Waffe nicht los, während er hinter Grietgen und Lucia herschlich. Missbilligend beobachtete er, wie die kleine Magd mit ihrem Liebhaber in einem Hinterhof verschwand, und behielt Lucia anschließend im Auge, bis die Tür der Küferin sich hinter ihr schloss. Dabei hegte er grimmige Gedanken. Egal, was sein Vater dachte und sagte, Lucia durfte nichts geschehen. Niemand sollte sie berühren!

Niemand außer ihm.

5

Lucia hatte David von Speyer nie mehr als schwesterliche Gefühle entgegengebracht. Eigentlich nicht einmal die, denn der Altersunterschied zwischen Lea und ihren Brüdern war zu groß, als dass sie wirklich miteinander hätten aufwachsen können. Außerdem waren die Jungen praktisch den ganzen Tag mit ihrem Studium beschäftigt. Natürlich sah sie David und Esra bei den gemeinsamen Mahlzeiten oder bei Festen, aber auch da tanzten, sangen und plauderten Männer und Frauen meist getrennt, und die Jungen fühlten sich schon zu erwachsen, um mit den Kindern zu spielen. Erst jetzt, da sie Davids forschende Blicke bemerkte, sah Lucia auch ihrerseits genauer hin, bemerkte Davids Ausdruck und betrachtete seine Gestalt. Dabei gefiel ihr der Junge durchaus. David war hochgewachsen und sehnig wie sein Vater, und er besaß auch dessen klaren Gesichtsschnitt. Allerdings hatte das Leben noch keine Falten in Davids Antlitz geschnitten, und die Strenge und der Ernst in den Zügen vieler jüdischer Männer gingen ihm bislang ab. Stattdessen zeigte Davids Gesicht noch einen Hauch von kindlicher Weichheit, die fast rührend wirkte, wenn der Junge Zerknirschung heuchelte, um nach irgendeinem Streich der Bestrafung zu entgehen. Sein Haar war flachsblond wie Sarahs, und sie hatte ihm auch ihre Augenfarbe vererbt: David blickte aus dunkelbraunen, klugen Augen in die Welt. Sein Blick war forschend, aber genau wie sein Bruder und Lea zeigte er wenig wissenschaftliche Neugier. Die Kinder der von Speyers studierten pflichtschuldigst, doch ohne große Begeisterung. Den Jungen ging es nur um das Rüstzeug für spätere Geschäftsreisen, denen sie jetzt schon voller Spannung entgegensahen. Lea lernte gerade so viel, um ihrem späteren Ehegatten eine kluge und weltgewandte Gesprächspartnerin zu sein und ihren Töchtern eine angemessene Erziehung angedeihen zu lassen. Alle drei Speyer-Kinder verstanden sich denn auch besser aufs Rechnen als auf Grammatik, Philosophie und Sprachen. Lucia hatte sich oft Zuckerzeug verdient, indem sie die Hausaufgaben der Jungs in diesen Fächern gewissermaßen nebenbei erledigte. In letzter Zeit fragte David sie aber nicht mehr danach. Er war wohl zu stolz, um Schwächen einzugestehen.

Auch das Studium der Medizin, selbst wenn es nur um Hausmittel ging, interessierte Lea wenig. Je älter sie wurde, desto häufiger fand sie Gründe, Al Shifas Unterrichtsstunden zu schwänzen. Lieber ließ sie sich von ihrer Mutter im Nähen und Sticken unterweisen und begleitete Sarah bei allen Verrichtungen, die zur Führung eines großen Haushalts erforderlich waren. Sarah sah es mit Wohlwollen, bestand aber darauf, dass Lea weiterhin Hebräisch lernte und die wichtigsten medizinischen Ratgeber studierte.

»Du wirst später keine Al Shifa um dich haben, wenn deine Kinder krank sind!«, mahnte sie. »Und die Bücher selbst kannst du nicht lesen. Der ›Kanon der Medizin‹ soll ja jetzt ins Lateinische übersetzt sein. Benjamin sucht nach einer Ausgabe für deinen späteren Haushalt. Aber auch dann wärest du auf deinen Gatten angewiesen. Es ist besser, du lernst die wichtigsten Dinge selbst.«

Also hockte Lea mürrisch auf dem Diwan im Zimmer ihrer Mutter, während Lucia aus Ar-Rasis »Handbuch« vorlas und dabei gleich übersetzte.

»Als Abführmittel eignen sich Sennesblätter, Tamarinden, Cassia, Aloe und Rhabarber«, fasste sie einen längeren Abschnitt des

Werkes zusammen. »Und wir sind angehalten, das Quellwasser vor dem Kochen getrockneter Bohnen abzuschütten, damit das Gericht weniger Blähungen hervorrufe.«

»Wer hat es dir eigentlich geschenkt?«, fragte Lea unvermittelt und blickte Al Shifa fragend an. Die Langeweile war ihr seit Stunden anzumerken, und nun war ihr wohl endlich eine Idee gekommen, wie sie die Maurin zum Themenwechsel anregen konnte. »Das Buch, meine ich. Und all die anderen Bücher über Medizin. Lucia sagt, du hast sie von einer Frau.« Die Mädchen versuchten immer wieder, die Maurin über ihr früheres Leben auszuhorchen, nur war die Strategie selten erfolgreich. Al Shifa pflegte höflich zu antworten, behielt ihre Geschichte aber im Wesentlichen für sich. Auch heute versuchte sie wieder, mit einer knappen Antwort davonzukommen.

»Die Mutter eines Fürsten. Ich lebte eine Zeitlang in ihrem Harem.«

»In ihrem Harem?«, quietschte Lea. »Aber Frauen haben doch keinen Harem! Gehören Haremsdamen denn nicht alle dem Sultan?«

Al Shifa schüttelte den Kopf, und die Mädchen triumphierten: Diese Bewegung leitete stets ausführlichere Erklärungen ein. »Der Harem bezeichnet die Frauengemächer in einem maurischen, arabischen oder persischen Haushalt. Das kann ein Palast sein; dann sind diese Gemächer groß und weitläufig. Aber es können auch nur ein oder zwei Zimmer in einem großen Haus sein, oder ein Zelt bei den Beduinen. Darin leben alle Frauen einer Familie. Also die Ehefrauen und Konkubinen des Hausherrn, aber auch seine Schwestern, seine Töchter – und häufig seine Mutter. Die ist dann die Herrscherin des Harems. Man kann ihn durchaus den ihren nennen.«

»Aber wohnt sie denn nicht bei ihrem Mann?«, erkundigte sich Lea. »Sie müsste doch beim Vater des Hausherrn leben.«

Al Shifa zuckte mit den Schultern. »Natürlich, solange der lebt. Aber eine Witwe und zieht zu ihrem Sohn. Und sehr oft teilen sich ein Vater und seine Söhne auch einen einzigen Harem. Nur Fürsten können sich leisten, schon den ersten Frauen des fünfzehnjährigen Sohnes eigene Gemächer einzurichten.«

»Und du warst die Frau des Fürsten?«, fragte Lucia bewundernd. Sie konnte sich das gut vorstellen. Al Shifa war so schön und klug! Aber wie hatte es sie dann nach Mainz verschlagen? Das Mädchen schob das Buch unauffällig von sich. Das hier war interessanter als die Weisheiten Ar-Rasis!

Al Shifa schüttelte den Kopf. »Aber nein, Kleines, was denkst du«, meinte sie stattdessen. Sie schien ihren gesprächigen Tag zu haben. Oder befand sie ihre Zöglinge endlich für reif genug, ihre Geschichte zu verstehen? Auf jeden Fall machte sie keine Anstalten, Lucia zur Wiederaufnahme der Arbeit zu ermahnen. »Ich lebte im Harem des Emirs von Granada, aber den Herrn habe ich nur einmal gesehen.«

»Dann warst du nur Dienerin?«, fragte Lucia enttäuscht. Sie hatte sich Al Shifas früheres Leben immer sehr schillernd vorgestellt. Und nun war sie bloß eine Haussklavin gewesen?

»Auch das nicht«, erklärte Al Shifa. »Ich gehörte zum Haushalt des Herrn, ich war ihm geschenkt worden.«

Die Mädchen lauschten mit gespitzten Ohren und weit aufgerissenen Augen. Es gab nur wenige Sklaven in den Judenhäusern von Mainz – schon deshalb, weil es den Juden verboten war, christliche Unfreie zu besitzen. Aber auch in den reichen Adelsfamilien war es in deutschen Landen nicht üblich, Diener zu verschenken wie ein Schmuckstück oder ein edles Pferd. Meist waren die Unfreien an die Scholle ihrer Dörfer gebunden und verließen sie höchstens im Gefolge eines Herrn oder einer Herrin, dem oder der sie sich unentbehrlich gemacht hatten.

»Nun schaut nicht so, das ist so üblich in meinem Land!«,

meinte Al Shifa mit einem Lächeln zwischen Bitterkeit und Wehmut. »Ich war von Kindheit an Sklavin ... zumindest solange ich denken kann. Geboren wurde ich in Freiheit, als Tochter eines Fischers. Aber dann brachen christliche Söldner in unser Dorf ein. Man nennt das Cabalgada, einen kleinen Überfall. Meine Eltern kamen dabei ums Leben. Was mit meinen Geschwistern geschah, weiß ich nicht. Ich selbst entging dem Tod und der Schändung, weil ich ein schönes Kind war und eine außergewöhnliche Stimme besaß. Man erzählte mir später, ich hätte neben all den Leichen gesessen und gesungen. So als wollte ich sie ins Leben zurückzaubern. Die Söldner fürchteten daraufhin, mich anzurühren. Ihr Hauptmann jedoch sah die Möglichkeit, ein gutes Geschäft zu machen. Er nahm mich mit und verkaufte mich an einen jüdischen Kaufmann, der auch auf der maurischen Seite der Grenze Handel trieb. So kam ich in eine Schule, an der Haremssklavinnen ausgebildet wurden. Die Herrin Farah, die diese Schule leitete, war selbst Sklavin gewesen, hatte sich aber freikaufen können, nachdem ihr Herr gestorben war. Nun bestritt sie ihren Lebensunterhalt, indem sie schöne kleine Mädchen billig kaufte und ihnen eine Erziehung angedeihen ließ, wie sie sonst nur Prinzessinnen erhalten. Wir lernten musizieren, singen und tanzen; wir lasen die Schriften der Römer und Griechen, und natürlich auch die großen Dichtungen und philosophischen Abhandlungen der arabischen Weisen. Das Ziel dieser Ausbildung war, eine Frau hervorzubringen, die nicht nur sehr schön ist, sondern ihren Herrn auch in jeder anderen Hinsicht aufs Trefflichste zu unterhalten versteht...«

»Und die Liebe?«, fragte Lea nun vorwitzig. »Ist es wahr, dass man arabische Mädchen auch in der Kunst der Liebe unterrichtet?«

Lucia wurde rot. Al Shifa jedoch antwortete unbeeindruckt: »Der geschlechtlichen Liebe. Ja, auch hier lernten wir, unsere späteren Herren zu überraschen und zu entzücken. Vor der wahren, wirklichen Liebe aber pflegte Farah uns zu warnen! Diese Liebe ist ein romantischer Traum, und wenn man ihm blindlings folgt, birgt er unendliche Gefahren. Natürlich glaubten wir das nicht. Schließlich lasen wir ein Liebesgedicht nach dem anderen, berührten gegenseitig unsere Körper ...«

»Aber das ist Gott nicht wohlgefällig!«, rügte Lea.

Al Shifa nickte. »Wir haben es nicht um der Lust willen getan, sondern um uns auf jenen Tag vorzubereiten, an dem wir unserem Herrn zu Willen sein sollten. Wir durften dann nicht ängstlich und unerfahren scheinen – eine scheue Jungfrau erfreut ihren Herrn nur wenige Stunden, dann beginnt sie ihn zu langweilen. Jedenfalls, wir lernten die Lust kennen! Wir begannen über die Männer nachzudenken, die wir verstohlen von unseren vergitterten Fenstern aus über die Straßen vor dem Haus flanieren sahen. Wir sehnten uns nach einem Prinzen und malten uns in glühenden Farben aus, wie der Mann sein sollte, dem wir einmal gehören würden ...«

»Und war es dann auch so?«, fragte Lucia mit leuchtenden Augen, denn die Maurin fasste ihre eigenen Phantasien und Träume in Worte.

Al Shifa lachte. »Natürlich nicht, Kleines! Was denkst du, was ein Mädchen aus der Schule der Herrin Farah kostete! Wir waren ein Vermögen wert, und es kam selten vor, dass ein Herr eine solche Kostbarkeit für den eigenen Harem erwarb – erst recht kein junger Herr, der gerade die Wege der Liebe mit seiner ersten Gemahlin beschreitet, zugleich aber rasch in Leidenschaft für jedes beliebige Mädchen entbrennt. Nein, wir wurden meist als Geschenke für Geschäftsfreunde oder Gönner erworben, die sonst bereits alles hatten – einschließlich Ehefrauen und einer Anzahl weiterer Konkubinen. Oft waren es alte Männer, die all unserer Kunstfertigkeit bedurften, um die Liebe noch genießen zu können ... und die uns deshalb umso mehr schätzten! Uns Mädchen wie auch die Männer, die ihnen dieses großzügige Geschenk gemacht hatten. So gelangte ich an den Hof des Emirs.«

»Mochte er dich nicht?«, fragte Lucia ungläubig. »Wollte er dich nicht zur Frau?«

»Zur Frau nehmen solche Männer ihre Sklavinnen nur selten«, erwiderte Al Shifa. »Aber der Sultan wollte mich nicht einmal anrühren. Ihm gefielen blonde, blauäugige Frauen, die obendrein sehr üppig sein mussten. Auf Bildung gab er nichts. Wenn er sich über Philosophie unterhalten wollte, rief er seinen Wesir. Die Mädchen in seinem Harem waren größtenteils Christinnen, die man außerhalb von Al Andalus geraubt hatte. Viele von ihnen sprachen nicht einmal unsere Sprache. Dem Herrn war das egal, aber für uns wurde das Leben in seinem Harem dadurch langweilig und traurig. Die Frauen mochten sich mit ihrem Los nicht abfinden. Sie betrachteten den Harem als Gefängnis, und man hörte mehr Weinen und Jammern in den verschiedensten Sprachen als Musik und Gesang.«

»Und wie bist du dort herausgekommen?«, wollte Lea wissen. Ihr wurde die Geschichte schon wieder zu langatmig, zumal die Stunde längst um war. Sie wollte jetzt keine Haremsgeschichten mehr hören, sondern ihre Mutter zu den Lagerhäusern des Vaters begleiten. Es waren Seidenstoffe aus den Manufakturen Al Mariyas eingetroffen, und von Speyer hatte »seine Damen« eingeladen, sich im Vorfeld die schönsten Tücher auszuwählen. Außerdem schien draußen die Sonne. Lea freute sich schon den ganzen Tag auf den Ausflug.

Lucia dagegen wollte mehr über Al Shifas Jugend erfahren. Sie atmete auf, als die Sklavin weitersprach. Al Shifa erzählte jetzt selbstvergessen; ihr Blick schien in weite Fernen gerichtet.

»Doch ich konnte die Frauen oft trösten. Zu den Fertigkeiten, die Farah ihre Mädchen gelehrt hatte, gehörte es auch, die Sprachen der Christen zu sprechen. Man verschenkte uns ja nicht nur an maurische Herrscher oder Handelsherren. Mitunter gingen wir auch zu christlichen ... hm, Würdenträgern ...«

Lucia fragte sich, wen genau Al Shifa damit meinte. Von maurischen Liebessklavinnen an christlichen Adelshöfen oder in den Häusern reicher Christen oder Juden hatte sie nie gehört. Wie hätten die Männer das auch ihren Gattinnen verständlich machen sollen?

»Eines Tages hörte die Mutter des Sultans – Zafira hieß sie –, dass ich mit einem der Mädchen sprach. Sie bat mich daraufhin, am Bett einer Wöchnerin, die sie von einem Kind ihres Sohnes entbinden sollte, zu übersetzen. Zafira interessierte sich für Medizin. Sie besaß sämtliche Werke der berühmten Ärzte und beschäftigte sich, indem sie die anderen Frauen im Harem als Heilerin und Hebamme betreute. Mitunter wurde sie sogar in andere Paläste gerufen. Der Emir konnte seinen Würdenträgern keine größere Gunst angedeihen lassen, als ihren Frauen seine Mutter zu schicken, wenn eine Geburt anstand. Ich diente Zafira zuerst als Übersetzerin; später weihte sie mich in die Feinheiten ihrer Kunst ein. So erwarb ich mein Wissen über Heilkunst. Und Zafira schenkte mir die Bücher von Ar-Rasi und Ibn Sina, als ich den Harem verließ.«

»Aber warum hat man dich fortgeschickt?«, wollte Lucia wissen, während Lea ungeduldig aufsprang. Die Geschichte schien zu Ende zu sein, und sie sah die Möglichkeit zu verschwinden.

Al Shifa zuckte mit den Schultern. »Nun, wenn du ein teures Geschenk erhältst, damit aber nichts anfangen kannst, ist es doch nur sinnvoll, wenn du es weiterverschenkst, nicht wahr?«, fragte sie bitter. »Der Sultan war klug genug, mich nicht anzurühren, und als Jungfrau behielt ich meinen Wert. Als Verhandlungen über einen Friedensschluss mit Kastilien anstanden, sandte man mich nach Toledo ...«

Lucias Gedanken arbeiteten fieberhaft. Toledo! In dieser Stadt hatte Benjamin von Speyer Al Shifa bekommen! Aber sie war ihm doch nicht geschenkt worden ...? Es war stets von einem Bischof die Rede gewesen, in dessen Haus sie gedient hatte. Und was war mit den Kindern, die sie geboren hatte?

Lucia öffnete schon den Mund, um zu fragen, aber jetzt schien auch Al Shifa genug zu haben. Sie löste sich mit einem Blick aus ihrer Geschichte, als tauche sie aus dunklen Wassern der Erinnerung auf. »Zieht euch um, Kinder, ihr müsst gehen. Die Herrin wird bereits warten. Es ist ein herrlicher Tag für einen Spaziergang. Der helle Sonnenschein und Seide aus Al Andalus ... ihr könnt euch beinahe in meiner Heimat wähnen!«

Lucia sah dem Ausflug mit gemischten Gefühlen entgegen. Seit sie fast erwachsen war, empfand sie es nicht mehr als selbstverständlich, jede Vergünstigung und jeden Luxus mit Lea zu teilen. Auch Sarah und Benjamin gaben ihr auf mehr oder weniger subtile Art zu verstehen, dass sie den Abstand zwischen dem Lucia und ihrer Familie zu vergrößern wünschten. Das hatte mit jener Weigerung begonnen, ihr den Hausdiener als Schutz beizugesellen, und zog nun immer weitere Kreise. Lucia versuchte, die Einschränkungen vorauszuahnen, damit keine Demütigungen daraus wurden. Heute zum Beispiel machte sie keine Anstalten, mit Sarah und Lea in die Sänfte zu steigen, die vor dem Hause schon auf sie wartete, sondern ging ganz selbstverständlich nebenher. Sie kleidete sich auch möglichst bescheiden. Wenn Stoffe zur Auswahl standen, nahm sie einfaches Tuch. Sie brachte keine Verzierungen mehr an den Kleidern an, die sie sich nähte, und flocht ihr Haar zu unauffälligen Zöpfen, statt es wie Lea offen zu tragen. Anstelle des Schepels, des kranzartigen Kopfschmucks junger Mädchen, bevorzugte sie schlichte Hauben. Die Leute hielten Lucia und Lea denn auch längst nicht mehr für Zwillingsschwestern. Leas Schönheit wurde gerühmt, Lucia galt als eher unscheinbar.

Der Spaziergang durch die Gassen des Judenviertels zum Rhein hinunter, über den Karmeliterplatz und am Neubau des Klosters vorbei, machte Lucia dann jedoch Spaß. Sie hielt den Kopf züchtig gesenkt, als die Bauarbeiter ihr Zoten und Scherze nachriefen. Doch sie meinten es nicht böse, und so lächelte sie im Stillen und war beinahe stolz darauf, welche Wirkung sie trotz der schlichten Kleidung auf die jungen Männer ausübte. An der Rheinstraße gab es mannigfaltige Lagerhäuser und Kontore. Hier waren viele Juden ansässig, und so mancher grüßte ehrerbietig zu Sarah und Lea in die Sänfte. Lucia traf selten ein Gruß – aber auch hier waren es vor allem junge Burschen, die ihr winkten und sie beim Namen nannten.

Sarah sah es mit Missfallen. Eigentlich konnte sie ihrer Pflegetochter nichts vorwerfen: Lucia verhielt sich vorbildlich, war bescheiden und brav, machte sich im Haushalt nützlich und hielt Lea bei der Stange, wenn sie wieder einmal singen, tanzen oder ausreiten wollte, statt zu lernen und sich auf ihre Pflichten als Hausfrau und Mutter vorzubereiten. Dennoch verspürte Sarah immer häufiger Unwillen, wenn sie Lucia mit jenem sinnlichen Gang durchs Haus schweben sah, der auch Al Shifa zu eigen war. Lucias strahlende Augen und ihr makelloses Gesicht, das sie entzückt hatte, als das Mädchen noch ein niedliches Kind gewesen war, erfüllten sie jetzt mit Unmut und Sorge. Die Kleine trug den Kopf zu hoch. Sie sprach zu selbstverständlich von Dingen, die sie nichts angingen; einmal hatte sie die Mädchen sogar dabei belauscht, als sie von ihren späteren Ehegatten und Kindern redeten und dabei lachten und kicherten. Sarah beabsichtigte, Lea jetzt bald zu verheiraten, schon um die Mädchen zu trennen. Was aber sollte sie mit Lucia anstellen? Es war kurzsichtig gewesen, dem christlichen Waisenkind ein Heim in ihrer Familie zu geben! Nun blieb ihr nur noch, das Mädchen vielleicht einem Hausknecht anzuverloben und dazu mit einer kleinen Mitgift auszustatten. Aber es musste ein Mann sein, der ihrer Familie verbunden war – wer sonst stellte keine Fragen, wenn Juden die Mitgift stellten? Am besten wäre es gewesen, der Küferin die Verhandlungen zu überlassen. Aber die würde das Geld wahrscheinlich selbst einstecken und Lucia an den nächsten Hurenwirt verschachern. Sarah ließ die christlichen Bediensteten ihrer Familie vor sich Revue passieren. Viele waren es nicht. Im Haus gab es nur den alten Hans; außerdem beschäftigte Benjamin ein paar Lagerarbeiter. Vielleicht mochte einer von denen Lucia. Aber was würde das Mädchen selbst dazu sagen? Sarah schalt sich für ihre mangelnde Weitsicht. Wie hatte sie dem Kind erlauben können, Latein und Arabisch zu studieren? Bestimmt war das Mädchen sich jetzt zu gut für einen christlichen Knecht!

Lucia ahnte nichts von diesen trüben Gedanken. Sie freute sich nur, David zu sehen, der aus dem Kontor seines Vaters eilte, als er die Sänfte kommen sah. Doch Lucia war ein wenig verwundert über Davids Erscheinen, denn gewöhnlich arbeitete er nicht für seinen Vater; er hatte seine praktische Ausbildung als Kaufmann im Betrieb eines Freundes der Familie aufgenommen, Eliasar ben Mose.

»Da seid ihr ja! Mutter . . . Lea . . . Lucia . . . ! Vater wurde abgerufen, aber ich war gerade hier, und so bat er mich, euch die neuen Waren zu zeigen.«

Lucia verstand nicht, warum ihr Herz neuerdings in der Brust zu tanzen schien, wenn sie Davids braune Augen auf sich ruhen fühlte. Der Junge wagte es nicht, ihr offen den Hof zu machen, doch sie sah sein Gesicht aufleuchten, sobald er sie sah. Lucia musste Acht geben, dass nicht auch sie selbst sich verriet. Zum Glück schien Sarah von Speyer heute anderen Gedanken nachzuhängen. Sie blieb bald zurück und sprach mit einem der Kontoristen, während David die Mädchen in einen Raum führte, der über und über mit Stoffen aus aller Herren Länder gefüllt war.

»Hier, edles Leinen aus Köln! Vater hat einen Posten davon zurücklegen lassen, Lea, für deine Aussteuer. Und hier – Brüsseler azurblaues Tuch. Schaut euch nur die leuchtenden Farben an! Das hier, Lea, wäre fast ein Hochzeitskleid. Und dies . . .«

»Das ist ein schöner Stoff«, meinte Lucia gelassen und zeigte auf einen Ballen Flandrisches Tuch, dessen graue Farbe leicht ins Blau spielte.

David schüttelte unwillig den Kopf.

»Was willst du nur immer ausschauen wie ein Mäuslein, Lucia! Dies hier, dies ist deine Farbe!« Der Junge griff zielstrebig – beinahe so, als hätte er sich vorher darauf festgelegt – nach einem Ballen Seide aus den Manufakturen Al Mariyas. Sie war von leuchtendem Blau, wie die Lichter, die mitunter in Lucias dunklen Augen aufblitzten. Eifrig drapierte er die Seide um Lucias Haar. Und auch Lea wurde fündig. Sie angelte sich ein helleres Seidengespinst, das mit Goldfäden durchzogen war.

»Das hier! Es sieht fast aus, als habe man die Sonne eingewebt! Wäre das nicht ein Brautschleier, der einer Prinzessin würdig ist?« Tatsächlich verlieh das Seidentuch ihrem Gesicht mehr Ausdruck, und das Gold ließ ihre Augen leuchten. Mit Lucias Glanz jedoch war es nicht annähernd vergleichbar. David konnte den Blick nicht von ihr wenden. Eifrig beförderte er einen weiteren Ballen Seide aus dem Vorrat seines Vaters und legte den dunkleren Stoff um Lucias Schultern.

»Ein wunderschöner Kontrast! Wie schade, dass ihr euch nicht in die filigranen Gewänder der Haremskonkubinen kleiden könnt! Juda ben Eliasar, der gerade aus den maurischen Landen heimgekommen ist, erzählt wahre Wunderdinge. Die Frauen verdecken ihren ganzen Körper, das schreibt ihre Religion ihnen vor!«

Davids bewundernder Blick streichelte Lucias schmale Gestalt in der blauen Seide. »Jetzt fehlt nur noch ein wenig Gold, Lucia! Die Göttin des Lichts auf ihrem Himmelsthron ...«

Lucia errötete jetzt endgültig, während David goldgelbe Seide um ihre Taille schlang. Sie schämte sich für ihn. Ein Jude durfte nicht so lose Reden führen. Andererseits wärmten sie die Schmeicheleien. Und der Stoff war wunderschön.

»David! Was soll das! Und ihr ... Lea ... Lucia! Ihr spielt hier mit den Waren wie Kinder, die deren Wert nicht kennen!«

Sarah hatte ihre ziemlich unbefriedigende Unterhaltung mit dem Kontoristen beendet und war nun entsetzt von dem, was sie sah. Gut, David hatte das Mädchen nicht unzüchtig berührt, aber immer wieder dieses Herumtändeln! Und wie schön Lucia war ... Kein Wunder, wenn sie den Jungen den Kopf verdrehte! Zu schade, dass keiner der Lagerarbeiter für sie in Frage kam; sie waren alle entweder verheiratet oder noch keine dreizehn Jahre alt. Ansonsten hätte man ihm das Mädchen nur in diesem Aufzug präsentieren müssen. Er hätte sie auch ohne Mitgift genommen!

»Leg das alles sofort zurück, Lucia. Wie kommst du dazu, es anzulangen? Und wickele es ordentlich auf, diese feinen Stoffe reißen leicht!«

Lucia kämpfte mit den Tränen. Ihre Ziehmutter war ungerecht. Sie selbst hatte die Stoffe doch gar nicht angerührt!

David schien ihr zu Hilfe kommen zu wollen, doch Lea mischte sich bereits ein.

»Lucia hat nichts gemacht, Mutter. Es war meine Idee, Brautschleier auszuwählen. Und dieser blaue würde ihr wundervoll stehen, nicht wahr? Und der hier wäre was für mich ... was meinst du, Mutter? Oder wäre das unschicklich?«

Sarah schmolz dahin, als sie Leas hübsches Gesicht unter dem zarten blaugoldenen Schleier sah. Eine traumhaft schöne Braut würde sie sein ...

»Für dich ist das angemessen. Aber du, Lucia, wirst etwas Bescheideneres wählen müssen. Sofern wir dich überhaupt verheiraten können. Noch sehe ich da wenig Möglichkeiten. Vielleicht sollten wir dich erst mal irgendwo in Lohn geben ...«

Lucia erschrak, ließ sich aber nichts anmerken. Geschickt legte sie die Seide zusammen, behielt den dunkelblauen Stoff aber noch bei sich und drapierte ihn um Leas Hüften.

»Das wäre eine schöne Ergänzung zu dem Kopfschmuck, Lea«, sagte sie schüchtern. »Natürlich nur, wenn die Hochzeit im Sommer stattfände. Im Winter bräuchtest du ein Kleid aus Tuch.«

»Oh, ich möchte eine Sommerbraut sein!« Lea wirbelte durch den Raum. »Und einen Kranz aus Blüten tragen. Wenn es nur schon so weit wäre, Lucia! Ach, ich sehne mich nach meinem Gatten!«

Leas Augen nahmen einen verlangenden Ausdruck an, als wäre ihr der Zukünftige schon bekannt. Sarah musste unwillkürlich lachen. Ihre Tochter war entzückend – und sie würde erfreut sein über den Mann, den sie inzwischen für sie ausgewählt hatten. Die von Speyers standen in Verhandlungen mit Eliasar ben Mose. Sein Sohn Juda war eben von seiner ersten großen Einkaufsreise zurückgekehrt. Er war ein junger, stattlicher Mann und einziger Erbe seines Vaters. Lea würde reich und glücklich sein. Und David würde man bald auf Reisen schicken.

Sarah dachte nicht mehr an Lucia.

Am Abend brachte sie das Thema jedoch vor ihrem Gatten zur Sprache. Lucia hatte wie an jedem Abend ganz selbstverständlich an ihrer Tafel gespeist und dabei ein paar Worte mit David gewechselt, der schon wieder dieses Leuchten im Blick hatte, das Sarah in Alarmzustand versetzte.

»Das Mädchen verführt deinen Sohn vor unseren Augen. Hier muss etwas geschehen!«, erklärte sie streng.

»Na komm, so verschlagen scheint sie mir nun doch nicht zu sein«, schwächte Benjamin ab. Zwar war Lucias weitere Anwesenheit im Haus auch ihm nicht allzu recht, aber die Hure Babylons konnte er nun auch nicht in ihr sehen. Gut, David mochte ein bisschen für sie schwärmen, und es war sicher besser, das Mädchen so bald wie möglich zu entfernen. Außerdem fürchtete Benjamin Schwierigkeiten mit der christlichen Kirche, wenn Lucia blieb. Über der jüdischen Gemeinde von Mainz brauten sich wieder mal dunkle Wolken zusammen. Vor ein paar Tagen war ein christliches Kind verschwunden und ermordet und schrecklich verstümmelt aufgefunden worden. Natürlich hatte der Vater nichts Besseres zu tun gehabt, als die Juden eines Ritualmordes zu beschuldigen. Der »Judenbischof«, ihr Gemeindevorsteher, war deshalb schon beim Erzbischof vorstellig geworden. Falls es zu Ausbrüchen des Volkszorns kam, würde man Schutz brauchen. Und nicht auszudenken, was geschah, wenn eine Horde christlichen Mobs ein junges, schönes Christenmädchen in einem Judenhaus anträfe!

»Es mag sein, dass sie ganz unschuldig ist«, räumte Sarah ein. »Aber um David um den Verstand zu bringen, genügt ihre bloße Anwesenheit. Ich will, dass sie fortgeschickt wird, Benjamin. Das meine ich ernst!«

Von Speyer überlegte. Das Einfachste wäre, wenn die Küferin Lucia in Stellung gäbe. Aber was kam da infrage? Für ein Haus- oder Küchenmädchen war Lucia mit ihren bald sechzehn Jahren bereits zu alt. Viel Geschick dafür schien sie auch nicht zu haben. Dann fiel ihm ein, dass ein christlicher Schneider, den er flüchtig kannte, gestern über den Verlust seines Lehrlings geschimpft hatte. Der Knabe hatte sich am Dreikönigstag betrunken und war im Rhein ersoffen. Nun wurde Ersatz gebraucht, und möglichst kein blutiger Anfänger. Meister Friedrich bewarb sich um eine Konzession als Gewandschnitter, um fürderhin auch mit Tuchen handeln zu dürfen. Da hatte er keine Zeit, einen kleinen Jungen einzuarbeiten. Wenn Benjamin ihm nun Lucia als Lehrtochter vorschlug, mochte er anbeißen. Es war nicht unbedingt üblich, dass Frauen den Beruf des Schneiders erlernten, aber auch nicht verboten.

Benjamin begeisterte sich immer mehr für die Idee. Meister Friedrich war verheiratet – mit einem Drachen von einer Frau! Lucias Tugend wäre in seinem Haus also nicht gefährdet. Und es gab einiges, das Benjamin dem Meister anbieten konnte, um ihm das Lehrmädchen schmackhaft zu machen.

Von Speyer beschloss, morgen mit dem Schneider zu reden.

Meister Friedrich Schrader befand Lucia eigentlich als für zu alt, um noch eine Lehre anzufangen, ließ sich dann aber umstimmen. Erstens, weil das Mädchen in einem gutbürgerlichen Haushalt erzogen und dabei von klein auf zu Handarbeiten angehalten worden war. Vor allem aber überzeugten ihn die großzügigen Rabatte, die Benjamin von Speyer ihm auf seine ersten Stoffeinkäufe als Gewandschnitter einräumte. Die Schraderin argwöhnte zunächst, der Jude wolle ihnen sicher nur seine Hure aufdrücken. Meister Friedrich hätte sich allerdings auch die Rückführung eines gefallenen Mädchens in den Schoß der Kirche zugetraut – wenn er nur preiswerten Zugang zu den Batist- und Seidenstoffen, dem Brokat aus Al Andalus und dem Flämischen Tuch bekam, das der Jude von Speyer immer wieder importierte.

Zu Benjamins Erleichterung wehrten sich auch Lucia und Al Shifa nicht gegen die Verbannung des Mädchens aus der Obhut des jüdischen Bürgerhauses. Lucia war beinahe froh, der neuerdings eher gespannten Atmosphäre zwischen ihr und Sarah entfliehen zu können. Außerdem atmete sie auf, als sie endlich das Haus der Küferin verlassen konnte. Ihre »Ziehbrüder« wurden fast täglich frecher. Mitunter drängten sie gar nachts in ihr Bett, um dem schlaftrunkenen Mädchen ein paar Griffe an den Busen oder zwischen die Beine abzuringen. Obendrein hatte Grietgen vor Kurzem geheiratet, Lucia musste den »Heimweg« also täglich allein antreten. Wäre nicht David gewesen, der unauffällig über sie wachte, hätte sie sich zu Tode geängstigt. Dennoch fühlte das Mädchen sich natürlich beobachtet und verfolgt. Erst als sie sich einmal todesmutig hinter einer Hauseinfahrt versteckte und ihrem Verfolger auflauerte, erkannte sie David. In ihrer Erleichterung hatte sie ihn zunächst zusammengestaucht; dann aber fand sie seinen Geleitschutz rührend – und inzwischen fast lebensrettend. Außerdem war David nicht aufdringlich. Im Gegenteil, er wagte auch nach seiner Entdeckung nicht, einfach neben ihr herzugehen. In Begleitung eines Juden bei Nacht durch die Stadt zu flanieren wäre für das Mädchen schließlich fast kompromittierender gewesen, als sich einem Christenjungen im Hinterhof hinzugeben. Doch David ließ sich nicht sehen; er war nur da wie ein Schatten. Lucia brachte ihm dafür immer dankbarere und liebevollere Gefühle entgegen.

Al Shifa erhoffte sich von Lucias neuer Stellung außerdem ein Ende der privaten »Katechismus-Unterweisung« beim Pfarrer von St. Quintin. Ihr Zögling winkte zwar nur lachend ab, wenn sie argwöhnisch danach fragte, aber auch der Pfaffe wurde zudringlicher, je mehr weibliche Formen Lucia entwickelte. Dabei schien er ihr einerseits näherkommen zu wollen, ihr andererseits jedoch übel zu nehmen, dass sie ihn offensichtlich erregte. Evas Sündenfall wurde immer häufiger zum Thema in seinen Stunden, und Lucia wusste schon nicht mehr, wie unauffällig sie sich noch kleiden und wie tief sie den Kopf noch tragen sollte, um keinen Unmut zu erregen.

Die Einzige, die geradezu stürmisch Einspruch gegen Lucias Übersiedlung in die Straße »Unter den Wollengaden« erhob, war Lea. Sie empfand es als Affront – gegen Lucia und sich selbst –, dass man ihr die Freundin rauben wollte.

»Wenigstens bis zur Hochzeit musst du bleiben!«, bestürmte sie das Mädchen. »Mit wem soll ich denn all die Sachen für die Aussteuer aussuchen? Und wer hilft mir beim Ankleiden vor dem Fest? Ach, und all die langweiligen Gebete, die ich noch lernen soll, und die Bücher, die Mutter mich zu lesen zwingt! Wie soll ich das ohne dich schaffen?«

Lucia, peinlich berührt, nahm sie in die Arme. Offensichtlich hatten die von Speyers Lea gegenüber den Eindruck erweckt, sie ginge aus freien Stücken. Ihr selbst dagegen war die Lehrstelle beim Schneider als unabänderliche Entscheidung hingestellt worden.

»Ich bin ja nicht aus der Welt, Lea«, beruhigte sie ihre Freundin. »Du kannst mich zu deiner Hochzeit einladen. Ich würde sie mir um nichts in der Welt entgehen lassen! Und wenn ich frei habe, will ich auch gern mit dir studieren. Aber sonst wird es Zeit für mich zu gehen. Ich ...«

»Du willst weg von uns, weil wir Juden sind, nicht wahr? Ist es nicht so, Lucia?« Lea wirkte fast etwas gekränkt, doch gleich darauf blitzte Verständnis in ihren freundlichen blauen Augen auf. »Weil du hier keinen Mann zum Heiraten findest! Ach, Lucia, ist das nicht das Allerdümmste, was Menschen sich je ausgedacht haben? Wir sind doch Schwestern, wir waren immer zusammen, du kannst all unsere Gebete – viel besser als ich. Wenn ich zu entscheiden hätte, würde ich dich mit einem meiner Brüder vermählen! Was meinst du? Wen magst du lieber? Esra oder David?«

Für Lea war das müßige Tändelei; Lucia jedoch errötete zutiefst. Die Verbindung zwischen einem Juden und einer Christin war strengstens verboten, wobei es diesmal von *beiden* Seiten so gesehen wurde. Und selbst wenn sie Jüdin wäre ... Undenkbar, dass die von Speyers ihren Sohn mit einem Findelkind verheiraten würden.

»Der Meister Friedrich hat ja keinen Sohn«, überlegte Lea weiter. »Aber wenn du erst in der Schneiderzunft Bekannte findest ... Du bist so hübsch, Lucia, dich nimmt auch einer ohne Mitgift!«

6

Im Grunde graute es Lucia vor einem Leben in der Handwerkerschaft von Mainz, und sie sah auch wenig Sinn in einer Lehre bei Meister Schrader. Als Frau würde sie kaum zur Meisterin aufsteigen, selbst wenn sie dem Schneidern mehr abgewinnen könnte, als es jetzt der Fall war. Der Umgang mit Nadel und Faden war ihr zwar nicht zuwider, aber das Studium der Sprachen und vor allem der Medizin zog sie deutlich vor. Sie konnte das »Handbuch« des Ar-Rasi inzwischen fast auswendig, doch der Kanon der Medizin verlangte fortgeschrittene Arabischkenntnisse, und Lucia hatte ihn kaum zur Hälfte gelesen.

Insofern wäre sie lieber bei einer Hebamme in die Lehre gegangen als beim Schneider. Rachel wollte jedoch keine christliche Schülerin, und die zwei christlichen Hebammen in Mainz unterrichteten ihre eigenen Töchter. Als letzten Ausweg hatte Lucia noch an ein Kloster gedacht. Viele Mönchs- und Nonnenorden pflegten Kranke und hüteten das spärliche Wissen des Abendlandes über Medizin. Doch auch die Orden verlangten eine Mitgift; zudem konnte Lucia sich kaum dazu durchringen, ihr Leben fast ausschließlich Gott zu weihen. Der Gedanke, Christus zum Gatten zu nehmen, erschien ihr abwegig, und spätestens seit jenem vergeblichen Gebet in der kalten Kirche St. Quintin brachte sie dem Gottessohn auch wenig Vertrauen entgegen. Womöglich unterlagen die Christen ja wirklich einem Irrtum, und der Messias war noch gar nicht unterwegs... Als sie Al Shifa gegenüber einmal diese Überlegung äußerte, schlug die Maurin die Hände über dem Kopf zusammen. Bei einem solch ketzerischen Gedankengut würde

Lucias Klosterkarriere womöglich auf einem Scheiterhaufen enden.

Immerhin gestaltete sich Lucias neues Leben »Unter den Wollengaden« als recht harmonisch, obwohl es natürlich nicht mit dem Luxus im Haus der von Speyers zu vergleichen war. Lucias Tag als Lehrtochter begann beim ersten Morgengrauen. Sie stand noch vor der Meisterin auf und heizte den Ofen an. An der Zubereitung des Breis für die Morgenmahlzeit durfte sie sich allerdings nicht beteiligen. Die Meisterin war geizig und befürchtete stets, Lucia würde sich an den Lebensmitteln schadlos halten, wenn sie ihr den Zugang zur Speisekammer ermöglichte. Dabei gab es ohnehin meist nur Gersten- oder Haferbrei, keine Hirse, wie bei den von Speyers, und er wurde nicht mit Honig gesüßt oder mit Salz gewürzt, sondern schmeckte nach gar nichts. Manchmal wärmte die Meisterin auch nur eine fade Hirsesuppe und reichte hartes Brot dazu. Lucia, die aus dem Haus des Fernkaufmanns reich gewürzte Speisen kannte, aß lustlos und ließ auch das selbst gebraute Bier meist stehen. Sie war eher verdünnten Wein gewohnt; aber der wurde in Handwerkerhaushalten nur zu besonderen Anlässen gereicht. Überdies waren Meister Friedrich und seine Gattin frömmlerische Geizhälse; die Länge des Tischgebets pflegte die karge Mahlzeit weit zu überschreiten. Deshalb blieb auch kein wandernder Geselle lange genug, um sich richtig in der Werkstatt einzuarbeiten. Im Wesentlichen waren es der Meister und Lucia, die vom ersten Sonnenstrahl bis zum Dunkelwerden nähten, um allen Aufträgen gerecht zu werden. Und daran war kein Mangel. Meister Friedrich galt als erfahren, ehrlich und war vor allem eine Stütze der Gemeinde. Das schuf einen reichhaltigen Kreis an Freunden und Kunden, und er knauserte auch nicht, wenn er die Männer bewirtete, die zum Plaudern oder zum Anmessen eines neuen Gewandes in seine Werkstatt oder seine Stube kamen.

Lucia brachte er zunächst nicht viel bei. Das Sticheln sauberer Nähte beherrschte sie schließlich längst, und sie kannte die Unterschiede zwischen Leinen- und Wollfäden, Zwirn aus Seide oder Baumwolle sowie Kölschem Garn, einem azurblauen Zwirn aus Leinen, der vor allem für Frauengewänder Verwendung fand. Anfangs stach sie sich oft in den Finger, wenn sie die Nadel durch schwere Stoffe stieß – beim Nähen von Kleidern für sich oder Lea hatte Lucia immer nur leichtes Tuch oder Seide verarbeitet. Sie gewöhnte sich jedoch schnell daran, ihren Mittelfinger durch einen aufgesteckten Ring zu schützen. Schwerer war die Arbeit mit dem Bügeleisen. Meister Friedrich überließ es fast ausschließlich seinem Lehrmädchen, die Kleidung vor der Auslieferung zu plätten, und anfangs wusste Lucia kaum, wie sie das fast dreißig Pfund schwere Eisen heben sollte. Lieber hätte sie sich am Zuschneiden der Stoffe versucht, aber bevor dies einem Lehrling erlaubt wurde, vergingen Jahre. Lucia fand sich widerwillig damit ab, diese Jahre hier in der Nähstube zu verbringen, tröstete sich aber immer wieder damit, dass es langweiligere Arbeitsplätze gab. Meister Friedrich empfing zum Beispiel täglich Kunden, und sie lauschte dem Gespräch der Männer über Gott und die Welt. Die Handwerker schimpften über den Stadtrat, dessen Mitglieder traditionell aus Patriziergeschlechtern gewählt wurden. Die reichen Fräcke, so erklärten sie, täten nichts für die Bürger, und Meister Friedrich räsonierte, es wäre Zeit für die Zünfte, mehr Mitsprache zu fordern. Auch die Juden waren oft ein Thema, wobei die Männer sich über die Preise der Kaufleute und Geldverleiher erregten. Der Erzbischof kam hier allerdings auch nicht gut weg, verleibte er sich doch angeblich die gesamten Abgaben der Juden an die Stadt ein. Aber das stimmte nicht, wie Lucia wusste: Seit fast hundert Jahren gingen die hohen Schutzgelder der Juden an die Stadt Mainz; der Erzbischof erhielt nur einen Anteil von 112 Mark Aachener Pfennige im Jahr. Die jüdischen Gemeindevorsteher waren über diese Regelung tief beunruhigt. Sie erhofften sich im Fall von Ausschreitungen kaum Schutz von den Stadtbütteln oder den Räten, bei denen einer die Verantwortung auf den anderen abschieben konnte. Da konnte eher der Bischof den Verfolgten seine Höfe oder seine Kirchen öffnen. Ob er das aber tat, für eine Steuer von 112 Mark Aachener Pfennige, die gerade mal 56 Pfund Silber entsprachen? Nun schien es ohnehin nicht viel zu nutzen. Beim letzten großen Pogrom vor 200 Jahren hatte der Mob die jüdische Gemeinde auf dem Hof des Bischofs abgeschlachtet.

Lucia wunderte sich immer wieder über den Hass, der in den Stimmen der Männer mitschwang, wenn es um ihre jüdischen Mitbürger ging. Die Neckereien der christlichen Jungen im Judenviertel waren lästig, doch Lucia und Lea hatten sich niemals wirklich bedroht gefühlt. Inzwischen aber begriff das Mädchen, wovor Benjamin von Speyer und seine Freunde sich fürchteten – und wovor all ihr Geld und ihre vermeintliche Macht sie nicht schützten.

Um die Mittagszeit brachte die Meisterin Lucia einen Imbiss in die Werkstatt. Auch die gelegentlich mitarbeitenden Gesellen aßen nur rasch etwas Brei oder Brot, um dann gleich wieder an die Arbeit zu gehen. Der Meister gönnte sich eine längere Pause, und mitunter drangen dann auch verführerische Düfte aus der Küche der Meisterin. Die Gesellen pflegten ausgiebig darüber zu schimpfen – um dann nahtlos zu Schmeicheleien für Lucia überzugehen. Sie nahmen sich allerdings nie Frechheiten heraus. Da war die Meisterin vor! Die Schraderin neigte dazu, sich anzuschleichen, wenn Lucia mit einem Jüngling allein war, und hoffte wohl, sie bei unzüchtigen Handlungen zu erwischen. Das gelang ihr aber nie. Im Gegenteil, Lucia kam ihre Neugier gerade recht. Sie hielt die jungen Männer in Schach, die ihr durchweg nicht gefielen. Zwar hatten sie manchmal viele Städte und Gemarkungen erwandert – einige waren sogar in fremden Ländern gewesen –, doch nur selten hatten sie mehr darüber zu berichten, als die Mahlzeiten aufzuzählen, die man in dortigen Schenken servierte, oder über das Bier und den Wein zu schwadronieren. Die jeweiligen Meister und Meisterinnen wurden ausgiebig geschildert, doch wenn Lucia etwas über die Städte selbst wissen wollte, mussten die Jungen passen. Sie wanderten nicht von Ort zu Ort, sondern von Schneiderei zu Schneiderei. An die oft farbigen Erzählungen der jüdischen Kaufleute, die den Sitten und Gebräuchen, den neuen Entwicklungen und großen Geistern ihrer Gastländer viel Aufmerksamkeit schenkten, kamen die Berichte der Gesellen nicht heran. Lucia war deshalb froh, wenn diese Burschen sich wieder aus dem Staub machten, um anderswo einen großzügigeren Meister zu finden. Ihr machte das Alleinsein nichts aus. Sie genoss die Stille in der Nähstube, wenn Meister Friedrich zu Tisch war, und hing ihren Gedanken nach. Manchmal rekapitulierte sie ganze Kapitel aus dem »Handbuch« des Ar-Rasi, um nur nichts zu vergessen. Und sie ertappte sich dabei, von besseren Zeiten zu träumen. Wenn sie sich doch auch auf eine Heirat und ein eigenes Heim freuen könnte wie Lea!

Aber das waren müßige Gedanken. Lucia versuchte, sich zur Demut zu zwingen. Sie musste mit dem zufrieden sein, was sie hatte. Wenn sie nur wenigstens Al Shifa mitunter hätte sehen können! Lucia fieberte dem Himmelfahrtstag entgegen, einem der wenigen Tage, an denen der Meister ihr frei geben musste. Dann würde sie zur Küchentür der von Speyers schleichen und nach der Maurin fragen. Aber bis dahin waren es noch Wochen hin.

Dann aber geschah etwas, das wieder Spannung und Farbe in Lucias langweiliges Leben brachte. Denn auch wenn Sarah und

Benjamin von Speyer froh waren, ihr christliches Pflegekind loszuwerden – Lea und vor allem David hatten Lucia nicht vergessen.

Lucia traf ihren jüdischen Pflegebruder zum ersten Mal an einem Dienstag, als sie ihr karges Mittagsmahl beendet, sich ein wenig gereckt und gestreckt und dann auf den Weg zum Abtritt im Hof gemacht hatte.

Der Junge trat aus einer Mauernische, die vom Haus aus nicht einzusehen war, und strahlte sie an.

»Lucia! Ich dachte schon, ich würde dich nie mehr treffen! Seit Tagen nutze ich jeden Ausgang, um ein wenig hier zu verweilen. Irgendwann, dachte ich, wirst du herauskommen. Und da bist du endlich!« David wirkte so angeregt, als wäre sein größter Wunsch in Erfüllung gegangen.

Lucia runzelte die Stirn. Auch sie freute sich über seinen Anblick, aber das würde sie nicht zugeben. »Du hast hier herumgestanden und auf mich gewartet?«, fragte sie. »Aber warum denn? Das muss doch langweilig gewesen sein. Und was, wenn dich jemand gesehen hätte?«

David schüttelte den Kopf. »Allein dich so nahe zu wissen … nur durch eine Mauer von dir getrennt zu sein … Für mich sind das die schönsten Augenblicke des Tages! Nun, und wenn jemand kommt, gehe ich weiter. Ich hab ja meinen Auftrag. Ohne Grund könnte ich mich nicht vom Kontor wegschleichen. Aber nun lass dich ansehen, Lucia! Du bist blass geworden. Und dünn. Warum kommst du nicht mehr zu uns? Du könntest uns doch besuchen!«

Lucia zuckte mit den Schultern. Unter seinem Blick schämte sie sich fast ihrer blassen Wangen und ihres einfachen, hässlichen Kittels. »Der Meister lässt mich hart arbeiten. Er ist nicht schlecht zu mir oder ungerecht, das nicht. Aber sechs Tage in der Woche arbeiten wir vom Morgengrauen bis zum Abend. Am Freitag besuchen wir die Vesper, am Sonntag hält die Meisterin mich an, zweimal mit ihr zum Gottesdienst zu gehen. Da bleibt nicht viel Zeit, Herr David.«

»Herr David? Lucia, wie redest du! Warum nennst du mich nicht mehr beim Namen wie einen Bruder ...?« David legte die Hände auf ihre Schultern, als wolle er sie schütteln.

Lucia entzog sich ihm lächelnd. »Ich hab nicht den Eindruck, als brächtest du mir brüderliche Gefühle entgegen!«, bemerkte sie dann. »David, du musst gehen! Wenn die Leute uns hier sehen, komme ich in Teufels Küche. Die Meisterin ist äußerst streng, und der Meister geizt mit jeder Minute, die ich keine Nadel halte!«

In Davids schöne Augen trat ein verletzter Ausdruck. »Magst du mich denn nicht, Lucia?«

Lucia überlegte. Doch, sie mochte ihn zweifellos. Und sein Anblick weckte Erinnerungen an bessere Zeiten. Auch seine Hände auf ihren Schultern hatte sie nicht unangenehm empfunden.

»Natürlich mag ich dich. Aber ...«

»Wenn du mich magst, müssen wir auch manchmal miteinander reden. Ich muss dich sehen, Lucia, ohne dich geht die Sonne für mich nicht mehr auf!«

Lucia lachte. »Dann frage ich mich, wie du es ohne Laterne hierher geschafft hast!«, zog sie ihn auf. Aber dann wurde sie ernst, als er seine Hand ganz sanft, schüchtern und überaus behutsam an ihre Wange legte.

»Dein Licht hat mich geleitet ...«, sagte er heiser. »Du bist so wunderschön, Lucia! Aber du sagst gar nichts. Vermisst du mich nicht auch ein bisschen? Lucia ...«

Lucia fühlte sich beinahe peinlich berührt ob seines Flehens. Aber ja, er hatte recht. Sie vermisste ihn. Ihn und alle anderen im Hause der von Speyers. Sie holte tief Luft.

»Ich vermisse dich sehr«, sagte sie – und hielt den Atem an, als er ganz scheu und leicht ihre Wange küsste.

Die Nächste, die um die Mittagszeit vor der Schneiderei des Meisters Friedrich wartete, war Lea. Und die Ausrede für ihr Kommen war noch weitaus besser als Davids. Sie brachte ein paar Teile ihrer Aussteuer mit und behauptete, dass niemand außer Lucia ihren Geschmack und ihre Maße gut genug kannte, um die Sachen für sie zu ändern.

Meister Friedrich runzelte darüber die Stirn. Er hatte nicht viele jüdische Kunden, aber er war auch nicht böse darüber. Die Handwerker der Stadt mochten die Juden nicht, nur ihr Geld nahmen sie gern. Das gab auch jetzt den Ausschlag. Wenn diese Judengöre unbedingt mit seinem Lehrling herumkichern wollte, so überließ er ihr bereitwillig das Feld. Schließlich konnten die beiden ja nichts anstellen. Und seine Frau würde ein Auge auf sie haben, während er seiner Mittagsruhe frönte! Gnade Lucia Gott, wenn sie plauderte, statt zu nähen! Und natürlich würde er den von Speyers einen saftigen Preis berechnen!

»Dann mach dich an die Arbeit, Lucia«, meinte er unfreundlich und erhob sich, um zu Tisch zu gehen. »Und die Nuschen nähst du nachher auch noch an den Mantel für die Schefflerin.«

Er warf dem Mädchen ein paar Schnallen zu, bevor er endgültig ging.

»Und du kriegst nichts zu essen?«, fragte Lea ungläubig, als die Mädchen in der Nähstube allein blieben. Auch sie hatte bemerkt, dass die Freundin dünner geworden war. »Schlägt der sich ganz allein den Bauch voll?«

Lucia zuckte mit den Schultern. »Gewöhnlich bringt die Meisterin mir was in die Werkstatt. Heute wahrscheinlich erst später, wenn du gegangen bist. Aber jetzt erzähl! Wie verläuft die Verlobungszeit? Hast du Juda schon gesehen? Allein womöglich?«

Erst jetzt, da sie Lea wiedersah, bemerkte sie, wie schmerzlich sie deren fröhliches, beinahe kindliches Geplauder vermisst hatte. Lea sah im Übrigen gut aus. Die Freude auf die Hochzeit ließ sie strahlen, und ihr dunkelblauer Mantel, der vorn mit silbernen Fibeln verziert war und von einer roten Kordel gehalten wurde, stand ihr sehr gut. Die satte, dunkle Farbe gab ihren porzellanblauen Augen Tiefe. Lucia erkannte das Tuch, das sie bei jenem Ausflug in die Lagerhäuser für die Freundin ausgewählt hatte.

Lea kicherte verschämt. »Natürlich nicht, was denkst du! Aber ich sehe ihn ja in der Synagoge. Und er hat David ein Briefchen für mich mitgegeben. Ganz heimlich. Meine Mutter würde Zustände kriegen! Aber er liebt mich, Lucia! Bestimmt liebt er mich! Ich hab auch schon Al Shifa gebeten, mir etwas von diesen Künsten zu verraten, diesen Liebeskünsten, die sie im Harem gelernt hat. Aber sie gibt sich zugeknöpft. Dabei würde ich Juda so gern überraschen. Mit einem Schleiertanz zum Beispiel!« Lea drapierte die Leinentischdecke, an der Lucia gerade herumgestichelt hatte, um ihre Hüften und tat, als entkleide sie sich mit schlangengleichen Bewegungen zu orientalischer Musik.

Lucia musste lachen.

»Hör auf, um Gottes willen! Wenn die Meisterin hereinkommt! Du musst ernster werden, Lea! Du bist bald eine verheiratete Frau!«

»Dann kann ich immer noch Trübsal blasen. Aber jetzt du, Lucia! Was ist zwischen dir und David? Nein, leugnen ist zwecklos. Ich seh doch, wie er erst rot, dann blass wird, sobald dein Name fällt! Und gestern habt ihr euch gesehen! Ist es wahr, dass er dich geküsst hat?«

Lucia errötete. »Du darfst das niemandem sagen«, bemerkte sie steif.

Lea verdrehte die Augen. »Natürlich nicht! Das ist doch ein

Geheimnis! Eine verbotene Liebe, wie in den Märchen von Al Shifa! Und ich helfe euch natürlich, Lucia! Falls er mit dir fliehen will oder so ...«

In wenigen Minuten entwarf sie das farbige Bild einer verfolgten Liebe und unterhielt ihre Freundin damit hervorragend. Lucia hatte sich lange nicht mehr so gut amüsiert, obwohl sie über Leas kindische Ideen nur den Kopf schütteln konnte. Aber sie genoss ihre Besuche, die sich von nun an häufig wiederholten. Lea brachte irgendwelche Näharbeiten vorbei, oder sie wartete unten in der Nische beim Hinterhaus. Dort steckte sie Lucia auch oft einen Krapfen oder eine andere kleine Leckerei aus der Küche der von Speyers zu.

»Du fällst sonst ganz vom Fleisch bei dem miesen Essen hier. Oder ist das Sehnsucht, Lucia? Oh ja, sag, dass du dich nach David verzehrst! Ihm geht es übrigens auch so! Wenn wir allein sind, redet er nur von dir!«

Mitunter kam David auch selbst, wobei Lea verriet, dass er tagtäglich in der Mauernische auf Lucia wartete. Allerdings trafen sie nur selten zusammen. Meister Friedrich gestattete Lucia höchstens einmal am Vormittag und einmal am Nachmittag, den Abtritt aufzusuchen, und David konnte auch nicht stundenlang von seiner Arbeit wegbleiben. Wenn es allerdings glückte, verlief das Zusammensein der beiden ähnlich scheu und verhalten wie beim ersten Mal. David sprach ein paar artige Worte, die manchmal klangen, als hätte er sie aus einem französischen Ritterroman oder aus Al Shifas maurischen Märchen. Lucia konterte linkisch und unsicher, genoss aber das warme Gefühl, wenn David ehrfürchtig über ihr Haar streichelte, beinahe ängstlich die Konturen ihres Halses nachzog und einmal, mutig geworden, die steile Falte zwischen ihren Augen zu glätten versuchte.

»Schau doch nicht immer so ernst, Lucia! Du sagst mir, du bist gern bei mir, aber in deinen Augen sehe ich Furcht.«

Lucia zwang sich zu einem Lächeln.

»Ich bin sehr gern bei dir, David. Aber du musst doch auch sehen, wie riskant es ist, sich hier zu treffen. Wenn es irgendeine andere Möglichkeit gäbe ...«

David strahlte sie an, als habe er ein Geschenk für sie. »Am Sabbatabend kommst du zu uns zum Essen!«, erklärte er fröhlich. »Nein, keine Widerrede, Lea hat unsere Eltern gefragt, und sie sind einverstanden. Es wird Zeit, dich mal einzuladen, du bist schließlich nicht im Streit gegangen ...«

Tatsächlich war der Einladung eine heftige Auseinandersetzung zwischen Lea und ihrer Mutter vorausgegangen. Aber schließlich hatte Benjamin vermittelt. Lucia konnte ohnehin erst nach der Vesper kommen, und dann würden die Juden den Sabbat bereits begrüßt haben. Al Shifa oder der Hausdiener konnten dem Mädchen die Tür öffnen – wieder etwas, das den Juden am Sabbat verboten war –, und dann würden sie einfach ein bisschen plaudern, während Lucia sich mal richtig satt aß. Lucia sah der Sache mit gemischten Gefühlen entgegen. Einerseits sehnte sie sich nach der Abwechslung, andererseits ...

»Du darfst mich dann nur nicht so ansehen!«, flehte sie David an. »Versteh mich richtig, ich ... Es ist schön, wenn du mich so ansiehst, aber es ist doch verboten ...«

David wollte sie küssen, doch sie stieß ihn von sich.

»Es ist zu gefährlich, David, ich ...«

»Aber wenn ich eine Möglichkeit finde? Wenn wir einen Platz finden, wo wir allein sein können, wo uns niemand erkennt. Dann hättest du nichts dagegen?«

Lucia sah sich ängstlich um und drückte dann ihrerseits einen scheuen Kuss auf seine Hand. »Nein, ich hätte nichts dagegen. Aber es gibt keinen solchen Ort, David. Wir können nirgends sicher sein!«

Lucia hatte Herzklopfen, als sie sich am Freitag nach der Vesper zum Haus der von Speyers begab. Ihrem Lehrherrn hatte sie erzählt, sie besuche die Küferin. Blieb zu hoffen, dass er sie am Sonntag nicht danach fragte! Das glaubte sie jedoch nicht. Die Küferin war als leichtfertiges Frauenzimmer bekannt. Niemand glaubte ihr den Ehemann, der angeblich auf einer Galeere zur See fuhr, es aber irgendwie schaffte, sie trotz jahrelanger Abwesenheit regelmäßig zu schwängern. Ehrbare Leute wie Friedrich Schrader und seine Gattin würden niemals das Wort an eine solche Person richten. Zumindest nicht, wenn Lucia keinen Verdacht erregte.

Al Shifa wartete bereits auf sie und zog sie in die Arme, als sie die Hintertür der von Speyers erreichte.

»Wie sehr ich dich vermisst habe, Tochter! Und wie dünn und bleich du geworden bist! Komm, stärk dich erst mal. Du bist spät, das Sabbatmahl ist bereits abgeräumt. Aber es ist reichlich übrig. Ich halte es in der Küche für dich warm. Und du musst frieren. Es ist so kalt in diesen Kirchen...«

Argwöhnisch betrachtete die Maurin Lucias leichten Mantel.

Lucia war glücklich, in der Küche unterschlüpfen zu können. Sie berichtete Al Shifa ausführlich von ihrem neuen Leben und wie ruhig, aber auch langweilig es verlief.

»Wenn ich wenigstens ein paar Bücher hätte! Ich würde zu gern den Kanon weiterstudieren. Aber die Schraderin hält Bücher für Teufelszeug. Ich darf nicht mal sagen, dass ich lesen kann. Einmal hätte ich mich fast verraten, und sie hat mich angesehen, als wäre ich eine Hexe, die geheime Zeichen auf ihren Besen malt und eines Tages damit wegfliegt.«

»Wobei sie sich vermutlich mehr um den Besen sorgt als um dein Seelenheil!«, scherzte Al Shifa. Der Geiz der Schneiderin war in ganz Mainz bekannt. »Mir hat sie übrigens die Tür gewiesen. Ich wollte dich an einem Sonntag nach der Messe besuchen, aber sie hieß mich strikt zu gehen. Ich könnte ihr christliches Haus beschmutzen. Und dabei habe ich mich so um dich gesorgt! Ich hätte ihr beinahe gesagt ...«

Die Maurin hielt inne.

»Was hättest du gesagt?«, fragte Lucia neugierig.

Al Shifa schüttelte den Kopf. »Nichts, Herzchen, das war nur so dahingeplappert. Bist du nun satt, Liebes? Dann geh zu den von Speyers, man erwartet dich schon. Der Herr ist ganz begierig zu hören, was du tust.«

Benjamin von Speyer war wirklich sehr gütig, und auch Sarah befragte Lucia freundlich nach ihrer Arbeit und ihrer Herrschaft.

Lea plapperte so fröhlich, als wäre Lucia niemals fort gewesen – und David brachte das Kunststück fertig, sie den ganzen Abend kein einziges Mal anzuschauen. Esra schien ohnehin in anderen Sphären zu schweben. Auch er sei verlobt, hatte Lea Lucia kürzlich berichtet. Das Mädchen käme aus Landshut und sei wunderschön. Ihr Vater hatte Esra ein Porträt von ihr überbracht, und nun träumte er Tag und Nacht von Rebecca.

»Rebeccas Vater ist ein Onkel von uns, Zacharias Levin aus Landshut«, erklärte Lea aufgeregt. »Sie sind sehr reich. Als er jetzt wegen der Brautwerbung da war, hat er uns allen Geschenke gebracht! Willst du wissen, was er mir geschenkt hat? Zu schade, dass Sabbat ist, Lucia, sonst würde ich gleich in den Stall gehen und es dir zeigen. Darf ich nicht, Vater? Auch nicht, wenn Lucia mir alle Türen aufmacht?«

Benjamin von Speyer lächelte seiner wilden Tochter zu, schüttelte aber den Kopf. »Nicht am Sabbat, Lea. Allein schon, damit du nicht in Versuchung kommst, die Stute gleich noch aufzusatteln und sie ihr vorzureiten!«

»Jetzt hast du's verraten, Vater!«, quietschte Lea. »Aber es ist wirklich was zum Reiten, Lucia! Eine Maultierstute, und stell dir vor, eine gefleckte! Man sitzt darauf so weich wie in einer Sänfte.

Ich werde mich nie mehr tragen lassen oder in einer Kutsche fahren, sondern nur noch reiten!«

Lucia lächelte. Sie war eigentlich ganz froh, dass der Sabbat ihr den Ausflug in die Ställe verwehrte. Lea hatte sich immer mehr aus dem Reiten gemacht als sie, obwohl beide Mädchen es gelernt hatten. Benjamin von Speyer hielt mehrere Maultiere und auch zwei Reitpferde – wenngleich Juden zu Pferde von den Bürgern argwöhnisch beäugt wurden. In anderen Ländern war es ihnen gänzlich verboten, Pferde zu halten, weshalb sie sich meist auf edle Maultiere beschränkten. Die waren dann aber oft rassiger als die meist groben Pferde der Christen. Jüdische Händler kauften sie in den Iberischen Ländern, und gute Reittiere kosteten ein Vermögen. Auch Leas Stute war sicher ein großzügiges Geschenk, aber Lucia blieb lieber in der warmen Stube, als sich durch den Pferdemist zu tasten, um der Stute die Nase zu streicheln.

»Kann ich wohl auch zur Trauung reiten? Al Shifa sagt, maurische Bräute reiten auf weißen Maultieren in das Haus ihres Gatten...«

Sarah schüttelte unwillig den Kopf. »Sei nicht so kindisch, Lea! Ich hoffe nur, dein Gatte findet Freude an diesem Geplapper. Wenn er ein ernster Mensch ist, sehe ich schwarz für dich.«

»Ich werd ihn schon aufheitern!«, sagte Lea lachend und wandte sich wieder der Schilderung ihrer künftigen Schwägerin Rebecca zu.

Lucia lauschte geduldig, mit ein bisschen Wehmut und einem Hauch Eifersucht. In Rebecca würde Lea eine neue Freundin finden. Eine, mit der sie die Freuden und Leiden einer jungen Ehe bereden konnte. Eine, die sie nicht in einem Hinterhof aufsuchen musste, sondern bequem zu einem Besuch empfangen konnte. Lucia würde sie dann bald vergessen...

Lucia ließ es nicht zu spät werden. Am Freitag nach der Vesper zechten viele Männer in den verrufenen Kneipen dieses Viertels. Der Samstag war für Christen zwar ein Arbeitstag, aber das hielt die Kerle nicht ab. Insofern ging Lucia besser nicht zu spät zurück zur Schneiderwerkstatt, und sie hüllte sich auch ängstlich in ihren Mantel, als sie Gegröle aus den ersten Schenken hörte. Wenn sie die Kapuze über den Kopf zog, hielt man sie vielleicht für eine ältere Bürgersfrau. Zumindest sollten Passanten die Botschaft verstehen: Leichte Mädchen pflegten eher mit ihrem Haar zu protzen, statt es zu verhüllen.

Doch die Vorsicht erwies sich als unbegründet. Noch ehe Lucia die schlimmsten Gegenden erreichte, vernahm sie vertraute Schritte hinter sich. David! Sie hätte sich denken können, dass er über sie wachte, obwohl es am Sabbat verboten war. David ging ein großes Risiko ein: Wenn man ihn am Sabbat mit der Waffe am Gürtel und der sicher nicht von einem christlichen Knecht entzündeten Laterne in der Hand erwischte, würde er größten Ärger bekommen. Lucia empfand Dankbarkeit, wandte sich jedoch nicht um – bis der Junge sie einholte und einen weiten Mantel um ihre Schultern warf, der ihr leichtes Cape völlig bedeckte.

»Hier, der gehört Lea. Sieh die Judenringe! Unter diesem Umhang kannst du ganz offen mit mir durch die Straßen gehen. Eine Jüdin mit ihrem Bruder, niemand wird sich Böses denken. Ich sagte doch, ich finde eine Gelegenheit, mit dir allein zu sein, Lucia!«

Lucia erschrak, ließ aber zu, dass David ihr nun auch den Arm um die Schultern legte. Die Tarnung war tatsächlich gut. Zumindest für christliche Zeugen. Sollte allerdings ein Jude sie beobachten, wurde es peinlich. Ein jüdisches Paar geht nicht Arm in Arm durch die Stadt, erst recht nicht am Sabbat.

Aber so spät gingen Juden am Sabbat sowieso nicht aus dem Haus. Niemand würde sie sehen. Lucia entspannte sich.

Der Spaziergang durch die nächtlichen Straßen begann ihr dann sogar fast Spaß zu machen. Sie fühlte sich geborgen in Davids Arm, und die Schmeicheleien, die er ihr zuflüsterte, erwärmten ihr Herz. Dazu stand ein voller Mond über der Stadt. Die Nacht war klar, und die Luft schmeckte nach Frühling, obwohl es noch kühl war. Und dann zog David sie in jene Nische beim Haus des Schneiders, in der er sonst auf sie zu warten pflegte. Er zog die Kapuze von ihrem blonden Haar, sah ihr strahlend ins Gesicht und streichelte so sanft über ihre Schläfe, ihre Wange und entlang des winzigen Grübchens neben ihrem Mund, als könne er kaum glauben, sie wirklich leibhaftig vor sich zu haben. Lucia hob eine Hand und tastete ihrerseits über sein Haar, spielte mit der langen Schläfenlocke, die ihn als Juden auswies und ihm etwas Zartes und Verletzliches gab. Sie war nie einem Mann so nahe gewesen und war beinahe verblüfft über die Wärme seines Gesichts und die etwas raue Haut. David küsste ihre Fingerspitzen. Und dann fasste er Mut, nahm ihr Gesicht in seine Hände und legte seine Lippen auf die ihren. Lucia erschrak, als seine Zunge sich in ihren Mund schob, aber dann spürte sie Erregung in sich aufsteigen, genoss die Nähe und das Gefühl des Übermuts und Aufbruchs, das ihr Herz tanzen ließ. Sie wünschte sich, ihm noch näher zu kommen, und schmiegte sich an ihn. Aber dann erschrak sie, als sie ein Lachen hörte.

»Nu, nu, lasst euch nicht stören!«, bemerkte eine vergnügte Männerstimme, als die beiden entsetzt auseinanderstoben. »Geht doch nichts über junge Liebe, eh der Bauch anschwillt und das Haus voller Kinder ist...«

Ein anderer Mann gab ebenfalls eine Art Kichern von sich, dann zogen die beiden weiter. Harmlose Passanten, Zecher aus irgendeiner Kneipe, die Verstand genug hatten, heimzugehen, bevor sie völlig betrunken waren.

Lucia atmete auf, wehrte sich aber, als David sie gleich wieder in die Arme schließen wollte.

»Ich muss reingehen, David, die Meisterin sitzt gewiss schon hinter dem Fenster und argwöhnt!«

»Ach, lass sie doch argwöhnen!«, meinte David gelassen. »Sie kann uns hier nicht sehen, und keiner, der vorübergeht, wird dich erkennen. Jetzt bist du hier, jetzt endlich sind wir uns nahe. Da kannst du nicht gleich wieder fortlaufen!«

Lucia gab nach und ließ sich erneut küssen. Aber diesmal verlor sie sich nicht mehr ganz und gar in ihren Gefühlen, sondern horchte nervös auf die Straße hinaus. Die Nacht war so hell – ein Freund oder Kunde von Meister Friedrich konnte sie durchaus erkennen. Und schlimmer noch, er konnte die Judenringe auf ihrem und Davids Mantel sehen ... Lucia erfreute sich durchaus an Davids Küssen und genoss auch das vorsichtige Streicheln, mit dem seine Hände jetzt ihren Körper unter dem Mantel erforschten. Aber dann war sie doch froh, als der Junge endlich von ihr abließ. An der Tür zum Schneiderhaus bewegte sich etwas, die Meisterin rief nach ihrer Katze.

Lucia nutzte die Gelegenheit, sich nun wirklich zu verabschieden.

Fast aufatmend schloss sie die Tür ihrer winzigen Kammer hinter sich, nachdem sie der Schraderin kurz Rede und Antwort gestanden hatte. Ja, die Küferin sei wohlauf, habe ein weiteres Kind erfolgreich in Stellung gegeben, die älteste Tochter sei aber schon wieder schwanger ...

»Auch von einem Seemann?«, bemerkte die Meisterin verächtlich.

Lucia zuckte mit den Schultern. »Einem Fernhandelskaufmann ...«, improvisierte sie.

Die Meisterin lachte dröhnend. »Na, wenn's mal wenigstens kein Jud ist!«

Dann ließ sie Lucia aber endlich gehen, und das Mädchen kam wieder zum Denken, als es sich in die groben Decken kuschelte.

Das also war nun die Liebe! Ein schönes Gefühl, ein warmes, erfüllendes Gefühl. Und es sollte ja wohl noch schöner werden, wenn man dann mit dem Mann das Bett teilte. Aber das würde sie mit David niemals tun können. Bedauerte sie es? Sehnte sie sich so sehr nach ihm, wie es eigentlich sein sollte? Lucia empfand fast etwas wie Schuldgefühle. David ging so große Risiken für sie ein ... und sie schaffte es nicht einmal, ihre Ängste zu überwinden.

Trotzdem schlief sie mit dem Gedanken ein, sich an ihn zu schmiegen, seine Lippen wieder auf den ihren zu spüren und dieses neue, verwirrend schöne Gefühl der Liebe einfach und unbesorgt zu genießen.

7

Am nächsten Morgen erschienen ihr die mit David getauschten Zärtlichkeiten beinahe unwirklich. Es fiel ihr nicht allzu schwer, die Erinnerung daran wegzuschieben und sich auf ihre Arbeit zu konzentrieren. Aber dann bahnten sich schon am Sonntag weitere Abenteuer an. Als sie nach der Morgenmesse mit ihrem Lehrherrn und seiner Frau die Wollengaden herunterkam, wartete Lea bereits vor ihrem Haus. Sie trug ein weites Reitkleid und hielt ihre neue, gescheckte Maultierstute am Zügel.

»Da, schau, Lucia! Ich hatte dir doch versprochen, sie dir zu zeigen!« Das Mädchen strahlte und zwinkerte Lucia verschwörerisch zu – beinahe so, als hielte sie noch ganz andere Überraschungen bereit.

Meister Schrader blickte Lea unwillig an.

»Sieh einer an, die junge Speyerin! Hoch zu Ross und ganz allein unterwegs! Ob das wohl dein Vater weiß, kleines Frauenzimmer?«

Lea lächelte unschuldig. »Unser Hausknecht hat mich herbegleitet. Er wartet in der Schenke um die Ecke. Und ich tue ja nichts Verbotenes. Ich wollt nur ein bisschen mit meiner Freundin allein sein und plaudern. Aber Mädchengekicher ist unserem Hans ein Gräuel, da hat er sich auf ein Bier verzogen. Bitte, verratet uns nicht, Meister Schrader! Der Hans kriegt sonst Ärger.«

Der Meister verzog den Mund. »Schicklich ist das nicht. Aber was kümmert's mich, was ihr Judendinger treibt ...«

Lea nahm keine weitere Notiz von ihm und seiner Frau.

»Also komm, Lucia!«, rief sie vergnügt. »Du hast doch jetzt frei, nicht wahr? Lass uns zum Rhein hinunterreiten, das Wetter ist so schön!«

Lea schwang sich gekonnt in den Sattel und reichte Lucia die Hand, um sie hinter sich aufsteigen zu lassen. Lucia sorgte sich ein wenig um ihr gutes Kleid. Doch ein Ausritt mit Lea war auf jeden Fall verlockender als ein weiterer freudloser Sonntag mit der Meisterin. Zwar gab es am Feiertag besseres Essen als sonst, aber es wurde auch noch mehr gebetet, und in den wenigen freien Stunden, die Lucia dabei blieben, erwartete man, dass sie ihre Kammer reinigte und ihre Kleider ausbesserte – alles Dinge, die den langen Nachmittag bis zur Abendmesse niemals ausfüllten.

Entschlossen griff Lucia nach Leas Hand und setzte einen Fuß in den Steigbügel.

Die Meisterin zeigte ihr missbilligendstes Gesicht, als sie breitbeinig auf der Kruppe des Maultiers landete, wobei zwangsläufig ihre Röcke hochrutschten und ein paar Zoll von ihrem Unterschenkel sehen ließen.

»Kein Schamgefühl...«, hörte Lucia ihre Lehrherrin noch murmeln, aber dann trieb Lea die Stute an, und die beiden waren auf und davon.

Lea lachte vergnügt über die gelungene Entführung.

»Ich hab's David gleich gesagt: Nicht groß fragen, nicht demütig an die Tür klopfen! Am besten stellt man die Leute vor vollendete Tatsachen. Hätte Al Shifa auch machen sollen...«

Lucia verkniff sich die Bemerkung, dass zwischen Lea, der vielleicht nicht geliebten, aber doch geachteten Kundin der Schneiderei, und Al Shifa, der Sklavin, beträchtliche Unterschiede bestanden. Die Meisterin hätte kaum gewagt, Lea von ihrer Schwelle zu vertreiben, auch wenn sie ganz manierlich nach Lucia gefragt hätte. Aber sie wollte sich nicht streiten. Die Sonne schien strahlend, der Frühling war nun wirklich gekommen, und sie gelangte endlich mal an die frische Luft. Lucia atmete den Duft der Freiheit tief ein – merkte dann aber, dass Lea nicht zu den Rheinwiesen hinunterritt, sondern eher zurück in Richtung Judenviertel.

»Wo willst du denn hin?«, erkundigte sie sich. »Zu euch? Ich dachte, ich komme endlich mal ins Freie!«

Hoffentlich klang dies nicht zu vorwurfsvoll. Der Sonntag war für die Juden zwar ein normaler Arbeitstag, aber ein alltägliches Mittagsmahl bei den von Speyers fiel immer noch glanzvoller aus als ein Sonntagsessen bei der Meisterin.

Lea war jedoch nicht beleidigt, sondern kicherte.

»Ach was! Nur nach Sankt Christoph. Wo das brave christliche Lehrmädchen Lucia den Tag des Herrn fastend und in tiefem Gebet verbringen wird.«

»Bist du noch voll bei Verstand?«, fragte Lucia. Die Verwunderung ließ sie zu dem vertrauten, schwesterlichen Ton zurückfinden, der durchaus auch mal rüdere Worte enthielt.

Lea lachte noch ausgelassener.

»Das Judenmädchen Lea dagegen«, führte sie aus, »wird seinen Bruder David auf einem Ritt über Land begleiten. Der muss nämlich nach Vilzbach zum Michelsberg. Er hat eine Lieferung feiner Stoffe für die Kartäusermönche. Wollen wohl neue Kutten schneidern, leichtere für den Sommer. Nun, und da Lea gern reitet und so eine wunderschöne neue Maultierstute besitzt, wird er sie mitnehmen. Mit Erlaubnis seines Vaters und seines Meisters versteht sich, alles ganz schicklich. Du traust dich doch?«

Lea wedelte mit ihrem Reitmantel, den sie sich nur locker über die Schulter gehängt hatte. »Du musst natürlich die Kapuze aufsetzen, solange wir Mainz durchqueren. Aber das ist ja auch schicklich, sein Haar zu bedecken. Was ist, Lucia? Hat's dir die Sprache verschlagen?«

Lucia spürte ein seltsames Gefühl im Magen, das sich nicht allein durch Hunger erklären ließ. Vor der Messe hatte es selbstverständlich kein Frühstück gegeben. Aber wenn sie es richtig verstanden hatte, was Lea da andeutete ... Sie würde vor Angst sterben!

»Noch mal, Lea, ganz langsam«, meinte sie stattdessen. »Du willst wieder die Kleider tauschen? Du willst in der Kirche beten, und ich soll ...«

»Genau!«, jubelte Lea. »Ich hoffe mal, dass der Ewige es mir nicht übel nimmt. Wenn man Al Shifa hört, möchte man ja meinen, man würde vom Blitz erschlagen, wenn man fahrlässig eine Christenkirche beträte. Aber der Herr ist ein gütiger Gott, er wird seine Hand über die Liebenden halten ...«

»Lea, nun sei doch mal ernst!« Lucia wusste nicht, was sie denken sollte. »Wie soll das gut gehen? Wenn uns einer erkennt ...«

Lea schüttelte den Kopf. »Ach komm, Lucia! Da kann gar nichts schiefgehen! Du sagst doch immer, diese Kirchen seien dunkel wie die Nacht. Ich hocke mich einfach in die abgelegenste Nische ...«

»Kapelle«, verbesserte Lucia. »Man nennt es ›Kapelle‹. Und man hockt sich nicht hin, man kniet.«

»Meine ich ja!«, erklärte Lea. »Jedenfalls wird kein Mensch meine Andacht stören. Und dich erkennt auch keiner in Vilzbach. Oder warst du da schon mal? Siehst du! Ihr müsst nur möglichst rasch aus Mainz herauskommen. Schau, da ist David!«

Lucia ging das Herz auf, als sie den jungen von Speyer hinter der Christophskirche auf seinem Maultier sitzen sah. David wirkte nicht ganz so zuversichtlich wie Lea. Auch er schien sich ein wenig zu fürchten. Aber Lea gab den beiden keine Möglichkeit zu einem Rückzieher. Sie rutschte vom Maultier, nahm dabei gleich Lucias leichten Mantel mit – am Morgen vor dem Kirchgang war es noch kühl gewesen, aber jetzt, zum Reiten, hatte Lucia das Cape abgenommen und vor sich aufs Maultier gelegt – und hüllte sich hinein.

»Wann ist denn die Abendmesse?«, erkundigte sie sich dann rasch. »Ihr müsst rechtzeitig zurück sein, damit wir vorher tauschen können. Aber zurück zu den Schraders musst du nicht, Lucia, geh einfach direkt nach Sankt Quintin. Sag ihnen, du hättest dich nach dem Ritt mit der Jüdin beschmutzt gefühlt und dafür hier im Gebet büßen wollen!«

Damit huschte Lea davon. Ohne jedes Zögern verschwand sie hinter dem Portal der Kirche.

»Hoffentlich macht sie keine Fehler ...«, murmelte David, aber dann ging ein Leuchten über sein Gesicht, als er sich Lucia zuwandte. Die hatte sich inzwischen aufs Maultier gesetzt und versteckte sich unter Leas Mantel.

»Ich weiß, es ist gewagt. Aber ich musste dich sehen, Lucia! Seit dem Sabbatabend denke ich nur noch an dich, spüre ich nur noch dich, atme ich dich. Ich muss dir einmal ohne Angst nahe sein. Ich liebe dich, Lucia, ich ...«

»Lass uns zusehen, dass wir hier herauskommen!«, meinte Lucia gepresst. »Wir können später reden.«

David wandte sich nach Süden und ritt durch das Fischtor auf die Uferstraße am Rhein entlang. Dies war der gefährlichste Teil der Strecke, denn die Lagerhäuser und Stapelplätze für Bauholz, Eisen und Korn gehörten zu großen Teilen Juden. David mochte dort Bekannte treffen – sogar Leas Verlobter hätte ihnen über den Weg laufen können. Hier kam den beiden jedoch zugute, dass am Sonntag nicht das übliche rege Treiben herrschte. Die christlichen Lagerarbeiter besuchten ihre Gottesdienste, und die Juden bemühten sich, die religiösen Gefühle ihrer christlichen Nachbarn möglichst nicht zu verletzen, indem sie am Tag des Herrn auffällig ihrer Arbeit nachgingen. Die meisten Kaufleute verschanzten sich mit Büroarbeiten in ihren Kontoren oder blieben sogar zu Hause. Auf jeden Fall nahm niemand Notiz von David und Lucia, ihren Reittieren und dem Packmaultier, das sie mit sich führten. Auch später argwöhnte niemand. Juden auf den Fernstraßen waren ein gewohntes Bild, und jüdische Frauen pflegten sich oft zu verschleiern.

Dennoch atmete Lucia auf, als sie auch die Außenbezirke der Stadt hinter sich ließen. Inzwischen verspürte sie auch wieder Hunger und war angenehm überrascht, als David den Ritt schon kurz vor Vilzbach unterbrach. Der Junge lenkte seine Tiere in ein Weidengehölz am Rheinufer, wo man gut versteckt lagern konnte. Dann holte er Brot, Trockenfleisch und Wein aus den Satteltaschen.

»Hier, ich wusste doch, dass sie dich vor dem Gottesdienst hungern lassen!«, meinte er lachend und beförderte auch noch Decken und eine Art Tischtuch zutage, auf dem Lucia die Speisen anrichtete. Sie aß hungrig und lag dann – zum ersten Mal ganz entspannt und glücklich – neben David in der Sonne. Bereitwillig ließ sie zu, dass er sie küsste und diesmal nicht nur ihre Lippen, sondern auch ihren Ausschnitt und den Ansatz ihrer Brüste streichelnd und kosend erforschte. Schließlich öffnete er sogar die Schnüre, die ihr Leinenhemd fest am Körper hielten, und tastete sich tiefer. Hier gebot Lucia ihm jedoch sanft, aber bestimmt Einhalt.

»Wir dürfen das nicht, David! Dein Glaube schreibt dir vor, dies nur mit der dir angetrauten Ehefrau zu tun, und auch ich will meine Jungfernschaft für meinen Gatten bewahren«, sagte sie förmlich.

David zog sie in seine Arme und hielt sie im Schoß wie ein Kind.

»Aber du sollst meine Gemahlin werden! Ich will kein anderes Mädchen, ich will dich! Und du ...«

Lucia schüttelte den Kopf. »David, das geht nicht! Das weißt du doch auch! Du musst eine Jüdin zur Frau nehmen, ansonsten wird deine Familie dich verstoßen. Und was machst du dann? Zum Christentum übertreten? Ansonsten darf ich dich nämlich auch nicht freien! Das sind Träume, David, nicht mehr!«

»Und wenn ich es täte?«, fragte David trotzig. »Wenn ich mich taufen ließe? Würdest du mich dann nehmen?«

»Und deinen Eltern damit die Wohltaten vergelten, die sie mir getan haben? Das wäre ein rechter Dank!«, meinte Lucia bitter.

Ein Übertritt eines ihrer Mitglieder zum christlichen Glauben wurde in jüdischen Familien betrachtet wie sein Tod. Die Eltern beweinten den verlorenen Sohn; man saß Kaddisch für ihn, verhängte die Spiegel und trauerte.

»Lucia, denk nicht an meine Eltern! Denk an uns! Siehst du nicht, welches Geschenk ich dir machen will? Ich liebe dich, Lucia, ich liebe dich mehr als mein Leben!«

Lucia lächelte. Es war schön, sich so geliebt zu fühlen. Aber wie bald mochte David es bereuen!

»Wir sollten jetzt aufbrechen«, meinte sie ausweichend. »Sonst kommst du nicht vor dem Mittagsgebet zu den Mönchen am Michelsberg, und wenn wir warten müssen, wird es knapp mit der Heimkehr.«

Widerwillig half David ihr, die Reste des Mahls zusammenzupacken, und machte schließlich Anstalten, das Mädchen wieder auf Leas Stute zu heben.

»Aber du versprichst mir, darüber nachzudenken?«, fragte er, begierig wie ein Kind. »Du sagst nicht gleich Nein?«

»David, ich denke jede Nacht an dich«, tröstete ihn Lucia. »Ich wünschte mir so sehr, dir nahe zu sein. Aber ich sehe keine Lösung ...«

»Ach, warte es ab!«, meinte David. Lucias sanfte Worte ließen ihn zu seinem Optimismus zurückfinden. »Meine Liebe zu dir ist so hoch wie der Himmel, aber deine ist noch ein zaghaftes Pflänzchen, ich sehe es jetzt ein. Doch mit der Zeit wird es wachsen, Lucia! Es wird groß und stark und sicher sein, und eines Tages wird es den Himmel berühren!« Er küsste sie noch einmal, aber jetzt nicht mehr zaghaft und tastend, sondern fordernd und kraftvoll. Lucia erwiderte den Kuss und spiegelte erstmals ganz seine Leidenschaft.

David lächelte triumphierend, als er sein Maultier in Gang setzte.

Sie erreichten das Kloster vor der Nachmittagsruhe; die Gebete der Non waren gerade verklungen. Lucia wartete vor dem Konvent, vollständig verhüllt von ihrem Cape, und David hielt sich nicht auf. Er gab nur den Stoff ab, nahm ein Säckchen Mainzer Pfennige an sich und kam dann gleich wieder heraus, bereit, den Heimweg anzutreten. Sie ritten jetzt schneller, und Lucia genoss den weichen Gang der Scheckstute. Lea hatte nicht übertrieben, dies war ein fürstliches Geschenk. Salomon Levin, der Onkel aus Landshut, musste überaus begütert und großzügig sein.

Auch der erneute Austausch der Mäntel mit Lea funktionierte reibungslos. Als die Meisterin und der Schneider die Kirche betraten – Erstere in heller Aufregung über ihr verschwundenes Lehrmädchen –, kniete Lucia schon in ihrer bevorzugten Bank.

»Ich bin gleich hergekommen, Frau Meisterin, und vorher war ich noch in Sankt Christophs. Manchmal spüre ich den Drang in mir, etwas Zeit allein mit ... im ... äh ... Gespräch mit dem Herrn Jesus und seiner Heiligen Mutter zu verbringen. Da dachte ich ...«

»Du warst den ganzen Nachmittag in der Kirche?«, fragte die Schraderin argwöhnisch.

Lucia nickte. »Ihr könnt den Pfarrer von Sankt Christophs fragen«, erklärte sie gelassen. »Vielleicht hat er mich ja gesehen!«

Das gute Gelingen dieses Streichs regte Lea natürlich gleich dazu an, weitere heimliche Treffen zwischen ihrer Freundin und ihrem Bruder zu organisieren.

Immer öfter verbrachte Lucia jetzt angeblich Teile des Sonntags bei der Küferin und ihren Kindern, oder sie erging sich in stillem Gebet in verschiedenen Kirchen und Kapellen der Stadt. Lea hielt dort brav die Stellung, während Lucia mit David über Land ritt oder auch mal ein paar Stunden im Kontor des Eliasar ben Mose verbrachte. Letzteres gefiel ihr nicht so, obwohl David ihnen ein Lager auf den edelsten Stoffballen bereitete, Lucia besten Wein kredenzte und sie mit Duftwässern und wohl gewürzten Speisen aus dem Orient verwöhnte.

»Das gehört dir doch alles nicht ...«, meinte sie vorwurfsvoll, obwohl es eigentlich nicht das war, was sie beunruhigte. Eher fürchtete sie die Entdeckung. Zwar arbeitete Davids Lehrherr am Sonntag meist zu Hause, aber er konnte ja doch mal etwas vergessen haben oder aus irgendeinem anderen Grund in seinem Lagerhaus auftauchen. Auch Juda ben Eliasar, Leas Verlobter, mochte hereinschneien, oder irgendein Kontorist oder Sekretär. Außerdem bedrängte David sie in der vermeintlichen Sicherheit geschlossener Räume noch stärker als draußen in den Feldern oder am Flussufer. Er wollte mehr als die unschuldigen Zärtlichkeiten, die Lucia gern mit ihm tauschte. Der junge Mann wollte sie ganz, und seine Beteuerungen, dafür auch seine Familie, sein Erbe und seinen Glauben opfern zu wollen, wurden immer fester und glühender. Inzwischen hatte er auch Lucia so weit, ernstlich über eine Ehe mit David nachzudenken. Schließlich empfand sie Liebe und Zärtlichkeit für ihn. Sie wünschte sich durchaus, ihm beizuliegen, und manchmal musste sie sich zwingen, ihm die letzte Erfüllung zu verweigern.

Dazu wäre er wohl ihre einzige Chance auf einen Ehemann, wenn auch kaum auf eine gesicherte bürgerliche Existenz. David würde völlig mittellos dastehen, wenn er sich wirklich von seiner Familie lossagte. Ein eigenes Handelshaus würde er ohne Kapital nicht gründen können, und irgendwo eine Stellung zu finden dürfte auch fast unmöglich sein. Praktisch alle Kaufleute waren Juden. Der Fernhandel, auf den Davids Ausbildung ihn von Kindheit an vorbereitet hatte, war ganz in jüdischer Hand, und einen Abtrünnigen würden sie nicht einstellen. David konnte sich also höchstens irgendwo als Hilfsarbeiter oder Knecht verdingen oder versuchen, als Stadtbüttel oder Wächter eine Arbeit zu finden. Leicht war das nicht, und ordentlich vergütet war es auch nicht. Lucia und David stünde ein Leben in Armut bevor, ohne Familie und Freunde.

Das alles ließ Lucia immer wieder zurückschrecken, aber David war entschlossen, auch hier eine Lösung zu finden.

»Lea wird uns unterstützen! Als Judas Frau ist sie reich, und sie besitzt auch jetzt schon einiges an Schmuck. Wenn wir wirklich weglaufen, könnten wir das alles haben, sagt sie. Vielleicht reicht es ja, um ein kleines Geschäft aufzubauen. Du musst es nur wollen, Lucia, Geliebte!«

Lucia wusste, dass sie spätestens vor dem Winter eine Entscheidung treffen musste. Wenn das Wetter keine Ausritte und Rasten in der freien Natur mehr erlaubte, würde David auf regelmäßige Treffen im Kontor bestehen. Irgendwann würde man sie ertappen – ein Ereignis, vor dem es Lucia graute. Sie mochte von zweifelhafter Herkunft sein, aber bisher hatte sie ihre Ehre stets gewahrt. Es war ihr wichtig, gut angesehen und tugendhaft zu sein. Al Shifas endlose Predigten darüber, ihre Jungfräulichkeit unbedingt zu bewahren, klangen ihr noch in den Ohren. Nicht auszudenken, wenn man sie hier nackt im Kontor ihres jüdischen Galans entdeckte, auf einem Lotterbett aus Seide, behängt mit fremdem Schmuck.

Nach dem ersten Sabbatabend im Haus der von Speyers lud Lea ihre Freundin immer mal wieder ein, mit ihnen zu speisen, und neuerdings sperrten ihre Eltern sich nicht mehr dagegen. Das Mädchen benahm sich schließlich demütig und tugendhaft, kam erst nach den Sabbatgebeten und gab freundlich und bescheiden Auskunft über sein Fortkommen bei Meister Friedrich. Sarah und Benjamin gelangten langsam zu der Ansicht, vielleicht doch etwas überreagiert zu haben, als David ihr damals ein paar verliebte Blicke zuwarf. Jetzt jedenfalls nahm der Junge kaum Notiz von ihr, sondern verdrehte allenfalls die Augen, wenn sie mit Lea die üblichen »Mädchengespräche« führte. Sarah sah sich jetzt auch schon nach einer Frau für ihn um. Gleich wenn Esra und Lea ihre Hochzeit gefeiert hatten, würde sie sich auch um ihren jüngeren Sohn kümmern.

Eine andere Frau im Haushalt der von Speyers hatte jedoch schärfere Augen. Al Shifa machte gerade Davids offensichtliches Desinteresse an Lucia argwöhnisch. Der Junge war schließlich aus Fleisch und Blut! Wie konnte er ein inzwischen voll entwickeltes, wohl gewachsenes und mit verführerischen Rundungen gesegnetes Frauenzimmer übersehen?

Die Maurin behielt folglich beide im Auge, und mitunter meinte sie Blicke aufleuchten zu sehen, die gar nicht so unschuldig waren, wie es schien. Insofern zog sie sich auch nicht gleich in ihre Kammer zurück, als Lucia schließlich ging, sondern wartete im Stall. Ihre Geduld wurde gleich darauf belohnt. Kurz nachdem Lucia das Haus durch die Vordertür verlassen hatte, schlich David sich durch die Küchentür hinaus, Leas Schultertuch und eine Laterne in der Hand.

Zutiefst beunruhig folgte ihm Al Shifa durch die nächtlichen Straßen – und was sie schließlich beobachtete, ließ sie alle Vorsätze vergessen, die sie in den dunkelsten Stunden ihres Lebens gefasst hatte!

8

Die alte Frau ging gebeugt und unsicher. Sie war schwarz gekleidet und hatte eine weite Kapuze über ihr Haar und ihr Gesicht gezogen. Lucia wunderte sich, warum sie gerade ihre Kirchenbank ansteuerte. Sie hatte das Weib bislang nie in St. Quintin gesehen. Nun aber ließ es sich neben ihr nieder, während die Schraderin sorglich von ihr abrückte. Lucia versuchte das auch, aber die Alte schob sich immer näher an sie heran. Dabei hörte sie nicht auf, Gebete zu murmeln und sich zu bekreuzigen. Und dann stieß sie Lucia verstohlen an, als alle Gläubigen tief in der Andacht versunken waren, während der Priester vorn die Wandlung vollzog.

Lucia fuhr zusammen, vernahm dann aber eine vertraute Stimme.

»Nicht erschrecken, Tochter! Ich muss mit dir reden. Bleib nach der Messe hier, und such dir eine Kapelle, um zu beten – das sind deine Lehrherren ja wohl von dir gewöhnt! Ich komme dann zu dir.«

Lucias Augen weiteten sich, als sie Al Shifa erkannte. Doch sie behielt sich gut in der Gewalt. Die letzten Monate hatten sie mit Heimlichkeiten jeder Art vertraut gemacht. Was Al Shifa hier trieb, war jedoch äußerst gefährlich. Zumal die Maurin sich auch nicht scheute, Lucia und der Meisterin zum Altar zu folgen und die Kommunion entgegenzunehmen. Danach verzog sie sich in eine andere Bank.

»Komische Alte!«, meinte die Schraderin, als die Messe zu Ende ging. »Und mit dir stimmt auch etwas nicht, Lucia! Frömmigkeit ist ja gut und schön, aber jeden Sonntag nur beten und fasten ... Du wirst noch eine Heilige!«

Lucia lächelte verschämt. »Ich bete für meine verstorbene Frau Mutter«, erklärte sie mit züchtig niedergeschlagenem Blick. »Die Küferin hat mir enthüllt, dass sie wohl doch eine Sünderin war – obwohl sie der jüdischen Hebamme gegenüber anderes beteuerte. Doch wie auch immer, sie kann Fürbitten sicher brauchen. Es ist mir schrecklich, sie im Fegefeuer zu wähnen!«

Die Meisterin nickte verständnisvoll. »Also gut, Kind, wir sehen uns dann später. Ich ... äh, werde dir dein Essen aufheben.«

Das war äußerst großmütig, und die Schraderin tat es durchaus nicht immer. Lucia dankte ihr demütig. Dann kniete sie gespannt in der Marienkapelle nieder. Als die Kirche sich geleert hatte, gesellte Al Shifa sich zu ihr.

»Hast du mich wirklich nicht gleich erkannt?«, fragte sie belustigt, nachdem sie den Schleier ein bisschen zurückgeschlagen hatte. »Bei Allah, mein Rücken schmerzt. Eine Bucklige zu geben muss nicht leicht sein. Ich sollte den betrügerischen Bettlern am Heumarkt doch öfter was zustecken. Aber nun zu dir, Tochter ...«

»Nein, zu dir, Al Shifa!«, raunte Lucia besorgt. »Was machst du hier? Nicht auszudenken, wenn der Pfarrer dich entdeckt! Es ist doch sicher Ketzerei, wenn eine Muselmanin in einer christlichen Kirche betet!«

Al Shifa lachte leise. »Für deinen Pfaffen bin ich keine Muslima. Natürlich würde ich es nicht gern zugeben, denn dann müsste ich das Haus der von Speyers verlassen. Aber unter uns, Tochter, ich bin getauft. Ich habe das gleiche Recht, hier zu sein, wie du und deine bigotte Meisterin.«

Lucia war verblüfft, zumal Al Shifa nie einen Hehl aus ihrem Abscheu vor der christlichen Religion gemacht hatte. Al Shifa schien Lucias Gedanken zu lesen.

»Ja, ich habe dir nicht die ganze Geschichte erzählt...«, meinte die Maurin sinnend. »Aber jetzt rede zuerst einmal du! Ist es wahr, was Lea plappert? David von Speyer will mit dir auf und davon?«

Lucia errötete zutiefst. »Lea hat das erzählt?«

»Unter hochnotpeinlicher Befragung!«, bemerkte Al Shifa grimmig. »Ich habe die ärgsten Drohungen ausgestoßen, Allah möge mir verzeihen. Aber nachdem ich David und dich am Sabbat gesehen habe... Was denkst du dir nur, Kind? Liebst du ihn?«

Lucia zuckte mit den Schultern. »Ich glaub schon. Und er liebt mich...«

Al Shifa nickte. »Oh ja, er liebt dich bis zum Wahnsinn. Sonst kämen ihm solche Pläne nicht in den Sinn. Willst du es denn wirklich tun, Lucia? Willst du ihn ermutigen, für dich seinen Glauben aufzugeben?«

»Ich brauche ihn da nicht zu ermutigen!«, fuhr Lucia auf. »Es war nicht mein Einfall. Im Gegenteil, ich habe versucht, es ihm auszureden. Aber was kann ich tun? Was soll ich tun? Ich mag ihn auch, und für mich wäre eine Ehe mit ihm...«

»Ein Ausweg, ich weiß«, sagte Al Shifa leise. »Ich will dir deshalb auch nicht abraten, Kind. Aber die Liebe führt uns nicht immer auf den richtigen Weg, und meist ist sie die Gefahr nicht wert, die wir für sie auf uns nehmen. Wie gesagt, ich habe dir nicht meine ganze Geschichte erzählt. Willst du sie jetzt hören, Tochter?«

Lucia nickte.

Al Shifa warf einen forschenden Blick über die nach wie vor fast völlig leere Kirche. Nur wenige stille Gläubige knieten in anderen Kapellen oder in den Bänken nahe dem Altar.

»Also gut«, begann die Maurin. »Du weißt bereits von der Zeit, in der ich im Harem lebte. Ein Geschenk, das nicht gefiel, aber nichtsdestotrotz wertvoll war. Der Emir erinnerte sich daran, als Gesandte aus Kastilien in seinen Palast kamen. Wie so oft mit unverschämten Vorstellungen und Forderungen. Ihr Wortführer war der Bischof von Toledo, ein bigotter, unnachgiebiger Mann, der nur eine Schwäche hatte: Es fiel ihm schwer, sich an das Gebot der Keuschheit zu halten. Nun ging es um irgendwelche diplomatischen Verwicklungen, einen Friedensschluss oder ein Bündnis, das dem Emir wichtig war. Der Bischof forderte dafür die Herausgabe irgendeiner Reliquie. Du weißt es ja, die Christen sammeln die Knochen ihrer Heiligen, Splitter von Kreuzen – all diese Dinge. Diesmal ging es um den Zeigefinger irgendeines Märtyrers. Und das Knöchelchen wurde gehegt und gehütet von einer der wichtigsten christlichen Gemeinden von Granada. Denen hätte man es natürlich entreißen können. Aber das hätte böses Blut gegeben, und der Emir wollte Ruhe im Reich. So erhielt der Bischof stattdessen ein anderes Geschenk. Fast ebenso wertvoll, aber nicht für die ganze Gemeinde gedacht. Dafür garantierte es sein Schweigen...«

Al Shifa senkte den Kopf.

»Dich?«, fragte Lucia tonlos. »Man hat dem Bischof ein Mädchen zum Geschenk gemacht?«

Al Shifa nickte. »Das kommt häufiger vor, als du denkst. Ich sagte dir schon, dass die Herrin Farah uns in den Sprachen der Christen unterweisen ließ.«

»Aber ... aber Geistliche ...«

»Tochter, muss ich gerade dir sagen, dass sie auch nur Männer sind?«

Lucia wurde plötzlich klar, warum Al Shifa so besorgt über ihr Verhältnis zum Pfarrer von St. Quintin war.

»Und wie war es?«, fragte sie heiser. »Wie war er?«

Al Shifa zuckte mit den Schultern. »Wie soll er gewesen sein? In den Klöstern der Christen wird die Kunst der fleischlichen Liebe bekanntlich nicht gelehrt. Dafür züchtet man ein schlechtes Gewissen, was der Sache auch nicht zuträglich ist. Mein Bischof war lieblos, brutal, aber schnell. Es war nicht allzu belastend, ihm zu Willen zu sein. Schlimmer als die Nächte waren die Tage.«

»Wie ging das überhaupt?«, erkundigte sich Lucia. »Hat er dich mit nach Toledo genommen? Ganz offen? War ihm das nicht verboten?«

Al Shifa lachte rau. »Natürlich war es ihm verboten. Aber auch der Erzbischof von Mainz hat eine Magd im Haus – vielleicht auch mehrere. Andere Geistliche lassen sich von Nonnen aufwarten. Und selbst der kleine Pfaffe von Sankt Quintin ließ sich ein Mädchen zur privaten Unterweisung kommen. Die Kirche hat strenge Regeln, Lucia, aber sie hat es versäumt, ihre Priester in einem Harem zu sammeln.«

Lucia musste über die Idee eines Harems voller Geistlicher fast lachen. Aber für Al Shifa musste das Leben mit dem Bischof die Hölle gewesen sein.

»Ich diente ihm also im Haushalt. Das Einzige, worauf die Herrin Farah uns nicht vorbereitet hatte. Ich konnte Latein und Griechisch besser als mein Herr! Aber Aufwischen, Kochen und Waschen hatte ich nie gelernt. Dazu demütigten mich der Spott und die Neugier der Christenweiber auf den Märkten. Die ahnten doch, was vor sich ging. Allein die Blicke, die mich in der Kirche trafen! Mein Herr bestand darauf, dass ich mich taufen ließe und brav jeden Tag den Gottesdienst besuchte. Ich hatte bald Schwielen an den Knien von den harten Kirchenbänken. Obendrein war ich nach kurzer Zeit schwanger, was ich natürlich verbergen musste. Die ersten zwei Kinder verlor ich, wohl durch die fest geschnürte Leibbinde. Aber dann brachte ich ein Mädchen zur Welt. Es sah aus wie du als kleines Kind, Lucia! Süß und zart und blond ... Aber vielleicht hatte es ja später dunkles Haar ... ich hab's nach dem zweiten Tag nicht wiedergesehen. Der Herr hat's weggebracht ...«

Al Shifa wischte sich über die Augen. Auch jetzt noch, so viele Jahre danach, schmerzte sie der Verlust ihres Kindes.

»Über's Jahr kam das zweite Kind zur Welt. Wieder ein Mädchen. Diesmal mochte ich es kaum ansehen, aber der Herr bestand darauf, dass ich es stillte. Nur ein Mal, aber es sollte Kraft fürs Leben haben. So hat er's wohl wirklich nicht ausgesetzt, sondern zu den Klosterschwestern gebracht, wie er's gesagt hat. Für mich war's so oder so verloren.«

Al Shifa schwieg kurze Zeit, als fiele es ihr zu schwer, weiterzuerzählen, aber dann fasste sie sich und setzte wieder an.

»Mit den Jahren gewöhnte ich mich an mein Leben. Ich fand mich mit dem Gedanken ab, an der Seite des Bischofs alt zu werden. Er kam nicht mehr so oft in mein Bett, dafür begann er, die Dinge zu schätzen, die ich sonst gelernt hatte. Du wirst es nicht glauben, aber manchmal schrieb ich gar seine Predigten. Wir waren wie ein Ehepaar, das einander weder liebt noch hasst. Aber dann kam er, Federico Moreno de Salamanca. Und ich verliebte mich ...«

Al Shifa vergrub ihr Gesicht in den Händen, was Lucia wunderte. War es nicht ein Glück, sich zu verlieben?

»Federico war ein Ritter, ein schöner Mann, edel und kostbar gewandet, jung, klug, in vielen Künsten bewandert. Aber auch er war nicht frei, er war ein Tempelherr ...«

»Einer dieser Mönchsritter, die im Heiligen Land kämpften?«, fragte Lucia. Sie hatte im Hause der von Speyers von den Templern gehört. An sich sollten die Ritter die Straßen im Heiligen Land für die Reisenden sichern. Jüdischen Händlern machten sie das Leben aber oft eher schwerer als leichter.

Al Shifa nickte. »Sein Leben war Gott geweiht, wie sie es nannten«, bemerkte sie. »Aber Federico war ein Heißsporn. Wie dein David. Er liebte mich über alles, wollte nichts mehr, als mich besitzen, ganz und gar. Er war bereit, alles für mich aufzugeben. Oh, diese Nächte in Toledo! Ich höre noch seine Stimme, nah an meinem Ohr, während er mich hielt. Seinen Orden wollte er verlassen, seinem Stand als Ritter entsagen. Nur der Liebe würden wir leben! Und ich war wie im Rausch, ich lebte durch seine Küsse, brannte bei jeder seiner Berührungen. Endlich verstand ich all die Verse über die Liebe, mit denen Farah uns genährt hatte, als wir Kinder waren. Dies war die Erfüllung, und ich zweifelte keinen Augenblick daran, dass mein Ritter es ernst mit mir meinte ...«

Al Shifas Blick war träumerisch in die Ferne gerichtet, aber dann standen auch wieder Tränen in ihren Augen.

»Aber er hat dich verlassen?«, fragte Lucia, begierig darauf, das Ende der Geschichte zu hören.

Al Shifa kehrte zurück in die Wirklichkeit. »Viel schlimmer, Tochter. Er gestand dem Bischof seine unendliche Liebe zu seiner Haushälterin und bat ihn, sich bei seinem Großmeister für eine ehrenhafte Entlassung aus dem Orden einzusetzen. Der Bischof aber lachte ihn nur aus. Nach all den Jahren an seiner Seite bezichtigte er mich der Unkeuschheit und Unzucht. Ich sei eine Hure, die zeit ihres Lebens unter seinem Dach von einem Liebhaber zum anderen zog. Zwei Hurenkinder habe er ins Kloster bringen müssen, zwei andere im Garten verscharrt. Einen Mann wie Federico sei ich nicht wert, er solle mich vergessen!«

»Und das hat er geglaubt?« Lucia war entsetzt.

»Er spie es mir entgegen! Und ich ... ich war immer noch jung damals, jung und dumm und unendlich verletzt ... ich sagte ihm die Wahrheit. Ich erzählte ihm davon, wie ich als Geschenk des Bischofs nach Toledo gekommen war, dass er seine eigenen Kinder verleugnete ... Ich sagte alles, Lucia, und hätte mich damit beinahe ins Verderben gestürzt.«

»Aber du hattest doch gar nichts getan!«, wunderte sich Lucia.

»Das sagst du! Aber für die Kirche war ich Eva, die Schlange, die den guten Bischof verführt hatte. So musste er es darstellen, schon um sein Amt zu behalten, denn Federico machte alles publik! Ganz Toledo sprach von der maurischen Hexe, die einen Kirchenfürsten vom rechten Weg abgebracht hatte. Der Kardinal befragte meinen Herrn, und dem fielen immer neue Zaubereien ein, deren ich mich angeblich bedient hätte, um ihn in mein Bett zu locken. Schließlich kamen die Büttel, um mich zu holen. Ich wusste, was mir bevorstand: Folter und Tod. Und so setzte ich diesmal wirklich alle Verführungskünste ein, die Farah mich gelehrt hatte. Ich brachte die Stadtwächter dazu, sich eine Nacht lang mit mir zu verlustieren. Es war eine schreckliche Nacht. Aber am Ende hatte ich sie so weit in der Hand, dass sie über einen Ausweg nachdachten. Statt mich den Pfaffen auszuliefern, verkauften sie mich an einen jüdischen Sklavenhändler. Allah weiß, was sie dem Bischof hinterher erzählten, aber er forschte wohl nicht groß nach. Vielleicht schlug ja doch sein Gewissen. Und sicher war es auch die Klugheit des jüdischen Händlers, die mich rettete. Meine Geschichte war dem Mann bereits zu Ohren gekommen, als die Büttel mich brachten. Und er zeigte sich gütig, er wollte helfen! So behielt er mich nicht bei sich, sondern gab mich gleich weiter an einen Freund, der in den Norden zog. Versteckt unter den Waren des Benjamin von Speyer, verließ ich Toledo. Ich bin ihm und den seinen seitdem treu ergeben, wie du weißt.« Al Shifa senkte den Kopf, als wolle sie für ihre Herrschaft beten.

»Weshalb du nun auch alle Hebel in Bewegung setzt, um David vor der Heirat mit einer Christin zu bewahren!« Lucia taten die Worte schon leid, als sie noch nicht ganz ausgesprochen waren.

Die Maurin blitzte sie an. »Oder ich will meine Tochter im Geiste davor bewahren, von einem Mann enttäuscht zu werden!« Erschrocken von ihrem eigenen Ausbruch sah Al Shifa sich um. Es war unverzeihlich, in der Kirche die Stimme zu erheben, aber inzwischen hatten sich auch die letzten Gläubigen verzogen; es war hoher Mittag.

»Glaubst du denn, David würde mich verraten und verlassen

wie dein Federico damals dich?«, fragte Lucia mit gedämpfter Stimme. »Glaubst du, er ist so ... so ...«

Al Shifa biss sich auf die Lippen. »Ich hoffe es nicht, denn dann hätte ich versagt. Schließlich hatte ich größten Anteil an seiner Erziehung. Aber niemand sieht in eines anderen Menschen Herz. David ist schwach, Tochter, das war er immer. Als Kind war er launisch und unbedacht. Dabei kein schlechter Kerl, er meint es heute sicher ehrlich. Aber morgen? Was ist, wenn ihm plötzlich zu Bewusstsein kommt, was ihm tatsächlich bevorsteht, wenn er seine Familie verlässt? Bislang sind das romantische Träume, den Rittergeschichten entsprungen, die aus Frankreich kommen und auch aus meinem Land. Aber wenn es wirklich ernst wird? Und selbst wenn er tatsächlich mit dir flieht: Wie lange wird seine Liebe halten? Will er deinen Geist und deine Gesellschaft, Tochter? Führt ihr ernste Gespräche, genießt ihr das Zusammensein? Oder will er nur deinen Körper? Und wie lange wird der ihn fesseln, wenn ihr gezwungen seid, zu betteln und zu stehlen, um auf der Straße zu überleben?«

»Auf der Straße?«, fragte Lucia leise. »Aber er ...«

»Er plant, seine Familie nicht nur zu entehren, sondern auch noch zu bestehlen. Ja, ich weiß alles, Tochter, Lea hat es mir erzählt. Sein Geist ist zurzeit verwirrt, Lucia. Wenn man von Verzauberung reden kann, so hast du es bei David wirklich geschafft. Aber daraus erwächst nichts Gutes, Tochter. Glaub es mir.«

Damit stand Al Shifa auf, deutete einen ungelenken Knicks vor dem Allerheiligsten an und verließ gebeugt und hinkend die Kirche. Sie spielte die Rolle der alten Frau wirklich hervorragend.

Lucia dagegen blieb in der Kapelle. Sie hatte das Essen vergessen, das die Meisterin für sie zurückhielt, und sie spürte auch nicht die Härte der Kirchenbänke. Dafür dachte sie an Davids Umarmungen, Küsse und Versprechungen. Aber auch daran, dass sie nie wirkliche Freunde gewesen waren, bevor das Verlangen über sie gekommen war. Vertraute Gespräche, gemeinsame Interessen – all das hatte es nie gegeben. David wollte nicht Lucia, er wollte ihren Körper. Und Lucia wollte nicht David, sie wollte nur Geborgenheit, ein Zuhause und ein bisschen Vergessen im Rausch der Lust.

Lucia gestand es sich nicht gern ein, aber diese »Liebe« war es nicht wert, die Familie der von Speyers zu zerstören, sich selbst zu entehren und David ins Unglück stürzen zu lassen.

Als Lucia die Kirche nach der Abendmesse verließ, war sie fest entschlossen. Sie würde David von Speyer nicht wiedersehen.

9

Natürlich war David nicht bereit, Lucias Entschluss zu akzeptieren. Nach wie vor wartete er täglich in der Nische im Hinterhof der Schneiderei, und Lucia wagte es kaum, den Abtritt zu benutzen. Wenn sie dem Jungen begegnete, überschüttete er sie mit Bitten, Vorwürfen und Liebesbeteuerungen. Lucia versuchte zunächst, ihn zu überzeugen, gab es später jedoch auf und ging schweigend an ihm vorüber. Dabei schmerzte ihr Herz kaum weniger als das seine. Sie hätte sich oft genug zu gern in seine Arme geschmiegt. Aber Al Shifa hatte recht: Das musste ein Ende haben.

Leider sah auch Lea nicht ein, warum Lucia die Romanze zu beenden wünschte. Das Mädchen bestürmte die Freundin, David nicht aufzugeben. Sicher gäbe es eine Lösung für diese einzigartige, wahre Liebe. Vielleicht könnte Lucia ja zum Judentum übertreten! Bestimmt gab es irgendein Land auf der Welt, in dem dies möglich war. In Al Andalus zum Beispiel wurden Juden und Christen geduldet. Wenn sich dort ein Rabbi fände ...

Lucia war Al Andalus so fern wie der Mond. Weder hatte sie genug Geld noch Mut, um ihre Lehrstelle zu verlassen und sich auf eine ungewisse Reise zu begeben. Dafür – auch das konnte sie sich jetzt eingestehen – war David ihr ganz einfach nicht wichtig genug. Sie war zweifellos verliebt in ihn gewesen, doch ihre zärtlichen Gefühle für ihn wurden mit jedem Tag schwächer und wichen schließlich sogar einer Art Gereiztheit. Wenn David sie wirklich liebte, sollte er ihre Entscheidung annehmen und ihr das Leben nicht weiter schwer machen!

Eines Tages schleuderte sie das auch Lea entgegen, die ziemlich beleidigt darauf reagierte.

»Du willst also nichts mehr mit uns zu tun haben? Fühlst du dich jetzt doch als etwas Besseres, da du unter den Christen lebst und keine gelben Ringe an den Kleidern tragen musst? Ist David dir nicht gut genug?«

All das zerrte an Lucias Nerven. Sie war es müde, immer wieder zu betonen, dass ihr letztlich nur Davids Wohl am Herzen lag. Auf jeden Fall verbrachte sie ihre Sonntage wieder im Haus ihres Meisters, statt angebliche Besuche zu machen oder in der Kirche zu beten. Sie verlor wieder Gewicht, weil keiner mehr Leckereien vorbeibrachte. Andererseits schlief sie besser, weil sie nicht mehr nächtelang grübelte. Anfänglich hoffte sie noch auf ein erneutes Auftauchen Al Shifas in der Kirche, doch der einmalige Auftritt als gläubige Greisin hatte der Maurin offenbar gereicht. So verging der Winter, und Lucia ergab sich in ihr freudloses Leben. Keine Liebe, keine Aufregung – aber auch keine Gefahren. Sie redete sich ein, zufrieden zu sein, auch wenn sie sich nachts in ein klammes, kaltes Betttuch schmiegen musste, weil die Schraderin wieder am Holz sparte. Sie sehnte sich dann manchmal nach Davids warmem Körper – oder nach dem eines anderen Mannes. Vielleicht einem, für den sie wirkliche, tiefe Liebe empfand, so sehr, dass auch sie ihr Leben für ihn hingegeben hätte! Lucia versuchte, sich diesen Mann vorzustellen, doch ihre Phantasie versagte. So rekapitulierte sie wieder die Kapitel aus Ar-Rasis Buch, um sich abzulenken. Wenn sie nur den Kanon hätte studieren können! Sie hatte immer so viel Freude an Büchern und Gelehrsamkeit gefunden.

Schließlich wurde es erneut Frühling, und Lucias Herz klopfte heftig, als sie eines Sonntags nach der Messe wieder einmal ein Reittier der von Speyers vor dem Schrader'schen Haus warten sah.

Diesmal allerdings eines der beiden Pferde, kein Maultier. Und der Reiter war auch kein Familienmitglied, sondern der alte Knecht Hans.

Lucia lächelte ihm vertrauensvoll zu – und wunderte sich darüber, dass es in seinen Augen beinahe lüstern aufblitzte, als er ihr honigblondes Haar unter der Haube hervorquellen und ihre Augen aufleuchten sah.

»Sieh an, die kleine Lucia! Was für ein artiges Mägdelein du geworden bist! Kannst dich sicher kaum retten vor Burschen, die um dich werben!«, neckte er sie. »Wer könnte diesen Augen widerstehen! Aber sieh zu, dass du einen ordentlichen Christenmenschen freist! Du musst mir versprechen, den Blick züchtig gesenkt zu halten, wenn du auf der Judenhochzeit tanzt!«

»Auf welcher Hochzeit denn?«, fragte die Meisterin sofort streng und schob sich halb zwischen Lucia und Hans. »An meinen Mann ist keine Bitte ergangen, sein Lehrmädchen freizustellen.«

»Sie ergeht hiermit!«, erklärte Hans und machte eine ungelenke Verbeugung vor dem Meister, seiner Frau und Lucia. »Ich darf Euch untertänigst bitten im Namen meines Herrn, des Meisters Speyer. Am achten Tag des nächsten Monats wird er seine Tochter verheiraten, und es ist der sehnlichste Wunsch des Mädchens, seine alte Freundin um sich zu haben. Auch wenn die eine Jüdin ist, die andere rechten Glaubens, was sich natürlich nicht ganz schickt. Aber glaubt mir, mein Herr wird auf die Tugend des Mädchens achten, und es gibt keine bösen und geheimen Künste im Haus des Juden Speyer.«

Lucia war hin und her gerissen. Also hatte Lea ihr verziehen; sie lud sie zu ihrer Hochzeit ein! Lucia empfand jubelnde Freude. Sie erkannte jetzt erst, wie sehr sie Lea vermisst hatte. Anderseits würde sie auch David wiedersehen – und Al Shifa! Letzteres ließ ihr Herz vor Freude rasen.

»Es wäre auch mein sehnlichster Wunsch, Herr Meister und

Frau Meisterin, bei der Hochzeit meiner Freundin zugegen zu sein!«, wandte Lucia sich in gemessenen Worten an ihre Herrschaft. »In der Woche vorher und danach will ich abends gern zwei Stunden länger schaffen, um die Zeit auszugleichen. Es wird ja jetzt schon später dunkel, da brauche ich auch kein Licht.«

An Kerzen sparte die Meisterin besonders streng. Dabei hätte Lucia die Abende zu gern genutzt, um sich wieder ein wenig im Schreiben und Lesen zu üben. Sie hatte in einem jüdischen Laden ein paar Bögen jenes neuen Schreibmaterials »Papier« erstanden, dazu Feder und Tinte. Sobald das Licht am Abend ausreichen würde, wollte sie versuchen, das »Handbuch« des Ar-Rasi aus dem Gedächtnis zu kopieren und vielleicht sogar ins Lateinische zu übersetzen.

Der Meister schien zu schwanken, doch die Schraderin war wohl begierig, ihre Lehrtochter später nach der Judenhochzeit auszuforschen. Lucia hörte in der letzten Zeit immer öfter Gerüchte unter den Christen, in denen jüdische Feste und Zeremonien mit Magie und blutigen Ritualen in Verbindung gebracht wurden. Sie wusste, dass das Unsinn war, aber die Mainzer schienen es zu glauben. Zumindest taten sie so, als liefen ihnen Schauer des Grauens über den Rücken, wenn sie von jüdischen Untaten hörten.

»Mein Herr bietet Euch an, den Verdienstausfall zu ersetzen«, bemerkte Hans rasch. Das hatte er wohl eben vergessen. »Und auch sonst würde es Euer Schaden nicht sein.«

Das bezog sich zweifellos auf weitere Rabatte im Stoffhandel des Juden. Für Meister Friedrich gab es letztlich den Ausschlag.

»So gebt Eurem Herrn Bescheid, dass Lucia Küferin die Einladung annimmt«, brummte er. »Aber sie kommt mir vor Dunkelwerden zurück, und sie wird keinen heidnischen Ritualen beiwohnen!«

Letztere Bedingung war hart für Lucia, verwehrte sie ihr doch die Anwesenheit bei der eigentlichen Hochzeit. Traurig dachte sie an Lea, als es Zeit für die Freundin wurde, das rituelle Bad vor der Trauungszeremonie zu besuchen. Wie gern hätte sie das Mädchen begleitet! Sie kaute am harten Brot der Meisterin und wusste, dass Lea jetzt fastete, Zeichen der Besinnung vor der Hochzeit.

Die junge Braut würde auch der Übergabe der Geschenke zwischen Braut und Bräutigam entgegenfiebern. Das traditionelle Gebetbuch, das Juda zweifellos überreichen würde, war zwar keine Überraschung, aber von einem reichen Bräutigam wie ihm waren auch weitere Geschenke wie Schmuck oder kostbare Stoffe zu erwarten. Lea selbst hatte über die Brautgeschenke für ihren Gatten sicher monatelang nachgedacht. Gewöhnlich hätte sie mit Lucia oder anderen Freundinnen endlos darüber beraten. Erneut bereute Lucia den Bruch zwischen sich und den Speyer-Kindern – und freute sich umso mehr, dass Lea jetzt einlenkte.

Leas Trauung sollte nicht in der Synagoge, sondern zu Hause stattfinden. Hans, der Lucia schließlich abholte, versicherte den Schraders, die ärgsten Gotteslästerungen würden vorbei sein, wenn das Mädchen einträfe.

Lucia fragte sich, was wohl so gotteslästerlich daran war, dass Braut und Bräutigam unter einem Baldachin, der ihr Haus repräsentierte, einen Becher Wein miteinander teilten und der Mann der Frau einen Ring übergab. Aber diese Zeremonie war tatsächlich schon zu Ende, als Lucia das Haus der von Speyers betrat. Wieder mal durch den Kücheneingang; Hans hatte es nicht gewagt, vorn anzuklopfen.

Aus den großen Räumen im ersten Stock des Speyer'schen Hauses klang eben Psalmengesang – und dann konnte Lucia dem allerletzten Teil der Eheschließung doch noch beiwohnen. Sie stand neben Al Shifa und der vor Rührung weinenden Sarah von Speyer, während die letzten Segenssprüche gesprochen wurden.

»Gepriesen seist du, Herr, der den Bräutigam mit der Braut erfreut.«

Juda ben Eliasar warf dann mit Schwung ein Glas zu Boden und lachte seiner tief verschleierten jungen Braut dabei zu. Dieses Ritual war nicht ganz ernst zu nehmen; tatsächlich war es ein heidnischer Brauch, der ursprünglich der Abwehr böser Geister diente. Die Gäste klatschten dazu jedoch übermütig, und jemand stimmte auch schon ein fröhliches Lied an, während man Juda und Lea für kurze Zeit in einen Nebenraum führte. Ihr erstes Alleinsein als Ehegatten symbolisierte die körperliche Vereinigung. Tatsächlich aber würde Juda die junge Braut nur entschleiern, und beide würden einander erstmalig als Vermählte ins Gesicht sehen und vielleicht ein paar freundliche Worte wechseln.

Leas Gesicht jedenfalls strahlte überirdisch, als das Paar schließlich wieder zu den Gästen stieß. Die Brautleute standen jetzt einem Bankett vor; es wurde gegessen, später getanzt und gesungen.

Lucia speiste an der Seite Al Shifas, die diesmal nicht als Magd zugegen war, sondern zu den geladenen Gästen gehörte. Sie war überglücklich, ihre Pflegetochter zu sehen, sagte aber kein Wort über den gemeinsamen Kirchenbesuch.

Nur einmal, als irgendjemand erwähnte, wie stolz Sarah und Benjamin heute auf ihre schöne Tochter sein konnten, drückte die Maurin kurz Lucias Hand.

»Keiner könnte stolzer auf seine Tochter sein als ich, mein Kind!«, sagte sie leise.

Lucia suchte ihren Blick und sah Verständnis und Anerkennung. Al Shifa musste wissen, wie schwer ihr die Trennung von David und damit auch von Lea gefallen war.

David schenkte Lucia zunächst kaum Aufmerksamkeit. Wie bei jüdischen Festen üblich, saßen Männer und Frauen getrennt. Sie tanzten auch nicht miteinander wie die Christen, sondern in eigenen Zirkeln. Im Laufe des Nachmittags floss der Wein jedoch in Strömen, und Davids Selbstbeherrschung geriet ins Wanken. Immer wieder streiften Lucia seine zunächst scheuen, dann fast lüsternen Blicke. Gegen Abend meinte sie, auch Zorn darin zu erkennen. Aber inzwischen war sie endlich zu Lea vorgedrungen und beachtete den Jungen nicht weiter. Lea war selig, die alte Freundin zu sehen, und begierig, ihr all die Geschenke zu zeigen, die Juda und seine Familie ihr gemacht hatten.

»Und denk dir, Judas Vater hat ein Haus gleich hier nebenan für uns erstanden! Ich muss nicht wirklich wegziehen, und Al Shifa kann meine Kinder erziehen wie damals uns! Du kannst auch immer kommen und mich besuchen! Jeden Sabbatabend, versprich es mir! Und...«

»Dann brauchst du ja gar kein weißes Maultier!«, neckte Lucia ihre Freundin, und beide kicherten über Leas kindische Wünsche von früher. Die junge Frau sah heute wunderhübsch aus. Sie trug tatsächlich einen Schleier aus der golddurchwirkten Seide, die Lucia damals im Lagerhaus mit ihr ausgewählt hatte, und ihr Kleid war zwar aus schlichterer blauer Seide, aber mit goldenen Borten abgesetzt. Vor allem aber strahlte Lea von innen heraus. Sie schien wirklich in Juda verliebt zu sein.

Die anderen Frauen hatten jetzt zu tanzen begonnen, und Lea zog auch Lucia in den Kreis. Al Shifa tanzte ausgelassen wie ein junges Mädchen, und schließlich ließ sie sich ausnahmsweise überreden, abgeschirmt im Kreis der Frauen einen jener maurischen Tänze aufzuführen, die darauf zielten, die Lust der Männer zu steigern. Lucia und vor allem Lea sahen fasziniert dabei zu, und Lucia musste beim Gedanken an Juda lachen, für den Lea diesen Tanz bestimmt ab morgen übte.

Über all das Scherzen und Herumspringen mit den anderen Frauen hatte sie David inzwischen völlig vergessen. Auch an die Schneiderei dachte sie nicht – und auch nicht daran, dass sie selbst nie eine Hochzeit wie diese erleben durfte. Wie alle anderen war das Mädchen vom Wein berauscht und vergnügt. Erst als die Mägde die ersten Kerzen entzündeten, wurde sie sich des Versprechens bewusst, das sie den Schraders gegeben hatte.

»Ich muss gehen!«, erklärte sie Lea bedauernd. »Schon jetzt ist es spät. Aber noch kann ich wohl allein durch die Stadt gehen. Oder denkst du, Hans könnte mich wieder begleiten?«

Lea kicherte. »Die Knechte haben sich dem Wein schon längst ergeben. Mein Vater hat reichlich Krüge in den Stall bringen lassen. Würde mich wundern, wenn Hans noch stehen kann. Die Kerle sind doch sonst nur an Bier gewöhnt.«

Lucia fand das nicht gar so lustig, aber es war ein Dienstag. Am nächsten Tag mussten alle arbeiten, und so würden die Straßen sicher noch nicht mit angetrunkenen Zechern gefüllt sein, wenn sie im letzten Licht des Tages heimwärts lief. Das gedachte sie dann aber auch zu nutzen. Sie verabschiedete sich rasch und verließ die Festräume auf dem Weg zur Treppe. Doch kaum hatte sie die Tür hinter sich geschlossen und huschte durch den Korridor, trat David aus dem Bücherkabinett seines Vaters.

Lucia erschrak. Der Junge musste ihr hier aufgelauert haben. Sonst gab es schließlich keinen Grund, den festlichen Abend allein in der Bibliothek zu begehen.

»Du gehst so plötzlich, Lucia...« David stolperte schon ein wenig über seine Zunge; er musste dem Wein gut zugesprochen haben. »Hast dich nicht mal verabschiedet. Und soll ich dich nicht heimbringen heut? Magst mich so gar nicht mehr, Licht mei... meines Le...Lebens?«

Lucia seufzte. »Natürlich mag ich dich nach wie vor, David. Aber ich glaube, du bist nicht mehr nüchtern genug, um mich heimzugeleiten. Außerdem wäre es doch schade, das Fest zu verlassen. Schau, ich gehe auch nicht gern so früh, aber mein Meister hat mir nur bis zum Dunkelwerden frei gegeben.«

»Ach, ver...vergiss jetzt mal den Meister!«, murmelte David und schob sich näher an sie heran. »Wir ... haben den ganzen Tag noch nicht geredet. Dabei müssen wir ... mal reden. Wir ...«

»Wir haben doch schon alles besprochen, David.« Lucia versuchte, freundlich und ruhig zu bleiben. Dabei schwanden ihre letzten Gefühle für den Jungen. Was dachte er sich dabei, sie hier im Haus seiner Eltern zu bedrängen? Beide würden kompromittiert sein, wenn jemand bemerkte, dass er mit ihr sprach.

»Hast schon wieder Angst, nicht? Aber ist ganz ungefährlich. Komm nur hier herein ...«

Lucia wehrte sich, aber David nahm sie nun energisch am Arm und zog sie in die Bibliothek.

»Hier gefällt's dir doch! Und weißt du, ich ... ich hab auch noch nachgedacht. Wenn wir ... wenn wir ein paar von den alten Schwarten hier mitnehmen, wenn wir gehen, merkt das ... kein Mensch. Aber zum Teil sind sie kostbarer als Gold. Deine arabischen Lieblingsco...codizes ...«

David torkelte zu einem Regal, doch Lucia hielt ihn auf.

»David, lass doch die Schriften! Wenn du sie zerreißt ...«

»Ich will ja auch keine Schriften. Ich will nur dich ...«

Lucia wollte flüchten, aber David packte sie. Brutal warf er sie über den Schreibtisch seines Vaters. Lucia kämpfte, kam aber nicht gegen ihn an. Sie dachte fieberhaft nach, als seine Zunge sich zwischen ihre Lippen schob. Vielleicht wollte er ihr ja wirklich nur ein paar Küsse rauben. Womöglich konnte sie ihn sogar beschwichtigen, wenn sie mitspielte ...

»Na, erinnerst du dich? War das nicht schön? Liebst du mich nicht auch?« Davids verschwitztes Gesicht war über ihr. Er griff nach ihrem Ausschnitt.

»Sicher. Ich ... ich ... schau, ich will dich ja auch, aber ...«

Lucia versuchte, sich einerseits freundlich und willig zu zeigen, andererseits dem Ausgang zuzusteuern.

Dabei fragte sie sich, ob David wenigstens die Tür hinter sich geschlossen hatte. Gleich darauf bekam sie die Antwort.

»Was ist hier los?« Die Stimme Benjamins von Speyer.

Lucia erschrak fast zu Tode, wurde dann aber ganz ruhig. Davids Vater musste gesehen haben, dass sie sich wehrte. Oder nicht?

»David! Wie kannst du ... du bist betrunken!« David ließ erst jetzt von Lucia ab. Von Speyers Stimme schien nur langsam zu ihm vorzudringen. »Wir sprechen uns gleich«, erklärte der Kaufmann streng, wandte sich dann aber Lucia zu. »Und du, Lucia! Dankst du uns so, dass wir dich aufgenommen haben, als du aus der Gosse kamst?« Lucia empfand die Verachtung, die in von Speyers Worten mitschwang, beinahe körperlich.

»Ich habe ... ich wollte doch gar nicht ...«, flüsterte sie.

Von Speyer stieß scharf die Luft aus. »Das habe ich gesehen! Nun behaupte nur noch, mein Sohn hätte dich gegen deinen Willen hier hereingeschleppt!«

»Nicht gegen ihren Willen!«, erklärte David zu Lucias Entsetzen. »Es ... es ist unser beider Willen, dass wir ... dass wir eine ... hm, christliche ... Ehe schließen!«

»Du weißt nicht, was du sagst!« Von Speyer und Lucia stießen die Worte fast gleichzeitig aus, aber von Speyer nahm Lucias Ausruf nicht wahr.

»So weit ist es also schon! So weit hast du ihn verhext, du Hure!« Benjamin wandte sich erneut an Lucia; sein Blick war jetzt hasserfüllt. »Verschwinde aus meinem Haus, und betrete es nie wieder! Meine Frau hatte damals mehr als recht! Viel eher hätte man dich rauswerfen sollen. Oder besser gleich in der Gosse lassen, wo du hingehörst!«

»Vater, spri...sprich nicht so mit meiner ver...versprochenen Braut ...« David strebte wohl einen heroischen Auftritt an, doch seine Augen waren jetzt nur noch glasig, und er stand unsicher auf den Beinen.

Lucia floh aus dem Zimmer.

Sie wusste später nicht mehr, wie sie aus dem Haus und dann über die schon dunklen Straßen unter die Wollengaden zurückgekommen war. Die Schraderin wartete auf sie, um sie zusammenzustauchen, aber Lucia rannte nur schluchzend an ihr vorbei und schlug die Tür ihrer Kammer hinter sich zu. Die Meisterin hätte dort eindringen können, aber so wichtig schien ihr die Sache nicht zu sein.

Lucia verkroch sich unter ihren Laken. Was mochte nun geschehen? Würde David sich wirklich von seiner Familie lossagen? Und würde sie dann mit ihm gehen? An diesem Abend hatte sie Angst vor ihm gehabt. Sie wollte nicht mehr, dass er sie berührte. Und eine ungewisse Zukunft mit ihm als seine Gattin erstrebte sie erst recht nicht.

Diese Frage sollte sich aber gar nicht mehr stellen. Am nächsten Morgen wurde sie unsanft geweckt. Die Meisterin drang bei Sonnenaufgang in ihre Stube ein und riss ihr die Decke weg.

»Pack deine Sachen zusammen!«, erklärte sie hart und warf Lucia einen Kittel zu, um sich zu bedecken. »Wir wissen, was geschehen ist. Der Meister Speyer hat vor Tau und Tag noch Boten geschickt. Eine Judenhure! Haben wir's doch immer gewusst! Deshalb wollten sie dich damals auch so dringend loswerden. Obwohl du doch die beste Freundin der kleinen Prinzessin warst! Schöne Freundin! Den Bruder verführen! Verschwinde jetzt! Brauchst gar nicht mehr in die Werkstatt zu gehen, mein Gatte will dich sowieso nicht sehen.«

»Aber ... aber wo soll ich denn hin?« Lucia sah sie hilflos und noch schlaftrunken an.

»Weiß *ich* doch nicht! Vielleicht nimmt dich ja ein Hurenwirt! Oder die Küferin, da passt du zwischen, in den Haufen Dirnen und Diebe!«

Lucia musste sich beeilen, ihre wenigen Sachen zusammenzuraffen, bevor die Meisterin ihre kleinen Schätze womöglich noch entdeckte und zerstörte. Sie besaß nicht viel: zwei Kleider und einen Mantel, ihr kostbares Papier und ein winziges Silberkettchen, das David ihr auf dem Höhepunkt ihrer Romanze geschenkt hatte. Schließlich stolperte sie durch die Gassen, dem Judenviertel zu.

David war jetzt ihre einzige Hoffnung. Er musste gestehen, dass sie keinen Anteil an der Sache gehabt hatte – oder er musste zu ihr stehen und sie wirklich heiraten. Das behagte ihr zwar immer noch nicht, aber es wäre besser, als gänzlich allein auf der Straße zu stehen.

Verzweifelt näherte sie sich der Hintertür der von Speyers – und wurde ebenso rasch und hinterrücks in den Schatten der Ställe gezogen wie gestern von David in die Bibliothek. Lucia hätte fast aufgeschrien, aber dann erkannte sie Al Shifa. Diesmal war es die Maurin, die ihr aufgelauert hatte.

»Al Shifa, es war nicht so, wie sie denken!«, beteuerte Lucia. »Ich habe nichts getan, ich . . .«

»Ich weiß, meine Tochter. Der Junge war gänzlich betrunken, er hat völlig die Kontrolle verloren. Gestern hat er noch die halbe Nacht herumgeschrien und geweint, aber heute ist er wieder bei sich. Und die Sache ist ihm furchtbar peinlich.« Al Shifa legte tröstend die Arme um ihr Ziehkind.

»Wird er sie denn richtig stellen?« Davids Gefühle waren Lucia zur Zeit herzlich gleichgültig.

Al Shifa seufzte. »Ach, Liebes, er erinnert sich ja kaum! Und die von Speyers wollen auch gar nichts hören. Sie haben heute Morgen gar nicht mehr mit ihm gesprochen, sondern ihm nur aufgetragen, seine Sachen zu packen. Heute Nachmittag geht ein Schiff den Rhein hinunter. David wird mitfahren, mit einem Empfehlungsschreiben an einen Kaufmann in den Niederlanden. Da wird er zunächst arbeiten und anschließend auf Reisen gehen. Bis der zurückkommt, können Jahre vergehen. Und du kannst sicher sein, dass ihn dann eine gute jüdische Verlobte hier erwartet – wenn sie ihn mal nicht gleich mit der Tochter des Niederländers vermählen. Das war wohl sowieso im Gespräch.«

»Aber was ist mit mir?«, fragte Lucia verzweifelt. »Ich bin doch ganz unschuldig. Ich bin Jungfrau, ich ...«

»Du bist den von Speyers keinen Gedanken mehr wert, Tochter. So ist das, wenn man nur ein Spielball der Mächtigen ist. Aber ich werde mit dir zur Küferin gehen und ihr etwas Geld geben. Dann nimmt sie dich sicher vorerst wieder auf. Bis du eine neue Stellung findest. Es tut mir so leid, Tochter ...« Al Shifa zog das Mädchen an sich.

»Und mir tut es leid!«

Lucia fuhr zusammen, als sie Davids Stimme hörte. Noch jemand, der auf sie gewartet hatte. Der Junge musste sie vom Fenster aus gesehen und sich jetzt in den Stall geschlichen haben.

David sah schrecklich aus, übernächtigt, verweint und verkatert. Auch jetzt noch hatte er Tränen in den Augen.

»Ich wollte dich wirklich heiraten. Ich ... liebe dich, Lucia. Aber meine Eltern ...« Der Junge druckste herum. »Meine Eltern sind nun mal dagegen, und ...«

»Deine Eltern sind dagegen? Nein, wirklich? Wo wir doch bisher immer der Ansicht waren, sie könnten sich kaum halten vor Begeisterung über eine christliche Schwiegertochter?« Lucia fuhr den Jungen an. Sie konnte nun wirklich kein Bedauern für ihn aufbringen.

»Ja ... nein ... Du musst verstehen. Weißt du, Lucia, wenn du im letzten Jahr ... also wenn du da Ja gesagt hättest. Aber jetzt ... Gestern, das wolltest du doch nicht wirklich!«

»Noch eine Überraschung!« Lucia musste sich zwingen, ihm nicht das Gesicht zu zerkratzen. »Gestern scheint dir das entgangen zu sein.«

»Ich war ein bisschen betrunken. Aber jetzt ... also, wenn du es nicht willst und meine Eltern nicht wollen ... ich muss jetzt auch erst mal ein paar Monate weg. Vielleicht, wenn ich zurückkehre ...«

»Ach, vergiss es doch, David!«, schrie Lucia ihn an. »Wer will dich schon heiraten? Wenn ich heirate, dann einen Mann, kein verwöhntes jüdisches Muttersöhnchen! Du könntest wenigstens die Wahrheit sagen, du ...« Sie trommelte nun wirklich mit den Fäusten auf ihn ein. »Du zerstörst mein Leben!«

»Und du wirst jetzt die Finger lassen von meinem verwöhnten jüdischen Sohn!« Sarah von Speyers kultivierte, ruhige Stimme klang schneidend. Al Shifa musste gesehen haben, dass ihre Herrin eintrat, aber es war zu spät, Lucia zu warnen. »Denn im Gegensatz zu dir hat er ein Leben, das zerstört werden kann. Geh mir bloß aus den Augen, und wag dich nicht wieder her. Wenn ich dich je hier wiedersehe, lasse ich die Hunde auf dich hetzen! Hurenkind!«

Lucia warf ihren beiden Pflegemüttern einen verzweifelten Blick zu, sah nur Hass bei Sarah, verzweifeltes Mitleid bei Al Shifa. David hielt die Augen gesenkt. Dabei hätte er die Sache jetzt noch richtig stellen können. Aber er war es nicht wert, noch einmal das Wort an ihn zu richten. Lucia umklammerte ihr Bündel und rannte hinaus.

Sarahs Worte klangen noch in ihr nach.

»Hurenkind!«

Die Pestärztin

Mainz 1347–1349

1

Judendirne! Als ob ich es nicht immer geahnt hätte!«

Die Küferin baute sich in einer so entrüsteten Haltung vor Lucia auf, als empöre sich hier eine Heilige über die Todsünde. »Sie können die Finger nicht von Christenmädchen halten ... Meiner Seel, was hab ich mir Sorgen gemacht, als ich das Grietgen da in Stellung gab! Aber das Grietgen ist rausgekommen! Rein und unschuldig wie frisch gefallener Schnee. Du dagegen ... aber ich habe es immer gewusst.«

Lucia schwieg, während die Küferin lamentierte. Sie war zu verzweifelt und erschöpft, um auch nur bitter darüber lachen zu können. Das tugendhafte Grietgen – dessen Neunmonatsbauch auch das weiteste Hängerkleid nicht hatte kaschieren können, als es den Knecht der Schenke am Heumarkt vor den Traualtar zerrte! Der junge Mann war ein bisschen dümmlich, aber immerhin ein Christ – »mit Märtyrerqualitäten«, hatten Lucia und Lea damals gescherzt. Ein weniger duldsamer Galan hätte Grietgens Balg nie anerkannt. Nun aber galt Grietgens Ehre als gerettet, während Lucia für einen Kuss büßen sollte, den sie nicht einmal gewollt hatte.

»Schlafen kannst du hier«, gab die Küferin schließlich Antwort auf die Frage, die ihren ganzen Sermon ausgelöst hatte. »Aber glaub nicht, dass es umsonst ist. Unsere Prinzessin wird in Stellung gehen müssen! Wenn sich einer findet, der dich nimmt! Ein Judenhürchen ist ja nicht mal in den Schenken gern gesehen. Wer weiß, was er dir angehext hat, der Meister David von Speyer ...«

Lucia versuchte, nicht hinzuhören. Obwohl sie sich die Frage nach ihrer Zukunft in Lohn und Brot natürlich auch stellte. Als Lehrtochter würde sie niemand mehr nehmen. Ohne von Speyers Protektion war sie dafür schließlich schon vor einem Jahr zu alt gewesen. Also kam nur die Stellung einer Magd oder Zugehfrau infrage. Sie würde an den Küchentüren der Bürgerhäuser vorsprechen müssen – und sie hatte kein Zeugnis und keine Erfahrung als Küchenmädchen vorzuweisen. Bei einem Mädchen ihres Alters würde das Verwunderung auslösen. Man würde auf dem Markt und in der Kirche über sie reden, und sehr schnell käme dabei die Schraderin zu Wort! Dann wäre die Geschichte mit der Judendirne bald in ganz Mainz herum. Lucia dachte ernstlich darüber nach, aus der Stadt zu flüchten. Aber in Worms oder Trier wüsste sie erst recht nicht, wohin.

An diesem albtraumhaften Tag versuchte sie es zunächst in den Häusern der christlichen Hebammen. Wenn da eine Stellung als Magd frei wäre, könnte sie mit niedrigen Verrichtungen anfangen, sich dann aber sicher hocharbeiten. Wenn sie ab und zu ein paar Worte mit der Herrin wechseln könnte, würde eine Hebamme bald merken, dass Lucia für die Küche zu schade war.

Allerdings wurde in keinem der Haushalte eine Bedienstete gesucht, und auch in den Häusern der Ärzte und Apotheker wies man ihr die Tür. Letzteres zum Teil hohnlachend, denn hier hatte Lucia sich erboten, auch bei der Medikamentenherstellung zu helfen. Schließlich kehrte sie völlig entmutigt heim in die Bude der Küferin und rollte sich auf ihrem Strohsack zusammen. Zum Glück schlief sie immerhin ohne Belästigungen. Die älteren Söhne der Küferin waren aus dem Haus, und der dreizehnjährige Armin war nun doch noch zu schüchtern, sich gleich an die heimgekehrte »Ziehschwester« heranzumachen.

Lucias zweiter Versuch, sich als Küchenmagd zu verdingen, verlief ebenso wenig zufriedenstellend. Niemand wollte ein fast achtzehnjähriges Mädchen, noch dazu eines ohne Empfehlungen. In aller Regel nahm man eher Zehn- bis Dreizehnjährige auf. Die kosteten fast nichts, und die Köchin bog sie sich schon zurecht. Eine kräftige Dreizehnjährige schaffte zudem nicht weniger weg als die zarte Lucia. Die meisten Köchinnen oder Hausmeister schüttelten schon den Kopf, wenn sie ihre schmale Gestalt sahen. Körperliche Arbeit würde diesem Mädchen kaum liegen.

Schließlich war es dann Grietgen Küfer, die Lucia zu einer Stelle verhalf. Sie besuchte eben ihre Mutter, als Lucia sich nach dem zweiten Tag Arbeitssuche entmutigt und hungrig ins Haus schlich.

Die beiden Frauen hatten das Thema eben durchgehechelt, aber Grietgen war offensichtlich großzügiger Stimmung.

»Der Wirt in der Schenke am Heumarkt sucht ein Mädchen«, bemerkte sie, nachdem ihre Mutter Lucia rüde auf die ausstehende »Miete« hingewiesen hatte.

Lucia sah müde zu ihr auf. »Ein Küchenmädchen oder eine Hure?«, fragte sie.

Grietgen lachte dröhnend. »Ein Küchenmädchen in der Schenke kann sich immer leicht was dazuverdienen!«, bemerkte sie. »Aber dem Wirt geht's wohl mehr ums Putzen und Wasserholen, Küchenarbeit... na, vielleicht ein bisschen Bierausschank, hübsch biste ja. Da wird mancher gern 'nen Humpen mehr trinken, wenn er von so zarter Hand aufgetragen wird. Und über der Schenke ist eine Herberge, da kannst du dich weich betten, mit einem Kerl, sofern er zahlt. Und wenn du ordentlich putzt, kriegst nicht mal Flöhe!«

Lucia wollte erwidern, dass sie ganz sicher keinen Wert darauf legte, sich an irgendjemanden zu verkaufen – weder für ein paar Kupferpfennig beim Hurenwirt noch heimlich für besseres Geld in einer ordentlichen Schenke. Aber ihr fehlte die Kraft zu einem Streit, und wenn der Wirt am Heumarkt ihr ehrliche Arbeit gab, so sollte es ihr recht sein. Im Grunde konnte sie sogar jetzt noch hingehen und danach fragen! Womöglich fiel dabei sogar ein

Happen Essen für sie ab, selbst wenn sie im Abfall würde suchen müssen. Sie hatte den ganzen Tag nichts gegessen, und die Küferin machte auch keine Anstalten, ihr von der dünnen Suppe abzugeben, mit der sie ihre Bälger zum Nachtmahl fütterte.

Die Schenke am Heumarkt war ein deutlich gediegeneres Lokal als die Kneipen im Judenviertel, aber natürlich drangen auch hier Krach und die Gesänge betrunkener Zecher bis auf die Straße. Lucia fürchtete sich, einzutreten, aber der Duft nach über dem Feuer gebratenem Fleisch stieg ihr verführerisch in die Nase. Wie in den meisten Schenken wurde auch hier direkt in der Gaststube gekocht und gebraten. Der Knecht, Grietgens Mann, drehte einen halben Ochsen über dem Feuer, während der Wirt Bier ausschenkte. Lucia schob sich ängstlich an die Feuerstelle heran. Sie hatte die Kapuze ihres Mantels über ihr Haar gezogen und hoffte, nicht aufzufallen. Aber natürlich riefen die Männer ihr doch Komplimente und Zoten zu.

»Was willst du?«, fragte der Wirt streng, als sie vor ihm knickste. Dirnen waren hier offensichtlich nicht gern gesehen. Lucia atmete auf, obwohl der harte Ton sie verschreckte.

»Ich habe gehört, Herr, Ihr sucht eine Küchenmagd«, sagte sie leise.

»Eine was? Sprich lauter, Mädchen, dies ist keine Kirche!«, dröhnte der Wirt. Er war ein großer, feister Kerl, rotgesichtig und sicher leicht zu erzürnen. Aber sein Gesicht wirkte ehrlich. Lucia zwang sich, ihn anzusehen, während sie ihre Frage wiederholte.

»Und du willst das sein?«, erkundigte er sich lachend. »Da brauchst aber noch ein bisschen Muckis, bevor du hier die Wassereimer stemmen kannst! Der Brunnen ist im Hinterhof, Kleine. Und hier wird nicht nur schnell gefegt, hier scheuerste jeden Tag! Den Boden und die Tische!«

Lucia sank der Mut. Sie hatte noch nie einen Fußboden gewischt, und die Möbel bei den von Speyers wurden nicht mit Lauge gescheuert, sondern sorglich gepflegt und gewachst. Aber das alles half ihr nichts, dies war die einzige Stelle, die sich ihr bot.

»Ich ... ich würd's gern versuchen, Meister!«, meinte sie verzweifelt. »Ich bin stärker, als Ihr glaubt.«

Der Wirt lachte wieder. »So. Nun, dann lach einmal nett, und bring die zwei Humpen Bier zu den Kerlen da drüben. Dann schauen wir mal, was du tragen kannst.« Mit einer raschen Bewegung schob er Lucias Kapuze von ihrem Haar und enthüllte ihr Gesicht. Was er sah, schien ihm zu gefallen. Lucia hoffte, dass ihre Haube noch richtig saß. Sie hatte ihre blonden Zöpfe extra sorgfältig darunter versteckt; niemand sollte denken, sie wollte die Männer locken.

Nun griff sie nach den schweren Bierkrügen und machte sich auf den Weg. Mehr als Meister Schraders Bügeleisen wogen sie auch nicht, und vor allem konnte man sich nicht daran verbrennen. So kam sie raschen Schrittes durch die Gaststube, und die Zecher, die ihr kurzes Gespräch mit dem Wirt angehört hatten, klatschten ihr Beifall. Lucia schaffte es zwar nicht, die Gäste anzulächeln, vor denen sie die Humpen dann schließlich aufbaute, aber sie machte einen zierlichen Knicks, der die beiden wohl entzückte. Auch der Wirt sah sie mit Wohlgefallen an, als sie jetzt zu ihm zurückkam.

»Ich mach mich gern auch gleich schon nützlich!«, bot Lucia an, obwohl sie nach der Arbeitssuche todmüde war und sich vor allem schwach vor Hunger fühlte. »Wenn ich nur ...«

»Schon gut, Kleine, du kannst morgen anfangen. Bei Sonnenaufgang kommst du her, die Gäste wollen Frühstück. Für dich soll dann auch ein Brei anfallen. Die Kost hier ist gut, das werden die Jungs dir bestätigen ...« Die Jungs waren, wie sich herausstellte, Willem, der Knecht, und Hannes, der Stallbursche. »Und du brauchst ein bisschen Speck auf den Rippen. Im Wirtshaus wollen die Leute dralle Mägde sehen. Hier ...« Der Wirt schnitt ein fetttriefendes Stück Fleisch ab, legte es auf eine Scheibe Brot und schob es Lucia zu. Das Mädchen verschlang die Nahrung heißhungrig. »Jetzt hilf hier noch ein Stündchen, aber wenn's neun schlägt, gehst du heim, sonst werden die Kerle zudringlich. Und es wird nicht mit den Gästen getrunken, verstehst du? Ich will eine Magd, kein Hürchen.«

Lucia nickte eifrig und griff nach den nächsten Bierhumpen. Sie war überaus erleichtert über diese Auflagen, obwohl das gebotene Gehalt nur gerade so reichte, den Forderungen der Küferin zu entsprechen. Den Vorschlag des Wirtes, in der Dienstbotenkammer zu nächtigen, lehnte sie trotzdem ab. Der Knecht Willem schlief zwar zu Hause bei seinem Grietgen, aber mit Hannes hätte sie die Kammer teilen müssen. Und der Junge erschien ihr wenig vertrauenerweckend.

Die Arbeit in der Schenke war hart, viel härter als die Lehre bei Meister Schrader. Der Heumarkt-Wirt verlangte tatsächlich eine tägliche, gründliche Reinigung der Gaststube, und an sich war das auch nötig. Lucia beseitigte Lachen von Erbrochenem, Reste von Essen und Pfützen von Wein und Bier, ehe sie den Boden des Schankraums mit Stroh und duftendem Heu bestreute. Noch ekelhafter war die Reinigung des Abtritts – viele Männer schafften es zu später Stunde nicht mehr halb über den Hinterhof, sodass es auch vor der Latrine bestialisch stank, wenn Lucia morgens mit der Reinigung begann. Schon bald waren ihre Hände rau und aufgesprungen von den scharfen Scheuermitteln. Ihre Schultern schmerzten vom Wassertragen, und gegen Mittag meinte sie, keinen einzigen der schweren Holzeimer mit ihrem Henkel aus Weidengeflecht mehr heben zu können. Der Wirt schimpfte auch manchmal, dass es zu langsam ging und dass Lucia für die Arbeit in Küche und Brauerei wenig Geschick zeigte. Aber immerhin erkannte er ihre Bemühungen an, und als sie den Gestank nach Bier und Wein in der Schenke zu bekämpfen suchte, indem sie aromatische Kräuter und Blütenblätter verbrannte, wie Al Shifa es sie gelehrt hatte, erhielt sie sogar ein Lob. Dazu war das Essen in der Schenke nicht mit dem mageren Tisch der Schraderin zu vergleichen. Der Wirt mästete seine Leute regelrecht; er kochte gern und probierte oft neue Rezepte. Lucia und die anderen mussten dann kosten, und meist fielen die Saucen und Fleischgerichte sehr schmackhaft aus. Um die Mittagszeit kamen aber auch schon die ersten Gäste. Lucia musste beim Kochen helfen und sie bedienen. Sie lernte bald, Letzteres mit einem Lächeln zu tun, weil dann mal ein Pfennig als Trinkgeld für sie abfiel. Wenn es Abend wurde, zwang sie sich hier jedoch zur Vorsicht: Je mehr die Männer tranken, desto zudringlicher wurden sie, und ein Lächeln deuteten sie dann schnell als Aufforderung. Lucia lernte, ihre tastenden Finger zu fürchten, die gern in ihren Ausschnitt grapschten, während sie die Becher mit Wein oder Humpen mit Bier vor ihnen abstellte. Der Wirt half ihr hier nicht. Zwar wollte er keine Huren in der Schenke, aber er hatte bald gemerkt, dass die Anwesenheit des hübschen Mädchens den Umsatz hob. So behielt er sie nun auch gern länger da als nur bis zur neunten Stunde, und wenn sie sich über die Zecher beschwerte, ermahnte er sie lachend, nicht allzu prüde zu sein.

Dies alles trug dazu bei, dass das Mädchen die Arbeit in der Schenke bald hasste, allem guten Essen zum Trotz. Im Viertel der Küferin galt sie neuerdings zudem als Freiwild: Eine Judendirne, die in einer Schenke bediente – da war wohl nicht viel Tugend zu verteidigen. Lucia dachte nur noch an einen Ausweg, doch sosehr sie auch grübelte, ihr fiel nichts ein, das sie von der Schlafstelle bei der Küferin und dem Tagwerk in der Schenke befreien konnte.

Obwohl sie immer noch in der Nähe der von Speyers wohnte, sah Lea sie nie mehr, und Al Shifa bekam sie nur selten zu Gesicht. Sarah von Speyer hatte ihre Sklavin offensichtlich angewiesen, jeden Kontakt mit dem Mädchen abzubrechen, und so wagten sie kaum, Blicke zu wechseln, wenn sie doch mal zusammentrafen. Einmal begegneten sie sich jedoch bei Morgengrauen, als Lucia zur Arbeit ging. Sarah von Speyer war erkrankt, und Al Shifa eilte zu einer der Apotheken, um eine Medizin für sie zu besorgen. Lucia ging neben ihr her und hatte so Gelegenheit, ihrer Ziehmutter kurz von ihrem neuen Leben zu erzählen.

»Bewahr nur deine Tugend!«, mahnte Al Shifa. »Auch wenn es noch so schwerfällt. Irgendwann kommen auch wieder bessere Zeiten, dies kann nicht das Ende sein. Ist der Schankwirt vom Heumarkt nicht Witwer? Vielleicht würde er dich zur Frau nehmen, wenn du's geschickt anstellst.«

Die Maurin dachte hier praktisch, aber Lucia würde sich nie überwinden können, mit dem Schankwirt zu schäkern. Allein der Gedanke, des Nachts unter diesem Bären von einem Mann zu liegen, der nach Bier und Wein und Bratenfett stank, jagte ihr Schauer über den Rücken. Der Wirt hatte bislang auch keinen Funken von Interesse gezeigt. Wenn man ihn mit Weibern tändeln sah, so mit drallen, großen Frauenzimmern. Die zarte Lucia zog ihn nicht an. Wahrscheinlich behielt er sie auch als Magd nur aus Mitleid. Lucia wusste genau, dass sie nicht so viel schaffte wie andere Küchenhilfen. Umso weniger wagte sie sich zu weigern, wenn sie abends zum längeren Bleiben und Bedienen der Gäste aufgefordert wurde.

Dann aber bot sich plötzlich eine unerwartete Gelegenheit zum Wechsel. Lucia bediente den Schreiner Wormser, der eben gegenüber einem Zunftgenossen seinem Zorn Luft machte.

»Ich komm kaum noch in die Werkstatt, bei all der Arbeit zu Hause. Dazu lachen die Gesellen über mich. Ein Meister, der Weiberarbeit macht, wo kommen wir da hin! Aber die Agnes schafft es nicht, so klein und zierlich, wie sie ist, und mit dem Kind unterm Herzen. Sie versucht es wirklich, aber Wasser schleppen, den Ofen anfeuern ... dazu das Kochen für mich und die zwei Gesellen. Ohne Magd bringt sie nichts zustande. Und die Küchenmädchen sind uns ja auch weggelaufen. Die Agnes ist ganz allein mit dem großen Haus.«

Agnes war Meister Wormsers junge Frau, von der er stets voller Zärtlichkeit sprach. Lucia mochte den jungen Handwerker – auch deshalb, weil er nie einen Blick für sie hatte, der über einen freundlichen Gruß hinausging. Der Schreiner liebte seine Agnes und seinen kleinen Sohn – und hatte vor ein paar Wochen mit Zunftbrüdern gefeiert, dass die junge Frau bald ein zweites Kind erwartete.

»Aber das muss doch mit dem Teufel zugehen, wenn ihr keine neue Magd findet!«, antwortete der Zunftbruder. Auch er war Lucia flüchtig bekannt. »Und zwei kleine Mädchen für die Küche ... Frag einfach den Pfarrer von Sankt Quintin, der kennt zig Familien, die ihre Töchter in Stellung geben wollen!«

Meister Wormser schüttelte verzweifelt den Kopf und nahm einen tiefen Schluck aus seinem Bierkrug. »Das wollen sie eben nicht, Hermann, nicht zu uns! Seit uns die Berta gestorben ist, verröchelt, mit dem Blutstrahl aus dem Mund und den geschwollenen Gliedern ... das Gesinde sagt, der Teufel sei in sie gefahren. Und der Pfarrer meint, Agnes' Hoffart sei dran schuld, sie hätt den Teufel geradezu eingeladen. Nun soll sie mal Demut zeigen und die niedrigsten Arbeiten selbst verrichten. Ich muss sogar mein Pferd selbst versorgen, der Hausknecht ist auch geflohen!«

Meister Hermann, eindeutig nicht der Klügste, zuckte mit den Schultern. »Vielleicht solltest du an einen Exorzismus denken. Mit dem Teufel im Haus ist nicht zu spaßen ...«

Meister Wormser verdrehte die Augen, und Lucia wäre beinahe vor Lachen herausgeplatzt.

»Wenn wir den Teufel im Haus hätten, Hermann, bräucht ich nicht so viel Holz fürs Feuer zu schleppen! Uns ist einfach eine Magd gestorben, und so rasch, dass die Agnes den Pfarrer nicht schnell genug holen konnte, dass er ihr die Sakramente erteilen konnte. Die Agnes ist auch nicht hoffärtig. Gut, sie ist eine schöne Frau und mag edle Kleider. Und sie sitzt lieber über den Büchern, als den Bratspieß zu drehen. Aber faul ist sie nicht, sie führt meine Bücher, und sie spricht so artig mit den Kunden – seit ich mit der Agnes verheiratet bin, liefere ich feine Möbel an sämtliche Patrizierhaushalte, und mit den reichen Juden weiß sie auch zu reden! Das hat seinen Wert, selbst wenn's der Pfaffe nicht einsieht.«

Lucia trug den Männern die Bierhumpen auf, und Meister Wormser dankte ihr freundlich. Inzwischen winkte ihr auch der Wirt zu, die bestellten Speisen zu holen. Sie stellte Braten und Brot vor den Gästen auf den Tisch und konnte nicht umhin, weiter zuzuhören.

»Aber so plötzlich dahingerafft wie eure Magd ... Mit Blutauswurf wie eine Fontäne und Teufelsmalen ... Vielleicht solltest du das doch ernster nehmen ...« Meister Hermann schien fast von Meister Wormser abrücken zu wollen. Dessen letzte Worte hatten ihn wohl brüskiert; Hermann Klingenberg galt als eifriger Chorherr in Sankt Quintin.

Lucia konnte nicht anders. Sie musste den freundlichen Schreiner in Schutz nehmen.

»Mit Verlaub, werte Herren«, bemerkte sie mit gedämpfter Stimme und züchtig gesenkten Augen. »Aber ich verstehe ein wenig von Heilkunst. Dabei ist die Krankheit, an der Eure Magd starb, Meister Wormser, nicht unbekannt. Nach allem, was Ihr schildert, hatte sie wohl die Schwindsucht. Sicher hat sie auch vorher mitunter gehustet ...«

Die Männer schauten verblüfft zu Lucia auf, die jetzt schüchtern knickste. Meister Wormser nickte.

»Ja, das stimmt. Vor allem, wenn sie das Feuer anfachte. Oder schwere Sachen trug. Sagte immer, sie sei erkältet, wenn Agnes fragte. Agnes hat sich nämlich Sorgen gemacht, sie könnte den Kleinen anstecken.«

»Das hätte auch geschehen können«, meinte Lucia ernst. »Aber die Krankheit befällt selten Kinder, die warm gehalten und gut gefüttert werden. Und da achtet Ihr doch sicher auf Euren Sohn. Gebt ihm nicht nur Fleisch, sondern auch Früchte und Gemüse, dann bleibt er sicher gesund.«

»Aber solch ein Blutstrom bei Schwindsucht?«, fragte Hermann unwillig. »Kann da nicht doch eher der Teufel...?«

»Der Teufel ist sicher verantwortlich für alles Böse in der Welt, und so auch für Krankheit und Tod«, meinte Lucia gemessen. Jahrelange Privatstunden beim Pfarrer von St. Quintin hatten sie gelehrt, sich vorsichtig auszudrücken. »Aber er muss nicht persönlich aus der Hölle fahren, um eine Magd zu töten. Man sagt, die Schwindsucht brenne Löcher in die Lunge, sodass sie am Ende wie ein Käse sei, und manchmal bricht das Fleisch zwischen zwei Löchern auf. Dann blutet es stark, und es kann schon sein, dass sich der Strom so heftig Bahn bricht, dass der Mensch rasch daran stirbt...« Lucia versuchte, sich an die Krankheitsbeschreibungen Ibn Sinas zu erinnern.

»Und die Teufelsmale?«, fragte Hermann misstrauisch. »Sind der Berta nicht gar Hörner gewachsen?«

Wormser seufzte. »Keine Hörner, Hermann. Aber Knubbel und Beulen an den Armen. Sie schmerzten auch, aber nur ein wenig. Die Berta ist ja dann auch gleich gestorben.«

»Wie erklärst du das, mein Kind?«, fragte Hermann streng.

Lucia knickste wieder. »Verzeiht, Herr, aber wenn ich es nicht sehe, kann ich es schwer erklären. Ich weiß jedoch, dass die

Schwindsucht auch manchmal die Knochen befällt. Und dass sich manchmal Knoten am Hals und unter den Armen bilden, wenn ein Mensch Fieber hat. Hatte die Berta Fieber?«, erkundigte sie sich.

»Und wie!« Wormser nickte. »Die Agnes sagt, sie brannte wie in Höllenglut ...« Der Meister biss sich auf die Lippen. Diese Beschreibung war sicher nicht die geschickteste im Beisein des Chorherrn.

»Davon könnte es kommen, Herr. Es ist sicher eine seltene Erkrankung, aber der Teufel muss dazu nicht im Haus erscheinen, und ich bin sicher, dass die Seele Eurer Magd auch noch gerettet worden ist.« Lucia wollte sich abwenden.

»Agnes hat drei Totenmessen für sie lesen lassen«, bemerkte Meister Wormser. »Das ist viel für eine Magd.«

»Was hast du denn hier zu plaudern?« Der Wirt hatte Lucia inzwischen mehrmals bedeutet, weitere Gäste zu bedienen, und kam nun argwöhnisch näher, um zu sehen, was das Mädchen mit den beiden Meistern zu bereden hatte. »Das Essen wird kalt, während du hier herumschäkerst.«

»Ich ...« Lucia wollte sich verteidigen, doch Meister Wormser fiel ihr ins Wort.

»Eure Schankmagd schäkert nicht, sie gab nur Auskunft zu ein paar Fragen, die uns beschäftigten. Ihr habt da ein gescheites Mädchen in Euren Diensten, Wirt! Hier hast du einen Pfennig, Lucia. Dank dir für deine Worte!« Der junge Mann lächelte Lucia und ihrem Arbeitgeber freundlich zu und machte dann Anstalten, sich seinem Braten zu widmen. Lucia knickste noch einmal und folgte dem Wirt dann zerknirscht. Meister Heribert war nicht so leicht zu befriedigen. Am Abend, wenn nur Bier und Wein herumzutragen war, durfte Lucia mit den Gästen reden, solange sie wollte. Aber was seine Speisen anging, war er eigen. Die sollten aus der Küche direkt auf den Tisch, damit sie ja nicht kalt oder schal waren, wenn sie bei den Gästen ankamen.

Lucia dachte nicht mehr an Meister Wormser und seine tote Magd, bis am nächsten Morgen eine junge, sehr zierliche Frau in der Schenke erschien. Sie war ungewöhnlich hübsch und trug ihr feines, dunkles Haar unter einer Haube aus hochwertigem Leinen, die sie mit einem hübschen Schepel aus künstlichen Blumen schmückte. Ihre ärmellose, dunkelgrüne Surkenie ließ ein scharlachrotes Unterkleid aus bestem Maastrichter Tuch sehen. Das Überkleid reichte nach neuester Mode nur bis zum Knie, aber es war weiter geschnitten, als man es gewöhnlich trug – und machte die Schwangerschaft der jungen Frau damit etwas weniger auffällig.

Für eine Bürgerin war es nicht schicklich, eine Schenke zu betreten, und die junge Frau sah sich denn auch ein wenig unsicher um, als sie zwischen den Tischen hindurchging, die Lucia zur Seite geschoben hatte, um den Fußboden wischen zu können. Der mit schlichten Ziegeln bedeckte Boden war zum Glück schon sauber, sodass die Besucherin eintreten konnte, ohne sich zu beschmutzen. Sie schien hier sehr sorgsam zu sein; ihre Füße steckten in fein gearbeiteten Schuhen, unter die sie Trippen geschnallt hatte. Die Holzsohlen schützten Schuhwerk und Kleidersäume vor dem Schmutz der Straße. Diese junge Frau machten sie obendrein größer. Ohne die Absätze musste sie noch zierlicher und zerbrechlicher wirken.

Lucia, die sich gerade darangemacht hatte, die Tische zu scheuern, grüßte höflich.

»Der Meister Heribert ist ausgegangen«, erklärte sie. »Aber nur in die Metzgergasse. Wenn Ihr ihn sprechen wollt, könnt Ihr warten. Ich bringe Euch gern eine Erfrischung.« Lucia fand, dass diese zarte Frau einen leichten Rotwein gut gebrauchen konnte. Sie wirkte erhitzt nach dem Weg durch die Stadt, was kein Wunder war. Es war wieder Sommer geworden, und Mainz stöhnte unter einer Hitzewelle.

»Nein, lass nur, aber ich danke dir. Ich wollte gar nicht zu deinem Meister, sondern zu dir. Du bist doch die Schankmagd Lucia, nicht wahr?«

Lucia nickte verwundert. »Kann ich Euch irgendwie helfen?«

Die junge Frau lächelte. Sie sah dabei reizend aus. Ihr herzförmiges, porzellanweißes Gesichtchen schien aufzuleuchten, und ihre braunen Augen nahmen einen warmen Schein an.

»Ich bin die Agnes Wormserin, und du könntest mir sehr wohl helfen, wenn du Lust hättest. Sag, Lucia, gefällt dir die Arbeit hier, oder wärest du nicht lieber Hausmagd?«

Lucia wusste nicht, warum sie sich dieser Frau anvertraute, doch Agnes Wormserin wirkte so freundlich und liebenswert, dass es einfach aus ihr herausbrach. »Am liebsten, Herrin, wäre ich Hebamme, aber ich bin ein Findelkind, niemand wollte mich in Dienst nehmen. Dazu werden hässliche Dinge über mich erzählt, nicht erst, seit ich Schankmagd bin. Der Meister Heribert hat mich aufgenommen und mir Arbeit gegeben. Dafür bin ich dankbar.«

Agnes lächelte. »Das ehrt dich, Kind, aber du müsstest ja nicht im Zorn gehen. Schau, Lucia, du hast gestern meinen Mann bedient, als er hier mit dem Meister Hermann speiste, und du weißt, dass man auch über uns hässliche Dinge erzählt. Keine Frau will sich als Magd bei uns verdingen, aus abergläubischer Furcht vor dem Beelzebub. Nun meinte mein Gatte, deiner Rede entnehmen zu können, dass du nicht gar so furchtsam bist. Wenn du also bereit wärst, für uns zu arbeiten, so sollte es dein Schaden nicht sein. Und auch nicht der des Meisters Heribert. Wenn der eine Ablöse will, damit er dich ziehen lässt, so wollen wir gern ein paar Kupferpfennig zahlen.«

Lucia sah die junge Frau an und konnte ihr Glück kaum fassen. Endlich eine Möglichkeit, die Schenke zu verlassen, in einem ruhigen Haus zu arbeiten – und vielleicht sogar zu wohnen! Agnes' nächste Worte nahmen ihre Frage vorweg.

»Wir bieten dir auch einen ordentlichen Lohn und eine Kammer für dich allein. Allerdings gibt es viel Arbeit, es ist ein großes Haus. Du müsstest dich um die Küche kümmern und auch ein bisschen um die Kinder ... wir haben zurzeit überhaupt keine Hilfe.«

Lucia strahlte sie an. »Herrin, hier in der Schenke habe ich auch kaum Hilfe. Ich bin stärker, als Ihr glaubt, und ich komme gern zu Euch. Ich kann Euch auch beistehen, wenn Eure Stunde kommt. Und Euren Sohn kann ich Lesen und Schreiben lehren ...«

Da hatte sie sich verplappert, und Agnes Wormserin blickte sie verwundert an, ging aber nicht näher darauf ein. Es war ihr offenbar völlig gleichgültig, über welche seltsamen Fähigkeiten ihre neue Magd verfügte – Hauptsache, sie glaubte nicht daran, in ihrem Haus vom Teufel geholt zu werden.

»Dann werde ich meinen Gatten bitten, heute Abend bei Meister Heribert vorzusprechen«, sagte Agnes freundlich. »Ich bin sicher, sie werden sich einigen.«

2

Meister Heribert ließ Lucia ohne Ablöse, dafür mit allen guten Wünschen ziehen. Er war wirklich ein ehrenhafter Mann, und Lucia dankte ihm mit bewegten Worten. Dann zog sie voller Freude ins Stadthaus der Wormsers, ein gediegener Bau mit steinernem Fundament und Fachwerk im Obergeschoss. Die Wormsers lebten in der Augustinergasse, nahe beim Kloster. Die Straße lag vom Judenviertel aus gesehen auf der anderen Seite des Doms; Lucia brauchte also nicht zu befürchten, auf dem Markt oder in nahen Läden mit Lea oder Sarah von Speyer zusammenzutreffen. Andererseits würde sie Al Shifa nicht zufällig begegnen. Sie würde einem Küferkind einen Pfennig geben müssen, um die Maurin vom Wechsel ihrer Arbeitsstelle zu unterrichten.

Meister Wormser hatte seine weiträumige, wohl aufgeräumte Werkstatt im unteren Bereich des Hauses, und hier lagen auch die Dienstbotenquartiere. Lucia fand eine saubere, behagliche Kammer vor. Die Wormserin stellte ihr sogar eine hübsch geschnitzte Truhe zur Verfügung – und zu ihrer Überraschung fand sie ein fast neues Kleid darin vor.

»Ich werde in der nächsten Zeit doch nicht hineinpassen«, meinte Agnes mit verschämtem Lächeln. »Und wenn das Kind geboren ist, wird das Kleid aus der Mode sein. Du aber brauchst etwas Neues, deine Sachen sind doch alle abgetragen und hässlich.«

Lucia probierte das Kleid gleich an. Es war weit geschnitten und passte insofern sehr gut, obwohl sie etwas fraulichere Formen aufwies als die kindlich schmale Agnes. Vor allem aber hatte sie endlich wieder das Gefühl, sich sauber und ordentlich unter ehrbaren Leuten zu bewegen! Dazu trug natürlich auch das Wissen bei, nie wieder zurück in die Bude der Küferin zu müssen! Wenn Lucia sich im Hause der Wormsers bewährte, würde Agnes sie jahrelang behalten.

Natürlich gab es viel Arbeit im Haus des Schreiners, zumal Lucia zumindest am Anfang alles allein machen musste. Die Wormserin war zwar freundlich und hilfsbereit, aber zart und anfällig. Gerade jetzt in der Schwangerschaft fühlte sie sich häufig krank und war entzückt, wenn Lucia dann ein paar der Aufgüsse und Umschläge anwandte, die sie aus Ar-Rasis Handbuch kannte. Die junge Frau sprach auch ein wenig Latein und war insofern äußerst angetan von Lucias Freizeitbeschäftigung, das »Handbuch« aus dem Gedächtnis zu kopieren und zu übersetzen. Agnes kam aus Trier und war in einer der wenigen, nicht jüdischen Kaufmannsfamilien aufgewachsen. Ihre Eltern hatten ihren um ein Jahr jüngeren Bruder schon früh zum Priesteramt bestimmt und ließen ihn entsprechend ausbilden. Mit ihm hatte die stets kränkliche und unbeschäftigte Agnes studiert und sich dabei sehr anstellig gezeigt.

»Eine Zeitlang wollte ich auch ins Kloster«, erklärte sie fröhlich. »Aber dann kam der Johann . . . « Agnes errötete. Ihre Verbindung mit dem Mainzer Schreiner war wohl eine echte Liebesheirat gewesen. Lucia ertappte sich dabei, sie ein wenig zu beneiden.

Der kleine Sohn der Wormsers, Bonifaz, war ein reizendes Kind mit dem dunklen Haarschopf seiner Mutter und dem freundlichen, offenen Blick des Vaters. Lucia machte es Freude, Zeit mit ihm zu verbringen, und schaffte das schließlich auch, nachdem sie die Küferin überredet hatte, den Wormsers eine ihrer jüngeren Töchter als Hausmädchen in Stellung zu geben. Die Küferin hatte keine große Angst vor dem Teufel – bei ihrem Lebenswandel nahm sie wohl ohnehin an, ihm irgendwann zu begegnen. Dafür waren in ihrer Bude immer noch neun hungrige Mäuler zu stopfen, und so schleifte sie das Trudchen fast mit Gewalt ins Haus der Wormsers, um es Lucia zu übergeben. Trudchen war klüger als Grietgen, dafür aber verschlagener und nicht sehr arbeitswillig. Man musste das Mädchen ständig überwachen, und wenn man es allein zum Markt schickte, drückte es sich schon jetzt, mit dreizehn, mit wechselnden Galanen in Mauerecken herum. Lucia übernahm die Einkäufe also selbst, und als Agnes merkte, dass sie sparsam war und sich auf die Auswahl hochwertiger Waren verstand, überließ sie ihr mehr und mehr die Haushaltsführung. Lucia staunte selbst, wie leicht ihr das fiel, obwohl sie die Nase stets lieber in ein Buch gesteckt hatte, als Sarah von Speyers Anweisungen zum klugen Einkauf, zum Sparen und zur Einweisung der Dienstboten zu lauschen. Tatsächlich aber war einiges hängen geblieben, und Lucia dankte der jüdischen Hausfrau, dass sie ihr dieses gute Rüstzeug fürs Leben gegeben hatte. Im Grunde zürnte sie den von Speyers nach wie vor. Sarah hätte sie wenigstens anhören können, und David ... Am Anfang waren immer noch Tränen in Lucias Augen gestiegen, wenn sie an seinen Verrat dachte, inzwischen aber war sie darüber hinweg. Das Leben bei den Wormsers gefiel ihr deutlich besser als die Arbeit beim Schneider. Die schreckliche Geschichte mit David hatte also letztlich Gutes bewirkt.

Nach wie vor besuchte Lucia mit ihrer Herrschaft die Gottesdienste in St. Quintin und begegnete dort auch den Schraders. Die sahen allerdings hochmütig über sie hinweg und streiften die Wormsers mit fast mitleidigen Blicken. Agnes und Johann Wormser schienen das jedoch gar nicht zu bemerken. Sie hatten nie Umgang mit den Schraders gepflegt, und Agnes verriet nie, ob ihr der alte Klatsch über ihre neue Magd zu Ohren gekommen war.

So zeigten die Wormsers auch keine Reaktion, als der Pfarrer eines Sonntags eine Fürbitte für Irmtrud Schrader in seine Anrufung des Herrn einband. Die Frau des Schneiders sei plötzlich schwer erkrankt und benötige die Hilfe aller Engel und Heiligen.

Lucia betete mechanisch mit, obwohl sie kein echtes Mitgefühl aufbrachte. Auch die Schraderin hatte sie zu sehr enttäuscht.

Dennoch erschrak sie, als Meister Wormser zwei Tage später am Mittagstisch fast triumphierend ihren Tod verkündete.

»Jetzt können sie wenigstens nicht mehr sagen, du hättest den Teufel aus der Hölle gehext!«, erklärte er seiner Frau vergnügt, während Agnes ihn strafend ansah und ihr Essen von sich schob. Der Bericht über den Tod der Schneidersfrau hatte ihr den Appetit verdorben. Mit gutem Grund, erinnerte er sie doch an den schrecklichen Tag, an dem ihre letzte Magd das Leben aushauchte!

»Mit der Schraderin hattest du schließlich nichts zu tun. Aber es war genau wie bei unserer Berta: Fieber, Beulen, und dann entwich die Seele mit einem Strom von Blut! Der Hermann Klingenberg hat's mir haarklein erzählt. Dem war's auch peinlich, dass er dich damals fast beschuldigt hätte.«

Agnes war bei seinem Bericht noch bleicher geworden, als sie es ohnehin schon war. Sie litt schwer an den letzten Wochen der Schwangerschaft, trotz aller Stärkungsmittel, die Lucia braute, und all der Leckereien, mit denen das Mädchen sie verwöhnte.

»Aber seltsam ist es doch«, bemerkte Lucia. Sie hatte zunächst das Essen aufgetragen, aber jetzt setzte sie sich zu der Familie und nahm sich auch etwas von dem Eintopf, den sie mit Trudchens Hilfe zubereitet hatte. Trudchen saß schon längst am Tisch; sie war immer die Erste, wenn es etwas zwischen die Zähne gab.

Meister Wormser runzelte die Stirn.

»Wieso findest du das merkwürdig?«, fragte er seine Magd und nahm einen Löffel Suppe. »Beim letzten Mal hast du dem Klingenberger und mir noch ausführlich dargelegt, wie unsere Berta wohl verschieden ist und dass der Teufel keinen Anteil daran hatte ...«

Lucia nickte. »Aber ich habe damals schon gesagt, dass ein solcher Tod selten ist«, schränkte sie dann ein. »Und ich habe Eure Magd auch nicht gekannt, ich konnte nur aus dem schließen, was Ihr mir erzähltet. Die Schraderin dagegen kannte ich. Und die war nicht schwindsüchtig! Die Schraderin war eine starke Frau, nicht feist, aber kräftig, und ich hab sie nicht ein Mal husten hören, solange ich in ihrem Haus war.«

»Was willst du damit sagen?«, erkundigte sich Wormser misstrauisch. »Dass doch der Teufel im Spiel ist?«

»Jedenfalls war es nicht die galoppierende Schwindsucht«, meinte Lucia. »Sie muss an etwas anderem gestorben sein, und wenn ich jetzt an diese Beulen denke, dann ... dann wird mir himmelangst. Einmal kann so was Zufall sein, aber ...«

Wormser sah sie forschend an. »Woran denkst du, Mädchen? Heraus damit! Wenn du etwas weißt ...«

»Sie denkt an die Pest«, sagte Agnes mit schmalen Lippen und legte beschützend den Arm um ihren Sohn. »Bitten wir Gott, dass diese Furcht sich nicht bewahrheitet! Und wenn doch, dass zumindest unsere Berta nicht die Erste war.«

Johann Wormser schaute irritiert. »Du meinst, sonst kommt das Gerede mit dem Satan womöglich doch wieder auf?«

Agnes schüttelte den Kopf. »Nein. Nur haben wir dann vielleicht wirklich den Teufel im Haus!«

Lucia zwang Trudchen, das ganze Haus der Wormsers einer außerordentlichen, gründlichen Reinigung zu unterziehen, und verbrannte dann Weihrauch in allen Räumen. Dabei putzte sie ihre Kammer besonders sorgfältig – hier war die Berta schließlich gestorben. Aber das war Wochen her. Lucia hoffte, dass die Krankheit sich nicht so lange in einem Haus einnistete, um dann plötzlich wieder auszubrechen. Dem Wenigen zufolge, das Ar-Rasi über die Pest schrieb, verbreitete sie sich schneller. Lucia sehnte sich danach, die entsprechenden Kapitel in Ibn Sinas Kanon nachzulesen. Der »Arzt der Ärzte« hatte den Seuchen ein ausführliches Kapitel gewidmet. Aber der Kodex lag wohl verschlossen in Benjamin von Speyers Bibliothek, gänzlich außer Reichweite der jungen Magd.

Lucias und Agnes' Verdacht erhärtete sich jedoch, als der Pfarrer am nächsten Sonntag sowohl eine Totenmesse für Irmtrud Schrader als auch für ihren Gatten ankündigte. Der Schneider war ihr drei Tage nach ihrem Tod ins Jenseits gefolgt, und der Lehrjunge sowie ein fahrender Geselle, der gerade in seinem Haus weilte, lagen krank danieder. Auch sonst gab es mehr Todesfälle als üblich in der Gemeinde St. Quintin, und in den folgenden Tagen war immer öfter von Fieber und Beulen die Rede. Man hörte jetzt auch manchmal das Wort »Pest«. Nicht laut ausgesprochen, sondern nur gewispert; die Menschen schienen sich allein vor der Macht des Wortes zu fürchten.

Am folgenden Sonntag war die Sache aber nicht mehr wegzuleugnen. Der Pfarrer verkündete den Tod von sechsundzwanzig Gemeindemitgliedern und rief zu einer Bittprozession auf. Auch der Magistrat von Mainz zeigte erste Reaktionen. Die Toten seien sofort zu beerdigen, wurde von den Kanzeln verkündet; der Bischof fordere die Gläubigen auf, mehr und inniger zu beten.

»Wir sollten der Prozession lieber fernbleiben«, merkte Lucia Agnes gegenüber schüchtern an. Die Schwangere fühlte sich im Grunde zu schwach, um bei dem stundenlangen Marsch durch die Stadt mitzuhalten, wollte sich aber nicht ausschließen. Schließlich war sie schon einmal Zielscheibe der bissigen Predigten des Pfarrers geworden.

»Es gibt Hinweise darauf, dass die Krankheit sich von einem Menschen auf den anderen überträgt. Durch den Atem, oder wenn einer dem anderen nahe kommt; so genau weiß man das nicht. Aber viele Leute in den Straßen, und dann noch bei dieser Hitze ...« Inzwischen war es Oktober geworden, aber seit einigen Tagen glühte die Sonne trotzdem noch unbarmherzig über der Stadt.

Agnes nickte. »Das habe ich auch gehört. Es ist, als reise die Seuche. Mein Vater erzählte, sie sei im vorigen Jahr in Marseille gewesen, davor in Konstantinopel. Danach erfasste sie Italien und Frankreich. Aber was nützt es uns, wenn wir uns jetzt drücken? Johann wird doch da sein; er muss mit der Zunft gehen. Und wenn Menschen die Krankheit herumtragen, könnte auch er sie uns bringen ...«

Der Gedanke war der Wormserin offensichtlich unerträglich. Immerhin war in ihrer Straße und auch in der Zunft der Zimmerleute bislang noch niemand gestorben. Schließlich zogen die Frauen sich an und wanderten langsam zum Sammelplatz der Prozession. Sie konnten ein paar Straßen mitgehen und ein paar Lieder singen, aber dann würde Agnes sicher niemand verübeln, wenn sie sich in ihrem Zustand nach Hause begab.

Tatsächlich hatten sich schon Hunderte vor St. Quintin versammelt, und auch aus anderen Kirchen wurden Heiligenstatuen gebracht und durch die Stadt getragen. Der Pfarrer von St. Quintin förderte sogar eine kleine Statue des Pestheiligen St. Rochus zutage, die bislang wohl in irgendeiner versteckten Nische der Kirche ein Schattendasein führte. Nun trug der Geistliche sie triumphierend allen voran, während die Chorherren Bittgesänge intonierten. Der Pfarrer ließ es sich auch nicht nehmen, seine Schäfchen zunächst durchs Judenviertel zu lotsen, dessen Bewohner sich ängstlich in ihre Häuser zurückzogen. Lucia senkte den Kopf, als sie in die Schulstraße einbogen und die Synagoge passierten. Sie wusste, dass die Juden nicht in erster Linie die Pest fürchteten, sondern vielmehr die Wut dieser Hunderte von ängstlichen Christenmenschen. Auch jetzt schon munkelte man, ob nicht der Brunnen »Unter den Wollengaden« vergiftet gewesen sei. Da gab es schließlich kaum Juden; das Schneiderhandwerk ergriffen sie selten. Und war da nicht etwas gewesen, mit den Schraders und einem Judenliebchen?

Bislang gab es auch noch keine Toten unter den Juden von Mainz – ein beinahe untrügliches Zeichen, fand Meister Hermann, dass die Hebräer hier ihre Hände im Spiel hatten.

Lucia sorgte sich um Lea, aber dann zog Agnes ihre Aufmerksamkeit auf sich. Die junge Frau hatte sich schon in den letzten Minuten auf sie gestützt, aber jetzt schwankte sie bedrohlich.

»Ich kann nicht mehr, Lucia, ich muss mich setzen. Vielleicht ... ein Becher Wasser ...«

Lucia sah sich hektisch nach einer Schenke um, oder nach einem ordentlichen christlichen Haus, an dessen Tür sie klopfen konnte. Das »Güldene Rad« war nicht fern, aber in dieser Straße wohnten nur Juden. Sie sah das Haus der von Speyers – und musste Agnes in ihren Armen auffangen, als die junge Frau zu Boden sank.

»Platz! Platz hier, jemand ist ohnmächtig geworden!«

Der Mann hinter Lucia und Agnes machte noch einen recht vernünftigen Eindruck, aber schon die alte Frau neben ihm zeigte furchtsame Augen.

»Bei Gott, es ist die Pest! Der Teufel schlägt hier mitten zwischen uns zu!«

Lucia bemühte sich inzwischen um ihre Herrin, ebenso eine andere Frau.

»Ach was, Gevatterin, das sind nur das Kind und die Hitze ...«, meinte sie ruhig, während Lucia versuchte, Agnes von ihren Schnüren zu befreien, ohne ihre Brust zu enthüllen. Die Frau fächerte ihr dabei Luft zu.

Doch der Ruf »Die Pest!« hatte sich bereits verbreitet. Die

Menschen um Agnes herum wichen zunächst ängstlich zurück, aber dann drangen andere von hinten nach.

»Wo ist der Kranke?«

»Dort hinten!«

»Nein, hier vorn!«

»Man sagt, es sind zwei ...«

»Nein, ein ganzer Trupp soll es sein, alle plötzlich umgefallen.«

»Blut ...«

»Zuckungen!«

»Weg hier!«

»Und entledigt euch der Verdammten!«

Lucia hörte unsinnige Rufe, Aufforderungen und Wortfetzen. Dabei schloss die Menge sich bedrohlich um sie herum. Eigentlich waren es nur noch der kräftige Mann von eben und die ältere Frau, die ihr Hilfe leisteten.

»Wir müssen sie auf die Beine bringen, hier treten sie uns sonst tot!«, meinte die Frau und zerrte Agnes hoch. Lucia half ihr. Agnes kam auch langsam wieder zu Bewusstsein, aber sie war zu schwach, um selbstständig vorwärtszukommen. Zum Glück schuf ihnen der Hüne von Mann einen Weg durch die Menge, in der inzwischen auch Lynchrufe aufkamen: gegen mögliche Erkrankte, die der Teufel eingeschleppt hatte, gegen die Juden, in deren Viertel die Sache sich schließlich abspielte – und gegen die Leute, die stießen und drängelten und den Schlägern selbst den Weg zu möglichen Opfern verstellten. Hinten kam es zweifellos zu Schlägereien. Lucia und die Frau schleppten Agnes in eine Hofeinfahrt – und Lucia erkannte entsetzt das Haus der von Speyers.

»Ich kann hier nicht bleiben, ich ...« Gehetzt sah sie sich um. Ihr erster Impuls war Flucht, aber wohin? Die Straßen waren gänzlich verstopft.

»Gemach, gemach«, beruhigte sie die ältere Frau. Lucia erkannte eine Wollweberin, die sie mitunter im Gespräch mit dem

Schneider gesehen hatte. Womöglich war der Kontakt mit dieser freundlichen Helferin gefährlicher als die ganze Prozession ...

»Dies ist sicher ein Judenhaus, aber das sind auch Menschen. Und ihre Frauen kriegen Kinder wie die unseren, sie werden der jungen Frau einen Trank nicht verweigern.«

Im Hof der von Speyers tat sich jetzt etwas; der Knecht musste die Eindringlinge bemerkt haben. Lucia kannte ihn nicht; der Junge musste eingestellt worden sein, nachdem sie das Haus verlassen hatte. Sie atmete zuerst einmal auf, zitterte dann aber, als er sich nicht selbst an die Leute wandte, sondern durch den Kücheneingang ins Haus eilte. Hoffentlich holte er nicht Sarah von Speyer!

Hätte Lucia noch klar denken können, wäre sie natürlich nie auf die Idee verfallen, die jüdische Kaufmannsfrau könnte sich inmitten eines christlichen Mobs wagen. Sarah von Speyer versteckte sich im dritten Stock ihres Hauses und würde sicher nicht herunterkommen. Stattdessen erschien Al Shifa – und nahm sich der Kranken sofort an.

»Ein Schwächeanfall. Kein Wunder bei der Hitze, dem Lärm und der Menge!«, konstatierte sie. »Setzt Euch nur hier beim Brunnen in den Schatten, Frau Meisterin. Ich hole Euch Wein, das wird Euch stärken.«

»Du bezeichnest die Gesänge unserer Chorherren als ›Lärm‹, Judenweib?«, fragte Lucias und Agnes' vierschrötiger Retter streng. Der Mann mochte sonst gutwillig sein, aber den Juden brachte er keine Sympathie entgegen.

»Ich bin keine Jüdin, und ich höre keine Gesänge«, bemerkte Al Shifa. »Nur den Lärm einer Kneipenschlägerei. Ihr sollt Euch schämen vor unserem Gott!« Damit bekreuzigte sie sich und zwinkerte Lucia unter ihrer Haube mutwillig zu. Also hatte sie das Mädchen erkannt. Lucia war sich zunächst nicht sicher gewesen; sie hatte sich vorerst von Al Shifa abgewandt. Aber die Maurin war natürlich viel zu klug, um irgendeine Beziehung zwischen sich und Lucia zu verraten.

Der Mann nickte. »Da habt Ihr recht«, meinte er und war gleich wieder höflicher. »Aber es ist auch nicht Gott wohlgefällig, dass Ihr Eure Arbeitskraft den Juden verdingt! Vielleicht straft er uns, weil wir das Pack viel zu offen unter uns wohnen lassen...«

»Ihr redet Unsinn«, flüsterte Agnes schwach. Sie fand ihre Lebensgeister langsam wieder. »Die Pest wütet auch in Kastilien, und da bestraft die Obrigkeit jeden Christen, der auch nur das Haus eines Juden betritt. Und diese Krankheit rafft Menschen jeden Glaubens dahin...«

»Da habe ich anderes gehört!«, verkündete der Mann. »In Köln sind sehr viel mehr Christen zu Schaden gekommen. Die Juden schienen auf magische Weise gefeit!«

»Vielleicht, weil sie sich öfter waschen!«, bemerkte Al Shifa, die eben mit einem Glas süßen Weins zurückkam und es Agnes kredenzte. »Hier, trinkt in kleinen Schlucken...«

»Und wenn du heimkommst, Tochter«, wisperte sie Lucia zu, während sie ein Leintuch in kaltes Wasser tauchte und in Agnes' Nacken legte, »dann wäschst du die Glieder deiner Herrin zunächst mit Wasser und dann mit altem Wein. Das wird sie stärken und mag die Krankheit abhalten. Haltet euch auch sonst sauber, und bleibt im Haus, sooft es geht. Dieser Auftrieb hier ist Wahnsinn!«

»Weißt du mehr über die Krankheit als wir, Mutter?«, flüsterte Lucia zurück. »Ist sie heilbar?«

»Die Beulenpest manchmal. Die Lungenpest nie!«, gab Al Shifa rasch zurück. »Aber du musst gehen, Tochter, die Leute gucken schon misstrauisch.«

Tatsächlich hatte die Wollweberin die Unterhaltung zwischen Al Shifa und Lucia bemerkt und spitzte die Ohren, als das Wort »Pest« fiel. Der Mann hatte sich inzwischen davongemacht. In einem Judenhaus gestrandet zu sein war ihm wohl doch zu unheimlich.

Die Wollweberin wartete mit Lucia und Agnes, bis die Prozession vorbeigezogen war. Al Shifa gab auch ihr ein Glas Wein, und Agnes unterhielt sich artig mit ihr. Schließlich begleitete sie Lucia und die Wormserin nach Hause. Agnes rief Al Shifa auch noch einen Gruß zu und gab ihr einen Kupferpfennig. Die Maurin bedankte sich und nickte Lucia zu.

»Viel Glück, mein Kind...«, flüsterte sie, als Lucia verschwand. Wer wusste, ob sie einander wiedersehen würden. Es war, wie der Mann gesagt hatte: In den Christenvierteln breitete die Pest sich meist schneller aus.

Der Wärmeeinbruch im Herbst war ein letztes Aufglühen des Sommers gewesen – sehr zur Freude der Weinbauern, die sich reichen Ertrag und gute Qualität ihrer Weine erhofften. Die für die Lese zuständigen Heiligen waren zumindest gnädig, doch als die Reben ihrer Früchte beraubt wurden, schlug der Winter zu. Mainz erlebte einen kalten, aber nicht allzu nassen November und Dezember, und die Geistlichkeit hoffte, dass die Seuche dadurch zum Abflauen gebracht wurde. Meister Wormser schwor darauf, dass die Kälte die bösen Winde aus dem Körper trieb, und schleppte sein Söhnchen jeden Tag durch Schnee und Eis an den Rhein, um reine Luft zu atmen. Lucia glaubte nicht daran. Schon dem »Handbuch« Ar-Rasis entnahm sie, dass weder Kälte noch Hitze die Pest aufhielt. Sie meinte auch, sich aus dem Kanon an ein paar Bemerkungen zu erinnern. Man sollte die Ratten im Haus bekämpfen – und das tat sie dann auch, obwohl es nicht einfach war. Auch die Tiere drängten aus den eisigen Abwässerkanälen in die warmen Häuser und Speisekammern. Lucia wies Trudchen an, zumindest alles an Lebensmitteln wegzuwerfen, das trotz aller Vorsichtsmaßnahmen von Ungeziefer angebissen oder verschmutzt war. Natürlich tat das Mädchen nicht wie geheißen, sondern ließ die Sachen für seine Familie mitgehen. Lucia sagte nichts dazu. Sie hatte der Küferin oft genug die Pest an den Hals gewünscht. Dennoch war sie entsetzt – und fühlte sich auch ein wenig schuldig –, als Trudchen eines Tages weinend ins Haus der Wormsers kam. Ihre Mutter und zwei ihrer Brüder waren erkrankt.

Lucia wies das Mädchen strengstens an, sich mit Wein abzuwaschen und im Haus der Wormsers zu bleiben. Sie selbst würde bei der Küferin nach dem Rechten sehen. Herzklopfend verließ sie das Haus ihrer Herrschaft. Agnes würde ihr Vorwürfe machen, wenn sie davon erfuhr – auch die kluge Kaufmannstochter wusste, dass man Pesthäusern besser fernblieb. Doch alles in Lucia sträubte sich dagegen, die Familie einfach so sich selbst zu überlassen. Gut, die Küferin hatte sich nie um sie verdient gemacht, aber sie hatte sie doch jahrelang beherbergt, ihre Kinder waren neben ihr aufgewachsen ... Lucia konnte nicht anders, sie fühlte sich verantwortlich. Zitternd betrat sie schließlich die Bude, in der die Küfers hausten. Sie fand ein weitgehend von den Ratten verlassenes Schiff vor.

Die Küferin lag jammernd auf einem Strohsack. Ein Stück von ihr entfernt drängten sich die zwei kleinen Jungen zusammen. Das jüngste Mädchen war zwischen den Strohsäcken zusammengebrochen und wimmerte nur schwach; das kleinste Kind schließlich, kaum ein Jahr alt, lag reglos in seinem Korb. Der Gestank im Raum war bestialisch. Mindestens einer der Kranken musste sich entleert haben.

»Grietgen?«, fragte die Küferin. Sie schien abgemagert, doch ihr Gesicht glühte, und die Arme hielt sie von sich gespreizt. Lucia sah die in den Achselhöhlen quellenden Beulen. »Bist doch gekommen, gutes Kind!«

Lucia sah keinen Anlass, die Verwechslung richtig zu stellen.

Die Küferin war nicht mehr bei sich; das Fieber hatte ihren Geist verwirrt.

Einer der kleinen Jungen war noch eher ansprechbar. »Lucie«, murmelte er. »Was ein schönes Kleid du hast...«

Lucia versuchte, sich an seinen Namen zu erinnern.

»Peterchen«, sprach sie ihn schließlich an. »Was ist los mit euch? Wie fing das an? Seit wann seid ihr krank?«

»Der Volker hat sich vor drei Tagen hingelegt«, gab der Kleine mit heiserer Stimme Auskunft. »Und dann ist das Mariechen gestorben...«

»Das Mariechen ist tot?« Lucia stand erschrocken auf und ging zu dem Korb des Säuglings. Sie streichelte dessen wachsbleiche Wangen. Sie waren kalt.

»Die Mama hat geweint, aber dann war sie auch krank. Und ich auch... Muss ich sterben, Lucia?«

»Natürlich nicht!«, erklärte Lucia, obwohl sie sich da keineswegs sicher war. Aber bei Peterchen erschien ihr die wenige Hilfe, die sie leisten konnte, am aussichtsreichsten. Sie holte Wasser vom Brunnen, wusch den Kleinen von Kopf bis Fuß ab und reinigte auch die Küferin und den kleinen Volker. Beide husteten nicht, litten aber unter heftigem, blutigem Durchfall. Lucia hätte alles darum gegeben, in diesem stinkenden, stickigen Raum einen Durchzug zu schaffen, aber es gab keine Fenster, und nur die Tür zu öffnen half nicht viel. Inzwischen hatte sie auch das andere kleine Mädchen – Hildchen, wie sie sich erinnerte – auf einen Strohsack gebettet. Es fieberte hoch, zeigte aber wie Peterchen noch keine Pestbeulen. Dennoch starb es gegen Abend. Und auch Lucias Hoffnung für Peter bewahrheitete sich nicht. Bei Sonnenuntergang zeigten sich die ersten Schwellungen in der Leistengegend.

Lucia hätte nun eigentlich zu den Wormsers zurückkehren müssen, konnte sich aber nicht entschließen, ihre Patienten zu verlassen. Sie atmete auf, als schließlich doch das Grietgen erschien.

»Lucia, was machst du hier? Suchst das Trudchen? Da wirst kein Glück haben, die ist auf und davon! Sie sagt, die Mutter hätte die Pest im Haus, und da könnte man nur flüchten, alles andere hülfe nicht ...«

Lucia fühlte brennendes Schuldbewusstsein. Wenn Trudchen weggelaufen war, hatte Agnes an diesem Tag niemanden gehabt, der ihr beistehen konnte.

»Hör zu, Grietgen, ich hab deine Mutter und deine Brüder versorgt. Deine Schwestern sind tot. Aber jetzt muss ich fort, meine Herrschaft wartet. Ich komme in Teufels Küche, wenn ich länger wegbleibe. Zum Glück bist du ja nun da, und vielleicht schaffe ich es auch, nachher noch einmal vorbeizukommen und euch einen schmerzstillenden Tee zu bringen. Die Beulen schmerzen den Peter sehr, und die Küferin auch. Die ihren sind schon blau und grün ... Du hältst die Kranken einfach nur sauber und kochst eine Suppe, hörst du? Es sind ...«

Lucia wollte gerade ausführen, dass sie noch ein paar Graupen, zwei Möhren und etwas Sellerie im Schrank der Küferin gefunden hatte, doch Grietgen unterbrach sie rüde.

»Die Kranken waschen? Du bist wohl nicht bei Trost! Ich fass doch keinen Pestkranken an! Es weiß schließlich jeder, dass der Teufel dich dann holt. Nein, bleib weg von mir, Lucia! Du bist doch auch schon verdammt! Ich werde mich jetzt nicht mehr umsehen und ganz, ganz schnell von hier verschwinden ...«

»Aber dies ist deine Mutter!«, erinnerte Lucia sie.

»Ich werde für sie beten«, erklärte Grietgen. Damit verschwand sie beinahe im Laufschritt.

Lucia warf ihren Patienten einen unschlüssigen Blick zu. Bleiben oder gehen? Sie flößte Volker und Peterchen noch einmal Wasser ein; die Küferin schluckte nicht mehr.

Vielleicht, wenn sie bei den Karmeliterinnen vorbeiging...? Ja, das war eine gute Idee. Die Schwestern pflegten Kranke; sie würden sich der Kinder annehmen.

Trotz schlechten Gewissens schloss Lucia die Tür hinter sich. Sie war Agnes Wormser mehr verpflichtet als den Menschen in dieser Bude. Und wer wusste, ob es da überhaupt noch Hoffnung gab.

Immerhin machte sie den nicht unbeträchtlichen Umweg zum Kloster der Karmeliterinnen. Vor der vergitterten Fensteröffnung, die ein Gespräch mit der Pförtnerin erlaubte, standen bereits einige Menschen und warteten darauf, an die Reihe zu kommen. Anscheinend hatten sie alle pflegebedürftige Angehörige.

»Aber ich kann sie nicht selbst pflegen, mein Mann erlaubt es mir nicht...«, schluchzte eine Frau, die eben vorsprach. Sie wandte sich tränenüberströmt ab, als die Pförtnerin sie offenbar trotzdem ablehnend beschied.

Auch der Mann, der nach ihr kam, wurde weggeschickt.

»Ihr könnt Eure Lieben durchaus selbst pflegen, Meister, das wird Eure Männlichkeit nicht berühren. Morgen werde ich Euch eine Schwester mit einem stärkenden Trank vorbeischicken, aber heute sind alle beschäftigt.«

Auch für Lucia hatte die Pförtnerin, eine ältere Nonne mit strengem Gesicht, nur ein paar tröstende Worte.

»Du hast deine Christenpflicht getan, indem du dich um die Leute gekümmert hast«, erklärte sie halbwegs freundlich. »Geh nun zurück zu deiner Herrschaft, und bete zu Gott. Er ist doch immer noch der beste Arzt, und so der Heiland will, wirst du deine Pfleglinge morgen gesund vorfinden.«

Den Glauben an diese Geschichten hatte Lucia schon vor Jahren in einer Kapelle in St. Quintin verloren! Dennoch dankte sie der Schwester und machte sich nun wirklich im Laufschritt auf den Weg zu den Wormsers.

Johann öffnete ihr mit bleichem Gesicht die Tür.

»Lucia, wo bleibst du denn? Und das Trudchen ist auch weggelaufen! Dabei weiß ich nicht mehr ein noch aus. Die Agnes bekommt ihr Kindchen, und die Hebamme ist krank. Ich war selbst da, aber nur ihre Tochter hat mir geöffnet, und auch die glühte schon vor Fieber...«

Lucia erschrak. Sie war völlig erschöpft, schmutzig und hungrig, und womöglich trug sie eben die Pest in das Haus ihrer Gönner. Und nun auch noch das!

»Ich kümmere mich gleich um sie, Meister. Seid guten Mutes! Aber ich flehe Euch an, wascht Euch erst mit Wein oder Schnaps, bevor Ihr Eure Frau anrührt. Das Haus der Hebamme war bestimmt verseucht!«

»Bist du von Sinnen, Mädchen? Ich war lang genug von Agnes' Seite gewichen, da such ich doch kein Badehaus auf, bevor ich sie küsse. Die Ärzte sagen sowieso, baden sei schädlich. Und baden in Wein und Schnaps... das erscheint mir fast gotteslästerlich! Nun komm schnell, die Agnes...« Der Meister wollte Lucia am Arm ziehen, doch sie riss sich los.

»Ich komme, Meister, aber erst, wenn ich die wichtigsten Vorkehrungen getroffen habe. Auch ich war in einem Pesthaus, und ich will die Seuche nicht weitergeben.«

Trotz des Lamentos ihres Meisters nahm Lucia einen Eimer Wasser mit in ihre Kammer, zog ihr Kleid aus und wusch sich gründlich – auch mit Rotwein –, ehe sie sich in saubere Kleider hüllte. Meister Wormser rümpfte darüber die Nase; aber dann verzog er sich doch, um es seiner Magd gleichzutun.

Lucia seufzte. Hoffentlich war es nicht zu spät!

3

Agnes war eine zarte Frau, aber das Kind war kräftig und lag richtig. Lucia half ihm innerhalb von acht Stunden auf die Welt und freute sich mit Agnes und ihrem Mann über ein entzückendes dunkelhaariges Mädchen.

Als Mutter und Kind schließlich versorgt und die wichtigsten Verrichtungen im Haushalt erledigt waren, fühlte sie sich wie zerschlagen. Sie hatte Kopfschmerzen und war zitterig – erste Anzeichen der Pest, wie Lucia inzwischen wusste, oder aber auch einfach nur Symptome der Erschöpfung. Lucia war zu müde, um zu beten. Agnes wies sie an, ins Bett zu gehen. Inzwischen war die Frau des Meisters Klingenberg eingetroffen, um ihr Gesellschaft zu leisten. Aber vorher ... Lucia musste nach den Küfers sehen. Zu Tode erschöpft machte sie sich ein weiteres Mal auf den Weg ins Judenviertel.

Sie sah den Leichenkarren schon vor der Bude, vorsichtig dirigiert von Küfers raffgierigem Vermieter. Dietmar Willeken gehörte das Haus nebenan sowie die Schenke zum »Güldenen Rad«. An sich musste er reich sein, stand aber in dem Ruf, den Hals nicht vollzubekommen. Nun brannte er offenbar darauf, die Leichen aus der Bude zu entfernen, um das Gelass neu zu vermieten.

»Aber gestern war da noch jemand am Leben!«, erregte sich Lucia und wollte sich Zugang verschaffen.

Doch die Totengräber winkten ab. »Da drin lebt keine Maus mehr!«, erklärte einer von ihnen. »Grad eben haben wir sie rausgeholt: ein Kleinkind, ein Mädchen, zwei Jungs und eine Frau. Der eine Junge war noch warm, aber mausetot, Mädchen. Geh besser nicht mehr rein, sonst holt der Schwarze Tod dich auch!«

Lucia erkannte Peterchens blasses Gesicht auf dem Totenkarren. In den letzten Wochen, den ersten des neuen Jahres, stieg die Anzahl der Toten in Mainz ständig an. Schon im letzten Jahr war es beängstigend gewesen, aber immerhin hatte man noch jedem Verstorbenen sein eigenes Grab gegönnt. Nun verscharrte man die Armen bereits in Massengräbern. Und den Totengräbern bot sich manchmal ein erschreckendes Bild: Abschaum wie die Küferin vermisste gewöhnlich niemand; oft wurden ganze Familien erst tot in ihren Buden oder Hütten entdeckt, wenn die Besitzer der Elendsquartiere sich nach dem Winter aufmachten, den ausstehenden Mietzins einzufordern.

Lucia wandte sich schließlich zum Gehen. Zum Glück waren wenigstens Agnes und die Kleine wohlauf, und auch Johann Wormser blieb noch einmal verschont. Lucia empfand das fast als ein Wunder – und konnte Gott diesmal aufrichtig danken.

Mit dem fortschreitenden Frühjahr verschlechterte sich jedoch die Lage. Ob es nun wirklich am besseren Wetter lag oder eher daran, dass die Leute geselliger wurden und die Schenken und Weinwirtschaften erneut aufsuchten: Die Zahl der Pesttoten stieg Woche um Woche. Inzwischen waren auch Juden betroffen, was die Leute aber nicht daran hinderte, weiterhin mehr oder weniger offen von »Brunnenvergiftungen« zu faseln. Immerhin standen der Mainzer Bischof und auch der Papst der jüdischen Bevölkerung bei. Clemens VI. erließ in diesem Pestjahr zwei Bullen, in denen er die Juden eindeutig von jeder Schuld freisprach, und auch der Bischof beruhigte das Volk. Dennoch verwandelte die Stadt sich immer mehr in einen Hexenkessel, und im Umland sah es nicht anders aus.

Lucia beobachtete mit Verwunderung, dass die Mainzer Christen einerseits von größter Reue über ihre Sünden erfasst wurden und daher eine Bittprozession nach der anderen anstrengten. Andererseits ließ man jede Nächstenliebe vermissen, selbst gegenüber den engsten Angehörigen. Die Haltung Grietgens und Trudchens – zunächst ein Einzelfall – griff immer weiter um sich. Die Menschen pflegten erkrankte Familienangehörige nicht mehr, sondern ergriffen kopflos die Flucht, sobald sie eine Pesterkrankung auch nur befürchteten. Die wenigen pflegenden Mönchs- und Nonnenorden kamen mit der Arbeit kaum nach, desgleichen die Totengräber. Die Toten wurden jetzt ohne Ansehen der Person in Massengräbern verscharrt; die Angehörigen zeigten auch kein Interesse mehr, Begräbnisse zu organisieren. Dazu hätten sie sich den Leichen ja zwangsläufig nähern müssen, und das fürchteten sie wie den Leibhaftigen. Es war auch kaum noch möglich, Priester aufzutreiben, die den Sterbenden die Sakramente erteilten. Nachdem zwei Ordensleute schneller an der Seuche verstorben waren als die Kranken, denen sie Beistand leisteten, verweigerten sich viele Geistliche selbst den verzweifeltsten Rufen.

Die Mönche und die wenigen Ärzte, die noch nicht vor der Krankheit geflohen waren, richteten schließlich Pesthäuser ein, in denen die Kranken gepflegt wurden. Im Grunde waren es Sterbehäuser; die Überlebensrate war erschreckend gering, was Lucia verwunderte: Nach dem Wenigen, das sie aus dem »Handbuch« und aus dem Kanon der Medizin wusste, starben sieben von zehn Menschen an der Beulenpest, in Mainz aber überlebte vielleicht einer von zwanzig. Wahrscheinlich, folgerte Lucia, waren die Heilmittel falsch, die von den Mönchen und Medizinern benutzt wurden. Besonders der Aderlass – als die ersten Patrizier von Mainz erkrankten, fanden sich noch Ärzte, die ihn fachgerecht durchführten – verursachte wohl eher ein schnelleres Dahinsiechen. Al Shifa hatte oft gesagt, dass er die Kranken schwäche. Am ehesten noch überlebten die Patienten der Karmeliterinnen, die meist kaum etwas anderes taten, als die Kranken sauber zu halten und ihnen Kräuteraufgüsse, Wasser und Wein einzuflößen.

In Anbetracht der offenbar steigenden Ansteckungsgefahr riet Lucia ihrer Herrschaft ab, am Sonntag zur Messe zu gehen. Besonders Agnes und die Kinder hätte sie am liebsten im Haus behalten und mit aromatischen Dämpfen behandelt. Der Papst, so erzählte man sich, habe die Zeit der Pest in Avignon zwischen zwei großen Feuern verbracht, die in seinen Gemächern brannten, und in denen er pausenlos Weihrauch verbrannte, um den Teufel fernzuhalten. Das hatte ihn denn auch geschützt; der oberste Hirte war wohlauf.

Agnes weigerte sich jedoch, es ihrem Kirchenfürsten nachzumachen.

»Wir Bürger müssen den Leuten ein Vorbild sein!«, erklärte sie. »Wir dürfen uns nicht verstecken, sondern müssen unsere Frömmigkeit zeigen und unser Gottvertrauen. Ansonsten bricht hier bald alles zusammen. Wenn die Menschen nicht mehr in die Kirchen gehen, verlieren sie jeden Halt.«

Lucia war es eigentlich egal, ob Leute wie die Küfers noch mehr in die Gottlosigkeit abrutschten, und sie glaubte auch nicht, dass Agnes' verzweifeltes Festhalten an der letzten Normalität die sich häufenden Diebstähle und Überfälle verhindern konnte. Die Straßen der Stadt wurden zunehmend unsicher. In den ärmeren Vierteln wütete die Pest besonders grausam, und die Büttel trauten sich oft nicht mehr dorthin, um Strauchdiebe zu verfolgen. Die Gauner selbst hatten nichts mehr zu verlieren. Oft waren ihre Familien bereits gestorben, sie selbst fühlten die Pest kommen und wollten nun wenigstens noch mal genug Geld zusammenrauben, um mit vollem Bauch vor ihren Schöpfer treten zu können. Ob der Weg dorthin dann letztlich über einen schmutzigen Strohsack im Pesthaus führte oder über den Galgen, war ihnen egal. Lucia konnte diese Haltung fast verstehen, hatte sie den Hunger doch ebenfalls kennen gelernt. Aber leider suchten die Galgenvögel auch fleischliche Lust, wo immer sie eines weiblichen Wesens habhaft werden konnten. Lucia erschrak, als sie von der Schändung einer der Hebammen hörte. Dann aber traf sie Al Shifa beim Dom. Es gelang ihr, ein paar heimliche Worte mit der tief verschleierten und in wahre Wolken von Kräuterduft gehüllten Maurin zu sprechen. Die vergewaltigte Hebamme war nicht Rachel. Und sowohl die von Speyers als auch Leas Familie waren wohlauf.

Die Priester machten nach wie vor die Verderbtheit ihrer Schäfchen für die Seuche verantwortlich. Der Pfarrer von St. Quintin predigte mit gewohnter Schärfe gegen die Entheiligung der Sonntage, das Fluchen und zu gedankenlose Schwüre auf Gott und die Heiligen. Um der Hoffart gänzlich zu entsagen, untersagte er den Gläubigen, beim Tod ihrer Familien Trauerkleider anzulegen. Niemand brauche mehr als ein Gewand, donnerte er, und das sei am besten ein Büßerhemd!

Wenn die Pest »Unter den Wollengaden« weiter so wütete, dachte Lucia respektlos, würde es bald auch keine anderen Kleider mehr geben. Die Seuche war wohl in der Straße der Gewandschnitter und Schneider ausgebrochen und hatte inzwischen fast alle Mitglieder der Zünfte dahingerafft. Wieder ein Grund, die Schuld bei den Juden zu suchen. Vielleicht hatten die Kaufleute das Tuch, das sie den Christen verkauften, ja vorher in verseuchtes Wasser getaucht!

Gelehrtere Menschen machten dagegen eher den Stand der Gestirne oder eine Umlagerung des Erdorganismus für die Entstehung der Seuche verantwortlich. Eine Lösung für das Problem boten sie jedoch nicht.

Schließlich rief der Bischof am 18. August, dem Tag des »Pestheiligen« Rochus, eine große Prozession aus, in deren Rahmen verschiedene Heilige von den wichtigsten Mitgliedern der Zünfte durch die Stadt getragen wurden.

In der Familie des Johann Wormser kam es darüber zu heftigen Streitigkeiten.

»Selbstverständlich werde ich hingehen!«, erklärte Meister Wormser bestimmt. »Und ich werde meinen Platz als Träger einnehmen wie alle anderen Zunftmeister auch ...«

»Und womöglich teilt man Euch neben einen Gewandschnitter ein«, gab Lucia zu bedenken. »Und morgen habt Ihr dann die Pest.«

Sie bekreuzigte sich. Johann und Agnes Wormser taten es ihr ängstlich nach.

»Gott wird die Hand über die Bittprozession halten. Der Bischof hat uns versichert ...«

»Das hat er beim letzten Mal auch versichert!«, fiel Lucia ihrem Herrn ins Wort. »Und nun sind alle tot, die den Heiligen Sebastian durch die Stadt getragen haben – auch der Anton Westphal, der vor Fieber schon nicht mehr gerade laufen konnte, als man ihm das Standbild auflud!«

»Der Pfarrer hat es ihm aufgeladen. Diesmal tut es der Herr Bischof!«, bemerkte Wormser.

Lucia verdrehte vielsagend die Augen.

»Und überhaupt – wie sähe es aus, wenn ich mich weigern würde?«, meinte Wormser. »Man hat mich ausdrücklich aufgefordert ...«

»Wir könnten sagen, du seist erkrankt«, meinte Agnes schüchtern. Lucia wunderte sich über die zarte, kleine Frau. Agnes Wormser hätte keinen Augenblick gezögert, hätte man sie selbst zum Dienst an der Gemeinde berufen. Den Gedanken jedoch, ihren Gatten in Gefahr zu sehen, konnte sie nicht ertragen.

»Worauf ich dann gleich mein Geschäft zumachen kann! Man ist nicht mehr einfach ›krank‹ in Mainz! Jeder würde glauben, ich hätte die Pest.«

Johann suchte nach seinem feinsten Rock, um sich angemessen für die Prozession zu kleiden.

Lucia machte einen letzten Versuch. »Wenn Ihr wenigstens ...«

»Nein, Lucia, keine weiteren Einwände! Und ich werde mich auch nicht in Rotwein baden, bevor ich meinen Platz in der Reihe einnehme! Ihr solltet das auch unterlassen, wenn ihr mitgeht, wir riechen ja wie die Säufer! Von mir aus nimm eine Lampe mit, und verbrenn darin Weihrauch, Lucia. Aber kein Wein und kein Branntwein!«

Auch Johann war es sichtlich unangenehm, seine Agnes und den kleinen Bonifaz der Ansteckungsgefahr auszusetzen. Aber selbst hier kannte er kein Pardon: Am St.-Rochus-Tag musste seine gesamte Familie auf die Straße. Schon damit der Pfarrer nicht wieder Agnes als Zielscheibe für seine Predigten gegen die Hoffart auserkor.

Lucia nahm sich ein Beispiel an Al Shifa und stellte verschiedene duftende Kräuter zusammen, um den Pestatem fernzuhalten. Sie verbrannte Weihrauch und hielt Agnes und Stefan an, die Düfte vor der Prozession einzuatmen und auf ihre Haut und in ihre Kleidung einwirken zu lassen. Zudem führte sie ein Weihrauchgefäß mit sich, als sie ihre Herrschaft auf die glühend heißen Straßen zum Domviertel begleitete. Die Prozession formierte sich bereits auf dem Domplatz; die ganze Stadt schien auf den Beinen zu sein. Lucia erkannte zu ihrer Beruhigung, dass Meister Wormser nicht neben einem Schneidermeister, sondern neben seinem Freund Meister Klingenberg die Trage ergriff. Meister Hermann sah allerdings alles andere als gesund aus. Seine Haut war grau, sein Gesicht wirkte erschöpft. Lucia hoffte sehr, hier nicht die ersten Anzeichen der Krankheit vor sich zu haben.

Die Männer trugen verschiedene Heiligenfiguren, allen voran natürlich St. Rochus und St. Blasius, um den Dom herum und dann die Schusterstraße entlang. Frauen und Kinder folgten singend und betend, und zwischendurch reihte sich sogar ein Trupp Geißler ein, obwohl der Bischof die Selbstkasteiung zur Buße verboten hatte. Immerhin war es hier kein fahrendes Volk, das sich im Takt der Gesänge mit Geißeln den Rücken zerfleischte, sondern brave Mainzer Bürger und einige Mönche. Das Volk jubelte ihnen zu, während es die umherziehenden »Flagellanten« eher fürchtete.

»Ein einziger Unsinn!«, sagte trotzdem eine Stimme neben Lucia. Die Worte klangen erstickt, denn die junge Frau hatte die Kapuze ihres Mantels trotz der Hitze tief ins Gesicht gezogen und hielt sich obendrein ein Tuch vor Mund und Nase. »Eine Beleidigung des Ewigen, der uns den Körper als schützenswertes Gut gegeben hat.«

Lucia erkannte die Sprecherin und hätte am liebsten aufgeschrien. Aber Lea hatte sich vorsichtig neben sie geschlichen und hielt nun eine Falte ihres Kleides sorglich vor die Judenringe auf ihrem Mantel. Sie durfte die Freundin auf keinen Fall verraten!

»Was machst du denn hier?«, fragte Lucia entsetzt. »Du solltest nicht...«

»Der Bischof hat ›seine Juden‹ angehalten, bei der Prozession dabei zu sein«, bemerkte Lea. »Und das kommt natürlich einer Vorladung gleich. Er meint, wenn wir auf diese Art am Stadtleben teilhätten, würde man die Schuld für die Seuche nicht mehr bei uns suchen. Freilich werden sich dabei auch viele von uns die Seuche holen. Aber besser an der Pest sterben als unter den Messern eines wütenden Mobs. Meint zumindest der Vorsteher der Gemeinde.«

Der Gemeindevorsteher, gemeinhin »Judenbischof« genannt, war ein ausgleichender Mann, der es gern jedem recht machte.

»Aber nun erzähl, Lucia, wie geht es dir? Als ich dich sah, habe ich mich gleich wegtreiben lassen. Mutter wird außer sich sein vor Sorge!« Lea plapperte fröhlich drauflos, was im allgemeinen Lärm der Prozession aber gar nicht auffiel. Die meisten Menschen sangen, und auch Lucia versuchte, ihre kurzen Antworten in Bittgesänge einfließen zu lassen. Sehr schwierig war das nicht; man verstand schließlich ohnehin kaum sein eigenes Wort, und Agnes neben ihr hatte darüber hinaus nur Augen für Johann unter seiner Heiligenstatue. Sie hatte schon mehrmals angemerkt, wie schmuck ihr Gatte aussähe, und schien darüber mit der Prozession und den Gefahren versöhnt. Und Bonifaz an ihrer Hand schaute nur mit großen Augen in das Menschengewirr.

Dennoch traute sich Lucia nur einsilbige Antworten auf Leas Fragen zu geben, worauf diese die Sache bald leid wurde und lieber von sich und ihrer Familie erzählte. Esra hatte seine Rebecca geheiratet und war ebenso glücklich mit ihr wie Lea mit ihrem Juda. Begeistert berichtete Lea von den Freuden ihrer Ehe – und Lucia musste sie immer wieder mahnen, nicht allzu laut zu reden. Die wirkliche Sensation war jedoch ihre Schwangerschaft.

»Man sieht es noch nicht«, erklärte Lea, »vor allem nicht unter dem weiten Umhang. Aber es ist sicher, ich werde ein Kindchen haben! Kannst du dir das vorstellen, Lucia? Ich freue mich so!«

Lucia versuchte, sich mit ihr zu freuen, aber so ganz schaffte sie es nicht. Ihr altes Leben bei den von Speyers war so weit weg, und der Bruch hatte sich vollständig vollzogen ... Sie würde Lea nie wieder so nahe sein wie zuvor; wirkliche Gefühle hegte sie nur noch für Al Shifa.

»Und sicher möchtest du wissen, was David macht!«, meinte Lea beinahe verschwörerisch.

Lucia vergaß alle Vorsicht und wandte sich brüsk zu ihr um.

»Nein, möchte ich nicht. David interessiert mich nicht. Und

du gehst jetzt auch besser zu den deinen. Die Juden haben doch ihren eigenen Block. Wenn man dich hier erwischt...«

Lea schaute sie an wie ein geprügeltes Hündchen; dann wandte sie sich ab.

»Er lässt sagen, dass es ihm leidtut...«, bemerkte sie noch, ehe sie wieder in der Menge verschwand. »Er hat dich doch so geliebt...«

So reibungslos wie die Trennung vom Judenblock funktionierte Leas Rückkehr allerdings nicht. Ein paar Schritte von Lucia und Agnes entfernt entdeckten mehrere Männer die gelben Ringe auf Leas Kleidung und hielten sie auf. Offensichtlich keine Ehrenmänner; Lucia roch den Brantwein, mit dem sie sich vor der Prozession gestärkt hatten, schon von weitem.

»Was macht denn die Judengöre hier? Unter all den braven Zunftfrauen? Bisschen hexen, Kleine? Wenn sich hier morgen eine mit der Seuche hinlegt...«

»Lasst mich los!« In Leas Stimme schwang Panik. »Ich bin keine Hexe!«

»Sie hat sich nur verlaufen.« Lucia drängte sich zu ihrer Freundin durch und versuchte sich an hilflosen Erklärungen. »Sie dachte, eine Freundin in mir erkannt zu haben, und dann...«

»Sie hat doch wohl keine Freundinnen unter Christen, oder? Nein, nein, kleine Hexe, du bleibst jetzt bei uns, mal sehen, was die Geistlichkeit dazu zu sagen hat...« Der Mann fasste Lea rüde unter den Arm, ein anderer sah ihr lüstern ins Gesicht.

»Ein hübsches Hexlein! Wenn man sich nur nicht vergiften tät an dem Judengezücht!« Der Mann riss den Schleier von Leas Haar, was der jungen Frau einen Schrei entlockte. Verheiratete Jüdinnen bedeckten ihr Haar in der Öffentlichkeit mit peinlicher Sorgfalt. Nur ihr Gatte sollte die Pracht sehen.

»Lasst sie los!«, schrie Lucia. Sie dachte ernstlich daran, dem Mann ihr Weihrauchgefäß ins Gesicht zu schleudern, aber dann hätte der Zorn des Mobs sich wohl gänzlich entladen. Dennoch schwenkte sie das kugelförmige Gefäß – und hätte beinahe Benjamin von Speyer getroffen, der sich eben stark und selbstbewusst wie ein Fels zwischen die drei Gauner und seine Tochter schob. Neben ihm erschien der »Judenbischof«. Beide trugen Waffen.

Lea schluchzte, doch ihre Peiniger wirkten ernüchtert.

»Ihr wisst, dass wir unter dem Schutz des Bischofs stehen. Wir wurden zu dieser Prozession geladen, um gemeinsam mit euch um eine Befreiung von der Seuche zu bitten. Glaubt ihr, Gott wird sie euch gewähren, wenn ihr euch vor dem Beten betrinkt und dann ehrbare Frauen belästigt?«

»Was weißt du denn schon, Jude . . .« Einer der Kerle wagte noch einmal aufzubegehren, aber dann verzog er sich doch lieber, als eine Anzeige beim Bischof zu riskieren. Benjamin von Speyers lodernder Blick richtete sich auf seine Tochter – und traf dann Lucia.

»Du schon wieder! Reicht es nicht, dass du meinen Sohn verführst? Willst du auch noch meine Tochter ins Unglück stürzen?«

»Vater, ich . . . sie ist doch gar nicht schuld . . .« Lea setzte zu einer Erklärung an. Wenigstens ließ sie Lucia nicht im Stich.

Lucia aber hatte jetzt genug.

»Bin ich unter den Juden, oder hat sich Eure Tochter in die Reihen der Zunftfrauen gemischt?«, fragte sie böse. »Hört zu, Herr von Speyer, ich will weder etwas von Eurem Sohn noch von Eurer Tochter! Also lasst mich in Ruhe! Und sagt das auch Euren Kindern. So, und nun will ich beten. Auch für Euren lüsternen Sohn!«

Damit drehte Lucia sich um und versuchte, der neugierigen Menge zu entgehen, die ihren Disput mit dem Juden gehört hatte. Zum Glück waren es nicht viele. Die Prozession schritt rasch vorwärts, und in den Zeiten der Pest hatte jeder mit eigenen Dämonen zu kämpfen.

4

Wirkliche Liebe war anders als das, was David für Lucia empfunden hatte. Das wurde dem Mädchen gleich am Abend der Prozession wieder schmerzlich bewusst, als Johann Wormser zu seiner Agnes heimkehrte. Agnes war selbst erschöpft nach dem Tag auf der Straße, doch sie versäumte nichts, um ihren Johann die Strapazen des frommen Umzugs vergessen zu lassen.

Die Zunftbrüder hatten dabei Beträchtliches geleistet; die Statuen der Heiligen lasteten schwer auf ihren Schultern, und die Prozession zog sich Meilen und Meilen hin. Überdies hatte Meister Klingenberg nicht seinen ganzen körperlichen Einsatz bringen können. Johann hatte ihn entlasten müssen, wenn er schwankte und stolperte. Am Ende der Prozession war sich der Schreiner sicher gewesen, dass sein Freund fieberte.

»Aber das kann ja auch bloß eine Erkältung sein«, beruhigte Johann die besorgte Agnes. »Mir tut auch alles weh. Am besten, wir gehen früh zu Bett.«

Lucia sagte nichts dazu und verbrannte Weihrauch. Dennoch konnte Johann am nächsten Morgen nicht aufstehen. Von Schüttelfrost und Kopfschmerzen geplagt, schaffte er es kaum, sich aufzusetzen. Lucia fühlte seinen Puls: Er ging schneller und zugleich schwächer.

Agnes saß neben ihm und streichelte hilflos seine Stirn.

»Es ist doch nicht die Pest, Lucia? Bitte sag mir, dass es nicht die Pest ist!« In Agnes' Augen stand das pure Entsetzen – und erster Fieberglanz. »Es ist sicher nur die Aufregung. Mein Kopf schmerzt ebenfalls, ich ...«

Agnes hielt sich bis zum Nachmittag auf den Beinen. Dann brach sie zusammen, als in Johanns Leistengegend die ersten Beulen erschienen. Lucia brachte Agnes ins Bett und sah nach Bonifaz. Der kleine Junge wiegte besorgt das Neugeborene.

»Die Fygen atmet so schwer ...«

Lucia spürte, wie ihr Herz sich zusammenkrampfte. Sie dachte an das jüngste Kind der Küferin. Säuglinge starben immer zuerst, meist bevor sich auch nur Pestbeulen bildeten. In Panik warf Lucia ihren Mantel über.

»Ich gehe zu den Karmeliterinnen, Bonifaz. Zum Heilig-Geist-Spital. Und zur Apotheke. Es muss etwas geben ...!«

Lucia eilte durch die hitzegeschwängerte, spätnachmittägliche Stadt. Sie passierte den Totenkarren, der inzwischen zweimal täglich die Runde machte, und kam an einer Gruppe betrunkener Zecher sowie an einer Nonne vorüber, die sich beim Anblick der Männer bekreuzigte.

Lucia empfand sie als Antwort auf ihre Gebete. »Könnt Ihr mir helfen, Mutter? Das Kind ist krank.«

Die Schwester blieb stehen und warf einen todmüden Blick auf die kleine Fygen. Dann machte sie das Kreuzzeichen auf ihrer Stirn.

»Such einen Priester, Mädchen, der ihm das Sakrament gibt. Und wenn nicht, so bete selbst. Getauft wird dein Kind ja sein, und solch kleines Ding häuft noch keine Sünden an. Heute Abend werden die Engel es im Paradiese wiegen ...« Damit eilte die Schwester weiter, zweifellos ins nächste Pesthaus.

Lucia drückte Fygen an sich.

Auf keinen Fall würde sie aufgeben! Fygen sollte nicht sterben. Es musste etwas geben ...

Lucia änderte die Richtung. Die Domapotheke? Oder die Apotheke bei der Gotthardkapelle? Schließlich entschied sie sich für

Letztere. Die Gotthardkapelle gehörte zum Komplex des Heilig-Geist-Spitals. Vielleicht konnte sie ja auch dort vorsprechen. Obwohl sie gehört hatte, dass die Spitalbrüder keine Pestkranken pflegten.

Lucia passierte das Tor im Eisenturm zum Rhein, misstrauisch beäugt von den Turmwächtern, die sie allerdings nicht ansprachen. Sie dachte flüchtig an glücklichere Zeiten, in denen sie neben David zwischen den steinernen Löwen hindurchgeritten war, die das Tor bewachten.

Schließlich erreichte sie die Gotthardkapelle. Es war ruhig hier; die Apotheke wirkte einladend und gut aufgeräumt. Lucia nahm den Geruch von Kräutern wahr, der sie vage an die Rezepturen erinnerte, die Al Shifa zu mischen pflegte. Das Mädchen schöpfte wieder Hoffnung.

»Das Kind und seine Eltern sind krank!«, rief sie dem Apotheker schon beim Eintreten zu. »Wir brauchen eine Medizin ...«

Der Apotheker warf nur einen kurzen Blick auf Fygens blasses Gesichtchen und verschanzte sich dann hinter der Ladentheke.

»Bleib mir bloß raus hier mit dem pestkranken Wurm! Nicht, dass du mir den Laden verseuchst!«

Der Mann wedelte mit den Armen, als wolle er Lucia hinauswerfen, fürchtete aber offensichtlich, das Mädchen und das Kind zu berühren.

Lucia verzog sich vor die Türschwelle. Doch so schnell gab sie nicht auf.

»Aber Meister Apotheker! Ihr müsst helfen!«, flehte sie. »Vielleicht ist es ja gar nicht die Pest ... Vielleicht ist es nur ein Fieber, das Ihr leicht heilen könnt!«

»Schildere mir die Krankheitsanzeichen, dann will ich dir was rausbringen!«, lenkte der Apotheker ein, hielt aber sicheren Abstand. »Ich werde es dir hier auf die Schwelle legen, und du wirfst das Geld hin, verstehst du?«

Lucia hoffte, überhaupt genug Pfennige bei sich zu haben. Aber jetzt schilderte sie dem Apotheker erst mal den Schüttelfrost und den Kopfschmerz, der Meister Wormser ergriffen hatte.

»Es ist die Pest«, bemerkte der Mann daraufhin nur kurz. »Sie wütet jetzt auch im Augustinerviertel. Der Meister Klingenberg ist gerade eben gestorben. Das wird den deinen auch nicht anders gehen.«

Lucia sah ihn fassungslos an. Wie konnte er da so sicher sein? Es musste doch etwas geben ...

Trotz seiner hoffnungslosen Prognose suchte der Apotheker jetzt zwischen seinen Salben und Fläschchen. Schließlich waren die Wormsers nicht arm, und mitnehmen konnten sie ihre Pfennige auch nicht! Letztlich förderte er feinen Theriak hervor, ein Gemisch aus siebzig Simplicia, das als Allheilmittel vor allem bei Tierbissen galt. Unter anderem enthielt es das getrocknete und zermahlene Fleisch giftiger Schlangen.

»Hier, das gibst du deiner Herrschaft, aber erst flößt du ihnen etwas Suppe ein, man soll es nicht auf nüchternen Magen nehmen.«

Der Apotheker legte das Päckchen auf die Türschwelle.

Lucia glaubte nicht an die Heilkraft des Pulvers gegen die Pest. Seit Wochen wurde es als vorbeugendes Mittel gepriesen, und wie die Leute sich erzählten, schluckten es sämtliche Mitglieder des Magistrats nach jeder Mahlzeit. Trotzdem waren schon drei gestorben.

Lucia dankte dennoch zögerlich und nahm den Theriak. Es hätte schließlich auch nichts genutzt, dem Apotheker zu widersprechen. Der Mann berechnete ihr mehr als den doppelten Preis, der normalerweise zu zahlen gewesen wäre, doch Lucia war zu erschöpft, um zu feilschen. Sie legte hin, was sie hatte, und machte sich davon. Wahrscheinlich war es hoffnungslos, im Heilig-Geist-Spital um Hilfe zu bitten. Sie sah auch niemanden an der Pforte.

Die Mönche hatten sich mit ihren Patienten hinter den Mauern verschanzt. Pestkranke ließen sie bestimmt nicht ein.

Während Lucia noch überlegte, ob sie es bei den wenigen Ärzten oder in einer weiteren Apotheke versuchen sollte, fiel ihr am Eisenturm eine merkwürdige Gestalt auf, die offensichtlich Einlass in die Stadt begehrte. Trotz der Hitze trug sie einen weiten, gewachsten Mantel und einen Kopfschutz, der in einer Art schnabelförmigen Maske auslief. Sie bedeckte das Gesicht des Mannes vollständig, aber jetzt ließ er sie sinken, um mit den Stadtbütteln zu verhandeln.

»Was soll denn so seltsam daran sein, dass ich nach Mainz hineinmöchte?«, erkundigte er sich.

Lucia sah die klaren, ernsten Züge eines noch jungen Mannes, ein fein geschnittenes Gesicht mit jetzt vor unterdrückter Ungeduld blitzenden braunen Augen, gerader Nase und vollen Lippen. Ein paar hellbraune Haarsträhnen schauten unter der Kapuze hervor.

Die Stadtbüttel lachten. »Nun, wenn Ihr nicht selbst erkennt, dass Ihr ein wenig seltsam daherkommt, seid Ihr sicher reif fürs Narrenhaus!«, bemerkte einer von ihnen. »Was soll das sein, eine Mönchskutte? Und ist Euch Eure Nase nicht lang genug, dass Ihr zudem solch einen Schnabel braucht?«

Die Männer lachten dröhnend.

»Dazu ist schon Euer Begehren seltsam«, meinte ein anderer Büttel. »Hier herrscht die Pest, guter Mann. Da will man raus, nicht rein!«

Der Ankömmling nickte gelassen.

»Eben deshalb bin ich hier«, erklärte er. »Und diese Kutte, wie Ihr sie nennt, soll mich vor der Krankheit bewahren. Man hat sie in Italien entwickelt, da trägt sie jeder Pestarzt. Und Pestärzte braucht Ihr doch in Mainz, oder irre ich mich?«

»Ihr seid ein Medikus?« Lucia stürzte auf die Pforte zu. »Dann müsst Ihr ihn einlassen, Stadtbüttel, ich brauche dringend einen Arzt. Das Kind hier ... es stirbt!« Sie hielt Fygen hoch, und die Büttel wichen entsetzt vor ihr zurück. Darüber machten sie dem seltsam gekleideten Mann den Weg frei. Er trat mit einer leichten Verbeugung ein.

»Clemens von Treist«, stellte er sich vor. »Ich habe die Medizin in Salerno, Montpellier und Flandern studiert.«

»Und Ihr könnt die Pest heilen?«, fragte Lucia hoffnungsvoll. Vielleicht gab es ja doch einen Christus im Himmel, der ihr jetzt diesen Arzt schickte!

Der Mann wich immerhin nicht zurück, als sie ihm ihr Bündel mit Fygen hinhielt. Das Kind war seit einiger Zeit still, nachdem es vorhin leise gewimmert hatte.

»Ich versuche es«, antwortete von Treist und beugte sich über Fygen. Dabei vergaß er, die Maske wieder aufzusetzen. »Noch gibt es kein Heilmittel, das sicher hilft, aber man kann es ja nur finden, wenn man Wirkstoffe ausprobiert. In Paris war ich an der Erstellung eines Gutachtens über die Pest beteiligt, aber wir kamen zu keinem Ergebnis. Jetzt reise ich der Krankheit nach. Ich will wissen, woher sie kommt. Ich will sie besiegen!« Die letzten Worte sprach der junge Arzt voller Leidenschaft; dann aber fiel ein Schatten über sein Gesicht. Während sein Finger nach dem Puls des Kindes tastete, verschleierte sich sein Blick.

»Hier kann ich nicht helfen, Mädchen«, sagte er, und in seiner Stimme lag echtes Mitgefühl. »Tut mir leid, aber das Kind ist bereits tot.« Der Arzt schlug das Kreuz über Fygens Gesicht und deckte es behutsam mit dem Tuch zu, in dem Lucia das kleine Mädchen getragen hatte.

»Aber ... aber das kommt zu plötzlich! Es dauert doch sonst meist drei Tage, und ...« Lucia war fassungslos. Fygen durfte nicht tot sein! Nicht dieses erste Kind, das sie zur Welt geholt hatte! Nicht der Augenstern ihrer Herrin! Wie sollte sie wieder vor Agnes hintreten? Aber dann kam ihr zu Bewusstsein, dass auch Agnes krank daniederlag. Und sie selbst verletzte hier ihre Pflichten, indem sie kopflos herumlief. Wenn es in Mainz ein Heilmittel gegen die Pest gegeben hätte, wäre es längst in aller Munde! Lediglich dieser Clemens von Treist bot neue Hoffnung. Lucia sandte ein weiteres Gebet zum Himmel.

»Den kleinen Kindern vergönnt Gott einen sanften Tod«, führte der Pestarzt inzwischen aus. »Er lässt sie nicht leiden, sondern hält ihr Herz an, wenn das Fieber zuschlägt. Sie sterben meist innerhalb von Stunden, während stärkere Menschen den Kampf aufnehmen. Und da muss man ansetzen! Nicht einfach nur beten und pflegen, sondern irgendetwas tun!«

Lucia verhielt sofort in ihrem Gebet. Der Mann hatte recht, es gab Wichtigeres zu tun.

Von Treist setzte inzwischen die Schnabelmaske wieder auf. »In der Verlängerung befinden sich aromatische Essenzen«, erklärte er Lucia. »Die sollen vor Ansteckung schützen.« Er schüttelte den »Schnabel« leicht, wohl um die Gerüche zu aktivieren.

»Tun sie bloß nicht«, gab Lucia zurück und löste nun auch ihren Schleier. »Wenn Ihr wüsstet, wie viel Weihrauch ich in den letzten Wochen verbrannt habe! Und trotzdem ...«

»Trotzdem ist Euer Kind gestorben. Es tut mir wirklich leid. Aber vielleicht bleibt Ihr ja wenigstens selber verschont.«

Clemens von Treist wollte Lucia bedauernd zunicken und seiner Wege gehen.

Lucia hielt ihn auf.

»Dies ist nicht mein Kind. Und wenn Ihr vor der Begegnung mit Pestopfern nicht zurückschreckt, dann kommt Ihr jetzt mit mir! Die Eltern der Kleinen mögen noch am Leben sein. Also wagt Ihr Euch wirklich in ein Pesthaus?« Ihre Worte klangen herausfordernd.

Der junge Arzt, der sich bislang ganz auf das Kind konzentriert hatte, sah dem Mädchen nun zum ersten Mal ins Gesicht. Es wirkte erschöpft und vom Weinen gezeichnet, doch in Lucias Augen blitzten Funken auf. Clemens verlor sich den Bruchteil eines Augenblicks in diesen leuchtenden Augen – und sah den Kampfgeist darin, den er so manchen gelehrten Mann vor der Pest hatte verlieren sehen.

»Ihr pflegt Eure Familie?«, fragte er vorsichtig. Das Mädchen trug die Kleidung einer Magd, drückte sich aber deutlich gewählter aus.

»Meine Herrschaft«, antwortete Lucia. »Und nun macht, die Erkrankung kann noch nicht sehr weit fortgeschritten sein. Mein Herr fühlte sich gestern Abend erschöpft, heute Morgen fieberte er. Und meine Herrin liegt erst seit heute Mittag danieder.«

Von Treist lauschte ihren Ausführungen, während er neben ihr herging. Lucia flog fast durch die Stadt; er vermochte kaum, mit ihr Schritt zu halten. Als Lucia sich nach ihm umblickte, sah sie, dass er leicht hinkte. Sie bemühte sich, langsamer zu gehen.

»Seid Ihr verletzt?«, fragte sie. Eigentlich interessierte sie sich nicht dafür, doch erschien es ihr höflich, Interesse zu zeigen. Von Treist wehrte ab.

»Eine Krankheit in meiner Kindheit...«, bemerkte er nur vage.

Inzwischen hatten sie belebtere Straßen erreicht, und die seltsame Aufmachung des Pestarztes sorgte für spöttische Anrufe. Clemens von Treist schien sie nicht wahrzunehmen. Stattdessen befragte er Lucia zu der Krankheit ihrer Herrschaft. Die Erwähnung der Weihrauchdämpfe hatte seine Aufmerksamkeit erregt. Lucia schilderte ihm auch ihre anderen Maßnahmen gegen die Krankheit.

»Woher kennt Ihr diese Waschungen mit Wein?«, fragte er schließlich. »Ich habe gehört, man führe das im Orient durch, aber in Paris und Italien riet man eher davon ab...«

»Die Priester hier raten doch von jedem Waschen ab«, meinte Lucia spöttisch. »Baden sei tödlich, sogar den Regen soll man meiden. Aber das kann nicht sein. Die Juden baden jeden Sabbat, und sie sterben eher seltener an der Pest als die Christen.«

Clemens nickte. »Es erscheint mir auch nicht folgerichtig. Die Krankheit hat doch irgendetwas, das an uns haftet. Nur so kann sie von einem zum anderen gelangen. Es wäre nur vernünftig, es abzuwaschen. Aber warum mit Wein?«

Lucia zuckte mit den Schultern. »Es stand in einem arabischen Buch, das meine Kinderfrau mir zu lesen gab. Sie machte auch Umschläge mit Rotwein, wenn jemand sich verletzt hatte. Die Wunden haben nie geeitert.«

Clemens runzelte die Stirn. »Aber der große Arzt Galen sagt, sie sollten eitern. Das reinige die Wunde.«

»Der große Arzt Ar-Rasi sagt das Gegenteil«, beschied ihn Lucia. Clemens runzelte die Stirn, rügte sie aber nicht für den Widerspruch. Dafür blieb auch keine Zeit, denn sie erreichten nun das Haus der Wormsers. Lucia schloss auf. Sie hielt das tote Kind immer noch an sich gedrückt.

»Ihr solltet es nicht mit hineinnehmen ...«, meinte von Treist hilflos und wies auf das Bündel. »Auch Leichen verbreiten die Seuche.«

Lucia sah ihn vorwurfsvoll an. »Ich kann es ja wohl nicht auf der Schwelle liegen lassen!«, stieß sie aus – und wusste doch, dass sie genau das tun sollte. Die Männer mit dem Totenkarren würden es dann aufladen. Aber nicht vor Morgen früh; so lange taten sich Straßenhunde und Ratten an den Leichen gütlich. Lucia brachte es nicht über sich, ihnen Fygen zu überlassen.

»Ich lege es in die Werkstatt ...«, flüsterte sie. Meister Wormsers Werkstatt lag im Erdgeschoss neben dem Hof, und die Gesellen waren heute nicht zur Arbeit erschienen. Lucia fragte sich flüchtig, ob sie selbst erkrankt waren oder nur von der Krankheit ihres Meisters gehört hatten.

Inmitten der Werkstatt stand eine fast fertige, fein gedrechselte Wiege. Lucia bettete Fygen hinein und wiegte sie sanft.

»Ich hoffe, die Engel sind gut zu dir...«, sagte sie leise, ehe sie die Tür hinter sich schloss.

Clemens von Treist folgte ihr die Treppe hinauf in die Wohnräume der Familie. Aus dem Schlafzimmer schlug ihnen der Gestank nach Fäkalien entgegen.

»Durchfälle sind eine häufige Begleiterscheinung der ersten Krankheitsphase«, bemerkte von Treist. Der Gestank schreckte ihn nicht; beherzt betrat er die Kammer. Lucia beneidete ihn um den »Schnabel« mit den Kräuteressenzen.

Beim Eintreten bot sich ihr ein trauriges Bild. Agnes Wormser lag regungslos auf ihrer Seite des Bettes, den wimmernden Bonifaz im Arm. Sie war sicher noch am Leben, denn auf ihrer Stirn glänzten Schweißtropfen. Aber zart, wie sie war, würde sie bald dahinschwinden. Johann dagegen warf sich im Fieber von einer Seite zur anderen. Seine Achselbeugen und seine Leisten zeigten die charakteristischen Schwellungen, aber er hatte noch Kraft.

Lucia nahm Bonifaz aus den Armen seiner Mutter. Auch das Kind fieberte und hatte sich beschmutzt. Lucia wusch es und brachte es in sein eigenes Bett, während der Pestarzt die Eltern untersuchte.

»Die Frau wird sterben«, beschied er Lucia teilnahmsvoll, als sie zurückkehrte. »Ihr Herz ist schon zu schwach. Sie kann nicht durchhalten, bis die Beulen sich öffnen...«

»Bis sich die Beulen öffnen?«, fragte Lucia verwirrt.

Clemens von Treist nickte. »Die Beobachtung zeigt, dass die Menschen, die Blut husten, alle sterben. Aber diejenigen, die nur Beulen entwickeln, können überleben. Nach drei, manchmal vier Tagen brechen die Beulen auf. Dann läuft Eiter ab oder Schleim, eine eklige grünliche Masse. Letztlich bleibt eine Wunde. Die kann abheilen. Oder auch nicht.«

»Aber dann sterben die Menschen an Wundbrand, nicht an der Pest«, folgerte Lucia. »Kompressen mit altem Rotwein wären hier hilfreich.«

»Ihr könnt sicher sein, dass ich es versuchen werde«, erklärte der Arzt. »Und Ihr solltet weiterhin Weihrauch verbrennen. Es mag nichts nutzen, aber es verbessert den Geruch.«

Lucia öffnete auch die Läden vor den Fenstern und ließ die lauere Luft des beginnenden Abends ein. Clemens runzelte die Stirn.

»Haltet Ihr es für sinnvoll, die Kranken dem Zug auszusetzen?«, fragte er.

»Besser, als im Gestank ihrer eigenen Ausscheidungen zu ersticken«, meinte Lucia, empfand sich dann aber selbst als zu aufmüpfig gegenüber dem Arzt. Wenn sie alles besser wusste, würde er weglaufen. Und sie fürchtete sich zu Tode bei dem Gedanken, hier allein mit den Sterbenden zu bleiben. »Ihr müsst verstehen, ich weiß gar nichts«, lenkte sie ein. »Nur gerade das, was in Ar-Rasis Handbuch stand. Und manche Dinge empfinde ich einfach als vernünftig, andere nicht ...«

»Meint Ihr, es steht Euch an, darüber zu richten?«, fragte Clemens. Doch es klang nicht scharf – eher so, als hätte er sich diese Frage selbst schon gestellt.

»Als Frau, meint Ihr? Oder als Mensch vor Gottes Angesicht?«, erkundigte sich Lucia. »Als dumme Magd? Oder als Gelehrte?«

»Ihr kommt mir nicht wie eine dumme Magd vor«, bemerkte Clemens. »Und wenig gelehrt erscheint Ihr mir auch nicht. Wo habt Ihr das Buch dieses Ar-Rasi gefunden? Ich habe von ihm gehört. In Italien nennt man ihn Rhases. Aber es gab nur wenige Aufzeichnungen ...«

»Und zudem sind sie schlecht übersetzt«, bemerkte Lucia. »Das sagen zumindest die jüdischen Gelehrten. Aber eins ist über Ar-Rasi zu sagen: Alles, was er schreibt, hat er ausprobiert. Und wenn er es anwandte, sind weniger Menschen gestorben. Könnt Ihr das auch von allen anderen Ärzten sagen, deren Schriften Ihr studiert habt?«

Die Luft im Zimmer war jetzt besser. Agnes stöhnte nur noch manchmal, während Johann zu schlafen schien. Lucia hatte beiden Kranken Weidenrindentee eingeflößt, in der Hoffnung, das Fieber zu senken. Aber Agnes mochte nicht mehr schlucken.

Lucia verspürte ein bisschen Hunger.

»Was wollt Ihr jetzt eigentlich tun?«, fragte sie den Pestarzt. Clemens war eben dabei, Bonifaz noch einmal zu untersuchen. Das Kind entwickelte jetzt auch Pestbeulen und stöhnte, wenn man sie berührte.

»Heute Nacht?«, fragte Clemens. »Ich denke, ich suche mir eine Herberge – am besten bei den Klosterbrüdern. Denen werde ich gleich morgen meine Dienste als Pestarzt anbieten.«

»Die Klosterpforten sind jetzt geschlossen!«, sagte Lucia rasch. »Und der Wirt der Herberge ist tot. Aber Ihr könntet Euch hier ein Lager richten, oder Ihr schlaft im Stall...«

Von Treist warf ihr einen prüfenden Blick zu, unter dem sie errötete. Die Sitten in Peststädten waren locker. Sicher hatte dieser junge Arzt schon von so mancher drallen Magd Anträge erhalten...

Lucia senkte die Augen.

»Was ist eigentlich mit Euch?«, fragte Clemens unvermittelt. »Ihr pflegt drei Pestkranke, und das tote Kind habt Ihr durch die halbe Stadt geschleppt. Fühlt Ihr Euch nicht krank?«

Lucia zuckte mit den Schultern. »Mein Kopf schmerzt, aber das mag vom Weinen kommen. Mein Rücken und meine Glieder schmerzen – aber ich laufe auch den ganzen Tag treppauf und treppab mit Wassereimern. Natürlich kann es auch die Pest sein.

Aber dann sterbe ich morgen. Heute bin ich einfach zu müde dazu.«

Clemens von Treist lachte – ein seltsamer Laut in diesem Totenhaus, noch dazu gedämpft von seiner Maske.

»Dann legt Euch schlafen, Mädchen. Ich kenne nicht einmal Euren Namen...«

Sie sah Wärme in seinen Augen hinter der Maske und fühlte sich beinahe getröstet.

»Lucia«, sagte sie leise. »Wie das Licht.«

5

Lucia schlief wie tot, doch bevor sie sich niederlegte, brachte sie dem Pestarzt ihre noch unfertige Übersetzung des »Handbuchs« des Ar-Rasi. Außerdem Brot, Käse, Rauchfleisch und Wein. Sie freute sich, als er es nicht ablehnte, sondern herzhaft zugriff; sie selbst aber schaffte nur wenige Bissen und Schlucke. Der Tag war einfach zu lang gewesen.

Am Morgen erwachte sie jedoch hungrig und bei bester Gesundheit. Die Pest hatte sie weiterhin verschont. Auch Clemens von Treist war wohlauf, nur etwas übernächtigt. Er hatte in dieser Nacht fünf Kerzen verbraucht, so sehr war er in die Lektüre des Werkes Ar-Rasis vertieft gewesen.

Agnes Wormser hatte allerdings die Nacht nicht überlebt, und Bonifaz lag in den letzten Zügen.

»Ich habe getan, was ich konnte«, bemerkte der Arzt, und Lucia sah zu ihrer Verwunderung Weinkompressen unter Bonifaz' Achseln.

»Vielleicht weicht das ja die Beulen auf«, überlegte Clemens. »Zumindest schien es dem Kind Erleichterung zu verschaffen. Ihr solltet es auch bei seinem Vater anwenden.«

Lucia nickte, ein wenig traurig, weil Clemens sie nun endgültig allein ließ. Aber er war hier, um die Pest an vielen Kranken zu studieren – und bei Meister Wormser war er nun am Ende seiner Kunst.

»Vielleicht hat er ja genug Kraft, dass er überlebt, bis die Beulen aufbrechen«, meinte der Arzt hoffnungsvoll. »Zumal, wenn Ihr ihn warm und sauber haltet. Und woraus ist noch mal dieser Tee?

Aus Weidenrinde? Ich habe von Kräuterfrauen gehört, die so etwas verordnen. Aber die Medizin lehnt es ab, es passt nicht in Galens Lehre ...«

»Ihr müsst mir irgendwann mehr über diese Lehre erzählen«, bemerkte Lucia höflich. »Mein Buch von Ar-Rasi könnt Ihr mitnehmen. Ich kann es auswendig. Ich hab's nur aufgeschrieben, weil ich dachte, ich vererb's mal der kleinen Fygen ...« Sie unterdrückte ein Schluchzen.

»Ihr solltet den Totenkarren nicht vorbeifahren lassen«, mahnte Clemens sanft. »Ich werde Euch helfen, Eure Meisterin und den Kleinen hinauszubringen.«

Er blieb neben ihr stehen, eine hoch gewachsene, schlanke Gestalt, die in ihrem unförmigen Wachsmantel und dem Schnabelgesicht wie der Tod persönlich aussah. Die Totengräber schreckten vor ihm zurück, doch Lucia, ebenfalls wieder tief verschleiert, empfand seine Nähe als tröstlich.

»Ich wünsch Euch Glück!«, sagte sie leise, als er ging. »Findet Euer Mittel gegen die Pest! Aber seid nicht unvorsichtig. Als Ihr gestern das Kind untersucht habt, habt Ihr die Maske vergessen ...«

»Sie hilft doch sowieso nicht.« Sie vernahm ein Lächeln in seiner Stimme. »Das hat mir zumindest eine Heilkundige aus dem Morgenland verraten ...«

Lucia lächelte ebenfalls, als er ging. Aber dann wandte sie sich wieder dem Haus zu. Meister Wormser brauchte ihre gesamte Aufmerksamkeit.

Der Schreinermeister wand sich drei Tage lang im Fieber und litt unter heftigen Schmerzen in den Armbeugen und in der Leistengegend. Die Beulen schienen immer mehr anzuschwellen, bis sie kurz vor dem Platzen standen. Sie verfärbten sich überdies grün und blau, und jede Berührung ließ den Kranken aufschreien. Aber dann, am vierten Morgen, hatte sich tatsächlich die erste der Beulen geöffnet! Wie Clemens gesagt hatte, entwich ihr eine grünlichgelbe stinkende Flüssigkeit. Lucia passte gut auf, sie nicht zu berühren, als sie den Eiter wegwusch. Wie Ar-Rasi vorschrieb, machte sie Kompressen mit Wein – und am Abend kam Johann Wormser erstmals wieder zu Bewusstsein.

»Lucia! Was ist geschehen?«

Lucia kühlte seine Stirn mit Wasser. »Ihr hattet die Pest, Herr. Aber Ihr seid genesen.«

Johann Wormser runzelte die Stirn. »Erzähl keinen Unsinn, Mädchen! Die Pest ist tödlich. Hätte ich sie gehabt, läge ich auf dem Friedhof. Wo ist Agnes? Kannst du sie rufen? Und gib mir Wasser, Mädchen!«

Lucia flößte ihm verdünnten Wein ein, den er durstig trank.

»Meister Wormser...«, begann sie dann vorsichtig. »Es ist wahr, dass Ihr die Pest hattet. Und es ist wahr, dass die meisten Menschen daran sterben...«

Johann sank zurück in sein Kissen; das Trinken und Sprechen hatte ihn erschöpft. »Sprich nicht in Rätseln, Lucia. Wo ist Agnes?«

»Herr...« Lucia zögerte. Aber er musste es erfahren. Sie konnte ihn nicht im Ungewissen halten. »Herr, Frau Agnes ist bei den Engeln. Sie ... sie konnte der Krankheit nicht widerstehen, so schmal und zart, wie sie war. Aber ich bin sicher, sie schaut wohlgefällig auf Euch herunter...«

»Sie ist tot?« Es war ein Aufschrei. Johann Wormser richtete sich auf, und Lucia hatte nie einen so schmerzlichen Ausdruck auf einem menschlichen Gesicht gesehen. »Agnes ist tot? Nein, sag, dass es nicht wahr ist!«

»Doch, Meister«, sagte Lucia behutsam. »Sie ist im Paradies, und sie hat Fygen und Bonifaz bei sich. Sie ist sicher glücklich, Herr...«

»Sie ist glücklich? Wie kann sie glücklich sein ohne mich? Wie konnte sie mich allein lassen? Was ist das für ein grausamer Gott, der sie mir entreißt?«

Johann Wormser stützte sich auf seine Arme, und Lucia dachte, dass er Schmerzen haben musste. Die Wunden in den Achselhöhlen und in der Leiste waren offen. Aber der Meister schien nichts zu empfinden außer seinem unendlichen Schmerz und seiner Wut auf Gott und alle Heiligen.

»Ich habe jede Prozession mitgemacht! Ich habe Sankt Rochus verehrt, die Mutter Maria durch die Stadt getragen! Und so dankt es mir Gott?«

Lucia zuckte mit den Schultern. »Gott dankt einem nichts, glaube ich«, sagte sie leise.

»Und Agnes! Es gab keine frömmere, keine gottesfürchtigere Frau als sie. Hat man ihr die Letzte Ölung zukommen lassen?«

Lucia fiel siedend heiß ein, dass sie das vergessen hatte. Über die Begegnung mit dem Pestarzt, den verzweifelten Versuchen, zu helfen – Lucia hatte ein Heilmittel gesucht, keinen Priester.

Johann Wormser sah es ihr am Gesicht an.

»Umso besser!«, sagte er hart. »Ihre Seele war vollkommen rein, sie hat niemals gesündigt! Und wenn Gott das anders sieht und sie nicht aufnimmt, wird es uns dort unten vielleicht besser ergehen! Vielleicht sorgt der Teufel eher für seine Schäfchen!«

Lucia bekreuzigte sich furchtsam. Sie vergaß schon mal ein christliches Sakrament, aber an die Hölle glaubte sie doch.

»Und damit habe ich Gott nun wohl genug gelästert, dass er mich holt. Ein Blitzschlag wäre ein rascher Tod, aber ich fürchte, nicht einmal das bringt er zustande! Also der Teufel! Komm her, Beelzebub! Komm her, und nimm mich zu dir! Lass mich bei meiner Agnes sein . . . die Hölle mit ihr wird mir süßer sein als der Himmel mit allen Engeln.« Johann Wormser hob flehend die Hände.

»Ihr wisst nicht, was Ihr redet...«, flüsterte Lucia und hoffte, dass Gott in seiner Güte das genauso einordnete. »Ich bitte Euch, legt Euch hin, schlaft ein wenig. Morgen werdet Ihr das alles anders sehen.«

Meister Wormser schüttelte den Kopf. »Morgen werde ich bei Agnes sein!«

Johann Wormser brauchte drei Tage, um an Wundbrand und Auszehrung zu sterben. Lucia versuchte, ihm Tee einzuflößen und die aufgebrochenen Pestbeulen mit Wein zu baden. Aber der Meister verweigerte jede Nahrung und jeden Trank; er versuchte, sich der Reinigung seiner Wunden zu entziehen, und brüllte Lucia an, sie möge verschwinden und ihn sich selbst überlassen. Am dritten Tag war dann auch sein kräftiger Körper am Ende.

Lucia bat die Totengräber, ihn aus dem Haus zu tragen.

»Der hat ja mal lange gebraucht, um an der Pest zu sterben«, bemerkte einer von ihnen, dem der Tod Agnes' und der Kinder noch in Erinnerung war. »Mehr als eine Woche. Unglaublich!«

Lucia schüttelte den Kopf.

»Er ist nicht an der Pest gestorben«, sagte sie leise. »Er ist an gebrochenem Herzen gestorben. Und ich hoffe... ich hoffe sehr, dass er jetzt mit den seinen vereint im Paradies ist.«

Während der Pestkarren davonratterte, suchte sie das letzte Geld zusammen, das sie im Haus der Wormsers fand, und machte sich auf den Weg nach St. Quintin. Sie fand einen jungen Mönch vor. Der alte Priester war gestorben.

»Die Pest, es ist ein Jammer!«, meinte der Geistliche, ein Ordensbruder der Augustiner. Er hatte die Gemeinde nur vorübergehend übernommen; vorerst traute sich kein Pfarrer von außerhalb in die Stadt. »Und was kann ich nun für Euch tun, junge Frau? Wollt Ihr, dass ich Euch ein Amulett gegen die Pest segne?«

»Ein was?«, fragte Lucia verwirrt. »Trägt man das jetzt? Talismane gegen die Pest? Ist das nicht Aberglaube?«

Der Mönch zuckte mit den Schultern. »Wenn es eine echte Reliquie ist, mag es böse Blicke und Gedanken abwenden. Und ein Gutachten aus Montpellier besagt, die Pest würde durch Blicke übertragen. Schaden kann es jedenfalls nicht!«

Lucia erinnerte sich daran, dass Clemens von Treist unter anderem in Montpellier studiert hatte. Es sah nicht aus, als hätte man ihm dort viel Nützliches beigebracht.

Sie lehnte das angebotene Amulett jedenfalls ab und bestellte stattdessen Totenmessen. Je eine für Agnes und die Kinder, drei für Johann. Das mochte Gott beschwichtigen. Und sie würde auch etwas geweihte Erde vom Friedhof mitnehmen und zu den Massengräbern vor der Stadt tragen, wo man Johann heute verscharren würde. Natürlich war die Erde dort auch gesegnet worden, aber Lucia hatte zu alteingesessenen Friedhöfen einfach mehr Vertrauen. Sie wohnte der ersten Messe bei, füllte die Erde dann in ein Beutelchen und lief hinaus aus der Stadt, zu den Begräbnisplätzen.

Das Bild, das sich hier bot, war grauenhaft, und der Gestank fast noch schlimmer. Die Gruben waren erheblich zu flach ausgehoben; der Leichengeruch verteilte sich, obwohl die Toten mit Erde bedeckt wurden. Das lockte natürlich auch Hunde und Wildtiere an. Die Gräber waren zum Teil aufgebuddelt und Leichen herausgezerrt worden. Die Totengräber sammelten die zum Teil grauenhaft entstellten Körper dann wieder ein und steckten sie ins nächste Massengrab. Auf den Gedanken, es tiefer anzulegen, kamen sie nicht.

Lucia versuchte zu beten, aber der Gestank nahm ihr den Atem. Und wenn sie ihre Schleier fest vor Mund und Nase drückte, blieb ihr die Luft weg. So wandte sie sich bereits wieder zum Gehen, als der nächste Totenkarren eintraf – begleitet von einem Mann in langem gewachstem Mantel, der eben die Schnabelmaske übers Gesicht zog, obwohl die Totengräber darüber lachten.

Clemens von Treist schien genauso entsetzt und abgestoßen wie Lucia.

»Dies ist grauenvoll!«, stieß er hervor und nahm sich gar nicht die Zeit, das Mädchen zu begrüßen. »Und es kann nicht richtig sein! Wenn die Seuche sich durch die Luft verbreitet, ist dies hier die ideale Brutstätte!«

Die Totengräber lachten noch lauter.

»Weiß doch jeder, dass die Seuche durch Pestengel verbreitet wird!«, erklärte einer von ihnen gewichtig. »Sie schießen mit ihren Pfeilen auf die sündigen Menschen.«

»Oder von Pestdämonen!«, bemerkte der andere. »Unser Pfarrer meint, da habe eher der Teufel die Hand im Spiel. Weil's eben nicht nur sündige Leute trifft, sondern oft die besten Männer und bravsten Frauen.«

Lucia verdrehte die Augen.

Clemens von Treist schien sie jetzt erst wahrzunehmen.

»Lucia wie das Licht!«, begrüßte er sie freundlich, und das Mädchen meinte, seine Augen hinter der Maske aufleuchten zu sehen. »Verzeiht, dass ich Euch übersehen habe. Aber das hier raubt mir die Sinne! Ich wollte es mir ansehen ... zumal mir heute ein Patient gestorben ist, der mir ans Herz gewachsen war. Ein alter Mann, aber stark wie ein Ochse und voller Lebensmut! Seine Geschwüre brachen auf; ich dachte, ich bringe ihn durch. Aber was machen diese Klosterbrüder? Reiben Schmutz und Auswurf der Lungenkranken in die Wunden! Auf dass sie nicht aufhören zu eitern, weil das ja den Körper reinigt! Und immer, wenn der Mann bei Tage etwas Ruhe fand, weckten sie ihn, weil es als ungesund gilt, zu schlafen, wenn die Sonne noch am Himmel steht! Schließlich befiel ihn erneut das Fieber, und er starb. Ich fand, es müsse ihm einer die letzte Ehre erweisen. Und ich wollte diese

Gräberfelder schon lange mal sehen. Aber dies hier ist schlimmer, als ich es erwartet habe ...«

»Was meint Ihr denn, was man mit den Toten tun sollte?«, fragte Lucia sachlich. »Man kann nicht für jeden ein Grab ausheben.«

»Nein, aber man könnte sie wenigstens ordentlich mit Erde bedecken! Und wenn Ihr mich schon so fragt, auf die Gefahr, dass ich ketzerisch klinge: Ich würde die Leichen verbrennen!« Clemens' Stimme klang trotzig.

Lucia erschrak. Bei den Juden galt die Feuerbestattung als schwere Verfehlung. Wie es bei den Christen war, wusste sie gar nicht, aber schließlich wurden nur die ärgsten Sünder mit dem Feuertod bestraft. Da war es einem guten Christenmenschen sicher nicht zuträglich, wenn man seinen Leib den Flammen überließ.

»Aber ist denn das gottgefällig?«, erkundigte sie sich zögernd.

»Ist das hier gottgefällig?«, fragte Clemens zurück. »Nein, wenn Ihr mich fragt: Feuer reinigt. Und wenn es darum geht, die Seele der Hexenmeister zu retten, dann sagen das ja auch die Priester. Aber denken wir doch einfach mal nicht an die Seele, sondern an das, was die Krankheit ausmacht: Man kann es sich holen, wenn man Kranke berührt, wenn man ihren Dunst einatmet oder ihre Kleider trägt. Der Makel der Krankheit lässt sich nicht abwaschen oder doch nur sehr schwer. Aber übersteht er auch das Feuer? Der Papst hat sich durch einen Feuerkreis schützen lassen. Das Übel kann also Feuer nicht durchdringen.«

»Es hat Angst davor!«, meinte Lucia. »Das heißt, dass es brennt! Aber dann müssten wir auch die Häuser der Pestkranken abbrennen ...«

»Zumindest ihre Sachen ins Feuer werfen. Und die Betten, in denen sie gestorben sind. Aber sie vor aller Augen und an frischer Luft verwesen zu lassen, das ist gewiss nicht richtig!« Clemens von Treist wanderte neben Lucia her, den Stadtmauern zu. Keiner von ihnen hatte das Bedürfnis, noch länger auf dem Totenacker zu verweilen. Lucia fiel auf, dass der Pestarzt sein lahmes Bein heute mehr nachzog als vor einigen Tagen. Er musste erschöpft sein.

»Erschöpft ist kein Ausdruck!«, bemerkte er, als das Mädchen ihn darauf ansprach. »Die Arbeit im Pesthaus ist ... sie ist ... nun, sie reißt nicht ab! Und es gibt nie Erfolge, alle meine Patienten sind bislang gestorben, obwohl Eure Methode mit dem alten Wein durchaus zu lindern scheint. Aber die Mönche trinken den Rebensaft lieber, und die Patienten, die es noch können, treten auch lieber berauscht vor ihren Schöpfer, als sich mit dem Wein baden zu lassen. Ich kann die Pfleger auch nicht überreden, die Kranken zu waschen ... sie lassen sie in ihrem eigenen Kot liegen. Könnt Ihr Euch vorstellen, was für ein Gestank in den Pesthäusern herrscht? Obendrein versäumt man es, die Toten gleich hinauszuschaffen. Oft wird ein Tod erst bemerkt, wenn der Körper zu riechen beginnt. Ich frage mich langsam, was ich hier tue. Denn niemand, niemand überlebt!«

Der Pestarzt hatte seine Maske nach Verlassen der Gräberfelder wieder sinken lassen. Sein Gesicht, das vor ein paar Tagen noch von Kampfeswillen geglüht hatte, spiegelte jetzt nur noch Hoffnungslosigkeit.

»Mein Meister hat überlebt«, sagte Lucia leise und sah, wie neuer Mut in Clemens' Ausdruck zurückkehrte, während sie Johanns Geschichte erzählte.

»Er war auf dem Weg der Besserung, er sprach wieder, auf den Wunden bildete sich Schorf. Aber dann ...«

»So behauptet sich Rhases gegen Galen«, sinnierte Clemens. »Wenn es nicht ein Zufall war. Man müsste es ausprobieren! Man brauchte mehr Patienten, die man wirklich pflegt und nicht zu Tode behandelt. Meine geschätzten Kollegen hier in Mainz versuchen sich immer noch an Aderlässen! Und Ihr müsstet sie mal hören, wenn man ihnen da widerspricht!«

Clemens' Ausdruck ließ keinen Zweifel daran, dass er seinen Unmut darüber bereits laut und deutlich geäußert hatte. Lucia fragte sich, ob er in den Hospizen der Mönche überhaupt noch willkommen war.

»So probiert es doch aus!« Lucia äußerte den ersten Gedanken, der ihr durch den Kopf schoss. »Das Haus der Wormser steht leer. Es gibt keine Erben, die Nachbarn sind zum größten Teil auch gestorben. Und wer will schon ein Haus, in dem alle der Pest erlegen sind? Wenn Ihr dort Kranke aufnehmen wollt, hätte ich nichts dagegen.«

Das war schon fast untertrieben. Wenn Lucia ehrlich sein wollte, so reizte es sie kaum minder als Clemens, die Pest zu erforschen.

»Ich will Ärztin werden, wenn ich groß bin ...« So ganz hatte der kindliche Wunsch sie nie verlassen. Und noch etwas kam hinzu: Lucia sehnte sich danach, Clemens von Treist nahe zu sein. Dabei war es kein Verlangen, kein lüsternes Sehnen, wie sie es einst beim Anblick von David von Speyer empfunden hatte. Es war auch nicht nur das Alleinsein nach dem Tode der Wormser; an Einsamkeit war sie inzwischen gewöhnt. Aber die Gespräche mit Clemens füllten sie aus. Hier war endlich ein wacher Geist, mit dem sie ihre Gedanken teilen konnte. Mit Clemens zu reden war fast wie ein Gespräch mit Al Shifa – oder sogar noch reizvoller, weil Clemens neu und anders war. Es war aufregend, die eigenen Gedanken und Empfindungen in seinem Gesicht gespiegelt zu sehen. Seine Skepsis, manchmal sogar Aufbegehren gegen die allzu aufmüpfigen Gedanken einer Frau – und dann doch widerwillige Bewunderung.

Lucia wusste es zu schätzen, dass er sie niemals lüstern musterte. Beinahe ungewöhnlich in den Zeiten der Pest, in denen die guten Sitten immer mehr zerfielen. Kaum jemand ging noch regelmäßiger Arbeit nach; viel öfter suchten die bislang Überlebenden das pure Vergnügen. Während die Menschen in den Häusern starben, ergaben ihre Verwandten sich Tanz und billigen Tändeleien, beschliefen einander in Mauerecken oder Hinterhöfen, zogen betrunken und johlend durch die Straßen. Die hübsche junge Lucia war hier natürlich ein begehrtes Opfer all der Kerle, die noch keine Genossin für die Nacht gefunden hatten. Sie war froh, heute Clemens bei sich zu haben. Neben ihm konnte sie ruhig einhergehen, während sie die Gassen gewöhnlich im Laufschritt, gehetzt und voller Angst, durchquert hätte. Wobei sie sich jetzt nicht einmal mehr sicher fühlen konnte, wenn sie das Haus der Wormser hinter sich schloss. Sobald das Gesindel auf den Straßen merkte, dass hier nur noch ein einzelnes Mädchen lebte, war mit Übergriffen zu rechnen. So gesehen war es auch ein Akt des Selbstschutzes, wenn sie ihr Haus jetzt Clemens und seinen Pestkranken öffnete.

Clemens verhielt seinen Schritt, als er ihren Vorschlag hörte.

»Das würdet Ihr tun?«, fragte er und sah ihr gerade in die Augen. »Aber seid Ihr Euch denn nicht der Gefahren bewusst? Wenn Ihr Pestkranke in Euer Haus holt...«

»Es ist nicht mein Haus«, antwortete Lucia. »Und es ist bereits pestverseucht. Ich aber habe jetzt vier Pestkranke gepflegt. Mit der Küferin und ihren Kindern sind es sogar acht. Bislang habe ich mich nicht angesteckt. Der Teufel scheint mich nicht zu wollen!«

Clemens lächelte schwach. »Foppt ihn nicht!«, mahnte er sie. »Aber Ihr seid natürlich ein Beweis dafür, dass die Pest all jene verschont, die wahrhaft reinen Herzens sind!«

»Ich?« Lucia schüttelte verwundert den Kopf. »Das hat noch keiner von mir gesagt. Bislang nannte man mich eher... aber vergessen wir das. Es hat ohnehin keinen Einfluss auf die Pest, zumindest sieht es nicht so aus. Aber ich weiß so wenig! Wenn ich nur mehr über diese Krankheit wüsste!« Lucia lockerte ihren

Schleier. Es war glühend heiß in den Straßen, und sie wünschte sich nichts mehr, als sich von dieser Vermummung zu befreien. Clemens in seinem Wachsmantel musste es noch schlimmer ergehen. Aber er würde schon seine Gründe dafür haben, dass er sich dem Spott der Stadt in dieser Verkleidung aussetzte. »Erzählt mir von der Pest, Medikus von Treist!«, forderte sie ihn auf. »Ich möchte alles erfahren, was man darüber lehrt!«

Lucia bestand darauf, in der nächsten Schenke eine Gallone alten Rotweins zu erstehen. Dann nahm sie Clemens mit ins Haus der Wormser und brachte Essen und Wein in den Hof bei der Werkstatt. Lucia mochte nicht ins Haus gehen; darin stand noch zu sehr der Odem des Todes – und die Hitze des Augusttages.

»Es hat noch längst nicht elf geschlagen«, bemerkte sie und bot ihm den Platz auf der groben Holzbank an, die Meister Wormser vor der Werkstatt für seine Gesellen aufgestellt hatte. In glücklicheren Zeiten hatte Lucia den Jungen hier Bier ausgeschenkt und mit ihnen gescherzt. Nur nicht daran denken ...

Lucia schnitt Brot auf. »Sofern Ihr also daran glaubt, dass Euch die Pest erwischt, wenn Ihr vor Dunkelwerden zur Nacht esst, müsst Ihr warten.«

Lucia selbst griff hungrig zu. Sie hatte in den letzten Tagen die vielfältigsten Leckereien gekauft und gekocht, um Meister Wormser doch noch zum Essen zu überreden. Selbst hatte sie dabei nie Appetit gehabt. Es war zermürbend zu sehen, wie ihr Patient sich aufgab. Aber jetzt kehrte der Hunger zurück. Lucia biss ungeniert in einen Hühnerschenkel und leckte sich die Sauce vom Kinn. Honig und Gewürze – ein maurisches Rezept.

Clemens nahm sich den zweiten Schlegel.

»Nein, daran glaube ich nicht«, gab er Auskunft. »Ich weiß auch nicht, wie diese Geschichten aufkommen. Gestern hörte ich, es sei gefährlich, die Fenster nach Süden zu öffnen. Und hier in Eurem Beisein bin ich sowieso in Gefahr: Am Sonntag predigte der Pfarrer von Sankt Stephan, die Seuche werde von der Schönheit junger Mädchen angezogen!«

Lucia lachte gezwungen. Es klang beinahe wie Tändelei. Doch Clemens' Lächeln dabei war anziehend. Sie reichte ihm noch einen Hühnerflügel.

»Was glaubt Ihr denn?«, fragte sie. »Oder besser gesagt, was weiß man sicher?«

Clemens zuckte mit den Schultern. Er ließ das Hühnerbein erst einmal liegen, nahm aber einen Schluck Wein und lehnte sich zurück. Endlich hatte er den Wachsmantel auch zumindest geöffnet und enthüllte einen schlanken Körper in schlichter, dunkler Kleidung. »Nun, die Wissenschaft nennt die Krankheit ›Pestis bubonis‹ oder ›Morbus inguinarius‹. Hippokrates und Galen erklären sie mit einer Fehlmischung der Körpersäfte: Blut, Schleim, gelbe und schwarze Galle. Man nimmt an, sie würde durch Miasmen, durch faul riechende Winde verbreitet ...«

»Und wo kommen die her, die faul riechenden Winde?«, erkundigte sich Lucia. Auch sie trank jetzt einen Schluck Wein, was sie beflügelte. Es war heiß, und sie löste endlich das Tuch, das ihr als Mundschutz gedient hatte, jetzt aber um ihren Hals lag. Sie fächelte sich Luft zu.

Clemens kam kurz aus dem Konzept, als er der zarten weißen Haut in ihrem Ausschnitt gewahr wurde: Lucia trug das weit ausgeschnittene Kleid, das Agnes ihr in glücklicheren Zeiten geschenkt hatte.

Dann aber besann Clemens sich wieder auf seinen Vortrag. »Aus dem Erdinneren, meinte Galen. Oder über den Südwind aus den Ländern der Ungläubigen, die Gott damit strafen wollte. Aber die medizinische Fakultät von Paris nimmt eine astrologische Erklärung an. Am zwanzigsten März 1345 gab es eine ungünstige Dreierkonstellation aus Saturn, Jupiter und Mars.«

»Glaubt Ihr das?«, fragte Lucia erneut.

»Möglich ist es«, gab Clemens zur Antwort. »Aber mich interessiert eigentlich gar nicht, woher die Pest *kommt*. Ich will sie *gehen* sehen! Und was das betrifft, kann ich Euch bislang nur die Maßnahmen aufzählen, die nicht helfen. Ein Heilmittel hat noch keiner erfunden. Oder steht doch etwas bei Rhases?«

Lucia schüttelte den Kopf. »Nicht in dem Buch, das ich gelesen habe. Aber ich glaube, zurzeit des Ar-Rasi hat es keine Pestilenz im Morgenland gegeben ...«

»Aber das würde allen bisherigen Ergebnissen widersprechen! Es heißt, sie käme gerade ...«

»Lasst mich aussprechen!«, mahnte Lucia ernst. Ihre Wangen waren dabei von Wein und Eifer gerötet. Clemens bemerkte erstmalig, wie schön sie war. »Zu Ar-Rasis Zeiten gab es wie gesagt keine ›Pestis Bubonis‹ in seinem Land. Wohl aber zu Zeiten Ibn Sinas! Ich weiß, dass sein Kanon der Medizin ein Kapitel über die Seuche enthält.«

Clemens vergaß sofort alle äußerlichen Vorzüge seines Gegenübers. Stattdessen erwachte sein wissenschaftlicher Jagdeifer. »Und wo ist dieser Kanon? Kann man ihn einsehen? Habt Ihr ihn gelesen? Gibt es ihn auf Latein, oder ist er nur in dieser seltsamen Schrift zu lesen, die aussieht, als wollte man Keramik damit verzieren? Woher könnt Ihr das überhaupt? Woher habt Ihr das Buch des Ar-Rasi, und wer hat Euch seine Sprache beigebracht?«

Lucia lächelte. Und dann erzählte sie zum ersten Mal einem Fremden von ihrer Kindheit bei den von Speyers und ihrer Pflegemutter Al Shifa.

»Al Shifa, die einen Schatz hütet«, seufzte Clemens schließlich. »Da liegt ein Kodex, der vielleicht die Lösung dieses Rätsels bildet, im Haus eines Juden. Und wir kommen nicht heran!«

Lucia richtete für Clemens ein Lager im Stall. Sie selbst gedachte, in ihrer Mägdekammer zu bleiben, auch wenn das Haus sich nun in ein Hospital verwandelte. Für Lucia war der Gedanke an ein Krankenhaus nicht neu; Al Shifa hatte ihr oft von den berühmten Krankenhäusern im Orient erzählt, und auch die jüdischen Reisenden hatten mitunter die Dienste einer solchen Klinik in Anspruch genommen. Clemens lauschte ihren Vorstellungen hier eher mit Verwunderung. Bislang waren ihm Krankenhäuser nur in Form von Pesthäusern und Verwahranstalten für Sterbende begegnet. Die letzte Ölung durch die Mönche und Priester war hier meist die einzige Behandlung, welche die Kranken erhielten.

Lucia dagegen träumte von einem angenehmen Ort der Pflege und Genesung; sie freute sich fast auf die vor ihr liegende Aufgabe, die Kranken zu betreuen. Doch ehe sie einschlief, dachte sie auch an den Kanon des Ibn Sina. Clemens hatte recht: Da ruhte ein Schatz medizinischen Wissens in einer Bibliothek, in der er niemandem von Nutzen war. Bislang konnte Al Shifa ihn noch lesen, nach ihrem Tod aber würde es nur noch eine wertvolle Handschrift sein und nichts Hilfreiches. Und es war ungerecht! Der Kodex hatte Al Shifa gehört! Und die hätte ihn gern an Lucia weitergegeben, nicht an Esra und David, die kein Wort Arabisch konnten!

Ein wenig trunken, wie sie war, machte Lucia abenteuerliche Pläne, den Kodex zu entwenden. Gemeinsam mit Clemens.

Es war schön, sich vorzustellen, etwas gemeinsam mit Clemens zu tun ...

6

Clemens von Treist brachte schon am nächsten Vormittag die ersten Kranken in die Augustinergasse. Er war zwar erst wenige Tage in Mainz, doch seine seltsame Gewandung hatte ihn als Pestarzt bekannt gemacht. Im Gegensatz zu den eingesessenen Ärzten stand er auch nicht in dem Ruf, nur Reiche zu behandeln, und so scheuten sich die verzweifelten Angehörigen der Kranken nicht, ihn anzusprechen. Die Erste war eine Mutter, deren Kinder an der Pest erkrankt waren. Sie selbst spürte es in der Aufregung nicht, doch auch ihre Augen glühten schon fiebrig. Clemens verwies sie und ihre zwei Mädchen an Lucia, die ihnen Strohsäcke anbot, Umschläge um die Pestbeulen der Kinder legte und der Mutter Tee anbot, um das Fieber zu senken.

Clemens ging derweil zu den Mönchen, um seine Sachen zu holen. Wie erwartet empfing man ihn nicht gerade mit Begeisterung, hatte er das Hospiz doch gestern ohne Abmeldung verlassen und war nicht zur Abendmesse zurückgekehrt. Die Totengräber hatten zudem erzählt, er sei mit einem Mädchen auf den Gräberfeldern gesehen worden – für die Ordensleute ein Beweis dafür, dass er sich der Unzucht ergeben hatte. Die Gründung eines neuen Pesthauses in der Augustinergasse verwunderte die Brüder, doch sie ließen die Angelegenheit weitgehend unkommentiert.

»Vergesst nur nicht, Euch der Dienste eines Priesters zu versichern, der die Sterbesakramente erteilt!«, ermahnte ihn der Abt.

Clemens versicherte ihm, das werde nicht unterbleiben. Zähneknirschend, aber pflichtbewusst wandte er sich denn auch gleich an den Priester von St. Stephan, der nächstgelegenen Kirche. Er fand ihn fiebernd und von Krämpfen geschüttelt in der Sakristei.

Ein weiterer Patient für sein Pesthaus.

In den nächsten Tagen füllte sich das Haus in der Augustinergasse mit Kranken, aber die Totengräber trugen sie auch sehr schnell wieder hinaus. Sie spotteten über die gelüfteten Krankenzimmer und die reinlichen Laken. Lucia kam aus dem Waschen nicht mehr heraus, hatte aber immerhin ein paar pflichtbewusste Angehörige der Kranken rekrutiert, bei der Pflege zu helfen. Wer in ihrem Krankenhaus starb, musste zumindest nicht elend verrecken.

Dann aber erholten sich die ersten Kranken.

Clemens' erste Patientin, die junge Mutter, folgte ihren Töchtern nicht in den Tod. Sie starb auch nicht, wie Lucia befürchtet hatte, an gebrochenem Herzen wie Meister Clemens. Stattdessen brachen ihre Pestbeulen nach drei Tagen auf und heilten dann sauber unter den Rotweinkompressen ab. Die Frau, Katrina mit Namen, dankte dem Himmel und blieb im Hospital, um bei der Pflege zu helfen. Sie ließ sich nicht abwimmeln, und zu Clemens' Verwunderung steckte sie sich kein weiteres Mal an.

»Das ist bei Blattern auch so«, erinnerte Lucia sich an eine Notiz von Ar-Rasi. »Wenn man einmal davonkommt, ist man vor der Krankheit gefeit.«

Der Nächste, der sich erholte, war der Pfarrer von St. Stephan. Der Gottesmann verbuchte dies als Wunder, blieb dem Pesthaus in der Folge jedoch tunlichst fern. Lucia, Katrina und Clemens verbrachten viel Zeit damit, in den umliegenden Gemeinden nach Priestern zu suchen, die bereit waren, den Sterbenden die Sakramente zu erteilen.

Während Lucia und Clemens die Kranken pflegten und experimentierten – neben den Rotweinkompressen versuchten sie auch, die Beulen mit Breiumschlägen oder Essigwaschungen aufzuweichen –, verlor sich die Stadt immer mehr in Exzessen jeder Art. In den Schenken wurde oft schon tagsüber gefeiert und getrunken; man tanzte auf den Gräbern der Pestopfer und betäubte so seine Angst.

Gleichzeitig blühte der verzweifelte Handel, der Krankheit durch Buße für echte und vermeintliche Sünden zu entgehen. Reiche Bürger spendeten Unsummen an die Kirche, um sich freizukaufen; Arme krochen nackt und betend auf Knien durch die Straßen und geißelten sich. Die Bewegung der Flagellanten, in den letzten Jahrzehnten durch die Kirche verdammt und eingedämmt, flackerte wieder auf. Der Legende nach hatte ein Engel die Menschen zur Selbstgeißelung zur Errettung der Welt aufgefordert, und dem kamen die Geißler jetzt nach.

Es hieß, dass ein Trupp von dreihundert Geißlern den Rhein entlangzog und seine Lehre verkündete. Natürlich wollten diese Leute verpflegt werden, und wo die Bürger nicht willens waren, sie zu verköstigen, plünderten und raubten sie. Dies brachte das Volk gegen sie auf, obwohl es die Lieder der Flagellanten gern aufnahm. Im Gegensatz zu den Priestern begleiteten sie ihre Prozessionen mit Bittgesängen auf Deutsch – und es hieß, dass sie manchmal Wunder taten und Kranke heilten.

In Mainz kam es beinahe zu einem Volksaufstand, als die Geißler vor den Toren standen und Einlass begehrten.

»Ein Hexenkessel!«, berichtete Clemens, der in einer der umliegenden Schenken Nachschub an Rotwein besorgt hatte. Lucia und Katrina wagten das längst nicht mehr. Eine Frau war inzwischen Freiwild in den Straßen von Mainz.

»Die einen meinen, wir könnten nur erlöst werden, wenn wir diese Verrückten einlassen. Die anderen sind der Überzeugung, das mache alles nur schlimmer. Und die letzten Händler auf den Märkten schließen ihre Stände und verstecken ihre Waren. Dreihundert Fresser, die nicht gedenken, ihre Verpflegung zu bezahlen. Die Schenken werden wohl auch schließen!«

Schließlich setzte der Bischof sich durch – und auch der »Judenbischof«, wie die Befürworter der Geißler gehässig herumerzählten. Ersterer tat die Lehre der Flagellanten als ketzerisch ab, der zweite fürchtete Ausschreitungen. Im Zuge der Geißlerumzüge kam es immer wieder zu Angriffen auf jüdische Häuser. Das ohnehin empfindliche Gleichgewicht war bedroht.

Mainz verschloss also seine Tore vor den Frömmlern, die daraufhin in den umliegenden Weinbergen, Bauern- und Gartenhäusern wüteten.

Die Zahl der Pesttoten in der Stadt stieg auf fast hundert Personen am Tag. Wieder war von Brunnenvergiftungen die Rede.

Lucia und Clemens zogen nach einem Monat Bilanz und versanken trotz einer beeindruckenden Zahl Überlebender weiter in Trübsal.

»Es sterben weniger Frauen als Männer«, erklärte Clemens. Die Hitze hatte endlich nachgelassen; stattdessen regnete es seit Tagen, und er saß am Feuer. Lucia beheizte die Feuerstellen jeden Tag, seit man die Wärme wieder ertragen konnte. Brennmaterial fand sich reichlich. Auch wenn es nicht zu den üblichen Maßnahmen der Pestbekämpfung gehörte, hatte sie fast sämtliche Kleider der hereinkommenden Kranken verbrannt. Die meisten steckten voller Flöhe. »Und alte Männer sterben nicht so oft wie junge.«

Lucia hatte Kräuter ins Feuer geworfen, und so fühlten beide sich geschützt genug, um Maske und Schleier abzunehmen. Lucia freute sich auf diese wenigen vertrauten Stunden mit Clemens in der alten Werkstatt des Meisters Wormser. »Wenn ich nur wüsste, was das zu bedeuten hat.«

»Es bedeutet, dass Frauen stärker sind als Männer!«, neckte Lucia ihn. »Deshalb hat Gott es ihnen auferlegt, die Kinder zu gebären.«

In der letzten Zeit kam es zwischen den beiden immer häufiger zu harmlosen Tändeleien. Lucia fühlte sich geborgen in Clemens' Beisein, und Clemens freute sich an ihren Wortspielen und klugen Bemerkungen. Wenn er den ernsten Pestarzt abstreifte, erwies er sich als lebhaft und einfallsreich – und manchmal ertappte Lucia sich bei dem Gedanken, wie seine vollen Lippen wohl zu küssen verstanden.

»Warum habt Ihr eigentlich noch keine Frau, Meister Clemens?«, zog sie ihn auf. »Fürchtet Ihr Euch vor Evas Stärke?«

»Welche Frau will schon einen Pestarzt zum Mann?«, erwiderte Clemens. Es sollte launig klingen, doch ein Hauch von Schmerz schwang in seiner Stimme mit. »Oder einen Hinkefuß? Im Westfälischen, wo ich geboren wurde, munkelte man, meine Familie sei verflucht. Alle fünf Kinder erkrankten im gleichen Jahr. Eine seltsame Krankheit – erst befiel uns ein Fieber, dann schmerzte und versteifte sich der ganze Körper, bis das Kind nicht mehr atmen konnte. Mein Bruder und ich überlebten. Doch bei ihm blieben beide Beine steif, und er starb im Jahr darauf. Bei mir war es nur ein Bein. Meine Mutter tat alles, mich zu unterstützen. Sie gab mir zwei Stöcke und ließ nicht locker, wenn ich vor Schmerzen weinte, als ich wieder laufen lernte. Schließlich erholte ich mich. Für die Priester war das Teufelswerk. Wären wir eine Bürgerfamilie gewesen oder gar arm, hätte man meine Mutter und mich womöglich als Hexer verbrannt. Aber wir gehörten dem niederen Adel an; meine Mutter war entfernt verwandt mit den Fürsten zur Lippe. So wagte niemand, uns anzurühren. Und ich fühlte mich auch nicht verflucht. Ich wollte wissen, warum ich krank geworden war. So wurde ich Medikus, gegen den Willen meiner Eltern. Sie hatten zwar nach mir noch einen Sohn, aber ich war der älteste, und wenn ich schon nicht zum Ritter taugte, so wollten sie mich eher ins Kloster schicken als an eine Universität. Aber ich setzte mich durch, ging nach Salerno ... und weiß immer noch nichts! Nur, dass ich es jetzt mit gelehrteren Worten ausdrücken kann.«

Lucia lachte und rückte ein wenig näher an ihn heran, nachdem sie weitere Kräuter ins Feuer geworfen hatte. Sie störte sich nicht an seinem Hinken. Im Gegenteil, sie mochte es, dass er sich trotzdem so aufrecht hielt wie ein Ritter und allem Spott trotzte.

»Ich habe noch mal über den Kanon der Medizin nachgedacht«, sagte sie dann und holte tief Luft. »Ich glaube, ich werde ihn stehlen.«

»Du wirst *was?*« Wenn Clemens erregt war, neigte er dazu, Lucia zu duzen. »Du kannst doch nicht ...«

»Und ob! Ich mach's während der nächsten Bittprozession!« Lucia hatte sich bereits alles zurechtgelegt und schilderte ihren Plan jetzt mit funkelnden Augen. »Die Prozessionen führen durchs Judenviertel. Und die Juden wagen sich derweil nicht aus ihren Häusern.«

»Umso schlimmer«, bemerkte Clemens. »Sie sitzen auf ihren Schätzen!« Der junge Arzt schüttelte den Kopf.

»Sie sitzen im dritten Stockwerk«, erklärte Lucia. »Und Herr von Speyer ist wahrscheinlich sowieso in seinen Speicherräumen am Rhein. Er hat kein richtiges Kontor im Haus, und er wird es sich längst abgewöhnt haben, wegen jeder Prozession daheimzubleiben und das Händchen seiner Frau zu halten. Das Bücherkabinett ist im zweiten Stock, Frau Sarah betritt es kaum. Ich kann hineinschlüpfen und den Kodex holen. Nur der Weg an der Küche vorbei ist brenzlig. Wenn das Tor zum Korridor und Treppenhaus aufsteht, könnte die Köchin mich sehen.« Lucia schaute Clemens beifallheischend an.

»Ist die Köchin nicht deine Al Shifa?«, fragte er. »Vielleicht würde sie dir ja helfen? Kannst du sie nicht auf dem Markt fragen, ob sie dir den Kodex hinausschmuggelt?«

Lucia runzelte die Stirn. »Wo findet hier noch ein nennenswerter Markt statt?«, erkundigte sie sich. »Im Judenviertel vielleicht, aber da traue ich mich nicht hin. Man würde mich erkennen und Sarah davon berichten. Und Al Shifa würde mir auch nicht helfen. Sie ist den von Speyers treu ergeben. Und sie ist keine Diebin!«

»Was würden sie denn mit dir machen, wenn sie dich erwischen?«, fragte Clemens heiser. »Versteh mich richtig, Lucia, ich will diesen Kodex. Aber wichtiger bist du . . .«

Lucia blickte ihn erstaunt an; dann sah sie die Liebe in seinen Augen. Was sie bislang für Duldsamkeit und Freundlichkeit gehalten hatte – dieses warme, verständnisvolle Leuchten –, war aufrichtige Liebe. Wie hatte sie es bis jetzt übersehen können?

Clemens tastete unsicher nach ihren Händen. »Wenn ich dich verlieren würde . . .«

Lucia nahm seine langen, schlanken Finger zwischen ihre.

»Du verlierst mich nicht«, sagte sie leise. »Ich werde vorsichtig sein. Und was können sie mir schon tun? Wenn sie mich melden, muss ich vielleicht eine Buße entrichten, weil ich in ein Judenhaus eingedrungen bin. Aber mehr dürfte kaum passieren. Außerdem sind die Leute abergläubisch, allen voran die Stadtbüttel. Glaubst du, da berührt einer die Herrin des Pesthauses?«

Lucias und Clemens' Pesthaus war längst in ganz Mainz bekannt. Dabei war sein Ruf durchwachsen. Ein Teil der Bürger schwärmte von den Heilungen, die hier mitunter erfolgten – andere befürchteten die Einwirkung des Teufels, und die Totengräber munkelten, dass hier immer wieder Menschen ohne Letzte Ölung auf die letzte Reise gingen. Letzteres war nicht Lucias und Clemens' Schuld, sondern die der Priester, die jedes Pesthaus mieden wie der Teufel das Weihwasser. Doch in den Hospizen der Mönche und Nonnen konnte es natürlich nicht passieren.

Clemens ließ Lucias Hand los und streichelte ihr zärtlich die Wange. Eine Haarsträhne hatte sich unter der Haube gelöst, und er strich sie zurück.

»Ich würde dich gern berühren«, sagte er heiser.

Lucia bot ihm den Mund zum Kuss.

Die nächste Bittprozession fand bereits zwei Tage später statt, und Lucia bestand darauf, sich ihr anzuschließen. Dabei war sie längst mit Clemens übereingekommen, dass die Teilnahme an den religiösen Übungen nicht vor Ansteckung schützte. Im Gegenteil, an den Tagen nach den Umzügen häuften sich die neuen Pestfälle. Lucia schützte sich durch Clemens' Wachsmantel, der ihr auch gegen den beständigen Regen half. Außerdem verschleierte sie sich.

Die Prozessionen liefen nun nicht mehr so geordnet ab wie in den ersten Wochen der Pest. Zwar gingen immer noch Priester mit Kerzen und Fahnen voraus, doch innerhalb des Zuges gab es Selbstgeißelungen, und die Menschen intonierten die Gesänge der Flagellanten:

> *»Nun hebet eure Hände, dass Gott dies große Sterben wende! Nun hebet eure Arme, dass Gott sich über uns erbarme! Jesus, durch deine Namen drei, mach, Herre, uns von Sünden frei! Jesus, durch deine Wunden rot, behüt uns vor dem jähen Tod!«*

Nach Betreten des Judenviertels häuften sich auch Sprechchöre gegen die Hebräer:

»Brunnenvergifter, kommt aus euren Höhlen!
Stellt euch eurer Strafe, ergebt euch der Sühne!«

Verständlicherweise ließ sich kein Jude auf der Straße sehen. Lucia glaubte fest an ihren Plan. Vielleicht hatte sich ja auch die jüdische Köchin nach oben in Sarah von Speyers Räume verzogen.

Trotzdem klopfte ihr Herz heftig, als sie sich durch den Torbogen schlich, während die Prozession singend und lärmend das große Haus in der Schulstraße passierte.

Niemand war im Hof, aber die Küchentür war natürlich verschlossen.

Lucia schlich sich zum Pferdestall. Es gab hier eine Verbindungspforte zu den Wirtschaftsräumen, die den Hausmädchen auch den Weg auf den Abtritt im Hof erlaubte, ohne sich bei schlechtem Wetter nass regnen zu lassen. Außenstehende kannten diese Pforte nicht; sie wurde praktisch nur vom Küchenpersonal benutzt. Wenn der Stall allerdings auch verschlossen war ...

Lucia beruhigte sich mit dem Gedanken, dass Benjamin von Speyer den Pferdestall fast nie verschloss. Er hatte auf einer seiner Reisen ein Pogrom erlebt, in dessen Verlauf ein Haus angesteckt worden war. Seine Gastgeber und er hatten fliehen können, doch der Stall war verschlossen gewesen. Die darin untergestellten Maultiere waren jämmerlich verbrannt. Von Speyers Tieren sollte ein solches Schicksal nicht widerfahren. Auch deshalb gab es die Pforte zwischen Stall und Haus. Bevor die Menschen flohen, sollten die Tiere losgebunden werden. Wenn sie dann aus dem Stall stürmten, würde das die Angreifer obendrein ablenken.

Lucia schlüpfte in den Stall. Eines der Pferde wieherte. Das Mädchen flüsterte dem Tier ein paar beruhigende Worte zu und lief dann zur Verbindungstür. Sie war offen! Lucia drückte sich hindurch und musste sich nun ruhig verhalten. Sie hatte oft selbst in der Küche gesessen und die Schritte der Stallknechte gehört, wenn diese zum Essen hereinkamen. Andererseits herrschte draußen immer noch infernalischer Lärm. Lucia durchquerte einen Lagerraum und eine Abstellkammer und öffnete dann die Tür zum Korridor. Wieder hatte sie Glück – die Küche war geschlossen. Sie konnte ungesehen über den Flur und die Treppe hinauflaufen.

Im zweiten Stock ging ihre Rechnung jedoch nicht auf. Er war keineswegs verlassen, wie sie angenommen hatte. Stattdessen vernahm sie Stimmen aus dem Empfangsraum, der hier für Geschäftsfreunde und Besucher des Herrn von Speyer eingerichtet war.

»Da seht Ihr es! Und das erleben wir zwei, drei Mal die Woche! Es ist nicht die Frage, *ob* es zu Ausschreitungen kommt, Reb Abraham, sondern *wann!*«

Die Stimme Benjamin von Speyers. Und Reb Abraham ben Israel. Der »Judenbischof«.

»Ihr habt recht, Herr von Speyer. Ich bin entsetzt. So schlimm hatte ich es mir nicht vorgestellt.« Der Gemeindevorsteher wirkte beinahe verlegen.

»Weil Ihr diese Prozessionen allenfalls vom Domplatz aus verfolgt. Da, wo der Bischof noch die Hand darauf hält! Versteht mich richtig, ich weiß Eure Arbeit zu schätzen. Und auch der Bischof ist ein ehrenwerter Mann. Aber das hier kocht irgendwann über! Kann man nicht dahingehend auf den Bischof einwirken, dass diese Fanatiker wenigstens das Judenviertel aussparen?« Von Speyer schien ernstlich besorgt.

»Ich kann es versuchen«, meinte Reb Abraham schulterzuckend. »Aber ich glaube nicht, dass er viel Einfluss hat. Die Prozessionen werden eher von den Pfarreien organisiert, und den Pfaffen gefällt es, uns zu provozieren. Ich denke, unsere augenblickliche Strategie, sich ruhig zu verhalten, ist die beste.«

»Da habe ich meine Zweifel, Reb Abraham!«, entgegnete Benjamin mit strenger Stimme. Lucia fuhr zusammen. Sie sollte nicht hier sein und lauschen. Sie sollte sich an diesem Raum vorbeischleichen, so schnell sie konnte in die Bibliothek huschen, ihren Kodex holen und verschwinden. Aber sie war wie gelähmt. Zu genau stand ihr vor Augen, wie es die letzten Male gewesen war, als sie diese befehlsgewohnte Stimme gehört hatte.

»Wenn Ihr mich fragt«, fuhr Benjamin fort, »wäre es Zeit, eine Warnung an die Gemeinde auszusprechen. Wer Mainz verlassen kann, sollte gehen!«

»Gehen?«, fragte Reb Abraham gedehnt. »Aber wohin? Wir leben doch hier seit Menschengedenken ...«

»Und das hat den Mob nicht gehindert, die Gemeinde vor zweihundert Jahren fast auszulöschen. Wenn das losbricht, schützt uns keiner mehr. Ich werde in den Süden gehen! Wir haben Verwandte in Landshut. Und der Süden blieb bislang von der Pest verschont – der Ewige wird wissen, warum.«

»Ihr wollt also abreisen, Reb Speyer? Meint Ihr, das sei das richtige Zeichen?« Der Judenbischof klang tadelnd.

»Das ist mir völlig gleich, Abraham! Ich will, dass meine Familie überlebt. Und ich sitze auf glühenden Kohlen! Aber meine Tochter ist schwanger und will die Niederkunft hier erleben. Lea wartet zudem auf ihren Gatten, der bald von einer Reise zurückkehren sollte. Vorher will sie nicht weg; sie befürchtet, er könnte sie nicht wiederfinden! Völliger Unsinn natürlich, aber Ihr wisst, wie Frauen sind. Doch sobald mein Schwiegersohn zurück ist – David, mein Sohn, ist ebenfalls auf der Heimreise –, sobald sie ankommen und das Kind geboren ist, verlassen wir Mainz.«

Lucias Starre löste sich allmählich. Sie musste handeln, sonst war der Kodex womöglich verpackt und nach Landshut gebracht, ehe sie ihn an sich bringen konnte. Sie rannte am Empfangsraum vorbei und stürmte in die Bibliothek. Der Kodex lag nicht an seinem Platz. Jemand musste umgeräumt haben.

Lucia ließ den Blick hektisch über die Bücherreihen wandern. Da, ganz oben, in einem der höchsten Regale! Niemals reichte sie dort hinauf. Lucia zog sich den hohen Stuhl heran. Doch auch, wenn sie ihn erkletterte, war es hoffnungslos...

Der Tisch! Mühsam zog sie das schwere Eichenmöbel zum Regal. Es quietschte, als es über den Kachelboden rutschte. Wenn man das bloß nicht nebenan hörte!

Lucia hielt verängstigt inne, zwang sich dann aber weiterzumachen. Die beiden Männer sprachen mit erhobenen Stimmen, und draußen tobte der Mob. Das scharrende Geräusch aus der Bibliothek würde niemand vernehmen. Und es war gleich geschafft. Wenn sie sich ein bisschen streckte...

Doch auch vom Tisch aus erreichte Lucia die oberste Regalreihe nicht. Außer Atem wuchtete sie den Stuhl auf den Tisch und kletterte hinauf. Die Höhe war schwindelerregend, aber die Handschrift war nun leicht greifbar. Aufatmend zog Lucia den Kodex an sich. Jetzt nur noch hinunter und hinaus aus der Bibliothek!

Das Beste wäre natürlich, alles wieder an seinen Platz zu stellen. Dann würde niemand den Kodex vermissen... monatelang, vielleicht Jahre nicht. Und schließlich würde man denken, er sei beim Umzug verloren gegangen. Aber Lucia fehlten die Zeit und die Kraft. Sie würde alles stehen lassen. Nur herunter, nur...

In ihrem Eifer, wieder festen Boden zu erreichen, stützte sie sich am Stuhl ab und brachte ihn dabei zu Fall. Mit schrecklichem Getöse polterte der Stuhl vom Tisch zu Boden, wobei er das Lesepult streifte und ebenfalls zu Fall brachte.

Das konnten die Männer im Nebenzimmer unmöglich überhört haben.

Lucia drückte den Kodex an sich und wandte sich panisch zur Tür. Wenn sie nur noch den Korridor erreichte, ehe von Speyer reagierte! Dann hatte sie wenigstens die Chance, an den überraschten Männern vorbei zu flüchten.

Aber bevor Lucia die Tür aufstoßen konnte, wurde diese bereits von außen geöffnet. Lucia erwartete, Benjamin von Speyer zu sehen. Doch vor ihr stand Al Shifa!

Die Maurin erfasste die Situation mit einem Blick. Das Mädchen, der Kodex – und das Chaos im Bücherkabinett. Lucia sah sie verzweifelt an. Hinter sich hörte sie Stimmen.

»Was ist da los? Al Shifa? Brichst du das Haus ab, oder was?«

Lucia hielt den Atem an. Al Shifa musste sich jetzt entscheiden.

Die Maurin wandte sich um.

»Mir ist ein Stuhl umgefallen, Herr, auf den ich steigen wollte, um die Handschrift des Ibn Sina aus dem Regal zu holen. Ich bringe es gleich in Ordnung, beunruhigt Euch nicht.«

Lucia, die sich in eine Ecke des Raums geflüchtet hatte, sah aus dem Augenwinkel, wie die Maurin sich zum Korridor hin verbeugte. Sie verdeckte dabei die Tür.

»Aber ich sollte Euch wohl erst eine Erfrischung bringen, Herr. Bei dem Tumult da draußen verlangt es Euch vielleicht nach einem guten Wein von einem Eurer Güter!«

Lucia bewunderte wieder einmal das diplomatische Geschick der Maurin. Der Judenbischof war als Weinkenner bekannt. Und die Weingüter der von Speyers vor Mainz gehörten zu den besten. Benjamin konnte seinem Besucher kaum die Freude verwehren, die neuesten Erzeugnisse zu probieren. Auch wenn er selbst vielleicht lieber sein geliebtes Bücherkabinett inspiziert hätte.

Auf ein Zeichen von Al Shifa verkroch Lucia sich tiefer in ihre Ecke, während die Maurin die Männer zurück in den Empfangsraum geleitete. Das Mädchen wusste nicht, ob Al Shifa den Wein schon bei sich gehabt hatte oder wie sie die beiden Männer ruhig stellte, während sie ihn holte. Die nächsten Augenblicke jedenfalls gehörten zu den längsten in Lucias Lebens.

Dann kehrte Al Shifa zurück. Sie war wohl tatsächlich heraufgekommen, um den Männern den Wein zu kredenzen. In so kurzer Zeit hätte sie es kaum in die Küche und wieder herauf geschafft. Lucia atmete auf. Man hatte sie nicht erwischt. Aber bestimmt würde Al Shifa darauf bestehen, dass sie den Kodex zurückgab. Lucia wappnete sich gegen tadelnde Worte. Diese blieben jedoch aus.

»Sei gegrüßt, Tochter«, sagte Al Shifa stattdessen leise. Lucia wollte sie umarmen, doch die Maurin wehrte ab. »Ich habe mich schon lange gefragt, wann du kommst. Meine Lucia, die Pestärztin von Mainz.«

»Pestärztin?«, fragte Lucia.

Al Shifa nickte. »So nennen sie dich. Und so erfüllst du mich bis zuletzt mit Stolz.«

»Aber ich bin doch hier, um zu stehlen! Ich dachte...« Lucia verstand die Welt nicht mehr.

»Du bist hier, um dein Erbe zu holen. Es tut mir leid, dass es so schwer war. Wer hat den Kodex nur dort oben hingelegt? Aber wenn der Diebstahl dein Gewissen belastet – du kannst dich beruhigen, ich hätte dir das Buch heute ohnehin gebracht.«

»Aber du hast mir gesagt, es gehöre den von Speyers, weil du den von Speyers gehörst...« Lucia wusste, dass sie nicht reden, sondern fliehen sollte, aber sie musste das alles erst begreifen.

»Ich gehöre den von Speyers nicht mehr«, sagte die Maurin würdevoll. »Ich gehöre nur noch Allah.«

Damit hob sie den rechten Arm und ließ ihren weiten Ärmel über die Schulter gleiten. Entsetzt erkannte Lucia die Beulen der Pest.

»Al Shifa, Mutter... du musst zu uns kommen, vielleicht können wir helfen. Clemens und ich werden alles tun!«

Die Maurin lächelte. »Clemens und du! Du bist also über den kleinen David hinweg. Besser so! Und vielleicht ist dieser Clemens ja deiner würdig. So Allah will, werde ich ihn heute Nacht sehen. Ich verlasse dieses Haus, wenn die ersten Sterne am Himmel erscheinen. Und nun komm, ich geleite dich sicher hinaus.«

Al Shifa hustete, als sie Lucia über die Treppe hinausführte. Das Mädchen sah jetzt auch den fiebrigen Glanz in den Augen der Maurin.

»Du bist sicher, dass du es schaffst? Warum kommst du nicht gleich mit?« Lucia sah sie besorgt an.

»Ich werde das Bücherkabinett in Ordnung bringen. Ich will nicht, dass man meiner als Diebin gedenkt. Und ich werde den von Speyers bis zu meinem letzten Tag dienen, wie ich es versprochen habe.«

Al Shifas Hand fuhr leicht wie ein Windhauch über Lucias Wange.

»Und nun geh, mein Kind. Allah beschütze dich!«

7

Du irrst dich da nicht? Sie haben die Beulen tatsächlich aufgeschnitten?« Clemens kam nicht über die erste, hastige Übersetzung hinweg, die Lucia ihm aus dem Stegreif geliefert hatte. Das Kapitel über die Pest hatte sich im Kanon der Medizin schnell gefunden, doch ein paar der vorgeschlagenen Therapien erschienen dem Medikus beinahe undenkbar.

Lucia nickte unkonzentriert. Sosehr auch sie die Lektüre faszinierte – sie fieberte vor allem dem Sonnenuntergang entgegen und der Ankunft von Al Shifa. Am Morgen hatte es so ausgesehen, als werde die Maurin den Tag noch aufrecht überstehen. Doch Lucia wusste nur zu gut, wie schnell die Pest ihre Opfer dahinraffte. Die meisten glühten längst vor Fieber und konnten sich nicht mehr von ihrem Lager erheben, wenn sich die ersten Beulen zeigten. So gesehen war Al Shifa ein ungewöhnlicher Fall. Vielleicht war das ja ein gutes Zeichen! Lucia betete zu Gott und Allah, dass es ihnen gelingen würde, ihre Ziehmutter zu retten.

Vorerst jedoch gab es kein Zeichen von Al Shifa, und Clemens war so begierig auf den Text des Ibn Sina, dass er Lucia kaum erlaubte, sich um die Kranken zu kümmern. Katrina und ein paar Angehörige übernahmen das allerdings gern. Sie munkelten von einem »Wunderbuch«, das womöglich für all ihre Lieben die Wende bringen würde. Clemens und Lucia studierten in der ehemaligen Werkstatt, was Lucia recht war. So behielt sie den Eingang im Auge. Und auch sonst genoss sie die Ungestörtheit. Clemens hielt sie im Arm, während sie aus dem Kanon vorlas. Er hatte ihre Haube gelöst und streichelte selbstvergessen ihre Locken. So viel Schönheit ... doch ihre süße, singende Stimme sprach vom Tod.

»Auch im Morgenland sind die meisten am Fieber gestorben«, gab sie die Berichte des großen Mediziners wieder. »Und die Ärzte haben beobachtet, dass das Fieber sehr schnell sank, sobald sich die Pestbeulen öffneten. Also haben sie versucht, sie zum Reifen zu bringen. Ähnlich wie wir, doch Ibn Sina empfiehlt statt Wein eher Senf und Umschläge mit gekochten Zwiebeln, vermischt mit Butter. Also werden wir das morgen gleich probieren. Aber die Araber haben eben auch versucht, die Beulen aufzuschneiden oder auszubrennen.«

»Das muss den Opfern furchtbare Schmerzen bereitet haben!«, gab Clemens zu bedenken. »Und es ist auch unvereinbar mit dem Stand des Medikus.«

Clemens selbst hatte nie ein Skalpell geführt. Das überließ man den von studierten Medizinern verachteten Ständen der Bader und Chirurgen.

»Damals nicht«, meinte Lucia und schaute zum hundertsten Mal zur Tür. »Im Kanon gibt es vielfältige Anweisungen zu Operationen. Man trennte im Morgenland wohl nicht zwischen Bader und Medikus. Und was die Schmerzen anging: Es gab Mittel, sie zu betäuben. Die Patienten schliefen während der Operation.«

Clemens schüttelte den Kopf. »Lucia, niemand schläft, während man mit Messern an ihm herumschneidet!«

»Man tränke einen Schwamm mit dem Saft von Haschisch, Wicken und Bilsenkraut«, las Lucia. »Dann lasse man ihn in der Sonne trocknen. Wird er dann gebraucht, so feuchte man ihn an und stecke Schwammstückchen in die Nase des Patienten. Der Körper wird die Säfte aufnehmen, und der Kranke versinkt alsbald in Tiefschlaf. Er wird auch die unerträglichsten Schmerzen nicht mehr spüren und erst langsam erwachen, nachdem man die

Schwämme entfernt hat. Wicken und Bilsenkraut haben wir. Aber was ist Haschisch?«

Während Clemens noch überlegte, regte sich endlich etwas an der Pforte. Lucia sprang auf und wand rasch einen Schleier um ihr Haar.

Draußen standen zwei Frauen, die eine schwer auf die andere gestützt. Beide waren verschleiert.

»Al Shifa?«, fragte Lucia hoffnungsvoll. Dann erkannte sie die zweite Frau. »Lea! Mein Gott, Lea, auch du?«

»Lass uns erst einmal herein, ich muss von der Straße weg. Wenn jemand mich als Jüdin erkennt ...« Lea hatte ihren Mantel wieder einmal so drapiert, dass man die Judenringe nicht sehen konnte.

Lucia zog die beiden ins Haus, wo Al Shifa langsam in sich zusammensank. Sie hustete wieder. Lucia fing sie auf. Sie hätte einen Mundschutz tragen müssen, doch bei Al Shifa vergaß sie alle Vorsicht.

Clemens war diesmal umsichtiger. Er hatte seine Schnabelmaske angelegt, ehe er Lucia die Bewusstlose aus den Armen nahm und in ein Krankenzimmer im ersten Stock trug.

Lucia und Lea standen einander gegenüber und wussten nicht, was sie sagen sollten.

»Ich hoffe, ich belästige dich nicht«, bemerkte Lea schließlich spröde.

Lucia errötete. »Ich hab das nicht so gemeint. Es tut mir leid, Lea.«

Lea lächelte. »Sollten wir damit nicht langsam aufhören? Mit dem Entschuldigen, meine ich. Die letzten Male, die wir uns trafen, haben wir immer nur ›Es tut mir leid‹ gesagt. Das reicht doch jetzt, oder?«

Lucia gab das Lächeln zurück. Das war typisch Lea! Sie hatte das Gefühl, eine Freundin wiederzufinden.

»Ja, es reicht jetzt«, erwiderte sie fest. »Aber nun sag, Lea, bist du krank? Ist die Pest im Haus deiner Familie?« Sie musterte die Freundin ängstlich, doch Lea wirkte nicht krank. Im Gegenteil, sie sah blühend aus; die Schwangerschaft schien ihr gut zu bekommen.

Lea schüttelte denn auch den Kopf. »Bislang waren alle gesund. Aber nun Al Shifa ... und es tut mir so leid, Lucia! Es ist so ungerecht! Sie muss es sich in der Stadt geholt haben, auf den Märkten. Sie bestand darauf, alle Besorgungen allein zu machen, so gefährlich es auch für sie war. Meine Mutter ließ sie nicht mehr aus dem Haus. Und mein Vater unterstützte sie darin. Er würde uns alle am liebsten einmauern. Al Shifa war ihm allerdings nicht so wichtig. Und nun ist sie krank...«

»Du hast sie immerhin hergebracht«, meinte Lucia und staunte über den Mut ihrer sonst oft so oberflächlichen und flatterhaften Freundin. »Allein hätte sie es nicht mehr geschafft, oder?«

Lea schüttelte den Kopf. »Ich wollte meine Mutter besuchen, und sie sagte mir, Al Shifa sei krank. Sie habe sie zu Bett geschickt. Aber das war auch alles, du kennst ja meine Mutter. Sie ist lieb und gut, aber wenn etwas nicht in ihrem Sinne ist, will sie nichts davon hören. Ich glaube, in all den Monaten ist ihr das Wort ›Pest‹ noch nicht einmal über die Lippen gekommen. Ich bin dann in Al Shifas Kammer gegangen und fand sie glühend vor Fieber. Sie flüsterte nur noch deinen Namen. Na ja, und jeder kennt das Pesthaus in der Augustinergasse. Und die Pestärztin Lucia.«

Lucia errötete wieder. Erneut dieses Wort: Pestärztin. Lucia beschloss, ihre Anstrengungen zur Bekämpfung der Seuche zu verdoppeln. Sie musste diesem Titel Ehre machen! Und sie brannte darauf, sich um Al Shifa zu kümmern! Aber die Höflichkeit gebot, zunächst noch ein paar Worte mit Lea zu wechseln.

»Willst du noch hierbleiben? Möchtest du einen Becher Wein?«, bot sie halbherzig an.

Lea schüttelte den Kopf. »Es ist zu gefährlich. Die Straßen werden mit jeder Stunde unsicherer ... ich verstehe nicht, was die Leute so toll macht. Man möchte doch meinen, die Seuche sei ein Grund zur Trauer und zur Klage. Im Judenviertel sind in jedem zweiten Haus die Spiegel verhängt, und die letzten Überlebenden sitzen Kaddisch. Die Christen aber tanzen und trinken und lachen, als gäbe es kein Morgen mehr!«

»Das hoffen sie wahrscheinlich«, sagte Lucia leise. »Sie versuchen, das Leid zu vergessen. Was ist mit deinem Gatten, Lea? Ist er immer noch auf Reisen?«

Lea nickte. »Und ich sorge mich sehr um ihn. Die Pest wütet ja nicht nur hier; es kann ihn an vielen Orten dahingerafft haben. Vielleicht wartet er aber auch nur ab. Das machen reisende Juden oft. Es ist besser, ein Jahr in einer fremden Gemeinde zu verbringen, als sich in Gefahr zu begeben, wenn irgendwo Pogrome drohen. Mein Vater vermutet Juda im Süden des Reiches. Aber ich glaube es nicht. Juda liebt mich! Er würde mich nicht allein lassen, wenn es irgendeine andere Möglichkeit gäbe.«

Lucia zog die Freundin an sich.

»Ich weiß, wie du dich fühlst!«, sagte sie. »Oh, Lea, ich weiß, wie es ist, wenn man liebt! Ich dürfte es nicht sagen, aber trotz all dieses Elends hier war ich nie so glücklich! Clemens ...«

»Der Pestarzt?« Leas Gesicht verzog sich zum vertrauten, verschwörerischen Kichern. »Der Hinkende mit dem Schnabel? Ganz Mainz rätselt, ob sich dahinter wohl eine normale Nase verbirgt.«

Lucia kicherte mit. Es war wieder wie damals, als sie Kinder waren.

»Die schönste und edelste Nase, die man sich wünschen kann!«, behauptete sie. »Clemens ist ein schöner Mann, aber sein Bein ist seit seiner Kindheit lahm ...«

»Und verwachsen?«, fragte Lea.

Lucia runzelte die Stirn. »Woher soll ich das denn wissen?«

Lea lachte. »So habt ihr also noch nicht Hochzeit gefeiert? Das solltet ihr bald tun! In diesen Zeiten ...«

Lucia verdrehte die Augen. »Lea, wir haben kaum Zeit, einen Pfarrer zu suchen, der unseren Kranken die letzte Ölung gibt.«

»Aber wenn ihr gerade mal einen da habt, kann er euch doch auch gleich trauen, oder?«, meinte Lea. »Und wenn nicht, dann macht ihr's eben ohne Rabbi. Zwei Zeugen sollen sich wohl finden.«

Die jüdische Eheschließung sah zwar den Segen durch einen Rabbiner oder Cantor vor, dringend notwendig war es aber nicht. Und auch christliche Paare ließen ihre Verbindung oft erst nach dem Vollzug der Ehe segnen.

»Ihr solltet jedenfalls nicht warten. Du würdest es ewig bereuen, wenn die Pest ihn dahinrafft, und ihr hättet nie ...«

Lea zwinkerte. Juda hätte sich wirklich kaum eine sinnlichere Braut wünschen können!

Lucia umarmte sie liebevoll, als sie schließlich ging.

»Wir kümmern uns gut um Al Shifa«, versprach sie. »Und du pass auf dich und dein Kind auf!«

»Ich lasse dich holen, wenn es zur Welt kommt!«, erklärte Lea unbekümmert. »Du weißt, dass Rachel vor einigen Tagen verschieden ist?«

Lucia wusste es nicht, bedauerte den Tod der alten Hebamme aber aufrichtig. Sie verdankte Rachel ihr Leben. Und niemand hatte sich die Mühe gemacht, sie von ihrem Tod in Kenntnis zu setzen!

»Deine Mutter wird mich nicht an deinem Kindbett haben wollen«, bemerkte sie.

»Meine Mutter wird nehmen müssen, was sie kriegt!«, meinte Lea hart. »Wir haben zurzeit keine jüdische Hebamme. Und die christlichen kommen nicht in ein Judenhaus. Zudem ist es mein Kindbett und mein Haus! Wir sehen uns, Lucia!«

Lucia dachte über Leas Worte nach, als sie die Treppe hinaufstieg, um sich nun endlich um Al Shifa zu kümmern. Bislang hatte sich ihre Beziehung zu Clemens auf wenige Zärtlichkeiten beschränkt. Sie tauschten Küsse und streichelten einander, aber er hatte nie auch nur ihr Hemd geöffnet. An Heirat hatte Lucia auch nie gedacht, zumal es schwierig werden konnte. Clemens war schließlich von Adel und sie selbst nur ein Findelkind ohne Namen und Mitgift. Wenn er sie freite, heiratete er unter seinem Stand und verlor damit all seine Privilegien. Lucia glaubte nicht, dass irgendjemand bereit wäre, dies für sie auf sich zu nehmen. Aber Lea hatte recht: Es war nicht die Zeit, seine Unschuld zu bewahren, und für wen auch? Die Männer von Mainz starben in den Pesthäusern.

Im oberen Stockwerk bemühte sich Clemens um Al Shifa, aber schon ein Blick in sein Gesicht und vor allem auf den Raum, in dem er sie untergebracht hatte, ließ nichts Gutes ahnen. Al Shifa lag in dem kleinen Kabinett, in das sie nur die Todgeweihten betteten: die Menschen, die an Lungenpest erkrankt waren. Lucia hörte noch Al Shifas Worte: »Die Beulenpest kann man überleben. Die Lungenseuche nie.«

»Du bist sicher?«, fragte sie leise, als sie an Al Shifas Lager trat.

Clemens nickte. »Sie hustet Blut. Es ist kein galoppierender Verlauf, vielleicht wirst du sogar noch mit ihr sprechen können. Aber Rettung gibt es nicht.«

Lucia setzte sich neben ihre Pflegemutter, die Katrina inzwischen entkleidet und in ein sauberes Tuch gehüllt hatte. Auch lagen bereits Kompressen in ihren Armbeugen und ihrer Leistengegend. Clemens hatte sich für Weinkompressen entschieden. Sie wirkten noch am ehesten lindernd auf die Schmerzen der Kranken.

Als Lucia ihre Hand nahm, öffnete Al Shifa die Augen.

»Da bist du, meine Tochter!«, sagte sie leise. »So erfüllt sich mein Wunsch, dich in meiner letzten Stunde bei mir zu sehen. Und das ist ...« Sie wies schwach auf Clemens.

»Das ist der Mann, den ich mir erwählt habe!«

Lucia wusste nicht, was über sie kam; es musste Clemens schockieren, sie so sprechen zu hören. Sie schämte sich in dem Moment, in dem sie die Worte aussprach. Wahrscheinlich verfinsterte sich soeben seine Miene unter der Maske. Aber in dem nur durch Kerzen erhellten Raum war es zu dunkel, den Ausdruck seiner Augen zu lesen.

Aber dann sah sie, dass Clemens neben ihr die Maske sinken ließ.

»Es ist mir eine Freude und eine Ehre, Lucias Mutter kennen zu lernen.«

Al Shifa sah in sein offenes, kluges Gesicht mit den warmen Augen, und ihr schien zu gefallen, was sie sah.

»Die Ehre ist ganz auf meiner Seite«, sagte sie steif und musste dabei husten. »Wenn ihr den Segen einer alten Frau annehmt ...«

Lucia wusste um die Gefahr, aber sie küsste Al Shifas Wange. Clemens tat es ihr nach.

Lucia hatte das Gefühl, keinen weiteren Segen für ihre Verbindung zu brauchen.

Lucia und Clemens verbrachten die letzte Nacht an Al Shifas Lager. Die Maurin war nur selten bei Bewusstsein, und die beiden hatten nicht das Gefühl, als verweigerten sie ihr den Respekt, als Clemens schließlich den Kanon des Ibn Sina holte und Lucia erneut zu lesen und zu übersetzen begann. Al Shifa schien die Worte zu verstehen. Als Lucia zwischendurch kurz innehielt, drückte sie ihre Hand.

Die alte Maurin starb bei Sonnenaufgang des folgenden Tages. Das erste Licht hüllte das Zimmer in ein sanftes Leuchten, und Lucia lächelte ihr zu, als sie noch einmal die Augen aufschlug.

»Lucia«, flüsterte Al Shifa. »Das Licht!«

Lucia weigerte sich, ihre Pflegemutter den Totengräbern zu überlassen.

»Sie werden sie niemals mit dem Gesicht nach Mekka betten und ihren Körper mit Tüchern bedecken. Und auch wenn ich sie jetzt wasche, sie würden sie doch wieder beschmutzen ... Und überhaupt will ich sie nicht in einem Grab, das ein Priester segnet. Sie hätte das gehasst!«, erklärte Lucia.

»Aber was machen wir dann?«, fragte Clemens ratlos. »Wir können sie doch nicht selbst begraben.«

»Warum denn nicht?«, fragte Lucia mutig. »Wir laden sie heute Nacht auf einen Karren und bringen sie auf den Judensand. Die Juden werden schon nichts dagegen haben, dass ...«

»Ausgeschlossen, Lucia! Wenn jemand uns sieht! Stell dir nur vor, zwei Pestärzte buddeln auf dem Judenfriedhof ...«

»Dann begraben wir sie hier«, bestimmte Lucia. »Im hinteren Hof, gleich hinter der Werkstatt. Da kommt doch fast nie jemand hin. Außer uns wird es keiner wissen. Wir brauchen nicht mal einen Stein auf das Grab zu legen. Den Muslimen ist das nicht so wichtig. Wir machen es heute Nacht ...«

Clemens sah sie gequält an. »Lucia, wir sind selbst schon darauf gekommen, und Ibn Sina schreibt es auch: Man soll die Leichen wegschaffen, so weit wie möglich, und sie am besten verbrennen. Und da willst du ...«

»Wir werden das Grab so tief schaufeln, wie es nur geht. Dann werden wir sie mit Erde bedecken und darüber eine Schicht glühende Kohlen werfen. Das ist mehr, als die Totengräber tun. Du musst mir helfen, Clemens! Wenn nicht, tue ich es allein!«

Clemens wusste, dass sie es allein niemals schaffen würde, und so stand er mit dem Spaten im Hinterhof, als die Sonne unterging.

»Hier ist Osten«, sagte er leise in die entgegengesetzte Richtung des letzten Lichtscheins. »Also werden wir das Grab in diesem Winkel anlegen.«

Sie arbeiteten schwer. Allein das Ausheben der Erde dauerte Stunden. Zum Glück hatte es geregnet, und der Boden war hier auch nicht so festgestampft wie im vorderen Hof. Agnes hatte einen kleinen Küchengarten gepflegt, und Clemens hatte die früheren Beete für Al Shifas Grab ausgewählt. Hier war die Erde locker, und es würde sich auch niemand darüber wundern, wenn sie wirkte, als habe man sie umgegraben. Lucia konnte behaupten, sie wolle hier Heilkräuter anpflanzen, die sie in der Apotheke nicht erhielt.

Schließlich betteten sie Al Shifa zur letzten Ruhe, wie der Islam es befahl, und führten auch Lucias selbst erdachte Sicherheitsmaßnahme mit den glühenden Kohlen durch. Vom Grab im Hinterhof ging nun keine Ansteckungsgefahr mehr aus. Was allerdings Lucia und Clemens anging ...

»Wenn wir uns heute nicht die Pest geholt haben, bekommen wir sie nicht mehr«, murmelte Clemens, als sie endlich fertig waren. »Wir haben jeden Schutz vernachlässigt.«

Lucia nickte. »Wir können nur auf Gott vertrauen. Vielleicht ist Allah ja einsichtiger als der Gott der Christen. Aber wir sollten uns wenigstens jetzt gründlich reinigen. Schaffst du es, noch ein paar Wassereimer zu tragen? Katrina und ich haben den Badezuber in die Werkstatt getragen. Ich kann Wasser erhitzen ...«

Clemens warf ihr einen fragenden Blick zu, den sie unschuldig zurückgab. Doch als der Zuber schließlich mit dampfendem Wasser gefüllt war, auf dem getrocknete Rosenblätter schwammen, entledigte Lucia sich ganz selbstverständlich ihrer Kleider.

»Worauf wartest du?«, fragte sie ruhig, während sie nackt in den Zuber stieg. »Das Wasser wird kalt!«

Clemens lächelte. Dann schälte er sich ebenfalls aus seinem Obergewand. Zum ersten Mal sah sie seine Beine; das lahme Bein war dünner und schien schwächer als das gesunde. Aber sonst war Clemens' Körper stark und fest. Lucia betrachtete ihn gern. Und er schien sich im Anblick ihrer Reize völlig zu verlieren.

»Wie schön du bist!«, sagte er andächtig.

Lucia dachte an das Hohelied: »Siehe, meine Freundin, du bist schön...« Wie oft sie gemeinsam mit Lea von diesen Worten geträumt hatte.

»Siehe, mein Freund, du bist schön und lieblich. Mein Freund ist mir eine Traube von Zyperblüten in den Weingärten von En-Gedi.«

Sie flüsterte die Worte, und Clemens verschloss ihr den Mund mit einem Kuss.

In dieser Nacht wurden sie zu Mann und Frau.

8

Die nächsten Monate brachten kein Abebben der Pest in Mainz. Auch den Winter und das Frühjahr über behielt die Seuche die Stadt fest in ihrem Würgegriff, und das Singen und Feiern der Totentänzer wetteiferte mit dem Klatschen der Geißeln auf den nackten Rücken selbsternannter Büßer und dem ständigen lauten Beten der Menschen, die ihr Heil immer noch in Prozessionen von einer Kirche zur anderen suchten.

Lucia und Clemens verlebten dennoch eine glückliche Zeit. Nach wie vor hatte sich keiner von ihnen angesteckt, und sie fanden große Freude an ihrem gemeinsamen Leben. Nachts lagen sie einander in den Armen und entdeckten die Freuden der Liebe jeden Tag aufs Neue. Lucia konnte sich gar nicht mehr vorstellen, was sie einst an Davids ungeschickten Küssen gereizt hatte. Dabei war auch Clemens kein allzu erfahrener Liebhaber. Immer wieder versicherte er Lucia, dass keine Frau vor ihr ihn wirklich gereizt habe. Trotzdem mussten sich auf seinen Reisen Möglichkeiten ergeben haben, die er nutzte, und seine Lehrmeisterinnen waren sicher keine unschuldigen Jungfrauen gewesen. Auf jeden Fall wusste er, wie er Lucia erregen konnte, wie er sie sanft und in immer neuen Varianten zum Höhepunkt führte. Lucia folgte ihm willig und ohne jede Scham. Katrina und die anderen Helfer im Pesthaus wussten von ihrer Liebe und beobachteten lächelnd, wie schwer es ihnen fiel, sich morgens voneinander zu lösen, und wie oft sich auch im Alltag ihre Hände oder Lippen fast beiläufig fanden. Hauptsächlich waren die Tage der Ärzte jedoch der Pflege der Kranken gewidmet – und vor allem dem immer wiederkehrenden Reiz, die

Rezepte des Ibn Sina an den Pestopfern zu erproben. Dabei stellten sich tatsächlich Erfolge ein: Senf- und Zwiebelumschläge brachten die Geschwüre schneller zum Reifen. Manchmal bewirkten sie aber auch eine stärkere Abkapselung, und schließlich gab Clemens Lucias Drängen nach und schnitt die Beulen auf. Sie versuchten sich dabei auch an der Erstellung der Narkoseschwämmchen, aber die Zubereitung mit Bilsenkraut und Wicken linderte die Schmerzen der Kranken kaum.

»Das Wichtigste muss dieses Haschisch sein«, bemerkte Lucia, nachdem wieder ein Patient während der Öffnung der Beulen das Bewusstsein verloren hatte. Dies war oft eine Folge der Schmerzen bei der Operation, und obwohl es Clemens die Arbeit erleichterte, sah Lucia es ungern. Schon zweimal waren die ohnehin geschwächten Kranken dabei an Herzschwäche gestorben. Lucia machte sich dann Vorwürfe, obwohl sie wusste, dass die Öffnung der Beulen ohnehin die letzte Chance für die Kranken gewesen wäre. »Wenn wir bloß wüssten, wo das Zeug wächst!«

»Ich habe die Apotheker gefragt und die Juden am Rhein«, meinte Clemens. »Aber keiner wusste Genaueres über das Kraut. Es muss aus dem tiefsten Orient stammen. Der Apotheker bei der Gotthardkapelle murmelte etwas vom Stein der Weisen.«

»Der Apotheker bei der Gotthardkapelle ist ein Dummkopf!«, sagte Lucia kühl. Sie hatte dem Mann die Sache mit dem Theriak immer noch nicht verziehen. »So geheimnisvoll kann es nun auch wieder nicht sein, denn Ibn Sina erwähnt es immer wieder. Anscheinend stand es ihm in beliebigen Mengen zur Verfügung. Vielleicht ist es bloß eine Frage der Übersetzung. In unserer Sprache gibt es sicher ein einfaches Wort dafür, aber ich kenne es nicht. Wenn nur Al Shifa noch lebte ...«

Lucia vermisste ihre Pflegemutter schmerzlich bei der Übersetzung des Kanons. Ihre arabischen Sprachkenntnisse stießen dabei nur zu oft an ihre Grenzen.

Die Lösung des Rätsels »Haschisch« kam dann zu Clemens' und Lucias Verwunderung mit einem Mönch, der sich Anfang des Sommers im Pesthaus einfand. Bruder Caspar, ein hoch gewachsener, einst sicher schwerer, heute aber durch Fasten und Selbstkasteiung hagerer und ernster Mann, bot sich als Krankenpfleger an. Clemens nahm ihn in Empfang und schaute eher misstrauisch, als er die Kutte der Franziskaner erkannte, die im Barfüßerkloster Kranke pflegten.

»Warum betätigt Ihr Euch denn nicht in Eurem eigenen Pesthaus, Bruder?«, fragte Clemens streng. Die Mönche betrachteten die »Konkurrenz« der Pestärzte aus der Augustinergasse nicht immer wohlwollend. Mitunter munkelte man, Clemens und Lucia seien mit dem Teufel im Bunde, weil sie immerhin fast ein Drittel ihrer Patienten heilten. Dazu erschien ihnen ihr Umgang mit den Sakramenten zu lasch, und man hatte auch schon versucht, ihnen einen Bruder als Hausgeistlichen anzudienen. Der floh allerdings gleich unter ängstlichen Kreuzzeichen, als er Clemens die erste Pestbeule öffnen sah. Das Herumschneiden des Arztes am menschlichen Körper empfand er als gotteslästerlich. Lucia atmete auf, als er an der Pest starb, ehe er sich mit einer Beschwerde an seine Ordensoberen wenden konnte. Sie schämte sich sehr dafür und betete drei Vaterunser zur Sühne, aber sie konnte nicht anders. Probleme mit der Geistlichkeit konnten sie jetzt am allerwenigsten brauchen.

»Ich bin Laienbruder, ich eigne mich nicht zum Verteilen der Sakramente«, meinte Bruder Caspar steif. »Und wenn ich frei heraus sprechen darf: Ich hab kein Bedürfnis, Leute mit dem Segen der Kirche verrecken zu sehen. Das habe ich im Heiligen Land oft genug erlebt und auch selbst dazu beigetragen – Gott vergib mir. Als Sühne möchte ich heilen, nicht nur beten. Und ich habe gehört, hier sei ein Medikus am Werk, der seine Sache versteht. Besser als meine Brüder, sosehr sie sich auch mühen ... Gott segne sie.«

Bruder Caspar bekreuzigte sich, doch sein kantiges, wettergegerbtes Gesicht sprach eine deutliche Sprache. Er mochte tief gläubig sein, aber vom Beten gegen die Pest hielt er nichts.

»Gott hilft denen, die sich selbst helfen«, war sein Lieblingsspruch, den Lucia und die anderen Helfer in den nächsten Tagen Hunderte Male hören sollten.

»Ihr wart im Heiligen Land?«, erkundigte sich Lucia, während sie ihren neuen Pfleger in die Kunst einwies, Waschungen vorzunehmen und Umschläge zu machen. »Senfumschläge bitte nur, solange es sicher scheint, dass die Beulen sich in den nächsten Stunden noch nicht öffnen. Wenn die Geschwüre reif sind, ist es besser, einen Sud aus Lilienknollen oder Rotwein zu nehmen. Senf und Zwiebeln sind starke Zugmittel. Aber in offenen Wunden brennen sie ...«

Der Mönch hörte aufmerksam zu und begriff auch schnell, wie man die verschiedenen Stadien der Krankheit unterschied.

Darüber vergaß er zunächst, Lucias Frage zu beantworten.

Erst Tage später, als sie das Thema noch einmal anschnitt, gab er Auskunft: »Ich zog im Gefolge der Templer nach Jerusalem. Ja, Herrin. Aber stolz darauf bin ich nicht.« Bruder Caspar senkte den Kopf. Schon beim Gedanken an die auch nach den Kreuzzügen immer noch aufflackernden Kämpfe im Heiligen Land verdunkelte sich sein Blick.

»Aber vielleicht habt Ihr ja ein paar Worte Arabisch aufschnappen können«, meinte Lucia hoffnungsvoll. »Wir suchen nämlich nach einer Pflanze oder einem Mineral, das man Haschisch nennt.«

Lucia erschrak fast, als sie die Veränderung in Bruder Caspars Miene bemerkte. Der Mönch schnaubte, und seine Augen schienen Funken zu sprühen.

»Haschisch!«, stieß er hervor. »Ich höre wohl nicht recht! Was wollt Ihr mit diesem Teufelszeug? Einen Krieg führen? Dieses Tollhaus da draußen noch weiter anheizen?« Er wies auf die Straßen vor dem Haus, in denen schon wieder Musik erscholl und die ersten Betrunkenen grölten. »Sollten meine Brüder recht haben, und Ihr seid doch mit dem Leibhaftigen im Bunde?«

Lucia bekreuzigte sich rasch und versuchte, den aufgebrachten Gottesmann zu beruhigen.

»Es wird doch nur in einem Rezept genannt«, erklärte sie rasch. »Ebenso wie die anderen Kräuter und Mineralien, die wir anwenden. Vermischt mit anderen Zutaten soll es segensreich wirken. Aber Meister von Treist und ich haben bislang nie davon gehört. Ihr dagegen scheint es zu kennen. Bitte, Bruder, lasst uns an Eurem Wissen teilhaben! Ich versichere Euch, wir werden es nicht missbrauchen.«

Schließlich geleitete sie den immer noch misstrauischen Mönch in die alte Werkstatt, in die sie sich nach wie vor mit Clemens zu vertraulichen Gesprächen zurückzuziehen pflegte. In den letzten Monaten hatte Clemens den Raum zur Wohnung umgestaltet und das Lager im Stall aufgegeben. Der Arzt hatte ungeschickt ein Bett zu Ende gezimmert, das Meister Wormser noch begonnen hatte. Eine Truhe und zwei Stühle hatten sich ebenfalls gefunden, und Lucia legte den Boden mit Stroh aus, um es behaglicher zu haben. Schließlich verließ sie allnächtlich ihre Mägdekammer und kam zu Clemens hinüber.

Nun hatte der Pestarzt sich ebenfalls eingefunden, um der Erzählung des Mönchs zu lauschen. Um ihm die Zunge zu lösen, kredenzte Lucia den letzten wirklich guten Wein, den Agnes noch eingelagert hatte.

»Es gibt eine Art Orden im Heiligen Land«, erzählte der Mönch schließlich. Der Wein schien auch die Erinnerung an die grauenvollen Bilder zu lindern, die bei der Erwähnung der Kämpfe vor ihm aufstiegen. »Sie nennen sich Haschaschini oder so ähnlich. Sie sind gefürchtete Kämpfer, denn sie gehen ohne jede Furcht in den Kampf.«

»Ist das nicht das Wesen der Tapferkeit?«, erkundigte sich Clemens. Er kannte den Krieg nur aus Ritterromanen, die er als Kind wohl ebenso gern gelesen hatte wie damals Lea.

Bruder Caspar sah ihn beinahe verächtlich an. »Junger Mann, das Wesen der Tapferkeit besteht darin, seine Angst zu überwinden. Wobei die Grenze zwischen Tapferkeit und Dummheit nach meinen Erfahrungen fließend verläuft. Aber diese Haschaschini kannten keine Furcht. Einige sagten, sie lebten enthaltsam und beteten viel, andere, sie widmeten ihr Leben nur dem Kampf. Wenn ihr Führer ihnen sagte, sie sollten sich ihr Schwert ins Herz stoßen, so taten sie das ohne zu zögern, ohne ein Gebet, ohne ein Gefühl in den Augen. Sie waren unheimlich. Ein jüdischer Arzt, den wir gefangen genommen hatten, verriet mir einmal, das läge an diesem Gemisch, das sie kauten oder rauchten. Haschisch.«

Lucia und Clemens sahen sich an. Ein Gemisch, das Angst betäubte. Das entsprach zwar nicht genau den Worten Ibn Sinas, aber es ging zumindest in die gleiche Richtung.

»Ihr habt einen arabischen Arzt gekannt?«, fragte Clemens begierig. »Und hat er Euch noch mehr erzählt?«

»Als die Haschaschini mit uns fertig waren, war er genauso tot wie die meisten anderen«, erklärte Caspar nüchtern. »Die machten da keine Unterschiede. Und ich, Gott verzeih mir, hab in ihre Augen gesehen und bin geflohen. Man kann mich einen Feigling nennen, aber ich bin am Leben.«

Lucia fand das eher vernünftig als feige, aber sie wollte mehr wissen.

»Und wo wächst dieses Haschisch? Nur in fernen Ländern?«

Der Mönch lachte. »Das ist ja das Teuflische. Ich weiß nicht, wie sie es herstellen, aber der Ausgangsstoff ist eine Pflanze, die Gott uns zum Segen geschaffen hat: Hanf. Sie wächst auch hierzulande.«

»Ja, aus den Fasern macht man Kleidung und auch Papier«, erklärte Lucia; schließlich war sie bei einem Schneider in die

Lehre gegangen. »Und Stoffe aus Hanf machen weder tollkühn noch müde. Es müssen also andere Pflanzenteile sein. Was meinst du, Clemens? Die Wurzel?«

Clemens zuckte mit den Schultern. »Ich denke, dass Rätselraten nichts bringt. Wenn wir hier Hanffelder hätten, wäre es etwas anderes; dann könnten wir Versuche anstellen. Aber so? Wir müssten die Pflanzen wohl erst aussäen. Rund um Mainz kenne ich jedenfalls keinen Hanfbauern. Aber es gibt einen jüdischen Arzt in der Schulstraße. Wenn dessen Glaubensbruder im Orient etwas wusste, ist auch er vielleicht eingeweiht. Und zumindest bis gestern war er noch am Leben. Ich werde hingehen und ihn fragen.«

»Aber du kannst nicht . . .« Lucia erschrak. Christliche und jüdische Mediziner hielten sich dünkelhaft voneinander fern. Auch und gerade in den Zeiten der Pest. Allerdings kam es immer wieder vor, dass reiche Christen sich der Hilfe jüdischer Ärzte versicherten. Oft hatten die ihre Kunst im Orient erlernt oder dort zumindest mehr aufgeschnappt, als an den Universitäten von Paris und Montpellier gelehrt wurde.

»Und ob ich kann. Ich bin sogar bereit, mir dazu einen Mantel mit Judenring umzulegen. Denk mal nach, Lucia. Kein Mensch hier in Mainz kennt mein Gesicht! Ich gehe ungefährdet als jüdischer Kaufmann durch!« Clemens begeisterte sich für den Gedanken.

»In Mainz ist zurzeit kein Jude ungefährdet!«, gab Lucia zurück. »Du weißt, wie die Stimmung ist. Sie wird irgendwann überkochen!«

Mit der ersten Sommerhitze war die Pestepidemie erneut aufgeflammt. Obendrein mit einem Schwerpunkt im Judenviertel. Natürlich erkrankten die Hebräer auch an der Seuche, aber das schien den fanatischen Christen kaum aufzufallen. Die Juden sorgten schließlich selbst für die Beerdigungen und die Betreuung ihrer Kranken, und sie zeigten sich im Verlauf der Seuche eher seltener auf der Straße als häufiger. Bußprozessionen waren ihnen ebenso fremd wie Totentänze.

»Ich muss es aber wissen!«, beharrte Clemens. »Wenn wir diesen Hanfextrakt hätten ...«

»Wenn wir Flügel hätten, könnten wir fliegen«, bemerkte Bruder Caspar. »Ergebt Euch in Eure Grenzen, Medikus! Es ist nicht gut, den Teufel zu versuchen. Bleibt den Judenhäusern fern!«

In den nächsten Tagen ergab sich auch keine Möglichkeit für Clemens, sein Vorhaben in die Tat umzusetzen. Die neue Pestwelle schwemmte eine Flut von Opfern in sämtliche Hospize. Das Haus in der Augustinergasse war längst fast so überbelegt wie die Pflegehäuser der Mönche. Lucia, Clemens, Katrina und Bruder Caspar arbeiteten bis tief in die Nächte, um alles sauber zu halten und die Kranken so gut wie möglich zu versorgen.

Bald darauf starb erneut eine Frau, während Clemens versuchte, ihre Pestbeulen zu öffnen. Die Geschwüre hatten sich unter der Zugsalbe verkapselt; sie waren deutlich reif, öffneten sich aber nicht, und die Frau litt Höllenqualen. Clemens und Lucia hatten in vergleichbaren Fällen gute Erfolge mit der chirurgischen Öffnung erzielt, aber in diesem Fall versagte das Herz der Patientin, noch ehe der Eiter abfließen konnte.

»Das war es jetzt!«, erklärte Clemens, enttäuscht und von Schuldgefühlen geplagt. »Morgen suche ich diesen Juden auf. Wenn er nichts weiß, haben wir Pech gehabt, aber wenn er eine Ahnung hat ... Stell dir nur vor, wie vielen Menschen wir helfen könnten!«

Lucia widersprach diesmal nicht. Auch sie hatte der Tod der Frau tief erschüttert. In der Nacht schmiegte sie sich jedoch zitternd und Trost suchend in Clemens' Arme, und auch der Pestarzt fand keine Ruhe.

Am nächsten Morgen rechnete Lucia damit, dass er sich gleich auf den Weg machte, doch Clemens wartete ab.

»Der neue Geistliche von Sankt Quintin hat sich angesagt, um unseren Kranken die Letzte Ölung zu geben«, antwortete er auf ihre Frage. »Das will ich abwarten.«

»Schon wieder ein Neuer?«, erkundigte Katrina sich beiläufig. »Wieder einer von diesen Verrückten?«

»Gib acht, was du sagst!«, rügte Lucia, obwohl sie im Grunde genauso dachte. In der letzten Zeit strömten todesmutige junge Priester und Ordensleute in die Peststädte und brannten darauf, die Kranken zu pflegen. Dabei ließen sie jede Vorsicht außer Acht; ihr Ziel bestand darin, sich selbst zu opfern. Lucia und Clemens lehnten sie deshalb durchweg ab, wenn sie sich als Pfleger anboten. Ihre Weigerung, sich zu waschen und die essiggetränkten Schwämmchen vor die Nase zu halten, die Ibn Sina zur Vermeidung von Ansteckung empfahl, machten sie eher zu einer Gefahr für die Patienten denn zu einer Hilfe. Lucia hatte denn auch ein schlechtes Gewissen, die Priester unter ihnen als geistlichen Beistand anzufordern. Ihr Umgang mit den Kranken, die sie ungeniert berührten und sogar küssten, hatte zur Folge, dass sie sich reihenweise ansteckten. Auch brachten sie die Seuche vom Pesthaus in ihre Gemeinden.

»Sicher ein Irregeleiteter, aber ein Pfarrer«, erklärte Clemens. »Und ich möchte, dass er uns traut, Lucia. Ich will dir vor Recht und Gesetz angehören.«

Lucia errötete vor Freude. »Aber du ... Ich bin nicht von Adel, und du ...«

»Ich bin mir der Konsequenzen meiner Handlungen bewusst, Lucia«, sagte Clemens streng. »Bitte bezweifle das nicht immer. Ich bin es müde, ständig Bedenken zu hören. Wir leben in gefährlichen Zeiten an einem gefährlichen Ort. Wir können jeden Tag an der Pest sterben. Da erscheint es mir ziemlich unwichtig, ob ich das als Ritter tue oder als einfacher Mann.«

Ein Adliger, der eine Bürgerliche heiratete, fiel auf deren Stand zurück.

Lucia griff nach seiner Hand. »Deine Familie wird das anders sehen ...«

»Du bist meine Familie«, sagte Clemens ruhig. »Und Ihr, Bruder Caspar. Und auch du, Katrina. Ich möchte, dass ihr beide unsere Zeugen werdet. Ich möchte Lucia zur Frau nehmen vor Gott und den Menschen.«

Lucia hatte kein Sonntagskleid mehr, und es fanden sich auch keine Blumen, aus denen sie einen Kranz hätte winden können. Dazu war der junge Geistliche, ein Asket mit fanatisch glühenden Augen, auch nicht begeistert von der Aufgabe, eine Ehe zu segnen. Er suchte den Tod, nicht das Leben, und es erschien ihm beinahe obszön, das Paar in einem Pesthaus zu trauen.

Clemens bestand allerdings darauf, und so verband er sie in einer eiligen, beiläufigen Zeremonie.

»Wir feiern eine richtige Hochzeit, wenn das alles hier vorbei ist!«, sagte Clemens tröstend zu seiner Braut, die eigentlich gar keines Trostes bedurfte. Lucia war zu überrascht und gerührt von seinem plötzlichen Entschluss, als dass sie irgendwelche Ansprüche gestellt hätte. Doch auch Angst wühlte in ihrem Innern. Wenn Clemens gerade heute auf diese Segnung ihrer Ehe bestanden hatte, so hing das mit seinem Gang ins Judenviertel zusammen. Er war sich der Risiken seines Tuns durchaus bewusst ...

»Kannst du nicht wenigstens in deiner Tracht als Pestarzt hingehen?«, fragte sie schließlich. »Dann wärst du vor Übergriffen geschützt.«

Clemens drückte sie an sich, schüttelte jedoch den Kopf. »Auf diesem Weg sicher. Aber stell dir nur vor, was es für unseren Ruf bedeuten würde! Die Geistlichen misstrauen uns sowieso, weil wir zu viele Leute heilen. Undenkbar, dass ich mich nun auch noch unter die Juden mische! Was, wenn sie sagen, wir seien an den Brunnenvergiftungen beteiligt? Und wir hätten das Gegengift, teilten es aber nur ausgesuchten Leuten zu? Der Mob würde uns lynchen!«

Lucia musste ihm recht geben. Schon das Verhalten des jungen Priesters bewies, dass die Geistlichkeit das Pesthaus in der Augustinergasse nicht gerade wohlwollend betrachtete.

So heftete sie schließlich voller Angst und Widerwillen ein paar Judenringe an Clemens' Mantel und verfluchte dabei fast ihre eigene Neugier. Wenn sie Ibn Sinas Schriften nicht geholt hätte ... Aber sie hätte niemals auf das Wissen verzichten wollen, und im Grunde brannte sie ebenso auf neue Erkenntnisse wie ihr Mann!

Im letzten Moment drückte sie ihm denn auch noch den sorglich gehüteten Kanon der Medizin in die Hand.

»Hier, nimm das mit! Wenn der Mann wirklich im Orient studiert hat, mag er die Sprache besser lesen können als ich. Vielleicht kann er uns bei der Übersetzung helfen.«

Es gab immer noch ein paar Stellen im Kapitel über die Pest – und sehr viele in anderen Teilen der Schrift –, die Lucia unklar blieben. Ibn Sina schrieb zwar recht verständlich, doch im Betrieb eines Krankenhauses gebrauchte man nun mal andere Worte als die der Lieder und Dichtungen, mit denen Al Shifa ihre Pflegetochter aufgezogen hatte. Lucias Arabisch war gut, aber nicht vollkommen.

Clemens küsste sie nochmals, bevor er sich endgültig auf den Weg zur Schulstraße machte.

Lucia folgte ihm in Gedanken. Wie oft war sie diesen Weg gegangen, der doch auch zum Haus der von Speyers führte?

Clemens kehrte an diesem Abend nicht zurück, und auch nicht am folgenden Tag. Lucia verging beinahe vor Angst, hörte aber nichts von irgendwelchen Ausschreitungen gegen die Juden. Gegen Abend hielt sie es schließlich nicht mehr aus und lief selbst in Richtung Schulstraße. Tatsächlich war dort alles ruhig. Vor einigen der Häuser jedoch sah sie Stadtbüttel – und stellte entsetzt fest, dass auch vor dem Haus des Aron von Greve, des jüdischen Arztes, zwei Männer postiert waren.

»Was willst du hier, Mädchen?«, rief einer sie rüde an. »Hast du hier unter den Juden was zu schaffen? Wenn nicht, dann pack dich! Jedenfalls wenn dir dein Leben lieb ist. In diesem Haus wütet die Pest!«

Lucia war verwirrt, aber das erklärte zumindest Clemens' Ausbleiben. Vielleicht pflegte der jüdische Arzt ja ebenfalls Pestkranke, und die beiden tauschten sich über Behandlungsmöglichkeiten aus. Ein paar Augenblicke empfand sie fast so etwas wie Zorn auf ihren Geliebten. Er hätte zumindest jemanden schicken können, um sie von seinem Einsatz zu unterrichten. Aber was machten die Stadtwächter hier?

»Die Pest wütet in ganz Mainz!«, gab Lucia zurück. »Und bislang hat die Stadtwache es nicht geschafft, sie draußen zu halten! Also, wen oder was bewacht ihr hier?«

Die Männer lachten. Sie wirkten albern und ausgelassen, und der Grund dafür war leicht zu erkennen: Zwischen ihnen stand ein Krug Wein, den sie schon halb geleert hatten.

»Wi...wir halten sie nicht draußen, son...sondern drinnen!«, erklärte einer der Männer, der seine Stimme schon nicht mehr ganz beherrschte. »Be...Befehl vom Hauptmann: Die Ju...Judenhäuser, in denen die Pest herrscht, werden ge...geschlossen, damit die Seuche nicht rausquillt und gu...gute Christenmenschen erwischt...«

Lucia verstand nicht.

»Aber die Seuche wütet auch in Hunderten von Christenhäusern!«, gab sie zu bedenken. »Wer bewacht denn die?«

»Da...da muss man ja eher auf...aufpassen, dass sie nicht reinkommt!«, erklärte der Büttel ernst. »Weiß nicht, wie das gehen soll, und da hätten wir auch nicht ge...genug Leute für. Aber die Judenhäuser hier, die haben wir alle im Griff! Hier kommt kei...keiner mehr rein oder raus, bis alle gestorben sind!«

Lucia war entsetzt.

»Aber was ist, wenn einer überlebt? Mein Gatte ist dort drinnen. Er ist Pestarzt! Er mag einen oder zwei der Bewohner heilen!«

Der Büttel runzelte die Stirn und erschien auf einmal deutlich nüchterner.

»Das müsste dann ja wohl mit dem Teufel zugehen! Wenn von dem Judenpack einer die Pestilenz überlebt, hätte er einiges zu erklären! Und dein Mann? Du bist mit einem Juden verbandelt?«

Der Büttel hatte sie bisher mit Wohlwollen betrachtet, aber jetzt drückte sein Blick nur Abscheu aus.

»Mein Gatte und ich sind gute Christen. Habt Ihr nie von mir gehört? Lucia, die Pestärztin. Und mein Gatte ist Clemens von Treist!«

Die Männer lachten lauthals.

»Du Süße willst die Pestärztin sein?«, höhnte einer von ihnen. »Die aus der Augustinergasse? Wo ist denn deine Maske? Die Pestärztin hab ich wohl ein- oder zweimal gesehen. Aber da versteckt sich doch eine alte Vettel hinter all den Tüchern und der Schnabelnase...«

Lucia biss sich auf die Lippen. Tatsächlich hatte sie sich bei ihren seltenen Ausgängen in den letzten Wochen stets Clemens' Schutzkleidung geliehen. Nicht so sehr, weil sie die Schnabelmaske als sicherer einschätzte denn ihre sonstige Verschleierung, sondern einfach, um nicht als Frau erkannt zu werden. Die Straßen waren unsicherer denn je; es war auch Wahnsinn gewesen, heute nur leicht verschleiert auszugehen. Dazu hier, in die Nähe des »Güldenen Rades«...

»Und da drin sind auch nur Juden!« Der andere Büttel schien Lucia trösten zu wollen. Er schien von sanfterer Wesensart und hatte wohl ihren verzweifelten Ausdruck bemerkt. »Glaub's mir, Kleine, ich hab's selbst überprüft. Keiner ohne Judenzeichen auf der Kleidung. Also mach dir keine Sorgen. Dein Gatte wird sonst wo sein...«

Lucia gab es vorerst auf, auch weil die erste Dämmerung sich langsam über die Stadt senkte. Es würde Clemens nichts helfen, wenn man sie auf dem Weg entführte, schändete oder gar umbrachte. Und mit den Bütteln war nicht zu reden. Allerdings warf sie noch einmal einen prüfenden Blick auf das Haus des Arztes. Es war dreigeschossig, wie das der von Speyers, aber sehr schmal und eingeschlossen zwischen zwei anderen Gebäuden. Eine Hofeinfahrt gab es nicht und auch keine Innenhöfe. Allerdings mochte seine Rückfront von einem Hof der umliegenden Häuser erreichbar sein. Lucias Herz klopfte heftig, als sie eines dieser Häuser erkannte: Es war der schmucke, dreigeschossige Bau mit zwei Innenhöfen, den Eliasar ben Mose für seinen Sohn Juda und dessen Gattin Lea erstanden hatte! Und mit Gottes Hilfe war Juda nach wie vor auf Reisen! Lea würde sie einlassen. Und eine Leiter musste es in diesem großen Hause auch geben.

Lucia musste nur zusehen, dass sie morgen mit Lea in Verbindung treten konnte. Es war riskant, aber auch sie konnte Judenringe an ihre Kleider nähen. Wenn es ihr dann gelänge, Clemens durch ein Fenster zu befreien, konnte Lea sie beide gefahrlos aus dem Haus lassen, und sie würden einfach an den Bütteln vorbeispazieren.

Lucia schöpfte neuen Mut. Zumal Clemens im Haus des Arztes sicher nicht gefährdet war. Solange die Büttel vor der Tür standen, würde niemand in die Häuser der »Brunnenvergifter« eindringen, erst recht nicht in ein Haus, in dem die Pest wütete.

9

Lucia pflegte inzwischen so viele Monate lang Pestkranke, dass sie keine Ansteckung mehr fürchtete. Sie wusste nicht, warum sie gegen die Krankheit gefeit schien, aber sie hatte Ähnliches auch schon bei Angehörigen ihrer Patienten beobachtet: Da starben ganze Familien, doch ein Mann oder eine Frau blieb verschont. Dabei meinten die Betreffenden anfangs auch, sie müssten erkranken. Meist litten sie unter Kopf- und Gliederschmerzen, manchmal auch leichtem Fieber, wenn sie ihre Angehörigen ins Pesthaus brachten. Aber nach einer Nacht guten Schlafs waren diese Beschwerden wie weggeblasen – ähnlich, wie es Lucia ergangen war, als sie Meister Wormser gepflegt hatte.

Sie fragte sich allmählich, ob der Pesthauch manche Menschen einfach nur streifte, dabei aber ebenso immun gegen weitere Ansteckung werden ließ wie Katrina und die anderen Überlebenden.

So fürchtete Lucia auch nicht um Clemens, obwohl er in einem Pesthaus eingeschlossen war. Lea dagegen hatte Bedenken, sich dem Hinterhof, über den Lucia ihren Mann befreien wollte, auch nur zu nähern.

»Ich will dir ja gern helfen«, meinte sie, nachdem sie sich von dem ersten Schreck erholt hatte, dass die Freundin tief verschleiert und gezeichnet mit dem Judenring an ihre Haustür klopfte. »Aber ich will mir nicht die Pest ins Haus holen.«

Lea war jetzt hoch in Umständen. Das Kind konnte jeden Tag kommen; es war verständlich, dass sie sich besonders ängstigte.

»Clemens steckt sich nicht an«, erklärte Lucia im Brustton der Überzeugung. »Und du brauchst ja auch gar nichts zu machen. Gib mir nur die Leiter heraus. Ich stelle sie selbst an, hole Clemens heraus, und dann verschwinden wir. Du kannst solange in deinen Gemächern warten. Wenn du ganz sichergehen willst, lässt du die Leiter morgen verbrennen. Da passiert nichts, Lea, hab keine Angst!«

Lea war nicht überzeugt. An sich war sie für jedes Abenteuer zu haben, doch in den letzten Monaten war sie vorsichtiger geworden, so wie alle Juden. Nach wie vor drängte Benjamin von Speyer zum Aufbruch. »Und wenn du das Kind auf der Straße bekommst!«, hatte er zu Lea gesagt. »Das ist immer noch sicherer als in Mainz. Wir können auch auf eins unserer Weingüter ziehen. Da kannst du das Kind zur Welt bringen, und Juda findet dich. Aber wir sollten raus aus diesen Mauern!«

Sarah dagegen wollte die Niederkunft ihrer Tochter unbedingt noch abwarten. Außerdem rechnete sie jetzt täglich mit der Ankunft von David, der in den Niederlanden geheiratet hatte und nun mit seiner Frau heimkehren wollte. Sie hätte ihn lieber in ihrem Haus empfangen als irgendwo auf der Flucht. Und Lea selbst war unschlüssig. Sie fürchtete sich vor einer Geburt auf der Straße oder irgendwo unter den Händen einer bäuerlichen Hebamme. Nur wenn Lucia sich um sie kümmerte, würde sie sich halbwegs sicher fühlen.

Aber wenn ihr die Freundin in ihrer schwersten Stunde beistehen sollte, durfte sie Lucia jetzt auf keinen Fall verprellen ... Lea gab sich einen Ruck.

»Also schön, Lucia, aber ich will nichts damit zu tun haben. Die Leiter steht im Schuppen bei den Ställen. Nimm sie und tu, was du tun musst.«

Lea zog sich zurück, während Lucia ihr erleichtert dankte.

Gleich würde sie wieder mit Clemens vereint sein! Sie stellte die Leiter an die Rückwand des Arzthauses und nahm ein paar Steinchen, um sie gegen die Fenster zu werfen. Schließlich musste sie die Bewohner auf sich aufmerksam machen.

Lucia legte mit klopfendem Herzen die Leiter an. Sie war lang und stabil; es war nicht allzu gefährlich, sie zu ersteigen. Dennoch schauderte es ihr ein wenig vor der Höhe. Erst recht, als sie schließlich eine Hand von der Leiter nehmen musste, um ihre Steine gegen die Fenster zu werfen. Das Pergament davor war zum Glück straff gespannt; die Menschen im Haus würden es hören, wenn Steine dagegenpochten.

Doch zunächst geschah nichts. Erst nachdem Lucia zwei- oder dreimal geworfen hatte, zeigte sich das Gesicht einer ausgemergelten Frau im Fenster.

»Wer ist da? Was wollt Ihr? Könnt Ihr nicht mit dem Plündern warten, bis alle tot sind?«, fragte sie unwillig.

Lucia sah das Fieber in ihren Augen. Die Frau war unverkennbar erkrankt.

»Ich will Euch nichts Böses«, beruhigte Lucia sie. »Ich bin Lucia, die Gattin des Pestarztes. Mein Mann ist bei Euch. Würdet Ihr ihn bitte holen?«

Die Frau zuckte mit den Schultern. »Muss sehen, ob er noch kriechen kann. Ich bin die Letzte hier, junge Frau, die sich noch halbwegs auf den Beinen hält. Und wenn du klug bist, verziehst du dich rasch...«

Damit wandte sie sich ab und ließ Lucia erzitternd zurück. Die Letzte? War Clemens gar nicht im Haus?

Ihr Herz krampfte sich zusammen, als er im Fenster erschien. Sein Gesicht war blass, die Haut von dem fast grauen Farbton, der die Opfer der Pest im zweiten Stadium der Krankheit befiel. Zudem wirkte er hagerer als zwei Tage zuvor; seine Wangen waren eingefallen, und die Augen zeigten Fieberglanz.

»Sie hat recht, Lucia«, sagte Clemens mit schwacher Stimme. »Du solltest gehen. Allein das Risiko, dich hier im Judenviertel aufzuhalten ... Und ich hätte besser aufpassen müssen ... Vielleicht haben die Kräuter, hat die Schnabelmaske doch geholfen ... Oder es hat alles nur seine Zeit ...«

Lucia sah ihn mit schreckgeweiteten Augen an und suchte fieberhaft nach einer Lösung.

»Clemens, kannst du gehen? Schaffst du es noch da heraus? Ich nehme dich mit nach Hause. Wenn ich dich pflege ... Wir müssen dich nur die Leiter herunterbringen, dann ...«

Clemens schüttelte den Kopf. »Ich komme hier nicht mehr heraus«, sagte er leise. »Es geht jetzt sehr schnell, Lucia. Es ist hoffnungslos ...«

»Dann lass mich herein!«, rief sie verzweifelt. »Ich will bei dir sein! Ich kann dich nicht einfach verlassen, kann dich nicht allein sterben lassen!«

Sie kämpfte mit den Tränen.

Clemens klammerte sich an den Fensterrahmen. Es fiel ihm sichtlich schwer, sich aufrecht zu halten. »Doch, das kannst du, Liebste. Du musst. Ich kann das alles ertragen, aber wenn dir auch etwas passiert ... Herrgott, Lucia, hier wütet nicht nur die Pest! Vor der Tür stehen die Stadtbüttel. Ob gesund oder krank, du würdest hier nie lebend herauskommen.«

Lucia wusste, dass er recht hatte. Sie konnte vielleicht über die Leiter einsteigen, aber die Stadtbüttel würden das Haus überprüfen und sie spätestens dann entdecken, wenn die Totengräber es räumten. Und auch der Fluchtweg über die Leiter würde womöglich versperrt sein. Wenn sie erst in dem Pesthaus gewesen war, half Lea ihr sicher nicht mehr heraus. Die junge Jüdin liebte sie, aber sie war ihr nicht wichtiger als ihre Familie und ihr Kind.

Clemens hielt sich mit letzter Kraft am Fenster fest.

»Aber das Haschisch ...«, sagte er mühsam. »Das Haschisch gewinnt man ... aus dem Harz der Blütenstände der ... der weiblichen Hanfpflanze, was immer das heißt ... Man entnimmt es und presst es. Du musst es versuchen. Versprich mir, dass du es versuchst, Lucia ...«

Lucia wollte zu ihm hinaufklettern, doch er machte eine abwehrende Handbewegung. Sie hätte ihn ohnehin nicht erreicht. Clemens war im dritten Stock des Hauses. Die Leiter reichte nur bis zum zweiten.

»Versprich mir, Lucia ...«

»Ich verspreche dir alles, Clemens, Liebster.« Lucia war nie etwas so gleichgültig gewesen wie jetzt dieser Hanf, für den Clemens sein Leben opferte. »Ich liebe dich!«

»Ich liebe dich auch, Lucia, mein Licht ...« Clemens sah sie an, als wollte er ihr Bild auf ewig in sich einbrennen. Lucia würde diesen Blick niemals vergessen. Seine sanften braunen Augen, die blassen Lippen, die sie nie mehr küssen würde.

»Clemens ...«

»Geh, Liebste, geh.« Clemens' Hände lösten sich vom Rahmen des Fensters, die Kräfte verließen ihn. Es wäre aussichtslos gewesen, ihm die Leiter herunterzuhelfen – ganz abgesehen vom Fußweg durch die halbe Stadt, der die Schulstraße von der Augustinergasse trennte.

»Da hörst du's! Verschwinde!«, rief die Frau von eben zu ihr hinunter. »Vergiss ihn! Vergiss uns!«

Lucia stieg wie benommen die Leiter hinunter. Sie taumelte, als sie den Hof überquerte. Im Vorderhaus wartete Lea. Bei aller Sorge hatte sie es doch vor Neugier nicht ausgehalten.

»Es ist nicht gelungen?«, fragte sie enttäuscht und nach einem Blick in Lucias kalkweißes Gesicht.

»Er wird nicht kommen. Er ist krank«, sagte sie tonlos. »Er hat die Pest. Ich soll ihn vergessen. Vergiss du mich auch, Lea, ich bringe nur Unglück ...«

Damit lief sie auf die Straße. Zurück zu ihrem Pesthaus. Vielleicht gelang es ihr ja doch noch, sich anzustecken. Vielleicht fand sie Clemens dann irgendwo wieder ... in irgendeinem Winkel des Paradieses, an das sie nicht mehr glaubte.

Lucia wusste nicht, wie sie es schaffte, in den nächsten Tagen ihre Arbeit zu verrichten. Doch irgendwie gelang es ihrem Körper, Packungen aufzulegen, Strohsäcke zu erneuern und die Kranken zu waschen und zu füttern, während ihre Gedanken nur um jenes Pesthaus im Judenviertel kreisten. Katrina und Bruder Caspar ließen sie dabei nicht aus den Augen. Ihre Wachsamkeit vereitelte jeden Versuch Lucias, sich aus dem Haus zu schleichen und ins Judenviertel zu laufen, um Clemens wenigstens nahe zu sein.

»Denk gar nicht erst daran!«, sagte Katrina ernst. »Du bringst dich nur in Gefahr und womöglich uns alle in Schwierigkeiten.«

Letzteres war nur allzu wahrscheinlich, denn seit Clemens' Verschwinden war das Hospiz in der Augustinergasse nicht mehr so unantastbar, wie es vorher schien. Bislang hatte die Geistlichkeit sich zurückgehalten. Einen Pestarzt, der sein eigenes Hospiz führen wollte, konnte man akzeptieren. Und wenn er mehr Heilungen aufzuweisen hatte als die Pesthäuser der Orden, wurde darüber zwar getuschelt, aber man führte es letztlich doch eher auf sein Studium der Medizin zurück denn auf Zusammenarbeit mit finsteren Mächten. Doch ein Pesthaus unter der Leitung einer Magd aus Mainz – und wenn das Volk sie zehnmal die »Pestärztin« nannte – war unannehmbar. Wenn hier Heilungen stattfanden, musste der Teufel seine Hand im Spiel haben! Bruder Caspar konnte seine Ordensbrüder bislang noch beruhigen, doch auf Dauer würde der Erzbischof gewiss eine Prüfung der Vorkommnisse anordnen.

Vorerst hatten die Franziskaner allerdings mit ihren eigenen

Pesthäusern genug zu tun, und insgesamt fehlte es der Geistlichkeit von Mainz an Priestern, die Untersuchungen vornehmen konnten. Zwar kamen nach wie vor opferwillige junge Seminaristen und Ordensleute in die Stadt, um die Pestkranken zu betreuen, doch sie starben ebenso schnell wieder weg.

In den Tagen nach Clemens' Erkrankung wütete die Seuche vor allem im Umkreis der Schulstraße, bis hin zur Quintinskirche. Das betraf hauptsächlich das Viertel »Unter den Juden«, wobei Juden und Christen gleichermaßen betroffen waren. Besonnene Menschen überzeugte dies von der Unschuld der Hebräer an der Plage; der Mob jedoch war weiterhin der Meinung, dass die Juden ihre Erkrankungen nur vortäuschten und nach wie vor Brunnen vergifteten. Diese Erklärung bekam sehr bald neue Nahrung. Entgegen den Wünschen des Bischofs öffneten die Mainzer einer Gruppe »Judenschläger« ihre Stadt – einer Bewegung von Fanatikern ähnlich den Flagellanten.

Bruder Caspar war ernstlich besorgt, als er im Anschluss an eine Besorgung ins Pesthaus zurückkehrte und auf dem Domplatz eine Rede der Aufrührer mitbekam.

»Es heißt, sie sterben an der Pest, so wie wir! Aber wissen wir das genau? Wir glauben, Leichen zu sehen, aber was ist, wenn die Kerle sich nur tot stellen? Bestattet man sie wie Christen in geweihter Erde? Natürlich nicht! Sie verscharren die ihren auf eigenen Friedhöfen! Und würde es uns wundern, zöge des Nachts ein stiller Zug wiedererweckter Juden zurück in ihre Häuser, drückten sich in dunkle Ecken, wenn Christenmenschen vorbeikämen, und brächten die schrecklichsten Gifte mit aus der Hölle, die sie dann in unser Wasser mischten? Nein, Bürger von Mainz, das würde uns nicht wundern! Im Gegenteil! Macht die Augen auf, Bürger von Mainz! Seht unser Verderben! Seht, wie Gott sich von uns abwendet, wie er keinen Finger rührt, uns zu schützen, solange wir diese Brut der Hebräer unter uns dulden! Jetzt ist keine Zeit, auf die Sanftmütigen zu hören! Jetzt heißt es Auge um Auge, Zahn um Zahn! Tod den Juden! Sühne für ihre Sünden!«

Die Judenschläger skandierten die letzten Sätze, und der Pöbel griff sie bereitwillig auf.

Bruder Caspar dankte im Stillen dem Herrn, dass sich längst nicht so viele Mainzer wie zu normalen Zeiten auf dem Domplatz befanden. Im Grunde deckten sich nur wenige brave Bürgersfrauen rasch mit Marktwaren ein, wobei sie den Domplatz bevorzugten, weil sie sich im Schatten des Gotteshauses sicherer fühlten als auf anderen Märkten. Mit diesen Frauen ließ sich jedenfalls kein spontaner Aufruhr entfesseln. Gleich darauf erschienen auch die ersten Stadtbüttel und Priester im Auftrag des Bischofs, um die Judenschläger aus dem Umkreis des Doms zu vertreiben. Die Aufrührer predigten jedoch auch an anderen Orten und ließen vor allem die Schenken nicht aus.

»Wenn sie da an die richtigen Leute geraten«, meinte Caspar besorgt und blickte Lucia und Katrina eindringlich an. »Haltet Euch um Himmels willen dem Judenviertel fern, Lucia!«

Der alte Krieger in Mönchskutte sah aus, als wäre er im Zweifelsfall bereit, Lucia einzusperren, um sie vor sich selbst zu bewahren.

10

Lucia versuchte, so wenig wie möglich an Clemens zu denken, und versenkte sich ganz in ihre Aufgaben. Sie begann sogar, Pestbeulen selbst zu öffnen, und stellte sich dabei ziemlich geschickt an. Allerdings scheute sie sich, den Patienten zusätzlichen Schmerz zuzufügen, und versuchte es deshalb nur bei Kranken, die ohnehin schon das Bewusstsein verloren hatten. Die überlebten dann allerdings selten. Lucia wurde mehr und mehr von Hoffnungslosigkeit erfasst.

Aber dann erschien unvermutet ein aufgeregter kleiner Junge vor dem Pesthaus in der Augustinergasse und verlangte, die Ärztin Lucia zu sprechen. Katrina bestellte es ihr, wenn auch zögernd – sie war tief besorgt.

Lucia jedoch beflügelte der Ruf.

»Clemens ... vielleicht bringt er Nachricht von Clemens!« Die junge Frau rannte die Stiegen hinunter. Dabei sagte ihr der Verstand, dass Clemens längst tot sein musste. In der Regel verstarb man nach drei Tagen an der Pest, und Lucias Versuch, den Geliebten zu befreien, war bereits mehr als eine Woche her. Ihr Herz jedoch konnte den Verlust nicht akzeptieren.

Ein wenig außer Atem stand sie schließlich vor dem Jungen, der seine Mütze nervös in den Händen drehte. Er wirkte verschüchtert, beinahe panisch; aber Lucia führte das darauf zurück, dass ihm das Pesthaus wohl nicht geheuer war. Vielleicht machte ihm auch der Gedanke Angst, gleich mit der berühmt-berüchtigten Pestärztin zu sprechen. Lucia wusste inzwischen, dass die meisten Mainzer sie für eine garstige alte Vettel hielten. Besonders die Neuankömmlinge unter den Priestern und erst recht die Flagellanten und Judenschläger sprachen auch schon von »Hexe«. Der kleine Junge jedoch schien wieder Mut zu fassen, als er der blonden jungen Frau mit den wachen, hoffnungsvollen Augen gegenüberstand.

»Herrin, ich bin Pferdeknecht bei den von Speyers in der Schulstraße«, sagte er artig. »Mich schickt die Gevatterin Lea. Sie liegt in den Wehen, soll ich Euch sagen. Und sie verlangt nach Euch.«

»Ihr werdet nicht gehen!« In ihrer verzweifelten Sorge schien Katrina bereit, Lucia am Saum ihres Kleides zurückzureißen. »Es gibt Unruhen, schon den ganzen Tag! Einer von den Helfern sagt, im Judenviertel würde gekämpft!«

»Unsinn! Der Kleine ist doch auch durchgekommen!«, argumentierte Lucia und wies auf den Jungen. »Was ist los im Judenviertel, Kind? Gibt es Schwierigkeiten?« Sie sah den kleinen Boten aufmerksam an, der sich unter ihrem Blick etwas zu winden schien.

»Im Judenviertel nicht«, gab er schließlich Auskunft. »Aber hier um die Ecke gibt's Krawalle. Sie haben einen Mann aufgehängt, der von sich sagte, Ihr hättet ihn von der Pest geheilt. Das gehe nicht mit Gott zu, sagen die Geißler, er müsse einer Hexe beigelegen haben. Und dann sei auch Euer Gatte plötzlich verschwunden. Sie sagen, dass er mit dem Teufel spricht ...« Der Kleine erzählte zögernd. Zweifellos hatte er sich beim Lynchen des Pestopfers länger aufgehalten, als es für einen Eilboten ziemlich war.

Lucias Gesicht lief rot an. »Sie haben *was* getan? Einen unserer Geheilten getötet? Ich werde ...«

»Du wirst gar nichts, Tochter!« Soeben erschien Bruder Caspar hinter dem Jungen. Der Mönch näherte sich im Laufschritt. Er hatte eine Schenke aufsuchen wollen, um neuen Wein zu holen, und war dabei wohl auf den Mob gestoßen. »Geh rauf in den obersten Stock, tu deine Arbeit, und lass dich nicht sehen! Diese Kerle übernehme ich!«

»Ihr allein, Bruder?«, fragte Lucia zwischen Spott und Verzweiflung. »Gegen eine ganze Horde von Geißlern und Judenschlägern? Da würdet Ihr wohl ein Schwert brauchen.«

Bruder Caspar funkelte sie an und band seine Kutte hoch, um mehr Bewegungsfreiheit zu haben. »Dein Mann, Lucia, trug ein gutes Schwert. Wenn du erlaubst, werde ich es mir borgen. Gott möge mir verzeihen, aber diesmal führe ich es vielleicht wirklich in seinem Namen. Also sei guten Mutes, Lucia, aber geh hinauf! Du auch, Katrina!«

Katrina folgte gehorsam seinen Worten, aber Lucia ging der Gedanke an Lea nicht aus dem Kopf. Im Judenviertel war es ruhig, hatte der Junge gesagt. Ruhiger als hier. Warum sollte sie der Freundin also nicht Beistand leisten?

Während Bruder Caspar, das Schwert, die Bibel, ein Kreuz und seine Empörung wie ein Schild vor sich her tragend, vor der Tür zum Pesthaus Aufstellung nahm, entwischte sie durch die Hofeinfahrt. Der Mantel mit dem Judenring hing noch in der alten Werkstatt. Lucia warf ihn in fliegender Eile über. Der kleine Junge war allerdings nicht mehr zu sehen. Aber egal, sie kannte schließlich den Weg.

Wenn es ihr nur gelang, den Mob zu umgehen, der sich jetzt womöglich gegen das Pesthaus formierte! Lucia konnte immer noch nicht glauben, dass wirklich einer ihrer Patienten Ausschreitungen zum Opfer gefallen sein sollte. Wenn das stimmte, würde sie vor dem Magistrat und dem Erzbischof Klage erheben müssen. Wobei sie keine größeren Befürchtungen hegte. Sie wollte sich den Beschuldigungen der Priester und Fanatiker gern stellen. Jeder konnte in ihr Haus kommen und sehen, dass hier in jedem Zimmer ein Kruzifix hing und der Teufel gewiss keinen Eingang fand. Den besonnenen Bischof würde allein Bruder Caspars Anwesenheit im Haus beruhigen, und er würde ihr auch keinen kuttetragenden Dummkopf als Inquisitor schicken.

Was ihr mehr Sorgen machte, war die Mainzer Bürgerschaft. Aber die Leute konnten doch wohl nicht so verrückt sein, diesen wandernden Unruhestiftern, Flagellanten und Judenschlägern mehr Glauben zu schenken als rechtschaffenen Menschen, die ihre kranken Mitbürger pflegten!

Lucia kämpfte ihr Unbehagen nieder und versuchte, sich ganz auf Lea und die bevorstehende Geburt zu konzentrieren. Sie machte einen Umweg und hoffte, über die schmalen Gassen schnell und unbehelligt zu ihrer Wöchnerin zu kommen.

Allerdings musste sie bald feststellen, dass sie sich irrte: Anders als in den letzten Wochen, als die Straßen der Stadt eher ausgestorben gewirkt hatten, drängten sich die Menschen heute selbst in den kleinsten Gassen. Viele von ihnen schleppten Kreuze und Geißeln mit sich und sangen Kirchenlieder. Also wieder mal eine Prozession? Lucia wunderte sich. Im Allgemeinen hätten sie davon erfahren; die Aufrufe zu Bußprozessionen erreichten die Augustinergasse gewöhnlich sehr schnell.

Doch heute waren nicht nur Heiligenfiguren und Kerzen zu sehen, sondern auch Fackeln – und Waffen! Dazu wirkten die Gesichter der Menschen aufgeregt und wie von einer Art Vorfreude erfüllt. Bei harmlosen Prozessionen zeigten sie diesen Ausdruck schon lange nicht mehr; die meisten Büßer hatten eher resigniert.

Auch die Zielstrebigkeit des Mobs machte Lucia Sorgen. Hier liefen nicht ein paar Flagellanten von einer Kirche zur anderen, und niemand kehrte in die Schenken ein, die am Weg lagen. Stattdessen drängten die Menschen vorwärts und schienen den gleichen Weg zu haben wie Lucia! Der Mob strebte zum Judenviertel!

Die junge Frau ließ den Mantel von ihrer Schulter gleiten. Es war besser, hier nicht als Jüdin aufzutreten. Im Grunde wäre es am besten gewesen, den Mantel des Pestarztes zu tragen.

Aber die Gefahren, die sonst auf den Straßen lauerten, wenn ein hübsches Mädchen weitgehend unverschleiert und allein durch die Stadt lief, schienen heute außer Kraft gesetzt. Niemand sprach Lucia an und machte zotige Bemerkungen. Den Männern stand der Sinn ganz offensichtlich eher nach Aufruhr als nach Liebe. Unter den teils wütenden, teils sensationshungrigen Menschen fanden sich erstaunlich viele Weiber. Zu ihrem Entsetzen erkannte Lucia sogar Bürgersfrauen, gestandene Matronen, die jetzt Hetzlieder gegen die Juden skandierten!

Lucia verließ schließlich die Seitengassen und nahm größere Straßen, um schneller vorwärtszukommen. Hier erwarteten sie jedoch weitere Schrecken, formierten sich inzwischen doch ganze Trupps bewaffneter Männer am Eingang zum Judenviertel. Lucia hörte jetzt auch Schwerterklirren. Offensichtlich wurde bei der Synagoge gekämpft.

Lucias Besorgnis wich rasender Furcht und einem Anflug von Zorn auf ihre Freundin. Wie konnte Lea sie in so etwas hineinziehen? Hatte der kleine Bote gelogen, als er behauptete, im Judenviertel sei es bislang ruhig? Oder hatten ihn die Reden der Judenschläger und Flagellanten beim Pesthaus, der Mord und sicher auch die Folterung des geheilten Pestkranken so sehr fasziniert, dass er seinen Auftrag für Stunden vergessen hatte?

Lucia trieb in der Menge weiter. Ihr Verstand riet ihr zur Umkehr, doch eine Flucht gegen den Strom wäre kaum möglich gewesen. Zudem drängte ihr Herz sie vorwärts. Sie wollte Lea beistehen, und sie musste erfahren, was vor sich ging!

Inzwischen waren auch Schreie zu hören, und es roch nach Qualm.

»Schickt die Juden zur Hölle!«, keifte eine Frau neben Lucia.

»Verbrennt sie!«

Die Gruppe von schreienden und singenden Bürgern, in der Lucia sich eingeschlossen fand, erreichte schließlich die ersten Judenhäuser. Lucia hoffte, dass die Männer und Frauen neben ihr keine Raufereien begannen, aber zumindest führten sie keine Waffen mit sich. Es waren wohl eher Mitläufer und Neugierige, auch wenn sie böse Lieder sangen und Schmähungen gegen die Hebräer skandierten. Lucia versuchte sich einzureden, dass der gesamte Marsch aufs Judenviertel sich auf solche Großmäuligkeit beschränken würde.

Dann aber sah sie Blut auf der Straße und erkannte voller Entsetzen und Abscheu, dass der Mob bereits die ersten Häuser eingenommen hatte. Aus den Fenstern der Wohnungen beugten sich plündernde Christen und winkten den Bürgern auf der Straße triumphierend zu. Einige waren offenbar betrunken; anscheinend leerten sie gerade die Weinvorräte der früheren Bewohner.

Lucia hoffte, dass die Leute rechtzeitig geflohen waren. Sie kannte das Haus, an dem sie soeben vorbeigeschoben wurde. Es gehörte einer rechtschaffenen Kleinkrämerfamilie, deren Oberhaupt, Salomon Trierer, sicher keinen Kampf gesucht, sondern seine Leute in Sicherheit gebracht hatte. Dann aber sah sie die Toten. Salomon Trierer war vor dem Haus von einem Schwertstreich niedergestreckt worden. Auf den Körper seines Sohnes Israel schlugen die Plünderer noch ein. Von den Frauen und jüngeren Kindern war nichts zu sehen. Wahrscheinlich hatten sie sich im Haus versteckt... Lucia durfte gar nicht daran denken, was dort womöglich mit ihnen geschah.

Sie sollte es gleich darauf erfahren. Selbst die Frauen im Mob neben ihr schrien auf, als sie Körper durch die Luft wirbeln sahen. Die Mörder im Haus warfen Kleinkinder aus dem dritten Stock.

»Anzünden!«, skandierte der Mob. »Brennt alles nieder!«

Lucia erkannte mit eisigem Schrecken, dass niemand sich über den Mord an den Kindern empörte. Im Gegenteil, die Leute aus ihrer Gruppe begannen, auf die kleinen Körper einzutreten.

Lucia versuchte, wegzukommen, doch an Umdrehen war nicht zu denken. Lediglich eine Flucht nach vorn war möglich. Also eilte Lucia vorwärts. Sie sah das Haus neben dem »Güldenen Rad« in Flammen stehen. Die christliche Schenke würde ebenfalls Feuer fangen; aber das schien den Aufrührern egal zu sein. Der Wirt und seine Huren waren wohl auch schon geflohen oder hatten sich den Plünderern angeschlossen.

Die Juden dagegen schienen sich diesmal zur Verteidigung ihres Viertels entschlossen zu haben. Immer wieder stellten sich den Plünderern und Mördern bewaffnete Trupps jüdischer Männer entgegen, die mit dem Mut der Verzweiflung kämpften. Zu ihrem Schrecken erkannte Lucia Juda ben Eliasar, Leas Mann, am Eingang zur Schulstraße. Er musste rechtzeitig zur Niederkunft seiner Frau nach Hause gekommen sein. Und nun das! Lucia beobachtete starr vor Entsetzen, wie der junge Mann sich gleich drei christlichen Gegnern tapfer entgegenstellte, und unterdrückte einen Schrei, als man ihn niederstreckte. Die Juden fochten längst nicht so ungeschickt, wie man es ihnen gern unterstellte, aber die Übermacht war gigantisch. Und der Mob kreischte jedes Mal wütender auf, wenn einer der Angreifer getroffen wurde. Für jeden erschlagenen Christen standen zehn weitere in der Reihe, aufgeputscht, wütend und vom Branntwein enthemmt.

Lucia schoss der Gedanke an die Haschaschini durch den Kopf. Bruder Caspar musste sich geirrt haben. Es war keine Droge nötig, um Menschen in einen blinden Kampfrausch zu versetzen. Wahrscheinlich arbeiteten die Führer der Haschaschini genau wie die Judenschläger und Flagellanten: mit aufrührerischen Worten und Versprechungen: Das Paradies nach dem Tod – Plünderungen im Diesseits. Und vielleicht eine Droge, die Schmerzen bekämpfte und bewirkte, dass die Männer die Anstrengungen des Kampfes nicht spürten.

Die waren den Kämpfern hier allerdings rasch anzumerken: So mancher fettleibige, betrunkene Aufrührer fiel dem Widerstand der Juden zum Opfer. Inzwischen aber drohten Verteidigern und Angreifern auch gleichermaßen Gefahren durch das Feuer. Immer mehr Häuser um sie herum gingen in Flammen auf. Dies konnte eine Falle werden, in der sich die Brandstifter selber fingen!

Lucia, die verzweifelt nach einem Ausweg suchte, hörte Schreie aus den umliegenden Gassen.

»Sankt Quintin brennt!«

»Die Juden haben die Kirche angezündet!«

Lucia erfüllte diese Nachricht mit nacktem Grauen. Wenn es in dieser Gegend brannte, konnten auch die Häuser der von Speyers betroffen sein.

»Aber deren Hurenkirche auch!«, schrie jemand. »Und wie schön ihre Schriften brennen! Den Judenbischof haben wir mit reingeschickt und den Rabbiner auch!« Johlende Trupps mit Fackeln stürmten aus einer Seitenstraße, die direkt zur Synagoge führte. Das Bethaus der Juden stand in Flammen.

Die Schulstraße war mit Rauch erfüllt, Lucia konnte kaum mehr atmen. Der Mob passierte das Haus des Arztes, in dem Clemens gestorben war. Es brannte lichterloh. Clemens' Leiche würde zu Asche werden, wie er es sich gewünscht hätte ...

Lucia stiegen die Tränen in die Augen, wobei sie nicht wusste, ob es der beißende Qualm war oder die Erinnerung an jenen letzten Blick auf ihren Geliebten. Auf der Straße lagen Leichen; die Verteidiger der Schulstraße mussten erbittert gekämpft haben. Lucia sah Benjamin von Speyers abgeschlagenen Kopf im Rinnstein.

Würde dieses Grauen jemals enden?

Und würde sie dann noch am Leben sein?

Auf den Straßen herrschte jetzt das pure Chaos. Menschen

drängten in beide Richtungen. Manche trieben Juden vor sich her, andere waren bereits selbst auf der Flucht vor dem Feuer. Zudem raste eine Herde verängstigter Pferde und Maultiere auf die Straße. Lucia erkannte die Tiere der von Speyers. Jemand musste sie befreit haben, wie Benjamin es immer gewollt hatte. Also brannte wohl auch dieses Haus.

Inzwischen versuchte die von den Zünften gestellte Feuerwehr, sich mit der Feuerspritze einen Durchgang zu verschaffen, kam aber nicht recht vorwärts. Die Leute bejubelten sie auch nicht wie sonst, sondern schienen zum Teil sogar erpicht darauf, sie am Löschen der Judenhäuser zu hindern.

Lucia drängte sich in den Hofeingang des Gebäudes, in dem Lea und Juda wohnten. Es wirkte noch relativ unversehrt, aber dann sah sie Flammen aus dem zweiten und dritten Stock schlagen. Plünderer rannten mit ein paar wertvollen Gegenständen auf die Straße.

Lucia wusste, dass sie spätestens jetzt versuchen sollte, so schnell wie möglich wegzukommen. Aber sie konnte nicht anders. Verzweifelt sprach sie eine offensichtlich betrunkene Frau an, die eben mit einem von Leas gehüteten Hochzeitsgeschenken, einem silbernen Leuchter, das Haus verließ.

»Verzeiht, Gevatterin! Aber die Leute, die da gewohnt haben ... sind sie noch drin?«

Die Frau lachte, und Lucia erkannte mit Abscheu eines der Mädchen, die Lea als Hausmägde eingestellt hatte. Ihre Familie war irgendwie mit Hans verwandt, dem treuen Knecht der von Speyers. Hans hatte diese Frau empfohlen ... Wo mochte er jetzt sein?

»Nö, Mädel, den Kerl haben sie erschlagen, und die Hexen brennen schon lange!« Die ehemalige Magd gab bereitwillig Auskunft. Sie schien Lucia für eine Gleichgesinnte zu halten. »Im Speyer'schen Haus, da haben sie die Gevatterin Lea zur Niederkunft hingeschafft. Und sind alle zusammen zur Hölle gefahren! Na ja, das Kind könnt noch Glück haben. Wenn's unschuldig war und nicht von deren Händen beschmutzt, kommt's vielleicht in den Himmel ...«

Die Frau warf einen abschätzenden Blick auf das brennende Gebäude und auf Lucia.

»Hast du nicht auch mal für das Volk geschafft?«, fragte sie dann. »Du bist eins der Küferkinder, nicht? Hier, halt mal!«

Die Verwandtschaft mit der Küferin schien Lucia in den Augen der Frau zu einer vertrauenswürdigen Person zu machen. Jedenfalls drückte sie ihr den gestohlenen Silberleuchter in die Hand, während sie selbst zurück in das brennende Haus lief.

»Ich hol noch was, bin gleich wieder da!«, rief sie Lucia zu. Anscheinend war ihr noch etwas eingefallen, das sie gefahrlos an sich bringen konnte, bevor das Haus in sich zusammenfiel.

Lucia drückte den Leuchter an sich und bewegte sich benommen zurück auf die Straße. Von hier aus hatte man das Haus der von Speyers sehen können, aber jetzt war da nur noch eine lodernde Flammenwand. Lucia schluckte – und schämte sich für ihre Gedanken. Sie hätte jetzt um Lea und ihre Familie weinen müssen, aber sie dachte auch an all die Bücher aus Benjamins Sammlung. Unschätzbare Werte, die da eben in Flammen aufgingen, so viel Wissen, das vielleicht für immer zerstört war! Und Lea ... Sarah ... das Kind ...

Lucia schwankte.

Der tobende Mob auf der Straße ließ die Feuerwehr jetzt endlich durch. Aber dann schloss er sich wieder hinter den Zunftbrüdern, wobei niemand zu wissen schien, wohin er fliehen sollte. Lucia hörte Schreie. Die ersten Leute wurden zerquetscht und niedergetrampelt. Lucia sehnte sich nur noch danach, weit weg zu sein. Aber wie sollte sie hier herauskommen? Gegen den Strom oder mit dem Strom – so klein und zierlich, wie sie war, hatte sie keine Chance.

Vielleicht, wenn sie sich versteckte? Abwartete und hoffte, dass die Feuerwehr erfolgreich war? Sie schlüpfte wieder durch die Hofeinfahrt von Leas nun ebenfalls lichterloh brennendem Haus. Der Hinterhof...

Der Hinterhof war eine glühende Hölle. Lucia sah die Leiter in Flammen stehen, die sie vor einer Woche an das Haus des Arztes gelehnt hatte. Niemand hatte sie in all den Tagen weggeräumt, wahrscheinlich aus Angst vor dem Pesthaus.

Lucia sah noch einmal Clemens' Gesicht vor sich. Was würde er jetzt tun? Würde sie ihn wenigstens wiedersehen, wenn sie heute ihr Leben aushauchte? Im Himmel? Im Fegefeuer? Letzteres würde sie wohl schon im Diesseits durchlaufen. Der Hinterhof bot höchstens so lange Zuflucht, bis die Häuser endgültig zusammenstürzten.

Plötzlich hörte sie Scharren, Wiehern und Kettenklirren aus dem winzigen Stall, der hier zwischen den Häusern errichtet war. Pferde... da drin mussten noch Pferde sein! Lucia rannte zur Stalltür und riss sie auf. Das Gebäude, ein massiver Steinbau, brannte noch nicht, aber binnen kürzester Zeit würden die Flammen überspringen. Lucias erster Impuls war, die Tiere so schnell wie möglich zu befreien. Aber dann sah sie Leas Maultierstute, und auf einmal erfasste sie kaltblütige Ruhe.

Zu Pferde! Zu Pferde würde sie hier herauskommen! Und wenn sie den ganzen Mob niederritt!

Aber sie konnte nicht ohne Sattel reiten – zumindest hatte sie das noch nie getan.

»Gevatterin! Was soll ich bloß machen...?« Die verängstigte kleine Stimme vermochte das Scharren und verzweifelte Wiehern der Tiere kaum zu übertönen.

Lucia zwinkerte ins Halbdunkel und sah den kleinen Boten von vorhin. Starr vor Schrecken duckte der Junge sich unter eine Heuraufe. Er musste den Verstand verloren haben. Die Hinrichtung, die Brände ... womöglich hatte das Kind auch Juda und Benjamin sterben sehen.

»Die Herrin ist tot. Und ihr Mann. Und ihr Bruder. Sie haben das Haus angesteckt ... Ich wollte der Herrin sagen, dass Ihr kommt. Ich wusste, Ihr würdet kommen. Aber sie haben mich weggedrängt und Feuer gelegt, und die Frauen ... die Frauen haben versucht, die Treppe runterzukommen, aber sie haben die Treppe auch ... Sie haben so geschrien. Ich ... ich ... ich ... Was soll ich bloß machen?«

Der kleine Junge hatte die Hände um die Knie geschlungen und schaukelte in einem unheimlichen Rhythmus vor und zurück.

»Aufstehen!« Lucia ging zu ihm und schlug ihm zweimal kräftig ins Gesicht. Sie wollte nicht grausam sein, aber das riet Ar-Rasis Handbuch bei Hysterie. Das Kind sah sie erschrocken an, schien dann aber zu sich zu kommen.

»Und sattle die Pferde auf. Eins für dich, eins für mich! Ich nehme die Stute der Herrin. Wo sind die Sachen?« Lea blickte sich suchend um und sah Sättel und Zaumzeug in einer Ecke. Rasch griff sie nach dem Sattel von Leas Stute, während der Junge das Kopfstück brachte. Er warf der Scheckstute und dem knochigen braunen Maultierwallach, der neben ihr stand, die Zäumungen über.

»Der andere Sattel, nun mach schon!«, herrschte Lucia ihn an. Sie konnte den Kleinen auf keinen Fall allein hier zurücklassen.

»Brauch ich nicht, ich reite ohne!«

Der Junge schien nun wieder halbwegs klar zu sein; auf jeden Fall peitschte er den widerstrebenden Wallach aus dem noch relativ kühlen Stall in die Gluthitze des Hofes. Auch Lucias Stute wollte nicht hinaus; im Stall schien sie sich sicherer zu fühlen. Doch als der Kleine sein Reittier nach draußen gezwungen hatte, folgte die Schecke, nervös, aber artig.

Lucia erklomm ihre Stute, und der Junge sprang geschickt wie ein Floh auf den Wallach.

»Und jetzt schnell! Ruf den Leuten zu, sie sollen Platz machen! Wenn sie nicht gehen, reite sie um! Lass dich durch nichts aufhalten«, wies Lucia ihn an. »Wenn du anhältst, nehmen sie dir das Pferd weg und trampeln dich tot!«

Der Kleine ließ sich das nicht zweimal sagen. Er schlug dem Wallach die Fersen in die Flanken und setzte erneut die Peitsche ein. Der Braune galoppierte los; die Scheckstute folgte ihm. Lucia versuchte, nicht nach unten, sondern nur geradeaus zu blicken, als sie durch die Menge galoppierten. Es war ihr egal, wie viele sie niedertrampelte, sie wollte nur heraus aus dieser Hölle. Dem Jungen vor ihr schien der Ritt beinahe Spaß zu machen. Er saß wie angeklebt auf seinem Maultier, und sein Ruf »Platz da!« klang so herrisch, als spränge hier der Kaiser persönlich durch die Menge.

Erst als sie das Judenviertel hinter sich ließen, das Domviertel durchquert hatten und in die Augustinergasse einritten, verhielten sie die Tiere. Eigentlich hätte es hier ruhiger sein sollen, doch sie hörten Schreie und prasselnde Flammen, so wie im Judenviertel. Schwarzer Rauch drohte ihnen den Atem zu nehmen. Und weitere, irre Hassgesänge beleidigten ihre Ohren.

Lucia trieb ihre Stute vorwärts. Ihre Augen brannten vom Qualm, und ihr Herz krampfte sich zusammen. Es konnte nicht wahr sein. Es war eine Sinnestäuschung. Sie *konnte* nicht sehen, was sie sah ...

»Oh, Herrin! Euer Haus!« Erst die entsetzte Stimme des Jungen riss Lucia in die Wirklichkeit zurück. Eine albtraumhafte Wirklichkeit, in der Feuerwehr und Stadtbüttel Menschen vor einem brennenden Haus zusammentrieben. Feuerwehrhelfer versuchten, die Flammen wenigstens auf das Pesthaus zu begrenzen und die Nachbargebäude zu schützen. Hier griff die Obrigkeit beherzter ein als im Judenviertel, wenn auch zu spät!

»Die Hexe soll brennen!«

Obwohl die Büttel auf sie einschlugen, waren die Anführer des Aufruhrs immer noch nicht zum Schweigen gebracht. Und zu Lucias ungläubigem Entsetzen lagen auch hier Leichen auf der Straße. Lucia erkannte Bruder Caspar, neben sich die Bibel, aber auch Clemens' blutbeflecktes Schwert. Und eine Menge toter und verletzter Aufrührer um ihn herum. Der alte Kreuzritter hatte seine Haut und das Leben seiner Schutzbefohlenen teuer verkauft!

Und Katrina ... Lucia schluchzte auf, als sie ihren Körper über einer Mauer hängen sah. Sie konnte ihre Freundin und Helferin nur noch an der Kleidung erkennen. Der Mob musste sie geschändet, zu Tode geschleift und gefoltert haben. Womöglich hatte man sie für die Pestärztin gehalten.

Lucia war wie erstarrt, doch unter ihr rührte sich jetzt die Scheckstute. Der kleine Stallbursche auf Judas Maultier schien entschlossen, sein Heil in der Flucht zu suchen, und die verängstigte Stute machte Anstalten, ihrem Stallgenossen zu folgen.

Inzwischen drangen auch Wortfetzen an Lucias Ohr. Die Stadtbüttel – und die Aufrührer, die eben mit ihrer Verteidigung begannen!

»Eine Hexe ... entkommen ...«

»Das Haus loderte plötzlich auf!«

»Ich schwöre, Stadtwächter, wir haben keine Fackel auch nur in die Nähe gebracht.«

»Die Erde hat Feuer gespuckt, als wir den falschen Mönch zu Fall brachten!«

»Seht selbst, Stadtwächter, er trägt das Schwert noch in der Hand! Geziemt sich das für einen Gottesmann?«

Lucia wurde erneut von Grauen erfasst. Diese Kerle warfen ihr vor, ihr eigenes Haus angezündet zu haben! Noch dazu durch Hexenkunst! Wenn die Büttel das glaubten, wäre sie in Lebensgefahr! Der Mob würde kaum warten, bis der Bischof die Sache untersuchte.

Lucia atmete tief durch. Sie musste hier weg, musste fort aus der Stadt!

Sie gab der Stute die Zügel. Hinter dem Wallach des Jungen sprengte sie in Richtung Rheinufer.

11

Der kleine Junge lenkte sein Maultier Richtung Fischmarkt; hier mochten Verwandte von ihm leben. Kurz vor dem Fischtor machte er Anstalten, in eine Seitengasse abzubiegen, doch vorher verhielt er den Wallach.

»Wo wollt Ihr hin, Herrin?«, fragte er schüchtern. »Ich könnt Euch mitnehmen, mein Onkel hat eine Schenke hier. Da kann ich vielleicht Arbeit finden, sein Knecht ist an der Pest gestorben. Es gibt auch einen Stall für den Braunen. Ihr seid doch keine Jüdin, oder?«

Der Onkel des Kleinen schien dessen Anstellung bei Juden nicht gern gesehen zu haben. Aber Lucia hatte auch als Christin wenig Lust, in einer Schenke Unterschlupf zu suchen, erst recht nicht in diesen Zeiten. Sie schüttelte den Kopf.

»Mach dir keine Sorgen um mich«, erklärte sie dem Jungen. »Ich verlasse Mainz. Die Stute nehme ich mit. Sie gehörte meiner Freundin, Lea hätte bestimmt nichts dagegen gehabt.«

Der Kleine nickte und kaute auf seinen Lippen.

»Und der Braune?«, fragte er dann. Das Maultier war für ihn und seine Familie ein Vermögen wert.

»Behalte ihn«, entschied Lucia. »Falls kein Mitglied der Familie von Speyer ihn zurückfordert. Du hast deinen Herrschaften brav gedient und auch in größter Not zu ihnen gestanden. Betrachte das Tier als Belohnung.«

Der Junge strahlte und dankte ihr überschwänglich. Lucia wehrte ab. Schließlich hatte sie nicht ihr eigenes Hab und Gut verschenkt ... und genau genommen hätte es da auch gar nichts mehr gegeben, das zu verschenken sich lohnte. Ihr einzig wertvoller Besitz, der Kanon des Ibn Sina, verbrannte eben mit Clemens' Leiche im Haus des jüdischen Arztes. Und ihre wenigen anderen Habseligkeiten waren im Pesthaus an der Augustinergasse in Flammen aufgegangen. Sie besaß nur noch die Kleider, die sie am Leibe trug und die obendrein das Judenzeichen trugen, sowie die Maultierstute ... und den Silberleuchter, den sie vorhin in die Satteltasche hatte gleiten lassen. Letzteres bereitete ihr ein schlechtes Gewissen. Aber sie hatte den Leuchter nicht stehlen wollen. Er sollte nur nicht wieder in die Hände dieser abscheulichen Plünderer fallen. Nun war er der einzige Wertgegenstand in ihrem Besitz. Ob Lea ihr zürnen würde, wenn sie ihn verkaufte?

Der kleine Knecht war unter tausend Segenswünschen weggeritten, und Lucia musste sich auf ihre Scheckstute konzentrieren, die ihrem Stallgefährten nur zu gern gefolgt wäre. Doch die Stute ergab sich rasch Lucias Wünschen und trug sie zum Fischtor. Der Fischmarkt war jetzt, gegen Abend, verlassen, das Tor zu Lucias Verwunderung verschlossen. Im Wächterhaus langweilten sich zwei Stadtbüttel.

»Wollt ihr mich bitte herauslassen, ihr Herren?«, fragte Lucia so höflich, aber auch so bestimmt wie möglich. Am Sattel angeschnallt hatte sie Leas Reitmantel gefunden, ein leichtes Cape aus feinem Tuch. Den hatte sie nun übergeworfen und versuchte, die Judenzeichen daran im Faltenwurf zu verdecken. So stolz zu Pferde, verschleiert und verhüllt durch edle Kleidung, mochten die Männer sie für eine Patriziergattin halten, die den Sommerabend am Rhein genießen wollte – vielleicht mit einem Geliebten, von dem ihr Mann nichts ahnte. Aber schon, als Lucia diesen Gedanken fasste, war ihr klar, wie absurd es war, eine solche Rolle spielen zu wollen. Keine halbwegs anständige Frau wagte sich in diesen Zeiten allein auf die Straßen von Mainz, und man traf sich auch kaum noch zu verstohlenen Schäferstündchen. Wer auf dem Vulkan tanzen wollte, tat es meist offen. Und wer still darauf hoffte, die Seuche zu überleben, der fastete und betete in den eigenen vier Wänden.

Die Männer machten denn auch keine Anstalten, das Tor zu öffnen, sondern starrten Lucia nur neugierig an. Als sie erkannten, dass sich ein junges Gesicht unter dem Schleier verbarg, mischte sich Lüsternheit in ihren Blick.

»Was willst du denn da draußen, mein Täubchen?«, fragte einer von ihnen, ein kleiner, drahtiger Jüngling mit Spitzbart. »Ein kleiner Spazierritt? Ganz allein, so ein feines Dämchen?«

»Einen wilden Ritt könnt ich Euch auch hier versprechen!« Der andere, anscheinend der Hauptmann, schien Lucia mit den Blicken auszuziehen. Er leckte sich über die Lippen, als er ihre Figur unter dem Mantel ausmachte. »Kommt doch mal runter von Eurem hohen Ross, und stellt Euch vor . . .«

Lucia versuchte, sich noch selbstbewusster zu geben und aufrechten Zorn in ihren hochmütigen Blick zu legen. »Ich muss mich nicht ausweisen, ich bin Mainzer Bürgerin!«, wies sie den Mann zurecht, obwohl ihr nicht wohl dabei war. Ihr Status war keineswegs klar, doch sich als Bürgerin zu bezeichnen war sicher zu keck! »Und die Sonne geht noch längst nicht unter. Das Tor sollte allen offen stehen, die hinein- und hinauswollen. Warum ist es überhaupt verschlossen? Wollt ihr einen Scherz mit den Leuten treiben?«

Die Büttel lachten. Der Jüngere schüttelte nun wenigstens den Kopf und gab vernünftig Auskunft.

»Ganz Mainz ist verschlossen, Mädchen. Anordnung des Bischofs und des Magistrats. Es hat Ausschreitungen im Judenviertel gegeben und auch anderswo in der Stadt. Da will man Schuldige und Unschuldige in den Mauern halten.«

»Unschuldige?«, fragte Lucia verwirrt. Versperrte der Bischof den letzten überlebenden Juden hier gezielt die Fluchtmöglichkeiten?

»Sicher, Süße!« Der ältere der Büttel trat an die Seite von Lucias

Stute und strich wie zufällig über Lucias linkes Bein. »Du bist wirklich ein niedliches Ding, lass den Schleier doch mal sinken! Die Judenschläger und Flagellanten wollen sie festsetzen und hängen. Schon um ein Exempel zu statuieren. Man geht nicht einfach hin und fackelt die Juden des Bischofs ab! Die bringen schließlich Steuern in die Kasse! Weshalb sie auch bitteschön bleiben mögen. Wenn sie jetzt alle fliehen, kommt nichts mehr rein.«

Lucia war entsetzt. Wie konnte man die letzten Überlebenden auch noch einsperren! Zusammen mit ihren Häschern!

Der andere Büttel hatte Lucias Mantel inzwischen näher in Augenschein genommen.

»Sieh mal einer an! Die Kleine ist ja selbst ein Judenhürchen! Versteckt ein bisschen die Zeichen, aber da schau! Wahrscheinlich unterwegs mit den letzten Familienschätzen. Was gibst du uns, Süße, wenn wir für dich eine Ausnahme machen und dich rauslassen?« Die Hand des Büttels schob sich unter Lucias Mantel.

Die junge Frau überlegte verzweifelt. Ihr erster Gedanke galt dem silbernen Leuchter. Aber wenn sie den Männern ihren einzigen Schatz überließ, zog sie ohne jeden Kupferpfennig in die Fremde! Sie konnte unterwegs kein Geld verdienen. Es sei denn ...

»Ach, was denkst du immer an Schätze, Martin? Glaubst du wirklich, die schicken so ein Mädchen mit dem Familiensilber auf den Weg? Ganz allein? Nee, mein Guter, die rettet gerade mal Leib und Leben. Einen sehr hübschen Leib ...« Während der Ältere sprach, zog er den Mantel von Lucias Schulter. »Komm jetzt runter, Mädchen! Und zahl deinen Wegezoll! Danach reden wir über deinen Abgang!«

Der Mann machte Anstalten, Lucia vom Maultier zu zerren. Widerwillig nahm sie die Füße aus den Steigbügeln. Es war besser, freiwillig abzusteigen, als heruntergerissen zu werden und in den Armen des Kerls zu landen. Schlimm genug, dass er sie auffing, als sie vom Rücken der Stute glitt.

»Was für ein niedliches Ding, auch wenn's nach Rauch riecht ...«
Lucia richtete sich auf und versuchte ihr Glück mit Frechheit.

»Vielleicht bin ich ja gar keine Jüdin!«, spie sie dem Mann entgegen. »Sondern eine Hexe, die eben der Hölle entkam, wo sie mit ihrem Buhlen konferierte!«

Der ältere Büttel, anscheinend ein Dummkopf, wich zurück und bekreuzigte sich. Der jüngere lachte und griff nach Lucias Taille. Er hob sie mühelos hoch und warf sie auf den Tisch in der Wachstube. »Ah ja, du willst gestehen!« Er grinste. »Das passt gut, denn tatsächlich sucht man in der Stadt auch nach einer Hexe! Der Vettel aus der Augustinergasse, die dort meinte, die Pest heilen zu können. Aber das wirst du kaum sein, dafür bist du zu jung und schön!«

Lucia durchfuhr es eiskalt. Also war es diesen Mördern und Strauchdieben tatsächlich gelungen, die Schuld am Brand in ihrem Haus auf die Pestärztin zu schieben.

»Ach, Martin, das weiß man nie!« Der Ältere bekreuzigte sich wieder; er schien ein bisschen Angst zu haben, Lucia zu berühren. »Die Weiber sind doch mit dem Satan im Bunde, der macht sie mit einem Handstreich wieder jung und schön!«

Lucia wies auf das Kruzifix an ihrem Hals. Ein Geschenk von Clemens, über das sie sich zunächst gewundert hatte. Schließlich wusste er, dass sie dem Christentum nicht ganz ohne Zweifel gegenüberstand.

»Aber es schützt dich!«, hatte er gesagt. »Trag es immer, dann kann man dich nicht so leicht der Magie bezichtigen. Glaub mir, das ist wichtig, Lucia! Ich habe schon Männer als Hexenmeister brennen sehen, die nichts anderes getan haben, als Fragen zu stellen, die der Kirche nicht genehm waren. Um wie viel gefährdeter bist du da als Weib, wenn du Kranke heilst! Trag das Kruzifix, Lucia! Tu es für mich!«

Jetzt entfaltete das kleine Kreuz seine Wirkung, auch wenn der Schutz sicher nicht so aussah, wie Clemens es sich erhofft hatte.

Der ältere Büttel entspannte sich – was sich vor allem darin äußerte, dass er gierig nach Lucias Körper griff. Sie trug eine leichte Sukenie über einem engen Untergewand. Das Überkleid war bis zu den Knien geschlitzt, was den alten Büttel besonders anzuregen schien. Er schob es höher und tastete nach ihren Oberschenkeln.

Der Jüngere entblößte ihre Brüste.

»Lasst mich!«, schrie Lucia. »Oder ich . . .«

»Oder was, Süße?«, fragte der Jüngere und schob sein Gesicht zwischen ihre Brüste, um sie mit klebrigen Küssen zu bedecken. »Rufst du den Teufel zu Hilfe? Vergiss es. Und fang bloß nicht an zu kratzen!«

Er hielt Lucias zu Klauen gekrümmte Hände fest, die eben in Richtung seines Gesichts fuhren. Ein hässliches, dunkles Gesicht, wie das einer Ratte mit winzigen, wässerig blauen Augen . . .

»Denk dran, du willst raus aus der Stadt. Das geht nicht, ohne Zoll zu zahlen!«

»Nimmst du dir deinen Anteil zuerst, oder soll ich?« Die Hand des Älteren ertastete Lucias Scham. Sie wand sich unter ihm, aber er ließ nicht locker.

Der Jüngere schüttelte grinsend den Kopf. »Lass mich erst mit der Kleinen einig werden, Berthold. Wenn sie sich nicht wehrt, macht es viel mehr Spaß. Also, was ist, Süße? Spielst du ein bisschen mit uns? Wäre sonst schade um das hübsche Kleid. Das reißt, wenn Berthold richtig zupackt!«

Lucia wünschte sich nichts sehnlicher, als das Rattengesicht zu zerkratzen, das jetzt mit scheinbar treuherzigem, verständnisvollem Ausdruck über ihr schwebte. Aber dann stieg wieder die Kälte in ihr auf, die sie vorhin schon im Stall von Leas Haus empfunden hatte. Sie schien alle Gefühle in ihr zu ersticken und nur Raum für einen Gedanken zu lassen: überleben um jeden Preis. Und so gesehen bestand der einzige Ausweg darin, diese Kerle zu ertragen.

Der jüngere Büttel hatte recht: Man würde sie so oder so nehmen; es war unsinnig, dabei das einzige Kleid zu ruinieren, das sie noch besaß. Besser, sie machte gute Miene zum bösen Spiel. Eine Stunde Angst und Ekel, aber dann würde sie frei sein ...

Lucia nickte. Sie brachte kein Wort heraus, deutete jedoch an, sich entkleiden zu wollen. Der Mann, den sein Freund Martin nannte, ließ sie daraufhin tatsächlich los. Sie warf einen letzten Blick durch das Tor auf den Fischmarkt: Es war keine Rettung in Sicht. Und auch eine Flucht in die Gassen um den Marktplatz war aussichtslos. Damit verlor sie nur ihr Reittier und den Leuchter – und stand morgen womöglich als Hexe vor Gericht.

Lucia streifte ihre Kleider ab und versuchte, auch den Geist vom Körper zu trennen. Starr wie Stein lag sie auf dem Tisch, während sich einer der Männer nach dem anderen an ihr verging. Sie versuchte, die Schmerzen nicht zu spüren, weder die in ihrer Scham, in die Berthold und Martin immer wieder brutal eindrangen, noch das harte Holz des Tisches, auf den ihr nackter Rücken gepresst wurde. Sie war wie eine Puppe unter den bärenstarken Stadtwächtern. Vor allem der füllige Ältere, ein nach Schweiß stinkender, fast kahler Kerl mit kalten, blassgrünen Augen, begrub sie fast unter sich.

Als die Männer endlich von ihr abließen, fühlte sie sich am ganzen Körper wund.

»Na, hat's dir denn auch Spaß gemacht, Kleine?« Martin, der Jüngere, schloss zufrieden sein Beinkleid und warf ihr dabei gönnerhafte Blicke zu. Er schien sie nicht einmal verspotten zu wollen. Anscheinend nahm er selbstverständlich an, sein Opfer befriedigt zu haben.

Lucia antwortete nicht. Sie richtete sich nur steif auf und nahm ihre Kleider. Wenn sie sich nur irgendwo außerhalb der Blicke dieser Männer hätte anziehen können! Langsam kehrte ihr Gefühl zurück. Und damit die Scham und der blanke Hass. Lucia versuchte, sich hinter einem Mauervorsprung wenigstens ein bisschen zu verstecken, während sie ihr Hemd überzog. Aber auch in den Männern schien sich jetzt so etwas wie ein schlechtes Gewissen zu regen. Wie auf Absprache verließen sie den Wachraum und zogen sich in den Torbogen zurück. Lucia atmete auf, als sie zumindest außer Sicht waren, und schlüpfte schnell in ihr Unterzeug.

Aber schon warteten neue Schrecken. Die Stadtbüttel schienen der Meinung zu sein, dass Lucia in der Wachstube nicht nur ihren Blicken verborgen war, sondern auch ihre Stimmen nicht mehr hörte. Während sie ihr Kleid überstreifte, vernahm sie ihre Unterhaltung im Torbogen.

»Willst du sie jetzt wirklich laufen lassen?«, erkundigte der Ältere sich bei Martin. Er schien es nicht zu glauben, und die Antwort des Jüngeren bestätigte Lucias schlimmste Befürchtungen.

»Bist du verrückt?«, erwiderte Martin lachend. »Wer weiß, was das Mädel für Dreck am Stecken hat! Gut, wahrscheinlich ist sie nur eine kleine Jüdin auf der Flucht. Aber wenn's doch die Hexe ist? Nein, guck nicht so, natürlich kann sie nicht zaubern! Aber du weißt doch, was in den Köpfen der Pfaffen vor sich geht! Nachher stellen sie uns noch vor Gericht, weil wir uns vom Teufel haben verleiten lassen, das Tor für sie zu öffnen. Nein, nein, die setzen wir jetzt fest, und dann...«

Lucia sah sich verzweifelt in dem winzigen Verschlag um, der den Wächtern als Wetterschutz diente. Sie musste fliehen, aber das ging nur durch dieses Tor. Irgendwie musste sie die Kerle zwingen, es zu öffnen!

Lucia ließ die Blicke über die Wände und den Boden schweifen – und dann sah sie den Ständer. Waffen! Vier wuchtige Hellebarten lehnten ordentlich poliert in einer Ecke des Raums. Die Stadtwächter konnten sich sofort damit bewaffnen, wenn es zu einem Angriff kam. Außerdem zogen die Nachtwächter damit bewehrt durch die Straßen. Doch bis zu deren Kommen würden noch Stunden vergehen.

Für Lucia waren die langen Gerätschaften, die eine Kombination zwischen Lanze und Beil darstellten und im Nahkampf sowohl Stechen als auch Reißen ermöglichten, eigentlich zu schwer und zu unhandlich. Wenn sie damit überhaupt etwas erreichen wollte, konnte sie nur auf einen Überraschungseffekt hoffen. Aber sie musste es versuchen. Sie ging nicht wie ein Schaf zur Schlachtbank!

Beherzt griff sie zu und fasste die Waffe in der Mitte des Schaftes. So gelang es ihr aber kaum, den schweren Spieß auszubalancieren. Erst als sie näher am Speerkopf zugriff, wurde es leichter. Allerdings musste sie dann auch näher an ihren Gegner heran ...

Lucia warf einen Blick auf die Männer, die jetzt einträchtig einen Weinschlauch teilten und ihr dabei den Rücken zudrehten. Sie konnte nur einen töten. Aber welchen? Der Alte war ein Dummkopf – aber vielleicht gerade dadurch gefährlich. Der Jüngere würde eher bereit sein, Lucias Freiheit gegen sein Leben zu tauschen. Aber würde ihm nicht etwas einfallen, sie doch noch zu überwältigen?

Das Schicksal nahm ihr dann die Entscheidung ab. Martin, der Jüngere, wandte sich mit dem Weinschlauch in Richtung Wachstube.

»Hier, Mädchen ...« Er verharrte erschrocken, als er die Waffe in Lucias Hand sah. Doch ehe er reagieren konnte, griff Lucia an. Wie ein Ritter auf seinem Hengst stürmte sie auf ihren Peiniger zu, um Schwung in ihren Stoß zu legen.

Und dann war es gar nicht so schwer. Die wohlgepflegte Spitze der Halmbarte durchstieß den ungeschützten Körper des Büttels so leicht, als schöbe man ein totes Huhn auf einen Spieß. Allerdings reichte Lucias Kraft nicht, ihm auch noch das Beil vollständig in die Brust zu rammen.

Der Mann sah Lucia fast ungläubig an, röchelte und fasste nach dem Speer zwischen seinen Rippen.

»Ist was, Martin?«, fragte der Alte von draußen.

Martin gab ein gurgelndes Geräusch von sich. Lucia zog an ihrer Waffe. Wenn sie Berthold damit bedrohen wollte, musste sie die Halmbarte freibekommen, aber da schien keine Chance zu bestehen. Das Beil hatte sich wohl in einer Rippe verkantet.

Aber halt, es gab ja noch mehr von diesen Dingern!

Lucia schaffte es gerade noch, sich eine weitere Halmbarte zu greifen, bevor der ältere Büttel eintrat und fassungslos auf seinen Kumpan blickte. Martin war noch nicht tot, aber sein Blut ergoss sich in Strömen auf den Boden der Kammer. Die Zuckungen seines Körpers wurden zusehends schwächer.

»Martin...« Der ältere Büttel dachte wirklich langsam. Aber nun sah er sich doch nach Lucia um, die wie ein rasender Racheengel vor ihm stand, die nächste Lanze stoßbereit in beiden Händen.

Am liebsten wäre sie mit Berthold genauso verfahren wie mit seinem Kumpan, aber er musste ihr das Tor öffnen. Allein würde sie das nicht schaffen.

»Mach das Tor auf!«, fuhr sie ihn an. »Oder du landest auch am Spieß wie ein Ochse!« Sie hoffte nur, dass er nicht zu kämpfen versuchte. Aber die Männer hatten ihre Wehrgehänge vor der Vergewaltigung abgenommen. Wahrscheinlich lagen die Schwerter im Torbogen.

Der Mann blickte sie an wie blöde. Ein Mädchen, das ihn mit einer Waffe bedrohte, überstieg wohl sein Begriffsvermögen.

Lucias Herz raste.

»Mach. Das. Tor. Auf!«, sagte sie noch einmal. Ganz langsam, jedes Wort betonend.

Und dann bewegte der Mann sich endlich.

»Hexe!«, murmelte er, verließ aber immerhin die Wachstube in Richtung Tor. Lucia folgte ihm mit der Halmbarte, jederzeit bereit, zuzustoßen. Doch zu ihrer Erleichterung versuchte er keinen Gegenangriff. Stattdessen schob er die schweren eisernen

Riegel auf, die das Stadttor verschlossen. Lucia dachte derweil fieberhaft nach. Sie musste gleich auf ihr Maultier kommen; die Scheckstute wartete zum Glück brav an dem Ring, an den Lucia sie vorhin gebunden hatte. Aber die Waffe würde sie loslassen müssen, wenn sie sich in den Sattel schwang. Und so dumm, dass er sie dabei nicht aufhielt, konnte Berthold nicht sein. Sie musste ihn einsperren. Die Wachstube ... Wenn Waffen darin aufbewahrt wurden, war sie bestimmt verschließbar.

Lucia atmete auf, als das Tor sich öffnete.

»Und nun geh zu deinem Freund!«, forderte Lucia den Wachmann auf. »Nun mach schon, in die Wachstube!«

Der ältere Büttel bewegte sich langsam auf die kleine Räumlichkeit zu. Er ging rückwärts; Lucia wusste nicht, ob er sie im Auge behalten wollte oder ob er den Anblick seines toten oder sterbenden Freundes fürchtete.

»Willst du zur Hölle fahren?«, herrschte sie ihn an. »Wenn nicht, dann nimm die Beine in die Hand!«

Der Mann schob sich in die Wachstube und versuchte dann doch noch einen Angriff, als Lucia die Tür schon zuschieben wollte. Doch Lucia war auf der Hut. Sie stieß augenblicklich zu – schnell, aber ziellos und mit wenig Kraft. Dennoch hörte sie den Mann aufschreien. Und auch wenn er nur leicht verletzt war: Sie fand immerhin genug Zeit, die Tür zuzuschieben und den Riegel vorzulegen. Auch hier schweres Eisen. Bevor nicht die Nachtwächter kamen, sollte niemand die Kerle finden.

Lucia gönnte ihnen keinen weiteren Gedanken, sondern eilte zu ihrem Maultier. Noch einmal schwang sie sich in höchster Eile in den Sattel, und noch einmal gab sie der sanften Stute weit härtere Hilfen zum Angaloppieren, als es eigentlich sein musste. Entsprechend erschrocken trat das Tier an. Lucia geriet fast aus dem Gleichgewicht, als es in langen Sprüngen durch das Tor rannte und zum Rhein hinab weitergaloppierte. Weg hier! Nur weg!

Die Juden von Landshut

Landshut 1349–1350

1

Lucia lenkte ihre Stute nach Süden, zunächst am Rheinufer entlang. Sie wusste von Clemens, dass die Pest in den südlichen Teilen des Reiches nicht wütete – ein Umstand, dessen mögliche Bedeutung sie an vielen langen Abenden diskutiert hatten. Ob es am Klima lag? An den Winden? An der trockeneren Luft? Dann hätten die iberischen Lande, Italien und das Heilige Land erst recht verschont bleiben müssen! Wahrscheinlich war es bloß Zufall, aber Lucia interessierte es jetzt ohnehin nicht mehr. Sie wollte nur weg von Mainz und von der Pest. Wohin, war ihr egal. Hauptsache fort von Schmerzen, Brand und Tod – und von der Demütigung durch die Männer am Tor.

Die ersten Meilen brachte sie denn auch im Galopp hinter sich. Sie floh wie von Furien gehetzt, ohne lange darüber nachzudenken. Erst als Leas Stute zu ermüden begann, spürte auch Lucia ihre schmerzenden Glieder – und den Makel, der noch an ihr zu haften schien, solange sie Martins und Bertholds Schweiß auf dem Körper spürte und ihren Samen in sich trug. Nach wie vor aber wagte sie nicht zu rasten. Immerhin hatte sie einen Stadtbüttel getötet. Womöglich waren ihr die Häscher bereits auf den Fersen.

Erst als es fast schon dunkel wurde, suchte sie sich eine flache Stelle am Rheinufer, ließ die Scheckstute grasen und tauchte in das kühle Wasser des Flusses. Endlich Reinigung von all dem Schmutz und dem Gestank dieses furchtbaren Tages! Sie empfand die Kälte des Rheins wie eine tröstliche, lindernde Umarmung. Natürlich hatte sie keine Seife, aber sie rieb sich mit Flusssand ab, bis ihre Haut gereizt und gerötet war und ihre Scham noch mehr brannte als zuvor. Aber das war egal. Wenn sie nur alles loswurde, was die beiden Stadtbüttel ihr angetan hatten! Auch der Gestank nach Rauch sollte verschwinden; sie wollte den Odem des Todes nicht mit auf die Reise nehmen.

Lucia verrieb sogar Flusssand in ihren Haaren. Eine Zeitlang scheuerte sie sich beinahe selbstzerstörerisch wie eine Besessene. Dann kam sie allmählich wieder zu sich. So ging es nicht; die Reise würde beschwerlich genug werden. Es war unsinnig, sich vorher die Haut wund zu reiben. Stattdessen wusch sie nun auch ihre Kleider und malträtierte sie mit Flusskieseln, wobei sie alle Wut rausließ, indem sie den Stoff schlug und rieb, als könnte sie damit den Mob von Mainz und die Judenschläger zermalmen. Das Wasser des Rheins wurde zum Blut ihrer Feinde. Lucia hörte erst auf, ihre Kleider zu schrubben, als sie völlig erschöpft war. Schließlich hängte sie die Sachen auf und hoffte, dass sie über Nacht trocknen würden.

Sie selbst rollte sich zum Schlafen in Leas Reitmantel, den zumindest Martin und Berthold nicht berührt hatten. Allerdings hing auch hier noch der Geruch von Rauch und Brand im leichten Tuch. Lucia befürchtete, die ganze Nacht von dem Feuer zu träumen, aber das war nicht der Fall. Stattdessen schlief sie zunächst tief und traumlos und fand sich nur gegen Morgen in einem angenehmen Traum: Sie saß mit Clemens am Feuer und sprach über eine mögliche Flucht nach Süden. Als sie erwachte, fühlte sie sich beinahe ein wenig getröstet. Vielleicht hatte sie ja seinen Geist berührt ...

Natürlich waren die Kleider am Morgen noch klamm, und Lucia fröstelte, als sie ihr Hemd überzog. Immerhin rochen die Sachen jetzt sauber. Lucia fühlte sich besser, als schließlich die Sonne aufging und ein weiterer heißer Hochsommertag anbrach. Allerdings quälte sie jetzt der Hunger. Sie hatte seit dem Frühstück am vorigen Tag nichts mehr gegessen, besaß aber kein Geld, um in einem der Bauernhäuser, an denen sie mitunter vorüberkam, ein paar Lebensmittel zu kaufen. So ritt sie trotz zunächst knurrendem und dann mit heftiger Übelkeit protestierendem Magen weiter und versuchte, die Dörfer am Weg weitgehend zu meiden.

Es war gefährlich für eine Frau, allein zu reisen, erst recht für ein Mädchen, das man womöglich als Mörderin und Hexe suchte. Lucia glaubte allerdings nicht, dass man ihr jetzt noch Häscher hinterherschickte. Die Obrigkeit von Mainz hatte innerhalb der Stadtmauern genügend zu tun. Und wer wusste schon, was der überlebende Stadtbüttel erzählt hatte? Bestimmt hatte er nicht zugegeben, dass sich ein zierliches Mädchen die Flucht aus der Stadt erzwungen hatte! Wahrscheinlich hatte er von Horden von Judenschlägern und Flagellanten gefaselt, denen er nach schwerem Kampf unterlegen war.

Dennoch erschien es Lucia sinnvoll, so viele Meilen wie möglich zwischen sich und ihre Heimatstadt zu legen, ehe sie Leas Leuchter versetzte. Sie wusste nicht, wer ihn der Freundin zur Hochzeit geschenkt hatte, und wollte auf keinen Fall riskieren, dass ein Händler aus der Gegend das Stück erkannte und peinliche Fragen stellte.

So ritt sie bis nach Rüsselsheim, bevor sie es vor Hunger und Erschöpfung nicht mehr aushielt. Doch auch hier wahrte sie Vorsicht. Sie versteckte die auffällige Scheckstute in einem Wäldchen und ging zu Fuß in die kleine Stadt. Auch hier wütete die Pest. Die Straßen waren wie ausgestorben. Lucia sah vor allem Geistliche und Totengräber, die zum zweiten Mal an diesem Tag ihre Wagen mit Leichen beluden. Niemand wunderte sich darüber, dass Lucia die Kapuze ihres Mantels trotz der Wärme weit ins Gesicht zog und obendrein einen Fetzen ihres Hemdes vor Mund und Nase hielt.

Lucia fragte einen der Totengräber nach einem Pfandleiher und wurde an einen Juden verwiesen.

Das Geschäft des Salomon Ascher fand sie sofort. Der grauhaarige ältere Mann beäugte sie misstrauisch. Beim Anblick des Silberleuchters schien sein Argwohn geweckt.

»Ich frage besser nicht, wie du den erworben hast, Mädchen!«, sagte er streng.

Lucia lief rot an. »Es ist nicht, wie Ihr glaubt«, erklärte sie. »Es war ein Geschenk.«

Ein Geschenk zu Leas Hochzeit – und Lucias erste Lüge auf dieser Reise. Doch sie hatte kein schlechtes Gewissen und schaffte es sogar, dem Pfandleiher ins Gesicht zu schauen. Lea hätte den Leuchter sicher lieber in ihren Händen gesehen als in denen der boshaften Magd.

Der Jude akzeptierte Lucias Erklärung, bot ihr aber nur einen erschreckend niedrigen Betrag an Kupferpfennigen für den Leuchter. Wer immer ihn Lea geschenkt hatte, musste mehr als das Zwanzigfache dafür bezahlt haben. In ihrer Verzweiflung wies Lucia darauf hin, doch der Mann sah sie nur noch strafender an.

»Du weißt den Wert von Silber abzuschätzen? Ist es Erziehung oder viel Erfahrung im Plündern?«, fragte er kalt. »Mein Gebot steht, Mädchen. Nimm es oder lass es. Ich bin nicht auf das Geschäft angewiesen. Mein Herz sagt, es klebt Blut an diesem Leuchter, ob du selbst es vergossen hast oder nicht!«

Das Blut würde den Kerl aber nicht daran hindern, selbst einen ordentlichen Profit aus dem Verkauf des Leuchters zu schlagen. Lucia ärgerte sich, wagte aber nicht, es dem Mann ins Gesicht zu sagen. Stattdessen wollte sie schon widerwillig zustimmen. Aber dann sah sie einen kleinen Dolch in der Auslage des Pfandleihers. Er war zierlich und schlicht, aber offensichtlich gepflegt und messerscharf. Dazu gehörte eine Lederscheide, die eine Frau unauffällig am Gürtel tragen konnte. Die ideale Waffe, um einen Angreifer abzuwehren, der sich einem zierlichen Mädchen gegenüber sicher fühlte.

»Gebt mir das Geld und dieses Messer«, verlangte Lucia.

Der Mann runzelte die Stirn. »Das ist eine gute Klinge. Wie käme ich dazu, dir das Messer zu schenken?«

»Ihr schenkt es mir nicht. Ihr macht immer noch ein gutes Geschäft. Das Geld und der Dolch, oder ich suche mir jemand anderen.«

Lucia hätte gar nicht mehr die Kraft gehabt, den Ort nach einem anderen Pfandleiher abzusuchen oder gar zum nächsten Marktflecken weiterzureiten. Aber ihre Stimme klang entschlossen und alles andere als bittend. Der Mann musste glauben, dass sie es ernst meinte.

Schweigend schob er den Dolch über die Theke und zahlte das Geld aus.

»Ich danke Euch«, sagte Lucia widerstrebend, ehe sie den Laden verließ. »Ihr solltet Eure Frau und Eure Tochter ebenfalls mit solchen Waffen ausstatten. Es sind Trupps von Judenschlägern unterwegs – Mainz hat ihnen schon die Tore geöffnet. Vielleicht kann Eure Tochter ihre Haut ja teurer verkaufen als ich meinen Leuchter!«

Eilig verließ sie das Judenviertel und erstand ein Brot bei einem christlichen Bäcker. Sie musste mit dem Geld haushalten; sehr weit würde sie nicht damit kommen. Nach Milch und Käse fragte sie auf Bauernhöfen. Außerdem wollte sie so schnell wie möglich zurück zu ihrem Maultier. Nicht auszudenken, dass jemand die Stute fand und an sich nahm!

Die Schecke – Lucia erinnerte sich jetzt, dass Lea sie »Pia« genannt hatte – wartete brav in dem Wäldchen. Sie trug Lucia auch an diesem Tag noch ein paar Meilen weiter, ehe sie wieder in einem Wald rasteten. Erneut wickelte sich Lucia in Leas Mantel und versuchte, nicht an die Gefahren dieses Schlafplatzes zu denken. Schließlich umklammerte sie ihr kleines Messer und schlief damit ein, auch wenn böse Träume sie plagten. Doch niemand behelligte sie: In diesem Sommer hatte die Pest auch unter den Gaunern gründlich aufgeräumt.

Im Laufe der nächsten Tage fühlte Lucia sich immer sicherer. Die Straßen im Rheinland erwiesen sich als nahezu menschenleer. Offensichtlich wagten sich zurzeit nur die auf Reisen, die nicht umhinkonnten. Die Ritter und Edelfrauen verschanzten sich auf ihren Burgen, die Bürger in den Städten, und die Bauern verließen ihre Höfe ohnehin fast nie. Die meisten Städte hatten ihre Jahrmärkte der Pest wegen abgesagt. Man veranstaltete eher Bußprozessionen als Volksfeste; deshalb war wenig fahrendes Volk unterwegs. Wenn Lucia in den ersten Wochen ihrer Reise überhaupt Menschen traf, so meist Familien auf der Flucht vor der Pest. In der Regel waren es Angehörige niederer Stände, die mit Kind und Kegel das Weite suchten. Wer kein Haus besaß und obendrein seine Herrschaft und seine Arbeit durch die Seuche verloren hatte, machte sich eher aus dem Staub als eingesessene Handwerker und Kaufleute. Dennoch waren diese Menschen kein Abschaum, und anfänglich hegte Lucia sogar die Hoffnung, sich einer dieser Gruppen anschließen zu können, die mühsam ihre Karren über die steinigen Landstraßen schoben. Doch sie fand schnell heraus, dass sie nicht erwünscht war. Ein allein reisendes Mädchen galt als Freiwild. Die Frauen gingen davon aus, dass es nur hinter ihren Männern her war, und die Männer hielten es für eine der herumreisenden Prostituierten, die auf Jahrmärkten ihre Dienste anboten. Manch einer bot Lucia denn auch verstohlen etwas Geld oder

Essen für einen raschen Beischlaf an, doch als Reisegefährtin ihrer Frauen und Kinder hätte man sie niemals geduldet.

Auch die Bauern, bei denen Lucia anhielt, um Wegzehrung zu erstehen, reagierten nicht sehr freundlich. Manchmal musste sie in drei oder vier Gehöften nachfragen, bis jemand sich bereit erklärte, ihr ein paar Lebensmittel zu verkaufen – und der forderte dann viel zu viel Geld für minderwertige Ware. Wenn sie einen Mann allein antraf, versuchte er zudem, mir ihr zu tändeln. Ein paar Eier oder ein Brot gegen ein paar Stunden in seinem Bett erschien ihm ein ordentlicher Handel, und einmal musste Lucia sogar ihren Dolch zücken, bevor ein Knecht begriff, dass sie darauf nicht erpicht war. Sie war jedes Mal froh, wenn sie ihre Vorräte ergänzt hatte und wieder in die Wälder neben den Landstraßen abtauchen konnte. Schon nach wenigen Tagen konnte sie sich kaum vorstellen, sich jemals in den teils dichten Waldstücken gefürchtet zu haben. Inzwischen fühlte Lucia sich dort sicherer als auf den Hauptstraßen, und wären die Albträume von Blut und Brand nicht gewesen, die sie fast jede Nacht heimsuchten, hätte sie das weiche Lager im Moos und den morgendlichen Gesang der Waldvögel beinahe genossen. Leider gelang es ihr jetzt kaum noch, von Clemens zu träumen. Eher verfolgten sie die Erinnerungen an Bertholds stinkenden Atem und Martins Rattengesicht – mitunter so intensiv, dass sie morgens noch Übelkeit spürte und kein Frühstück herunterbrachte.

Inzwischen hatte sie sich mit der Einsamkeit abgefunden und ritt oft querfeldein, statt sich wieder auf die Straße zu begeben. Nach wie vor war das Wetter gut; es fiel ihr leicht, sich am Stand der Sonne nach Südosten zu orientieren. Dankbar dachte sie daran, wie Benjamin von Speyer den Kindern einmal erklärt hatte, wie man das anstellte. Der weitgereiste Kaufmann hatte zudem ein Astrolabium besessen, das die Orientierung bei Nacht und auf hoher See ermöglichte. Lucia sah noch Davids gespannt auf seinen Vater gerichtetes, damals noch kindliches Gesicht vor sich, als der ihm die Arbeit mit dem Messinstrument aus den Ländern der Mauren vorführte. Es war schwer zu begreifen, dass sie alle jetzt tot waren. Esra ... Lea ... und David. Lucia gestand es sich nicht gern ein, aber selbst um Letzteren empfand sie Trauer. Er war kein mutiger Mann gewesen und ganz sicher nicht der Richtige für sie, aber er hatte sie geliebt.

Abseits der Verkehrswege fühlte sich Lucia auch sicherer vor den Judenschlägern und Flagellanten, die immer noch durch die Lande streiften. Allerdings waren ihre Trupps auch auf den Hauptstraßen leicht zu meiden. Ihre Gesänge, das Klatschen ihrer Peitschen und der Geruch dutzender blutender, seit Wochen ungewaschener Körper kündigte sie schon von weitem an. Manchmal versteckte Lucia sich im Wald in ihrer Nähe und beobachtete die verrückten Rituale. Dabei fühlte sie sich an die Geschichten von Hexenversammlungen und dunklen Riten erinnert, die man den Juden so gern unterstellte. Hier aber waren es Christen, und es sollte sogar Gott wohlgefällig sein, wenn die Männer sich im Fackelschein mit entblößtem Oberkörper in den Kreis warfen. Ihr Meister schritt dann nacheinander über sie hinweg, um sie mit Absolutionssprüchen gleichsam zu »erwecken«. Die so Berührten erhoben sich, bis alle standen, geißelten sich dann in drei Durchgängen und warfen sich wieder mit ausgebreiteten Armen zu Boden – das alles mindestens einmal pro Nacht. Geißlerumzüge dauerten dreiunddreißigeinhalb Tage; sie sollten Leben und Leiden Christi nachvollziehen. Wenn sie die Marter überlebten, kehrten die Männer in ihr normales Leben zurück und brachten nur allzu oft die Pest in ihre Heimatorte ...

Lucia hatte inzwischen Bayern als grobes Ziel ihrer Reise ausgemacht. Clemens hatte von Regensburg als einem schönen Ort gesprochen; er hatte dem dortigen Medikus eine Zeitlang gedient. Außerdem hatte Lucia den Ortsnamen »Landshut« im Kopf. Dort hatten die von Speyers Verwandte gehabt, und gegen alle Logik fühlte sie sich nach wie vor zu Leas Familie hingezogen. Sicher gab es dort eine große jüdische Gemeinde, in der sich vielleicht Arbeit für eine christliche Magd fand. Die meisten reichen Juden beschäftigten christliche Hausangestellte. Das war praktisch, schon um den Haushalt am Sabbat in Gang zu halten. Dann war gläubigen Juden schließlich jeder Handgriff verboten, der auch nur entfernt als Arbeit zu deuten war, und besonders im Winter wurde es ohne Herdfeuer und warmes Essen doch ziemlich ungemütlich. Lucia hätte sich sogar zugetraut, koscher zu kochen. Schließlich hatte sie viele Stunden ihrer Kindheit bei Al Shifa und der Köchin der von Speyers in der Küche zugebracht. Die Erinnerungen daran überkamen sie immer wieder, während sie einsam durch die Wälder ritt. Damals war sie glücklich gewesen...

Nach wie vor versuchte sie krampfhaft, die schlimmen Erlebnisse der letzten Tage in Mainz zu vergessen und sich lieber die Zeit mit Al Shifa und vor allem mit Clemens vor Augen zu führen. Wieder und wieder durchlebte sie in ihren Tagträumen ihre Umarmungen – und durchlitt in den Nächten erneut die Flucht aus dem brennenden Judenviertel und die Schändung am Fischtor.

Nach einigen Wochen erreichte Lucia Nürnberg und musste sich in die Stadt wagen. Das Geld für den Leuchter war aufgebraucht, und so hatte sie sich nach reiflicher Überlegung entschlossen, Leas Sattel zu verkaufen. Die aufwendig verarbeitete und mit Silberbeschlägen geschmückte Montur war kostbar und würde sicher einiges einbringen. Lucia selbst saß ohne Sattel genauso sicher, wenn nicht sogar bequemer auf dem Pferd; sie hatte längst keine Angst mehr davor. Auf jeden Fall konnten die Rückenschmerzen, die sie fast jeden Tag plagten, kaum schlimmer werden, ebenso wenig die ziehenden Schmerzen in ihrer Brust. Lucia fühlte sich in letzter Zeit fast immer, als stünde sie kurz vor der Menstruation; ihr Körper schien durch die Misshandlungen der Büttel und die nachfolgenden Strapazen der Reise völlig durcheinandergeraten zu sein. Sie hoffte, in Nürnberg auch Schweinefett und einen Topf kaufen zu können. Ringelblumen hatte sie bereits gesammelt. Wenn sie beides kochte, konnte sie sich eine lindernde Salbe für ihre brennende Scham und die vom Reiten wunden Schenkel bereiten.

Nürnberg war von der Pest verschont geblieben, was schon auf den umliegenden Straßen unschwer zu erkennen war. Hier herrschte viel mehr Verkehr als in den Pestgebieten; auf den Zufahrtswegen zur Stadt wimmelte es von Gauklern und herumreisenden Badern und Chirurgen, die lauthals ihre Dienste anpriesen. Bauern brachten ihre Erzeugnisse in die Stadt, reiche Juden begleiteten schwer bewachte Planwagen mit Handelswaren aus fernen Ländern. Mitunter flüchtete alles rasch an den Straßenrand, wenn ein Trupp Ritter vorbeisprengte, oder machte einer Sänfte und ihrer bewaffneten Begleitung ehrerbietig Platz. Man grüßte Geistliche, die auf edlen Maultieren reisten, oder gab Bettelmönchen ein Almosen.

Lucia hätte das Treiben beinahe genossen, wären ihr nicht so viele argwöhnische Blicke gefolgt. Sie versuchte, sich mit den wenigen verschlissenen Kleidungsstücken zu verschleiern, die ihr geblieben waren, doch Leas Mantel trug nach wie vor die Judenringe, und Lucia befürchtete, als Jüdin noch mehr als Freiwild zu gelten denn als Christin. Sie erhielt jetzt immer wieder zweideutige Angebote, und so mancher Reisende, der lange keine Frau gehabt hatte, bot ohne viel Federlesen Geld für Liebesdienste. Lucia lehnte alles strikt ab und hoffte nur, den Ausflug in die Stadt rasch hinter sich zu bringen. Überhaupt war sie die Reise leid. Sie musste bald einen festen Ort finden und sich eine Stelle suchen – auch deshalb, weil der Spätsommer längst dem Herbst gewichen war. Es war inzwischen mehr als ungemütlich, ohne Wetterschutz im Wald zu schlafen, und Lucia verbrachte die Nacht oft zitternd und durchnässt im Schutz eines improvisierten Zeltes aus Leas Mantel und ein paar mit dem kleinen Dolch geschnittenen Ästen. Mitunter wagte sie dann, ein Feuer zu entzünden, aber gern tat sie es nicht: Der Feuerschein mochte ungebetene Gäste anlocken.

Zum Glück stellte der Pfandleiher diesmal keine bohrenden Fragen, als Lucia den Sattel im Nürnberger Judenviertel anbot. Freilich regte sich seine Neugier: Ein zerlumptes, heruntergekommenes Frauenzimmer, das dennoch einen wertvollen Sattel und ein schönes Reittier besaß, musste auffallen. Doch der alte Jude hielt sich zurück. Er bot auch einen verhältnismäßig fairen Preis, merkte allerdings an, dass der Sattel schlecht gepflegt sei. Sonne und Regen hatten das Leder ausgebleicht und brüchig werden lassen; Lucia hatte schließlich weder Zeit gehabt, ihn zu putzen, noch hätte das Geld für gutes Lederfett ausgereicht.

»Wollt Ihr die Stute auch verkaufen?«, fragte der Pfandleiher schließlich, als Lucia die Pfennige in ihren Rocktaschen verstaute. »Das ist ein schönes Tier und gut bemuskelt. Wenn auch ein bisschen mager!«

Das stimmte. Pia hätte etwas Kraftfutter brauchen können, obwohl Lucia immerhin darauf achtete, ihr ausreichend Zeit zum Grasen zu lassen. Dieses kostenfreie Futter ging allerdings langsam aus, jetzt im Herbst wuchs das Gras nicht nach. Vor dem

Winter brauchte nicht nur Lucia eine Unterkunft, sondern auch Pia einen ordentlichen Stall.

Lucia dachte kurz daran, das Tier dem Händler zu überlassen, entschied sich dann aber dagegen. Sie hatte sich nun mal entschlossen, nach Regensburg oder Landshut weiterzureisen, und das ging zu Pferde schneller als auf Schusters Rappen. Auch wenn eine Magd, die zu Fuß unterwegs war, natürlich weniger Aufsehen erregte. Vielleicht konnte sie das Maultier ja kurz vor ihrem Ziel verkaufen ... oder zumindest, bevor sie sich auf Arbeitssuche begab. Viehmärkte gab es in jeder Stadt.

So dankte sie dem Pfandleiher nur kurz, deckte sich auf dem reichhaltigen Markt mit Lebensmitteln und ein paar Ingredienzien für dringend benötigte Heil- und Pflegemittel ein und erstand auch einen Beutel, um sich die Vorräte über die Schulter zu hängen. Der Verzicht auf die Satteltaschen fiel ihr in den nächsten Tagen schwerer als der Verlust des Sattels an sich. Die sanfte Stute ließ sie gut auf ihrem Rücken sitzen, aber die Schultertasche belastete sie und störte das Gleichgewicht.

Immerhin bewirkte die Salbe aus Ringelblumen und Schweinefett, dass die wunden Stellen an ihrer Scham, ihrem Gesäß und den Oberschenkeln abheilten. Allerdings nutzten die verschiedenen Kräuter, die sie sonst noch erstanden hatte, nichts gegen ihr ständiges Unwohlsein und ihre spannenden Brüste. Nach allem, was sie von Al Shifa und aus dem Handbuch des Ar-Rasi wusste, hätte nach dem Genuss eines Tees aus diesen Ingredienzien eigentlich ihre Monatsblutung einsetzen sollen, die über all den Strapazen bislang ausgeblieben war. Hier aber tat sich nichts. Lucia fühlte sich ausgebrannt und erschöpft. Sie war froh, als sie Regensburg endlich näher kam, und hätte vorher gern noch an einem Fluss oder See gerastet, um sich gründlich zu reinigen und das Beste aus den

Fetzen ihrer Kleidung zu machen. Ihre künftige Herrschaft würde nicht übersehen, dass sie arm war, aber sie wollte doch wenigstens sauber und ordentlich wirken. Eine Geschichte zur Erklärung ihrer Herkunft hatte Lucia sich auch schon ausgedacht. Sie würde behaupten, bei einer jüdischen Familie in Mainz in Stellung gewesen zu sein. Nach dem Pogrom war sie aus der Stadt geflohen.

Doch es sollte anders kommen. Lucia fand keinen verschwiegenen Ort für eine Reinigung, nicht einmal einen Platz, um allein und ungestört rasten zu können. Stattdessen geriet sie schon viele Meilen vor der Stadt in einen nicht enden wollenden Strom von Gauklern, Händlern und Wunderheilern. In diesen Tagen, so verriet man ihr, fand in Regensburg die »Emmeramsdult« statt. Auf dem Jahrmarkt würde es hoch hergehen, und jeder versprach sich gute Einnahmen.

»Du wirst dich dumm und dämlich verdienen mit deinem hübschen Frätzchen!«, rief lachend ein Bader, neben dessen Karren Lucia kurz herritt. Der Beruf dieser wandernden Volksheiler faszinierte sie. Die meisten fanden ein gutes Auskommen, auch wenn kaum einer auch nur annähernd so viel über Medizin wusste wie Lucia selbst oder gar Al Shifa. Allerdings war der Beruf auf Männer beschränkt. Eine Frau, die als »Baderin« herumreiste, war undenkbar. »Und du wirst sogar noch rot! Dein Leben lang warst du sicher keine Hübschlerin, oder?« Der Mann sah sie gutmütig, aber auch ein wenig forschend an.

»Ich bin auch heute noch keine!«, gab Lucia zur Antwort und verhielt ihre Stute.

So ging das nicht. Wenn sie im Gefolge dieses fahrenden Volks zur Messe in die Stadt kam, hatte sie dort keine Aussicht, eine Anstellung als Magd oder Köchin zu finden. Man würde sie unweigerlich für eine wandernde Hübschlerin halten und entsprechend behandeln. Allein ein Quartier zu finden durfte fast unmöglich sein.

Und die Messe einfach abwarten? Lucia hatte keine Lust auf eine weitere Woche in den Wäldern, zumal das Hügelland hier ziemlich aufgelockert war; es würde nicht einfach sein, einen Unterschlupf zu finden.

Entschlossen wendete Lucia ihre Stute und bog auf eine alte Römerstraße ab, die an Regensburg vorbeiführte. Sie ritt weiter nach Süden.

In zwei oder drei Tagen würde sie Landshut erreichen.

2

Landshut lag im Isartal, das sich terrassenförmig zum Fluss hin absenkte. Der Fluss teilte die schmucke Handelsstadt in zwei durch Brücken miteinander verbundene Teile. Außerdem gehörte eine Flussinsel dazu. Die Burg Landshut, ein trutziger Bau, thronte auf dem höchsten Berg der Umgebung und wachte über den Ort, in dem sich viele reiche Handwerker und Kaufleute angesiedelt hatten. Selbst für Lucia war erkennbar, dass die Stadt blühte und gedieh – gerade eben war das Stadtgebiet erweitert worden, und die Arbeiten an der Stadtmauer hielten noch an. Auch sonst wurde überall gebaut; seit einem Brand vor gut zehn Jahren durften nur noch Steinhäuser errichtet werden. Im Verhältnis zu dem unter der Pest leidenden, nahezu ausgebluteten Mainz schien die Stadt Optimismus und Freude zu atmen. An den Stadttoren herrschte reger Verkehr, und Lucia wurde zwar neugierig, aber kaum misstrauisch beäugt, als sie eintrat.

Die junge Frau überlegte, ob sie sich zuerst um eine Stellung oder den Verkauf ihres Maultiers kümmern sollte, und entschied sich dann für Letzteres. Es würde auffallen, wenn eine Magd ein wertvolles Reittier mit sich führte. Außerdem kam ihr das Geld gelegen. Es würde sicherlich reichen, um auf dem Markt gebrauchte Kleidung zu erstehen und vielleicht auch ein Badehaus für Frauen aufzusuchen, falls es so etwas in Landshut gab. Lucia wusste, dass sie zurzeit wie eine Landstreicherin aussah, und das würde ihre Chancen bei der Arbeitssuche kaum erhöhen.

Die junge Frau erkundigte sich also nach dem Weg zum Rossmarkt und zog dort ein wenig ziellos von einem Händler zum anderen. Wie fing man es an, mit Pferden zu handeln?

Die Händler machten es ihr allerdings leicht. Gleich die ersten riefen sie an, priesen ihre eigenen Tiere und fragten, ob Lucia ihre Stute verkaufen oder gegen ein anderes Tier tauschen wollte. Halbherzig wandte sie sich einem wenig vertrauenerweckenden Mann zu, an dessen Stand mehrere Maultiere angebunden waren. Er hatte einen zeltartigen Unterstand für die Tiere errichtet; Lucia hätte Pia lieber in einem ordentlichen, sauberen Stall gesehen. Es behagte ihr wenig, sie beim Händler einem ungewissen Schicksal zu überlassen.

»Ein nettes Tier, aber sicher nicht das jüngste!«, erklärte der Mann fachkundig und öffnete Pias Maul mit geschicktem Griff. »Bald zwanzig Jahre alt, viel kann ich Euch dafür nicht bieten ...«

Lucia runzelte die Stirn. »Sie ist gerade mal fünf, hat man mir gesagt!«, bemerkte sie.

Der Händler lachte. »Ja, da wollte man sie Euch schönreden! Auch sonst ... für ein Mädchen mag sie ein hübsches Reittier abgeben, aber kräftig ist sie nicht, und obendrein viel zu mager. Und die Beine ... sie steht hinten kuhhessig ...«

»Aber das tun doch viele Zelter!« Lucia war verunsichert. Lea hatte ihre Stute immer in den Himmel gelobt. Und nun sollte sie auf einmal ein minderwertiges Tier sein? »Sie geht sehr weich, wisst Ihr.«

»Ja, ja, aber sie ist langsam. Das seh ich schon, junge Dame! Dem Dov Williger macht so leicht keiner was vor!« Der Mann lachte und rieb sich die Hände. »Nein, Mädel, wenn ich dir das Tier für ein paar Pfennig abnehm, dann nur um deiner schönen Augen willen!«

In Lucias Augen standen jetzt Tränen. Es fiel ihr ohnehin schwer, sich von Pia zu trennen. Und nun sollte sie nur ein paar Pfennige dafür bekommen?

»Dem Dov Williger mag so leicht keiner was vormachen. Ist er doch selbst ein Meister in Lug und Trug!«

Während Lucia noch nachdachte und der Händler sie schmoren ließ, war ein Mann hinter das Mädchen getreten. »Glaubt dem Gauner kein Wort, junge Frau! Ihr habt da ein außerordentlich wertvolles Tier. Ich habe selbst mal ein vergleichbares erstanden und ein Vermögen dafür bezahlt.«

Lucia sah sich um und erkannte einen älteren, in wertvolles Tuch gekleideten Herrn. Er trug einen Judenhut, ähnlich dem des Händlers, aber nicht speckig, sondern aus bestem Filz, und sein Mantel war aus erlesenem Wollstoff. Nur das Judenzeichen störte das Bild.

Der Mann verbeugte sich leicht und machte sich daran, die Stute ebenso ausgiebig zu mustern wie der Händler. Dabei wurde sein Gesicht immer finsterer, und zwischen seinen Augen stand eine tiefe Furche, als er sich schließlich wieder Lucia zuwandte.

»Ich muss mich berichtigen, junge Frau!«, bemerkte er in jetzt viel strengerem Tonfall. »Vor zwei Jahren erstand ich kein vergleichbares Maultier auf diesem Markt, sondern ebendieses. Es ist kein Zweifel möglich. Eine solche Scheckung findet sich kein zweites Mal. Also raus mit der Sprache, Mädchen! Woher hast du das Tier?«

Lucias Gedanken arbeiteten fieberhaft. Dieser reich gekleidete Jude musste Leas Onkel sein! Der Vater ihrer Schwägerin! Wenn sie sich nur an seinen Namen erinnern könnte...

»Zach...Zacharias Levin?«, fragte sie mit heiserer Stimme.

Der Mann betrachtete sie aufmerksam und kniff dabei die Augen zusammen. Offensichtlich konnte er nicht gut sehen; eben schon war Lucia aufgefallen, dass er die Beine der Stute eingehender abgetastet hatte als der Händler, dem sicher gleich beim ersten Blick aufgefallen war, dass Pia untadelig gebaut war.

»Um des ewigen Gottes willen, du... du bist Lea!« Der Mann schien zu schwanken. »Natürlich, der Mantel... du trägst das Judenzeichen; ich hätte gleich sehen sollen, dass der Kerl hier eben eine Glaubensgenossin betrügt! Aber man sagte uns, sie seien alle umgekommen...« Zacharias Levin griff spontan nach Lucias Händen. »Und meine Augen sind nicht mehr so gut. Verzeih, dass ich dich nicht gleich erkannt habe!«

Lucia errötete tief und fühlte erneut den Schmerz um Leas Verlust in sich aufwallen. Sie musste diesen Irrtum aufklären.

Der Mann drückte ihre Hände und kam ihr beinahe unziemlich nahe, um sie genauer ansehen zu können. Er schien tatsächlich halb blind zu sein.

»Aber jetzt wird alles gut, Lea, meine Kleine!«, sagte er freundlich. »Wie mager du bist, und wie abgerissen du daherkommst! Wir werden dich aufpäppeln müssen. Aber wie bist du entkommen? Und was ist mit dem Kind?«

Lucia holte tief Luft. »Das Kind ist tot. Und...«

»Und Juda ebenfalls«, murmelte Levin. »Und meine Rebecca, deine Eltern und Brüder. Ich weiß, mein armes Mädchen! Wir wähnten ja auch dich unter den Opfern. Es hat die Hälfte der Juden von Mainz getroffen. Aber lass uns erst mal nicht darüber reden. Du brauchst ein Bad, Kind, und warme Kleidung, und ein Bett. Du musst wochenlang unterwegs gewesen sein!« Er legte Lucia den Arm um die Schulter, doch es schien fast, als müsse er sich auf sie stützen. Der Verlust seiner Tochter und ihrer Familie in Mainz musste ihn tief getroffen haben. Allerdings fand er noch die Kraft, den Pferdehändler mit einem vernichtenden Blick zu bedenken. »Und du pack dich, Dov Williger!«, rief er ihm zu. »Du bist eine Schande für dein Volk! Wenn die Christen alle Juden als Gauner und Rosstäuscher abtun, liegt es an Kerlen wie dir! Die Maultierstute steht im Übrigen nicht mehr zum Verkauf, meine Nichte wird sie behalten.«

Lucia folgte Zacharias Levin wie in Trance. Sie wusste, dass sie jetzt hätte reden müssen. Jeder Augenblick, der verstrich, machte es schwerer, die Verwechslung aufzuklären. Doch tief in ihr stieg wieder jene Kälte auf, die ihr schon zweimal geholfen hatte, zu überleben. Erneut trat skrupelloses Kalkül an die Stelle ihrer Gefühle. Sie war fremd hier – und sie war nicht gesund. Noch immer hatte ihre Monatsblutung nicht eingesetzt, und sie fühlte sich müde. Während Zacharias Levin lebhaft erzählend neben ihr herschritt, erlaubte Lucia sich erstmals, genauer über diese Symptome nachzudenken. Ihre Brüste spannten, ihr Rücken schmerzte. Was, wenn sie schwanger war? Dann würde niemand sie als Magd einstellen, und von dem Geld von Pias Verkauf würde sie auch höchstens ein paar Monate leben können. Als Mitglied der Familie Levin wäre sie dagegen geschützt. Sie würde als Bürgerin leben können, sich ordentlich kleiden ... mit einem Schlag wäre sie alle Sorgen los und würde Leas Onkel obendrein glücklich machen.

Natürlich wäre es eine gewaltige Lüge. Doch Lea hätte sie nicht dafür verdammt! Für Lea war sie immer eine Schwester gewesen; sie hätte sie sogar mit ihrem Bruder verheiratet. Wenn sie nun ihre Stelle einnahm ...

»Und denk dir, Lea, du bist nicht einmal mittellos!«, erklärte Zacharias Levin gerade und erregte damit Lucias Aufmerksamkeit. Die beiden kamen dem Judenviertel jetzt näher. In Landshut lebten die Juden gänzlich abgeschieden von den Christen, doch ihre Häuser standen denen der anderen Bürger der Stadt in Größe und Ausstattung kaum nach. Fast alle waren aus Stein errichtet. Der Brand musste also auch hier gewütet haben. »Ich schulde deinem Vater noch Geld – wir hatten gemeinsam in eine Ladung Seide aus Al Mariya investiert, und das Schiff ist nun endlich eingetroffen. Abraham von Kahlbach, ein guter Freund der Familie, hat die Reise nach Al Andalus unternommen und für uns eingekauft. Als Benjamins Erbin steht dir rechtmäßig ein Drittel des Erlöses zu. Kein Vermögen, aber doch genug für einen Neuanfang.«

Lucia fragte sich, was er mit einem Neuanfang meinte. Ein

Geschäft? Oder eine neue Ehe? Wahrscheinlich Letzteres. Aber damit konnte sie sich jetzt nicht befassen. Sie musste eine Entscheidung treffen ... Die Kälte in ihrem Innern kalkulierte das Risiko. Was konnte schlimmstenfalls passieren, wenn sie sich als Lea ausgab?

Ich wäre eine Lügnerin und auf ewig verdammt, murmelte das Gefühl in ihr, doch ihr Verstand sagte, dass wahrscheinlich gar nichts geschehen würde. Zacharias Levin hatte Lea vor zwei Jahren kurz gesehen. Aber er hatte sie nicht wiedererkannt; er war kurzsichtig, und blonde Mädchen sahen für ihn alle gleich aus. Andere Mitglieder der Familie hatte Lea nicht erwähnt. Zacharias war damals allein nach Mainz gekommen, um die Ehe seiner Tochter mit Esra von Speyer zu arrangieren. Und die von Speyers waren tot. Niemand würde Lucia erkennen. Und sie würde sich auch sonst nicht verraten. Jüdische Sitten, selbst die Sabbatgebete und die Rituale zum Pessach-, Baumhütten- und Lichterfest waren ihr geläufig. Ja, sie konnte sogar Anekdoten aus Leas Kindheit erzählen, war sie doch lange genug fast als Leas Zwilling durchgegangen. Dies hier war Lucias Chance auf ein besseres Leben. Und sie würde sie nutzen!

»Du bist sehr lieb, Onkel Zacharias«, sagte sie leise. »Ich weiß nicht, wie ich dir danken soll ...«

Zu Zacharias Levin gehörten seine Frau, ein bereits verheirateter Sohn und eine jüngere Tochter. Daphne war ein Nachkömmling und erst zehn Jahre alt. Lucia mochte sie sofort und hatte gleich ein besseres Gefühl, als sie das Kind im Haus kennen lernte. Hier konnte sie sich nützlich machen! Sie würde Daphne gern in Latein, Griechisch und Arabisch unterrichten, wenn die Levins es wollten. Vorerst wollte Hannah Levin aber nichts davon hören, dass Lucia sich im Haushalt betätigte.

»Erhol dich erst mal, Kind!«, erklärte sie und arrangierte als Erstes einen Besuch im jüdischen Badehaus für Frauen. Das gab es natürlich auch in Landshut; die Juden hielten überall auf Sauberkeit und besuchten mindestens einmal in der Woche, vor dem Sabbat, das Bad. So aalte sich auch Lucia nur wenige Stunden nach ihrer Ankunft im warmen Wasser und nutzte die Zeit, um sich die Geschichte ihrer – nein, Leas! – Flucht auszudenken.

Die erzählte sie dann abends am Feuer in der Wohnstube der Levins, die mit schweren Eichenmöbeln kostbar eingerichtet war. Der verspielte maurische Stil in den Räumen der von Speyers hatte Lucia zwar besser gefallen, aber sie hatte sich lange nicht so wohl gefühlt wie jetzt in der heimeligen Atmosphäre dieses Hauses, in dem vieles sie an ihre Kindheit erinnerte. Die Mesusa an der Tür, der siebenarmige Leuchter, die koschere Küche... Nein, es würde ihr nicht schwerfallen, sich als Jüdin auszugeben. Im Gegenteil: Sie fühlte sich, als hätte sie nach langer Irrfahrt endlich heimgefunden.

Die Levins verhielten sich sehr taktvoll. Sie zwangen die junge Frau nicht zum Reden, konnten sie sich doch vorstellen, was sie durchgemacht hatte. Den Landshuter Juden waren Pogrome durchaus nicht fremd. Erst im letzten Jahr waren einige der ihren getötet worden.

»Es ging mal wieder um eine Brunnenvergiftung«, seufzte Hannah Levin, deren Vetter unter den Toten war. »Sie machten uns für das Einschleppen der Pest verantwortlich...«

»Die Pest?« Lucia fuhr auf. »Aber die wütet hier doch gar nicht, oder?« Das konnte nicht sein! Sie wollte nicht wieder von dem schrecklichen Albtraum geplagt werden, aus dem sie sich gerade erst befreit hatte.

»Nein, nein...« Hannah Levin streichelte ihr beruhigend über die Hände und füllte ihren Becher ein zweites Mal mit Wein. »Es gab nur ein paar Fälle, von denen niemand genau wusste, was es war. Aber das Volk ist rasch aufgehetzt, wie du selbst ja nur zu gut weißt. Willst du uns nicht von Mainz erzählen, Lea? So schmerzlich es ist, ich wüsste gern mehr von den letzten Stunden meiner Rebecca. Ich hatte mich so sicher gefühlt, als ich sie ins Rheinland verheiratete. In Mainz, so hieß es, ständen die Juden unter dem Schutz des Bischofs, es gäbe kein abgeschlossenes Judenviertel.« Das Ghetto von Landshut, so hatte Lucia soeben erfahren, wurde nachts mit Ketten verschlossen! »Und nun das . . .«

Hannah Levin liefen Tränen übers Gesicht. Sie fühlte sich heute nicht nur durch Leas glückliche Rettung an ihre Tochter erinnert. Nach der Ankunft ihrer Nichte hatte sie auch erstmalig wieder deren Schränke und Truhen geöffnet, um nach ein paar Kleidern zu suchen, die Lea vielleicht passten. Nun saß das blonde Mädchen in einem Kleid vor ihr, das sie einst selbst für ihre zarte, dunkelhaarige Tochter geschneidert hatte . . . Hannah würde in den nächsten Tagen noch viele Tränen vergießen.

Lucia erzählte also und blieb dabei so nah wie möglich an der Wahrheit. Ihre Erlebnisse waren schlimm genug; da musste sie sich nicht noch Einzelheiten rund um Rebeccas und Sarahs Tod ausdenken. So verlegte sie nur die Geburt von Leas Baby eine Woche vor und behauptete, ihr Sohn habe in den Tagen vor dem Pogrom an schweren Blähungen gelitten. Schließlich habe sie sich entschlossen, ihre alte Freundin Lucia aufzusuchen, die heilkundig war und ihr bestimmt einen Tee für das Kind empfehlen konnte. Darüber wäre es zu einem Streit mit ihrer Mutter gekommen. Sarah von Speyer hätte nicht gewollt, dass Lea das Judenviertel verließ und obendrein eine christliche Hebamme aufsuchte. Lucia wusste nicht, inwieweit die Levins womöglich über die Geschichte zwischen ihr und David informiert waren. Vielleicht wussten sie, dass das Pflegekind der von Speyers in Sarahs Augen schwer gesündigt hatte. Aber immerhin fiel es ihr nicht schwer, bei dem Gedanken an eine Auseinandersetzung mit Sarah von Speyer zu weinen. Auch ihre Beziehung zu ihrer einstigen Pflegemutter war ja im Streit geendet, und es hing ihr bis heute nach, dass Sarah ihr nicht geglaubt hatte.

Die Levins warteten verständnisvoll ab, bis »Leas« Schluchzer verebbten.

»Ich werde mir nie verzeihen, dass ich sie im Streit verlassen habe«, flüsterte Lucia. »Aber ich war verärgert und trotzig, und so rannte ich schließlich aus dem Haus – ohne Mantel, es war ja warm, und in Hauskleidern, die mich nicht als Jüdin auswiesen.«

Die Levins musterten sie beinahe vorwurfsvoll. Ein Verstoß gegen die Kleidervorschriften schien hier ein viel schlimmeres Vergehen zu sein als im verhältnismäßig liberalen Mainz.

»Jedenfalls gelangte ich zu meiner Freundin und plauderte ein wenig mit ihr, bis es draußen zu Ausschreitungen kam. Die Geißler und Judenschläger bezichtigten Lucia der Hexerei. Ich wollte dann nach Hause gehen und geriet in einen Mob, der zum Judenviertel stürmte ...«

Der Rest der Geschichte stimmte vollends mit Lucias eigenen Erlebnissen überein. Nur die Sache mit dem Leuchter ließ sie aus. Wenn die Levins sich überhaupt Gedanken darüber machten, wovon Lea auf der Flucht gelebt hatte, würden sie annehmen, sie hätte Geld bei sich gehabt, als sie die christliche Hebamme aufsuchte. Die wollte schließlich entlohnt werden ...

»Du hast sie also nicht sterben sehen?«, fragte Zacharias Levin erstickt. »Rebecca ... und Esra ...«

»Ich sah Esra tot auf der Straße ... und meinen Vater. Von Rebecca und Mutter hörte ich nur von einem kleinen Reitknecht.«

Lucia erzählte von ihrer Flucht mit Leas Maultier, deutete den Vorfall am Fischtor allerdings nur an. Hannah Levin verstand trotzdem.

»Armes Kind!«, sagte sie leise. »Armes, armes Kind ...«

Lucia war froh, dass Leas Tante es so aufnahm und ihr zumindest keine Vorwürfe machte. Sie war sich jetzt fast sicher, dass sie tatsächlich schwanger war. Im Badehaus hatte sie sich nackt gesehen und feststellen können, wie viel größer ihre Brüste waren. Ihr Bauch war zwar noch flach, erschien ihr aber härter als sonst, und nach wie vor trat die Periode nicht ein.

Wenn das Kind doch von Clemens wäre! Lucia schob den Gedanken, Martins oder Bertholds Samen könne sich in ihr verwurzelt haben, energisch von sich.

»Jetzt bist du jedenfalls bei uns«, erklärte Zacharias schließlich ermutigend. »Fühl dich wie zu Hause. Für uns wirst du immer eine Tochter sein!«

Tatsächlich fiel es Lucia überaus leicht, sich in den Haushalt der Levins einzugliedern. Der Tagesablauf war hier ähnlich wie bei den von Speyers; der Sabbat wurde genau so gefeiert, lediglich die Besuche in der Synagoge waren Lucia neu. Am ersten Sabbat war sie folglich ein wenig nervös, tröstete sich aber damit, dass auch Lea in der christlichen Kirche zurechtgekommen war, als sie Lucia ein Alibi für ihre Ausflüge mit David verschaffte. Und tatsächlich bot der jüdische Gottesdienst für Frauen fast noch weniger zu tun als der christliche. Man begab sich auf eine abgeschiedene Empore, um zuzuhören und zu beten. Auch das meist still, und Lucia half sich ohnehin darüber hinweg, indem sie während des gesamten Gottesdienstes leise weinte. Die anderen Frauen fanden das gänzlich normal angesichts ihrer Erfahrungen in den letzten Wochen und nahmen sie liebevoll auf. Zu ihrem Kreis fand sie leicht Zugang. Fast jede hatte schon Verwandte durch christliche Verfolgungen verloren. Sie waren bereit, Geduld mit Lea zu haben und sie in ihrer Trauer zu unterstützen.

Sehr bald trafen auch Geschenke für sie ein. Man organisierte eine Trauerfeier für ihre Eltern, und zehn Männer ihrer neuen Gemeinde saßen Kaddisch für die von Speyers.

Lucia wunderte sich selbst darüber, empfand sich jedoch nicht als Betrügerin. Gut, sie trauerte nicht um Juda, sondern um Clemens, und sie hatte keine Schwägerin verloren, sondern eine geliebte Pflegeschwester. An die von Speyers dachte sie zwar nicht mehr als ihre Zieheltern, seit man sie so rüde aus dem Haus verdammt hatte, doch ihr Tod ging ihr nahe; außerdem konnte sie hier endlich ausgiebig um Al Shifa weinen und trauern.

Schließlich bat Zacharias Levin Lucia in sein Kontor, wo bereits ein großer, schwerer Mann mittleren Alters auf sie wartete. Levin stellte ihn als Abraham von Kahlbach vor.

»Reb Abraham hat unsere Warenlieferung von Al Mariya aus begleitet, Kind, und auch den Weiterverkauf übernommen. Du weißt ja, ich betreibe nur gelegentlich Fernhandel ...«

Die Levins hatten eine gutgehende Pfandleihe vor Ort, die selbst von wohlhabenden und adeligen Familien aufgesucht wurde, wenn schnell Geld gebraucht wurde. Zacharias galt als verschwiegen und hatte einen guten Ruf als ehrlicher Händler. Er pflegte die Preise selbst bei den Kunden nicht zu drücken, die offensichtlich in Schwierigkeiten steckten. Nach ihren eigenen Erfahrungen in Rüsselsheim wusste Lucia das zu schätzen!

Fernhandel und die damit verbundenen Reisen lagen Zacharias weniger. Er hatte von jeher schlechte Augen, was ihm die Orientierung in der Fremde erschwerte. In der Pfandleihe benutzte er schwere Vergrößerungsgläser, um die Waren taxieren zu können, doch auf Reisen brauchte man klare Sicht und gute Reflexe. Gerade die Juden waren ständigen Gefahren ausgesetzt, und wer halb blind das Schwert schwang, lebte nicht lange. Zacharias hatte sich deshalb schon früh darauf beschränkt, seine Geschäfte von Landshut aus zu führen. Er investierte in Fernhandel, reiste aber nicht selbst. Abraham von Kahlbach schien dabei einer der Männer zu sein, denen er sein Geld gern anvertraute.

Der dunkelhaarige und trotz seines fortgeschrittenen Alters und seiner kräftigen Figur noch äußerst geschmeidige Mann verbeugte sich vor Lucia.

»Frau Lea, ich freue mich, Eure Bekanntschaft zu machen. Auch wenn ich mir günstigere Umstände dafür wünschte...«

Von Kahlbach trug sein Haar lang; sein Bart und seine Schläfenlocken sprossen üppig. Lucia konnte seine Gesichtszüge deshalb kaum erkennen, bemerkte jedoch, wie seine braungrünen Augen sie prüfend musterten. Von Kahlbachs Gesicht wirkte eher dunkel und südländisch geprägt; vielleicht war es aber auch nur gebräunt nach vielen Jahren der Reisen im Orient.

Clemens würde ihn als Erstes nach Haschisch fragen...

Lucia musste bei dem Gedanken beinahe lächeln. Sie sah Clemens' klare Züge, seine klugen, warmen Augen fast deutlicher vor sich als das Gesicht dieses Mannes, der sie eben so höflich begrüßte und dabei etwas länger ansah, als es für einen jüdischen Mann schicklich war, der gerade einer verheirateten jüdischen Frau vorgestellt wurde... einer verwitweten jüdischen Frau. Aber das machte wohl kaum einen Unterschied.

Kahlbach bemerkte ihre Missbilligung und wandte den Blick ab. Er hatte lange Wimpern. An David hatte ihr das damals gefallen; bei diesem Mann aber wirkte es seltsam weibisch und wollte zu seiner starken Gestalt und den scharf und klar geschnittenen Lippen kaum passen. Lucia senkte den Blick, bevor auch sie Gefahr lief, den Mann anzustarren. Allerdings musste sie mehr über ihn erfahren. Zacharias hatte angedeutet, es sei sinnvoll, ihm ihr frisch erworbenes Geld zwecks erneuter Investition zu überlassen. Aber Lucia war sich keineswegs sicher, ob sie ihm oder überhaupt jemandem trauen sollte.

Immerhin legte er jetzt gewissenhaft Zeugnis darüber ab, wie viel Geld er von Zacharias Levin und Benjamin von Speyer erhalten und wo er es investiert hatte. Er berichtete von den Schwierigkeiten der Schiffsreise, bei der sie zum Glück von Piratenüberfällen verschont geblieben waren, aber etliche Zölle hatten zahlen müssen, und händigte schließlich sowohl Zacharias als auch Lucia einen ordentlichen Gewinn aus. Für Lucia war es ein kleines Vermögen in echten Goldstücken. Ihr Instinkt riet ihr, es zu behalten und unter dem Strohsack in ihrem Bett zu verwahren. Aber so ging es natürlich nicht. Die Tochter eines jüdischen Kaufmanns würde ihr Geld nie einfach irgendwo verstecken! Lucia hörte also aufmerksam zu, während Abraham von Kahlbach ihrem Onkel neue Investitionsmöglichkeiten schilderte.

»Ihr könnt das Geld natürlich in eine Reise meines Bruders nach Flandern stecken. Gent, Maastricht ... Ziemlich ungefährlich, aber der Verdienst wird auch nicht hoch sein. Ich selbst plane eher eine Reise in den Maghreb und die Osmanischen Reiche. Gewürze erzielen zurzeit beste Preise, ein Pfund Pfeffer ist so viel wert wie ein gutes Pferd.«

»Bezieht man Gewürze nicht über Venedig?«, erkundigte sich Lucia. Sie war es leid, dass von Kahlbach sich lediglich an Levin wandte. Schließlich ging es auch um die Investition ihres Geldes, aber er schien selbstverständlich anzunehmen, dass ihr Onkel darüber verfügte.

Deshalb blickte er jetzt auch ein wenig erstaunt zu ihr hinunter. Lucia hatte sich auf einen Schemel am Feuer gesetzt. Mehr als zwei hohe Stühle bot das Kontor nämlich nicht, und keiner der Männer hatte sich die Mühe gemacht, ihr einen davon anzubieten.

»Das stimmt, Frau Lea, ich bewundere Eure Kenntnisse«, meinte von Kahlbach. Es klang beinahe herablassend, obwohl sein Blick Interesse spiegelte.

»Ich war mit einem Fernhandelskaufmann verheiratet!«, erinnerte Lucia. »Und mein Vater führte ein großes Unternehmen. Ich weiß durchaus, woher man Güter bezieht, Reb Kahlbach!«

Wie um es zu beweisen, führte sie an, was die von Speyers aus Prag und Wien, von der Brabanter und Frankfurter Messe eingehandelt und ausgeführt hatten.

Von Kahlbach nickte. »Selbstverständlich, Frau Lea. Aber die Verdienstspannen sind natürlich höher, wenn man die Güter direkt in den Herkunftsländern einkauft. Man kann die Qualität dann auch gleich prüfen...«

»Aber das Risiko ist auch höher, dabei eine ganze Warenlieferung zu verlieren oder gar das eigene Leben. Ich habe mich stets um meine Brüder und meinen Ehemann gesorgt, wenn sie auf Reisen gingen.« Lucia tupfte sich die Augen, obwohl sie nicht wirklich weinen musste. Weder sie noch Lea hatten sich überhaupt vor irgendetwas gefürchtet, als sie im Haus der von Speyers lebten. Besonders Lea hatte ihren Vater und ihre Brüder stets für unverwundbar gehalten und ihrem Ehemann eher für sein Ausbleiben gezürnt, als sich um ihn zu ängstigen. Aber sie wusste von Clemens, der ebenfalls weit gereist war, welche Gefahren die Straßen boten. Auch für Männer und erst recht für Juden.

»Es steht einer Frau gut an, hier vorsichtig zu sein«, sagte von Kahlbach und lächelte. Das Lächeln machte sein Gesicht weicher; er hätte fast sympathisch gewirkt, wäre sein Blick weniger herablassend gewesen. »Aber wer nicht wagt, der nicht gewinnt! Und ich habe große Erfahrungen im Umgang mit Arabern und Mauren. Auch gute Verbindungen. Ich bin sicher, ich kann Euer Geld mehren, Frau Lea!«

Lea biss sich auf die Lippen. Wenn es noch Al Andalus gewesen wäre! Aber der Maghreb... die Wüste... Wie leicht konnte ihren schönen Goldstücken da etwas passieren.

»Wobei es mich natürlich glücklich machte, würde Eure Sorge

auch mir gelten.« Von Kahlbachs Stimme klang nun etwas weicher. Lucia runzelte die Stirn. Verspottete er sie? Oder versuchte er, mit ihr zu tändeln?

»Reb Kahlbach, ich bin in Trauer!«, sagte sie scharf.

Zacharias Levin legte seine Hand auf die ihre. »Beruhige dich, er meint es nicht so. Genau genommen ist Reb Kahlbach auch fast noch in Trauer. Seine Frau verstarb vor nur gut einem Jahr.«

Also ein Witwer. Einer der Männer, mit deren Werben sich »Lea« nach einer angemessenen Frist würde auseinandersetzen müssen. Und er war zweifellos eine gute Partie.

Nun, darüber konnte sie sich später Gedanken machen. Jetzt ging es erst mal um die Goldstücke.

»Ich würde mein Geld lieber in die Einkaufsfahrt nach Flandern investieren, wenn du nichts dagegen hast, Onkel«, erklärte Lucia bestimmt. »Vielleicht brauche ich einfach noch etwas mehr Erfahrung in diesen Dingen und ...«

»Die benötigt Ihr sicher!« Von Kahlbach unterbrach sie verärgert.

»... und sicher bin ich auch geprägt durch meine Flucht in den letzten Wochen. Ich habe den Wert des Geldes schätzen gelernt, Herr von Kahlbach! Nicht im Sinne von Gewinn und Investitionen, sondern eher auf der Grundlage der Frage: Was kostet ein Brot, und kann ich es mir leisten? Man denkt dann anders über riskantes Spiel mit Gold ...« Lucia ließ sich nicht einschüchtern.

Von Kahlbach nickte, offensichtlich besänftigt. »Ich vergaß, was Ihr hinter Euch habt, Frau Lea! Und ich wäre glücklich, könnte ich Euch diese Sorgen einmal vergessen machen. Auch durch eine erfolgreiche Reise nach Flandern. Ich werde meinen Bruder entsprechend instruieren. Natürlich wird es ihm und mir eine Ehre sein, Stücke vom besten Tuch und von der edelsten Seide für Euch selbst zu horten, damit Ihr Eure Kleider Eurer Schönheit anpassen könnt ...«

Lucia wollte auffahren.

»... wenn Ihr irgendwann einmal nicht mehr in Trauer seid. Gestattet mir nun, mich zu verabschieden.«

Lucia hatte das Gefühl, von Kahlbach hätte es lieber gesehen, wenn sie sich verabschiedet hätte. Sein Gespräch mit Levin war längst nicht abgeschlossen. Zumindest hatte er Zacharias noch nicht vollständig von der Investition in die Orientexpedition überzeugt. Aber vermutlich störten ihn Lucias kundige Nachfragen. Oder war es ihr bloßer Anblick, der den Witwer aus dem Konzept brachte?

Lucia musste sich eingestehen, dass dies auf Gegenseitigkeit beruhte. Abraham von Kahlbach machte auch sie nervös ... irgendetwas, das sie nicht benennen konnte, störte sie an dem schweren Mann mit dem üppigen dunklen Haar. Aber vielleicht ging es ja nur darum, dass sie hier jetzt schon etwas wie Werbung spürte. Und dass Abraham von Kahlbach so völlig anders war als Clemens von Treist.

3

Mit voranschreitendem Winter fühlte Lucia sich immer mehr in der Familie Levin verwurzelt, aber sie konnte auch nicht mehr verbergen, dass ihre Schwangerschaft voranschritt.

Hannah Levin bemerkte es schließlich und nahm sie beiseite.

»Es ist nicht möglich, Kind, dass es von deinem Mann ist?«, fragte sie vorsichtig.

Lucia überlegte, ob sie lügen sollte. Aber das war zu riskant. Auch Hannah konnte rechnen, und sie hatte schließlich behauptet, erst kurz vor dem Pogrom niedergekommen zu sein. Ihr Gatte hätte sie in der fraglichen Zeit nicht einmal besitzen dürfen, wenn er ihr das hätte zumuten wollen. Der Geburt folgte im Judentum eine umfangreiche Reinigungszeremonie. Vorher war es dem Mann nicht erlaubt, seiner Frau wieder beizuliegen.

So schüttelte Lucia nur mit schamrotem Gesicht den Kopf.

»Es ist auf keinen Fall von Juda«, sagte sie kurz.

Aber von Clemens konnte es sein! Lucia bat Gott jeden Tag, in der Sprache der Christen, der Juden und der Mauren, dass in ihr das Kind ihres Geliebten und nicht der Spross eines Vergewaltigers heranwuchs.

Hannah seufzte. »Niemand hier wird dich verurteilen. Du hattest keine Wahl, außer dein Leben wegzuwerfen, und das ist zu kostbar. Gott wird das Kind auch mit Gnade aufnehmen. Jedes Kind, das von einer Jüdin geboren wird, ist ein Jude! Darum musst du dich nicht sorgen. Ich fürchte allerdings, die Matronen der hiesigen Gemeinde sind nicht gar so gnädig. Man wird über dich reden, bereite dich darauf vor!«

Lucia hätte beinahe erwidert, dies mehr als gewohnt zu sein. Das Getuschel der Frauen in der Synagoge störte sie nicht. Hannahs tröstlich gemeinte Bemerkung versetzte ihr allerdings einen Stich. Bislang hatte sie ihr Vorgehen als harmlos empfunden; in ihren Augen tat sie nichts Unrechtes, wenn sie sich als Lea ausgab. Nun aber war sie im Begriff, der jüdischen Gemeinde ein Kind unterzuschieben. Ein Kind, das weder von einem Juden gezeugt noch von einer Jüdin geboren wurde. Und was tat sie dem Kind damit an? Lucia war längst weit entfernt von der Zeit, in der sie sich aus ganzem Herzen gewünscht hatte, Jüdin zu sein. Sie wusste nun, welchen Gefahren die Hebräer ausgesetzt waren. Wollte sie das für ihr Kind riskieren? Welche Sünde beging sie, wenn sie einen Sohn beschneiden ließe?

Hannah dagegen sorgte sich um ihren Ruf. Und da sie eine tatkräftige Frau war, ließ sie nichts unversucht, vielleicht doch eine Lösung zu finden, die Leas Kind eine gesicherte Stellung unter den Juden von Landshut verschaffte.

Sie druckste ein wenig herum, als sie ihre vermeintliche Nichte schließlich zu einer Unterredung in ihr Nähstübchen bat.

»Lea, ich will dir nicht zu nahe treten mit dem, was ich jetzt sage und vorschlage. Ich weiß, du hast deinen Gatten geliebt ...«

»Aus ganzem Herzen und mit ganzer Seele!«, sagte Lucia, auch wenn sie dabei nicht an Juda ben Eliasar dachte.

»Aber jetzt musst du auch an das Kind denken, das du unter dem Herzen trägst. Juda würde wollen, dass es gut versorgt ist.«

Hannah spielte an dem altmodischen Gebende herum, das sie der moderneren Haube aus unerfindlichen Gründen vorzuziehen pflegte. Sie brauchte jeden Morgen eine ganze Weile, um den Schal auf komplizierte Weise um Kopf und Kinn zu winden, verdeckte ihr Haar damit aber viel vollständiger als die jüngeren Frauen mit ihren Hauben.

Lucia nickte, wagte dann aber eine Bemerkung. »Ich bin nicht mittellos, dank der Bemühungen von Onkel Zacharias. Und auch meine eigene Investition war erfolgreich.«

Das stimmte. Die Handelsreise in die Niederlande war trotz des winterlichen Wetters ohne nennenswerte Schwierigkeiten verlaufen und hatte Lucias Vermögen gemehrt. Die Expedition in den Orient dagegen war noch gar nicht aufgebrochen. Lucia hatte nicht ganz verstanden, ob die Stürme im Mittelmeer oder erneute kriegerische Auseinandersetzungen zwischen Spaniern und Mauren von Kahlbach zurückhielten. Auf jeden Fall war der Kaufmann nach wie vor in Mainz und besuchte die Levins an fast jedem Sabbatabend. Dann wechselte er stets ein paar höfliche Worte mit »Lea«, obwohl sie das Gespräch nicht suchte. Und häufig fühlte sie auch später seinen Blick ein wenig länger auf sich ruhen, als schicklich war.

Hannah Levin nickte. »Das weiß ich, Lea. Aber es wäre doch schön, wenn das Kind einen ehrenwerten Namen aufzuweisen hätte, nicht wahr? Sag mir, Liebes, was hältst du von Abraham von Kahlbach?«

Lucia sah verblüfft auf. Das kam nun doch sehr überraschend.

Hannah ließ den Blick sinken. »Du wirst doch auch gemerkt haben, dass er dir Interesse entgegenbringt. Ist dir das ... hm, unangenehm?« Die ältere Frau wand sich sichtlich.

Lucia überlegte kurz. »Es ist mir nicht unangenehm«, sagte sie dann aufrichtig. Von Kahlbach wusste flüssig zu erzählen und unterhielt sie manchmal mit Anekdoten und Geschichten von seinen Reisen. In letzter Zeit stellte sie ihm gelegentlich Fragen dazu, die er kundig und ohne Prahlerei beantwortete. Wenn es hier allerdings um eine Brautwerbung ging ...

»Aber wie du weißt, Tante«, schränkte Lucia ein, »bin ich in Trauer. Reb Kahlbach mag Interesse für mich hegen, aber ich empfinde mich nach wie vor als Gattin des Juda ben Eliasar.«

Hannah seufzte. »Ich weiß, Liebes, und das ehrt dich. Und

Abraham weiß es natürlich auch. Unter normalen Umständen hätte er nie ... zurzeit allerdings ... nun, lass es mich kurz machen, Lea, er hat mich auf deine Schwangerschaft angesprochen.«

Lucia spürte, wie ihr die Röte ins Gesicht stieg. Sie hätte vor Scham vergehen können! Ein wildfremder Mann und eine ihr im Grunde nicht minder fremde »Tante« besprachen die Umstände ihrer Vergewaltigung!

»Ich weiß, wie weh es tut, Liebes! Aber denk doch einmal praktisch! Reb Abraham jedenfalls hat es ganz nüchtern gesehen. Er hegt Gefühle für dich, Lea, und würde dich gern beschützen. Dich und dein Kind. Zumindest wenn ... äh, falls ...«

Lucia runzelte die Stirn. »Vielleicht sprichst du es einmal klar aus, Tante«, meinte sie verstimmt. »Reb Kahlbach möchte mich offenbar heiraten. Trotz meiner Schande. Aber er knüpft Bedingungen daran. Sollte das mit einer Orientreise zu tun haben, für die ihm das Geld fehlt?«

Hannah verdrehte die Augen. »Aber nicht doch, Leakind, was denkst du! Abraham von Kahlbach ist schwerreich! Er könnte seine Expeditionen auch allein finanzieren, aber er zieht es vor, seine Investitionen zu streuen. Wie Zacharias es ja auch tut, und wie dein geliebter Vater es getan hat. Nein, nein, Lea, Reb Abrahams Bedenken beziehen sich nicht auf dein bisschen Geld. Ihm geht es eher um ... nun, auch um seinen Namen. Wenn das Kind ein Sohn wird ...«

Lucia verstand allmählich, und Wut stieg in ihr auf. Mit blitzenden Augen wandte sie sich an Hannah.

»Verstehe. Der Herr würde mich zur Frau nehmen, auch noch im Trauerjahr gegen alle Regeln der Schicklichkeit, und mir und meinem Kind einen Namen geben. Allerdings nur, wenn ich ein Mädchen zur Welt bringe. Ein Kuckucksei als seinen Sohn großzuziehen ... so weit geht die Liebe dann doch nicht!«

»Es wäre immerhin sein Erbe«, druckste Hannah.

»Und wie stellt er sich das vor?«, schleuderte Lucia ihr entgegen. »Will er mich zuerst heiraten und dann verstoßen, wenn das Kind ein Junge ist? Oder wartet er ab, lässt mich das Kind erst unehelich zur Welt bringen und hat dann die Gnade, mich in den Stand der Ehe zu erheben, falls ich eine Tochter bekomme?«

»Dann würde er das Kind anerkennen.«

Lucia erschrak, als sie eine Männerstimme hörte. Zacharias Levin stand in der Tür. Er musste zumindest einen Teil des Gesprächs mitgehört haben und schien nun bereit, deutliche Worte zu sprechen.

Lucia war ihm fast dankbar dafür.

»Im anderen Fall würde er dich ebenfalls ehelichen und das Kind in seinem Haushalt aufwachsen lassen. Es würde aber schon im Ehevertrag festgelegt, dass dein Sohn keine Erbrechte am Vermögen der Kahlbachs geltend machen könnte.« Zacharias setzte sich zu den Frauen. »Ich weiß, das klingt hart. Aber es ist ein durchaus akzeptables Angebot, Lea. Du solltest es dir durch den Kopf gehen lassen. Zumal es ja auch noch Vermögenswerte der von Speyers und von Judas Familie geben müsste, die deinem Sohn als Erbe zustehen. Du könntest versuchen, sie einzuklagen, und mit von Kahlbachs Namen, seinem Vermögen und seinen Verbindungen wäre das weitaus leichter, als wenn du es allein versuchst.«

Lucia hielt dies für hoffnungslos und obendrein für viel zu riskant. Erstens hatte die Stadt Mainz bislang nach jedem Pogrom das Vermögen der Ermordeten konfisziert. Es gab keinen Grund, warum es diesmal anders sein sollte. Zudem konnte Lucia ihre Heimatstadt nie wieder betreten! Überlebende Juden würden erkennen, dass sie nicht Lea war. Und überlebende Christen konnten sie als die Pestärztin identifizieren und als Hexe vor Gericht stellen. Das alles kam nicht in Frage!

Lucia stand auf. »Ich weiß deine Fürsorge zu schätzen, Onkel ... und Tante«, sagte sie. »Und auch Herrn von Kahlbachs

Angebot ehrt mich. Ich bin allerdings nicht interessiert. Es wird meine Tochter sein, die ich zur Welt bringe, oder mein Sohn! Wir brauchen keine Almosen. Und wenn die Leute darüber reden wollen, sollen sie es tun! Ich habe mir nichts vorzuwerfen!«

Zumindest jetzt noch nicht. Wenn sie dagegen als Christin einen Juden heiratete, was auch unter den Hebräern als Sakrileg galt ... wenn sie von Kahlbach ein Christenkind an Kindes statt unterschob ... Alles in Lucia wehrte sich dagegen, die Menschen ihrer neuen Familie und ihrer Gemeinde derart zu betrügen. Und sie fürchtete sich zu Tode vor den Konsequenzen. In verzweifelten Nächten sah sie ihr Kind in einem der Häuser des Ghettos verbrennen. Sie sah Männer, die es aus dem Fenster warfen, und Frauen, die auf den wehrlosen kleinen Körper eintraten. Sie mochte nicht zu den Tätern gehören, aber um Himmels willen auch nicht zu den Opfern.

Schließlich neigte der in Landshut schneereiche und harte Winter sich seinem Ende zu. Lucias Kind sollte im Mai zur Welt kommen, und inzwischen war ihre Schwangerschaft trotz weiter Kleidung nicht mehr zu übersehen. Das Gerede hielt sich trotzdem in Grenzen; die Gemeinde begegnete ihr zumindest vordergründig mit Freundlichkeit und Verständnis. Doch immer wieder fiel dabei der scheinbar tröstliche Satz, dass Judentum nur über die weibliche Linie vererbt würde. Und immer wieder gab es Lucia einen Stich im Herzen.

Im Großen und Ganzen genoss sie jedoch das nach dem Winter wiedererwachende Leben in Landshut. Der Ort war als Handelsstadt prädestiniert, und jetzt, im Frühling, kamen täglich neue Warenlieferungen aus den entferntesten Ländern. Auf den Märkten roch es nach exotischen Gewürzen und frischen Gartenkräutern. Und alle Welt sprach von dem bevorstehenden Frühlingsfest auf der Burg. Die Landesherren – Niederbayern wurde zurzeit von drei Herzögen regiert, alles Söhne des kürzlich verstorbenen Kaisers Ludwig – liebten Turnierkämpfe und richteten mindestens einmal im Jahr Ritterspiele aus. Diesmal sollte es in den letzten Apriltagen so weit sein, und die Menschen in der Stadt konnten sich vor Vorfreude kaum halten. Die Herzöge waren großzügig. Vor allem der älteste, Herr Stephan, wurde vom Volk geschätzt. Alle drei aber überboten sich mit Wohltaten für die Bürger; es würde Freibier, Brei und Fleisch geben, so viel jeder essen wollte. Dazu fanden die Kämpfe auf den Wiesen zwischen Stadt und Burg statt, und jeder konnte zuschauen. Für die Armen von Landshut war dieses Ereignis der Höhepunkt des Jahres. Aber auch die Handwerker und Kaufleute freuten sich, erwarteten sie doch einen Zusatzverdienst. Sattler und Harnischfeger würden sich vor Aufträgen kaum retten können, die Verpflegung der Ritter würde Köche und Bierbrauer beschäftigen, und obendrein nahm nicht jeder Ritter die Gelegenheit wahr, sein Zelt auf den Wiesen am Isarstrand aufzustellen. Besonders die begüterten Kämpfer nahmen stattdessen gern Logis in der Stadt – gerade jetzt im Frühling, wo das Wetter noch unsicher war. Bei Regen wurden Turniere schnell zur Schlammschlacht, und es konnte durchaus kampfentscheidend sein, ob ein Ritter wenigstens bei Nacht Ruhe und ein trockenes Plätzchen zur Erholung fand oder in einem undichten Zelt auf einem feuchten Strohsack schlief.

Viele Handwerkerfamilien räumten deshalb jetzt schon ihre Häuser und zogen mit Kind und Kegel in die Ställe, während sie bereits die Farben »ihrer Ritter« an den Hauswänden befestigten. So mancher Kämpe war Stammgast bei einem der Landshuter Bürger und freute sich, wenn alles für ihn vorbereitet war und er gleich mit den Farben und Symbolen seines Schildes und seiner Helmzier empfangen wurde. Aber auch die Schenken und Handwerksbetriebe zogen Banner und Fähnchen auf, sodass die Stadt schon Tage vor dem Einzug der Ritter in bunten Farben festlich geschmückt war.

»Gehen wir auch zur Burg?«, fragte die kleine Daphne ihren Vater begierig, als sie mit Lucia von einem Gang über den Markt zurückkehrte. »Bitte, Vater, ich will die Ritter sehen!«

»Aber das ist doch jedes Jahr das Gleiche, Daphnele...«, seufzte Zacharias. »Ein paar reiche Dummköpfe schlagen sich im Namen ihrer Damen die Köpfe ein! Wobei es noch nicht mal um die eigene Ehefrau geht, sondern um das Weib von jemand anderem. Ich werde das nie verstehen, aber das muss ich ja auch nicht!«

Lucia lachte. Sie hatte von Al Shifa romantische Geschichten über die »Hohe Minne« gehört, und besonders Lea hatte Ritterromane verschlungen. Wie gern wäre sie einmal dabei gewesen, wenn wirklich zwei Kämpen die Klingen kreuzten, doch in Mainz hatte es keine vergleichbaren Veranstaltungen gegeben. Wie in vielen Städten am Rhein herrschten hier eher Klerus und Patriziat. Eine Burg und ihr Herr zum Schutz der Gemarkung wurden nicht gebraucht. Natürlich gab es im Umland Burgen und Ritter, aber Lucia wusste nicht, ob dort Turniere veranstaltet wurden. Auf jeden Fall waren die Herren nie auf die Idee gekommen, die Mainzer Bürgerschaft dazu einzuladen, und es gab ja auch keinen Anlass dafür. Hier in Landshut hingen Stadt und Burg jedoch eng zusammen, und die obendrein konkurrierenden Landesherren hatten größtes Interesse daran, sich das Wohlwollen der Bürger zu sichern. Ein Volksfest rund um die Ritterspiele schien hier das ideale Mittel zu sein.

»Ich hab so was noch nie gesehen«, bemerkte Lucia beiläufig ihrer neuen Familie gegenüber. »Ist es Juden denn überhaupt gestattet, daran teilzunehmen?«

Zacharias lachte. »Teilnehmen dürften wir nicht, selbst wenn wir Lust dazu hätten, unser mühsam erworbenes Vermögen in Streitrosse und Ritterrüstungen zu investieren. Aber um zum Ritter geschlagen zu werden, muss man zumindest von niederem Adel sein und möglichst Christ – bei Mauren machen sie da allerdings Ausnahmen. Wenn sich da einer auf ein Turnier verirrt, darf er mitmachen. Sofern er sich zu den ritterlichen Tugenden bekennt oder irgendetwas in der Richtung – so genau kenne ich mich da auch nicht aus. Hierzulande kommt es schließlich nicht vor. Aber im Heiligen Land schlägt sich der christliche ganz gern mit dem maurischen Adel, sowohl auf dem Schlachtfeld wie auf dem Turnierplatz.« Zacharias begutachtete mit gerunzelter Stirn die Einkäufe der Frauen. Daphne erschien ihm etwas zu putzsüchtig, aber an den dunklen Bändern für ihr neues Kleid, die sie mit Leas Hilfe ausgesucht hatte, gab es nichts auszusetzen.

»Aber zuschauen dürfen wir schon, liebe Lea«, sprach er schließlich weiter. »Das können sie uns nicht verwehren, sonst müssten sie auch die jüdischen Händler vom Turnierplatz verweisen. Und davon werden reichlich da sein! Die Kaufleute bauen Stände auf, und für die Pferdehändler ist das Turnier stets das Geschäft des Jahres. Die Ritter führen schließlich Zweikämpfe aus, und der Sieger gewinnt Rüstung und Pferd des Gegners. Das Streitross macht er dann natürlich gleich zu Geld, während der Verlierer ein neues Tier braucht, um im nächsten Kampf zu bestehen.« Zacharias lächelte abfällig über all dieses unsinnige Tun. »Dein Freund Dov Williger wird auch wieder sein Unwesen treiben!«, neckte er »Lucia«. »Aber die Ritter zu betrügen ist nicht einfach. Die haben zwar sonst nicht viel im Kopf, aber von Rössern verstehen sie etwas!«

Daphne wurde inzwischen ungeduldig. Levins Ablehnung zum Trotz hatte sie ihr Ansinnen von vorhin noch nicht aufgegeben. »Dann geh du doch mit mir zum Turnier, Lea! Bitte!«, drängte das Mädchen.

Lucia zuckte mit den Schultern. »Ich weiß nicht, Daphne, wir zwei Frauen allein ... Ist das schicklich?«

Zacharias winkte gelassen ab. »Ach, da wird die halbe Stadt herumlaufen. Ihr fallt da gar nicht auf.«

Seine Frau dagegen schlug die Hände über dem Kopf zusammen, als Lucia und Daphne am Morgen des ersten Turniertages aufbrechen wollten.

»Zacharias hat das erlaubt? Wo hat der Mann seinen Verstand? In deinem Zustand kannst du unmöglich allein zum Festplatz gehen, Leale! Was ist, wenn das Kind kommt?«

»Das hat doch noch einen Monat Zeit, Tante«, meinte Lucia und betete gleichzeitig, es möge nicht so sein. Wenn das Kind tatsächlich von Clemens sein sollte, müsste es in den nächsten Tagen zur Welt kommen.

Hannah runzelte die Stirn. »So, wie du aussiehst, könnte es auch morgen kommen! Kinder halten sich nicht immer an Zeitpläne. Gerade bei dem, was du hinter dir hast, Lea. Wenn es sich da ein paar Tage früher entschließt, zur Welt zu kommen ...«

Lucia war im Stillen froh, dass ihre Tante es so sah, aber bislang bemerkte sie keine Anzeichen einer nahenden Geburt.

»Heute kommt es sicher nicht!«, erklärte sie fest. »Ich kann gut mit Daphne zum Fest gehen.«

Hannah schüttelte jedoch nach wie vor den Kopf. »Wenn du überhaupt gehst, dann morgen«, bestimmte sie. »Abraham von Kahlbach macht morgen gleich am Turnierplatz einen Stand auf. Er hat wohl eine Lieferung von Seidenstoffen erhalten, die sich für Zelte und Banner eignen. Da will er versuchen, sie gleich dort abzusetzen. Ihr könnt mit ihm hinausfahren und vom Stand aus den Spielen zuschauen. Dann seid ihr wenigstens nicht ungeschützt, und du kannst dich im Schatten hinsetzen wie sonst nur die edlen Damen unter ihrem Baldachin.«

Letzteres Argument überzeugte vor allem die kleine Daphne,

die natürlich größte Lust hatte, Edelfräulein zu spielen. Lucia war nicht so schnell zu begeistern.

»Und warum macht er den Stand nicht heute auf?«, fragte sie unwillig. »Haben die heute kämpfenden Ritter kein Geld für Zelte?«

»Genau!« Zacharias, der eben eintrat. lachte. »Heute floriert eher meine Pfandleihe als Abrahams Handelshaus! Am ersten Tag kämpfen die schwächsten Ritter. Die jüngsten und ärmsten, die meist gerade mal ein Pferd und eine Rüstung ihr Eigen nennen. Um diesen Besitz zu mehren, müssen sie schon sehr gute Kämpfer sein. Meistens verlieren sie das Ross sehr schnell an einen Gleichaltrigen mit genau so wenig Erfahrung, aber einem reichen Vater, der ihm ein teures Streitross stellt. Und dann stehen sie am Abend in meinem Laden und verpfänden ihre allerletzten Besitztümer, um wenigstens ein Reittier für den Heimritt erstehen zu können. Insofern hat Hannah recht, euch erst morgen zum Turnier zu schicken. Die interessanten Kämpfe finden erst am zweiten Tag statt.«

Lucia war zwar überzeugt davon, dass ein Kampf für sie so spannend sein würde wie der andere; schließlich aber fügte sie sich. Es erschien ihr zwar nicht sonderlich verlockend, den Tag mit Abraham von Kahlbach zu verbringen, doch der Gedanke an einen Sitzplatz und vielleicht ein Getränk war überzeugend. Es war warm in diesen Apriltagen, ihre Knöchel waren gegen Ende der Schwangerschaft geschwollen, und langes Stehen fiel ihr schon seit Wochen schwer. So verbrachte Lucia den ersten Turniertag mit Hannah in der Nähstube und fertigte ein weiteres Kleidchen für ihr Kind. Daphne lehnte derweil am Fenster und beschrieb den Frauen den Staat der Ritter und Knappen, die das Judenviertel auf dem Weg zum Turnierplatz passierten. Hannah beeindruckten ihre Schilderungen allerdings nicht so sehr wie »Leas« Geschick als Schneiderin.

»Du führst die Nadel so flink, als hättest du es richtig gelernt!«, erklärte sie bewundernd.

Lucia lächelte. Zuletzt war die Schneiderlehre also wirklich noch zu etwas nutze.

4

Früh am nächsten Tag lief Lucia mit der aufgeregten Daphne zum Stadttor. Abraham unterhielt sein Lager am anderen Ende des Viertels und hatte mit den Levins vereinbart, die Frauen auf der Straße zur Isar zu treffen. Daphne spähte schon am Tor neugierig nach ihm aus und konnte kaum erwarten, all die bunten Zelte und Banner zu sehen, die am Isarstrand im Wind flatterten.

Doch die Stadtwächter machten keine Anstalten, das Judentor für sie zu öffnen. Dabei hatten sich schon viele Schaulustige sowie ein paar kleine Händler, die Brezeln und Wasserkrüge in ihren Bauchläden mit sich führten, vor dem Tor versammelt.

»Wenn ein großer Händler mit seinem Karren rauswill, ja«, erklärte der Büttel mit Gemütsruhe. »Aber für ein paar Dirnen und Gaffer ziehen wir das Tor nicht hoch.«

Lucia kochte vor Zorn. Das Verhalten der Torwächter war nicht rechtens; der Eingang zum Judenviertel sollte bei Sonnenaufgang geöffnet werden wie alle anderen Tore auch. Anscheinend aber machte es dem Mann Spaß, die Hebräer ein bisschen zu ärgern. Lucia hatte so ein Verhalten in Landshut schon öfter registriert. Graf Stephan und seine Halbbrüder mochten insgesamt gute Herren sein, doch der Schutz »ihrer Juden« lag ihnen nicht sonderlich am Herzen.

»Vielleicht zieht Ihr es ja für uns hoch!« Eine weit tragende, noch freundliche Stimme, in der aber schon eine leichte Drohung mitschwang. Die wartenden Menschen machten dem Reiter jedenfalls sofort Platz, der da eben hinter ihnen auftauchte.

Wie die anderen sah auch Lucia zu ihm hoch und gewahrte einen großen, noch ziemlich jungen Ritter auf einem fuchsfarbenen Ross. Der Mann trug die Farben Blau und Rot, getrennt durch einen silbernen Balken. Im roten Feld war eine goldene Kette abgebildet, im blauen eine »Manche«, der stilisierte Ärmel eines Festgewandes. Seine Rüstung glänzte frisch poliert, über dem Harnisch trug er einen prächtigen Wappenrock in seinen Farben. Seinen Helm hatte er vorerst am Sattel befestigt. So konnte Lucia sein Gesicht erkennen. Es gab ihr einen Stich ins Herz, weil es sie auf den ersten Blick ein wenig an Clemens erinnerte. Allerdings erblickte sie hier nicht das durchgeistigte Gesicht des Gelehrten, sondern die einerseits volleren, andererseits härteren Züge des Kämpfers. Um den Mund herum mochten sie weicher sein, als man es bei Rittern erwartete – dieser Mann lachte zweifellos gern und hatte auch jetzt ein mutwilliges Funkeln in den Augen. Faszinierenden Augen! Lucia hatte noch nie ein so lichtes Braun gesehen. Die Iris glänzte fast topasfarben und hob sich damit hell vom gebräunten Gesicht des Ritters ab. Auch sein Haar war goldbraun. Er trug es lang, wie sein Stand es vorsah, und es wogte lockig um sein Gesicht.

»Mein Name ist Adrian von Rennes . . . « Er sprach den Namen französisch aus, und Lucia erkannte jetzt auch, dass es der südliche Akzent war, der seine Stimme trotz aller Schärfe singend klingen ließ. »Und ich bestreite gleich meinen ersten Kampf auf diesem Turnier. Wenn ich mir nun ein anderes Tor suchen muss, werde ich zu spät kommen. Und das könnten die Herzöge übel vermerken!«

Der Ritter musste jetzt schon spät dran sein, sonst hätte er kaum den Weg durchs Judenviertel genommen, sondern wäre durch eine der fähnchengeschmückten Hauptstraßen geritten und hätte sich dabei bejubeln lassen. Aber Lucia erinnerte sich, dass ein paar der Juden, die auch knapp außerhalb ihres Viertels

Grundbesitz besaßen, diese Häuser zum Turnier an Ritter vermieteten. Gewöhnlich waren es Mietshäuser, kaum behaglicher als die Mainzer »Buden«. Der Ritter konnte also nicht zu den reichsten seines Standes zählen, wenn er wirklich dort Quartier genommen hatte. Andererseits mochte es kaum anders sein, wenn dies sein kürzester Weg zum Turnierplatz war.

Inzwischen waren auch noch zwei weitere Ritter hinter ihm aufgetaucht, beide mit ihren Knappen, die ein Ersatzpferd führten. Adrian von Rennes dagegen war allein. Aber vielleicht war sein Knappe ja schon zum Turnierplatz vorausgeritten.

»Los, Kerl, mach auf!«

Die Neuankömmlinge wandten sich weitaus weniger höflich an den Stadtwächter als Adrian von Rennes. Dabei hatte dessen Intervention bereits Erfolg gehabt. Die Männer zogen das Tor hoch.

Die Ritter wollten daraufhin sofort hindurchsprengen, während die Stadtwächter ihre Helmbarten vor den jüdischen Bürgern aufpflanzten.

Adrian von Rennes hielt seine Freunde allerdings auf, wobei in seinen Augen mutwillige Funken tanzten. Er wusste ganz genau, dass die Stadtwächter die Bürger weiter schikanieren würden, nachdem die Ritter den Eingang passiert hatten.

»Wir mögen es alle eilig haben, meine Herren«, wandte er sich in feiner Rede an die Herren seines Standes, »aber das ist nun doch kein Grund, die Regeln des Frauendienstes zu missachten! Lasst also die Damen zuerst durchs Tor, wie es sich gebührt!«

Damit deutete er eine Verbeugung vor Lucia und den anderen Frauen an, die vor dem Tor warteten. Die fliegenden Händlerinnen mit ihren Bauchläden liefen vor Scham, aber auch Begeisterung rot an, und Daphnes Blick wurde anbetend. Die Kleine würde wahrscheinlich noch wochenlang von diesem edlen Ritter schwärmen. Lucia ihrerseits erwiderte das Nicken und den mutwilligen Blick, obwohl sie nicht annahm, dass der Ritter sie bemerkte. Adrian von Rennes dachte vermutlich nur an den bevorstehenden Kampf; seine Hilfe für die von der Obrigkeit malträtierten Bürger war nur eine Geste am Rande.

Der Ritter ließ seinen Fuchs denn auch sofort angaloppieren, als er hinter den Frauen das Tor durchritten hatte, achtete aber darauf, genügend Abstand zu halten und die Fußgänger nicht zu erschrecken. Die anderen Ritter folgten ihm lachend und unter Neckereien: »Unser Troubadour! Wo immer er eine Frau sieht, regt sich die Minne. Er kann gar nicht anders!«

»Wenn sich beim Anblick dieses Schnuckelchens nur die Minne rührt und nichts anderes, dann tut er mir leid!«, stichelte der Zweite und wies auf Lucia, die daraufhin rot anlief. Sie hätte beinahe etwas erwidert, doch die Männer waren schon vorbei, ehe sie sich zu einer solchen Dummheit hinreißen lassen konnte. Eine Bürgerin richtete nicht ungefragt das Wort an einen Ritter – und erst recht würde sie niemals wagen, ihn zu tadeln!

Abraham von Kahlbach wartete kurz hinter dem Tor. Er hatte die Stadt – wohlweislich, wie Lucia jetzt erkannte – durch ein anderes verlassen. Lucia war kurz davor, ihren Ärger an ihm auszulassen. Schließlich hätte er sie warnen können. Aber dann hielt sie sich auch hier zurück. Von Kahlbach war freundlich und ritterlich und half Daphne eben mit der Manier eines Edelmannes auf den Bock seines Wagens. Es gab keinen Grund, ihm gleich zu Beginn den Tag zu verderben, zumal der Umweg zu einem anderen Tor eine erhebliche Wegstrecke und in ihrem Zustand eben auch eine schwere Belastung bedeutet hätte.

»Gestattet mir, Euch hinaufzuheben, Frau Lea«, meinte er jetzt. »Oder lasst mich Euch wenigstens stützen. Dieser Wagen ist recht hoch, und Ihr solltet nicht stürzen!« Von Kahlbach bot ihr freundlich seine Hand, und Lucia erlaubte ihm widerstrebend, ihr zu helfen.

»Euer Kind wird nun bald zur Welt kommen«, bemerkte er, als sie schließlich neben ihm saß. »Und kurz danach ist auch Euer Trauerjahr zu Ende. Habt Ihr Euch ... meinen Vorschlag noch mal durch den Kopf gehen lassen?« Der Mann wählte seine Worte sehr vorsichtig und schien fast schüchtern, aber Lucia glaubte ihm die Zurückhaltung nicht so recht. Irgendetwas sagte ihr, dass hinter der Fassade dieses braven, rechtschaffenen Juden ein Raubtier lauern mochte. Von Kahlbach kannte sie jetzt seit mehr als einem halben Jahr. Sie hatte sich ihm widersetzt, ihm widersprochen ... ganz sicher hielt er sie nicht für eine brave jüdische Frau, die sich nur um Haushalt und Kinder kümmerte wie seine verstorbene Batya. Die Frauen tuschelten, dass Batya eine Orientalin gewesen sei – Jüdin natürlich, doch so sehr in den arabischen Traditionen verwachsen, dass sie kaum ihre Gemächer verließ und nicht nur ihr Haar, sondern auch ihr Gesicht in der Öffentlichkeit verhüllte. Von Kahlbach hatte diese Zurückhaltung an ihr geliebt; da waren sich alle einig. Warum also warb er jetzt ausgerechnet um die eher aufmüpfige »Lea«? Lucia hatte den Verdacht, dass es hier um Zähmung ging. Und sie hatte keinesfalls die Absicht, dem Jäger ins Netz zu gehen. Von ihren anderen Vorbehalten ganz zu schweigen!

»Ich denke noch nicht an solche Dinge, Reb Abraham«, gab sie nun vorsichtig zurück. »Ich kann meinen Gatten nicht vergessen, und vor mir liegt die Geburt meines Kindes, auf das ich mich freue, dem ich aber auch mit Bangen entgegensehe. Das Gesichtchen meines ermordeten Sohnes steht mir noch zu genau vor Augen. Ich wäre Euch sehr verbunden, wenn Ihr mich nicht mit weiteren Anträgen belästigen würdet. Augenblicklich helft Ihr mir am meisten, indem Ihr mein Vermögen, das ich in Eure Handelsreisen investiert habe, bewahrt und mehrt ...«

Lucia hatte ihr Geld erneut in eine Warenlieferung der Gebrüder von Kahlbach investiert. Diesmal brachte ihr Schiff Keramik nach Venedig und sollte mit Gewürzen und Silber zurückkehren. Auch diese Reise galt als verhältnismäßig ungefährlich. Venedig war einer der bekanntesten und sichersten Warenumschlagsplätze.

Abrahams Blick verdüsterte sich kurz, und er rückte ein wenig von Lucia ab. »Ich werde mein Bestes tun«, sagte er förmlich.

Inzwischen fuhren sie am Isarufer entlang Richtung Hofberg, und Daphne konnte sich nicht sattsehen am Zeltlager der Turnierteilnehmer. Zum Teil glichen die bunten Seidenzelte der reichen Ritter kleinen Burgen; sie waren mit Türmchen und Fähnchen geschmückt. Vor den Zelten prangte die »Helmschau«: Jeder Ritter stellte sein Wappenschild, sein Banner und seine Helmzier aus, um kundzutun, wer hier residierte. Lucia kannte das schon aus der Stadt: Da hingen die Zeichen der dort logierenden Kämpfer aus den Fenstern.

»Ich muss unbedingt sehen, wo der Herr von Rennes in Landshut residiert!«, plapperte Daphne. »Vielleicht bemerkt er mich ja, und dann kann ich ihm ein Zeichen schenken, unter dem er in den Kampf reitet!«

Abraham und Lucia mussten lachen.

»Dafür bist du wohl noch ein bisschen klein!«, meinte der Kaufmann gutmütig, statt Daphne auf ihr Judentum hinzuweisen.

»Obwohl er zweifellos kein hübscheres Mädchen in der Stadt finden kann!«, fügte Lucia hinzu und zupfte Daphne an ihren braunen Locken. Sie war wirklich ein schönes Kind mit ihrem zarten, herzförmigen Gesicht und dem hellbraunen Engelshaar zu sehr dunklen, aber wie glühende Kohle leuchtenden Augen. Lucia erinnerte sich an Leas Schilderung ihrer Schwester Rebecca. Auch die musste eine seltene Schönheit gewesen sein.

»Seine Farben habe ich mir jedenfalls gemerkt!«, erklärte Daphne. »Rot und Blau. Was bedeuten sie, Reb von Kahlbach? Sie haben doch eine Bedeutung, oder? Und die Bilder auch. Eine Kette und so was wie ein Ärmel...«

Abraham lächelte. »Rot bedeutet Tapferkeit, Blau steht für Treue. Die Kette besagt, dass irgendein Ahnherr des Ritters – vielleicht auch er selbst, aber das ist eher unwahrscheinlich –, die Ritterwürde erworben hat, indem er sich allein einer Kette von Angreifern stellte. Und die Manche... nun, das ist eine eher delikate Angelegenheit.« Er zwinkerte Lucia zu, doch sie erwiderte die Geste nicht.

»Was bedeutet deli... – delikat?« Daphne runzelte die Stirn.

»Ich nehme an, Reb von Kahlbach möchte damit andeuten, dass Adrian von Rennes ein sehr... äh, ritterlicher Mann ist, dem Frauendienst viel bedeutet«, versuchte Lucia zu erklären.

Daphne strahlte. »Das haben wir ja gesehen«, meinte sie. »Er war so höflich! Glaubst du, er ist ein Troubadour? Oh, wäre es nicht wunderbar, wenn er für uns singen würde? Gleich morgen suche ich sein Quartier und warte vor dem Fenster.«

»Daphne, Frauen steigen nicht in das Fenster eines Mannes ein, schicklich ist das nur umgekehrt«, murmelte Lucia. Sie hätte das eigentlich lustig finden sollen, sah aber die Leiter vor sich, die sie damals an das Pesthaus gelehnt hatte, in dem Clemens im Sterben lag.

Abraham von Kahlbach dagegen lachte dröhnend. »Nicht einmal das ist schicklich, Daphne. Aber wenn es Euch gefallen würde, Frau Lea.« Er rückte wieder etwas näher an sie heran.

Lucia funkelte ihn an. »Ich hatte Euch doch gebeten, das zu lassen.«

Als sie auffuhr, spürte sie eine Bewegung in ihrem Schoß.

Natürlich rührte sich das Kind in ihr seit Langem, aber diesmal war es etwas anderes; es schien seine Lage zu verändern. Lucia verspürte einen kurzen Krampf. Das konnten die Vorboten der Wehen sein. Aber nicht jetzt! Bitte nicht jetzt!

Als hätte das Kind ihr Flehen gehört, verhielt es sich wieder still. Lucia beruhigte sich. Womöglich hatte sie sich das alles ja nur eingebildet.

Auch von Kahlbach war wieder ernüchtert. Die letzte Strecke des Weges legten sie schweigend zurück.

Was den Standplatz auf dem Turnier anging, hatte Hannah Levin nicht zu viel versprochen. Offensichtlich kannten die Levins den Wettkampfplatz; sie hatten die Ritterspiele wohl in früheren Jahren besucht. Abraham von Kahlbach steuerte mit seinem Verkaufswagen jedenfalls die nächste Nähe zu den Versorgungszelten an, die dem Ehrenbaldachin schräg gegenüber am rechten Ende der langen Kampfbahn aufgebaut waren. Er unterhielt sich dabei mit mehreren Herolden und Harnischfegern; anscheinend war er hier gut bekannt und beleumundet. Die Handwerker nahmen sein Angebot gleich in Augenschein und ließen sich beraten, welche Seide sich am besten auf ein Schild spannen ließ und welche Bänder für die Helmzier geeignet waren. Das erklärte auch von Kahlbachs Kenntnisse der Wappenkunde, die Lucia eben verwundert hatten. Die Männer plauderten kundig über verschiedene Wappenzeichen und Farben, die dieser oder jener Ritter im letzten Jahr neu erworben hatte.

Lucia und Daphne hatten derweil Zeit, die Ritter zu bewundern, die ihre Pferde vor den Kämpfen abritten. Auch auf die Kampfbahn selbst bot der Stand einen guten Blick.

»Sieh nur, da ist Herr Adrian!«, rief Daphne, noch bevor Lucia sich richtig orientieren konnte. »Schau, er kämpft gerade!«

Tatsächlich schlug sich der braunhaarige Ritter eben mit einem anderen Kämpen im Ring, aber der Kampf war bereits zum größten Teil vorüber. Die Knappen der Kontrahenten hielten die Pferde am Rand der Kampfbahn fest, während die Ritter mit dem zweiten Teil des Zweikampfes, dem Schwertkampf, beschäftigt waren. Den Tjost, das Lanzenstechen, hatten Lucia und Daphne verpasst.

»Ach, den Herrn von Rennes seht Ihr heute noch mehrmals kämpfen«, bemerkte ein Knappe, den die vorwitzige Daphne danach fragte, wie der Tjost für ihren Schwarm ausgegangen war. Der Ritter hatte seinen Gegner gleich mit dem ersten Stoß vom Pferd geworfen. »Der gehört zu den Favoriten, obwohl er nur ein Fahrender ist. Er kann das Turnier durchaus gewinnen. Aber auf jeden Fall wird er noch einige vom Pferd werfen, bevor er seinen Meister findet!«

Diesen Schwertkampf beendete von Rennes jetzt erst einmal, indem er den Gegner gekonnt entwaffnete und zu Boden stieß. Dann half er ihm ritterlich auf und gab ihm sein Holzschwert wieder, damit beide in Würde vor den Herzog treten konnten.

»Sie kämpfen nun mit Holzschwertern?«, fragte Daphne enttäuscht.

Abraham nickte. »Was denkst du denn? Die wollen sich schließlich für echte Kämpfe ertüchtigen und nicht gegenseitig umbringen. Obwohl das auch mit Holzschwertern und abgepolsterten Lanzen geht. Gestern hat es einer geschafft, dem anderen mit dem Holzschwert ein Auge auszustechen, und ein anderer hat sich beim Sturz im Tjost das Genick gebrochen.« Auch diese Informationen verdankte er den Herolden, mit denen er eben geplaudert hatte.

Lucia zog scharf die Luft ein. Zacharias hatte recht. Diese Spiele waren gefährlicher Unsinn. Kein Wunder, dass Clemens nie viel darüber erzählt hatte. Er war schließlich aus adeligem

Haus und hatte gelernt, das Schwert zu führen. Aber vom Ritterstand und der Turnierteilnahme hatte ihn wohl sein lahmes Bein ausgeschlossen.

Die beiden Kämpfer standen immer noch vor dem Ehrenbaldachin, obwohl die Herolde Herrn Adrian schon zum Sieger des Treffens erklärt hatten und auch Herzog Stephan lobend genickt hatte. Aber gerade erhob sich eine dunkelhaarige Frau vom Sitz neben dem Herzog und belohnte von Rennes zusätzlich, indem sie ihm eine schwere Goldkette um den Hals legte.

»Die Herzogin Elisabeth. Herrn Adrians Minneherrin!«, erklärte der Knappe gewichtig. Die kleine Daphne schien ihm zu gefallen; anscheinend hatte er noch nicht gemerkt, dass sie Jüdin war. »Er reitet unter ihrem Zeichen in den Kampf!«

Daphne lauschte mit offenem Mund und glühenden Augen, während von Kahlbach sich eher stirnrunzelnd an einen der Herolde wandte, der im Schatten neben dem Stand das Geschehen verfolgte.

»Im Ernst? So offen betreiben sie das inzwischen mit ihrer höfischen Minne? Ich meine ... der Gemahl der Dame sitzt neben ihr!«

Der Herold zuckte mit den Schultern. »Mich dürft Ihr nicht fragen, mich hat diese Angelegenheit nie gereizt. Aber es soll ja nicht mehr als ein Spiel sein: Der Ritter berichtet seiner Dame von seinen Taten, und sie lobt oder tadelt ihn. Mit Liebe hat das angeblich gar nichts zu tun. Aber in diesem Fall ... wenn man da mit im Ring steht, Meister Kahlbach, müsste man schon taub und blind sein, um das Blitzen in den Augen der Herrin Elisabeth und die Hingabe in der Stimme des Ritters nicht zu erkennen.«

Der Mann hob vielsagend die Brauen und begab sich dann wieder an seinen Platz, um die nächsten Kämpfer anzukündigen.

Adrian von Rennes nahm sein Pferd in Empfang und ritt vom Platz, wobei er Daphne furchtbar enttäuschte, indem er keinerlei

Notiz von ihr nahm. Lucia warf einen prüfenden Blick auf die goldene Kette. Sie hatte in den letzten Monaten öfter in der Pfandleihe ausgeholfen und wusste den Wert von Gegenständen einzuschätzen. Diese Kette war ein kleines Vermögen wert. Entschieden zu kostbar, um als »Aufmerksamkeit« der Dame für ihren Ritter durchzugehen.

In den nächsten Stunden wechselten aber noch viele kleine Schmuckstücke und andere Wertgegenstände von den Händen edler Frauen in die der kämpfenden Ritter. Es schien durchaus üblich zu sein, die Minneherren reich zu beschenken, auch wenn die Ehemänner der Damen dabei mitunter säuerlich guckten.

Abraham erklärte Lucia und Daphne, dass dies zu den üblichen Einkünften eines fahrenden Ritters gehörte.

»Diese Kerle haben ja nicht viel...« Er äußerte sich ähnlich abwertend wie gestern Zacharias. »Meistens sind es jüngere Söhne von niederem Adel. Die schickt man als Knappen an irgendeinen Hof. Da feiern sie dann nach ein paar Jahren ihre Schwertleite, und wenn der Herr nicht ganz kniepig ist, beschenkt er sie mit einer Rüstung und einem Pferd. Damit müssen sie sich durchschlagen, im wahrsten Sinne des Wortes. Wenn gerade ein Krieg stattfindet, haben sie Glück: Falls sie am Leben bleiben, machen sie Beute. Und sonst ziehen sie von Hof zu Hof, verdingen sich mal hier, mal da als Ritter – aber dabei verdient man nichts, das tut man um der Ehre willen und um nicht zu verhungern! Ein Ritter findet an jedem Hof einen gedeckten Tisch, zumindest für kurze Zeit. Die nutzt er dann möglichst, um sich beim Burgherrn oder seiner Gattin unentbehrlich zu machen.«

Der Herold, der sich eben wieder zu ihnen gesellte, während die nächsten Ritter kämpften, lachte über von Kahlbachs knappe Schilderung.

»Ihr bringt es auf den Punkt, Meister Kahlbach!«, bemerkte er. »So manchem Schönling, der dann auch noch gefällig die Laute zu schlagen vermag, fällt es sehr viel leichter, Gehör bei der Gattin zu finden! Allerdings kann er an den Minnehöfen nicht endlos bleiben. Ob ein Ritter für längere Zeit an einem Hof aufgenommen wird, entscheidet der Herr, nicht die Herrin! Die Dame mag ihre Favoriten reich beschenken, aber letztlich schickt sie jeden irgendwann weg, um ›ihr zu Ehren‹ Abenteuer zu bestehen.«

Von Kahlbach nickte. »Das wichtigste Ziel eines fahrenden Ritters«, fügte er hinzu, »ist der Erwerb eines Lehens. Dann kann er sesshaft werden und heiraten. Aber das gelingt den wenigsten, Frau Lea. Die allermeisten sterben jung.«

Lucia musste an diese Worte denken, als Adrian von Rennes eine Stunde später erneut in die Bahn ritt. Diesmal begleitete ihn ein anderer junger Mann als Knappe; er schien also wirklich keinen eigenen mit sich zu führen. Aber er brauchte wohl auch nicht viel Hilfe. Wieder warf er den Gegner beim ersten Lanzenstechen elegant vom Pferd, wobei der Mann sich offensichtlich verletzte. Sein linker Arm hing schlaff herunter, und er bewegte sich, als litte er Schmerzen. Trotzdem focht er tapfer, und als er schließlich aufgab, ließ Herr Adrian sich zwar zum Sieger erklären, gab aber durch den Herold bekannt, dass er dem Verlierer sein Pferd und seine Rüstung ließe. Er wolle nicht von dessen Missgeschick profitieren. Die Zuschauer auf der Ehrentribüne applaudierten, und die Herzogin beschenkte diesmal beide Ritter.

Der Herzog schaute noch widerwilliger drein als bei Adrians erstem Sieg, und auch eine ältere Dame, die zwischen zwei sehr jungen Herren unter dem Ehrenbaldachin saß, blickte missmutig.

»Die Herzoginmutter, Margarethe von Holland«, verriet der

junge Knappe der kleinen Daphne. Er schien sich wirklich entschlossen zu haben, heute den »Frauendienst« an ihr zu üben.

»Die Männer an ihrer Seite sind ihre Söhne, Herzog Wilhelm und Herzog Albrecht. Sie teilen sich das Erbe mit Herrn Stephan.«

Lucia wunderte sich. Wenn sie bislang von »den Herzögen« hatte sprechen hören, hatte sie stets an drei gestandene Männer gedacht. Herzog Wilhelm war jedoch in ihrem Alter, und Albrecht noch deutlich jünger. Kein Wunder, dass ihre Mutter bei ihnen blieb, um ihre Interessen gegenüber ihrem viel älteren Halbbruder Stephan zu vertreten. Obwohl immer wieder Rufe aus Holland an sie ergingen, ihre dortigen Besitzungen endlich wieder selbst zu verwalten.

Mit der jungen Herzogin, Elisabeth, schien Frau Margarethe jedenfalls keine enge Freundschaft zu verbinden. Die Frauen richteten nie das Wort aneinander, und auch ihre Hofdamen schienen einander zu meiden.

Lucia fand es inzwischen fast interessanter, die Damen auf der Tribüne zu beobachten, denn den immer gleichen Kämpfen zu folgen. So vermerkte sie die Unterschiede zwischen den beiden Gruppen aufs Deutlichste. Hier Elisabeth, prächtig gekleidet, das lange, dunkle Haar aufgesteckt und mit Juwelen geschmückt, aber nicht durch einen Kopfschmuck verdeckt, gekleidet in ein weinrotes, tief ausgeschnittenes Seidenkleid mit modisch weiten Ärmeln, und ihre ähnlich kostbar gewandeten Hofdamen. Da Margarethe: das Haar versteckt unter einem altmodischen Gebände, über dem sie nur einen kostbaren Schepel trug, einen Reif aus schwerem Gold. Margarethes Gewand war dunkel und nonnenhaft schlicht; ihre Hofdamen kleideten sich ähnlich unauffällig. Während Elisabeth vor allem mit ihren Mädchen lachte und plauderte, richtete Margarethe das Wort fast nur an ihre Söhne, mit denen sie oft zu zanken schien.

»Herzog Wilhelm und Herzog Albrecht hätten lieber mitgekämpft als zugesehen«, verriet der Knappe Daphne. »Herr Albrecht hat gerade im letzten Jahr seine Schwertleite gefeiert und brennt darauf, sich zu erproben. Aber Frau Margarethe will das nicht. Sie hat Angst, ihre Söhne könnten sich in Gefahr bringen.«

»Sind sie denn gute Kämpfer?«, erkundigte Daphne sich eifrig. Die Kleine hatte sich zwar in Adrian von Rennes verliebt, aber die blonden jungen Herzöge auf der Ehrentribüne, kostbar gewandet und mit schweren Ketten und Ringen geschmückt, hätten ihr wohl auch gefallen können. »Könnten sie Herrn Adrian besiegen?«

Der Knappe lachte. »Sie sind recht gute Kämpfer, aber so gut nun auch wieder nicht«, meinte er. »Einen Herrn Adrian könnte höchstens Herzog Stephan besiegen. Aber der kämpft auch nicht mit. Was eine weise Entscheidung ist. Würde er schließlich auf eigenem Platz gewinnen, so könnten die anderen Ritter den Herolden vorwerfen, ihn bevorzugt zu haben. Und verlöre er, so ginge es ihm gegen die Ehre.«

Aber immerhin könnte seine Gattin dann vielleicht auch ihm ab und zu einen Preis übergeben, dachte Lucia müßig. Dann brauchte er sich nicht derart über sie zu ärgern. Elisabeth, eine große, aber zarte Frau mit madonnenhaft schönen Gesichtszügen, überreichte gerade wieder mal ein Geschenk an einen jungen Ritter, während Stephan böse das Gesicht verzog.

Lucia war dankbar für den Becher Wein und den Krapfen, den Abraham von Kahlbach ihr um die Mittagszeit anbot. Es war warm, ungewöhnlich für April, und sie spürte wieder, wie das Kind sich in ihr regte. Nachdem sie gegessen hatte, wurde ihr auch ein wenig übel – vielleicht sollte sie versuchen, sich von jemandem mit zurück in die Stadt nehmen zu lassen. Andererseits wollte sie auch wissen, wer diesen Wettkampf gewinnen würde. Sie vergaß ihre Schwäche, als Adrian ein drittes Mal in die Schranken ritt.

Diesmal war es ein stärkerer Gegner, ein untersetzter Mann auf einem schweren Schimmel. So langsam wurden die Kämpfe auch insgesamt interessanter, da inzwischen nur noch die besten Ritter im Spiel waren. Adrian verlor diesmal den Tjost; beim zweiten Versuch schickte sein Gegner ihn in den Sand. Der anschließende Schwertkampf gestaltete sich als zähes Ringen, doch Adrians Geschicklichkeit triumphierte schließlich über die Kraft des anderen. Aufatmend trat der junge Ritter ein drittes Mal vor die Ehrentribüne.

Der Herold verkündete, dass er sich mit diesem Kampf für die letzte Runde qualifiziert hatte. Adrian nahm erleichtert den Helm ab. Er wirkte jetzt nicht mehr so lebhaft und frisch wie am Morgen, sondern erschöpft; sein Gesicht schien schmaler und war schweißüberströmt.

Lucia konnte es nachvollziehen. Der letzte Kampf würde nicht einfach werden. Sie selbst fühlte sich ebenfalls erschöpft, als der Ritter hinausritt. Wieder bewegte sich das Kind in ihr, und ein kurzer Krampf schüttelte ihren Körper. Sie war durstig.

Abraham schien ihre Ermüdung zu bemerken und reichte ihr einen weiteren Becher Wein. Er machte inzwischen gute Geschäfte. Die meisten Ritter waren im Turnier aus dem Rennen und hatten jetzt Zeit, sich um ihre Helmzieren und Zeltbahnen zu kümmern.

»Soll ich Euch nach Hause fahren, Frau Lea?«, fragte er dennoch höflich. »Ihr wirkt angegriffen.«

Lucia schüttelte den Kopf. »Nein, lasst nur, es wird mir gleich besser gehen. Ich bin nur ein wenig erschöpft ... die Hitze ...« Sie schloss kurz die Augen, sehnte sich nach einem kühlen Ort oder noch besser einer kühlen Hand auf ihrer Stirn. Clemens' Hand ...

Lucia verfiel in Tagträume.

Daphne dagegen beobachtete die Kämpfe weiterhin mit Feuereifer.

»Herr Adrian wird gegen Herrn Ignaurus vom Hohenfelde kämpfen«, verkündete sie schließlich. »Der große Dicke da, siehst du? Er hat eben seinen Kampf gewonnen. Aber jetzt gibt es noch eine Pause, damit die Finalisten sich vorbereiten können.«

Lucia schrak auf. Hatte sie geschlafen? Das Kind in ihr regte sich erneut. Vielleicht sollte sie aufstehen und ein wenig herumgehen ...

Auf dem Abreiteplatz versammelten sich inzwischen die Ritter, um den letzten Kampf des Tages zu verfolgen. Adrian von Rennes war noch nicht wieder da, aber Ignaurus vom Hohenfelde hatte den Platz gar nicht erst verlassen, sondern plauderte und lachte am Eingang zu den Schranken mit anderen Rittern.

Für ihn fiel diese Pause vor dem Finale deutlich kürzer aus als für Adrian, der sich schließlich schon vor einer Stunde qualifiziert hatte. Aber das schien dem schweren, vierschrötigen Ritter und seinem großen Rappen nichts auszumachen. Weder Reiter noch Pferd wirkten angestrengt.

Lucia musterte den Ritter, während sie aufstand und versuchte, sich etwas zu strecken. Ihr Rücken schmerzte. Aber die kurze Zeit bis zum Ende des Turniers würde sie noch durchhalten. Sie wollte Abraham von Kahlbach auf keinen Fall zur Last fallen – und sie wollte wissen, wer dieses Treffen für sich entschied. Herr Ignaurus war sicher wieder ein Gegner, der Adrian von Rennes an Kraft überlegen war. Der junge Ritter würde all seine Geschicklichkeit und Konzentration brauchen, um ihn zu besiegen.

Immerhin hatte er offensichtlich das Volk auf seiner Seite. Die Zuschauer jubelten ihm beim Einreiten zu, und er ließ seinen Fuchs vor den Tribünen zierlich seitwärtsgehen, um sein Publikum zu erfreuen. Lucia erschrak fast, als Daphne neben ihr in den

Jubel einfiel. Dabei sollte Adrian nicht herumspielen, schließlich musste er sich konzentrieren. Lucia hatte das seltsame Gefühl, die Euphorie des jungen Ritters, aber auch seine Anspannung und Furcht vor dem Kampf mit ihm zu teilen.

Adrian von Rennes nahm die Mädchen neben dem Verkaufswagen jedoch gar nicht wahr. Er hatte nur Augen für die Frauen auf der Ehrentribüne, oder besser für eine davon. Viel zu auffällig suchte er den Blick seiner Minneherrin, und Lucia sah nun auch das dunkelrote Band, das er um seine Lanze geschlungen hatte. Es stammte offensichtlich aus dem Ausschnitt des Festkleides der Herzogin. Sie musste ihm für den letzten Kampf ein neues »Zeichen« zugespielt haben.

Die Kontrahenten grüßten die Herzöge und begaben sich dann auf ihre Plätze, wobei sie Herrn Stephan mindestens so aufmerksam fixierten wie ihren Gegner. Der älteste unter den Landesherren gab das Zeichen zum Anreiten, wobei er sich allerdings an den Angaben der Herolde orientierte. Erst wenn beide Streithengste mit allen vier Beinen auf dem Boden standen, konnte der Tjost beginnen.

Als es endlich so weit war, schien die Erde unter den Hufen der Pferde zu beben. Herrn Ignaurus' Pferd war kräftiger, Adrians schneller und beweglicher. Es wich der Lanze des Gegners auch geschickt aus, sodass Herr Ignaurus beim ersten Anreiten keinen Treffer erzielen konnte. Aber auch Adrian kam nicht zum Zuge. Der Tjost musste wiederholt werden.

Beim zweiten Versuch traf Ignaurus Adrian an der Schulter, aber sein Versuch, dessen Rüstung an den Schnittstellen zwischen Brustpanzer und Armschienen zu treffen, misslang. Adrian musste mit diesem Zug gerechnet haben. In ernsthaften Kämpfen wurde dieser Punkt stets gern angegriffen. Wenn es einem Ritter gelang, die Rüstung des Kontrahenten hier zu durchbohren, war der Gegner außer Gefecht gesetzt. Im Turnier stritt man allerdings mit abgepolsterten Lanzen. Ein Treffer konnte dem Ritter allenfalls Prellungen zufügen.

Auf diese kleine Chance, den Gegner zu schwächen, setzte Adrian erst gar nicht. Beim dritten Tjost unterlief er die Lanze Ignaurus' und versuchte, den Ritter aus dem Sattel zu heben, indem er den Stoß zwischen Pferd und Oberschenkel platzierte. Das wäre beinahe gelungen, aber Ignaurus war schwer und Adrian durch die vorhergehenden Kämpfe geschwächt. So kam der Ritter zwar aus dem Gleichgewicht, blieb aber oben.

Der Herzog auf der Tribüne gab ein Zeichen. Der Tjost war unentschieden ausgegangen. Die Ritter wurden aufgefordert, abzusteigen und den Kampf mit Schwertern fortzusetzen.

Lucia konnte sich nicht recht auf den Schlagabtausch im Staub der Kampfbahn konzentrieren. Sie spürte jetzt ziehende Schmerzen im Rücken, ihr Mund war trocken, und ihre Stirn glühte.

»Warte noch«, flüsterte sie dem Kind zu. »Eine, zwei Stunden...«

Ignaurus vom Hohenfeldes Holzschwert hämmerte erbarmungslos auf Adrians Schild ein. Der junge Ritter schien ganz damit beschäftigt, sich zu verteidigen, und kam kaum dazu, selbst einen Schlag anzubringen. Doch wenn sein Schwert aufblitzte, kam der Stoß stets unerwartet für Ignaurus. Adrians Kampftechnik war sehr viel eleganter als die seines Gegners. Mit so manchem seiner Züge wäre er in den ersten Kämpfen sicher Sieger geblieben, aber jetzt fehlte es seinen Vorstößen an Kraft. Von Rennes war überaus geschickt, aber völlig erschöpft.

»Er ist fertig«, fasste Daphnes neuer Freund, der neunmalkluge Knappe, die Situation kurz zusammen. »Herr Ignaurus wird siegen.«

Aber dann war das Glück auf Seiten des jungen französischen Ritters. Vor Herrn Ignaurus' enormer Körperkraft kapitulierte nicht sein Gegner, sondern erst mal das Holzschwert, mit dem er hier zu kämpfen gezwungen war. Nach einem letzten, gewaltigen Schlag auf den Schild des Gegners hielt Ignaurus nur noch das Heft in der Hand ...

Adrian von Rennes nutzte seine Chance sofort. Er stieß mit dem zur Abwehr erhobenen Schild nach seinem Gegner und brachte den verdutzten Ritter damit aus dem Gleichgewicht. Ignaurus stolperte, und ein Schwertstreich Adrians warf ihn zu Boden. Von Rennes setzte ihm die Schwertspitze an die Kehle und suchte den Blick des nächsten Herolds.

»Herr Adrian von Rennes wird zum Sieger dieses Treffens erklärt!«, verkündete der Herold.

Lucia meinte, den Ritter vor Erleichterung aufatmen zu hören. Adrian von Rennes löste seinen Helm. Dann reichte er dem Gegner die Hand und half ihm auf. Auch Ignaurus schob daraufhin sein Visier hoch. Lucia befürchtete, er werde zornig sein und den Ausgang des Turniers anfechten, stattdessen lachte er. Der stämmige Hohenfelder war deutlich ein guter Verlierer. Die beiden Männer traten einträchtig vor den Ehrenbaldachin, wo Elisabeth von Bayern bereits wartete. Sie strahlte, während der Herzog die Ritter mit eher säuerlichem Gesicht begrüßte. Der Siegespreis war ein mit Edelsteinen geschmückter Pokal, und die Herrin machte Anstalten, ihn ihrem Favoriten zu überreichen.

Lucia konnte kaum erwarten, dass die letzte Siegerehrung des Tages endlich ein Ende fand. Ihr war übel und schwindelig, und sie meinte fast, Feuchtigkeit zwischen ihren Schenkeln zu spüren ...

Dennoch konnte sie nicht umhin, sich mit der jungen Herzogin auf der Tribüne zu freuen. Elisabeth machte keinen Hehl aus ihren Gefühlen für Adrian von Rennes.

»Sie sollte es nicht übertreiben ...« Abraham von Kahlbachs kühle, jetzt fast warnende Stimme. »Ich würde meiner Gattin nicht gestatten ...«

Aber natürlich konnte Elisabeth ihn nicht hören. Trunken vor Glück beugte sie sich eben über die Brüstung, um ihrem Ritter den Ehrenpreis zukommen zu lassen: einen Kuss seiner Dame. Und sie beschränkte sich nicht darauf, ihn auf die Stirn zu küssen. Während das Volk lachte und applaudierte, fanden ihre Lippen die seinen.

Lucia meinte, den Kuss zu spüren ... dieses glückliche Paar weckte Erinnerungen an ihre eigenen Stunden mit Clemens. Hatte nicht auch sie erhöht auf den Stufen ihres Hauses gestanden, als sie ihn zum letzten Mal küsste?

Aber dann kam Bewegung in die Gruppe der Hohen Herrschaften auf der Empore. Herzog Stephan erhob sich und schleuderte den Herolden und Rittern vor der Tribüne ein paar Worte entgegen.

Lucia und Abraham konnten nicht verstehen, was er sagte, aber sie sahen, dass sowohl die Herolde als auch Ignaurus vom Hohenfelde heftig protestierten. Adrian von Rennes, dem das Donnerwetter wohl in erster Linie galt, blieb dagegen still und hielt den Kopf gesenkt. Ignaurus und der Herzog stritten sich kurz. Auch der Herold nahm zunächst Stellung, schwieg dann aber bald. Es war nicht ratsam für ihn, sich dem Landesherrn zu widersetzen.

Schließlich gab auch Ignaurus auf. Adrian von Rennes verbeugte sich tief. Die Herzogin wirkte bestürzt und errötete, als der Herzog dann auch das Wort an sie richtete. Am Ende küsste sie ihren Gatten, der sich daraufhin von der Ehrentribüne zurückzog. Adrian von Rennes verließ die Kampfbahn ebenfalls. Während Ignaurus lebhaft auf ihn einredete, ging er zu seinem Pferd.

Der Herold gesellte sich dagegen zu Abraham von Kahlbach.

»Habt Ihr noch einen Schluck Wein für mich, Meister Kahlbach?«, fragte er atemlos. »Vor diesem Kampf brauche ich eine Stärkung!«

»Vor welchem Kampf?«, erkundigte sich Daphnes neugieriger Knappe.

Der Herold verdrehte die Augen.

»Unser aller Herr, Herzog Stephan, hat soeben den fahrenden Ritter Adrian von Rennes zum Zweikampf gefordert!«

5

Lucia mochte nicht glauben, dass sie noch einen Kampf würde durchstehen müssen. Sie fühlte sich seltsam taumelig, wie abgehoben von dem Geschehen um sie herum, aber irgendwie konzentrierte ihre Aufmerksamkeit sich dann doch auf den jungen Ritter, dem jetzt sein vorheriger Gegner, Ignaurus vom Hohenfelde, höchstpersönlich aufs Pferd half.

»Der Herzog hat den Ausgang des Endkampfes angezweifelt«, erklärte der Herold seinem interessierten Publikum, das inzwischen nicht mehr nur aus Abraham, Lucia, Daphne und dem Knappen, sondern auch etlichen weiteren Rittern und ihrem Gefolge bestand. »Herr Ignaurus hätte zum Sieger erklärt werden müssen, da er Herrn Adrian deutlich überlegen gewesen sei. Nun ist das nach den Turnierregeln aber nicht so. Es werden immer wieder Kämpfe allein durch Glück oder Unglück entschieden, und diese Holzschwerter sind ein Unsicherheitsfaktor. Man muss halt wissen, wie man damit umgeht. Das ist eine Kunst für sich, und Herr Ignaurus hat da Fehler gemacht. Er sieht das auch ein. Für ihn war der Ausgang des Kampfes klar, und das hat er dem Herzog unmissverständlich deutlich gemacht. Aber Herr Stephan ließ nicht mit sich reden; da ging es wohl um andere Dinge als eine Turnierregel. Am Ende hat er Herrn Adrian jedenfalls förmlich gefordert, um die Gerechtigkeit und die Ordnung im Turnier und bei Hofe wiederherzustellen. Wie gesagt, es ging ...«

»Es geht um die Dame«, fasste einer der Ritter zusammen. »Dann wollen wir mal hoffen, dass Herr Adrian die Sache überlebt.«

»Überlebt?«, fragte Lucia verwirrt und so leise, dass sie kaum zu verstehen war. Sie kämpfte erneut mit Krämpfen, und in ihrem Kopf rivalisierten die Stimmen und Bilder vom Turnierplatz mit einem unwirklichen Singen und Nachklingen von Szenen und Wortfetzen aus der Vergangenheit.

Abraham hatte ihre Stimme gehört und wandte sich ihr zu. Er musterte sie mit prüfendem Blick. »Ich sollte Euch heimbringen, Frau Lea. Gleich nach dem Kampf.«

»Überlebt?«, fragte auch Daphne, aber laut und neugierig.

Der Ritter nickte. »Seht mal!«

Er wies auf den Herzog, der eben auf einem imponierenden Schimmelhengst, in leuchtend vergoldeter Rüstung und klirrenden Waffen auf den Platz ritt. Seine Lanze war nicht mit einem Lederschutz versehen, und er hatte sein Schwert nicht gegen eine Holzwaffe getauscht.

»Wenn der Herzog Zweikampf sagt, dann meint er Zweikampf.« Der Herold seufzte. »Ich sollte noch einmal versuchen, mit ihm zu reden.«

Das probierte eben schon Ignaurus vom Hohenfelde, während Adrian resigniert den Schutz von seiner Lanze nahm. Ein junger Ritter eilte in den Stall, um sein Schwert zu holen.

Lucia sah, wie blass die Herzogin geworden war. Sie rang sichtlich um Fassung.

Auch Lucia selbst kämpfte um Haltung. Es wäre zu peinlich, hätte sie jetzt um Hilfe bitten müssen. Sie richtete sich auf ihrem Stuhl auf und streckte sich, um den Rücken zu entlasten. Vielleicht würde es besser, wenn sie aufstand; dann könnte sie auch besser sehen ...

Sie stützte sich auf die Lehne des Stuhls; ihre Hände krampften sich um das Holz, wie Adrians Fäuste sich um Zügel und Lanze schlossen.

Die Ritter hatten sich jetzt an beiden Seiten der Kampfbahn

postiert. Beide sahen zum Ehrenpavillon hinüber. Die Herzogin stand hoch aufgerichtet in der Mitte. Sie war jetzt die Ranghöchste auf den Tribünen und musste das Zeichen zum Anreiten geben.

Der Schimmel des Herzogs schnellte ab, als sie die Hand hob. Er näherte sich Adrians Fuchs so rasant, dass das zierlichere Pferd offensichtlich Angst bekam und schon auswich, noch ehe sein Reiter ihm die Anweisung dazu gab. Das sah aus, als fliehe der Ritter, was ihm Schmährufe von den Tribünen einbrachte – und vor allem höhnische Bemerkungen seines Gegners. Der Herzog brüllte ihm Beleidigungen zu.

Lucia wurde von Schwindel erfasst, als beide Reiter ihre Pferde am Ende der Kampfbahn auf der Hinterhand wenden ließen. Sie warteten keinen weiteren förmlichen Tjost ab, sondern stürmten gleich wieder aufeinander zu. Und diesmal hielt Adrian seinen Hengst in der Spur. Er brauchte dazu Kraft – die ihm fehlen würde, wenn er die Lanze führte. Aber er kam ohnehin gar nicht erst dazu, seinen Stoß zu platzieren. Der Herzog war schneller, seine Lanzenführung gewagter; er war frisch und ausgeruht und mutig von all dem guten Wein, der auf der Ehrentribüne kredenzt wurde.

Lucia musste an Bruder Caspars Haschaschini denken. Sie kannten keine Gnade ...

Auch der Herzog hatte sämtliche Bedenken und Vorsicht vergessen, die sonst den Turnierkampf zu einer reglementierten und nicht allzu lebensgefährlichen Angelegenheit machten. Er stieß bedenkenlos zu – und traf perfekt in die Lücke zwischen Brustpanzer und Armschiene, die sich unweigerlich auftat, wenn der Gegner sich mit eingelegter Lanze näherte.

Lucia meinte, das Eindringen der Lanze in Adrians Körper zu spüren, fühlte den Schnitt, den Stich, den irrsinnigen Schmerz ...

Sie hörte sich schreien ... oder war es die Herzogin?

Lucia presste die Hände auf ihren Bauch, fühlte sich schwanken ... ein Krampf schüttelte ihren Körper. Während sie zu Boden sank, sah sie noch aus dem Augenwinkel, wie man den jungen Ritter vom Platz trug. Dann ertrank sie in ihrem eigenen Schmerz. In Hitze, Angst und Blut ...

Im Nachhinein konnte Lucia sich kaum noch erinnern, wie sie mit Daphnes und Abrahams Hilfe hinten in seinen Wagen gekommen war. Einige wenige Minuten hatte sie wohl das Bewusstsein verloren, aber dann kam sie doch wieder zu sich, zu Schmerzen und brennender Scham. Dies hätte nicht passieren dürfen, nicht hier, vor Abraham von Kahlbach und all den Rittern, die sich in einer Mischung zwischen Neugier und Betroffenheit um sie scharten. Zum Glück zeigten sich sowohl Abraham als auch Daphne der Situation gewachsen. Das kleine Mädchen deckte Lucia mit einem Stück Seidenstoff zu, damit die Männer ihr feuchtes Kleid nicht sahen, und Abraham trug sie mehr auf den Wagen, als sie zu stützen. Da lag sie dann auf Seidenstoffen und Planen, während der Händler sein Gefährt so schnell wie möglich zurück in die Stadt lenkte. Als sie das Haus der Levins erreichten, hatten die Wehen bereits voll eingesetzt. Lucia erlaubte von Kahlbach trotzdem nicht, sie ins Haus zu tragen. Sie biss die Zähne zusammen und schleppte sich zwischen zwei Wehen, gestützt von Hannah und einer Magd, in die schützende Wohnung.

Natürlich schimpfte Hannah über den Wahnsinn, sich in ihrem Zustand noch auf ein Turnier zu wagen, doch ihre Besorgnis überstieg den Zorn bei Weitem.

»Ich habe es dir gleich gesagt! Und nun kommt das Kind zu früh! Wenn nur die Hebamme schon da wäre ...«

Lucia nahm alles nur durch einen Nebel von Schmerzen wahr, aber im Grunde wusste sie, dass alles in Ordnung war. Die Geburt verlief zwar in ungewöhnlicher Geschwindigkeit, und die Wehen waren außerordentlich heftig für eine Erstgebärende, aber der Ablauf war völlig normal. Sie klammerte sich an den Gedanken, auch nicht zu früh dran zu sein. Sie wollte glauben, dass sie Clemens' Kind zur Welt brachte.

Die nächsten Stunden vergingen in einem Taumel von Schmerzen. Lucia nahm ihre Umgebung nur wie durch einen Schleier wahr, hörte Hannah lamentieren und schließlich die beruhigende Stimme der Hebamme.

»Frau Rachel«, flüsterte sie und wunderte sich über das fremde Gesicht über ihr.

Die Magd schimpfte mit Daphne, während Hannah Gebete murmelte. Schließlich versank alles, und Lucia meinte, in Clemens' sanfte Arme zu sinken. Nie wieder Schmerz spüren, nie wieder Angst haben ...

»Sie ist ohnmächtig! Nein, jetzt nicht einschlafen, Lea, pressen!«

Wer war Lea?

Jemand flößte ihr eine bittere Flüssigkeit ein, zwang sie zum Schlucken. Lucia öffnete die Augen, und der Schmerz war wieder da. Gehorsam presste sie, immer wieder, bis sie meinte, zerrissen zu werden. Und dann glitt etwas zwischen ihre Beine, und der Schmerz ließ endlich nach.

»Es ist da, es ist geschafft!« Die Hebamme konnte sich vor Freude kaum halten. »Ein kleines Mädchen, Frau Lea! Ein wunderschönes kleines Mädchen!«

Lucia nahm all ihre Kraft zusammen, um sich aufzurichten und dem Kind ins Gesicht zu sehen. Sie zitterte davor, die rattenspitze Gesichtsform des Stadtwächters Martin wiederzuerkennen, oder die fleischige Nase seines Freundes Berthold. Das kleine Mädchen erschien allerdings vollkommen. Sein Gesichtchen war oval, seine

Nase winzig und der Flaum auf seinem Köpfchen golden. Dazu wirkte es voll entwickelt und schien das Mündchen schon zu einem Lächeln zu verziehen. Lucia lachte zurück. Sie glaubte nicht, hier eine Frühgeburt vor sich zu haben.

Zum Befremden der Levins nannte sie ihre Tochter »Leona«.

»Ist das üblich im Rheinland, den Kindern keine biblischen Namen mehr zu geben?«, fragte Hannah vorsichtig.

Lucia zuckte die mit den Schultern. »Ich weiß nicht«, behauptete sie. »Aber Leona gefällt mir. Im Lateinischen bedeutet es Löwin. Und genau so soll sie sein: stark und klug und schön!«

Hannah verzichtete darauf, ihr vorzuhalten, dass es in der Bibel ausreichend starke, kluge und schöne jüdische Frauen gab, nach denen man das Kind hätte nennen können. Vermutlich nahm sie an, Lea schäme sich für die fragwürdige Abkunft des Kindes und wollte ihm deshalb keinen traditionellen Namen geben.

»Vergiss nicht, es ist kein Makel an ihr!«, sagte sie tröstend. »Sie wurde von einer Jüdin geboren. Das genügt, um zu uns zu gehören!«

Lucia glaubte das persönlich nicht. Sie hatte selbst als Kind zu viele Hänseleien erduldet, um vollständige Toleranz für möglich zu halten. Sicher würden die Erwachsenen sich zurückhalten, doch unter der Hand würden sie über »Leas schweres Schicksal« und ihr »Kuckuckskind« flüstern. Ihre Kinder würden es hören und Leona den Makel ihrer Abkunft ins Gesicht schleudern.

Sofern Lucia sich wirklich entschloss, das Kind unter den Juden großzuziehen. Bislang bot sich ihr zwar kaum eine Alternative, doch immer, wenn sie sich die Geborgenheit und finanzielle Sicherheit des Hauses Levin – oder von Kahlbach – vor Augen hielt, stieg auch der Gedanke an Rauch und Brand, Vergewaltigung und Kampf in ihr auf. Und jeden Abend sah sie, wie man das Judenviertel von Landshut mit Ketten verschloss. Niemand war sicher, den eine Jüdin geboren hatte!

Immerhin entwickelte Lucias Vermögen sich erfreulich. Die Investitionen hatten bislang beste Früchte getragen; auch das Schiff aus Venedig war wohlbehalten zurückgekehrt. Noch zwei oder drei solcher Transaktionen, und sie würde sich auch ohne Hilfe der Levins für Jahre über Wasser halten können. Vielleicht würde sie in eine andere Stadt ziehen, sich als Witwe ausgeben und ihr Kind unter Christen großziehen. Sie liebte ihre Glaubensgenossen nicht, aber Leona wäre zumindest nicht in Gefahr, aus heiterem Himmel und ohne jeden Grund bestialisch ermordet zu werden.

Das alles setzte natürlich voraus, dass sie Abraham von Kahlbachs Werbung auf keinen Fall nachgab. Dabei intensivierte der Kaufmann seine Bemühungen jetzt deutlich. Das Kind war schließlich ein Mädchen und das Trauerjahr so gut wie vorbei. Sobald es nach der Geburt schicklich war, besuchte er die Levins und saß mit ihnen und Lucia zusammen. Das Stadthaus der Levins besaß einen kleinen Innenhof, und Hannah hatte einen Teil davon als Garten gestaltet. Man konnte in einer Art Pavillon sitzen und die Sommerabende genießen. Zacharias pflegte seine Frau zu necken, sie habe dies bei den Rosengärten der Minnehöfe abgeguckt.

»Lea würde dort durchaus hineinpassen, so schön und zart wie sie ist!«, schmeichelte er seiner Nichte. »Alle Ritter würden dir zu Füßen liegen, du könntest dich vor Minneherren kaum retten!«

Lucia dankte errötend, obgleich nichts ihr ferner lag, als Männer für sich zu interessieren. Nach wie vor trug sie Trauer und versteckte ihr Haar bis zur letzten Locke unter einer Haube oder gar einem Schleier. Wie sehr ihr Letzterer schmeichelte, wurde ihr nicht bewusst. Dabei konnte sich zumindest Abraham von Kahlbach an diesem Abend kaum an ihr sattsehen. Ihr porzellanweißer Teint und ihre strahlend blauen Augen bildeten einen reizvollen Kontrast zu dem schwarzen Seidenschleier, mit dem sie immer noch auf ihre Witwenschaft hinwies.

»Was ist eigentlich aus diesem Ritter geworden?«, fragte Lucia, um abzulenken. Dies war mal ein unverfängliches Gesprächsthema mit Abraham von Kahlbach. »Ihr wisst schon, Daphnes Schwarm vom Turnier ... wie hieß er noch? Adrian ...?«

»Adrian von Rennes«, ergänzte von Kahlbach. »Und Daphne ist wohl nicht die Einzige, die ihr Herz an ihn verloren hat. Nach dem, was ich hörte, ist er immer noch bei Hofe. Der Herzog hat ihn schwer verletzt, die Frauen pflegen ihn. Die Herzogin vermutlich allen voran. So gesehen war diese Forderung zum Zweikampf kein kluges Vorgehen unseres Herrn.« Von Kahlbach lachte spöttisch.

»Welches aus Wut und Wein geborene Vorgehen ist schon klug?«, warf Hannah ein und erwies sich damit als überraschend gut informiert. Die Romanze zwischen der Herzogin und dem fahrenden Ritter war also sogar unter jüdischen Matronen ein Thema.

Von Kahlbach nickte. »Ihr sagt es, Frau Hannah! Insofern kann ich nur froh und glücklich sein, dass sich die Frau, die ich mir zur Gattin wünsche, Zeit lässt und meine Werbung klug überdenkt ...« Er lächelte Lucia zu. »Aber irgendwann wird es doch Zeit für eine Entscheidung, Frau Lea. Oder meint Ihr nicht?«

Lucia gab keine Antwort. Stattdessen tat sie so, als müsse sie Leona beruhigen, die in ihrem Arm friedlich schlief.

Von Kahlbach betrachtete das Mädchen.

»Sie ist ein schönes Kind«, schmeichelte er Lucia. »Und ihre Mutter wird zweifellos auch ihre Zukunft im Auge haben, wenn sie mich demnächst hoffentlich zustimmend bescheidet.«

Leona war wirklich ein hübsches kleines Mädchen. Infolge ihrer schnellen Geburt wirkten ihre Gesichtszüge nicht verformt und verknittert wie bei vielen Säuglingen. Ihr Gesichtchen wirkte jetzt eher herzförmig als oval, und ihre Augen verloren inzwischen das Babyblau und wurden braun. Für Lucia ein weiteres erleichterndes Zeichen: Leona hatte die Augen ihres Vaters Clemens.

Nach wie vor zeigten sich keine Ähnlichkeiten mit einem der Stadtbüttel.

Abraham von Kahlbach blickte sie abwartend an. Lucia musste jetzt etwas sagen, doch ihr fiel nichts Rechtes ein. Sie wollte Abraham nicht beleidigen, aber sie konnte auch nicht ...

»Lasst mir Zeit, Reb Kahlbach«, murmelte sie schließlich. »Ich will mich einfach noch nicht wieder binden ...«

»Du wirst kaum ein besseres Angebot erhalten«, bemerkte Zacharias Levin überraschend offen. Lucia wusste, dass er von Kahlbachs Werbung befürwortete, aber so klare Worte vor dem Heiratskandidaten waren doch ungewöhnlich. »Ich kenne Reb Abraham seit Jahren. Er ist zuverlässig, und er ist reich. Was willst du mehr, Lea?«

Lucia errötete. »Vielleicht ... Liebe?«

Sie wusste, sie machte sich lächerlich.

Die Männer lachten denn auch verlegen.

»Die Liebe kommt mit den Jahren, Leale!«, erklärte auch Hannah – ein Satz, den Lucia auch von Sarah von Speyer kannte. Die Juden hielten nichts von Liebesheiraten. Ehen wurden von den Eltern für die Kinder arrangiert, oft noch mittels eines zwischengeschalteten Heiratsvermittlers. Dabei achtete man auf die Herkunft, die finanzielle Lage, auch ein wenig auf das Alter der Bewerber. Die Hochzeiter stimmten der Entscheidung ihrer Eltern in der Regel blind zu. Mitunter sahen sie sich bei der Trauung zum ersten Mal. Dennoch wurden die so geschlossenen Ehen überraschend oft glücklich. Lucia dachte an Lea und Juda, Esra und Rebecca. Und Benjamin von Speyer hatte seine Sarah auf Händen getragen.

Wäre Lea die Tochter der Levins, gäbe es kaum einen Ausweg aus einer Ehe mit von Kahlbach. Aber bei der Wiederverheiratung einer Witwe lag die Sache anders.

»Wenn ... wenn die Liebe dadurch kommt, dass man sich besser kennen lernt«, druckste Lucia, »dann muss man doch nicht unbedingt verheiratet sein. Ich schätze Euch durchaus, Reb von Kahlbach. Wenn Ihr mich also besuchen wollt und ... mit mir reden ... dann habe ich nichts dagegen. Aber für ... für die Ehe bin ich noch nicht stark genug.«

»Oder nicht schwach genug.« Von Kahlbach lächelte. Es schien nur ein Wortspiel, aber Lucia hatte das Gefühl, einen kalten Hauch zu spüren. Es war fast, als klinge etwas Sardonisches in von Kahlbachs Stimme mit. Auch Leona schien es gemerkt zu haben und regte sich in Lucias Arm. Die junge Frau nahm dies als Vorwand, mit dem Kind ins Haus zu gehen, um es zu stillen.

Als sie zurückkehrte, hatte sich das Gespräch im Garten anderen Themen zugewandt.

»Aber nicht doch, die Küste da oben ist völlig sicher!«, erklärte von Kahlbach gerade. Anscheinend ging es um neue Handelsreisen. Lucia spitzte die Ohren. Auch sie musste ihr Geld wieder investieren.

»Natürlich gibt es Piraten, aber die sind letztlich überall. Man muss die gefährlichen Gegenden einfach zu umschiffen wissen. Und wenn man die Seide vor Ort kauft und Gewürze auf großen Märkten wie Malaga, dann ist die Gewinnspanne viel größer, als wenn alles über Venedig geht.« Von Kahlbach war wieder bei seinem Lieblingsthema. Immerhin wollte er diesmal nur Al Andalus ansteuern und nicht gleich die afrikanische Küste.

Lucia mischte sich ein. »Aber was ist mit Seeblockaden? Versucht Kastilien nicht, den Handel zu stören?« Davon war im Haus der von Speyers öfter die Rede gewesen. Kastilien bedrohte Granada, die letzte maurische Enklave im Süden Spaniens.

»Zurzeit tobt kein Krieg. Zwar droht jeder kastilische Herrscher die Reconquista an, aber bislang freuen die sich noch zu sehr an den Tributen, die der Emir ihnen zahlt.« Abraham wirkte unwillig wie immer, wenn Lucia sich in Gespräche mischte, die Frauen seiner Ansicht nach nichts angingen.

»Man muss nicht gleich einen Krieg erklären. Es genügt, ein paar Galeeren zu bemannen und sich hinter dem Deckmäntelchen der Piraterie zu verstecken«, gab Lucia zu bedenken.

Von Kahlbach schüttelte den Kopf und sah der jungen Frau fest in die Augen. »Frau Lea, ich weiß, was ich tue! Habe ich Euch bislang jemals enttäuscht? Habt Ihr nicht reiche Profite durch meine Handelsreisen erzielt? Warum wollt Ihr mir jetzt nicht vertrauen?«

Lucia wollte schon einwenden, dass ihr Geld bislang nie durch eine Reise von Kahlbachs gemehrt worden war. Die Fahrt nach Gent hatte sein Bruder gemacht, und den Kapitän des Schiffes nach Venedig hatte sie gar nicht gekannt. Der fuhr wahrscheinlich ständig hin und her und kannte die Route wirklich genau. Von Kahlbach dagegen hatte sich in den neun Monaten ihres Aufenthalts in Landshut nicht auf die Reise begeben. Andererseits hatte auch Benjamin von Speyer in seine Exkursionen investiert.

Und sie durfte ihn jetzt auf keinen Fall vor den Kopf stoßen!

Also nickte sie. »Also gut, Reb von Kahlbach. Ich vertraue Euch mein Geld an. Wenn Ihr mich heiraten wollt, habt Ihr ja größtes Interesse daran, meine Mitgift zu mehren.«

Sie hob ihren Weinbecher.

»Ich wünsche Euch Glück, Reb von Kahlbach!«

Und mir nicht minder, fügte sie in Gedanken hinzu. Lucia würde nicht allzu gut schlafen, bis der Kaufmann zurück war . . .

Abraham von Kahlbach brach zwei Monate nach Leonas Geburt auf. Er würde zunächst entlang der Isar reiten, dann die Alpen überqueren und in Genua ein Schiff nach Al Andalus besteigen. Lucia wurde schwindelig, wenn sie diese Route hörte. Sie mochte sich die dort lauernden mannigfaltigen Gefahren gar nicht ausmalen!

Von Kahlbach nahm »Leas« Erlaubnis, sie zu besuchen, sehr ernst, und tauchte regelmäßig bei ihr auf, bis es endgültig Zeit zur Abreise wurde. Lucia trug das mit Geduld, aber es fiel ihr lästig. Sie hasste es, einen Mann zu ermutigen, den sie nicht wirklich zu heiraten gedachte. Und von Kahlbach empfand offensichtlich jedes höfliche Wort als Ermutigung!

So atmete Lucia auf, als er sich endlich verabschiedete – aller Sorge um ihr Kapital zum Trotz. Ein paar Monate würden nun keine Geschenke mehr für sie und ihr Kind eintreffen. Hannah würde sich nicht wortreich darüber auslassen, was für ein guter und aufmerksamer Mann Abraham von Kahlbach sei, und Zacharias würde keine Bemerkungen darüber einflechten, wie wichtig es für eine Frau sei, sich in einer guten Ehe rundum versorgt und glücklich zu fühlen. Lucia empfand sich fast als frei.

In den nächsten Wochen begann sie allerdings, sich im Haus der Levins ein wenig zu langweilen. Außer der Versorgung ihrer Tochter gab es wenig für sie zu tun. Der Haushalt war straff organisiert – die Köchin, die Magd und zwei Hausmädchen standen sich eher gegenseitig auf den Füßen, als Hilfe zu brauchen. Hannah hatte niemanden von ihrem Personal entlassen, als ihre älteren Kinder aus dem Haus gingen, und jetzt gab es kaum noch etwas für die Frauen zu tun.

Auch Lucias Vorschlag, Daphne zu unterrichten, traf nicht auf Gegenliebe. Weder interessierte sich das Mädchen sonderlich für Sprachen und Medizin, noch fand Hannah diese Dinge wichtig. Lediglich ihre Nähkünste sollte »Lea« ihrer kleinen Kusine vermitteln, aber da es hier mehr auf Übung denn auf Technik ankam und Daphne gar keine Lust auf eine Schneiderlehre hatte, füllte auch das die Tage nicht aus.

Deshalb übergab Lucia ihre Tochter immer öfter einem der

unterbeschäftigten Hausmädchen und der hingerissenen Daphne als »Kinderfrau« und folgte Zacharias Levin in seine Pfandleihe. Hier konnte sie sich bald nützlich machen. Sie lernte schnell, wie viele Pfennige oder gar Mark ein Pfand wert war, und sehr bald konnte sie auch einschätzen, ob der Schuldner beabsichtigte, es wieder einzulösen oder nicht. Im letzteren Fall bot Levin weniger Geld; schließlich machte es Arbeit, die Wertgegenstände später wieder umzusetzen. Zacharias machte auch Unterschiede zwischen Adeligen und Bürgern, Christen und Juden. Letztere kamen allerdings selten. Sie konnten fast durchweg besser rechnen als ihre christlichen Nachbarn, neigten weniger zu spontanen finanziellen Transaktionen und verloren ihr Kapital vor allem nicht durch Wetten, Spiele und Turnierkämpfe. Ein Jude, der Geld brauchte, versetzte keine Wertgegenstände, sondern nahm meist einen Kredit auf. Das hätte natürlich auch den christlichen Bürgern von Landshut offen gestanden; viele Juden verliehen Geld gegen Zinsen. Wenn die Leute sich trotzdem eher an Levin wandten, so lag es daran, dass ihre Geschäfte meist von Heimlichkeiten umgeben waren. Ein Mann hatte Geld verspielt – und versetzte eine wertvolle Waffe, damit seine Frau nicht dahinterkam. Eine Frau hatte ihren Gatten betrogen – und brauchte nun die Hilfe einer Engelmacherin. Dafür wanderte ein Stück ihrer Aussteuer in den Laden der Levins.

Die Männer lösten diese Pfänder meist irgendwann wieder ein, die Frauen fast nie. Ihr Haushaltsgeld war schließlich knapp bemessen; sie konnten nicht viel davon sparen. Und auch die Adligen erwiesen sich als schlechte Zahler. Sie hielten ihr Geld nicht zusammen. Wenn sie Münzen in der Hand hatten, warfen sie damit um sich, ohne an morgen zu denken. Kluge Investitionen waren ihnen fremd; sie hielten es schon für den Gipfel der Überlegung, Geld in ein neues Streitross zu stecken, mit dem sie dann hofften, beim nächsten Turnier endlich einmal zu siegen.

Zacharias war deshalb streng mit seinen hochwohlgeborenen Kunden. Auch die tief verschleierte Frau, die Lucia eines Morgens in seinem Kontor antraf, schien nicht zufrieden mit seinem Gebot.

»Diese Kette ist sicher das Doppelte wert!«, meinte sie verzweifelt, während Zacharias den schweren Halsschmuck in der Hand wog. Der Pfandleiher hatte ihr eben 240 Pfennige, also eine Mark, dafür geboten. Das war der Preis für ein Pfund Silber, und die Kette mochte auch ungefähr auf dieses Gewicht kommen. Sie war jedoch aus reinem Gold.

»Das ist richtig, Herrin«, räumte Levin denn auch ein. »Aber ich muss erst jemanden finden, der mir die Kette abkauft. Ein schönes Stück, aber ein seltenes. So was verkaufe ich nicht alle Tage. Und Ihr gedenkt doch sicher nicht, es wieder einzulösen, oder?«

Lucia konnte die Gesichtszüge der Frau nicht erkennen; sie verbarg sich gänzlich hinter einem dichten dunkelblauen Gazegespinst, durch das sie wahrscheinlich kaum etwas sehen konnte. Doch ihre ganze Haltung spiegelte Verzweiflung.

»Ich tue mein Bestes, Meister Levin. Aber Frauen meines Standes besitzen Schmuck, kein Geld! Ich halte nur selten Münzen in Händen, außer wenn ich bei Euch gewesen bin. Also ...«

»Also werde ich die Kette weiterverkaufen müssen«, brummte Levin. »Und wie viel ich dafür erziele, ist gänzlich unsicher. Nein, glaubt mir, mit einer Mark seid Ihr gut bedient!«

Lucia dachte an den Pfandleiher in Rüsselsheim und ihren Leuchter. Irrte sie sich, oder schwang auch in Levins Stimme Missbilligung mit? Was hatte er gegen diese Frau?

»Aber das ist wirklich ein erlesenes Stück!«, mischte Lucia sich ein und lächelte der Kundin zu. »Willst du es dir nicht noch mal überlegen, Onkel? Wie wäre es, wenn du es auf eine Mark und hundertzwanzig Silberpfennig einschätzt? Wäre das nicht gerechter?«

Levin verzog den Mund. »So weit kommt es noch, Lea, dass du mir vorhältst, was Recht und Unrecht ist! Aber gut, ich will nicht so sein. Dreihundertvierzig Silberpfennig. Keinen einzigen mehr!«

Die Frau nahm das Geld und bedankte sich erleichtert. Lucia war so viel Unterwürfigkeit von dieser offensichtlich reichen Edelfrau beinahe peinlich. Sie sah ihr neugierig nach, als sie ging.

»Was für ein Missgeschick mag ihr wohl widerfahren sein, dass sie so dringend Geld braucht?«, fragte sie sinnend.

Zacharias stieß scharf die Luft durch die Nase aus.

»Na, was wohl, sie unterhält einen Buhlen!«, sagte er streng. »Und er muss ihr lieb und teuer sein – sie kam heute schon zum dritten Mal in nicht ganz zwei Monaten. Jedes Mal mit dem erlesensten Schmuck. Ihr Gatte muss ein hoher Herr sein und sie außerordentlich schätzen. Auf jeden Fall hat er ihr ein Vermögen an Edelsteinen geschenkt. Und nun wandert das alles in die Kassen irgendeines Gauners, der gut zu küssen versteht!«

»Aber das weißt du doch gar nicht«, meinte Lucia verwirrt. Die Frau hatte eigentlich keinen leichtfertigen Eindruck gemacht. »Vielleicht ist es etwas ganz anderes ... vielleicht ist ihr Mann auf einem Kreuzzug verschollen, und ein Sultan fordert Lösegeld, oder ...«

Levin lachte schallend. »Da hat aber jemand Ritterromane gelesen, nicht wahr, meine Kleine? Kein Wunder, dass du romantische Träume hegst und dich nicht entscheiden kannst, eine wohl überlegte Ehe einzugehen! Aber glaub mir, wenn die Dame einen ehrenvollen Anlass hätte, sich Geld zu borgen, käme sie nicht vermummt wie eine Maurin in eine Pfandleihe! Mal ganz abgesehen davon, dass sich zurzeit niemand aus Bayern auf einem Kreuzzug befindet, Gott sei gedankt! Solche Unternehmungen finanzieren die hohen Herren nämlich stets mit Krediten von ›ihren Juden‹, und das Geld sieht die Gemeinde niemals wieder. Nein, nein, Lea, das vergiss mal rasch! Die Frau ist nicht koscher! Und sie wird ihre Pfänder niemals auslösen – ebenso wenig, wie sie ihren Schmuck noch lange brauchen wird. Wenn ihr Gatte sie erwischt, endet sie im Kloster!«

6

Als die geheimnisvolle Frau das nächste Mal in die Pfandleihe kam, war Lucia allein dort. Sie beschäftigte sich damit, die Pfänder abzustauben, langweilte sich dabei aber nach Kräften. Die Kundin bot eine willkommene Abwechslung.

Lucia grüßte also höflich und erfreut, und auch die Dame schien erleichtert, es diesmal mit einer Frau und nicht mit dem bärbeißigen Zacharias zu tun zu bekommen. Lucia hatte Zeit, sie genauer zu mustern, aber viel kam dabei natürlich nicht heraus. Die Frau trug schließlich wieder einen Schleier, aber diesmal ließ er immerhin einen Schlitz für die Augen frei. Sanfte braune Augen mit langen Wimpern. Lucia mochte darin keine Lüsternheit und Berechnung erkennen, höchstens Angst. Ansonsten schien sich ein schlanker Körper unter dem weiten dunklen Mantel zu verbergen, den die Frau übergeworfen hatte. Die Fremde war größer als Lucia und hielt sich sehr gerade.

»Wenn Ihr mir dies hier versetzen könntet«, sagte sie mit wohl modulierter Stimme. »Ich wäre Euch sehr dankbar. Es ist reines Gold, das schwöre ich, und die Steine sind Rubine ...«

Die Frau zog einen Stirnreif aus der Tasche, einen Schepel, wie adlige Mädchen ihn im offenen Haar, verheiratete Frauen meist über dem Gebände oder sonstigem Kopfschmuck trugen.

»Er ist wunderschön!«, bemerkte Lucia, obwohl Levin ihr eingeschärft hatte, sich mit Begeisterungsbekundungen vor Kunden tunlichst zurückzuhalten. Das schürte nur unverhältnismäßige Erwartungen. »Warum wollt Ihr ihn hergeben?«

Lucia biss sich auf die Lippen. »Oh, verzeiht mir, ich wollte nicht neugierig sein.«

In den dunklen Augen der Frau standen Tränen. »Ich will nicht, ich muss. Dabei ist es ein Erinnerungsstück. Mein Vater hat es mir geschenkt, bevor ich ... als ich ... Nun, wie auch immer, es ist ein Reif für ein junges Mädchen, ich trage ihn nicht mehr. Was könnt Ihr mir dafür geben?«

Lucia überlegte. »Ich biete Euch eine Mark«, erklärte sie.

Zacharias würde sie dafür umbringen! Natürlich war auch dieses Stück wesentlich mehr wert, aber man würde einen Zwischenhändler brauchen, um es zu Geld zu machen. In Landshut kaufte das niemand; Bürgermädchen durften solchen Schmuck nicht tragen.

Die Frau nickte. »Das ist großzügig«, erklärte sie. »Ich ... ich war schon in anderen Pfandleihen, weil ... also das letzte Mal ... mit der Kette ...«

»Die Kette hat mein Onkel vielleicht ein wenig unterbewertet«, räumte Lucia ein. »Aber er ist ein ehrlicher Mann. Er hat seine Gründe, wenn er nicht mehr bietet.«

Die Frau nickte. »Die Gebote der anderen für dieses Geschmeide waren weitaus niedriger. Ich bin Euch sehr zu Dank verpflichtet!«

Lucia zuckte mit den Schultern. »Das solltet Ihr so nicht sagen«, verriet sie der Frau. »Ihr müsst härter werden und lernen, mit den Pfandleihern zu handeln, wenn Ihr ... also, wenn Ihr öfter ...«

Sie wurde rot. Der Frau schien es nicht anders zu gehen.

»Wir lernen das nicht«, sagte sie, und kaum verhehlte Verachtung für die Juden schwang in ihrer Stimme mit. »Ein Mädchen meines Standes ...«

Lucia blitzte sie an. »Jüdische Mädchen lernen das auch nicht! Und jüdische Jungen würden vielleicht gern etwas anderes lernen, wenn Menschen Eures Standes ihnen nicht fast jedes andere ehrliche Gewerbe verboten hätten!«

Die Frau senkte den Kopf. »Ich bitte um Vergebung. Ich wollte Euch nicht zu nahe treten. Ich weiß nichts von diesen Dingen.«

»Dann solltet Ihr schneller lernen!«, sagte Lucia hart. »Sonst ist Euer Schmuck irgendwann weg. Und wo nehmt Ihr dann das Geld her, das Ihr so offensichtlich braucht?«

»Ich brauche es nicht für mich«, flüsterte die Frau. »Und ich werde Euren Rat beherzigen ...«

Sie nahm ihr Geld und ließ eine ziemlich verblüffte Lucia zurück. Ihre Worte waren unverschämt gewesen. Eine adlige Frau hätte sie sonst scharf dafür gerügt – vielleicht hätte sie sogar veranlassen können, sie züchtigen zu lassen. Lucia kannte die Regeln in Landshut nicht. Aber diese Frau dachte nicht mehr an ihren Rang. Sie war verzweifelt, und jemand musste sie zutiefst gedemütigt haben. Lucia wurde inzwischen von Neugier zerfressen. Sie wollte unbedingt wissen, was es mit dieser Frau auf sich hatte.

Als die Unbekannte das nächste Mal in die Pfandleihe kam, half Lucia Zacharias im Laden und konnte deshalb keinen Einfluss auf die Verhandlungen nehmen. Die Frau versetzte einen mit Edelsteinen geschmückten Gürtel, wieder ein außerordentlich wertvolles Stück. Zacharias fertigte sie allerdings genauso grob ab wie beim letzten Mal und zahlte ihr nur einen Bruchteil dessen, was der Gürtel unzweifelhaft wert war.

Die Frau machte allerdings wieder keine Anstalten, sich zu wehren und womöglich laut zu werden. Sie wirkte gebückt und müde, als ob etwas sie niederdrückte. Und Lucia konnte sich nun nicht mehr beherrschen. Sie wollte wissen, was es damit auf sich hatte! So verabschiedete sie sich auch rasch von Zacharias, nachdem die Dame gegangen war. Eine Ausrede brauchte sie nicht extra zu suchen. Ihr Maultier stand bereits vor der Tür, und sie hatte ihre Satteltaschen eben mit verschiedenen Gegenständen gefüllt, die sie einem anderen Händler überbringen sollte. Aber das konnte warten. Zunächst würde sie der geheimnisvollen Frau folgen.

Das gesattelte Maultier erwies sich dabei als Glücksfall, denn tatsächlich war auch die Frau beritten. Sie lief nur bis zu einem Mietstall knapp außerhalb des Judenviertels und nahm dort eine schöne milchweiße Stute in Empfang. Der Stallvermieter tat äußerst devot, aber die Frau ließ sich nicht von ihm helfen, sondern schwang sich allein in den Sattel. Den Schleier ließ sie dabei nicht sinken, und es war auch wieder die Version mit dem Sehschlitz. Lucia fand das schade. Den extrem dichten Gazeschleier ihrer ersten Begegnung hätte die Frau beim Reiten abnehmen müssen – schon um zu sehen, wohin das Pferd seine Hufe setzte. So aber konnte sie unerkannt bleiben, auch wenn sie länger zu Pferde saß.

Immerhin verhinderte der schwarze Kopfschmuck jede seitliche Orientierung. Die Frau konnte also nicht ohne weiteres bemerken, dass Lucia ihr folgte. Sie ritt nun zügig durch die Stadt und verließ sie durch das nächstbeste Tor. Danach beschleunigte sie noch mehr. Sie folgte dem Fluss nach Norden.

Lucia trieb ihr Maultier an. Auch die Frau ritt einen Zelter, aber die milchweiße Stute war deutlich schneller als Pia. Ein außergewöhnliches Pferd und sehr auffällig. Es war zweifellos unklug, ein solches Tier für heimliche Ausflüge zu nutzen. Auch dieser Umstand bestätigte Lucia in ihrer Annahme: Diese Frau war nicht berechnend und auf Abenteuer aus. Ihr Geheimnis musste ernsterer Natur sein.

Lucia folgte ihr an der Isar entlang, dann durch das sommerliche Hügelland. Es war ein klarer Tag; man konnte die Berge sehen, und die Wiesen und Weiden waren mit Blumen übersät.

Lucia genoss den Ritt, der abwechselnd durch lichte Wäldchen und über freies Land führte, aber die Frau vor ihr schien all die Schönheit gar nicht zu bemerken. Nach einer halben Stunde begann Lucia, sich Sorgen zu machen. Wenn die Frau noch sehr viel weiter ritt, musste sie umkehren. Zu lange auszubleiben wagte sie nicht, schon, weil sie Leona noch stillte.

Aber dann kam doch sehr schnell das Ziel der Reiterin in Sicht. Lucia erkannte die weitläufigen Gebäude des Klosters Seligenthal. Und ihre Unbekannte ritt genau darauf zu. Sie verhielt ihr Pferd vor der Pforte und stieg ab, um anzuklopfen. Das schwere Tor zum Hof des Klosters öffnete sich umgehend. Die Frau führte ihr Pferd hinein und war verschwunden.

Lucia blieb verblüfft zurück. Sie hatte genug Geistesgegenwart gehabt, ihr Maultier rechtzeitig zu verhalten, sodass man sie nicht hatte sehen können. Aber was machte ihre Unbekannte im Kloster? Handelte es sich womöglich um eine Nonne? War bereits eingetreten, was Zacharias für sie vorausgesagt hatte? Es kam durchaus vor, dass adlige Herren ihrer Frauen überdrüssig wurden und sie dann unter fadenscheinigen Vorwürfen in irgendeinem Stift lebendig begruben. Die Frau musste sich da gar nicht schuldig gemacht haben ...

Aber würde man einer Nonne ihren Schmuck lassen? Und obendrein das edle Pferd? Lucia hielt das für ausgeschlossen. Und selbst wenn es der Frau gelungen sein sollte, ein paar Wertgegenstände mit ins Exil zu nehmen: Um aus dem Kloster zu fliehen, würde sie den Schmuck auf einen Schlag zu Geld machen und nicht im Laufe mehrerer Wochen. Außerdem käme sie dann kaum mit dem Geld hierher zurück ...

Lucia hätte zu gern gewartet, bis ihre geheimnisvolle Kundin das Kloster wieder verließ. Dann hätte sie ihre Spuren weiter verfolgen können. Aber sie sah selbst ein, dass dies Unsinn wäre. Die Frau mochte Stunden im Kloster verbringen, oder sie wohnte tatsächlich dort. Lucia dagegen konnte sich nicht leisten, zu spät nach Landshut zurückzukehren. Selbst wenn sie die Erledigung ihres Auftrags auf morgen verschob: Nach Einbruch der Dunkelheit wurde das Judenviertel geschlossen! Die Levins würden sich um Lea zu Tode fürchten, und Leona würde hungern...

Lucia kehrte also widerstrebend um und ritt zurück in die Stadt. Dabei war sie schneller, als sie errechnet hatte; es würde noch stundenlang hell bleiben, nachdem sie die Waren abgeliefert hatte. Auch Leona erwies sich als ruhig und gut versorgt. Sowohl Daphne als auch die Hausmagd brannten darauf, sie weiter zu betreuen, nachdem Lucia sie gestillt hatte. Die junge Frau beschloss daraufhin, in die Pfandleihe zurückzukehren. Vielleicht konnte sie sich da ja noch nützlich machen.

Zacharias Levin war erfreut, sie zu sehen.

»Lea, meine Liebe, was für ein Glück, dass du noch vorbeischaust! Sag, würdest du noch einmal einen Botendienst für mich übernehmen? Ich hatte dem Rabbi versprochen, diesen Brief heute noch zu besorgen. Ich wollte persönlich zur Burg reiten. Aber dann ging es hier zu wie im Bienenstock. Könntest du das Schreiben vielleicht noch abliefern? Es müsste vor Sonnenuntergang zu schaffen sein.«

Lucia blickte prüfend gen Himmel, aber Levin hatte recht. Die Sonne stand noch nicht allzu weit im Westen.

»Was ist denn so dringend an dem Brief?«, erkundigte sie sich, während Levin ihr einen reich verzierten Umschlag reichte.

Der Pfandleiher zuckte mit den Schultern. »Eigentlich nichts, die Herzöge werden unserer Bitte ohnehin nicht stattgeben. Sie haben die Juden von Landshut wieder mal neu besteuert und obendrein die Gesetze gegen uns verschärft. Wir haben darüber beraten und Moses von Kahlbach gestern als Bittsteller zum Herzog geschickt...«

Abrahams erheblich älterer Bruder hatte seine Handelsreisen

vor kurzem eingestellt und war nun Vorsitzender des örtlichen Judenrates.

»Die Herzöge haben ihn auch angehört, sich aber vorerst nicht geäußert. Wir sollen unser Anliegen in schriftlicher Form einreichen, dann würde man es prüfen. Nun hat Moses es gleich niedergeschrieben. Aber ob das etwas hilft? Jedenfalls wollen wir der Sache ein bisschen Dringlichkeit geben und den Brief sofort zustellen. Es mag ja sein, dass Gott ein Wunder tut, und Herzog Stephan liest ihn tatsächlich.« Levin machte eine bittende Geste zum Himmel hin.

»Kann er lesen?«, fragte Lucia sachlich. Die meisten christlichen Adeligen konnten es nicht.

»Sein Verwalter wird es können. Er ist ein guter und gerechter Mann, es hört bloß niemand auf ihn. Oder sein Hauskaplan, wobei der wieder nichts für uns Juden übrig hat ... Im Grunde ist es hoffnungslos, aber wir wollen uns nicht vorwerfen lassen, wir hätten nicht alles getan!«

Die Entscheidungen und Vorstöße des Judenrates wurden in der Gemeinde diskutiert. Die Mitglieder des Rates waren gewählte Vertreter der jüdischen Bürger.

Lucia nickte. »Dann mache ich mich mal auf den Weg«, meinte sie und freute sich im Stillen auf den erneuten Ausritt. Pia war noch frisch; sie würde den Weg hinauf zur Burg in kurzer Zeit bewältigen. »Wem soll ich das Schreiben noch mal geben? Dem Schatzmeister?«

Tatsächlich verlief der erneute Botengang ohne Komplikationen. Lucia wurde nicht aufgehalten, und der Schatzmeister schien auch nicht zu den christlichen Würdenträgern zu gehören, die Juden gern schikanierten. Nachdem eine Magd Lucia den Weg gewiesen hatte, traf sie ihn bei der Inspektion der Burgwache. Heinrich von Hohenthann war nicht mehr der Jüngste, aber kräftig und hoch gewachsen. Er musterte die ungewöhnliche Botin der Judengemeinde mit prüfendem Blick, in dem fast Verwunderung mitschwang, aber er war freundlich, als er den Brief in Empfang nahm. Tatsächlich quittierte er Lucia sogar den Eingang, ohne dass sie extra darum bitten musste. Sie folgte ihm in sein Kontor, wobei er ihr immer wieder verwirrte Blicke zuwarf. Lucia wurde das langsam unheimlich. Aber dann raffte er sich doch noch zu einer Frage auf.

»Wo habe ich dich schon einmal gesehen, Mädchen? Ich zermartere mir den Kopf, aber es will mir nicht einfallen. Du bist wirklich Jüdin?«

Letzteres war an den Judenzeichen auf Lucias Kleidung unschwer zu erkennen. Lucia fragte sich, weshalb er daran zu zweifeln schien. Natürlich war sie blond und blauäugig, während man den Juden sonst eher dunkles Haar und dunklen Teint zusprach. Aber dieser Mann musste wissen, dass es in der Gemeinde Landshut viele hellhäutige Jüdinnen gab.

»Ich glaube nicht, dass wir einander schon einmal getroffen haben, Herr«, erklärte sie artig. »Ich bin eine Nichte des Meisters Zacharias ... ich komme aus Mainz. Allerdings habe ich Reb von Kahlbach zum Frühjahrsturnier begleitet. Vielleicht habt Ihr mich da gesehen ...«

Lucia hoffte es nicht. Schließlich hatte sie an diesem Tag nicht den besten Eindruck hinterlassen. Ihr selbst war der Schatzmeister auch nicht aufgefallen, aber das musste nichts bedeuten.

Der Mann runzelte die Stirn. »Ein Turnier ... ja, das könnte sein. Aber ich dachte, ich hätte dich früher ... Nein, das ist Unsinn! Die Frau, die ich meinte, müsste heute deutlich älter sein. Eine vage Ähnlichkeit ... Hör nicht auf das Geschwätz eines alten Mannes ...« Er lächelte ihr zu. »Willst du einen Passierschein, falls du zu spät ins Ghetto kommst?«

Lucia sah den Mann offen an. »Zu den Bitten, die wir in diesem

Brief äußern, gehört eine längere Öffnung des Judenviertels...«, bemerkte sie.

Von Hohenthann nickte mit beinahe schuldbewusstem Ausdruck. »Ich weiß, Mädchen, und ich halte vieles für unklug, was deinem Volk geschieht. Aber ich kann es nicht ändern. Sag deinem Onkel nur meinen Gruß und versichere ihm, ich werde den Herzögen den Brief vorlesen und besonders Herrn Stephan noch mal darauf ansprechen. Wie er dann entscheidet...«

Während der Mann sprach, kritzelte er rasch etwas auf ein Pergament und reichte Lucia den Passierschein. Sie würde sich auf dem Heimweg nicht beeilen müssen.

So nahm sie sich denn auch Zeit, den Ausblick von der Burg auf die Stadt Landshut zu genießen, während Pia sich ihren Weg suchte. Die Ansiedlung bot einen lieblichen Anblick, wie sie da auf beiden Seiten der Isar lag, die Mühleninsel in der Mitte des Flusses. Von hier oben waren alle Viertel gleich, und die Stadtmauer bot allen denselben Schutz. Warum konnten die Bürger nur nicht in Frieden miteinander leben?

Dann unterbrachen Hufschläge ihre Überlegungen. Auf der Straße zur Burg näherte sich ein Pferd, ein Schimmel. Lucia konnte es zunächst kaum glauben, aber sie kannte das Tier, das hier raschen Schrittes die Anhöhe erklomm. Die weiße Stute der Unbekannten. Auch die Reiterin war zweifellos die gleiche. Das dunkle Kleid aus bestem Tuch, der weite Mantel und der Schleier, der ihr Haar und ihr Gesicht jetzt aber nicht mehr bedeckte, sondern locker über ihren Rücken hing. Die Frau hatte dunkles Haar, das sie am Morgen offenbar aufgesteckt hatte. Durch den langen, schnellen Ritt hatten sich jedoch Strähnen gelöst, und die Reiterin hatte keine Zeit daran verschwendet, sie wieder aufzustecken. Stattdessen ließ sie ihr Haar im Wind wehen und genoss zweifellos die abendliche Kühle. Sie musste unter dem Schleier geschwitzt haben.

Lucias Herz klopfte heftig, als die Stute der Unbekannten näher kam. Gleich würde sie ihr Gesicht sehen, hielt es jedoch für unwahrscheinlich, dass sie es erkannte. Die Bürger von Landshut kamen höchstens bei Hoffesten oder Turnieren in den Genuss, sich die Edelfrauen näher anzusehen. Und dann achteten sie meist eher auf ihren Schmuck und ihre unschätzbar wertvolle Kleidung als auf ihre Gesichter. Die einzige Beschreibung, die man anschließend erhielt, war die, dass die Herzogin und ihre Hofdamen einfach überirdisch schön gewesen seien ...

Die Frau auf der Stute befand sich nun unmittelbar vor Lucias Maultier – und erstarrte, als sie ihrer ansichtig wurde. Natürlich, die Fremde erkannte die Jüdin aus der Pfandleihe.

Aber auch Lucia hatte das Gefühl, als setzte ihr Herzschlag einen Augenblick lang aus. Sie hatte diese Frau schon einmal gesehen! Aus solcher Nähe, dass sie sogar das Entsetzen auf ihrem Gesicht erkennen konnte, als der Herzog ihren Ritter forderte!

Das blasse, schmale Gesicht unter den warmen braunen Augen, der fein geschnittene Mund, die kleine, gerade Nase und die zart geschwungenen Augenbrauen gehörten Elisabeth, der Herzogin von Bayern!

Lucia überlegte, was sie sagen oder tun konnte, um der Edelfrau die Angst zu nehmen, die sich jetzt deutlich in ihren Zügen abzeichnete. Dabei musste die Herzogin doch annehmen, dass Lucia ihr Gesicht nie gesehen hatte! Elisabeth hatte wirklich kein Talent für Heimlichkeiten.

Lucia verbeugte sich so tief, wie ihr Sattel es erlaubte.

»Seid gegrüßt, Herzogin ...«, sagte sie unterwürfig. Dabei wusste sie nicht genau, ob dies die richtige Anrede war.

Die Herzogin schien etwas erwidern zu wollen, brachte aber kein Wort heraus.

Vielleicht, wenn man sie auf etwas Persönliches ansprach? Etwas, das nichts mit der Pfandleihe zu tun hatte?

»Wie geht es Eurem Minneherrn von ... von Rennes, nicht wahr? Ich ...« Lucia wollte sagen, dass sie ihn auf dem Turnier hatte kämpfen sehen und ein paar Schmeicheleien anführen, doch als sie Adrian von Rennes erwähnte, wich alle Farbe aus Elisabeths Gesicht.

»Ihr ... Ihr wisst?« Die Stimme der Herzogin klang schrill, als sie Lucia ins Wort fiel. Ihre Hände krampften sich um die Zügel ihrer Stute. Die Zelterin tänzelte.

Lucia lächelte. »Man sagt, die Juden in einer Stadt wüssten so ziemlich alles«, bemerkte sie. Die Herzogin konnte nicht wirklich glauben, ihre Zuneigung zu dem jungen Ritter sei dem Volk verborgen geblieben!

Elisabeth schluckte. Sie zitterte jetzt, und auf ihren Wangen erschienen hektische rote Flecken.

»Also gut, Mädchen. Wie viel? Was willst du haben? Sag es mir, dann versuche ich zu tun, was ich kann. Ich bezahle für dein Schweigen, aber du musst mir versichern ...«

Der Herzogin stiegen Tränen in die Augen. Verhandlungsgeschick hatte sie jedenfalls keines. Jeder wirkliche Erpresser hätte den Preis jetzt himmelhoch steigen lassen.

Lucia jedoch empfand nur Scham und Mitgefühl.

»Bitte, Herzogin, beruhigt Euch!« Sie lenkte Pia näher an Elisabeths Zelterin heran und versuchte, ihr gerade in die Augen zu blicken. »Ich will überhaupt nichts haben! Und ich weiß auch nicht wirklich etwas. Das war nur so dahingesagt ...«

Die Herzogin sah sie ungläubig an, fast wie ein Tier in der Falle, dem sich nun doch noch ein Ausweg zu bieten schien.

»Aber ... aber Ihr kennt Herrn von Rennes?«

Lucia schüttelte den Kopf. »Nicht einmal das, Herrin. Ich sah ihn nur einmal bei Eurem Turnier. Er erschien mir freundlich.

Und er erinnerte mich vage an jemanden, der mir einmal lieb und teuer war. Aber ich habe nie auch nur ein Wort mit ihm gewechselt, das schwöre ich Euch!«

Elisabeths Gesicht und ihre ganze Haltung spiegelten ihre Erleichterung.

»Ihr wisst also nichts von seinem Verbleib?«, vergewisserte sie sich noch einmal.

Lucia verneinte erneut. »Ich weiß gar nichts.«

Die Herzogin atmete auf. »Dann ist es auch besser, Ihr verbleibt in dieser Unkenntnis!«

Sie wusste offensichtlich nicht, wie sie dieses Gespräch auf höfliche Weise beenden sollte. Während Lucia sich noch Grußworte und vielleicht eine beruhigende Bemerkung zurechtlegte, gab Elisabeth ihrem Pferd die Sporen. Die milchweiße Stute sprengte zur Burg hinauf.

7

Es wurde Herbst, bevor Lucia die Herzogin in der Pfandleihe wieder traf. Vielleicht war sie zwischendurch da gewesen, aber Lucia mochte ihren Onkel nicht nach der geheimnisvollen Unbekannten fragen. Dafür versuchte sie, das Gespräch der Frauen nach dem Besuch der Synagoge oder bei Festlichkeiten auf die Herzogin und ihren Ritter zu bringen. Wobei ihr zugutekam, dass auch Daphne höchlichst am Schicksal ihres Schwarmes interessiert war. Wenn sie das Turnier, die Burg oder die Herzogin nur erwähnte, stellte die Kleine gleich die richtigen Fragen. Antworten gab es jedoch nicht. Der Verbleib des Herrn von Rennes war offensichtlich kein Thema für den Klatsch in der Stadt.

»Das ist ein fahrender Ritter, Kleines«, bemerkte Judith von Kahlbach, die Gattin des Moses. »Der hat seine Verletzung auskuriert, und dann ist er weitergezogen. Der Herzog wird ihn schließlich kaum zum Bleiben eingeladen haben!« Die Frauen lachten. Die Geschichte mit der Forderung auf dem Turnier hatte jedenfalls die Runde gemacht.

Lucia konnte das nicht glauben. Womöglich hatte Zacharias recht, und die Herzogin unterhielt tatsächlich irgendwo ein Liebesnest, in dem sie den Ritter aushielt. Die Ritte zum Kloster Seligenthal mochten ihr Vorwand sein, ihn heimlich zu treffen. Auf jeden Fall gab es ein Geheimnis ... aber sie hatte momentan weder Zeit noch Gelegenheit, es zu lüften. Je mehr die Zeit voranschritt, desto mehr Gedanken machte sie sich um den Verbleib Abrahams von Kahlbach. So langsam sollte der von seiner Reise zurückkehren oder zumindest durch Boten verkünden lassen, dass alles gut verlaufen sei. Bislang gab es jedoch kein Lebenszeichen, und Lucia sorgte sich um ihr Geld! Eine Nachfrage bei Zacharias Levin und Moses von Kahlbach brachte hier auch keine Beruhigung.

»Ich hab nicht allzu viel investiert«, gestand Zacharias. »Die Gegend da unten ist mir zu unruhig, dauernd diese Cabalgadas oder wie sie das nennen. Die Mauren fallen über die Christen her und die Christen über die Mauren ... besonders die Grenzregionen sind gefährdet, da kann Abraham sagen, was er will. Aber er weiß natürlich, was er tut, und bislang hat er stets große Gewinne gemacht. Aus dem bisschen Geld, das ich ihm mitgegeben habe, mag er mehr machen als sonst bei drei Reisen nach Venedig. Und du wirst reich sein, wenn alles gut geht!«

Wenn alles gut geht. Lucia hatte es geahnt!

Moses von Kahlbach hatte ebenfalls noch nichts von seinem Bruder gehört.

»Das heißt aber nichts«, meinte er gelassen. »Es ist einfach schwierig, Briefe über die Grenze zu bringen, sogar für uns Juden. Aber in Al Andalus selbst ist er sicher; in Granada steht unser Volk in weit höherem Ansehen als hier. Ich mache mir da eher Sorgen um die Rückreise. Aber denkt Euch nichts Schlimmes, Frau Lea! Ich bin sicher, Gott wird ihn schützen. Er wird Euch kein zweites Mal den Gatten nehmen ...«

Lucia wollte aufbegehren, ließ es dann aber bleiben. Abraham musste sich ihrer sehr sicher fühlen, wenn er sie seinem Bruder schon als quasi versprochene Braut hinstellte! Sie würde da sehr ernsthaft mit ihm reden müssen. Aber erst musste er zurück sein! In der Folgezeit schlief sie wieder schlechter und fuhr nachts aus bösen Träumen. Die Eingabe der Juden beim Herzog hatte nichts bewirkt; das Ghetto von Landsberg blieb abgesperrt, ihre Rechte wurden weiter eingeschränkt. Leona war nicht sicher in dieser Gemeinde! Lucia war inzwischen fast entschlossen, mit ihrer Tochter zu fliehen, sobald ihr Geld eintraf.

Doch bevor Abraham zurückkehrte, sah Lucia die Herzogin wieder. Sie erkannte die tief verschleierte Frau sofort, als diese die Pfandleihe betrat – obwohl Elisabeths Verhalten sich diesmal sehr von ihrem gewohnten Auftreten unterschied. Sie kämpfte wie eine Löwin um einen guten Preis für das Geschmeide, das sie mitgebracht hatte. Ein weißes Gewand, über und über mit Edelsteinen besetzt.

»Ihr könnt die Steine ja abtrennen und einzeln verkaufen, wenn Ihr wollt, Meister!«, erklärte sie gerade. »Dann nimmt sie Euch doch jeder Kaufmann ab. Seht nur, es sind Opale und Rubine, Aquamarine und Jade. Dieses Kleid ist gut und gerne drei Mark wert, wenn nicht vier! Und ich bitte Euch doch nur um zwei!«

Zacharias Levin schüttelte den Kopf.

»Es sind alles kleine Steine, Herrin. Gut, auf dem Gewand angeordnet wirken sie wie ein Vermögen, aber einzeln...«

»Und das Gewand ist aus reinster Seide! Es wäre ein Hochzeitskleid...« Elisabeths Stimme erstarb.

Womöglich war es ein Hochzeitskleid gewesen.

»Es gibt reiche Bürger in Landshut.«

Zacharias lachte. »Herrin, kein Bürger würde wagen, seine Tochter in einem solchen Kleid zu verheiraten! Dem Vater würde man Verschwendung vorwerfen, der Tochter Hoffart! Ein solches Kleid wäre höchstens an einen Ritter zu verkaufen – und näht man in Euern Kreisen nicht die Kleider selbst? Würde eine Prinzessin in einem gebrauchten Kleid Schwüre mit ihrem Prinzen tauschen?«

Die Herzogin kämpfte erkennbar mit den Tränen. »Aber ich brauche das Geld! Bitte! Ich bin sicher, Ihr würdet bei dem Geschäft nichts verlieren!«

»Werde ich auch nicht«, meinte Levin mit Gemütsruhe. »Eine Mark und hundertachtzig Pfennige. Das ist mein letztes Gebot.«

Der Pfandleiher legte das Geld auf den Tisch.

Elisabeth nahm es zögernd. Dann verließ sie das Geschäft ohne Gruß.

Lucia konnte ihren Zorn kaum bezähmen.

»Warum behandelst du sie so, Onkel?«, fragte sie hart. »Du übervorteilst sie. Jedem anderen hättest du drei Mark für dieses Kleid gegeben. Ich bin sicher, du weißt schon, an wen du es weiterverkaufst!«

Levin lachte. »Ich gebe zu, ich habe einen Kleiderhändler im Auge«, bejahte er. »Es wäre Wahnsinn, die hübschen Klunker alle abzutrennen. Aber ich muss sehen, wo ich bleibe, Mädchen, ich kann der Frau nicht mehr geben, als sie verdient . . .«

»Als sie verdient?«, fragte Lucia. »Gib zu, du willst sie strafen! Du missbilligst ihren Lebenswandel, dabei weißt du noch nicht mal, was sie wirklich tut!«

Levin blitzte sie an. »Hör zu, Mädchen, egal was in deinen Ritterromanen steht: Dies ist eine schlechte Frau! Eine Jezebel, eine Hure, die ihren Gatten hintergeht. Und dafür habe ich nun mal kein Verständnis, auch wenn sie das in Christenkreisen ›höfische Liebe‹ nennen. Eine Frau hat ihrem Gatten treu zu sein, sie hat sich in ihr Schicksal zu fügen. Das ist bei den Christen nicht anders als bei uns. Die Mauren pflegen diese Kebsen sogar zu steinigen! Und genau das verdienen sie. Ich habe die Frau nicht eingeladen. Sie kommt freiwillig und bietet mir ihr Geschmeide an. Wenn sie nehmen will, was ich ihr biete, gut. Wenn nicht – es gibt andere Pfandleiher. Und nun nimm die Sachen für den Rabbi, und bring sie in die Synagoge. Oder soll ich selber gehen?«

Der Rabbi hatte ein paar Silberleuchter für eine arme Frau aus der Gemeinde ausgelöst. Ihr Gatte, ein eher kleiner Kaufmann, war von einer Handelsreise nicht zurückgekehrt. Nun versuchte sie, sich durch den Verkauf des Familiensilbers über Wasser zu halten. Den Rabbi dauerte das, und so hatte er in der Gemeinde für sie gesammelt.

Lucia dachte im Stillen, dass ihr Onkel hier auch einen Preisnachlass hätte gewähren können. Aber die Mildtätigkeit des Rabbi stieß bei ihm ebenso wenig auf Verständnis wie die offensichtliche Not seiner unbekannten Kundin. So großzügig und freundlich Zacharias Levin im Kreise seiner Familie war: Als Händler war er hart wie Stein. Immerhin hatte Lucia ihn bislang für absolut gerecht gehalten. Die Geschichte mit der Herzogin trübte dieses Bild.

Lucia war deshalb froh, die Pfandleihe verlassen zu können. Da es in Strömen regnete, hatte sie ihr Maultier in dem Mietstall um die Ecke untergestellt. Leas alter Reitmantel hielt sie halbwegs trocken, bis sie den Stall erreichte. Pia gab den seltsamen Laut von sich – teils Wiehern, teils Flöten, teils Röhren –, mit dem sie ihre Herrin zu begrüßen pflegte. Doch aus dem Stall neben ihr hörte Lucia ein Schluchzen.

Als sie über den Verschlag hinwegspähte, erblickte sie die Herzogin. Sie kauerte neben ihrem Pferd im Stroh und weinte herzzerreißend.

Lucia ging zu ihr. Sie musste die Frau beruhigen! Nicht auszudenken, dass die Reitknechte sie hier antrafen und womöglich erkannten. Der Stallmeister musste ohnehin etwas ahnen. Beim Turnier und manchmal bei Umzügen ritten Herzog und Herzogin durch die Stadt – und jeder Pferdekenner würde sich an die milchweiße Zelterstute erinnern!

»Herrin, bitte, fasst Euch! Wem immer Ihr Geld schuldet, auf sechzig Pfennige wird es nicht ankommen! Versucht, Euren Gläubiger hinzuhalten. Oder handelt den Preis herunter, man hat Euch doch sicher übervorteilt!« Lucia kauerte sich neben die schluchzende Frau und legte ihr scheu die Hand auf die Schulter.

Die Herzogin lehnte sich an sie. Sie musste völlig am Ende sein, sich im Beisein einer Frau aus dem Volk, zumal einer Jüdin, so gehenzulassen!

»Man handelt keinen Preis herunter, mit dem man sich Schweigen erkauft...«, flüsterte sie. »Und sie sagen, es sei eine Sünde... sie decken eine Sünderin... sie müssten umso mehr beten und Kerzen ziehen, und das alles kostet nun mal so viel. Und sie würden ihn auch niemals auf die Straße werfen, natürlich nicht, nur meinem Gatten, dem müssten sie die Wahrheit sagen... oder der Herzoginmutter, aber das ist das Gleiche. Sie sagt es doch sofort weiter, mit Freude sagt sie es weiter. Ich halte das nicht aus. Stephan würde mich totschlagen...« Die Herzogin sprach schnell und verzweifelt; es tat ihr offensichtlich gut, sich alles von der Seele zu reden. Lucia verstand allerdings nicht, worum es ging.

»Nun erzählt mir das alles noch einmal in Ruhe, Herrin«, sagte sie schließlich und löste sich gleichzeitig von der Herzogin, um einen Blick über die Stallgasse zu werfen. Alles war ruhig, aber das war bei diesem Wetter auch kaum anders zu erwarten. Der Stallmeister und die Burschen hatten sich wohl in eine Schenke zurückgezogen.

»Wer erpresst Euch? Und womit? Ihr könnt es mir ruhig sagen. Ich verrate Euch nicht, und ich will auch selbst kein Geld!«

Elisabeth verbarg das Gesicht in den Händen. »Ihr wisst jetzt sowieso schon genug, um mich zu zerstören.«

Nach wie vor konnte die Herzogin ihr Schluchzen nicht unterdrücken, obwohl man Frauen ihres Standes eigentlich dazu erzog, alle Widrigkeiten des Lebens stoisch zu ertragen. Lucia dachte, dass die Herzogin vielleicht schon zu lange stark war. Sie hatte solche Ausbrüche bei Frauen im Pesthaus erlebt, die ein Kind nach dem anderen verloren hatten. Sie blieben wochenlang gefasst, doch irgendwann brach die Trauer sich Bahn.

»Und natürlich erpressen sie mich nicht. Wie könnten sie auch, es sind ja Klosterschwestern. Aber sie haben eben Schwierigkeiten mit... mit der Sünde...« Elisabeth weinte und weinte. Lucia zog sie an sich und wiegte sie sanft. Dabei dachte sie nach.

Die Geschichte der Herzogin und ihres Ritters kristallisierte sich langsam heraus.

»Die Schwestern von Seligenthal wissen, wo Ihr Adrian von Rennes versteckt haltet? Aber wie konnten sie das erfahren?«, fasste Lucia ihre Vermutungen schließlich zusammen.

Die Herzogin schüttelte heftig den Kopf. »Nein! Nein, natürlich nicht. So, wie Ihr es darstellt, hört es sich ja an, als hielte ich mir irgendwo einen willfährigen Buhlen! Ist es das, was Euer Onkel von mir glaubt? Er behandelt mich wie eine Hure ... und ... und die Schwestern tun es auch. Dabei ... dabei müssen sie doch sehen, dass er kaum genug Kraft hätte, mich im Arm zu halten!«

»Ich weiß nicht, was ich glauben soll, wenn Ihr es mir nicht erzählt!«, meinte Lucia geduldig. »Also sprecht, Herrin, und macht schnell. Jeden Moment kann jemand herkommen, und dann ist die Gelegenheit vertan. Herrgott, Ihr stellt Euch doch sowieso schon ungeschickt genug an! Ein wahres Wunder, dass nicht ganz Landshut weiß, was Ihr treibt!«

»Der Stallvermieter erzählt nichts, den zahle ich auch«, bemerkte die Herzogin.

Lucia verdrehte die Augen. Der halbe Landkreis schien auf der Gehaltsliste dieser Frau zu stehen!

»Adrian von Rennes ist mein Minneherr, nichts weiter. Ich habe ihm niemals beigelegen, obwohl ich es mir mehr wünschte als alles andere auf der Welt. Aber ich habe nichts getan, als mich an seinen Liedern zu erfreuen ... und seinen schönen Worten ... und seiner Freundlichkeit.« Elisabeth schniefte noch, doch allmählich verebbte ihr Schluchzen. »Dann aber schlug mein Gatte ihn im Turnier halb tot, und ich musste ihn pflegen. Und das ist ja auch kein Verbrechen, jede Edelfrau tut es! Es gehört zu unseren Pflichten. Und mein Gatte hinderte mich auch nicht daran, obwohl er mich beobachten ließ, als wäre ich seine Gefangene.

Und Adrian schickte er weg, als er sich eben auf den Beinen halten konnte. Ich traf ihn in den Ställen. Er schaffte es nicht mal, auf sein Pferd zu steigen. Also habe ich in Seligenthal für ihn Quartier gemacht...«

»Herr Adrian ist im Kloster?« Lucia wurde jetzt einiges klar. »Immer noch?«

Die Herzogin nickte. »Er wollte schon längst weiterreiten. Aber er kann ja nicht...«

Lucia rechnete nach. »Er sollte längst genesen sein«, erklärte sie dann. »Seit dem Turnier sind fünf Monate vergangen! Und er empfing doch nur eine Wunde in der Schulter.«

Natürlich konnten sich auch solche Wunden als tückisch erweisen. Lucia wusste aus der Lektüre Ar-Rasis und Ibn Sinas, dass mitunter Muskeln durchtrennt und Sehnen verletzt wurden, die nicht mehr heilten. Die Schulter oder gar der ganze Arm des Verletzten blieben dann steif. Aber das sollte den Ritter nicht hindern, auf ein Pferd zu steigen.

»Er ist siech seitdem«, gab die Herzogin Auskunft. »Die Nonnen pflegen ihn. Fragt mich nicht nach der Ursache, ich weiß es nicht, aber er ist schwach, er hat Fieber und Schmerzen. An guten Tagen kann er ein paar Schritte gehen, aber in schlechten Zeiten liegt er tagelang danieder. Ein Ende vermag ich nicht abzusehen, und die Nonnen wollen immer mehr Geld...«

»Aber es kann doch nicht die Welt kosten, einen Kranken zu pflegen!«, meinte Lucia empört. »Sind die Schwestern nicht sogar dazu verpflichtet?«

»Sie sind aber nicht verpflichtet, über ihre Gäste zu schweigen. Und das lassen sie sich bezahlen. Ich gebe ihnen zwei Mark an jedem Ersten.« Elisabeth trocknete sich die Augen. Sie beruhigte sich allmählich. Es tat ihr sichtlich gut, sich jemandem anzuvertrauen.

»Zwei Mark in Silber? Ein halbes Pfund in jeder Woche? Für

eine Stube und ein paar Kerzen? Das ist Wucher, Herzogin! Ihr solltet das nicht zahlen!« Lucia empfand die gleiche flammende Wut, die sie eben ihrem Onkel entgegengeschleudert hatte. Das also waren die »Gerechten« dieser Welt – im Judenrat und im christlichen Klerus. Sie waren alle gleich!

»Aber sie haben gesehen, wie ich mit ihm umging, dass ich ihn küsste ... Herrgott, ich weiß, das ist eine Sünde, aber er tat mir so leid, er war so mutlos und schwach. Er braucht doch etwas, woran er sich halten, worauf er sich freuen kann.« Elisabeth begann wieder zu weinen.

»Ihr liebt ihn«, konstatierte Lucia und dachte an Clemens. Das letzte Bild von ihm, sein Gesicht am Fenster im Haus des jüdischen Arztes ... Wie gern hätte sie ihn da an sich gezogen, egal was man von ihr gedacht und was sie riskiert hätte.

»Das macht Euch natürlich angreifbar. Wir werden uns da etwas überlegen müssen. Aber zunächst einmal nehmt das hier ...« Lucia suchte in ihren Taschen und förderte einen Beutel Münzen hervor. Sie hatte vorgehabt, auf dem Rückweg von der Pfandleihe auf dem Gewürzmarkt einzukaufen. Die Kost bei den Levins war ein wenig fade; Zacharias machte sich nichts aus delikatem Essen, und Hannah war keine besonders gute Köchin. Lucia hatte beabsichtigt, den Speisezettel um ein paar Gerichte aus der Küche Al Shifas zu bereichern. Das bedeutete beträchtliche Geldausgaben. Gewürze waren teuer! Lucia fand jedoch, den Levins ein wenig Aufmerksamkeit schuldig zu sein, und hatte an diesem Morgen etwas von den zwanzig Mark Bargeld, die sie von ihrem investierten Vermögen zurückbehalten hatte, mit in die Pfandleihe genommen. Jetzt zählte sie sechzig Pfennige ab. Die Levins würden auch ohne Salz, Safran, Pfeffer und Nelken nicht hungers sterben!

Elisabeth dankte ihr tausend Mal, als die beiden Frauen schließlich zu Pferde den Stall verließen. »Ich werde es Euch wiedergeben, wenn ich weiteren Schmuck versetze! Wirklich, ich weiß nicht, wie ich es Euch danken soll, Frau ... man nennt Euch Lea, nicht wahr?«

Lucia nickte. »Ja. Man nennt mich Lea.«

Gegen Ende des Jahres, kurz vor dem Lichterfest Chanukka, hörte Lucia dann endlich wieder von Abraham von Kahlbach. In der Synagoge hieß es, sein Bruder habe eine Nachricht von ihm empfangen, doch Moses hielt sich zurück.

»Ja, mein Bruder ist wohlauf«, meinte er unbestimmt, als Lucia ihn gleich nach dem Gottesdienst begierig darauf ansprach. »Aber das wollen wir nicht am Sabbat besprechen. Kommt am Sonntag in mein Kontor ... oder nein, kommt zum Nachtmahl in mein Haus. Ihr, Frau Lea, und Euer Onkel. Dann werde ich Euch Näheres mitteilen.«

Lucia schwante sofort Böses. Warum wollte Reb Moses nicht am Sabbat über das Befinden seines Bruders sprechen? Zumal, wenn es Abraham gut ging? Die Erlebnisse eines Freundes oder Angehörigen auf Reisen waren kein verbotenes Thema. Nur wenn es um Geschäfte ging, griffen die Sabbat-Gesetze. Ging es also um Geschäfte? Lucia machte sich nichts vor: Sie interessierte sich kaum für Abrahams Wohlergehen. Der Verbleib ihres Geldes lag ihr weit mehr am Herzen.

So folgte sie Zacharias Levin mit ungutem Gefühl in das schmucke Stadthaus bei der Synagoge, das Moses von Kahlbach mit Frau und Kindern bewohnte. Sie griff auch kaum zu, als seine Gattin kalten Lammbraten und Wein auf den Tisch stellte.

»Also, was ist nun mit Abraham?«, fragte sie schließlich.

Eigentlich hatte sie warten wollen, bis Zacharias das Thema ansprach, aber Levin und von Kahlbach schienen gleichermaßen entschlossen, um die Sache herumzureden.

Moses von Kahlbach atmete tief durch. »Wie ich Euch gestern

schon sagte, Frau Lea, mein Bruder ist wohlauf. Allerdings wurde er auf seiner Reise nicht vom Glück begünstigt. Zunächst verlief alles gut. Er kam unbeschadet über die Alpen und konnte dort auch wertvolle Waren einhandeln ...«

»Aber?« Lucia saß wie auf Kohlen. Was wollte der Mann ihr wirklich mitteilen?

»Aber dann entschloss er sich, die Mittelmeerroute zurück zu nehmen, und fiel auf der Höhe von Kastilien Piraten in die Hände. Mein Bruder konnte sich freikaufen – mit Hilfe der jüdischen Gemeinde von Murcia, die ihm das Geld vorstreckte. Aber die Ladung ist verloren.« Moses sah zu Boden.

Zacharias zeigte sich nicht überrascht. Anscheinend hatte die Nachricht unter den Männern schon gestern die Runde gemacht. Lucia fühlte Wut in sich aufsteigen. Auf Abraham, der ihr Geld verspielt hatte – und auf Zacharias, der nicht nur seine Bedenken gegen die Reise vor ihr verheimlicht hatte, sondern sie jetzt auch noch seit gestern im Ungewissen ließ.

»Das heißt, mein Geld ... ist weg?«, vergewisserte sie sich.

Moses nickte verlegen.

»Es tut mir leid, Frau Lea. Aber es war eine riskante Transaktion, man musste mit so etwas rechnen. Ich selbst bevorzuge ja sichere Routen ...«

Moses von Kahlbach hatte anscheinend nicht in die gefährliche Reise seines Bruders investiert. Lucia hätte ihn schütteln mögen. Wo waren all diese Fachleute gewesen, als ihr Kapital noch zu retten war?

»Nun bin ich sicher, Frau Lea, dass mein Bruder alles tun wird, um Euch auf andere Weise für den Verlust zu entschädigen ...«, druckste Moses.

Lucia fuhr auf. »Wie darf ich das verstehen? Wird er mir das Geld zurückerstatten? Es war mein einziger Besitz!«

»Ihr besitzt noch Euer Herz, das Ihr verschenken könnt«,

meinte Moses gütig. »Und mein Bruder wäre glücklich, wenn Ihr ihm Eure Hand zur Ehe reichen würdet. Er ist immer noch reich, Frau Lea. Für Euch und Euer Kind wäre gesorgt.«

Lucia lag im Moment nichts weniger am Herzen, als Abraham von Kahlbach glücklich zu machen. Aber sie biss sich auf die Lippen.

»Ich habe keine Mitgift mehr«, erklärte sie kühl.

»Mein Bruder wird sicher gern darauf verzichten«, beruhigte von Kahlbach sie.

»Sieh es einfach so, als hätte er deine Mitgift schon erhalten«, meinte Zacharias. »Du hast dein Geld in eine gemeinsame Unternehmung eingebracht, die dann leider gescheitert ist . . .«

»Das verheißt nicht sehr viel Glück für die Ehe!« Lucia konnte sich nicht bezähmen. Die sarkastische Bemerkung kam ihr über die Lippen, bevor sie Zeit hatte nachzudenken.

Die Männer lachten unbehaglich.

»Ich bin froh, dass Ihr es mit Humor nehmt«, bemerkte von Kahlbach. »Aber nun fasst Euch erst einmal! Es wird noch Wochen dauern, bis mein Bruder zurückkehrt. Er kommt auf dem Landweg über Bozen und den Brennerpass. Bis dahin wird sich alles beruhigt haben, und wir können über eine Hochzeit nachdenken. Und natürlich wird es Euch an nichts fehlen. Macht Euch keine Sorgen über die Ausgestaltung der Feier. Euer Onkel und ich werden unseren gesamten Stolz daransetzen, sie so festlich und reich zu gestalten, wie es einer Tochter von Speyer gebührt!«

Lucia antwortete nicht mehr. Sie hätte auch kein Wort mehr herausgebracht, ohne in Tränen auszubrechen. All ihre Vorstellungen und Träume von Flucht und Sicherheit für sich und Leona waren zerstoben. Sie würde als Jüdin leben müssen, unter ständiger Angst vor erneuten Pogromen. Und sie würde Abraham von Kahlbach beiliegen und seine Kinder gebären müssen. Einem Mann, für den sie keine Zuneigung empfand, ja, seit heute beinahe Verachtung. Er hatte sie zu der Investition in seine Reise gedrängt. Wohl wissend, dass sie alles verlieren konnte. Wahrscheinlich hatte er dabei ebenso kühl kalkuliert wie ihr Onkel beim Festsetzen der Preise in der Pfandleihe: Für Abraham von Kahlbach war die Reise kein Risiko gewesen: Er gewann Geld, oder er gewann »Lea«!

Die Gemeinde nahm es als selbstverständlich hin, dass »Lea von Speyer« Abraham von Kahlbach im Frühjahr zum Mann nehmen würde. Lucia wusste nicht, inwieweit die Frauen über ihren finanziellen Verlust informiert waren. Vermutlich wussten sie nicht allzu viel. Aber sowohl Hannah als auch Moses' Gattin berichteten von Leas Heiratsplänen, und so konnte sich die junge Frau vor lauter »Mazel tovs« kaum retten, als sie das nächste Mal mit ihrer Familie in die Synagoge kam. Dabei spielte es offensichtlich keine Rolle, dass Lucia niemals wirklich Ja gesagt hatte. Indem sie in die Mittellosigkeit zurückfiel, wurde sie zum Mündel der Levins. Und nun würde Zacharias sie verheiraten.

Lucia nähte verdrossen an ihrer Aussteuer und suchte nach Auswegen. Aber es gab keine; sie konnte hin und her überlegen. Eine Frau mit einem Kind fand in keiner Stadt eine ordentliche Anstellung; die einzige Möglichkeit bestand noch darin, die Familie von Treist aufzusuchen und Leona als Clemens' Tochter zu präsentieren. Aber es gab keine Heiratsurkunde – und alle Zeugen ihrer Eheschließung in der Augustinergasse waren tot.

Zudem lebte Clemens' Familie irgendwo im Westfälischen. Lucia würde eine weitere, längere Reise unternehmen müssen, womöglich wieder in Gebiete, die von der Pest heimgesucht wurden. Das alles erschien ihr noch gefährlicher als das Leben als Jüdin in Landshut.

Leona war ein hinreißendes Kind und lernte bereits laufen, als Abraham von Kahlbach endlich zurückkehrte. Lucia war inzwischen überzeugt davon, dass es sich um Clemens' Tochter handelte. Ihre Augen waren nun tiefbraun und ihr Haar blond – die gleiche ungewöhnliche Kombination wie bei ihrem Vater. Dazu meinte Lucia manchmal Clemens' prüfenden Blick und sein warmes Lächeln im Gesicht ihres Kindes wiederzuerkennen.

»Da haben wir ja mein kleines Mädchen! Wie groß du geworden bist!« Leona wackelte dem Besucher entgegen, und Abraham von Kahlbach hob sie lachend hoch und schwenkte sie in der Luft, als sehe er seine eigene Tochter wieder. Er wirkte kein bisschen zerknirscht, sondern hatte aus der misslungenen Reise wenigstens dahingehend das Beste gemacht, dass er alte Geschäftsbeziehungen auf der Landroute nach Italien aufgefrischt hatte. Auch einen Wagen voller Gewürze hatte er in Verona einhandeln können. Die dortige Gemeinde hatte ihm Kredit eingeräumt, und so war ihm zumindest dieses kleine Geschäft gelungen. Es wog zwar die Verluste der Reise in den Orient nicht auf, doch Abraham trug es mit Fassung. Gelegentlich ging etwas schief; das gehörte nun einmal zum Leben eines Kaufmanns.

Für »Lea« hatte von Kahlbach zwei Ballen schönster Seide mitgebracht.

Er strahlte sie an, als sie den Stoff mit steinerner Miene betrachtete.

»Nun, gefällt sie Euch nicht? Ich dachte, sie wäre geeignet für ein Hochzeitskleid!«

Fluoreszierende Seide mit Goldstickerei aus Al Mariya ... Lucia fühlte sich zurückversetzt in die Lagerhäuser der von Speyers. David, der den golddurchwirkten Stoff um ihr Gesicht drapierte ... Lea, die von ihrem Hochzeitstag träumte und umweht von Seidenbahnen tanzte ... Lucia schwindelte es.

»Hattet Ihr dafür denn noch Geld, Reb Kahlbach?«, fragte sie hart. »Ich dachte, Ihr hättet alles verloren.«

»Ich habe mich verschuldet, liebste Lea. Oh, bitte, erlaubt mir, dass ich Euch so nenne. Ich war Monate fort, aber ich habe jeden Tag von Euch geträumt.« Von Kahlbach kniete vor ihr nieder, um die Stoffbahnen auszubreiten. Er hielt den Blick gesenkt.

»Ihr hättet besser ein Auge auf mein Geld gehabt!«, fuhr Lucia ihn an. »Wie gedenkt Ihr mich nun zu entschädigen? Oh ja, Ihr bietet mir die Ehe an. Aber wie wird der Vertrag aussehen, den wir schließen? Wird Leona abgesichert sein, wenn Euch etwas passiert? Auf einer Eurer ach so sicheren Reisen?«

Von Kahlbach hob eine Hand. »Bitte, verdammt mich nicht, liebste Lea! Ich weiß, ich habe fahrlässig gehandelt. Aber so etwas kommt vor. Nicht immer werden unsere Gebete um eine gute Fahrt erhört. Eurer Tochter soll es dennoch an nichts fehlen. Ich werde ihr ein Erbe in der Höhe Eures Verlustes aussetzen. Und ich werde ihr ein liebender Vater sein. Stellt Euch das zufrieden?«

Tatsächlich hatte er Geschenke für das Kind mitgebracht und rügte es auch nicht, als es nun begann, mit der Seide herumzuspielen. Vielleicht hatte er ja wirklich etwas für Kinder übrig. Und er sah auch nicht schlecht aus. Auf der beschwerlichen Reise hatte er Gewicht verloren und wirkte insgesamt muskulöser. Seine Züge schienen klarer, asketischer ... aber für Lucia waren seine Augen immer noch hart; sie sah keine Liebe darin, sosehr er auch beteuerte, etwas für sie zu empfinden. Lucia konnte sich nicht helfen: Für sie betrachtete Abraham von Kahlbach seine zukünftige Frau nicht mit ehrlicher Zuneigung, sondern mit dem vagen Interesse des Forschers. Clemens hatte interessante medizinische Fälle mit einem solchen Blick bedacht, und das gelegentliche Aufleuchten von Abrahams Augen war vergleichbar mit seinem Enthusiasmus, wenn er Pestbeulen aufschnitt.

Der Termin für Leas und Abrahams Hochzeit wurde schließlich auf die Woche nach dem Pessach-Fest festgesetzt. Hannah und Daphne konnten sich vor Aufregung kaum halten. Alle diskutierten die Speisenfolge, die Frage, welchen Cantor man einladen sollte und ob jüdische Spielleute an diesem Tag aufspielen konnten. Ein wichtiges Thema war natürlich Leas Kleid – und schließlich sorgte Zacharias für eine Überraschung, indem er anbot, ihr das edelsteinbestickte Gewand aus der Pfandleihe für einen Tag zur Verfügung zu stellen.

»Du wirst aussehen wie eine Prinzessin, Leale! Näh dir ein Unterkleid und einen Schleier aus der blauen Seide, und darüber trägst du diese Surkotte. Dein Gatte wird geblendet sein von deiner Schönheit...«

Es passte irgendwie, dachte Lucia traurig, dieses Kleid zu tragen. Schließlich hatte es schon Elisabeth Unglück gebracht. Sie hatte die Herzogin nicht gefragt, war sich aber sicher, dass es auch deren Hochzeitskleid gewesen war.

»Wird es nicht zu hoffärtig wirken?«, fragte sie spröde. »Sagtest du nicht, es sei zu wertvoll und verschwenderisch für eine Bürgerstochter?«

Zacharias lachte. »Du bist ja nicht irgendeine Bürgerstochter. Und wir sind unter uns, kein christlicher Pfaffe wird über Bescheidenheit reden! Außerdem ist es nur geliehen.«

»Du bist zu gütig, Onkel«, bemerkte Lucia.

Die Levins hatten ihre »Nichte« tatsächlich mit einer kleinen Mitgift ausgestattet. Zumindest nahm sie ein paar Truhen voller Wäsche und Kleidung mit in Abrahams Haus. Viel Geld gehörte nicht dazu. Im Grunde hatte sie nur den Rest der zwanzig Mark, die sie damals zurückbehalten hatte.

Deshalb konnte sie auch Elisabeth nicht helfen, als sie die Herzogin eine Woche vor der Hochzeit wieder in der Pfandleihe traf. Sie versetzte diesmal Ringe – immerhin schien ihre Schmuckschatulle ziemlich unerschöpflich zu sein.

Aber vielleicht bediente sie sich ja auch in der Schatzkammer des Herzogs. »Milte«, überbordende Großzügigkeit in Bezug auf Gastgeschenke und Belohnungen für verdiente Ritter, gehörte zu den Tugenden, in denen ein höfischer Haushalt sich übte. Es würde kaum auffallen, wenn Elisabeth mitunter ein Schmuckstück beiseiteschaffte. Aber wozu brauchte sie es überhaupt? Adrian von Rennes musste längst genesen sein.

Elisabeth schüttelte jedoch den Kopf, als Lucia sie darauf ansprach. »Oh nein, das ist er nicht!«, seufzte sie und schien schon wieder mit den Tränen zu kämpfen.

Die neugierige Lucia hatte die Herzogin diesmal gezielt auf dem Rückweg vom Kloster abgefangen. Es war wieder ein strahlender Frühlingstag, und jeder glaubte ihr die Freude an einem Ausritt. Leona thronte vor ihr in Pias Sattel und brabbelte glücklich vor sich hin.

Elisabeth schien sich ebenfalls zu freuen, sie zu sehen. Die junge Herzogin mochte völlig vereinsamt sein mit ihrem Geheimnis.

»Im Gegenteil, es geht ihm schlechter. Er hatte einen harten Winter. Wenn es kalt ist, schmerzt die Schulter, und die Wunde eitert wieder. Und diese Nonnen berechnen jedes Holzscheit extra, das sie auf das Feuer in seiner Kammer werfen. Es ist ein Trauerspiel, Frau Lea! Er ist ein Schatten seiner selbst. Manchmal befürchte ich, er stürzt sich irgendwann in sein Schwert, aber er kann es ja nicht einmal halten. Die Schwestern sagen, er wird sterben. Gott straft ihn für seine Sünden ...«

Elisabeth rieb sich die Augen. Auch sie war nur noch ein blasses Abbild der wunderschönen Frau, die Lucia damals auf der Ehrentribüne gesehen hatte. Sie wirkte bleich und müde; unter den dunklen Augen lagen bläuliche Schatten.

»Ich besuche ihn, so oft ich kann, aber der Herzog merkt etwas. Er muss einen Verdacht haben. In letzter Zeit beobachtet er mich strenger, und zumindest einmal hat er mir Ritter nachgesandt, als ich zum Kloster ritt. Nun ist das ja nichts Verbotenes...«

Das stimmte: Elisabeth unterstützte die Nonnen von Seligenthal ganz offiziell.

»Ich würde mir diese Wunde gern einmal ansehen!« Lucia konnte nicht mehr an sich halten. Im Grunde brannte sie darauf, den Ritter zu untersuchen, seit Elisabeth das erste Mal von seiner Krankheit erzählt hatte. »Ich weiß ein wenig über Heilkunst, mein... mein Gatte war Arzt.«

»Ja?« Elisabeth blickte verwundert. »Ich dachte, er sei Kaufmann gewesen.«

Lucia errötete. Die Herzogin hatte sich also über sie erkundigt! Natürlich – sie wollte wissen, mit wem sie da ihr dunkles Geheimnis teilte.

»Mein künftiger Gatte ist Kaufmann«, versuchte Lucia sich herauszureden. Hoffentlich hakte Elisabeth da nicht nach.

Die Herzogin nickte. »Ich habe davon gehört. Ihr seid Meister Kahlbach anverlobt. Ein ehrlicher Mann. Liebt Ihr ihn...?«

Die letzte Frage kam leise und zögernd – eine Frage, die man nicht stellte. Eine Frage, die zwei Frauen zu Freundinnen werden ließ.

Lucia zuckte mit den Schultern. »Die Liebe kommt mit der Zeit, sagt meine Tante«, entgegnete sie mit schiefem Lächeln.

Elisabeth erwiderte es genauso kläglich. »Das hat man mir auch gesagt. Es ist nicht wahr.« Sie wischte ihre Hände am Reitkleid ab, als wolle sie einen Makel abwaschen. »Aber Euren ersten Mann habt Ihr geliebt.« Das klang wie eine Feststellung.

Nun spürte Lucia natürlich selbst, wie ihre Augen aufleuchteten, wenn sie es wagte, von Clemens zu sprechen. Sie nickte.

»Ich bin sehr glücklich, sein Kind zu haben!«, sagte sie – und hätte sich gleich darauf ohrfeigen mögen.

Das Gesicht der Herzogin nahm nun einen wachsamen Ausdruck an.

»Ja?«, fragte sie nur.

Sie musste auch von der Vergewaltigungsgeschichte gehört haben.

»Irgendwann müsst Ihr mir mehr über ihn erzählen«, sagte sie schließlich. »Und ich hätte grundsätzlich nichts dagegen, wenn Ihr mich einmal ins Kloster begleitet. Allerdings fürchte ich, die Nonnen erhöhen den Preis gleich wieder, wenn ich mit einer Jüdin aufkreuze.«

Lucia lächelte. »Wenn Ihr mich nicht verratet, brauche ich die Zeichen ja nicht zu tragen.«

Elisabeth gab das Lächeln zurück. »Euer Geheimnis ist bei mir sicher. Viel Glück für Eure Hochzeit!«

Das kann ich brauchen, dachte Lucia.

8

In den Tagen vor der Hochzeit füllte das Haus der Levins sich mit Gästen. Lucia hatte gar nicht gewusst, wie viele mehr oder weniger entfernte Verwandte der Levins und von Speyers es noch gab. Aber jetzt, im Frühjahr, fanden in der Umgebung auch verschiedene Messen und Märkte statt, und jüdische Kaufleute nahmen traditionell Quartier in den jeweiligen Gemeinden. Durchreisende wurden dann selbstverständlich auch zu Hochzeiten oder anderen Festen eingeladen.

Lucia kehrte eben aus der Mikwe zurück, dem rituellen Bad für Frauen bei der Synagoge, als sie den Rabbi mit ein paar dunkelhaarigen Fremden sprechen sah. Auch andere Mitglieder des Judenrates waren anwesend. Lucia erkannte ihren Onkel und Moses von Kahlbach.

Sie grüßte allerdings nur kurz und wollte schon mit gesenktem Kopf vorbeigehen. Es ziemte sich nicht für eine junge Braut, sich kurz vor der Hochzeit noch zu vielen Männern zu zeigen.

Zacharias hielt sie jedoch auf.

»Lea, was für ein Glück, dass du gerade kommst. Wir haben hier ... ein paar Verständigungsschwierigkeiten. Und sagtest du nicht einmal, du könntest ein bisschen Arabisch?«

Lucia sah auf. Tatsächlich, an den Männern vor der Synagoge fiel nicht nur der dunkle Teint auf, auch ihre andersartige Haartracht und der orientalische Schnitt ihrer Gewänder. Sie trugen das Haar kürzer als die Landshuter Juden und hatten ihre Bärte gestutzt.

»Yakov und Tibbon ben ... äh ... ibn Aron stammen aus Al Andalus.«

Lucia verbeugte sich leicht vor dem ältesten der Brüder.

»Salaam Aleikum.«

Der Mann erwiderte die Verbeugung. »Auch dir wünsche ich Frieden«, antwortete er in Al Shifas Sprache. Lucia wurde vor Freude ganz leicht, diese Klänge noch einmal zu hören. »Aber das hätte ich auch noch auf Hebräisch sagen können. Sonst beschränkt sich die Kenntnis der Sprache meines Volkes aber leider auf die Gebete. Mein Vater war ein praktisch denkender Mann und hat meine Brüder und mich eher in Castiliano sowie im italienischen und französischen Idiom unterrichten lassen. Auch in den Sprachen des Ostens vermögen wir uns zu verständigen, aber im deutschen Kaiserreich sind wir zum ersten Mal.«

»Seid willkommen!«, sagte Lucia. »Ich will gern für Euch übersetzen, ich hatte eine arabische Kinderfrau ...«

Mit Bedauern dachte sie an Clemens und den Kanon der Medizin. Hier stand endlich ein Araber vor ihr – oder doch ein Jude arabischer Herkunft. Er hätte ihr die fehlenden Worte in Ibn Sinas Buch erklären können. Aber jetzt war es zu spät.

»Dann quartieren wir die beiden doch am besten bei Euch ein, Reb Zacharias!«, entschied Moses von Kahlbach. »Natürlich ziemt es sich nicht so ganz für Lea, Gespräche mit Fremden zu führen, erst recht nicht so kurz vor der Hochzeit. Aber sie ist schließlich keine scheue Jungfrau mehr, die vor jedem fremden Einfluss bewahrt werden muss. Oder habt Ihr Bedenken, Reb Levin?«

Lucia ärgerte sich. Sollte ihr Onkel jetzt ihren Tugendwächter spielen?

Zacharias schüttelte den Kopf.

»Natürlich nicht. Bitte, Lea, sag unseren Gästen aus Al Andalus, dass sie in meinem Haus willkommen sind.«

Lea genoss das Gespräch mit den maurischen Juden. Die Brüder Ibn Aron stammten aus Granada, der Hauptstadt des Emirates. Auch Al Shifa hatte von dem Glanz dieser Stadt erzählt, und

Yakov und Tibbon wussten die Alhambra, den Königspalast, die Märkte und Paläste detailliert zu schildern. Die Männer waren jetzt auf dem Weg nach Regensburg zur Frühjahrsmesse, wollten später aber auch andere wichtige Handelsstädte besuchen.

»Wir haben uns auf mechanische Instrumente spezialisiert, Astrolabien, Kompasse, Zeitmesser. Danach besteht hierzulande noch wenig Nachfrage. Wir wollen unsere kleinen Wunderwerke auf ein paar Messen vorführen, um Käufer dafür zu begeistern«, erklärte Tibbon. »Und mein Bruder träumt davon, hier endlich das Papier in größerem Umfang einzuführen. Die Familie seiner Frau hat eine Papierschöpferei. Man benutzt es zum Schreiben anstelle von Pergament...«

Lucia nickte stolz. »Oh, ich kenne Papier! Ich habe in Mainz welches gekauft. Und ich besaß einmal Handschriften, die darauf niedergelegt waren. Das Handbuch des Ar-Rasi...«

Yakov lächelte und griff in seinen weiten Mantel. Gleich darauf beförderte er sein eigenes Exemplar des Reisehandbuches hervor.

»Du bist eine kluge und gebildete Frau, Lea al Magentia«, meinte er freundlich. »Dein künftiger Gatte kann sich glücklich schätzen. Es wird uns eine Freude sein, deiner Hochzeit beizuwohnen. Morgen ist der große Tag?«

Zacharias hatte die Gäste sofort eingeladen, als er sie in sein Haus aufnahm.

Lucia nickte und dankte Ibn Aron mit verlegenem Lächeln. Dann kam ihr ein Gedanke. Abraham von Kahlbach hatte schon viele Reisen in die Heimat dieser Männer gemacht. Womöglich kannten sie ihn! Lucia ertappte sich bei dem Wunsch, die maurischen Juden nach Abraham auszuhorchen. Doch sie wagte nicht, sie einfach darauf anzusprechen. Es war sicher nicht schicklich, mit Wildfremden über ihren künftigen Gatten zu plaudern.

Aber dann war es unversehens Zacharias Levin, der von Kahlbachs Namen ins Gespräch brachte. Auf der Suche nach Themen, mit denen er die fremden Hausgäste unterhalten konnte, erwähnte er Abrahams Handelsreisen.

»Mein künftiger Schwiegersohn ... oder nein, verzeih, Lea, ich müsste ›Schwiegerneffe‹ sagen, aber Lea ist für uns längst wie eine Tochter ... war oft in Al Andalus«, erklärte er. »Vielleicht kennt Ihr ihn sogar, er ist erst vor wenigen Wochen von einer Reise zurückgekehrt. Abraham von Kahlbach ...«

Lucia übersetzte. Eingebettet ins Arabische, klang der Name seltsam fremd. Yakov und Tibbon schienen dies ebenfalls zu empfinden. Sie wiederholten die Worte mehrmals und schienen sie auf ihren Zungen herumzurollen.

»Abrahem von Kahl... Wie heißt denn sein Vater, Sayyida? Und wo hat er Handel getrieben?« Tibbon nahm sich noch etwas von dem Hammelragout, das Hannah wegen der orientalischen Gäste fast zu stark gewürzt hatte. »Dieses Fleisch ist vorzüglich, eine ganz andere Zubereitung, als wir es gewöhnt sind.«

»Ich erinnere mich an einen Abrahem ibn Daud aus dieser Gegend. Aber das ist Jahre her«, überlegte Yakov, der ältere Bruder. »Ein großer dunkelhaariger Mann, älter als du, Sayyida, wenn du die Bemerkung gestattest. Er war einmal bei unserem Vater zu Gast, als er seine Frau heimführte. Also kann es eigentlich nicht dein Verlobter gewesen sein.«

»Aber Abrahams Vater heißt David!«, meinte Lucia. »Und seine erste Frau war Orientalin ... Batya ...«

Yakov runzelte die Stirn. »Ja, kann sein, dass sie so hieß. Ich habe es mir nicht gemerkt, das ist um die zehn Jahre her, ich war fast noch ein Knabe. Und sie ging völlig verschleiert, nicht einmal im Haus zeigte sie ihr Gesicht. Nur ihr Mann sollte sie sehen. Ich dachte damals noch, mir würde eine so schüchterne Frau nicht gefallen. Aber das ist wohl Geschmackssache.«

»Abrahem ibn Daud treffe ich öfter«, erklärte Tibbon. Er war wohl eher der Händler in der Familie, während Yakov sich mehr für die Technik ihrer Waren begeisterte und häufiger als Einkäufer in den Manufakturen zu finden war als auf den Märkten. »Alle paar Monate oder Jahre in Al Mariya oder auch an der Afrikanischen Küste. Zuletzt an der Levante, erst vor wenigen Wochen. Er reist dort oft herum, kennt sich gut aus! Er spricht auch unsere Sprache.«

Lucia wunderte sich. Sie hatte Al Shifa im Gespräch mit Abraham sicher oft erwähnt und erzählt, dass sie mit ihr arabische Schriften studiert hatte. Er hatte ihr jedoch nie erzählt, dass er ebenfalls über Kenntnisse der Sprache verfügte.

»Nun, so weit scheint es mit seinem Wissen aber auch nicht her zu sein«, rutschte es ihr heraus. »Wer eine Küste wirklich kennt, lässt sich kaum von Piraten ausrauben!«

Tibbon zog die Augenbrauen hoch. »Piraten? Haben wir da im Moment Probleme, Yakov? Ich dachte, die spanische Flotte hätte gründlich mit denen aufgeräumt, nachdem sie im letzten Jahr den Handel mit Venedig um die Hälfte haben schrumpfen lassen. Und unsere Schiffe haben auch ein paar niedergemacht.«

Yakov nickte. »Soweit ich weiß, gab es keine Piratenüberfälle in den letzten vier Monden. Ein so seltenes Vorkommnis, dass man darüber spricht!« Er lachte.

Lucia biss sich auf die Lippen.

»Aber mein Verlobter ... das Schiff meines Verlobten wurde vor einem Ort namens Murcia überfallen. Im Monat vor Chanukka. Die dortige Gemeinde hat ihn aufgenommen und das Lösegeld für ihn bezahlt.«

Yakov runzelte die Stirn. »Bist du sicher, Sayyida, dass du das richtig verstanden hast? Wir haben gute Kontakte nach Murcia, der Rabbi der dortigen Gemeinde ist ein Onkel meiner Frau. Wenn in der Gegend eine Galeere aufgebracht worden wäre, hätte ich es erfahren. Und Lösegelder ... Also, an Piraten glaube ich in diesem Fall nicht. Wenn da tatsächlich ein Schiff überfallen wurde, dann waren es die Kastilier selbst. Das kommt schon mal vor; sie missgönnen uns die Handelsbeziehungen nach Venedig. Aber in aller Regel machen sie keine Gefangenen. Es wäre doch viel zu peinlich, wenn jemand herausbekommt, wer da im Namen des Königs vor der eigenen Küste plündert! Die Geschichte scheint mir mehr als seltsam, Sayyida.«

»Willst du nicht mal übersetzen, Lea?«, fragte Zacharias mit mildem Tadel. »Es ist schön, dass du unsere Gäste unterhältst, aber wir langweilen uns, wenn ...«

Lucia wäre am liebsten aufgestanden und hätte sich in ihrem Zimmer verschanzt. Was sie da erfahren hatte, war ungeheuerlich. Sie musste darüber nachdenken – und vielleicht Konsequenzen ziehen. Wenn diese Männer recht hatten, hatte es nie einen Überfall gegeben! Dann hatte Abraham ihr Geld nicht verloren, sondern eher satten Gewinn gemacht. Doch ihren Anteil behielt er ihr vor, um sie zur Einwilligung in die Heirat zu nötigen! Kein Wunder, dass er so bereitwillig versprochen hatte, Leona das Geld nach seinem Tod zurückzuerstatten.

»Lea?«, fragte Hannah freundlich. »Wo bist du nur mit deinen Gedanken?«

Lucia fühlte brennenden Zorn in sich aufsteigen. Aber sie musste sich beherrschen. So übersetzte sie in großem Rahmen, was die Männer über Abraham gesagt hatten. Die Geschichte mit der Galeere ließ sie aus. Obwohl Zacharias Levin ein Verbündeter sein mochte. Schließlich hatte Abraham auch seinen Anteil veruntreut. Oder wusste Leas Onkel womöglich Bescheid? Lucia wollte das nicht glauben.

Yakov und Tibbon fügten inzwischen ein paar Einzelheiten über Abrahams letzte Transaktionen in Al Andalus hinzu. Der Landshuter hatte tatsächlich gute Geschäfte gemacht; auch Yakov hatte ihm ein paar mechanische Spielzeuge verkauft. Lucia dachte an das winzige Fernglas, das Abraham Leona geschenkt hatte...

Der Abend schien sich endlos hinzuziehen. Schließlich entschuldigte Lucia sich mit einem Hinweis auf die morgige Feier. Wenn sie bloß gewusst hätte, was sie tun sollte! Mit Zacharias sprechen? Mit Moses? Oder Abraham mit Yakof und Tibbon konfrontieren? Letzteres erschien ihr die beste Lösung. Sollte er doch sehen, wie er sich aus der Sache herausredete! Das Ganze hatte nur einen Haken: Sie würde Abraham morgen vor der Eheschließung nicht sehen. Erst unter dem Hochzeitsbaldachin wurden Mann und Frau zusammengeführt. Alles andere bedeutete Unglück. Doch ein größeres Unglück als durch eine Hochzeit unter falschen Vorzeichen konnte ihr eigentlich gar nicht zustoßen. Sie musste Abraham ins Haus der Levins bestellen. Vor der Trauung. Und sie musste Tibbon und Yakov hinzurufen.

Aber halt... vielleicht brauchte sie da gar nicht so viel zu arrangieren! Wenn Abraham ein schlechtes Gewissen hatte, würde er auftauchen, sobald er von den maurischen Gästen hörte. Und davon, wie flüssig »Lea« sich mit ihnen zu unterhalten verstand, hatte Moses ihm zweifellos auch schon berichtet. Wahrscheinlich würde der Bräutigam lange vor der Trauung kommen, versuchen, die Männer auszuhorchen, und sie vor allem von seiner künftigen Gattin fernhalten.

Lucia brauchte im Grunde nur die Hochzeitsgesellschaft im Auge zu behalten, ehe man sie ihrem künftigen Gatten zuführte! Sobald er mit den Brüdern sprach, würde sie ihn mit der Wahrheit konfrontieren.

Der Auftritt würde peinlich sein. Vor allem, wenn Abraham sich doch noch als unschuldig erwies.

Doch daran glaubte Lucia nicht. Ihr Gefühl hatte sie stets vor von Kahlbach gewarnt. Manipulationen waren ihm nie fremd gewesen...

Lucia schlief kaum in der Nacht vor ihrer geplanten Hochzeit, und morgens bekam sie nur wenige Löffel von dem süßen Brei herunter, den Daphne ihr brachte.

»Du sollst rasch etwas essen, und dann werden die Frauen dich schön machen!«, erklärte die Kleine aufgeregt. »Oh, Lea, ich habe das Kleid gesehen! Es ist unglaublich! Denkst du, Vater wird es aufheben, damit ich auch mal darin heiraten kann? Das wäre wundervoll. Du wirst so schön aussehen! Schade nur, dass Reb von Kahlbach kein sooo schöner Mann ist. Wenn ich mal heirate, soll er wie ein Ritter aussehen. So wie Herr von Rennes ...«

Die Kleine hatte ihre Schwärmerei immer noch nicht vergessen.

»Hör zu, Daphne, du kannst mir einen Gefallen tun ...«

Lucias Gedanken rasten. Sie hörte erst jetzt von den Plänen der Frauen, sie den ganzen Morgen in ihrer Schlafstube einzusperren. Natürlich meinten sie es nicht böse, aber sie würden Stunden brauchen, sie für die Hochzeit herzurichten. In der Zeit konnte Abraham mit den maurischen Gästen sprechen oder auch nicht. Er konnte sich eine Ausrede ausdenken, konnte versuchen, auch die Brüder von seiner Version zu überzeugen. Jeder Überraschungseffekt wurde hinfällig, wenn sie nicht gleich dazukam, sobald er die Besucher aus Al Andalus traf. Und die Einzige, die ihr dazu verhelfen konnte, war Daphne. Das Mädchen musste nur mitspielen!

»Daphne, ich plane eine Überraschung für Reb Abraham. Sie hängt mit unseren Besuchern aus Spanien zusammen. Kannst du sie ein bisschen beobachten und mir sagen, wann mein Verlobter eintrifft?« Eine bessere Ausrede fiel Lucia so schnell nicht ein, aber sie wusste, dass Daphne Heimlichkeiten liebte.

»Was denn für eine Überraschung?« Aufgeregt tanzte Daphne um ihre Kusine herum. »Sag es mir doch, ich verrate auch nichts! Ach, das ist alles so aufregend! Wenn es doch nur schon meine Hochzeit wäre!«

»Du wirst es früh genug erfahren«, beschied Lucia das Kind. »Und du wirst auch früh genug unter den Baldachin treten. Aber heute musst du für mich die Augen offen halten. Bitte, Daphnele!« Lucia sah die Kleine ernst an.

Das Mädchen nickte.

»Ich sag dir Bescheid«, erklärte sie gewichtig. »Aber wenn du mir deine Überraschung nicht sagst, verrate ich dir auch nicht die von meinen Eltern. Es gibt nämlich noch einen Besucher ... aber das sag ich nicht! Ich wollte es verraten, aber jetzt nicht, wo du auch so geheimnisvoll tust!«

Lucia lächelte müde. Ein Überraschungsbesucher? Wahrscheinlich noch ein bislang unbekannter Verwandter. Wenn das bloß nicht alles in einem Eklat enden müsste! Doch falls Abraham den Betrug gestand, konnte sie ihn nicht heiraten. Das musste jeder verstehen. Und wenn er ihr das Geld zurückerstattete, brauchte sie die Bürde nicht länger zu tragen, hier unter falschem Namen zu leben.

Hannah und ihre Freundinnen erschienen gleich darauf, und wie erwartet, beschäftigten sie sich endlos mit der Gestaltung von »Leas« Kleidung und ihrer Frisur.

»Natürlich weiß dein Mann diesmal schon, wie du aussiehst, das ist ein bisschen schade«, bedauerte Moses von Kahlbachs Gattin. »Zumal du so hübsch bist. Ich liebe es einfach, die Sonne auf den Gesichtern der Männer aufgehen zu sehen, wenn ihnen eine wahrhaft schöne Braut präsentiert wird! Aber das werden wir auch heute schaffen. Dein Bräutigam ... die Gäste ... allen wird der Mund offen stehen, wenn Abraham deinen Schleier hebt.«

Traditionell wurde die Braut tief verschleiert in das Hochzeitszimmer geführt. Ihr Gesicht enthüllte sie erst nach der Trauung für den ersten Kuss durch ihren Gatten.

Die Frauen salbten Lucias Gesicht und ihr Haar, behandelten Letzteres mit Eigelb und wuschen die Pflege dann aus. Sie drehten das Haar zu Locken und flochten Perlenschnüre hinein.

Dann halfen sie der jungen Frau in ihr hellblaues Unterkleid und legten das edelsteingeschmückte Obergewand bereit.

»Vorsichtig, bringt nicht das Haar durcheinander, wenn ihr es ihr überzieht.«

»Und Obacht mit den Steinen! Nicht dass einer abreißt.«

Lucia fühlte sich wie eine Puppe, als die Frauen an ihr herumhantierten, sie drehten und ihre Arme vorsichtig durch die Armschlitze der vornehmen Surkotte führten.

»Ist das ein Anblick!«

»Die schönste Braut, die ich jemals gesehen habe! Bis auf meine Rebecca natürlich!« Hannah klatschte in die Hände, und alle Frauen begannen, ein Hochzeitslied für Lea zu singen.

Lucia rührte ihr Eifer. Ob sie es wirklich fertigbrachte, gleich all das zu zerstören?

»Jetzt nur noch der Schleier!« Judith von Kahlbach machte sich mit der blauen Gaze an Lucias Haar zu schaffen, aber dann öffnete sich die Tür. Daphnes aufgeregtes Gesichtchen schob sich durch den Türspalt.

»Lea? Ich sollte dir doch Bescheid sagen. Reb Abraham ist eben eingetroffen. Und er kennt die Andalusier! Denk dir, er begrüßt Reb Tibbon wie einen alten Freund!«

Lucia riss sich von ihren Helferinnen los.

»Verzeiht mir bitte, aber ...« Sie nahm sich keine Zeit für weitere Erklärungen. Stattdessen lief sie die Treppe hinunter; der Festsaal der Levins lag im Erdgeschoss und diente gewöhnlich als Remise. Sie dachte nicht groß darüber nach, was sie tun würde. Wenn sie Abraham sah, würden ihr die richtigen Worte schon einfallen.

Aus dem Augenwinkel erkannte sie bestürzte Gesichter, als sie die Tür aufriss und in den Saal stürmte.

»Die Braut … aber sie … «

Wortfetzen. Lucia beachtete sie nicht. Dabei war die Hochzeitsgesellschaft bereits fast vollständig.

Aber da stand Abraham mit Tibbon und Yakov ibn Aron. Die drei unterhielten sich in fließendem Arabisch. Und Lucia brauchte nicht einmal Fragen zu stellen. Die wenigen Worte des Gesprächs, die sie anhörte, während sie um Fassung rang, genügten.

»Du hast also guten Profit gemacht bei deiner Reise in unser Land, Abrahem ibn Daud. Das freut mich!«, erklärte Tibbon gerade. »Aber was war das für eine Geschichte mit diesem angeblich gekaperten Schiff? Vor Murcia wurde seit Monaten kein Schiff mehr gekapert.«

»Das würde ich auch gern wissen!«, rief Lucia in ihrer eigenen Sprache. Glutrot vor Wut baute sie sich vor Abraham auf. »Sag es vor all diesen Leuten hier, Abraham von Kahlbach! Was war mit diesem Schiff? Und wo ist das Geld, das du mir schuldest?«

Abraham erblasste.

»Lea … «, flüsterte er.

Und dann erhob sich eine andere Stimme, weiter vorn im Saal, neben dem Hochzeitsbaldachin, wo gewöhnlich die engsten Verwandten von Braut und Bräutigam der Trauung beiwohnten.

»Das ist nicht Lea!«

Lucia fuhr herum.

Neben Zacharias Levin stand David von Speyer.

Lucia von Bruckberg

Landshut 1349

1

Lucia irrte durch die Stadt, das Kind Leona an sich gedrückt. Sie wusste nicht, wie lange sie schon durch die schmalen Straßen von Landshut lief, darunter durch Gassen, die sie nie zuvor gesehen hatte. Ihre Stadt war schließlich das Judenviertel gewesen.

Irgendwann fand sie sich am Ufer der Isar wieder, saß auf einer Kaimauer und starrte stundenlang tränenlos auf den Fluss.

Was sollte sie anfangen? Wie sollte es weitergehen? Außer den Kleidern am Leib und dem Kind auf ihrem Arm hatte sie nichts – weniger als damals auf der Flucht aus Mainz.

Dabei waren die Juden noch gnädig gewesen. Zumindest nahm Lucia das an. Sie hatte keine Ahnung, welche Strafen die Kirche für eine Christin vorsah, die sich als Jüdin ausgegeben hatte. Wäre es nach den Levins und den von Kahlbachs gegangen, hätte man sie an den Pranger gestellt, wenn nicht gar Schlimmeres, doch die Juden in Landshut waren nahezu rechtlos. Wahrscheinlich würde die Obrigkeit eher über sie lachen, als ihnen ein Urteil über eine christliche Frau zuzugestehen. Insofern war man übereingekommen, Lucia einfach gehen zu lassen. Das kam ohnehin einer Verbannung in die Hölle gleich. Eine mittellose Frau mit einem Kind hatte keine Chance, ihr Geld auf ehrliche Weise zu verdienen.

Lucia sah die Gesichter der Hochzeitsgesellschaft noch vor sich, als David die verhängnisvollen Worte in den Raum warf. Die verwirrten Gesichter der Gäste, die verständnislosen Mienen der Männer aus Granada – und das schiere Entsetzen und die Scham in den Augen der von Kahlbachs und Levins. Um ein Haar hätte sich Abraham von Kahlbach, Stütze der jüdischen Gemeinde von

Landshut, mit einer betrügerischen Christin vermählt! Und Zacharias Levin, Mitglied im Judenrat, hätte sie ihm zugeführt!

Abrahams eigene Verfehlungen waren darüber natürlich vergeben und vergessen. Wahrscheinlich würde man sein Verhalten noch als Gottes Fügung ansehen; ohne Lucias peinlichen Auftritt wäre die Trauung vollzogen worden, bevor David den Betrug entdeckte. Und auch Davids überraschendes Auftauchen zu Leas Hochzeit würde man als Gnade Gottes feiern. Tatsächlich hatte ein Händler aus Landshut ihn zufällig in Venedig getroffen, wo er für ein Genter Handelshaus Tuche gegen Gewürze tauschte. Der Mann hatte ihm von der Rettung seiner Schwester erzählt und ihn dann kurzerhand mitgebracht. Eine Überraschung für Lea... Lucia fragte sich, was sie getan hätte, wenn Daphne den Namen des unerwarteten Gastes tatsächlich verfrüht verraten hätte. Und sie zermarterte sich den Kopf darüber, wie sie hatte annehmen können, auch David sei bei dem Pogrom in Mainz umgekommen. Hatte Lea nicht etwas von seiner Rückkehr erzählt? Oder Benjamin von Speyer, damals im Bücherkabinett? Hatte der kleine Pferdeknecht nicht gesagt, Leas Bruder sei tot? Erst jetzt erinnerte sich Lucia, dass die von Speyers immer nur von einer »erwarteten Rückkehr« gesprochen hatten. Tatsächlich war aber nur Juda rechtzeitig zu Leas Entbindung wieder in Mainz aufgetaucht. Und der Stallbursche musste Esra gemeint haben, als er von Leas Bruder sprach. Lucia schalt sich ein ums andere Mal für ihren verhängnisvollen Irrtum, und sie konnte Davids hasserfülltes Gesicht nicht vergessen...

David von Speyer sah älter aus als an dem Tag, als Lucia ihn zum letzten Mal gesehen hatte. Die Jahre auf Reisen, vielleicht auch der Verlust seiner Familie, hatten seinem Gesicht das Kindliche genommen. Er wirkte an diesem Tag in Landshut sehr männlich, aufrecht, absolut rechtschaffen und zufrieden mit sich selbst. Den versponnenen, ein wenig grüblerischen und vor allem rettungslos romantischen David gab es nicht mehr. Undenkbar, dass dieser Mann noch vor wenigen Jahren eine unpassende Heirat angestrebt hatte!

Lucia erinnerte sich an seine Liebesschwüre und Versprechungen, während er mit klarer Stimme ihre Verfehlungen aufdeckte.

»Ein Findelkind ... ein christliches Kind, das meine Eltern in ihrer Gnade aufnahmen ... ein Mädchen, das sich das Vertrauen meiner Schwester erschlich ...«

Er sagte nicht »Hurenkind«, wofür Lucia ihm fast schon dankbar war. Doch der Blick, mit dem er sie bedachte, war kalt und böse. Er sah keine Jugendfreundin mehr, erst recht keine Geliebte.

Aber konnte man es ihm verdenken? Auch er hatte nun jahrelang als Jude unter Christen gelebt – nicht privilegiert wie im Mainzer Stadthaus der von Speyers vor der Pest, sondern verfolgt und angefeindet. Dazu hatten die Mainzer seine Familie getötet, und er konnte nicht wissen, ob sich nicht auch Lucia an den Plünderungen beteiligt hatte. Lucia dachte an Leas Magd, als sie lachend vom Mord an ihrer Herrin erzählte.

»Lass mich doch erklären«, bat sie David. »Ich hatte das nicht beabsichtigt ...«

David musterte sie voller Verachtung.

»Wie willst du das erklären?«, fragte er dann. »Ich wundere mich nur über deinen Sinneswandel. Vor ein paar Jahren warst du dir noch zu gut dazu, einen Juden zu ehelichen!«

Lucia erkannte den Abglanz des alten Schmerzes in seinen Augen, der längst zu Hass geworden war. Er hatte sie nie verstanden. Und er hatte sich das Ende ihrer Liebe so zurechtgelegt, wie es ihm passte. David erinnerte sich nicht mehr an die erzwungenen Küsse. Für ihn war allein Lucia die Schuldige an seiner Verbannung.

Jetzt nahm er Rache.

Lucia hatte sich schließlich in ihrer Kammer wiedergefunden, beaufsichtigt von Moses' Gattin. Man hatte ihr gesagt, sie solle das Hochzeitskleid ausziehen und jeglichen Schmuck ablegen. Die Gevatterin von Kahlbach hatte das kontrolliert. Schließlich hieß man Lucia zu gehen. Ohne weitere Worte. Die Hochzeitsgesellschaft hatte sich in eine Trauerfeier verwandelt. Die Levins und David von Speyer saßen Kaddisch für Lea, die Schwester, deren glückliche Rettung David heute hatte feiern wollen.

Lucia erwachte erst aus ihrer Starre, als der Nachmittag schon fortgeschritten war. Leona rührte sich in ihrem Arm und verlangte nach Essen. Natürlich, das Kind war hungrig. Aber Lucia hatte keinen Kupferpfennig mehr, um ihr etwas zu essen zu kaufen. Ob sie es mit Betteln versuchte? Dazu sah sie heute sicher noch nicht genug heruntergekommen aus. Und wer wusste, wie die Bettler reagierten, wenn ihnen eine Neue die Pfründe streitig machte?

Ohne größere Hoffnung durchsuchte Lucia die weiten Taschen ihres Kleides. Sie hatte ein dunkles, für den Sommer sicher zu warmes Gewand gewählt, in dem sie als Witwe durchkommen konnte. Bislang hatte sie es meist bei der Arbeit in der Pfandleihe getragen. In einer der Rocktaschen verbarg sich etwas Hartes. Lucia hoffte auf ein Geldstück, vielleicht einer der Silberpfennige, die sie damals zum Gewürzkauf aus ihren Truhen genommen hatte.

Was sie dann aber zutage förderte, war ungleich wertvoller. Der Schlüssel zur Pfandleihe!

Lucias Herz klopfte heftig. Der Laden der Levins lag ein paar Straßen von ihrem Wohnhaus entfernt. Ganz sicher würde ihn heute niemand mehr betreten; die Levins waren zu sehr mit ihrem Kummer beschäftigt. Lucia konnte also hingehen und die Kasse leeren. Außerdem passten sicher noch einige der kleineren Pfänder in ihre Taschen. Sie konnte Landshut heute noch verlassen, im nächsten Dorf ein Pferd kaufen und in eine andere Stadt flüchten.

Lucia dachte an den Schmuck der Herzogin und andere Preziosen. Wenn sie das irgendwo versetzte, konnte sie jahrelang davon leben!

Erfüllt von neuer Hoffnung, eilte sie zurück zum Judenviertel. Es wurde dämmerig, was ihren Plänen zugutekam; schließlich sollte sie auch auf den Straßen möglichst niemand erkennen. Sie zog den alten Reitmantel, in dem sie Leona getragen hatte, über ihr Kleid und ihr blondes Haar. Eine Christin auf dem Weg zur Pfandleihe. Kein ungewohnter Anblick für mögliche Passanten.

Der Schlüssel glitt mühelos ins Schloss, und die Tür schwang auf. Lucia wusste, dass niemand hier war, betrat den Raum aber dennoch auf Zehenspitzen. Leona greinte. Sie wollte hier abgesetzt werden; Zacharias erlaubte ihr hin und wieder, mit den Pfändern zu spielen.

Lucia ließ ihre Tochter herunter und gab ihr eine silberne Rassel in die Hand. Dann durchsuchte sie die Kasse. 230 Silberpfennig. Viel weniger als das, was sie im Haus der Levins zurückgelassen hatte. Lucia dachte wehmütig an die zwanzig Mark in ihrer Truhe – und das Vermögen, das von Kahlbach veruntreut hatte. Sie brauchte kein schlechtes Gewissen zu haben, wenn sie jetzt Levins Geld an sich nahm. Er konnte sich schließlich an ihrem schadlos halten.

An ihrem Geld?

Plötzlich empfand Lucia heiße Scham. Es war nicht ihr Geld! Es war Leas Geld. Sie hatte Unrecht getan, es anzunehmen. Aber damals war sie der Meinung gewesen, damit niemandem wehzutun. Im Gegenteil, »Leas« Auftauchen hatte die Familie Levin glücklich gemacht! Außerdem hatte es außer Lea keinen Erben gegeben. Jetzt aber war David am Leben. Lucia musste beinahe lachen. Wie es schien, hatte die unselige Liebesgeschichte mit ihr dem jüngeren Sohn der von Speyers das Leben gerettet. Ohne seine »Verbannung« nach Holland wäre er zweifellos in Mainz gestorben. Stattdessen hatte er die Tochter seines Lehrherrn geheiratet und reiste für dessen Unternehmen durch ganz Europa.

Leas Geld und die Gewinne aus Lucias Investitionen würden ihm zufallen. Lucia gehörte rechtmäßig nichts. Wenn sie sich in der Pfandleihe bediente, war sie eine Diebin, nicht mehr.

Lucias Überlebenswille kämpfte mit ihrer Rechtschaffenheit.

Vielleicht, wenn sie nur eine Kleinigkeit mitnahm ...? Gerade so viel, um mit Leona in eine andere Stadt gehen zu können. Vielleicht fand sich ja doch eine Stelle als Magd. Oder sie konnte ein paar Kräuter, Fett und Gewürze kaufen und Salben daraus herstellen. Womöglich konnte sie als Kräuterfrau oder Baderin über die Runden kommen.

Lucia strich durch den Laden und begutachtete die Pfänder. Wenn sie eines davon stahl, würde es nicht gleich bemerkt werden. Vielleicht entdeckte man den Diebstahl sogar erst nach Wochen und machte Lucia gar nicht dafür verantwortlich.

Bei ihrer Suche stieß sie auf eine Schatulle. Levin bewahrte Schmuck darin auf, und beim Öffnen funkelten ihr sofort die Preziosen der Herzogin entgegen. Lucia atmete auf. Eines dieser Schmuckstücke würde sie mitnehmen. Dafür brauchte sie sich nicht zu schämen, denn Levin hatte die Herzogin übervorteilt. Es konnte nicht gar so schlimm sein, Sachen zu stehlen, die auch ihr derzeitiger Besitzer nicht rechtmäßig an sich gebracht hatte.

Lucia spielte mit den Ketten, Ringen und Armreifen und behielt schließlich den rubinbesetzten Haarreif in der Hand. Das Schmuckstück, das zu Elisabeths Brautschatz gehört hatte. Die Herzogin hatte sich sehr ungern davon getrennt. Eigentlich sollte sie es wiederhaben ...

Und plötzlich erkannte Lucia einen Ausweg. Die Herzogin! Sie war ihre einzige Freundin hier in Landshut, zumindest außerhalb des Judenviertels. Sie teilte ihr Geheimnis – und Elisabeth hatte erraten, dass auch Lucia nicht die ganze Wahrheit über ihr Leben erzählte. Wenn sie nun zur Burg ging und sich ihr als Magd anbot? Der Hof der Herzöge musste riesig sein; bestimmt gab es dort mehrere Frauen mit Kindern. Sicher, als alleinstehende Mutter war man überall verfemt, doch eine große Burg bot eher einen Unterschlupf als ein kleiner, bürgerlicher Haushalt. Zumal, wenn Elisabeth von Bayern ihre Hand über sie hielt.

Lucia nahm den Haarreif an sich. Sie würde gleich hinauf zur Burg gehen und sich der Herzogin zu Füßen werfen. Das Geschenk würde Elisabeth gnädig stimmen, und vor allem würde es Lucia einführen. Schließlich konnte sie kaum jemanden bitten, sie der Hohen Frau als die Jüdin Lea von Speyer zu melden. Und Lucia von Mainz kannte die Herzogin nicht.

Es war stockdunkel, als Lucia die Burg erreichte. Sie hoffte bloß, dass man die Zugbrücke bei Nacht nicht hochzog, doch es herrschte kein Krieg, und so würde man sich die Mühe wahrscheinlich nicht machen. Tatsächlich war der Weg frei. Allerdings bewachten vier Männer jeden Eingang zur Burg. Lucia fühlte sich an die Stadtbüttel in Mainz erinnert. Sie spürte rasende Furcht, als sie vor die Männer hin trat.

»Ich bin Lucia von Mainz. Ich suche die ... die Köchin Anna, oder vielleicht ist sie auch Hausmagd ...«

Die Lüge kam ihr nicht leicht über die Lippen. Aber wenn sie verkündete, die Herzogin sprechen zu wollen, würden die Männer sie nur auslachen. Und einem von ihnen den Haarreif zu zeigen, wagte sie nicht. Die Kerle konnten ihn an sich nehmen und Lucia und Leona auf ewig verschwinden lassen.

»So spät in der Nacht? Was willst du denn von der?«, fragte einer der Männer gelassen.

Lucia atmete auf. Also schien es eine Anna in der Küche zu geben.

»Ich bin eine Nichte von ihr. Ich komme aus Regensburg. Mein Mann ist gestorben, und ich bin ganz allein mit meinem Kind. Die Anna ist meine einzige Verwandte. Und da dachte ich, sie findet hier vielleicht eine Arbeit für mich ...«

Wie auf Kommando brach Leona in Tränen aus. Lucia hielt die Kleine an der Hand. Sie hatte sie fast den ganzen Weg getragen und war nun völlig erschöpft. Zu Pferd war der Weg hinauf zur Burg leicht zu bewältigen. Zu Fuß war es eine Strapaze.

»Arbeit gibt's hier immer«, meinte der Bursche gelassen. »Und ein hübsches Ding bist du! Wart's ab, deinen Mann hast du auch bald vergessen!«

Die Torwächter lachten dröhnend. Aber schließlich gebot ein älterer Mann ihnen Einhalt.

»Nun lasst sie mal in Ruhe«, meinte er gutmütig. »Ihr seht doch, sie ist am Ende ihrer Kraft. Und das kleine Ding muss Hunger haben. Der ganze Weg von Regensburg ... Los, Karl, bring sie in die Küche!«

Karl war der jüngste Wächter, kaum mehr als ein Knabe. Er verbeugte sich sogar kurz vor Lucia, ehe er sie durchs Tor führte. Lucia wäre lieber allein gegangen. Womöglich flog ihre Tarnung auf, wenn sich nun doch keine Anna in der Küche fand – oder wenn sie sich zumindest an keine Nichte namens Lucia erinnerte.

Die Küche der Burg war gewaltig. Bestimmt zwanzig Männer und Frauen schnitten Fleisch und Gemüse in Stücke, brieten ganze Schweine oder Rinderhälften am Spieß und füllten Geflügel. Lucia zählte allein fünf Feuerstellen. Ein diensthabender Koch führte die Aufsicht und begutachtete jedes Gericht, das die Küche verließ.

Lucia lief das Wasser im Munde zusammen. Kein Wunder,

hatte sie doch seit den drei Löffeln Brei am Morgen nichts gegessen. Leona sagte gar nichts. Sie schien sich im Schlaraffenland zu wähnen und blickte nur mit großen Augen auf all die guten Dinge, die hier zubereitet wurden.

Außerdem hatte der Bursche Karl auch kein Interesse an Lucias weiterem Verbleib. Stattdessen umarmte er eines der Küchenmädchen von hinten und legte ihm die Hände vor die Augen. »Rate mal, wer da ist, Gretel!«

Das Mädchen quietschte und hatte gleich darauf nur Augen für ihren Freund.

Lucia blieb verloren inmitten des Treibens stehen.

Schließlich geriet sie in Gretels Blickfeld.

»Wer ist das denn?«, fragte die Kleine ein wenig eifersüchtig.

Schulterzucken. »Kam ans Tor. Sucht die alte Anna.«

»Die Anna ist beim Mundschenk!«, gab einer der Köche Auskunft, der eben mit einem ganzen Spieß voller gebratener Hühner vorbeieilte. »Ihre Herrin wünscht süßen Wein, und sie ist mit ihm in den Keller, um ihn auszuwählen. Weil der Hannes ihr sonst nur die letzte Plörre unterjubelt, wie sie sagt.«

Lucias Herz klopfte heftig. Anna schien keine untergeordnete Dienstmagd zu sein, wenn sie es wagte, dem Mundschenk des Herzogs Anweisungen zu erteilen. Vielleicht hatte sie ja Zugang zur Herzogin und war ehrlich genug, ihr den Haarreif anzuvertrauen.

»Wo ist denn ...«

»Der Keller? Da runter!« Gretel wies auf einen Gang, der wohl zur Treppe in die unteren Gewölbe führte. Dann wandte sie sich wieder ihrem Karl zu. Der Junge schien jedoch ein gutmütiger Kerl zu sein. Als er sah, wie Lucia Leona wieder aufnahm und das Kind das Mündchen verzog, weil es die Küche hungrig verlassen sollte, griff er ein.

»Gretel, die Kleine kann doch bleiben. Gib ihr was zu essen. Die Frau kommt aus Regensburg, und das Kind ist halb verhungert. Willst du auch noch etwas, bevor du die Anna suchen gehst?«, wandte er sich an Lucia.

Lucia schüttelte den Kopf. Zwar fühlte sie sich schwach vor Hunger, aber es war sicher besser, Anna im oder vor dem Weinkeller zu sprechen, als in den Kemenaten der Edelfrauen nach ihr zu suchen.

»Aber wenn Ihr auf das Kind achten würdet?« Sie übergab Leona an Gretel, die nicht recht wusste, was sie mit ihr anfangen sollte. Dafür griff eine ältere Frau, die eben in einem Suppentopf rührte, ganz selbstverständlich zu, setzte die Kleine auf einen Tisch neben dem Herd und füllte ihr eine Schale Suppe, in die sie Brot brockte.

»Ich pass auf sie auf, Gevatterin. Hab selbst fünf von der Sorte!«

Lucia bedankte sich und stieg dann zögernd die Stufen hinunter. Eigentlich hätte sie ein Licht gebraucht; die wenigen Fackeln, die an den Wänden brannten, erleuchteten den Gang nur schwach und verbreiteten dichten Rauch.

Allerdings waren gleich im ersten Kellergelass Stimmen zu hören.

»Gib mir noch einen Schluck von dem Ersten, Kellermeister, ich kann mich nicht entscheiden«, sagte eine Frauenstimme. »Der hier ist süffiger, aber der andere hat mehr Körper. Ich denke, meiner Herrin wird jener besser munden.«

»Probier sie nur alle durch, Anna!«, brummte der Mundschenk. »Aber lass noch ein bisschen für deine Herrin übrig.«

Lucia brachte die letzten Treppenstufen hinter sich und trat in den Kellerraum. Er diente offensichtlich der Weinprobe; an den Wänden standen gewaltige Fässer, und in der Mitte befand sich ein Tisch mit ein paar Bechern darauf. Eine füllige, ältere Frau bediente sich gerade aus einem Krug Wein, während ein kräftiger, rotgesichtiger Mann eine weitere Probe aus einem der Fässer zog.

»Ge...Gevatterin Anna?«, fragte Lucia schüchtern.

Sie wollte sich eben vorstellen, doch Annas Reaktion auf ihren Anblick ließ sie erschrocken innehalten.

»Meiner Treu! Kellermeister! Ein Geist!« Anna wich zurück und ließ dabei ihren Becher fallen. Er fiel polternd zu Boden, zerbrach aber nicht.

»Was ... was wollt Ihr hier? Was hab ich getan, dass Ihr mich heimsucht ...?« Die alte Magd schien völlig außer sich. Sie stieß beim Zurückgehen an eins der Fässer und erschrak dabei fast zu Tode.

Der Mundschenk blickte Lucia nun ebenfalls an. Er schien allerdings nicht mehr zu erkennen als ein blondes, dunkel gekleidetes Mädchen im flackernden Fackelschein.

»Was soll das, Anna? Du hattest doch nur zwei Gläser! So betrunken kannst du noch nicht sein, dass du Gespenster siehst!«, brummte er.

»Aber sie ist es ... sie ist ... mein Gott, es ist die kleine Oettingen, kein Zweifel. Und sie muss ein Geist sein! Nach mehr als zwanzig Jahren sähe sie sonst nicht so jung aus. Jesus, Maria und Josef, bittet für mich! Ich will all meine Sünden bereuen, ich will nie wieder ...« Anna ließ sich auf die Knie nieder, wusste aber offensichtlich nicht, an wen genau sie ihre Bitten richten sollte. Ein Weinkeller war schließlich keine Kapelle.

Der Mundschenk fasste sich an die Stirn.

»Vielleicht verratet Ihr uns, wer Ihr wirklich seid«, wandte er sich an Lucia. »Dann findet Anna vielleicht wieder zu sich. Offenbar hat sie dem Wein schon in der Kemenate ihrer Herrin übermäßig zugesprochen.«

»Ich bin nicht betrunken, du vorlauter Bengel! Aber siehst du denn nicht ...« Anna bekreuzigte sich immer wieder.

»Ich bin Lucia von Mainz«, gab Lucia verwirrt Auskunft. »Und ich bin aus Fleisch und Blut, Gevatterin. Seht mich nur einmal richtig an. Sicher verwechselt Ihr mich mit jemandem.«

Sie trat vorsichtig näher an die alte Frau heran und hob die Hand. Anna blickte immer noch misstrauisch, aber wenigstens registrierte sie, dass Lucia sich auf den Beinen bewegte, statt zu fliegen, und auch ihr Körper zeigte mehr Form, als sie nun aus dem Rauch der Fackeln heraus in den besser beleuchteten Kellerraum trat.

Schließlich wagte es Anna, Lucia genauer zu mustern. Sie fixierte das Mädchen aus wachen, hellen Augen, die nicht vom Wein verschleiert wirkten. Anna hatte ein rundes, gutmütiges Gesicht, noch fast faltenlos, mit breiten Lippen und fleischiger Nase. Ihr Haar war grau und kraus. Ein paar vorwitzige Locken stahlen sich unter ihrer sonst ordentlichen Haube hervor. Sie trug das schlichte, gediegene Gewand einer Kammerfrau.

»Tatsächlich, Kind, verzeiht einer dummen, alten Frau!«, meinte sie schließlich mit einem erleichterten, wenn auch nervösen Lachen. Anna musste klar sein, dass sie sich eben unendlich kompromittiert hatte: Wenn der Kellermeister die Sache weitererzählte, würde die ganze Burg über sie lachen. »Wenn ich Euch so im Licht sehe ... Euer Gesicht ist schmaler, ihres war mehr herzförmig. Und ihre Nase war etwas spitzer. Aber die Augen ... der Mund! Eine unfassbare Ähnlichkeit! Ich glaubte, die Kleine von der Harburg wieder vor mir zu sehen. Ein so entzückendes Mädchen ... Euer Haar ist ebenfalls blond, nicht wahr?«

Lucia hatte ihr Haar unordentlich unter die Haube gestopft, als sie aus dem Hause der Levins geflohen war. Ein paar Strähnen hatten sich befreit, aber das Licht im Keller war sicher nicht gut genug, um die Farbe wirklich erkennen zu können.

Lucia nickte. »Doch, mein Haar ist blond. Aber ich kenne niemanden namens Oettingen ... oder von der Harburg. Von einem solchen Flecken hab ich nie gehört. Ich bin aus dem Rheinland, Gevatterin, aus Mainz.«

»Und was sucht Ihr dann hier?«, murrte der Kellermeister.

»Außer alte Frauen zu erschrecken?« Trotz seiner Bärbeißigkeit schien er sich um Anna zu sorgen. Wie beiläufig schob er ihr einen frisch bis zum Rand gefüllten Becher Wein zu – und füllte dann widerstrebend auch einen für sich und Lucia.

Lucia trank durstig. Dann holte sie tief Luft.

»Ich würde gern mit der Herzogin Elisabeth sprechen«, brachte sie ihr Anliegen schließlich hervor. »Es wäre sehr freundlich von Euch, mich anzumelden. Falls Ihr Zugang zu ihr habt...«

Anna lachte. »Natürlich hab ich Zugang zu den Kemenaten. Ich bin die erste Kammerfrau der Herzoginmutter Margarethe. Die ist zwar nicht die beste Freundin der Herrin Elisabeth, aber eine Nachricht bringen kann ich ihr schon. Also, wie war noch gleich Euer Name? Und kennt Euch die Herzogin? So spät störe ich sie ungern.«

Lucia schluckte. »Sie kennt mich, aber unter einem anderen Namen. Bitte, gebt ihr das hier. Sie wird wissen, von wem Ihr redet.«

Widerstrebend reichte sie der Kammerfrau den Haarreif.

Anna runzelte die Stirn, als sie das Stück in Empfang nahm.

»Aber der gehört ihr«, sagte sie. »Elisabeth. Sie trug diesen Reif, als sie aus Sizilien an den Hof des Herzogs kam. Sie war ein reizendes Mädchen. Aber meine Herrin mochte sie nie, und der Herzog... Nun, ich will nicht tratschen. Obwohl das nach einer interessanten Geschichte aussieht. Kommt mit mir, Ihr könnt vor den Kemenaten warten.«

Anna schritt selbstbewusst voraus. Lucia, ein bisschen wackelig auf den Beinen vom rasch genossenen Wein, folgte ihr.

»Ich muss noch mein Kind aus der Küche holen«, bemerkte sie, beiläufig, wie sie hoffte. Wenn sie wirklich eine Stellung bei der Herzogin bekam, würde Anna zu ihren Vorgesetzten gehören. Die Frau schien freundlich, aber was würde sie zu Leona sagen?

»Ein Kind habt Ihr auch schon? Na, dann holt es rasch ab, es wird sonst ja immer später ...« Anna wirkte ein wenig unwillig, aber nicht missbilligend. Lucia schöpfte Hoffnung.

Leona schlief bereits tief, als sie in die Küche kam. Die resolute Küchenfrau hatte sie in ihr Tuch gewickelt und sich auf den Rücken gebunden. Das müde und gesättigte Kind war daraufhin sofort eingenickt.

»Nehmt sie, und weckt sie nicht auf!«, meinte sie lächelnd. »So ein süßes Mädchen. Sie wird einmal so schön wie ihre Mutter. Und Ihr ... irgendwie erinnert Ihr mich an jemanden. Aber ich will Euch nicht aufhalten, die Anna wartet nicht gern.«

Anna hatte sich inzwischen wieder auf ihre Pflichten besonnen und war noch einmal in den Keller hinuntergewatschelt, um eine Karaffe süßen Weines zu holen. Wahrscheinlich hatte sie auch versucht, den Kellermeister zum Stillschweigen zu verpflichten, und es schien ihr halbwegs geglückt zu sein. Jedenfalls wirkte sie ziemlich entspannt, als sie Lucia nun über den Küchenhof und durch verschlungene Korridore zu den Frauengemächern führte. Lucia wartete in einem zugigen Gelass vor den Kemenaten auf Anna.

»Die Herzogin empfängt Euch tatsächlich. Ich hätt's nicht gedacht. In letzter Zeit ist sie wenig gesellig und verschließt sich früh in ihren Gemächern. Eine seltsame Frau. Früher war sie viel aufgeschlossener. Vielleicht hat sie Heimweh.«

Lucia zuckte mit den Schultern. Sie führte Elisabeths Verschlossenheit eher auf ihre Angst um Adrian zurück, aber das konnte die Kammerfrau nicht wissen. Und es schien ihr nur zu verständlich, dass jemand, der aus dem Süden kam – der sizilianische Hof stand stark unter maurischem Einfluss, wie Al Shifa ihr erzählt hatte –, sich nach Sonne und leichterer Lebensart sehnte.

Die Herzogin saß am Feuer in ihrer Kemenate. Es war eigentlich nicht kalt, aber vielleicht fror sie ja von innen heraus. Lucia fühlte sich gleich heimisch in diesen Räumen; sie waren ähnlich möbliert wie das Stadthaus der von Speyers. Natürlich gab es keine siebenarmigen Leuchter und andere jüdische Symbole. Stattdessen hing ein reich geschmücktes Kruzifix an der Wand, und es gab einen zierlichen, aus Elfenbein geschnitzten Hausaltar und ein Betpult. Aber auch Elisabeth von Sizilien bevorzugte die leichten, verspielten maurischen Möbel, weiche Teppiche und Kissen auf den niedrigen Stühlen. Sie schmückte ihren Raum mit filigranen Glasgefäßen aus südlichen Landen und winzigen Silbermodellen von Palästen, die Al Shifas Erzählungen aus Tausendundeiner Nacht entnommen zu sein schienen. Auf einem Tischchen stand ein Schachspiel, auch dies mit fein geschnitzten Figuren aus dem Orient.

Elisabeth wandte sich Lucia zu. Sie trug ein leichtes Hemd aus feiner Seide, darüber hatte sie nur einen Schal geworfen. Wahrscheinlich hatte sie sich bereits schlafen gelegt oder war doch kurz davor gewesen. Jetzt spielte sie mit ihrem Haarreif.

»Willkommen, Lea«, sagte sie leise. »Mögt Ihr mir nun Euren wahren Namen verraten? Oder magst du mir deinen Namen verraten, Mädchen? Denn du bist keine ehrbare Bürgersfrau. Dein Kind...«

Lucia richtete sich auf.

»Es ist kein Hurenkind!«, sagte sie fest.

2

Schließlich schlief Lucia vor dem Feuer der Herzogin ein, Leona im Arm. Elisabeth sah keinen Sinn darin, sie zu wecken, um ihr einen anderen Schlafplatz anzuweisen. Sie konnte ebenso gut dort bleiben. Viele Mägde schliefen in den Kemenaten ihrer Herrinnen, um stets zur Verfügung zu stehen, wenn die Dame einen Wunsch hatte. Und Elisabeth war längst entschlossen, Lucia zu einer dieser vertrauten Dienstboten zu machen. Schließlich teilten sie jetzt schon ihre gegenseitigen Geheimnisse.

So breitete die Herzogin nur eine Decke über die schlafende junge Frau und begab sich dann selbst zur Ruhe. Sie fühlte sich leichter und besser. Der Gedanke, endlich eine Freundin gefunden zu haben, ließ alles einfacher erscheinen, und der Goldreif in ihrer Hand war wie ein lang ersehnter Gruß aus den sonnigen Gefilden ihrer Heimat.

Viel Ruhe war den beiden Frauen jedoch nicht vergönnt. Schon kurz nach Sonnenaufgang betätigte jemand den eisernen Klopfring an der Tür der Kemenate. Als Elisabeth nicht gleich reagierte, wurde das Klopfen zum Hämmern.

Die Herzogin warf schließlich einen Schal über ihr Hemd und begab sich unwillig zur Tür, um zu öffnen. Es konnte kaum ihre Kammerfrau sein. Die war noch jung und hätte niemals gewagt, einen solchen Lärm zu machen. Sie stand denn auch verängstigt beiseite, ebenso wie Anna, die wohl als Erste geklopft hatte. Für das Gepolter war aber auch sie nicht verantwortlich. Vor der Tür stand, die Fäuste noch erhoben, die Herzoginmutter.

»Ich will sofort das Mädchen sehen!« Margarete von Bayern,

geborene von Holland, hielt sich nicht mit Vorreden auf. Sie war eine große, kräftige Frau und nicht im eigentlichen Sinne schön. Eine gewisse Ausstrahlung war ihr jedoch nicht abzusprechen.

Elisabeth verbeugte sich und grüßte förmlich: »Zunächst einen guten Morgen, Frau Margarethe.«

Die Herzoginmutter vermerkte unwillig Elisabeths Nachtkleidung. Sie selbst war bereits voll angezogen; sie pflegte beim ersten Hahnenschrei auf den Beinen zu sein.

»Auch Euch einen guten Morgen, Frau Elisabeth, und nun zeigt mir gefälligst das Mädchen!« Die Herzoginmutter machte Anstalten, in Elisabeths Kemenate einzudringen, aber das wusste die Herzogin nun doch zu verhindern.

»Wenn Ihr die junge Frau meint, die gestern bei mir hereinschneite, Lucia von Mainz – die schläft noch. Sie hatte gestern einen anstrengenden Tag, aber von heute an wird sie meine Kammerzofe sein. Ihr werdet sie also noch monatelang, vielleicht jahrelang in meiner Umgebung sehen. Warum muss es jetzt sein?« Elisabeth verstellte entschlossen den Eingang.

»Weil auf der Burg getratscht wird, meine Anna sähe Geister! Und weil die Anna selbst mir eine seltsame Geschichte erzählt hat. Also zeigt Ihr mir jetzt die Kleine, oder ...«

Elisabeth spürte Furcht in sich aufsteigen. Anna war an sich für ihre Diskretion bekannt, und sie hatte sie gestern ausdrücklich gebeten, das Schmuckstück nicht vor ihrer Herrin zu erwähnen. Aber natürlich schuldete die Kammerfrau vor allem Margarethe Loyalität ...

»Ich werde das Mädchen jetzt wecken und mich ankleiden«, beschied Elisabeth schließlich die Herzoginmutter. »Wir sollten auch beide eine Kleinigkeit essen. Vielleicht lässt du uns Brei mit Honig aus der Küche heraufkommen, Anna. Und anschließend, Frau Margarethe, empfange ich Euch gern zu einem Schluck Wein und stelle Euch meine Magd Lucia vor. Wenn Ihr denn so darauf drängt. Bis dahin möchtet Ihr vielleicht die Frühmesse besuchen ...« Elisabeth machte halbherzige Anstalten, die Tür vor ihrer Stiefschwiegermutter zu schließen, machte sich aber wenig Hoffnung, dass Margarethe kampflos abzog.

Der Besuch der Frühmesse gehörte eigentlich zu den Fixpunkten in ihrem Tagesablauf. Es musste wirklich etwas Besonderes vorliegen, wenn sie heute bereit war, darauf zu verzichten.

Inzwischen schien ihr allerdings zu dämmern, dass sie mit ihrem Auftritt vor Elisabeths Kemenate ein wenig übertrieb. Die junge Herzogin atmete auf, als sie sich abwandte.

»Ich sehe Euch also nach der Messe! Gleich nach der Messe!«

Margarethe von Holland behielt das letzte Wort. Elisabeth ließ es ihr durchgehen. Sie musste jetzt dringend mit Lucia sprechen. Vielleicht eine Absprache treffen, was den Haarreif anging ...

Lucia war bereits wach, als Elisabeth zurück in ihre Kemenate trat. Sie saß auf einem Schemel und flocht ihr Haar. Leona spielte neben ihr mit der fein bestickten Decke.

»Gott zum Gruße, Herrin!«, sagte sie freundlich, wenn auch ein wenig befangen. »Was war denn da draußen? Eure Schwiegermutter? Es ging doch nicht um mich?«

»Meine Stiefschwiegermutter, um genau zu sein«, berichtete Elisabeth. »Die Mutter der Herzöge Wilhelm und Albrecht, die sich mit meinem Gatten das Herzogtum teilen. Stephan ist ein Sohn aus Ludwig von Bayerns erster Ehe ... Und ja, wie es aussieht, geht es um dich. Vielleicht kannst du das aufklären? Was war zwischen dir und Anna? Oder gar zwischen dir und der Herzogin Margarethe?«

Elisabeth sah Lucia forschend an. Sie schien zwischen Angst und Hoffnung zu schwanken. Womöglich hatte ja auch Margarethe dunkle Geheimnisse ...

Lucia zuckte mit den Schultern. »Die Herzoginmutter kenne ich nur dem Namen nach. Auf dem Turnier habe ich sie von weitem gesehen, aber sonst niemals. Mit der Anna ist jedoch tatsächlich etwas Seltsames vorgefallen.«

Lucia berichtete von ihrer Begegnung mit Anna im Weinkeller, während sie der Herzogin beim Ankleiden half und rasch ihr Haar flocht. Auf ein eher zaghaftes Klopfen hin öffnete sie der alten Anna die Tür. Die Kammerfrau brachte Milchbrei, Honig und Wein.

»Sag deiner Herrin, sie kann beruhigt sein«, wisperte sie Lucia freundlich zu. »Ich habe den Haarreif nicht erwähnt. Aber die Verwechslung im Keller ist leider in aller Munde. Das war zu erwarten, weshalb ich es der Herrin denn auch lieber selbst erzählt habe. Ich musste ja auch meine Verspätung begründen.«

»Es ist doch auch nichts Schlimmes, Frau Anna!«, meinte Lucia höflich. »Ich verstehe nur nicht, was die Herrin daran so beunruhigt.«

»Beunruhigt?«, fragte Anna belustigt. »Glaub mir, Schäfchen, diesen Zustand kennt Frau Margarethe nicht. Ebenso wenig wie ›besorgt‹ oder gar ›besiegt‹. Margarethe von Holland würde selbst dem Teufel Paroli bieten! Nur bei der kleinen Oettingen hat das alles nichts genützt. Vielleicht hofft sie ja doch, dass du ihr Geist bist. Dann könnte sie dich mit Bravour zurück in die Hölle schicken!«

Lucia begriff das alles nicht, nahm jetzt aber erst einmal ihr Frühstück entgegen. Sie war heißhungrig; schließlich hatte sie auch am gestrigen Abend nichts mehr zwischen die Zähne bekommen.

Auch Elisabeth aß mit gutem Appetit – jetzt, da sie immerhin wusste, dass der Herzoginmutter die Sache mit dem Haarreif nicht zu Ohren gekommen war.

Margarethe von Holland eilte gleich nach dem Schlussgebet in der Burgkapelle in Elisabeths Kemenate. Dabei würdigte sie die Herzogin keines Blickes, doch an Lucia saugten sich ihre Augen geradezu fest. Lucia betrachtete sie ebenfalls. Margarethe trug ein altmodisches Gebende, unter dem sie blondes, noch kaum ergrautes Haar verbarg. Darüber lag ein goldener Schepel, der auf ihren hohen Rang hinwies. Ihr Gesicht war ein wenig fleischig, aber ebenmäßig, ihre Augen wasserblau und argwöhnisch.

»Tatsächlich! Es ist unglaublich! Obwohl die Anna schon immer ein gutes Gedächtnis für Gesichter hatte. Aber dies ... meiner Seel, im Halbdunkel des Kellers hätte selbst ich dich für einen Geist halten können! Das kann kein Zufall sein. Also heraus damit, Kleine! Wo kommst du her?«

Lucia erzählte ein weiteres Mal ihre Geschichte. Bislang hatte sie den Makel ihrer Geburt dabei allerdings nie erwähnt, sondern die Leute in dem Glauben gelassen, sie sei die Tochter einer Hausangestellten der von Speyers gewesen. Damit ließ die Herzoginmutter es allerdings nicht bewenden.

»Ich will nicht wissen, wer dich aufgezogen hat. Ich will wissen, wer dich gezeugt hat!«, sagte sie geradeheraus. »Du bist doch irgendein Bastard derer von Oettingen. Und sag die Wahrheit! Du kannst nicht im Rheinland geboren sein, dahin hat's weder den alten noch den jungen Fürsten je verschlagen!«

Lucia schluckte. »Ich schwöre Euch, ich wurde in Mainz geboren. Was natürlich nicht heißt, dass ich auch dort gezeugt wurde. Man sagte der Hebamme, meine Mutter sei noch nicht lange in der Stadt gewesen.«

»Wieso der Hebamme? Warst du nicht mit deiner Mutter zusammen? Nun lass dir nicht alles aus der Nase ziehen, Mädchen! Ich hab nicht ewig Zeit!« Die Herzoginmutter wirkte jetzt schon rastlos, obwohl Lucias Angelegenheit doch offensichtlich Priorität hatte.

Lucia holte tief Luft. Bislang hatte sie niemandem außer Clemens von Treist die Geschichte ihrer Geburt erzählt.

»Meine Mutter beharrte darauf, mit meinem Vater verheiratet gewesen zu sein«, betonte sie schließlich. »Sie hat sich nur aus Not dem Hurenwirt verkauft, nachdem er tot war.«

»Und hatte er – oder wenigstens sie – einen Namen?«, fragte Margarethe spöttisch. »Wenn sie schon eine derart christliche Ehe geführt haben?«

Lucia biss sich auf die Lippen. Sie dachte selten an ihre wirklichen Eltern, aber die Herzogin sollte doch nicht so abfällig von ihnen sprechen.

»Der Name meines Vater fiel nicht, Herrin. Meine Mutter nannte sich Beatrix.«

Die Wirkung, die sie mit der Nennung dieses Namens erzielte, war unvergesslich. Die Herzoginmutter sprang vor Erregung auf und fasste sich an die Kehle. Anna, die an der Tür gewartet hatte, um die Damen bei Bedarf mit Wein zu versorgen, griff sich ans Herz.

»Meiner Treu«, murmelte sie. »Meiner Treu ...«

Selbst auf Elisabeths Gesicht zeichnete sich Überraschung ab, auch wenn die Eröffnung sie nicht derart berührte wie die älteren Frauen.

»Nicht ihr Geist, Anna, ihre Tochter!«, bemerkte die Herzogin schließlich. »Lucia von Oettingen. Ich werde den Fürsten informieren müssen.«

»Nicht ›von Oettingen‹«, warf Elisabeth ein. »Ihr hört doch, ihre Mutter bestand darauf, verheiratet zu sein. Wie hieß denn ...«

»Siegmund von Bruckberg. Eine unbedeutende Familie.« Die Herzoginmutter machte eine wegwerfende Handbewegung. »Sitzen irgendwo im Schwäbischen.«

»Aber dennoch ihr legitimer Vater!«, beharrte Elisabeth. »Ihr Name ist Lucia von Bruckberg ...«

Mein Name ist Lucia von Treist!, wollte sie den Frauen entgegenschleudern, brachte aber nur ein Flüstern hervor. Sie fühlte sich schwindelig. Bislang hatte sie Clemens' Namen nie benutzt. Bei den Juden war sie schließlich Lea gewesen, und der Herzogin hatte sie nur kurz von ihrer Heirat mit einem Pestarzt erzählt, ohne Clemens' adelige Abstammung zu erwähnen.

An ihrer Stellungnahme zeigte sich allerdings niemand interessiert. Frau Margarethe hörte einfach über sie hinweg.

»Dann eben von Bruckberg, in Gottes Namen! Aber das ändert nichts daran, dass sie aus dem Hause Oettingen stammt. Der Fürst muss benachrichtigt werden. Sie ist im heiratsfähigen Alter, er wird Vereinbarungen treffen wollen. Aber vorerst bleibst du hier, Mädchen. Du wirst dich zu meinen Hofdamen gesellen. Wir werden sehen, dass wir dir etwas Schliff geben. Hast du bei deinen Zieheltern Lesen und Schreiben gelernt?« Die Herzogin musterte Lucia wie eine Zuchtstute.

»Ja. Ich kann auch Latein und Griechisch, aber ...«

»Schön, dann bist du wenigstens kein Dummchen«, unterbrach Margarethe sie ohne großes Interesse. »Obwohl zu viel Bildung ja auch nicht guttut, wie man an deiner verdorbenen Mutter sehen kann! Wenn der Oettinger nicht darauf bestanden hätte, dass sie die Bibel lesen lernt, wäre das alles nicht passiert!«

»Was wird aus dem Kind?«, erkundigte sich Elisabeth.

In Lucia stieg Wut auf. Es konnte nicht sein, dass hier über Leona und sie verhandelt wurde, als wären sie gar nicht anwesend!

»Ach ja, das Kind ...« Margarethe betrachtete Leona wie ein lästiges Anhängsel. »Ihr habt eine Tochter, Elisabeth, mit der könnt Ihr es aufziehen. Scheint ja ein ganz hübsches Ding zu sein. Wir müssen mit den Herzögen sprechen. Irgendeinen Titel kann man dem Wurm sicher verleihen. Dann findet sich schon jemand, der sie mal heiratet.«

Lucia erhob sich empört. »Leona ist kaum ein Jahr alt! Man kann sie doch noch nicht verheiraten! Und mich auch nicht! Ich hatte einen Mann, den ich liebte...«

»Wie die Mutter, so die Tochter! Nur Liebe im Kopf, keinen Verstand!« Margarethe funkelte Lucia an. »Aber diesmal werde ich diesen Unsinn unterbinden. Du hattest also einen Mann...? Gehe ich recht in der Annahme, dass du ihn nicht deinen Gatten nennen konntest? Und was geschah mit ihm? Ist er weggelaufen?«

»Er ist tot!«, rief Lucia.

»Umso besser. Dann weiß ich beim besten Willen nicht, was du gegen eine passende Ehe einzuwenden hättest. Aber so weit sind wir noch nicht. Ich sende jetzt erst mal Boten zur Harburg. Der Burgherr, Conrad, ist dein Onkel. Er wird bestimmen, was mit dir geschehen soll. Ich hoffe allerdings, er vertraut mir und belässt dich hier zur Erziehung. Auch wenn ich bei deiner liederlichen Mutter kläglich versagt habe! Und du gehst mit Anna. Man wird dir einen Raum anweisen, den du mit den anderen Mädchen teilst. Zurzeit habe ich vier Zöglinge. Vor allem aber wird man dich herrichten, wie es deinem Stand entspricht...«

»Was bin ich denn überhaupt?«, fragte Lucia, nun doch verschüchtert.

»Eine Fürstentochter«, klärte Margarethe sie auf. »Eine Oettingen zur Harburg. Aber bilde dir nichts darauf ein. Deine Mutter hat unter ihrem Stand geheiratet. Sie war ein dummes, verderbtes Ding, weiß Gott kein Vorbild! Geh jetzt mit Anna!«

»Aber... aber ich wollte Lucia bei mir behalten!« Elisabeth versuchte einen Vorstoß. »Spricht etwas dagegen, dass sie meine Hofdame wird? Ich könnte sie doch ebenfalls in höfischen Sitten unterrichten.«

Lucia sah sie hoffnungsvoll an.

»Damit sie ihrem Mann dann einen Minnehof vor die Nase setzt und öffentlich ihre Ritter küsst? So weit kommt es noch!

Diese neumodischen Sitten bringen nichts als Unglück und Ärger!« Die Herzoginmutter schnaubte.

Elisabeth senkte den Kopf. »Ich führe keinen Minnehof mehr«, sagte sie leise.

»Umso besser! Dein Gatte ist spät genug klug geworden. Und du weißt, was er dir aufgetragen hat: Du sollst dich bescheiden in deiner Hofhaltung und deinen Einfluss gering halten. Wer aber keinen Hof führt, Elisabeth, der braucht auch keine Damen!« Damit rauschte sie hinaus.

Lucia blickte Elisabeth verständnislos an.

»Du hast es gehört«, sagte Elisabeth müde. »Aber wir werden uns natürlich trotzdem sehen. Wenn dein Dienst dir Zeit lässt. Und meiner mir. Auch ich habe Pflichten...« Die Herzogin sah aus, als laste die halbe Welt auf ihr.

»Aber Ihr werdet Euch um Leona kümmern?«, fragte Lucia ängstlich.

Elisabeth nickte. »Natürlich, hab keine Furcht. Meine Tochter wird entzückt von ihr sein. Agnes ist allerdings viel älter, sie wird schon zehn.«

Lucia lächelte und dachte an Daphne. »In dem Alter mögen sie lebende Puppen! Ich danke Euch herzlich, Herzogin.«

»Wenn du willst, kannst du mich duzen. Es ziemt sich nicht, dass ich eine vertraute Anrede benutze und du eine förmliche. Lucia aus Mainz konnte meine Zofe sein, Lucia von Bruckberg meine Freundin. Wenn du es willst...« Die Stimme der Herzogin klang fast ängstlich. Sie war wieder in die demütige, devote Haltung zurückgefallen, die Lucia früher schon verwundert hatte. Bei einer Frau von Elisabeths Rang war damit nicht zu rechnen. Allerdings lebten auch nur wenige Edelfrauen unter der Fuchtel einer Margarethe von Holland. Und Stephan von Bayern schien auch kein einfacher Mensch zu sein. Sein blindwütiger Angriff auf Adrian von Rennes stand Lucia noch genau vor Augen.

Und eben hatte Margarethe weitere Zwangsmaßnahmen angedeutet.

Lucia lächelte und hoffte, jetzt keinen Fehler zu machen. Doch alles trieb sie dazu, ihre eingeschüchterte, geschlagene Freundin in die Arme zu nehmen. Sie stellte sich auf die Zehenspitzen und küsste Elisabeth auf beide Wangen.

»Elisabeth«, sagte sie. »Ich will dir gern eine Freundin sein. Dir und deinem Ritter.«

Anna führte Lucia in die geräumige Kemenate, in der die Herzoginmutter ihre Zöglinge unterbrachte. Es war üblich, adelige Mädchen an irgendeinem befreundeten Hof erziehen zu lassen, teilweise unternahmen sie schon als Kinder weite Reisen. Vormals verfeindete Fürstenhöfe tauschten im Rahmen von Friedensverhandlungen auch Geiseln aus. Wer ein Kind am Hof des ehemaligen Feindes hatte, griff nicht so leicht erneut an.

Am Hof der Herzöge von Bayern fanden sich zurzeit allerdings nur Töchter von alten Freunden. Umso verwunderlicher fand es Lucia, dass die Kemenaten zwar standesgemäß ausgestattet waren, aber sonst eher noblen Gefängnissen glichen. Vor den Fenstern befanden sich Gitter – fein ziseliert zwar, aber Gitter. Und die nächste Wachstation am Wehrgang war so nahe, dass sich bestimmt kein Mädchen hinaustraute, um einen vor ihren Wohnungen singenden Troubadour anzuschmachten. Lucia sollte später erfahren, dass die Mädchen ihre Kemenaten scherzhaft das »Serail von Landshut« nannten.

»Die Herzoginmutter hat es halt schlecht verwunden, dass die kleine Oettingen ihr weggelaufen ist«, erklärte Anna, die Lucias erstaunte Blicke bemerkte. »Deine Mutter ... ich muss mich erst daran gewöhnen!«

»Und ich erst!«, brach es aus Lucia hervor. »Ich habe bislang auch erst die Hälfte verstanden. Was ist da geschehen, Anna? Mein Vater hat meine Mutter entführt? War er ein fahrender Ritter?«

Anna lachte. »Viel schlimmer, Kind. Er war Ordensmann.«

Die Kammerzofe suchte in einer der Truhen, die sich zahlreich in den Kemenaten der Mädchen fanden.

»Hier, das wird dir passen!« Sie zog ein feines, seidenes Hemd, ein federleichtes, hellblaues Unterkleid und eine hoch geschlitzte Surkotte aus zartem, dunkelblauem Leinen hervor. »Du bist wirklich sehr hübsch!«

»Er war ein Priester?«, fragte Lucia entsetzt. Sie interessierte sich vorerst nicht für die neueste Mode.

»Noch nicht ganz, Gott sei's gedankt! Sonst wäre das obendrein eine Todsünde gewesen! Aber er hatte die Gelübde noch nicht abgelegt. Er gehörte zu den Dominikanern, man hatte ihn schon als Kind dem Kloster anvertraut. Und er war ein kluger Kerl; er studierte die alten Sprachen und verstand sich fabelhaft auf das Kopieren von Schriften. Aber es war zweifellos nicht die beste Idee, ausgerechnet einen so jungen Burschen als Lehrer für die kleine Beatrix auszuwählen. Die Herzogin wollte sparen und ließ ihre Söhne von ihm unterrichten – und bei der Gelegenheit sollte er denn auch noch den Mädchen die Grundzüge des Lesens und Schreibens beibringen. Die kleine Oettingen konnte das schon. Also sollte sie Latein lernen. Hinterher stritt man sich dann, wer wen verführt hat.«

Ein Mann, der beinahe Priester geworden wäre! Kein Wunder, dass er nicht fähig gewesen war, sich in der rauen Welt der Diebe und Halsabschneider zu behaupten, in der Beatrix und Siegmund schließlich gelandet waren! Lucia schwirrte der Kopf.

»Er hat sie auch keineswegs nachts aus der Kemenate geholt«, fuhr Anna fort. »Insofern kein Grund, anschließend die Fenster zu vergittern, aber die Herzogin war dann übervorsichtig. Tatsächlich ist sie einfach hinausspaziert, hat sich ihr Pferdchen satteln lassen, und weg waren sie. Man hat sie erst Stunden später vermisst – und nie gefunden, obwohl ihr Vater und die Herzogin nach ihnen haben suchen lassen. Der Oettinger hatte wohl schon einen passenden Gatten für sie im Auge. Doch als sie ein paar Tage fort waren, verlor er das Interesse. Man konnte sich ja denken, dass die beiden nicht gerade mit einem Schwert zwischen sich genächtigt hatten. Die Herzogin aber gab nicht so schnell auf. Ein entlaufener Zögling ging gegen ihre Ehre!«

Lucia konnte sich lebhaft vorstellen, dass Margarethe jeden mit ihrem Hass verfolgte, der ihr auch nur widersprach. Und Beatrix hatte sich ihrem Einfluss gänzlich entzogen! Lucia hoffte nur, demnächst nicht für die Sünden ihrer Mutter büßen zu müssen!

Die anderen Zöglinge der Herzogin waren durchweg jünger als Lucia. Zwei hatten gerade das vierzehnte Jahr vollendet, die dritte war sechzehn. Die drei kicherten nur miteinander herum. Lucia hatte in den ersten Tagen Mühe, sie auch nur auseinanderzuhalten.

Sie selbst teilte ihr Zimmer mit Gunhild, der Ältesten. Das Mädchen war Schwedin oder Dänin – ihr Heimatort Hälsingborg wechselte immer mal wieder den Besitzer –, lebte aber schon lange am Hof der Herzogin und beherrschte die Sprache fließend. Sie sagte allerdings nicht viel, und nachts hörte Lucia sie in ihr Kissen weinen.

Gunhild war einem dänischen Fürsten anverlobt und würde bald seine Frau werden. Allerdings schien sie den Mann nicht zu mögen; wie Anna verriet, war er viel älter als Gunhild.

»Gunhild, das arme Ding, hat noch die alten Zeiten miterlebt, als die Herrin Elisabeth den Hof führte«, erzählte Anna. Die alte Kammerfrau war eine unerschöpfliche Quelle von Geschichten rund um die Landshuter Burg. Sie sprach jedoch niemals boshaft, sondern meist mit eher mildem Bedauern von den hohen Herrschaften, deren Leben und Lieben sie begleitete, seit sie als achtjähriges Hausmädchen auf die Burg gekommen war. Lucia lernte von ihr mehr über ihr neues Leben und seine Regeln als von der Herzoginmutter, die sie nur herumkommandierte und rügte, wenn sie etwas falsch machte. »Damals blühte sie auf. Einer der jungen Ritter hatte wohl ihr Herz gewonnen. Ach, ich weiß, ich sollte es nicht sagen, aber wir alle haben den Minnehof genossen! Die Gemächer der Frauen, die Gärten ... alles war damals von Musik erfüllt. Frau Elisabeth lehrte die Mädchen zu tanzen und mit den Männern zu tändeln. Nichts Unziemliches natürlich, aber die Ritter durften zu Gast sein und sich darin üben, die Frauen zu unterhalten.

Das müsse man ihnen beibringen, hat Frau Elisabeth immer gesagt. Die Ritter im Reich hier wären zu roh, zu ungeschliffen, nicht geübt im Frauendienst. In ihrer Heimat dagegen, in Sizilien, lernen sie nicht nur, das Schwert zu schwingen, sondern auch die Laute zu spielen. Sie sind nicht weniger tapfer, aber sie schlagen seltener blindlings zu. Sie besprechen mit ihren Damen, ob ihre Handlungen richtig sind oder verfehlt. Die Dame wacht über die ritterlichen Tugenden, weißt du? So ganz habe ich das auch nicht verstanden, aber unter den Rittern ging es damals leiser zu. Es kamen kultiviertere Herren an den Hof. Man musste sich als Frau nicht fürchten, am Abend über den Wehrgang zu gehen.«

Lucia konnte sich zwar kaum vorstellen, dass die dicke Anna hier sonderlich gefährdet war, verstand aber, was sie meinte.

Die Juden von Landshut erzählten böse Geschichten über Ritter, die sich Mädchen nahmen, wie es ihnen passte, die Bürgersfrauen entehrten und ihre Männer kurzerhand vor ihren Schöpfer schickten, wenn die sich beschwerten. Ein Adrian von Rennes würde so etwas nicht tun.

»Und was geschah dann?«, fragte sie weiter.

Anna seufzte. »Nun, dann kam der Chevalier von Rennes an den Hof und entbrannte lichterloh für die Herrin Elisabeth. Ich glaube nicht, dass sie ihn wirklich ermutigte, aber er war ein schöner Mann, ein Troubadour. Er ging mit ihrem Zeichen in den Kampf.«

»Und der Herzog tut das nicht?«, erkundigte Lucia sich vorsichtig. Anna half ihr soeben in neue, mit kleinen Aquamarinen besetzte Gewänder. Conrad von Oettingen sollte am Abend anreisen, um seine unbekannte Nichte kennen zu lernen. Die Herzoginmutter hatte Lucia dies durch Anna mitteilen lassen, und die Kammerzofe war gleich geblieben, um sie möglichst herrschaftlich herzurichten. Lucia war das fast peinlich, denn gewöhnlich erledigten die Mädchen dies unter sich. Nur Gisela, eine kleine Gräfin aus Thüringen, hatte eine eigene Kammerzofe mitgebracht.

Anna entwirrte vorsichtig Lucias honigblonde Locken.

»Du hast herrliches Haar. Aber ich muss ja jetzt *Ihr* sagen, und Frau oder Fräulein Lucia. Es ziemt sich nicht, dass ich dich wie meinesgleichen behandle!« Anna kämmte die goldene Flut, die Lucia jetzt wie in ihren Kindertagen offen und unbedeckt trug. Bürgermädchen flochten ihr Haar und trugen Hauben. Das Vorrecht der Adligen war die lange, offene Mähne. Während Anna sie mit einem Goldreif schmückte, kam sie wieder zum Thema.

»Ach, Kindchen, der Herzog hat andere Dinge im Kopf, als mit den Frauen zu tändeln. Überleg nur mal: sechs Brüder, die sich nach dem Tod des alten Herrn Ludwig das Land teilen mussten! Drei Herzöge jetzt für Niederbayern-Landshut und Straubing-Holland! Das gibt viel böses Blut, das kann leicht zum Bruderkrieg führen. Weshalb der Herr Ludwig denn auch glücklich war über das Bündnis mit Sizilien. Er konnte ja nicht ahnen, was für ein Paradiesvogel ihm da mit der Prinzessin Elisabeth ins Haus flatterte.«

»Der Herr Ludwig?«, erkundigte sich Lucia. »Aber Elisabeth ist doch mit Herrn Stephan vermählt.« Die Herrscherfamilie war ihr immer noch ein Buch mit sieben Siegeln.

»Aber Herr Ludwig arrangierte die Ehe. Herr Stephan war damals ja erst neun Jahre alt. Elisabeth war viel älter ...« Anna schüttelte den Kopf über diese unglückliche Verbindung, doch in Königshäusern war es gänzlich normal, Kinder jung zu verheiraten und sich nicht darum zu kümmern, ob die Partner altersmäßig zusammenpassten.

»Herr Ludwig war entzückt von ihr, was Frau Margarethe natürlich eifersüchtig machte. Sie behielt die Abneigung bei, auch als Herr Stephan dann erwachsen wurde und die Ehe vollzog. Er muss Elisabeth am Anfang auch sehr bewundert haben. Auf jeden Fall ließ er ihr zunächst alle Freiheiten. Aber dann stichelte die Herrin Margarethe über den Minnehof. Ob Herr Stephan denn auch sicher sei, der Vater seiner Kinder zu sein, die Elisabeth ihm immerhin reichlich schenkte! Sie war so oft schwanger, da blieb kaum Zeit für andere Männer! Aber dann kam eben Adrian von Rennes. Der Herzog misstraute seiner Frau – und zerstörte alles, was ihr teuer war. Er löste den Minnehof auf, ließ die Rosen in den Gärten herausreißen und kerkerte Elisabeth mehr oder weniger ein. Gut, sie darf ausreiten, sie kann das Kloster besuchen ... es gibt nichts, über das sie sich wirklich beklagen kann. Aber er beobachtet sie, und die Herrin Margarethe erst recht. Die Herzogin Elisabeth ist zweifellos traurig, Frau Lucia. So, aber nun seht in den Spiegel, und freut Euch an Eurem Anblick! Ein so schönes Mädchen hat die Burg noch nicht gesehen, seit die Prinzessin Elisabeth damals aus Sizilien kam.«

Lucia betrachtete sich in dem teuren Messingspiegel, der den Mädchen zur Verfügung stand. Sie dachte an das Leuchten in Clemens' Augen, wenn sie vor ihm ihr Haar gelöst hatte. Was würde er sagen, wenn er sie in diesem Staat sehen würde?

Aber das waren müßige Träumereien. Viel wichtiger war die Frage, wie Conrad von Oettingen auf sie reagieren würde.

Conrad von Oettingen betrachtete seine Nichte wohlwollend, doch ohne besonderes Interesse an ihrer Person. Lucia selbst fand ihn wenig anziehend. Er war mittelgroß und schien schwerfällig, war aber nichtsdestotrotz als starker Turnierkämpfer bekannt. Sein Gesicht war breit, und sein Lächeln wirkte jovial. Lucia hätte ihn eher für einen Schankwirt als für einen Landesherrn gehalten. Auch seine Rede war eher derb; er gehörte zweifellos zu dem Typus von Rittern, die schöngeistige Frauen wie Eleonore von Aquitanien zu dem Versuch angeregt hatten, sie durch Einführung der höfischen Liebe zu »zivilisieren«. Am Hofe der Oettinger betrieb man vorerst aber sicher keinen Minnedienst. Conrad zumindest war die schöne Rede und jegliche Zuvorkommenheit gegenüber Frauen fremd. Nach kurzer Begrüßung beachtete er Lucia nicht weiter, sondern sprach nur noch mit der Herzoginmutter, der seine Art entgegenzukommen schien. Auch sie machte schließlich nicht gern zu viele und allzu höfliche Worte. Bei ihrer Unterhaltung fielen viele Namen. Bündnisse und Fehden wurden erwähnt. Lucia wunderte sich anfangs ein wenig, dass ihr Onkel dies mit einer Frau besprach. Dann jedoch begriff sie, dass es um Heiratspolitik ging. Und sie war das Pfand, dessen Einsatz zur Festigung von Pakten oder Schlichtung von Auseinandersetzungen diskutiert wurde!

»Werde ich dabei überhaupt nicht gefragt?«, erkundigte sich Lucia, als die beiden über einen Heiratskandidaten beinahe in Streit gerieten. »Muss ich meiner Vermählung denn nicht zustimmen?«

Margarethe schüttelte missbilligend den Kopf. Conrad von Oettingen schaute irritiert. Es schien ihn fast zu wundern, dass sein neues Faustpfand sprechen konnte.

»Du bist mein Mündel, Mädchen«, beschied er Lucia dann. »Natürlich wird man dich nicht an den Haaren in den Kreis der Ritter ziehen, damit du deinem künftigen Gatten Eide schwörst. Aber was solltest du dagegen haben? Alle Frauen werden verheiratet.«

»Sie ist noch ein wenig ungeschliffen!«, fiel ihm die Herzoginmutter ins Wort. »Ich sagte Euch ja, es wäre besser, sie noch ein Jahr zur Erziehung bei Hofe zu behalten. Ihr müsst verstehen, sie ist im Bürgermilieu aufgewachsen. Sie sollte sogar ein Handwerk lernen! Verständlich, dass sie sich um ihre Zukunft sorgt, statt sie vertrauensvoll in unsere und Gottes Hände zu legen ...«

Lucia schaute zu Elisabeth hinüber, die bleich war, nichts aß und nur Brot auf ihren Teller bröckelte. Sie hatte ihre Zukunft vertrauensvoll in die Hände ihres Vaters gelegt. Und was war dabei herausgekommen?

Conrad von Oettingen rang sich ein Lächeln ab. »Also gut, behaltet sie ein paar Monate. Aber passt gut auf sie auf!«

Er lachte dröhnend, und die Herzöge von Bayern taten es ihm nach. Elisabeth sah aus, als litte sie Schmerzen.

»Kannst du eigentlich reiten, Lucia?«, fragte die Herzoginmutter schließlich, kurz bevor die Frauen sich endlich verabschieden durften. Die Ritter würden das Bankett noch allein weiterführen und sich zweifellos bis zur Bewusstlosigkeit betrinken. An traditionellen Höfen waren Frauen nur zu besonderen Anlässen in den großen Saal geladen. Lucia hatte inzwischen gelernt, dass es an Minnehöfen anders war. Dort wurde mehr gelacht und getändelt, weniger getrunken.

Lucia nickte. »Ich besaß eine Maultierstute«, erklärte sie.

Margarethe verdrehte die Augen. »Da seht Ihr es, Oettinger. Ein Kind von der Straße. Morgen wirst du ein Pferd reiten, Lucia. Wir besuchen das Kloster Seligenthal, um Almosen zu bringen.«

3

Lucia fiel es sehr viel schwerer, sich am Hofe der Herzogin einzurichten, als damals im bürgerlichen Haushalt der Levins. Das Leben der Adligen und sein Rhythmus auf der Burg waren ihr einfach zu fremd. So hatte sie zum Beispiel in jedem Bürgerhaus, ob christlich oder jüdisch, irgendetwas Sinnvolles zu tun gefunden. Sie hatte bei den Wormsers im Haushalt gearbeitet, bei den Levins im Geschäft ausgeholfen und sich bei den von Speyers dem Studium der Bücher gewidmet.

Auf der Landshuter Burg gab es nichts dergleichen. Hier wimmelte es von Dienstboten, die von Hofangestellten, den Ministerialen, überwacht wurden. Natürlich lag die Oberaufsicht über den Haushalt bei der ranghöchsten Frau, aber selbst eine so resolute Person wie Margarethe von Holland mischte sich hier nur selten ein. Lucia gewann auch schnell den Eindruck, dass sie dabei weniger Ordnung schuf als Dinge durcheinanderbrachte. Schließlich waren es weniger Umsicht und Sparsamkeit, die Edelfrauen in die Vorrats- und Schatzkammern trieb, als Milte oder Largesse, die vielgerühmte Freigebigkeit der Ritterschaft. So kamen die Damen durchaus einmal auf die Idee, einem Kloster oder einer anderen mildtätigen Stiftung ein kleines Vermögen zum Erwerb einer Reliquie zu schenken oder eine Abtei mit Wintervorräten zu versorgen, die ein umsichtiger Haus- und Kellermeister eigentlich für den eigenen Hof angeschafft hatte. Die Ministerialen schienen denn auch zu zittern, wenn Frau Margarethe Küche und Keller aufsuchte. Aber sehr häufig geschah das nicht, meist betätigte die Dame sich anderweitig – was wiederum Herzog Stephan, Elisabeths Gatten, erzittern oder eher vor Wut schnauben ließ. Der selbstbewussten Herzoginmutter passte es gar nicht, dass die drei Söhne ihres verstorbenen Gatten sich die Herrschaft über seine Ländereien teilten. Sie hätte lieber eines ihrer Kinder als Alleinerben gesehen, oder doch zumindest eine Teilung der Güter zugunsten ihrer Nachkommen bevorzugt. Nun drängte sie ihre Söhne Wilhelm und Albrecht, auf eine solche Neuregelung zu bestehen, und verhinderte dadurch alle vernünftigen, gemeinsamen Entscheidungen. Stephan, ohnehin Choleriker, kam dann rasend vor Wut aus den Besprechungen mit seinen Brüdern und ließ seine schlechte Laune an Elisabeth aus. Die war schließlich auch eine Frau und sicher eine ebensolche Ränkeschmiedin!

Margarethes junge Hofdamen konnten eigentlich bei keiner ihrer Aktivitäten irgendetwas lernen. Die Herzogin beschäftigte sie mit Handarbeiten, während sie auf der Burg unterwegs war, um ihre Söhne anzustacheln oder Elisabeth das Leben zur Hölle zu machen. Wilhelm und Albrecht waren noch nicht verheiratet, und die Suche nach den passenden Frauen machte einen weiteren Schwerpunkt ihrer Beschäftigung aus. In Bezug auf diese Überlegungen musterte sie auch ihre kleinen Zöglinge, doch keine von ihnen war von so hohem Adel, dass sie als Schwiegertochter infrage käme. Bessere Familien schickten ihre Töchter längst nicht mehr an konventionelle Hofhaltungen wie Margarethes, sondern sandten sie an Minnehöfe, wo meist auch das politische Ränkespiel sehr viel geschliffener betrieben wurde als auf der Landshuter Burg.

Lucia und die anderen Mädchen dagegen litten unter gähnender Langeweile. Die Herzogin ließ sie bei Morgengrauen aufstehen, um ihr aufzuwarten. Anschließend folgten sie ihr in die Morgenmesse. Danach gab es ein Frühstück und mitunter einen kleinen Ausgang in die Küchen- und Kräutergärten. Edelfrauen sollten ein Mindestmaß an medizinischen Kenntnissen erwerben, da es ihnen oblag, die Ritter bei Verletzungen im Turnier oder gar im Krieg zu pflegen. Lucia konnte sich allerdings nicht vorstellen, dass sich eines dieser Mädchen oder auch Margarethe selbst in einem Krankensaal nützlich machen konnte! Margarethe mochte natürlich fähig sein, eine Pflegestation zu organisieren, doch einem Kranken zu nahe kommen würde sie kaum. Und Gunhild und die anderen Mädchen würden vielleicht einmal wie Engel hereinschweben und eine fiebernde Stirn kühlen, aber der Gestank und das Elend der Kranken war ihnen zweifellos nicht zuzumuten. Margarethe selbst konnte ihnen auch kaum etwas über die Wirkung der Kräuter und Wurzeln erzählen, die in ihrem Garten wuchsen. Sie überließ das einer nervösen kleinen Küchenmagd, deren Mutter wohl Hebamme in ihrem Heimatdorf gewesen war. Auch sie wusste nicht viel und war obendrein zu schüchtern, im Beisein der Herzoginmutter überhaupt die Stimme zu erheben. Schließlich übernahm Lucia und führte die Mädchen zumindest in die einfachsten Dinge ein, wie etwa den Gebrauch von Minze, Salbei und Fenchel. Die Herzoginmutter betrachtete das eher mit Misstrauen und verwies stattdessen auf die Klosterapothekerin in Seligenthal. Lucia freute sich bereits darauf, sie kennen zu lernen.

Seltener als die Ausflüge in die Gärten waren Ausritte in die Umgebung. Die Mädchen mussten sich im Reiten üben. Schließlich erwartete man von einer Edelfrau, auch längeren und strapaziöseren Reisen zwischen ihren Gütern gewachsen zu sein. Sich dabei auf eine Sänfte zu beschränken war ein Ding der Unmöglichkeit. So führte Frau Margarethe ihre kleine Schar denn ab und zu aus und erlaubte dann auch Zerstreuungen wie die Falkenjagd. Sie selbst und all ihre Zöglinge waren dabei sehr geschickt, während Lucia sich vor den großen Vögeln eher fürchtete und sich auch davor ekelte, sie mit Stücken des gerade gerissenen Wildbrets zu kröpfen.

Elisabeth dagegen genoss die Jagd und schien darin auch eine

Möglichkeit zu sehen, gelegentlich ein vertrautes Wort mit Lucia zu wechseln. Die jüngeren Mädchen machten sich tatsächlich einen Spaß daraus, sich hier Frau Margarethes Aufsicht zu entziehen. Angeblich suchten sie stundenlang nach ihren verlorenen Falken. Lucia wagte das jedoch vorerst nicht. Die Herzoginmutter beobachtete sie mit Argusaugen. Sie schien ständig zu befürchten, Lucia könnte ihr entfliegen wie den Mädchen die Falken.

Den größten Teil des Tages nahm jedoch die Handarbeit ein, wobei es wieder nicht so sehr darum ging, Kleider und andere praktische Dinge herzustellen, sondern eher um das Besticken von Altartüchern und anderen Ausstattungsgegenständen für Kirchen und Klöster. Praktisch jede Edelfrau – vor allem die älteren – hatte ein Kloster, das sie besonders unterstützte. Sie sorgte für eine reichhaltige Ausstattung der Klosterkirche und die Erhaltung der Klostergebäude; oft stiftete sie Neubauten von Krankenstationen und Gästehäusern. All das sicherte ihr natürlich einen gewissen Einfluss. Bestimmende Charaktere wie Frau Margarethe entschieden mit, wenn es um die Aufnahme von Novizinnen oder die Bestattung von Rittern und Edelfrauen innerhalb der Klostermauern oder gar in der Klosterkirche ging.

»Mich wird sie draußen verscharren lassen«, sagte Elisabeth zu Lucia. Sie saß auf ihrer milchweißen Stute und ritt neben ihrer Freundin, der man einen braunen Zelter zugeteilt hatte. Die beiden folgten Margarethe und deren Mädchen auf dem Weg zum Kloster. Wie die Herzoginmutter angekündigt hatte, stand ein Besuch bei den Nonnen an. Elisabeth hatte Lucia eben erzählt, welche Aufgaben ihre Stiefschwiegermutter in Seligenthal wahrnahm.

»Wehrt sich die Äbtissin denn nicht gegen so viel Einflussnahme?«, wunderte sich Lucia. »Die muss doch Macht haben, wenn sie eine so große Abtei leitet.«

Elisabeth zuckte mit den Schultern. »Ich sollte auch Macht haben«, gab sie resigniert zurück. »Aber wer wagt es schon, Frau Margarethe zu widersprechen? Zumal die Äbtissin ja nur Vorteile davon hat. Der ist es doch egal, ob Graf Benno oder Graf Armin auf ihrem Kirchhof ruhen. Hauptsache, sie und ihre Nonnen leben gut.«

Zu Letzterem trug Margarethe zweifellos bei. Die kleine Gruppe führte drei Maultiere mit Geschenken für die Zisterzienserinnen mit sich – und dazu gehörten beileibe nicht nur Tand wie die bestickten Altardecken, sondern auch feines Tuch für hochwertige Gewänder sowie Leckereien und Wein aus der Speisekammer der Burg.

Lucia war trotzdem der Meinung, dass die Äbtissin innerlich kochen musste, wenn Margarethe hereinstürzte und gleichsam den Vorsitz der Abtei übernahm. Das säuerliche Gesicht der Nonne bestätigte dann auch ihre Annahme. Natürlich bemühte die Äbtissin sich um ein Lächeln, doch es fiel äußerst knapp aus, als Margarethe ohne größere Ankündigung in ihre Räume stürzte.

»Meine liebe Ehrwürdige Mutter!« Margarethe ließ sich zu einem Knicks herab und küsste den Ring der Ordensfrau.

»Herzogin...« Die Äbtissin erwiderte den formlosen Gruß nicht, sondern wirkte eher indigniert.

»Hochehrwürdige Frau Äbtissin!« Elisabeth versank in einem tiefen Hofknicks. Sie schien das Protokoll besser zu beherrschen oder war zumindest ausreichend eingeschüchtert, um Demut zu zeigen. Demzufolge, was sie Lucia erzählt hatte, musste sie sich vor der Ordensfrau zu Tode fürchten.

»Es ist mir eine Ehre, Euch bei uns begrüßen zu dürfen, Frau Elisabeth.«

Immerhin wurde die junge Herzogin in Gnaden aufgenommen. Die Mädchen und Lucia begrüßten die Ordensfrau ebenfalls. Lucia fühlte sich unangenehm berührt. Der letzte Ring, den zu küssen man sie zwang, war der des Pfarrers von St. Quintin gewesen. Sie hatte immer ein leichtes Zittern seiner heißen, oft schweißnassen Hand gespürt, wenn sie diese mit den Lippen berührte.

Die Äbtissin, eine große, sehnige Frau mit harten, wie gemeißelten Gesichtszügen, blieb jedoch kühl – auch als Margarethe ihr Lucia vorstellte und auf ihre Herkunft hinwies.

»Tatsächlich, eine unverkennbare Ähnlichkeit!«, meinte die Äbtissin schließlich. Auch sie hatte Beatrix also gekannt. »Hoffentlich ist sie fügsamer. Was ihr Bastardkind angeht, so nehmen wir es gern zur Erziehung im Kloster auf ...«

Lucia fuhr auf. Leona? Im Kloster?

»Meine Tochter ist kein Bastard!«, erklärte sie mit klarer Stimme. »Und sie ist keine zwei Jahre alt! Da kann sie doch nicht schon Nonne werden!«

Die Äbtissin lächelte, doch ihre Augen blieben unberührt.

»Wir weihen sie nie, bevor sie sprechen können«, sagte sie kalt.

Die Herzoginmutter lachte unruhig, doch auch in ihrem Gesicht stand eher Zorn als Belustigung. Auf der Burg hätte sie Lucia sicher scharf gerügt, hier jedoch hielt sie Frieden.

»Lucia, die Ehrwürdige Mutter meint, dass dein Kind hier die Klosterschule besuchen kann. Falls es später den Wunsch hegt, sein Leben Christus zu weihen, würde uns das natürlich freuen, aber selbstverständlich zwingt sie niemand! Diese Entscheidung obliegt ohnehin deinem Onkel. Wir wollen ihm da nicht vorgreifen ...«

Lucia wollte protestieren, doch Elisabeth gebot ihr mit einer leichten Handbewegung Schweigen.

»Vorerst wächst das Kind in meiner Familie auf«, erklärte sie mit ihrer fein modulierten Stimme. »Es stört niemanden, und meine Tochter liebt es. Für Veränderungen gibt es keinen Grund.«

»Es war nur ein Angebot«, sagte die Äbtissin kühl. »Wollt Ihr nun den Altarraum sehen, Frau Margarethe? Wir haben vor der Terz noch Zeit für einen kurzen Rundgang. Dann werdet Ihr doch dem Gottesdienst beiwohnen?«

Der Altar der Klosterkirche war aus Margarethes Mitteln neu ausgemalt und mit Blattgold verschönert worden; außerdem stiftete die Herzoginmutter Altargefäße aus Silber. Den Kelch führte sie heute mit sich. Die Äbtissin zeigte sich beeindruckt von der feinen Arbeit. Das Silbergefäß war mit Szenen aus dem Leben Jesu geschmückt.

Die Zöglinge der Herzogin langweilten sich während des Rundgangs durch die Kirche, der sich endlos hinzog. Elisabeth dagegen wirkte immer aufgeregter. Inzwischen strömten die Nonnen und Bediensteten des Klosters zur Terz, der vierten Andacht des Tages, in das Gotteshaus. Zu Ehren der Gäste formierte sich der Chor – und Margarethe sonnte sich im Lob der Äbtissin für ihre großzügigen Geschenke. Sie bemerkte nicht, dass Elisabeth Lucia in eine der kleineren Marienkapellen zog, als die Chorsängerinnen mit Kerzen in den Händen vorbeidefilierten.

»Von hier aus gibt es eine Tür ins Garwehaus, da können wir die Kirche unauffällig verlassen«, flüsterte Elisabeth aufgeregt. »Der Priester kommt nicht zur Terz, die zelebrieren die Nonnen allein. Es wird also niemand da sein, der Fragen stellt.«

Das Garwehaus, die Sakristei der Kirche, diente dem Priester zur Vorbereitung des Gottesdienstes. Der schlichte Raum war tatsächlich leer, als Elisabeth die Tür bei den ersten Klängen des Chorals öffnete. Er wies noch andere Eingänge auf – der eine führte zum Altarraum, durch den anderen lotste Elisabeth ihre Freundin ins Freie.

»Du willst Adrian doch immer noch sehen, oder?«, fragte sie beinahe ängstlich. »Ich habe von den Mädchen gehört, dass du große Kenntnisse der Heilpflanzen hast, vielleicht mehr als die Schwester Apothekerin. Wenn du ihm helfen könntest . . .«

Lucia zuckte mit den Schultern. »Ich kann keine Wunder tun. Aber natürlich möchte ich ihn sehen. Ob die Zeit allerdings reicht...«

»Wir müssen uns kurz fassen. Aber ich schleiche mich jedes Mal während der Messe hinaus. Ich weiß, wie lange wir bleiben können.«

Elisabeth verfolgte ihren Weg so zielstrebig, dass Lucia fast laufen musste.

Das Gästehaus des Klosters lag traditionell nahe der Pforte; der Betrieb sollte das Klosterleben so wenig wie möglich stören. Es war verhältnismäßig neu und sauber, und neben dem Gemeinschaftsschlafsaal, in dem Reisende niederen Standes nächtigen konnten, gab es auch kleinere Räume für adlige Gäste. Es mochten sogar luxuriöse Unterkünfte darunter sein, doch das Gemach, dessen Tür Elisabeth jetzt nach kurzem Klopfen aufstieß, bot kaum mehr Komfort als eine Mönchszelle. Immerhin fiel von einem hohen Fenster aus Licht herein, sodass Lucia die schlichte Ausstattung gut erkennen konnte. Eine Truhe, an der jetzt eine fein geschmückte und mit Bändern verzierte Laute lehnte, ein kleiner Tisch, ein Stuhl. Unter dem Fenster eine Pritsche, auf der ein Mann mehr lag als saß. Er versuchte sich allerdings aufzurichten, als die Frauen eintraten.

»Elisabeth...« Lucia erinnerte sich an die singende Stimme mit dem weichen Akzent. »Warum wartest du nicht, bis ich dich hereinbitte?«

»Weil du sonst darauf bestehst, dich fein anzuziehen und herzurichten und aufzustehen und mich an der Tür willkommen zu heißen! Das alles strengt dich unnötig an und kostet nur Zeit. Wie geht es dir... Liebster?«

Adrian von Rennes trug nur sein Untergewand über den Beinlingen. Ein brokatener Überwurf lag auf dem Stuhl neben dem Bett. Der Ritter wollte danach greifen, als er Elisabeth sah, und erst recht die zweite Besucherin. Zudem ließ er sich nicht daran hindern, sich aufzurichten und Elisabeths Hand zu küssen. Vor Lucia verbeugte er sich höflich.

Lucia versuchte, ihr Erschrecken zu verbergen, als sie ihn sah. Bei ihrer ersten Begegnung war Adrian von Rennes ein großer, kräftiger Mann gewesen. Lucia erinnerte sich noch an das Spiel seiner Muskeln unter dem leichten Reitmantel, an sein wohlgeformtes Gesicht, sein üppiges Haar und seine stolze Haltung.

Jetzt schaffte der Ritter es kaum, sich aufrecht zu halten. Er war abgemagert, sein Gesicht knochig und von Schmerz gezeichnet. Den rechten Arm hielt er fest an die Brust gedrückt; wahrscheinlich untersagte ihm nur sein Stolz, ihn in einer Schlinge zu tragen. Sein langes Haar hatte er im Nacken mit einer Spange zusammengefasst. Es wirkte ungepflegt; mit der linken Hand vermochte er wohl nicht, es ordentlich zu kämmen.

Der Ritter schien das zu wissen und schämte sich dafür. Er versuchte, die Haarpracht notdürftig zu glätten, indem er mit den Fingern der gesunden Hand hindurchfuhr. Gleichzeitig bemühte er sich um ein Lächeln. Und auch wenn es in seinem abgezehrten Gesicht eher schief wirkte, war es doch das erste warme und ehrliche Lächeln, das Lucia an diesem Tag zuteil wurde. Adrian von Rennes mochte krank sein, doch seine Augen leuchteten immer noch in ihrem seltsamen Goldbraun, und wieder fühlte Lucia sich an Clemens erinnert. Auch in Adrians Blick standen Sanftmut und tiefe Liebe. Nur dass sie diesmal nicht Lucia galt, sondern Elisabeth von Bayern.

»Es ist durchaus nötig und schicklich, dass ein Ritter gepflegt und gut gekleidet vor seine Dame tritt!«, sagte er jetzt. »Schmerzen und Verwundung sollten ihn nicht schwächen, wenn er so viel Schönheit gewahr wird. Euer Anblick allein, Frau Elisabeth, sollte mich stärken! Zumal Ihr diesmal nicht allein kommt, sondern mit einem leibhaftigen Engel. So blond und leuchtend wie Ihr, meine Dame, erscheinen mir die Erzengel im Traum...«

Herr Adrian wandte sich an Lucia.

Die jedoch konnte sich kaum zurückhalten, die Augen zu verdrehen. Adrians schöne Rede erinnerte sie an David. Viele Worte, aber letztlich ohne Inhalt. Nun mochte dies zum höfischen Umgang zwischen Ritter und Dame gehören, und unter anderen Umständen hätte es ihr vielleicht gefallen. Hier aber brachte es sie nicht weiter.

»Mein Herr Ritter«, unterbrach sie ihn resolut. »Ihr habt Eure Bibel nicht ordentlich gelesen. Die Erzengel sind männlich. Ich dagegen heiße Lucia von ... von Bruckberg und habe nichts Himmlisches an mir. Allerdings bin ich heilkundig. Eure Dame hat mich deshalb gebeten, mir Eure Wunde anzusehen. Ich schlage also vor, Ihr zieht Euch aus und nicht noch weiter an. Sonst werden wir nicht fertig, bis die Terz zu Ende geht.«

Der Ritter runzelte die Stirn und betrachtete Lucia fast misstrauisch.

Elisabeth lächelte. »Meine Freundin Lucia verfügt nicht über höfische Erziehung«, sagte sie sanft. »Stattdessen hat sie nützliche Dinge gelernt. Also ziert Euch nicht, Geliebter, sondern lasst mich Euch helfen ...«

Sie zwang Adrian zurück auf sein Lager, stützte seinen Arm und half ihm, Hemd und Unterkleid von der verletzten Schulter zu entfernen. Letzteres war nicht einfach. Der Verband war verrutscht, und das Wundsekret hatte sein Hemd durchtränkt. Es klebte nun an der Wunde, und der Ritter konnte ein Stöhnen nicht unterdrücken, als Elisabeth es abnahm.

»Wir hätten es erst mit abgekochtem Wasser und Kamillensud einweichen müssen«, sagte Lucia mitleidig. »Gibt es hier irgendetwas, um die Wunde zu säubern?«

Bislang konnte sie nicht viel erkennen, lediglich eine relativ kleine, aber tiefe und von einem entzündeten Herd umgebene Wunde. Sie mochte von einem Einstich herrühren, war aber zu klein für eine Lanze. Andererseits befand sie sich inmitten einer größeren Narbe.

Elisabeth reichte ihr eine Karaffe mit Wasser und riss entschlossen ein Stück Leinen aus ihrem Unterkleid.

Lucia hätte lieber Wein oder zumindest einen Kräuteraufguss verwandt, aber so musste es auch gehen. Vorsichtig reinigte sie die Wunde von Sekret, um besser sehen zu können. Die Verletzung sah nicht allzu schlecht aus und schien in Heilung begriffen.

»Es war schon einmal zugeheilt«, meinte der Ritter. Die Berührung der Wunde musste ihm starke Schmerzen bereiten, aber er gab keinen Laut von sich. Lucia vermerkte nur, dass seine Haut leicht erzitterte. Sie fühlte sich trocken und heiß an; wahrscheinlich hatte der Mann leichtes Fieber. »Aber dann brach es wieder auf. Die ... die Nonnen sagen, Gott straft mich für meine Sünden ...«

Adrian versuchte ein Lächeln, das die Ansicht der Ordensfrauen in Frage stellte. Aber er klang fast so, als beginne er ihren Worten Glauben zu schenken.

»Einmal?«, sagte Elisabeth kopfschüttelnd. »Die Wunde ist schon viermal verheilt und wieder aufgebrochen, seit mein Gatte ihn verletzt hat. Zunächst schien es ganz normal abzuheilen, und jetzt ist es ja auch wieder so. Die Schwester Apothekerin ist sehr zufrieden ...«

»Das nutzt aber nichts, wenn die Heilung nicht von Dauer ist«, meinte Lucia und dachte nach. »Mir scheint es fast klüger, die Wunde offen zu halten.«

»Offen?«, fragte Elisabeth entsetzt. »Aber ...«

»Lasst mich auch noch einmal Euren Rücken sehen, Herr Adrian. Es gibt keine Austrittswunde, nicht wahr?« Lucia richtete den Kranken leicht auf.

Elisabeth schüttelte den Kopf. »Nein. Mein Gatte hat ihn getroffen, aber die Lanze brach, statt seinen Körper zu durchstoßen. Deshalb dachten wir zunächst auch, es wäre nicht so schlimm.«

Lucia nickte. »Ihr habt die Lanze herausgezogen?«

Elisabeth verneinte noch einmal. »Das hat noch der Feldscher auf dem Turnierplatz getan. Als man ihn ins Haus brachte, sahen wir nur die klaffende Wunde.«

»Also hat niemand überprüft, ob nicht ein Splitter von der Lanze in der Wunde verblieben ist?«, vergewisserte sich Lucia.

»Wie hätte das denn gehen sollen?«, fragte Elisabeth unwillig. »Wir konnten doch nicht in der Wunde herumstochern. Er hat schon genug gelitten, als wir ihn nur gewaschen haben.«

»Man hätte ja mal die Lanze ansehen können«, meinte Lucia. »Aber das ist jetzt sowieso unwichtig. Herr Ritter, ich glaube, dass diese Wunde deshalb nicht heilt, weil sie verunreinigt ist. Von innen heraus, irgendetwas steckt darin, was nicht hineingehört. Es kann ein Stück Holz sein oder Eisen, vielleicht auch nur ein abgesplittertes Stück Knochen von einer Rippe oder vom Schlüsselbein. Ich kann das so nicht sagen, doch mit Euren Sünden hat es ganz sicher nichts zu tun. Die Wunde heilt von außen ab, wenn sie behandelt wird. Aber innen arbeitet etwas und lässt sie immer wieder aufbrechen.«

»Also werde ich daran sterben?«, fragte Adrian gefasst. Es mochte für ihn nicht der schlimmste Gedanke sein. Das monatelange Siechtum in der Klosterzelle zerrte sicher an seinen Nerven und seinem Selbstverständnis als unbesiegbarer Ritter.

Lucia zuckte mit den Schultern. »Das weiß ich nicht, Herr Adrian. Mitunter leben Menschen viele Jahre mit einer Pfeilspitze im Körper. Wenn der Splitter sich verkapselt, könntet Ihr beschwerdefrei leben. Vielleicht eitert er mit der Zeit auch heraus, und Ihr seid ihn los. Aber selbst wenn Ihr sterben solltet, so bestimmt nicht schnell, sondern erst nach langem Siechtum.«

Lucia sah ihren Patienten nicht an, als sie die letzte, schlimmste Möglichkeit nannte. Das leichte Fieber und die entzündete Schulter würden den Ritter nicht töten. Er konnte noch jahrelang krank in dieser Zelle liegen, ehe sein Körper irgendwann aufgab und vielleicht einer banalen Erkältungskrankheit nichts mehr entgegenzusetzen hatte.

»Aber man muss doch etwas tun können!«, flüsterte Elisabeth.

Lucia biss auf ihrer Lippe herum, wie immer, wenn sie angestrengt nachdachte.

»Das Beste wäre, den Splitter herauszuschneiden. Aber da man nicht wüsste, wo man suchen muss, würde man Herrn Adrian schlimme Schmerzen und noch größere Verletzungen zufügen. Wahrscheinlich würde er es nicht überleben...«

»Alles ist besser als jahrelanges Siechtum!«, sagte Adrian entschlossen.

Lucia schüttelte den Kopf. »Ich würde eine solche Operation trotzdem nicht wagen. Was tut denn die Schwester Apothekerin für die Wunde?«

»Sie macht Kompressen mit Kamillensud und streicht eine Heilsalbe aus Ringelblumen und Schmalz auf«, gab Elisabeth Auskunft. »Ist das nicht richtig?«

Lucia zuckte wieder mit den Schultern. »Für die Wundbehandlung ist es nicht ganz verkehrt, obwohl ich Kompressen mit altem Wein bevorzugen würde. Das hilft besser gegen die Entzündung, zumal Kamillensud oft verunreinigt ist und eine offene Wunde dann eher reizt als heilt. Eichenrindensud ist besser. Eichenrinde würde ich auch als Tee verordnen, gegen das Fieber. Und Ginseng, um den Körper zu stärken...«

»Ginseng?«, fragte der Ritter.

»Ein eher orientalisches Gewächs«, erklärte Elisabeth. Vermutlich kannte sie die Pflanze aus Sizilien.

»Ansonsten könnte eher eine Zugsalbe angebracht sein als eine Wundsalbe. Senfumschläge brennen allerdings sehr, also würde ich sie vorerst nicht anwenden. Das Beste wäre, die Wunde zwar offen zu halten oder die Heilung zumindest nicht künstlich zu beschleunigen, dabei aber die Entzündung zu hemmen. Vielleicht könnte man den Splitter ja dann in der Wunde ausmachen ...«

»Ich höre immer nur ›könnte‹ und ›vielleicht‹«, murrte der Ritter. »Wisst Ihr denn nichts sicher, Herrin?«

Lucia schüttelte den Kopf. »Ich kann nicht in Euch hineinsehen, Herr Adrian. Das kann nur Gott. Und Gott ist auch der Einzige, der Wunder wirken kann. Wir Menschen können nur hoffen und um Wissen ringen. Gott macht es uns nicht leicht; er lässt uns die Lösungen für die Rätsel auf seiner Welt selber finden.«

»Du schreibst mir auf, was du versuchen würdest, und das bestelle ich dann der Schwester Apothekerin«, erklärte Elisabeth. »Sie wird nicht begeistert sein, wenn ich ihr vorschreibe, was sie tun soll, aber das ist mir egal. Ich zahle genug, um Sonderwünsche äußern zu dürfen. Beim nächsten Mal wirst du dir die Wunde dann wieder ansehen, Lucia, nicht wahr?«

Lucia nickte und deutete eine Verbeugung an. »Wenn der Herr von Rennes es mir gestattet ...«

Adrian nickte, und wieder lag das sanfte Lächeln in seinen goldenen Augen. »Verzeiht, wenn ich unhöflich war. Aber das alles ... die Wunde zehrt an meinen Kräften. Und meine Lage hier und Elisabeths Lage auf Burg Landshut zehren an meiner Geduld. Wenn Ihr irgendetwas tun könnt, dann tut es, auch wenn der Versuch mich das Leben kostet! Ich bin nicht feige, ich würde den Schmerz wohl ertragen!«

Lucia nickte, doch sie sah die Gesichter der Pestkranken vor sich, die es nicht überlebt hatten, wenn Clemens ihre Pestbeulen öffnete. Dabei war es nur ein oberflächlicher Schnitt in die gespannte, entzündete Haut gewesen. Und Clemens hatte speziell geschärfte Messer benutzt. Nicht auszudenken, wenn sie, Lucia, ihren kleinen Dolch in Adrians Schulter stieß, um nach einem vielleicht winzigen Fremdkörper zu suchen.

»Ich werde tun, was ich kann«, versprach sie und wandte sich dann schamhaft ab, während Elisabeth ihren Geliebten wieder auf sein Lager bettete. Die Herzogin küsste seine Schulter, als sie den Verband erneut darüberlegte, und liebkoste seine Brust, als sie ihm half, ein frisches Hemd überzuziehen. Schließlich löste und kämmte sie sein Haar – eine Geste, die Lucia rührte.

»Elisabeth, ich will nicht drängen, aber die Terz...« Lucia hörte Glockenschlag. Elisabeth und sie mochten jetzt schon zu spät sein, und dann würde Margarethe von Holland Fragen stellen.

Elisabeth trennte sich nur widerstrebend von ihrem Ritter, sah die Notwendigkeit jedoch ein. Die Frauen schlüpften zurück durch die Sakristei in die Kapelle, als die Kirche sich bereits leerte. Margarethe hatte sich schon nach ihnen umgeschaut, schien aber nicht misstrauisch, als die beiden aus der Marienkapelle traten.

»Da habt ihr euch also versteckt! Habt Ihr Lucia Eure Kapelle gezeigt, Elisabeth? Diese Nische zu Ehren der Heiligen Jungfrau ist der Herzogin besonders teuer, Lucia. Ich weiß zwar nicht, was sie daran so anzieht, aber sie hat das neue Gewand für die Jungfrau selbst gefertigt und bestickt und auch für die Erneuerung der Kapelle gesorgt.«

Tatsächlich trug die Statue der Jungfrau Maria ein Seidengewand, das nach neuester Mode geschneidert war, und die Kapelle war sauber und frisch gestrichen.

Elisabeth zwinkerte Lucia zu.

Sie hatte zweifellos besonderen Wert darauf gelegt, die Tür zur Sakristei gängig zu halten und das Schloss zu ölen.

4

Die Herzoginmutter versuchte, ihre Zöglinge von allen Vergnügungen und Verlockungen des Lebens außerhalb der Kemenate fernzuhalten, aber vollständig gelang das natürlich nicht. Die Burg war voller junger Ritter und Knappen, die sich nach einer Frau verzehrten – wobei die romantischen Vertreter die Laute schlugen und sich nach einer Minneherrin sehnten, die anderen schlicht davon redeten, möglichst bald ein beliebiges weibliches Wesen zu besitzen. Mitunter fielen sie über Mägde und Küchenmädchen her, wenn sie nachts vom Bankett aus in ihre Unterkünfte torkelten, aber in der Regel hatten sie sich doch so weit in der Gewalt, dass sie eher von einem der Edelfräulein schwärmten, die Margarethe unter Verschluss hielt.

So tauschte die kleine Gisela hingebungsvoll Briefchen mit einem fahrenden Ritter aus den Niederlanden, Rolandus van Vries. Die sechzehnjährige Ehrentrud sprach von nichts anderem als davon, dass Jérôme de la Bourgogne beim nächsten Turnier mit ihrem Zeichen in den Kampf reiten würde. Das Mädchen und ihr Schwarm hatten zwar nicht einmal eine gemeinsame Sprache, aber der glutäugige Franzose hatte es trotzdem geschafft, beim Vorbeireiten auf der Falkenjagd mit ihr Vereinbarungen zu treffen.

Gerlind von Erasbach, die Allerjüngste, verzehrte sich nach einem Knappen und hatte von allen noch die größten Chancen, ihrem Auserwählten leibhaftig nahe zu sein. Sowohl Mädchen als auch Knappen wurden schließlich häufig mit Besorgungen betraut, die sie in Küche und Keller der Burg führten, und Gerlind und der junge Ehrenfried tauschten oft ein paar schüchterne Worte.

Die anderen Mädchen sahen »ihre Ritter« dagegen meist nur von Weitem. Es gehörte zu ihren liebsten Zerstreuungen, sich einen Ausguck zu suchen und von einem der Fenster oder Wehrgänge der Burg auf die Übungsbahnen der Ritter hinunterzusehen. Dort fanden tägliche Ertüchtigungen und spielerische Wettkämpfe der fest auf der Burg etablierten und fahrenden Ritter statt. Die Mädchen konnten nicht genug davon bekommen, ihre Favoriten dabei zu bewundern und anzufeuern, obwohl die Männer auf diese Entfernung natürlich kein Wort von ihren Rufen verstanden.

Die fahrenden Ritter erfreuten sich dabei ihrer besonderen Gunst, da sie meist schneidiger wirkten und verwegener kämpften als die Stammbesatzung der Feste. Schließlich versuchten sie verzweifelt, den Burgherrn zu beeindrucken, um sich ein Bleiberecht und auf die Dauer vielleicht ein Lehen zu verdienen. Die Landshuter Burg zog solche »Glücksritter« zurzeit besonders an, wusste man doch von dem schwelenden Konflikt zwischen den drei Herzögen. Bislang sah es zwar nicht so aus, als werde der auf dem Schlachtfeld entschieden, aber die Ritter mochten die Möglichkeit nicht außer Acht lassen. Echte Kämpfe boten schließlich sehr viel bessere Chancen, sich einen Namen zu machen, als Turniere.

Vorerst demonstrierten die drei Landesherren jedoch Harmonie und standen den Übungen der Ritter abwechselnd vor. Auch sollte wieder ein Turnier veranstaltet werden, diesmal etwas später im Jahr. Frau Margarethes Mädchen konnten sich vor Aufregung darüber kaum fassen.

Nur Gunhild schien es in tiefste Verzweiflung zu stürzen. Als Lucia eines Nachts erwachte und sie nicht im Bett fand, machte sie sich besorgt auf die Suche. Schließlich entdeckte sie das Mädchen auf den Zinnen der Burg. Gunhild trug nur ein zartes Leinenhemd; ihr hüftlanges, lichtblondes Haar wehte im Wind wie ein stolzes Banner.

»Was machst du denn hier?«, fragte Lucia entsetzt. »Die

Wächter kommen alle paar Stunden hier vorbei! Sollen sie dich so sehen?«

»Bis dahin wird es längst vorbei sein!«, sagte Gunhild wild. »Ich ... ich wollte nur noch ...« Sie ließ offen, was sie bislang davon abhielt, ihre Pläne wahr zu machen, aber Lucia bemerkte zu ihrem namenlosen Schrecken, dass sie auf der Wehrmauer stand, zwischen zwei Zinnen. Nichts trennte sie von dem Abgrund. Wenn sie sprang, würde sie mehr als hundert Ellen in die Tiefe stürzen.

Lucia erkannte Tränen in ihrem bleichen, schmalen Gesicht. Im Mondlicht sah Gunhild aus wie eine Gestalt aus den nordischen Sagen, von denen sie manchmal erzählte, um die Mädchen beim Sticken zu unterhalten.

»Komm da sofort runter, Gunhild! Wie kannst du an so etwas auch nur denken!« Lucia wusste, dass sie eher trösten als schelten sollte, aber irgendwie drang sie trotzdem zu Gunhild durch.

»Weil's eine Sünde ist, meinst du?«, fragte das Mädchen mit einer Art Lachen. »Wenn's danach geht, so bin ich längst verdammt! Und warum soll ich die Hölle fürchten? Einen warmen Ort, vom Feuer erhellt? Kennst du die Burgen in meiner Heimat? Das halbe Jahr hindurch ist es dunkel und kalt. Und Birger, mein Ritter? Der hält mich nicht warm, der lässt mich erfrieren unter seinem Blick. Jetzt schon. Und dabei weiß er noch gar nicht ...«

Gunhild brach erneut in Tränen aus, aber sie verlor dabei zumindest die Spannung, die sie aufrecht und Lucia auf Abstand gehalten hatte. Lucia trat auf sie zu, stützte sie und half ihr von der Mauer herunter.

»Deine Vermählung ist also anberaumt?«

Gunhild nickte schluchzend. »Birger Knutson von Skaane kommt zum Turnier. Wir werden die Eide gleich hier im Kreis der Ritter schwören. Und dann ... vielleicht bringt er mich ja um, Lucia, dann hätte ich es wenigstens hinter mir ...«

Lucia wusste längst, dass Frau Margarethes Mädchen keine Ahnung davon hatten, was in der Hochzeitsnacht auf sie zukam. Für sie war das überraschend. Als Stadtkind war sie häufig auf Pärchen gestoßen, die sich auch durch die Nachtwache nicht davon abhalten ließen, es auf den Straßen zu treiben, wenn das Verlangen sie überkam. In der Nähe der Schenken hatten sich auch Huren verkauft, die sich mit ihren Freiern wohlweislich nicht zu weit aus dem Schein der nächsten Lampe zurückzogen. Schließlich wollten sie am Ende ihr Geld, kein Messer zwischen die Rippen!

Und auch auf der Burg ging es nicht allzu prüde zu, nach dem, was Anna erzählte. Aber Gisela, Gerlind und Ehrentrud waren schon als Kinder an Frau Margarethes Hof gekommen und von da an von allem abgeschirmt worden. Gunhild allerdings ... sagte Anna nicht, sie hätte den Minnehof noch miterlebt?

»Schau, Gunhild, viele Frauen heiraten Männer, die sie nicht lieben«, setzte Lucia an. »Und die Hochzeitsnacht ist kein Vergnügen für sie. Aber man stirbt auch nicht gleich daran. Soll ich dir erzählen, was dabei vorgeht?«

Gunhild lachte bitter und unter Tränen. »Ich weiß, was dabei vorgeht, Lucia. Ich weiß es nur zu gut. Das ist ja meine Sünde. Obwohl ich sie nicht als solche erkennen kann. Ich habe Bernhard von Paring geliebt! Über alles. Ich erinnere mich jetzt noch an jede Berührung von ihm, jedes Wort. Er war so schön, so sanft ... und natürlich hätte ich es nicht tun sollen. Frau Elisabeth warnte die Ritter immer vor zu jungen Minneherrinnen. Es sollte nicht in fleischliche Liebe ausarten. Aber es ist passiert. Und nun wird kein Blut auf dem Laken sein, nachdem ich meinem Gatten zu Willen war.«

Lucia wusste nicht, welcher Trost hier angebracht war, aber immerhin gelang es ihr, das inzwischen zitternde und immer noch weinende Mädchen zurück in seine Kemenate zu lotsen. Sie fand sogar noch einen Rest geklärten Wein. Dieses aus Weißwein, Gewürzen und Honig bereitete Getränk berauschte rasch; es würde Gunhild beruhigen. Das Mädchen trank es in kleinen Schlucken und schien seine Fassung dabei langsam wiederzufinden. Schließlich erzählte Gunhild mit leiser, verträumter Stimme von ihrer großen Liebe. Bernhard von Paring kam von einem kleinen Hof, gar nicht weit von Landshut entfernt, doch mehr eine Vogtei als eine Festung. Er war der jüngste Sohn, es gab keine Hoffnung auf ein Erbe, aber immerhin hatte er als Knappe bei Herzog Stephan gedient und schließlich die Schwertleite gefeiert. Der junge Ritter hatte sich auch gleich auf seinem ersten Turnier ausgezeichnet – und Gunhild war die Aufgabe zugefallen, ihn als Sieger zu küssen. Danach waren alle Schranken gefallen. Bernhard erwählte sie als Minneherrin; sie tauschten Küsse und Zärtlichkeiten im Rosengarten. Als Elisabeth merkte, dass sie zu weit gingen, schickte sie ihn fort. Aber es war zu spät: Gunhild hatte ihre Jungfernschaft bereits verloren.

Lucia hörte zu und streichelte dem Mädchen immer wieder über den Rücken.

»Hör zu, dein Gatte wird dich nicht töten«, sagte sie schließlich nach reiflicher Überlegung. »Im Gegenteil, er wird die Sache verschleiern. Schließlich ist es nicht Gunhild, die er will, sondern ein gutes Verhältnis zu deinem Vater. Ist es nicht so?«

Gunhild nickte. »Es geht um meine Heimatstadt. Sie soll wieder mit Dänemark verbunden werden.«

»Da siehst du's! Das wird er doch nicht wagen, indem er dich bloßstellt! Und die Hochzeit soll hier auf der Landshuter Burg gefeiert werden. Die Herzoginmutter wäre also auch betroffen, wenn die Braut sich dann nicht als Jungfrau erweist. Nein, was das angeht, hast du nichts zu befürchten.« Lucia strich dem Mädchen das Haar aus dem Gesicht.

Gunhild nickte. »Im Grunde weiß ich das«, sagte sie leise.

»Aber ich kenne Birger Knutson. Er ist ein harter, stolzer Mann. Ich fürchte nicht den Tod von seiner Hand. Ich fürchte das Leben.«

Gewöhnlich hätte Lucia sich auf die Abwechslung gefreut, die das Turnier im stets gleichen Tagesablauf auf der Burg bot, aber Gunhilds stille Trauer und Elisabeths kaum verhohlene Verzweiflung vergällten ihr das Fest. Für Elisabeth jährte sich damit schließlich der Verlust ihres Liebsten und ihrer eigenen Hofhaltung. Und es führte ihr zu deutlich vor Augen, dass Adrian nun schon bald ein Jahr lang dahinsiechte. Immerhin brachte sie bessere Nachrichten, als sie von einem heimlichen Besuch bei ihrem Ritter zurückkehrte.

»Die Entzündung der Wunde ist zurückgegangen, und er hat auch kaum noch Fieber. Denk dir, er konnte sich sogar kurze Zeit mit mir im Klostergarten ergehen, und er versucht, die Laute zu schlagen . . . die Schwester Apothekerin mag es kaum glauben!«

Lucia wunderte das nicht so sehr, aber sie lächelte der Freundin ermutigend zu.

»Heilt die Wunde denn wieder zu?«, fragte sie.

Elisabeth schüttelte den Kopf. »Nein, sie bleibt offen und nässt nach wie vor. Vor ein paar Tagen hat ein Bader im Gästehaus des Klosters genächtigt, und Adrian hat ihm die Wunde gezeigt. Der Mann hat vorgeschlagen, sie auszubrennen! Adrian will darauf eingehen, aber ich kann den Gedanken nicht ertragen, ihm ein glühendes Schwert in die Schulter zu stoßen. Und die Schwester Apothekerin rät ebenfalls ab.«

Lucia dankte dem Himmel für so viel Vernunft bei der Klosterfrau, die sie bislang als ziemliche Stümperin eingeschätzt hatte. Die Unterweisungen, die sie den Mädchen bei ihren Besuchen in Seligenthal bot, gingen jedenfalls kaum über das Wissen der Hebammentochter in der Burgküche hinaus. Aber so weit, dass sie dem ohnehin todkranken Ritter auch noch schwerste Brandwunden zufügen wollte, ging der Aberglaube doch nicht.

»Allerdings rät sie dazu, den Ritter zu schröpfen«, meinte Elisabeth. »Bei Neumond – so riet es Hildegard von Bingen.«

Lucias neu erworbene Achtung für die Klostermedizinerin sank gleich wieder ins Bodenlose.

»Verhindere das!«, erklärte sie Elisabeth resolut. »Nach Meinung Ibn Sinas ist Schröpfen nur bei wenigen Krankheiten sinnvoll und auch nur, wenn der Kranke zu viel Blut hat, nicht zu wenig. Dein Gatte zum Beispiel, oder mein Onkel Conrad, da mag es beruhigend wirken ...« Beide Männer entsprachen dem rotgesichtigen, cholerischen Typ, dem die arabische Medizin eine Neigung zu Schlaganfällen bescheinigte.

Elisabeth musste wider Willen lachen. »Du meinst, ich würde seiner Gesundheit einen Dienst tun, wenn ich ihn beim nächsten Besuch in meiner Kemenate mit einem Schröpfmesserchen erwarte?«

Lucia lächelte. »Zumindest würde es deiner Gesundheit guttun, wenn man sein Mütchen kühlte ...«

In den letzten Wochen fühlte die Herzogin sich häufig krank, nachdem ihr Gatte sie besucht hatte. Sofern es möglich war, ohne Margarethe aufmerksam zu machen, ließ sie dann Lucia rufen, die ihre ärgsten Blutergüsse mit Arnika und Kampfer versorgte und die Wunden auswusch und salbte.

Herzog Stephan wurde mit der Zeit immer jähzorniger und gewalttätiger, und Elisabeth wusste nicht, wie sie ihn zufriedenstellen konnte. Zeigte sie sich spröde, so schalt er sie der Lieblosigkeit. Versuchte sie die Künste der Orientalinnen, nannte er sie »Hure«.

»Er ist ständig angespannt und sucht dann einen Sündenbock«, seufzte die Herzogin. »Ich wünschte, sie würden diese Landesteilung endlich vornehmen. Jetzt hat ja wenigstens Ludwig, der älteste Bruder, auf seine Ansprüche auf die holländischen Besitztümer verzichtet. Auf die Dauer wird Stephan das auch tun, Margarethe macht ihm sonst das Leben zur Hölle. Dabei sind ihre Söhne ganz umgänglich, aber sie stehen hoffnungslos unter ihrer Fuchtel, und die Dame hat den Ehrgeiz eines Eroberers!«

»Wird sie dann nicht irgendwann wieder heiraten?«, fragte Lucia. Frauen wie Margarethe eroberten ihre Länder durch geschickte Eheschließung.

»Das gebe Gott!«, seufzte Elisabeth. »Aber vorerst ist kein Bewerber in Sicht. Vielleicht tut sich ja etwas bei diesem Turnier. Solche Veranstaltungen sind immer auch Heiratsmärkte, obwohl die Öffentlichkeit nichts davon merkt.«

Lucia sollte das bald schmerzlich genug erfahren, aber vorerst war von weiteren Eheschließungen im Rahmen des Festes nicht die Rede. Lediglich Gunhilds Vermählung war geplant, und das Mädchen folglich von allen anderen Arbeiten bei der Turniervorbereitung freigestellt. Sie sollte sich ganz auf die Fertigstellung ihrer Aussteuer und die Vorbereitung ihrer Reise in den Norden konzentrieren. Lucia dagegen war rund um die Uhr beschäftigt. Die Herzoginmutter konnte ihre sonst so verachteten bürgerlichen Tugenden wie Sparsamkeit und Ordnungsliebe zurzeit gut brauchen. Sie ließ die junge Frau die Verköstigung der Bettler organisieren, den Bedarf an Bier, Getreide und Fleisch für die öffentlichen Garküchen kalkulieren und die Kosten für Schausteller und Herolde hochrechnen.

Aber auch Elisabeth hatte Verwendung für ihre Fähigkeiten. Ihr oblag die Ausstattung der Ritter und Edelfrauen mit den schönsten und vornehmsten Kleidern, und Lucia half ihr beim Nähen und Ausbessern der Roben. Elisabeth wies sie dabei in die Pflichten der Damen beim Turnier ein, wobei der Kuss für den verdienten Ritter eine Frage des Hofzeremoniells und damit eine hochkomplizierte Angelegenheit war.

»Du wirst wahrscheinlich nur deinen Onkel küssen müssen«, erklärte sie Lucia. »Und andere Verwandte, falls welche kommen. Aber der Herrin des Hofes obliegt auch die Begrüßung verdienter Ritter, und die Sieger des Treffens werden traditionell durch den Kuss einer Jungfrau oder ihrer Minneherrin geehrt. Insofern habe ich mich nicht kompromittiert, als ich Adrian im letzten Jahr mit einem Kuss belohnte. Diesmal werde ich allerdings jeweils eine der Jungfrauen dazu bestimmen. So ein Auftritt darf sich nicht wiederholen! Und mein Gatte läuft ja schon rot an, wenn er mich nur mit einem Ritter sprechen sieht.«

Margarethes kleine Hofdamen wussten natürlich längst von der Aufgabe, die ihnen da obliegen würde, und konnten sich vor Aufregung kaum halten. Jede träumte davon, dass ihr Liebling unter der Ritterschaft das Treffen für sich entscheiden würde, aber realistisch gesehen hatte höchstens Gerlinds kleiner Knappe echte Siegchancen. Er würde anlässlich des Festes gemeinsam mit ein paar anderen Jünglingen seine Schwertleite feiern, und diese jüngsten Ritter machten einen Wettkampf unter sich aus. Wenn Ehrenfried Glück hatte und gut mit dem Streitross klarkam, das man ihm zur Schwertleite schenken würde, konnte er siegen. Gerlind wäre dabei am liebsten selbst geritten. Sie war die schneidigste unter den Mädchen, und ihr Zelter war ihr eigentlich zu langweilig. Als Gunhild noch scherzen konnte, hatte sie die Kleine stets »unsere Walküre« genannt.

Am Abend vor dem Turnier trafen die meisten Ritter bereits ein, und die Herzöge gaben ein Festmahl zu ihren Ehren. Die Frauen waren nicht auf Dauer zugelassen, sollten die Neuankömmlinge allerdings begrüßen.

Gisela, Ehrentrud und Gerlind erwarteten sie als Ehrenjungfrauen und kredenzten ihnen Wein zur Begrüßung. Ehrentrud ließ allerdings den Pokal fallen, als Jérôme de la Bourgogne vor sie trat. Sie lief daraufhin rot an, aber der Ritter richtete sie mit ein paar freundlichen Worten wieder auf und raubte ihr zum Ausgleich einen Kuss auf die Wange. Anschließend war Ehrentrud zu keiner vernünftigen Handlung mehr fähig. Gisela hielt sich besser und schmachtete ihren Liebling nur an. Gerlind war keinerlei Anfechtungen ausgesetzt. Ihr Ehrenfried verbrachte die Nacht vor seiner Schwertleite fastend und betend in der Kapelle.

Lucia stand ein Stück hinter Elisabeth und Margarethe; als Ehrenjungfrau hatte man sie aus naheliegenden Gründen nicht eingeteilt. Während die Herzoginnen die verdientesten Ritter mit ein paar Worten oder sogar dem traditionellen Kuss ehrten, hatte Lucia hauptsächlich damit zu tun, Gunhild aufrecht zu halten. Die junge Braut erwartete, tief verschleiert, ihren künftigen Gatten und sollte ihn auch zur Begrüßung küssen. Sie fürchtete sich davor, als erwarte man von ihr, einen Drachen zu umarmen.

Zunächst jedoch erschien Conrad von Oettingen, gefolgt von einem vierschrötigen, etwas klein geratenen Ritter, der allerdings stark wie eine Bulldogge wirkte. Auch sein Gesicht erinnerte ein wenig an einen Kampfhund: Er hatte Hängebacken und kleine böse Augen. Schamlos musterte er das weibliche Begrüßungskomitee.

»Herr von Oettingen!« Die Herzoginmutter ehrte Conrad persönlich mit einem Kuss auf die Wange. »Und Wolfram von Fraunberg zu Prunn! Euch sieht man selten gemeinsam! Sagt nicht, Ihr habt Eure Fehde begraben?«

Herr Conrad nickte. »Das kann man so sagen. Genau genommen trafen wir bei einem Turnier aufeinander, und Herr Wolfram gewährte mir endlich die Revanche, die er mir seit Jahren schuldete!« Der Oettinger bedachte den Fraunberger mit einem Blick,

als hätte ebendies die jahrelange Feindschaft der Herren ausgelöst.
»Natürlich warf ich ihn vom Pferd ...«

»Aber ich besiegte Euch im Schwertkampf!«, erklärte die Bulldogge.

»Mein Holzschwert brach ...«

»Der Kampf wurde letztlich für unentschieden erklärt. Wir leerten einen Krug Wein zusammen und fanden, dass uns mehr eint als trennt«, erläuterte der Fraunberger schließlich.

Herr Conrad nickte.

Lucia konnte das recht gut nachvollziehen. Die Ritter waren zweifellos von gleichem Schlag, rotgesichtig, feist, aber gefährlich wie Löwen, wenn ihnen jemand in die Quere kam. In Erfüllung ihrer Pflicht trat sie vor, um ihren Onkel zu küssen und ihm Wein zu kredenzen. Conrad nahm einen kräftigen Schluck.

Lucia reichte auch dem Fraunberger den Pokal.

Der trank ebenso gierig.

»Und? Wo bleibt der Kuss?«, fragte Conrad, als Lucia sich zurückziehen wollte. »Willst du meinen Freund brüskieren?«

Lucia wurde rot, platzierte dann aber brav einen leichten Kuss auf die raue Wange des Fraunbergers.

»Na, hab ich zu viel versprochen?« Conrad lachte und rieb sich die Hände, als die Ritter sich schließlich in den großen Saal verzogen. Lucia schüttelte sich. An diese Sitte der Adligen würde sie sich nie gewöhnen! Eine gute Bürgersfrau küsste nur einen: ihren Gatten.

Aber dann vergaß sie Wolfram von Fraunberg, als eine kleine, eiskalte Hand nach ihr griff. Gunhild von Hälsingborg zitterte unkontrolliert. Sie schien etwas sagen zu wollen, brachte aber kaum mehr als ein Stammeln heraus.

Lucia blickte um sich. Sie erwartete, einen hünenhaften, blonden Wikinger am Eingang der Halle zu sehen, aber anscheinend war es nicht Birger von Skaane, der Gunhild in diesen Zustand versetzte.

Stattdessen war nur eine Gruppe fahrender Ritter eingetreten, und einer, ein dunkelhaariger, schöner junger Mann mit tiefblauen Augen und sensiblen Zügen, nahm lächelnd den Begrüßungstrunk aus Giselas Hand entgegen.

»Ist das...?«

Gunhild nickte atemlos. »Ich hätte nie gedacht, dass er herkäme. Er wusste doch, dieses Jahr... Die Herzogin hatte ihn weggeschickt...«

Allerdings kaum vom Hof verbannt! Tatsächlich begrüßte Elisabeth den jungen Ritter sogar herzlich.

»Bernhard von Paring! Der schönste unserer jungen Ritter! Ich freue mich, Euch wohlauf zu sehen. Und auch kostbar gekleidet, Ihr versteht Euch beim Turnier zu schlagen. Oder habt Ihr gar in einem Krieg gekämpft und ein Lehen erworben?«

Bernhard lächelte. »Noch nicht, Frau Elisabeth. Aber meine Aussichten stehen nicht schlecht. Ich bringe Euch Grüße von Eurer Familie. Der Herzog von Sizilien hat mich an seinem Hof aufgenommen.«

Elisabeth strahlte. »So hat meine Empfehlung wirklich genutzt! Aber ich denke, Ihr habt Euch auch auf dem Weg in den Süden tapfer geschlagen und Euch einen Ruf geschaffen, bevor Ihr meinem Vater vor Augen tratet.«

Herr Bernhard nickte. »Ich tat mein Bestes«, sagte er bescheiden. »Zu Ehren der Ritterschaft und meiner Dame.« Er wagte nicht, Gunhild mehr als einen raschen Blick zu schenken. Vielleicht erkannte er sie nicht einmal, verschleiert, wie sie war. Aber nein, dieser Ritter hätte seine Liebste auch unter tausend Schleiern wiedererkannt.

Gunhild schien kurz davor, in Ohnmacht zu fallen.

»Sie hat sich für ihn eingesetzt«, flüsterte das Mädchen schließlich, als der Ritter gegangen war. »Oh Gott, wenn er ein Lehen erhielte...«

Theoretisch konnte er dann heiraten. Aber ob Gunhild von Hälsingborgs Vater einem Mann von so niederem Adel die Hand seiner Tochter gewährte? Zudem war die ja längst vergeben. Gunhild würde in zwei oder drei Tagen in dieser Halle Eide schwören. Und Bernhard musste zusehen und stark sein. Lucia mochte gar nicht daran denken.

Andererseits waren all diese Ritter und Edelfrauen auf solche Situationen vorbereitet. Lucia bewunderte Gunhilds Haltung, als Birger Knutson schließlich eintraf. Sie brach nicht zusammen, nicht einmal in Tränen aus. Kühl und bleich wie eine nordische Göttin küsste sie ihren versprochenen Gatten.

Lucia dankte dem Himmel, als der Abend endlich vorüber war. Sie war hungrig und freute sich über die Speisen, die in den Frauengemächern aufgetragen waren. Auch die anderen Mädchen machten sich aufgeregt darüber her; sie konnten gar nicht aufhören, über all die Ritter zu schwatzen, die sie an diesem Abend endlich einmal aus der Nähe hatten sehen können.

Gunhild aß keinen Bissen, doch als sie endlich mit Lucia allein war, machte sie Anstalten, sich hinauszuschleichen.

»Halte mich nicht auf, ich muss ihn sehen! Wenn man uns ertappt, kann ich nichts tun. Aber ich kann Birger nicht heiraten, ohne wenigstens noch einmal seine Stimme zu hören, seine Hände zu spüren, seine Küsse...«

Lucia nickte und suchte ihren alten Mantel aus der äußersten Ecke ihrer Truhe.

»Wirf den über, dann hält man dich für eine Köchin oder andere Bedienstete. Und sieh zu, dass du den richtigen Ritter triffst! Hier streicht genug Gesindel herum!«

Am nächsten Morgen wirkte Gunhild glücklich, beinahe verklärt. Sie schien die Wirklichkeit um sich her gar nicht wahrzunehmen und beteiligte sich weder am Klatsch der Mädchen noch an ihren Klagen, als die Morgenmesse ewig zu dauern schien. Die Messfeier zur Schwertleite der Knappen zog sich hin, und in der Kapelle war es kalt. Paradoxerweise fand das Turnier zwar diesmal später im Jahr statt, aber das Wetter war schlechter als im Jahr davor. Lucia war es allerdings ganz recht, dass sich ein Regenvorhang vor dem Ehrenbaldachin auftat, unter dem sie diesmal gemeinsam mit den anderen Frauen Platz nahm. Schließlich hatte Abraham von Kahlbach seinen Stand wieder am gewohnten Platz aufgebaut. Lucia sah ihn mit den Herolden plaudern, und wenngleich ihr »Aufstieg« sich bestimmt zu den Juden von Landshut herumgesprochen hatte, wollte sie doch auf keinen Fall, dass er sie bemerkte.

Das Turniergeschehen wurde durch das schlechte Wetter jedoch stark beeinträchtigt. Die Wimpel und Fahnen der Ritter, ihre stolze Helmzier und die Fähnchen an ihren bunten Zelten hingen nass und traurig herab, statt fröhlich im Wind zu wehen. Die Pferde waren unwillig und mochten nicht durch den Schlamm galoppieren, in den sich Kampfbahn und Abreiteplatz bald verwandelten. Damit hatten vor allem die Jungen zu kämpfen, die erst seit heute Morgen die Ehre hatten, sich Ritter zu nennen. Sie waren mit ihren neuen Streitrossen noch nicht vertraut, und manch einer landete schon im Schlamm des Abreiteplatzes, noch ehe es zum ersten Waffengang gekommen war. Ehrenfried hielt sich immerhin tapfer und gewann seinen ersten Kampf. Zu Gerlinds unbändigem Stolz mit ihrem Zeichen an der Lanze! Beim zweiten Mal unterlag er, nachdem es beiden Rittern gelungen war, ihre Holzschwerter zu zerschlagen. Die Jungen balgten sich daraufhin wie junge Hunde im Morast, bis der Herold sie auseinandertrieb und den zum Sieger erklärte, der am Anfang den Tjost für sich entschieden hatte.

Erst am Nachmittag – nachdem die aufgeregte Gisela den »Sieger des Treffens«, einen vierschrötigen Jungen, der wahrscheinlich nur deshalb gewonnen hatte, weil er größer war als alle anderen, mit einem winzigen Kuss auf den Mund belohnt hatte – wurden die Kämpfe interessanter.

Zwar stritten auch jetzt die jüngeren Ritter, aber es ging doch schon um den Gesamtsieg. Die besten Kämpfer würden morgen und übermorgen auf erfahrenere Ritter treffen. Zudem waren Jérôme de la Bourgogne und Bernhard von Paring auch keinesfalls Anfänger. Beide Ritter schlugen sich vorzüglich. Und dann sorgte um die Mittagszeit, als die Damen und andere Ehrengäste sich in einem Zelt erfrischten, ein weiterer junger Ritter für eine Überraschung. Lucia war der hochgewachsene, muskulöse Jüngling vorhin schon aufgefallen. Sein fast weißblondes Haar und seine leuchtend blauen Augen ließen sie vermuten, einen Dänen oder Norweger vor sich zu haben, aber Gunhild kannte ihn nicht. Der junge Ritter erwarb sich jedoch schnell die Zuneigung der Damen, indem er fröhlich und unbekümmert zu ihnen hinüber lachte und sogar winkte. Letzteres war dreist, doch Gisela, die vergnügt zurückwinkte, konnte es erklären.

»Das ist Dietmar, mein Bruder!«, verriet sie ihren Freundinnen. »Sieht er nicht wunderbar aus? Er ist nicht der Älteste, aber er wird ein Lehen bekommen, wir haben ja viel Land. Allerdings sagt er, das ließe sein Stolz nicht zu. Er will Abenteuer erleben und sich selbst seinen Platz im Leben erobern! Nun zieht er herum und bestreitet Turniere. Meist siegt er!«

Dietmar war unbestreitbar tollkühn. Nur wenige Ritter zogen ohne Not umher und bestritten ihren Unterhalt aus Preisgeldern. Doch für den hübschen Ritter aus Thüringen, dessen gebräuntes Gesicht nur aus Lachfältchen zu bestehen schien, war das Leben ein Spiel. So kämpfte er auch. Er schickte seine Gegner reihenweise und wie beiläufig in den Sand, oder besser: in den Morast. Sein eher kleiner Scheckhengst schien das genauso vergnüglich zu finden wie sein Reiter.

Doch als Dietmar um die Mittagszeit zu Lucia trat, wirkte er gar nicht mehr so selbstbewusst. Beinahe ein wenig scheu verbeugte er sich vor ihr.

»Ich bin Dietmar von Thüringen, meine Dame. Verzeiht, dass ich mich ungebeten nähere, vielleicht hätte ich einen Herold schicken sollen, aber keiner von denen erschien mir noch sehr ... hm, vorzeigbar ...«

Lucia lachte. Tatsächlich waren die Herolde derart schlamm- und dreckbespritzt, dass sie die Pause sicher zum Wechseln ihrer Kleider nutzten.

»Sprecht nur frei heraus, Herr Ritter«, ermutigte sie den Jüngling. »Solange Ihr so artige Rede führt, seid Ihr willkommen.«

»Das ehrt mich, Herrin. Und wenn Ihr es gestattet, will ich gern noch artigere Reden führen. Denn seht, es ist ein Regentag, doch als ich Euch vorhin auf der Tribüne gewahrte, schien für mich die Sonne aufzugehen. Und dann verriet meine Schwester mir auch noch Euren Namen. Lucia – das Licht! Ich verstehe dies als eine Weisung des Himmels und wage zu hoffen, dass Ihr mir meine Kühnheit vergebt. Würdet Ihr mir gestatten, Lucia von Oettingen, unter Eurem Zeichen in die nächsten Kämpfe zu reiten?«

Lucia errötete. »Ich ... mein Name ist Lucia von Bruckberg. Und ein Zeichen ... ich weiß nicht, dies hier ist kein Minnehof ...«

Der junge Ritter strahlte. »Ihr könntet also sogar daran denken, mich als Minneherrn anzunehmen? Das ist mehr, als ich je hoffen konnte! Aber vorerst würde mir ein kleines Zeichen von Eurer Hand genügen, ein winziger Beweis Eurer Gunst ...«

»Er möchte ein Band von deinem Kleid oder ein Tuch, das du im Ärmel getragen hast«, meinte Elisabeth von Bayern lächelnd und trat neben die verwirrte junge Frau. »Das ist nichts Unziemliches, verrät allerdings eine gewisse Gewogenheit. Also willst du es ihm gewähren, Lucia?« Elisabeths Herz hatte der junge Ritter eindeutig bereits gewonnen.

Lucia nestelte einen Schal von ihrem Hals. Hoffentlich würde sie sich jetzt nicht erkälten. Aber Dietmars Strahlen schien sie wärmen zu wollen.

»Ich danke Euch, Herrin! Ich werde dreimal so tapfer kämpfen, nun, da ich Eure Gunst auf meiner Seite weiß! Ihr sollt stolz auf mich sein, meine Herrin Lucia!«

Lucia war beinahe peinlich berührt, als der junge Ritter endlich abzog. Aber sie fühlte sich doch glücklich. Dietmar war so eifrig, so bemüht und lebhaft gewesen. Ganz anders als der ernsthafte Clemens. Aber der war tot. Und Lucia hatte eben das Gefühl, als habe sie das Leben berührt.

Am Nachmittag gingen die Kämpfe weiter. Tatsächlich focht Dietmar von Thüringen wie ein Löwe. Gisela musste mehrmals von der Herzoginmutter gerügt werden, da sie dazu neigte, ihn anzufeuern wie eine Gassengöre. Am Ende blieb er Sieger des heutigen Tages, gefolgt von den Herren Jérôme de la Bourgogne und Bernhard von Paring.

»Gibt's keinen Kuss für den Sieger des Tages?«, fragte Herzog Albrecht. Er war der jüngste der Brüder und hätte zweifellos lieber mitgekämpft, als dem Turnier vorzustehen. Aber die letzten Kämpfe hatten ihm Spaß gemacht, und er hatte wohl auch dem Wein schon gut zugesprochen.

Seine Mutter wollte etwas erwidern, doch Elisabeth schob sich rasch vor.

»Wenn das Fräulein Lucia den Sieger ehren möchte?«, fragte sie, und Lucia erkannte das mutwillige Aufblitzen in ihren Augen, das sie auch gestern gezeigt hatte, als Bernhard von Paring ihr vom Erfolg ihrer Intervention in Sizilien berichtet hatte. Der Minnehof war unzweifelhaft ihr Ein und Alles gewesen. Sie liebte es, die Geschicke von Rittern und Damen auf sanfte Weise zu lenken, und sie dachte dabei nicht an passende Verbindungen, sondern allein an die Macht der Hohen Minne.

Lucia wurde rot und trat vor. Wollte sie? Sie konnte sich kaum drücken. Aber dann verspürte sie wirklich Lust darauf, diesem tollkühnen jungen Ritter nahe zu sein, das Aufleuchten seiner Augen zu sehen und seine Lippen mit den ihren zu erforschen.

Dietmar konnte sein Glück offensichtlich kaum glauben. Er hatte den Helm abgenommen, und sein Haar wallte unter der Kettenhaube hervor. Es wirkte nicht sehr verschwitzt; die Kämpfe waren ihm leichtgefallen. Auf die schwersten Gegner, Jérôme und Bernhard, war er allerdings noch nicht gestoßen. Die standen lachend und ein bisschen feixend daneben und sahen, wie der Tagessieger sich vor Verlegenheit wand.

»Nun kommt, Herr von Thüringen, oder soll ich ewig warten?«, fragte Lucia lächelnd und hielt ihm die Hände entgegen. Schließlich raffte Dietmar sich auf und trat zu ihr. Sie beugte sich von der Tribüne hinunter und streifte seine Lippen sanft mit den ihren. Weiche, freundliche Lippen – und ein Gesicht voller Bewunderung und Sehnsucht.

Lucia sah zum ersten Mal seit Clemens' Tod einen Mann an und verglich ihn nicht mit ihrem Liebsten.

Ihr Glück sollte jedoch nicht lange währen. Auf dem Rückweg zu den Kemenaten traf sie auf ihren Onkel. Lucia schenkte dem Oettinger ein beiläufiges Lächeln, aber der wandte ihr ein von Zorn verzerrtes Gesicht zu.

»Ich hab's gesehen, du liederliches Ding! Aber gut, der Herzog sagte mir, seine Kebse von Ehefrau habe dich angestachelt. Du hättest diesen Habenichts küssen *müssen*. Also lassen wir es ungestraft. Aber versuch das nicht noch mal, Mädchen! Du ruinierst sonst die Ehre deiner Familie. Was soll dein versprochener Gatte dazu sagen?«

Lucia war überrascht und verwirrt.

»Mein ... mein versprochener Gatte?«

»Ja, es wird Zeit, dass du es erfährst. Ich habe dich Wolfram von Fraunberg zu Prunn anverlobt. Er ist reich, ein wichtiger Verbündeter und ein starker Ritter. Vielleicht wird er das Treffen morgen für sich entscheiden, aber dazu muss er natürlich noch an mir vorbei. Sollte es ihm allerdings gelingen – ihn darfst du küssen!«

Der Oettinger wartete ihre Antwort nicht ab, sondern entfernte sich zu den Zelten. Lucia blieb starr vor Entsetzen zurück.

5

Lucia war zu erschrocken, um auch nur weinen zu können. Doch als die erste Starre sich löste, empfand sie glühende Wut.

Was bildete dieser Kerl sich ein, über sie zu bestimmen? Sie würde ihr Kind nehmen und gehen, und ... und dann? Lucia dachte mit Schrecken an den Tag, nachdem sie die Levins verlassen hatte. Leona war glücklich auf der Burg. Sollte sie das Kind jetzt ins Elend stoßen? Zudem konnte eine Magd Lucia von Mainz überall verschwinden; eine edle Frau von Bruckberg aus dem Hause Oettingen dagegen war wertvoll. Ihr Onkel würde sie suchen lassen – und die Herzoginmutter erst recht. Margarethe würde nicht zulassen, dass ihr die zweite Oettingen weglief.

Zwingen aber konnte sie niemand. Sie würde sich einfach weigern, dem Fraunberger Eide zu schwören. Und wie ihr Onkel schon sagte: An den Haaren würde man sie nicht in den Kreis der Ritter zerren.

Lucia war wieder einmal allein in ihrer Stube. Gunhild hatte sich auch in dieser Nacht hinausgeschlichen, um Bernhard zu treffen. Ob der ihr Mut machte? Doch Gunhild hatte der Verlobung mit Birger bereits zugestimmt, obgleich sie damals nicht älter als zwölf Jahre gewesen sein konnte. Ihr Fall war hoffnungslos.

Die Eröffnung ihres Onkels und all die Grübeleien hielten Lucia hellwach. Trotz des anstrengenden Tages, der hinter ihr lag, warf sie sich schlaflos im Bett herum, bis sie es schließlich nicht mehr aushielt. Sie würde ein bisschen auf den Wehrgängen herumspazieren und frische Luft schnappen. Wenn Gunhild das konnte, ohne entdeckt zu werden, sollte es ihr wohl auch gelingen. Und vielleicht war ja sogar Elisabeth noch wach. Lucia hätte gern mit ihr gesprochen. Die Herzogin musste wissen, wie eine adelige Braut der Etikette gemäß Nein sagte!

Lucia warf also einen dunklen Überwurf über ihr Nachthemd und schlich hinaus. Der Regen hatte zum Glück aufgehört, die Nacht war nicht kalt. Und zumindest in der Küche schien noch Betrieb zu sein. Lucia, die am Abend kaum etwas zu sich genommen hatte, verspürte leichten Hunger. Außerdem wäre ein Becher warmer Wein als Schlaftrunk nicht schlecht.

Sie betrat das Küchengebäude durch eine Hintertür, aber tatsächlich war dort nicht mehr viel los. Die Köche waren schon gegangen; ein paar Küchenjungen spülten noch ab. Lucia war beinahe zu schüchtern, um etwas Wein und Käse zu bitten, doch als die Jungen sie erkannten, rissen sie sich geradezu darum, ihr aufzuwarten.

»Ihr könnt noch kalten Braten haben, Frau Lucia, oder Geflügel. Nur mit dem Wein geht es nicht so schnell. Ein paar letzte Zecher sind unten im Weinkeller. Der Herzog Stephan mit dem Oettinger, dem Fraunberger und diesem Dänen ... oder ist er Schwede? Auf jeden Fall verträgt er was, sag ich Euch!« Der Junge war trotz der späten Stunde guter Laune und sprach so vertraut mit dem Edelfräulein, als wäre sie seinesgleichen. Lucia hatte in den letzten Tagen oft mit ihm zusammengearbeitet. Er gehörte zu den Bediensteten, die für die Garküchen in der Stadt zuständig waren, und wahrscheinlich hatte er bei der Bewirtung der Bürger auch so manches Becherchen Wein mit getrunken.

Lucia lächelte ihm zu, obwohl es ihr Mühe machte. So nah hatte sie ihrem Onkel und dem Fraunberger heute eigentlich nicht mehr kommen wollen.

»Was machen die denn im Keller?«, erkundigte sie sich. »Ist der Mundschenk nicht mehr da?«

»Der Herzog will seine besten Weine mit ihnen verkosten. Dabei schmecken sie jetzt wahrscheinlich gar nichts mehr, so bezecht, wie sie sind. Der Kellermeister ist sauer, aber was soll er machen? Er war aber auch vorher schon schlecht gelaunt, wegen ... nein, das darf ich ja nicht verraten!« Der Junge kicherte.

Lucia verzog tadelnd das Gesicht. »Heinrich, Heinrich, auch du hörst dich an, als hättest du zu tief ins Glas geschaut! Aber behalte nur deine Geheimnisse, ich muss keinen Wein trinken. Vielleicht habt ihr ja einen Becher Milch.«

»Ihr kriegt schon noch Euren Wein. Lasst mich nur hören, wie weit die da unten sind!« Der Junge öffnete die Tür zu den Kellergängen und horchte auf der Treppe. Die Stimmen des Herzogs und seiner Zechkumpane waren hier gut zu verstehen. Lucia konnte sich nicht bezähmen. Sie folgte dem Jungen und legte den Finger auf die Lippen.

Heinrich grinste verschwörerisch. Lucia jedoch lief es kalt den Rücken herunter, als sie die Männer reden hörte.

»Ja, sie ist schön, aber das ist nicht alles!« Die Stimme des Herzogs. »Könnt ... könnt ihr mir glauben. Meine ist auch schön. Aber ein liederliches Ding, mit all ihren Minneherren und ihren Launen ...«

»Aber Ihr habt sie im Griff!«, lachte der Oettinger. »Das ist wie mit einem guten Streitross. Wer will ein langweiliges Tier, das sich treiben lässt? Besser was Feuriges, aber das muss man natürlich zu handhaben wissen.«

»Hauptsache, sie kommen als Jungfrau in Euer Bett!«, ließ der Däne sich vernehmen. »Danach kann man auf sie aufpassen. Aber was sie treiben, bevor man sie auf der heimischen Burg hat ...«

Lucia fuhr der Schrecken in die Glieder.

»Also, mir ist das gar nicht so wichtig.« Der Fraunberger. Gemütlich und gelassen. »Ich hab sie ganz gern ein bisschen erfahren, deshalb nehm ich dem Oettinger auch sein gefallenes Nichtchen ab. Da mach ich mir schon das Rechte draus. Hübsch, wie sie ist!«

»In meinem Lande verlangt man eine Jungfrau!«, beharrte jedoch Herr Birger. »Und in meiner Hochzeitsnacht wird Blut fließen. Aus ihrer Scheide oder ihrer Kehle!«

»Sie ... sie ist kein gefallenes Mädchen!«, verteidigte der Oettinger inzwischen seine Nichte. »Sie war so was wie vermählt ...«

»So was wie vermählt!« Die Herren lachten dröhnend.

»Habt Ihr jetzt den rechten Wein, Herzog?«, fragte der Fraunberger schließlich. »Dann lasst uns den Krug mit hinaufnehmen. Hier unten ist's nicht gemütlich.«

Tatsächlich wies die Probierstube vor dem Keller keine Sitzgelegenheiten auf. Und so trunken, wie die Ritter waren, mochten sie sicher nicht lange stehen.

Lucia und Heinrich flohen, ehe die Männer die Treppen hinaufpolterten.

»Wollt Ihr immer noch Wein, Frau Lucia?«, fragte der Junge.

Lucia schüttelte den Kopf. Sie wollte nur noch weg und das alles vergessen.

Kurz nachdem sie ihre Wohnung wieder erreicht hatte, hörte sie auch Gunhild und Bernhard vor der Tür der Kemenate.

»Nun weine doch nicht, Liebste!« Der Ritter versuchte, das hemmungslos schluchzende Mädchen zu trösten. »Ich schwöre dir, ich finde eine Lösung. Er wird dich nicht töten! Und wenn ich ihn fordern muss!«

»Als Buhle seiner Anverlobten willst du ihn fordern?«, fragte Gunhild. »Umgekehrt entspricht es den Regeln der Ritterschaft. Und wenn er mir deinen Namen entlockt, ehe er mich zur Hölle schickt, wird er es zweifellos tun ...«

»Ich finde einen Weg, Liebste. Vertrau mir!«

Gunhild antwortete nicht. Lucia nahm an, dass ihr Ritter sie küsste. Gleich darauf schlich sie in ihr Schlafgemach.

»Du hast es erfahren?«, fragte Lucia verblüfft. »Die Sache mit Herrn Birger und der Unschuld seiner Braut?«

Gunhild fuhr zusammen. »Ich dachte, du schläfst«, flüsterte sie. »Und woher weißt du, was der Herzog und seine Ritter vor dem Weinkeller besprochen haben?«

Wie sich herausstellte, hatten Gunhild und Bernhard das trunkene Gerede der Männer vom Keller her belauscht. Der kleine Heinrich musste das gewusst haben; wahrscheinlich war die halbe Küchenbelegschaft in das Geheimnis des Liebespaares eingeweiht. Aber der Weinkeller war tatsächlich ein ideales Versteck, sofern man es nicht gerade aufsuchte, wenn das Bankett im großen Saal in vollem Gange war und die Mundschenke ein und aus gingen. Ansonsten war allenfalls der Kellermeister anwesend, und der wurde wahrscheinlich für sein Schweigen bezahlt. Doch Gunhild und Bernhard mussten tausend Tode gestorben sein, als der Herzog und seine Zechkumpane herunterkamen.

»Wir haben uns hinter den Fässern versteckt«, erzählte Gunhild. »Das haben wir früher auch schon gemacht. Es stehen ja genug Fässer herum. Und niemand kommt lautlos die Treppe runter. Wenn man die Tür zwischen Probierraum und Keller offen lässt, besteht keine Gefahr, überrascht zu werden. Aber was Herr Birger da sagte...« Gunhild brach erneut in Tränen aus.

Lucia nahm sie in die Arme.

»Das war trunkenes Gerede, Gunhild. Wahrscheinlich hat er es nicht ernst gemeint.«

Gunhild erwiderte nichts, doch ihr Gesicht sprach eine deutliche Sprache. Beide wussten, dass Birger Knutson von Skaane nicht scherzte.

Der nächste Tag fand die Herzöge und die Edelfrauen früh auf den Tribünen. Am zweiten Turniertag wurden die wichtigsten Entscheidungen ausgefochten, und das Programm war umfangreich. Der Herzog war schlecht gelaunt. Er kämpfte mit den

Nachwirkungen des Weins in der letzten Nacht und beneidete seine Zechkumpane, die heute kämpfen durften. Auch ihm war mehr danach, das Schwert zu schwingen, als huldvoll Preise zu verteilen.

Lucia und Gunhild wirkten beide übernächtigt und blass, Gunhild war obendrein so zitterig, dass Elisabeth ihr erst mal einen Becher unverdünnten Wein aufdrängte.

Die Herzoginmutter verfolgte angeregt die Kämpfe, bei denen es heute weitaus rauer zuging als am Tag zuvor. Die jüngere Generation der Ritter focht eher regelgerecht, während die Älteren auch vor Finten und Täuschungen nicht zurückschreckten. Der Oettinger versuchte sogar, seinen ersten Gegner zu blenden, indem er dessen Visier mit Schlamm bewarf.

Die Mädchen standen weniger unter Aufsicht als sonst, und so hatte Lucia Zeit, Elisabeth ihr Problem zu schildern. Die Herzogin schüttelte ernst den Kopf.

»Natürlich können sie dich nicht zwingen. Aber das heißt nicht, dass du ernstlich eine Wahl hast! Dein Onkel wird dich züchtigen. Er wird dich in seine Burg holen und einsperren – du würdest Leona nicht wiedersehen, bevor du der Heirat zustimmst. Und wenn das alles nichts hilft, stecken sie dich in ein Kloster, möglichst eins von den strengen Konventen, das keine so hohe Mitgift fordert. Willst du das riskieren, Lucia? Der Mann ist viel älter als du. In ein paar Jahren wärest du Witwe.«

Lucia hoffte verzweifelt, vielleicht heute schon Witwe zu werden. Bei Turnieren gab es stets Unfälle, und wenn sie Glück hatte, würde es diesmal Herrn Wolfram treffen.

Neben ihr betete Gunhild um ein ähnliches Schicksal für Birger von Skaane.

Aber wieder einmal hatte Gott kein Ohr für ihre Wünsche; sie wären ja auch zu lästerlich gewesen. Stattdessen bestritten sowohl der Fraunberger wie Herr Birger ihre Kämpfe siegreich, und auch

Conrad von Oettingen blieb ungeschlagen. Er lieferte sich am späten Vormittag einen furiosen Kampf mit seinem neuen Freund Wolfram. Am Ende wälzten sich beide mit ihren Schwertern im Schlamm herum, fast wie die Knappen am Tag zuvor, und fielen gemeinschaftlich über den Herold her, der den Fraunberger schließlich zum Sieger erklärte.

Bevor die Spiele unterbrochen wurden, damit Kämpfer und Zuschauer sich erfrischen konnten, waren nur noch vier Ritter im Rennen um den Sieg: Birger Knutson, Wolfram von Fraunberg, Bernhard von Paring und Dietmar von Thüringen. Der junge Ritter war stolz mit Lucias Zeichen an seiner Lanze eingeritten, hatte wieder unverschämt gegrüßt und dabei nicht nur seiner Schwester feurige Blicke geschenkt. Anschließend kämpfte er furios wie am Tag zuvor.

»Ich werde den Fraunberger für Euch schlagen!«, versprach er Lucia mit beinahe kindlichem Ernst, als er sie wieder vor dem Festzelt abfing. »Vielleicht überlegt Euer Onkel es sich dann ja noch anders! Oder seid Ihr einverstanden mit seiner Wahl?«

Dietmar betrachtete sie voller Eifer.

Lucia errötete. Die Ritter wussten es also schon. Wahrscheinlich hatte Herr Wolfram im großen Saal mit seiner jungen Braut geprahlt, oder Herr Conrad hatte die Verlobung gar bereits öffentlich angekündigt.

»Es steht mir wohl nicht zu, darüber ein Urteil zu haben«, sagte Lucia artig. Es war sicher nicht klug, den jungen Ritter in diese Angelegenheit hineinzuziehen.

»Aber Ihr könnt diesen alten Mann doch nicht lieben! Ihr solltet einen jungen Ritter freien, der Euch glücklich macht! Wird Euer Herz bei mir sein, wenn ich nachher mit Herrn Wolfram kämpfe?«

Dietmar legte die Hand auf sein Herz, und seine Geste rührte Lucia. Wieder begann sie von Zärtlichkeiten mit diesem eifrigen jungen Ritter zu träumen. Es musste so ganz anders sein als mit Clemens. Für Dietmar war sicher auch die Minne ein Spiel; er würde Lucia nicht mit dem heiligen Ernst, der tiefen Dankbarkeit an sich ziehen wie Clemens. Stattdessen würden sie scherzen und lachen, und er würde ihren Körper erforschen, als zöge er auf Abenteuer in ein fremdes Land.

Aber das war natürlich unmöglich. Sie konnte diesen Jüngling nicht erhören. Er brachte sich jetzt schon in Gefahr, wenn er entschlossener als sonst gegen Herrn Wolfram kämpfte. Und dem dritten Sohn selbst eines so reichen Hauses wie Thüringen würde ihr Onkel sie niemals freiwillig vermählen.

»Mein Herz wird für Euch schlagen, aber es wird auch um Euch fürchten. Geht keine Risiken ein, mein Ritter!«, sagte sie schließlich huldvoll.

Dietmar strahlte sie an. »Mit Eurem Zeichen an der Lanze bin ich unbesiegbar, meine Herrin!«, erklärte er.

Lucia schüttelte nur den Kopf.

Ein wenig verspätet trat sie ins Zelt und verspürte nun wirklich Hunger. Dietmar wirkte belebend auf sie; seine unbeschwerte Art erinnerte sie an längst vergangene Zeiten, als Lea noch Ritterromane gelesen und Lucia vom Morgenland geträumt hatte.

Aber fast noch im Eingang zum Zelt stand die Herzoginmutter und sprach mit einem großen, hageren Ritter. Beide wirkten gereizt. Anscheinend waren sie mitten in einer Auseinandersetzung. Der Ritter war kein Turnierteilnehmer; tatsächlich hatte Lucia ihn noch nie gesehen. Er war auch zu alt, um noch das Schwert zu schwingen. Sein Gesicht war faltig, und seine dunklen Augen hätten altersweise und gütig wirken können, wäre er jetzt nicht so sehr verärgert gewesen.

»Ihr könnt mir nicht verwehren, sie zu sehen! Sie ist meine Enkeltochter!«

Die Herzogin verdrehte die Augen. »Dafür gibt es keinerlei Beweis. Sie ist ein Bastard.«

»Und warum nennt Ihr sie dann eine von Bruckberg?«, fragte der Mann. »Es war mein Sohn, der das Mädchen verführte, das leugne ich nicht. Aber er hatte noch kein Gelübde abgelegt und war kein Priester. Warum also sollte er sie nicht geheiratet haben? Mein Sohn mag gefehlt haben, aber er war immer ein ehrenwerter Mann.«

»Deshalb starb er wohl auch am Galgen!«, höhnte die Herzogin. »Gebt es auf, Bruckberger, Ihr habt keine Rechte an dem Mädchen. Sie ist eine Oettingen, bald eine Fraunberger...«

»Ihr wollt sie mit diesem Bullterrier verheiraten?« Von Bruckbergs Ausbruch nahm Lucia endgültig für ihn ein.

Nach dem Onkel nun auch noch ein Großvater; auf den ersten Blick war sie wenig begeistert gewesen. Aber vielleicht bot der alte Mann ja Rettung vor dieser Ehe? Lucia fragte sich, wer größere Rechte an einem Mädchen hatte: ein Onkel oder ein direkter Verwandter? Sie schob sich energisch vor die Herzogin.

»Ich bin Lucia von Bruckberg!«, sagte sie mit klarer Stimme. »Ich denke, es geht hier um mich!«

Der alte Mann zog sofort jegliche Aufmerksamkeit von der Herzogin ab. Lucia atmete auf, als er lächelte, ehe er mit ihrer eindringlichen Musterung begann. Sie erwiderte seinen Blick, und ihr gefiel durchaus, was sie sah. Von Bruckberg war alt, aber noch ungebeugt; sein hagerer Körper steckte in schlichter, jedoch gediegener Kleidung. Er schien weniger zu Prunk zu neigen als die anderen Ritter. Aber vielleicht fehlten ihm dazu auch die Mittel. Lucia dachte daran, was sie über ihn gehört hatte: »Kaum mehr als ein Landvogt.« Dennoch strahlte dieser alte Herr mit den ruhigen, grün-braunen Augen mehr Würde aus als alle drei Herzöge zusammen.

»Mein Name ist Arnulf von Bruckberg«, stellte er sich schließlich vor. »Siegmund von Bruckberg war mein Sohn. Du siehst ihm nicht sehr ähnlich. Ich denke, du kommst nach deiner Mutter.«

Lucia nickte. »Das sagen alle«, erklärte sie. »Angeblich bin ich ihr wie aus dem Gesicht geschnitten ... abgesehen von der Nase.«

Von Bruckberg lachte. »Die hast du von uns. Schmal und spitz und manchmal zu lang; sieh dir meine an. Insofern hast du Glück.«

»Es ist keineswegs sicher, dass ...« Die Herzoginmutter machte einen letzten Versuch, sich einzumischen.

»Doch, ich bin sicher«, sagte Lucia ruhig. »Ich würde gern mit Euch reden, Herr ... Herr von Bruckberg ...«

»Du kannst mich ruhig Großvater nennen, wenn es dir beliebt«, meinte Bruckberg freundlich. »Ich habe nicht viele Enkel, nur zwei bislang, aber Gott sei Dank beides Söhne, sodass die Erbfolge gesichert ist. Auch wenn die Frau Herzogin der Meinung ist, wir hätten nicht viel zu vererben!« Er blinzelte belustigt, während Frau Margarethe sich aufplusterte wie eine Henne.

»Ihr dürft meinem Mündel gern etwas vererben«, erklang plötzlich Conrad von Oettingens Stimme neben ihnen. Der Ritter musste sich nach dem Kämpfen umgekleidet haben, denn er war in vollem Feststaat. Wahrscheinlich hatte man ihn eingeladen, das restliche Turnier vom Ehrenbaldachin aus zu verfolgen. »Ansonsten aber habt Ihr keine Rechte an ihm. Niemand weiß, ob meine unselige Kusine Beatrix nicht noch andere Buhlen neben Eurem Sohn hatte – dieses Kind kam immerhin in einem Hurenhaus zur Welt. Ich fordere Euch also noch einmal freundlich auf, Euch von diesem Mädchen fernzuhalten. Es ist nicht schicklich für sie, mit fremden Männern zu reden.«

Arnulf von Bruckberg warf ihm einen kühlen Blick zu. »Und was würdet Ihr tun, wenn ich mich nicht an Eure Weisung hielte? Mich fordern? Ihr macht ein bisschen zu viel Aufhebens um einen alten Mann, der bloß ein paar Worte mit seiner Enkelin wechseln will.«

»Wenn es Worte zu wechseln gibt, so tut es hier in meiner Gegenwart!«, forderte von Oettingen streng.

Arnulf von Bruckberg gönnte ihm keine Antwort, sondern wandte sich jetzt endgültig seiner Enkelin zu.

»Lucia, wir herrschen nur über einen kleinen Ort. Von den Abgaben der Bürger und Bauern können wir gerade so leben und unsere Güter erhalten. Meine Söhne und mein ältester Enkel haben ihre Schwertleiten gefeiert und wären bereit, ihrem Lehnsherrn als Ritter zu dienen. Jeder von ihnen besitzt ein Pferd und eine Rüstung, aber wir haben nicht die Mittel, beides im Turnier einzusetzen. Es wird also niemand von unserer Familie für die Ehre deiner Eltern in den Ring reiten. Wir haben zweifellos mehr Ansprüche auf dich, als dieser Ritter meint.« Er warf einen verächtlichen Blick auf Conrad von Oettingen. »Aber wir können sie nicht geltend machen. Bitte nimm es uns nicht übel, und denke freundlich an uns, wie wir es von dir tun...«

Er verneigte sich vor dem errötenden Mädchen.

»Ich habe ein Kind...«, flüsterte Lucia.

Der Bruckberger nickte. »Auch das ist uns bekannt. Wenn du möchtest, kann es gern am Hof meines Sohnes erzogen werden.«

»So weit kommt es noch!«, wütete der Oettinger.

Lucia nickte ihrem Großvater zu. »Ich danke dir für das Angebot, aber meine Tochter wird bereits am Hof der Herzogin erzogen. Sie ist dort glücklich.«

Arnulf von Bruckberg lächelte. »Ich wollte nur klarstellen, dass ihr beide uns willkommen seid. Aber nun habe ich wohl genug gegen die Etikette verstoßen. Niemand umgibt sich hier gern mit armen Rittern. Gott zum Grüße, Herzogin, Herr Conrad – und Lucia.«

Der Bruckberger verbeugte sich förmlich und ließ eine ziemlich verwirrte Lucia zurück. Ein Großvater, der auf ihrer Seite war, aber nichts für sie tun konnte. Trotzdem fühlte sie sich seltsam getröstet. Wenn es ihr gelingen sollte, mit Leona zu fliehen, hatte sie jetzt zumindest ein Ziel!

Elisabeth nahm ihr diese Hoffnung sehr schnell wieder.

»Weißt du, wo dieses Bruckberg liegt, über das dein Großvater herrscht?«, fragte sie sanft. »Ich habe mich gleich erkundigt, als du hier ankamst. Es ist irgendwo im Fränkischen. Ziemlich weit weg; du siehst ja, wie lange es gedauert hat, bis sich die Nachricht von deiner Ankunft ... nun, herumgesprochen hatte. Wie willst du allein dahinkommen?«

Lucia lächelte ihr zu. Sie hatte gleich vermutet, dass es Elisabeth gewesen war, die Boten zu ihrem Großvater geschickt hatte!

»Ich werde eine Lösung finden«, erklärte sie selbstbewusst und hoffnungslos zugleich, so wie Bernhard von Paring am Abend zuvor.

Gunhilds Liebster bestritt soeben seinen nächsten Kampf in diesem Turnier und traf auf Birger von Skaane. Gunhild starb auf der Tribüne tausend Tode, aber natürlich wusste der Däne überhaupt nicht, was den jungen Ritter so stürmisch auf ihn anrennen ließ. Herr Birger kämpfte gelassen und war sich seiner Stärke mehr als bewusst. In einigen Jahren würde Herr Bernhard ihm vielleicht gewachsen sein. Aber diesen Kampf verlor er nach einem einzigen Tjost und einem kurzen Schlagabtausch. Er war schamrot, als er sich vor den Frauen verbeugte.

»Er hat sein Bestes getan«, tröstete Lucia die verzweifelte Gunhild, wobei sie sich fragte, worauf das Mädchen gehofft hatte. Selbst wenn ihr Ritter diesen Waffengang für sich entschieden hätte – mit Herrn Birgers und Gunhilds Vermählung hatte das nichts zu tun.

6

Der Kampf Dietmars von Thüringen mit Wolfram Fraunberger ging ähnlich schlecht aus wie Bernhards Waffengang mit dem Dänen. Auch dieser junge Ritter hatte dem erfahrenen Kämpen nichts entgegenzusetzen. Obendrein fiel Herr Dietmar beim Tjost unglücklich vom Pferd und schlug sich die Schulter an. Danach führte er das Schwert nicht mehr mit voller Kraft und musste sich nach kurzer Zeit geschlagen geben.

Auch er stand mit hängendem Kopf vor Lucia und tat ihr von Herzen leid.

»Du solltest zu ihm gehen und dir seine Schulter anschauen«, meinte Elisabeth. »Das ist durchaus schicklich, ich kann dich auch gern begleiten. Es gehört zu unseren Aufgaben, dass wir uns um verletzte Ritter kümmern.«

Lucia war unsicher. »Mein Onkel ...«

»Na, der ist doch wohl beschäftigt!«

Conrad von Oettingen diskutierte mit den Herzögen und Frau Margarethe wortreich den möglichen Ausgang des turnierentscheidenden letzten Kampfes zwischen dem Dänen und dem Fraunberger.

Keiner von ihnen bemerkte, dass die Damen sich entfernten.

Zu Lucias Überraschung hielt eine Magd am Rande des Turnierplatzes eine Truhe mit Verbandszeug und Heilsalben bereit. Elisabeth hieß sie, den Frauen zu folgen, als sie Lucia zu den Stallzelten führte. Hier gab es abgeschiedene Räume für verletzte Ritter, aber Dietmar war nicht zugegen.

»Der junge Thüringer?«, fragte der Bader, der dort auf mögliche Patienten wartete. »Der war hier. Den hat's rüde umgehauen. Aber so arg ist's nicht, er wollte sich nicht verbinden lassen. Stattdessen soll eine Pferdesalbe drauf, und er will am Nachmittag im Buhurt kämpfen. Ich kann's nicht ändern, edle Damen. Aber gebrochen ist nichts!«

»Kann er das beurteilen?«, fragte Lucia ängstlich, während sie Elisabeth weiterhin folgte. Die Herzogin ging jetzt direkt zu den Pferden.

Elisabeth zuckte mit den Schultern. »Die Ritter sagen, im Richten von Knochen sei er gut. Aber es ist bestimmt besser, wenn du es dir selbst noch einmal ansiehst.«

Sie fanden Dietmar im Kreise seiner Freunde. Mit Bernhard von Paring und Jérôme de la Bourgogne schmiedete er Pläne für den Kampf am Nachmittag. Der »Buhurt«, traditionell der letzte Wettkampf im Turnier, stellte eine Schlacht nach. Zwei Gruppen von Rittern bekämpften einander, bis der Herold eine zum Sieger erklärte. Aber auch Einzelkämpfer auf beiden Seiten konnten sich auszeichnen.

Die jungen Ritter schienen entschlossen, sich gegen die ältere Generation zu verbünden.

»Was heißt denn hier, wir können nicht siegen?«, fragte Dietmar gerade empört den zaudernden Chevalier de Bourgogne. »Wir ziehen für die Ehre unserer Damen in den Kampf, schon das macht uns stark. Und es ist gut möglich, dass die Herren nach den Kämpfen am Morgen ermüdet sind.«

Die anderen jungen Ritter lachten ihn aus, und auch Elisabeth und Lucia konnten sich das Lachen kaum verbeißen.

»Lasst mich zunächst mal Eure Wunde sehen, mein Held«, meinte Lucia sanft. »Wer weiß, ob ich Euch überhaupt für mich in den Kampf ziehen lasse.«

Dietmar schenkte ihr sein strahlendes Lächeln. »Schon Euer Anblick lässt mich sofort gesunden!«, schmeichelte er. »Ihr seid zu gütig, zu gnädig! Dabei habe ich Euch enttäuscht.« Scheinbar zerknirscht, ließ er den Kopf hängen. In den Augen des jungen von Paring neben ihm hingegen stand echte Verzweiflung.

»Nichts dagegen, wie sehr ich meine Dame enttäuscht habe«, flüsterte Bernhard.

»Umso wichtiger, dass wir nachher gemeinsam den Buhurt bestreiten!«, erklärte Dietmar. »Da können wir die Scharte auswetzen.«

Der junge Ritter erlaubte widerstrebend, dass Lucia seine Schulter entblößte. Sie war leicht angeschwollen, und die Frauen versorgten sie mit einer Salbe aus Kampfer und Arnika.

»Ihr seht, es ist nichts!«, meinte Dietmar tapfer. »Wenngleich es mich mit Glück erfüllt, von Euren Händen gestreichelt zu werden, meine Herrin Lucia.«

»Ihr solltet den Arm ein paar Tage in der Schlinge tragen!«, meinte Lucia streng. »Es ist unsinnig und gefährlich, Euch gleich wieder ins Kampfgetümmel zu stürzen!«

»Ihr werdet mir heute Abend die Schlinge anlegen. Das müsst Ihr mir versprechen, meine Herrin«, meinte Dietmar und sah sie mit glühenden Augen an. »Aber jetzt muss ich noch einmal kämpfen. Und was soll schon passieren? Die Schwerter sind aus Holz und die Lanzen gepolstert. Dabei kommt niemand um, Herrin.«

Lucia schwieg, aber sie wusste natürlich, dass es bei fast jedem Turnier tödliche Unfälle gab. Bislang war dieses hier glimpflich verlaufen; von ein paar Prellungen und anderen kleinen Blessuren abgesehen, war kein Ritter verletzt.

»Seid Ihr nun dabei, meine Herren?«, fragte Dietmar seine Freunde munter. »Ich würde unsere kleine Schar ja gern anführen, doch in Anbetracht meiner Blessur ist es vielleicht besser, diese Ehre einem anderen zu überlassen. Meine Herrin hat mir befohlen, Vorsicht und Umsicht walten zu lassen.«

Lucia lächelte. Dietmar war unverbesserlich. Sie ertappte sich bei der romantischen Vorstellung, mit ihm nach Bruckberg zu fliehen.

Bernhard von Paring straffte sich. »Ich werde die Gruppe anführen«, sagte er entschlossen. In seinem Blick war ein Glänzen, das nichts Gutes ahnen ließ.

Auf dem Kampfplatz war das Treffen inzwischen entschieden; der Däne hatte sich gegenüber dem Fraunberger durchgesetzt. Beide erhielten einen Geldpreis, allerdings wurde nur Birger Knutson geküsst.

Die Herzoginmutter rief die totenbleiche Gunhild vor, die ihren künftigen Gatten mit steinernem Gesicht als Turniersieger ehrte.

Gunhild bat gleich darauf, sich entschuldigen zu dürfen. Ihr sei übel, sie fühle sich nicht wohl.

»Kein Wunder, nachdem sie in so vielen Kämpfen mit ihrem Liebsten gehofft und gelitten hat!«, erklärte Elisabeth diplomatisch.

»Bis zur Hochzeit am Abend sollte sich das aber wieder geben!«, meinte Margarethe streng. »Ich will keine so bleiche, zittrige Braut. Man möchte ja meinen, sie fürchtet sich vor ihrem Gatten! Lucia, geh mit ihr, und gib ihr etwas Stärkendes! Beim Bankett nach dem Wettkampf möchte ich sie mit roten Wangen und in strahlender Schönheit sehen!«

Lucia begleitete die Freundin gern. Sie war gar nicht so sehr daran interessiert, den Buhurt zu sehen; wahrscheinlich würde es ohnehin ein Gemetzel geben. Die älteren Ritter waren Dietmars verwegener, junger Truppe turmhoch überlegen. Es blieb nur zu hoffen, dass keiner der Heißsporne Schaden davontrug.

Gunhild bestand darauf, in den Stallzelten vorbeizuschauen und Bernhard zu sehen. Lucia beschwor sie, davon Abstand zu nehmen.

»Es ist viel zu riskant! Auch Herr Birger wird im Buhurt kämpfen und muss sein Pferd vorbereiten!«

»Du kannst ja zuerst gehen und einen Blick hineinwerfen«, meinte Gunhild. »Du hast eine Ausrede, du willst nach der Schulter des Herrn Dietmar sehen. Wenn dann die Luft rein ist...«

Lucia murmelte etwas von Tollkühnheit, machte sich dann aber gehorsam auf den Weg. In den Ställen herrschte reges Treiben, doch Herrn Bernhard konnte sie zunächst nicht ausmachen. Erst nach längerer Suche entdeckte sie ihn im Heulager. Er überprüfte den Sitz des abpolsternden Lederschutzes auf seiner Lanze.

Er überprüfte?

Lucia hatte ihn eben anrufen wollen, verhielt jetzt aber ihre Worte. Bernhard von Paring hatte die lederne Schutzkappe von seiner Lanze entfernt und schnitt mit einem Messer daran herum. Lucia mochte kaum glauben, was sie da sah, aber der Ritter höhlte das Leder aus: Statt eines dicken Schutzmantels, den die Schneide der Lanze nicht durchdringen konnte, lag nur noch eine dünne Haut über der Waffe. Wenn sie irgendwo gegenprallte, würde der Stahl das Leder mühelos durchstoßen.

Lucia stand wie erstarrt, während der Ritter die dünne Hülle über die Lanzenspitze zog. Von außen war nichts zu erkennen. Der Ritter richtete sich entschlossen auf und fand sich unversehens Lucia gegenüber. Er sah direkt in die schreckerstarrten blauen Augen, senkte den Blick aber nicht.

»Ich tue, was ich muss«, sagte er leise.

Lucia nickte. »Ich werde Euch nicht hindern.«

Gunhild verstand nicht, warum Lucia sie nicht nur vom Stallzelt wegdrängte, sondern auch noch zurück zum Ehrenpavillon schob.

»Wir sollten zusehen!«, sagte sie entschlossen. »Egal was geschieht. Er sollte dabei nicht allein sein...«

Gunhild begriff nicht, was Lucia meinte, schluckte aber gehorsam den schweren roten Wein, den sie ihr aufdrängte, als sie beide am Verpflegungszelt vorbeikamen.

»Ich werde bei meiner Hochzeit betrunken sein«, flüsterte sie, als Lucia den Becher noch einmal füllte.

»Umso besser.« Lucia nahm ebenfalls einen Schluck. Nie zuvor hatte sie das Vergessen, das angeblich im Wein verborgen lag, so sehr gebraucht.

Die Ritter verbeugten sich vor den Herzögen, kaum dass die Mädchen zurück auf die Ehrentribüne kamen. Die Herzoginmutter warf den beiden einen fragenden Blick zu, hatte dann aber nur noch Augen für die Ritter.

Dietmar lachte Lucia schon wieder mutwillig zu. Bernhard verschlang Gunhild mit Blicken. Er flüsterte irgendetwas, ehe er sich abwandte und das Visier über sein totenblasses Gesicht zog. Jérôme de la Bourgogne ließ sein Pferd elegant auf der Hinterhand herumspringen.

Weder der junge Franzose noch Dietmar schienen irgendetwas zu wissen.

Bernhard setzte sich an die Spitze ihres Trupps, hinter ihm seine Freunde und zwanzig andere junge Ritter.

Die Führung des zweiten Trupps hatte traditionell der Sieger des Tjostes. Birger Knutson und Bernhard von Paring ritten gegeneinander an.

Der Däne schien dabei deutlich im Vorteil zu sein. Nicht nur, dass er stärker war als Bernhard, er ritt auch noch das deutlich größere Pferd, einen gewaltigen schwarz-weißen Streithengst.

Lucias Herz schlug heftig. Wahrscheinlich würde Birger von Skaane Gunhilds jungen Ritter zuerst treffen und gleich vom Pferd tjosten. Dann würde gar nichts geschehen ...

Doch Bernhard von Paring überließ nichts dem Zufall. Er hob

den Arm, der die Lanze hielt, holte Schwung und warf die Waffe wie ein maurischer Krieger. Und er traf.

Die Lanze durchstieß Herrn Birgers Rüstung im Übergang zwischen Helm und Brustpanzer. Hier hätte das Kettenhemd, das der Ritter darunter trug, den Schwung der abgepolsterten Waffe eigentlich bremsen müssen. Vielleicht wäre der Ritter gestürzt, hätte kurz unter Atemnot leiden können. Aber so ...

Lucia hörte Gunhild neben sich aufschreien. Auch auf den weiteren Tribünen brach Tumult aus, als sich jetzt ein Blutstrom aus Herrn Birgers Hals ergoss. Der Ritter, der mit einer solchen Attacke absolut nicht gerechnet hatte, ließ seine Lanze fallen, griff sich wie ungläubig an den Hals und taumelte. Er stürzte vom Pferd, während der Hengst weitergaloppierte. Sein Körper zuckte, doch er hauchte schon sein Leben aus, als der erste Herold ihn erreichte und versuchte, seinen Helm zu lösen.

Bernhard von Paring hatte sein Pferd verhalten und war abgesprungen; nun kniete er scheinbar fassungslos neben dem Gestürzten. Um die Männer herum tobte noch der Kampf. Kaum einer der beteiligten Ritter hatte mitbekommen, was geschehen war.

»Wie konnte das passieren?« Der Herzog auf der Tribüne fand wieder Worte. »Die Waffen sind doch unschädlich gemacht ...«

Gunhild neben Lucia schrie immer noch.

»Nun bring sie doch einer zum Schweigen!«, brüllte Herzog Wilhelm. »Mutter ...«

Frau Margarethe schien hier jedoch überfordert.

Lucia fasste sich und schüttelte das Mädchen. Gunhild begann haltlos zu schluchzen.

»Ist er ... ist er tot ...?«, flüsterte sie.

»Wäre jedenfalls der Erste, der mit einer Lanze in der Kehle weiterlebt«, brummte der Herzog.

Gunhild brach zusammen.

»Wir sollten das Mädchen wegbringen«, bemerkte Elisabeth.

Auf der Kampfbahn hatten inzwischen alle Ritter die Kämpfe eingestellt. Lucia fragte sich, ob es eine genauere Untersuchung des Vorfalls geben würde. Wenn die manipulierte Schutzkappe der Lanze gefunden würde, hätte Bernhard einiges zu erklären.

Aber die Ritter schienen sich mehr dafür zu interessieren, ob der Buhurt weitergeführt oder abgebrochen würde. Nur einige wenige – Lucia erkannte Dietmar von Thüringen und Jérôme de la Bourgogne – waren abgestiegen und hatten sich zu Bernhard gesellt. Sie klopften ihm auf die Schulter und schienen ihn zu trösten. Anscheinend hatte er eher ihr Mitleid denn ihr Misstrauen. Und warum auch nicht? Schließlich hatte zwischen Birger Knutson und Bernhard von Paring keine Fehde geherrscht. Von seiner Beziehung zu Gunhild wusste nur Elisabeth. Und sie musterte das Mädchen und Lucia inzwischen mit forschenden Blicken.

Die Ritter beobachteten dagegen den Herzog, der gleich eine Entscheidung treffen musste. Lucia hoffte auf eine Fortsetzung der Kämpfe. Schon jetzt würde es schwierig sein, eine schlamm- und blutverschmierte Lederkappe im Morast zu finden. Wenn sich nun noch weitere vierzig Ritter auf diesem Platz schlugen, wäre es gänzlich unmöglich.

Die Herolde organisierten erst einmal einen Abtransport der Leiche.

Gunhild schluchzte, wobei Lucia sich fragte, ob sie derart entsetzt darüber war, dass ihre schwärzesten Gebete wirklich erhört worden waren, oder ob sich hier schon Erleichterung Bahn brach. Trauer war es ganz sicher nicht, obwohl es sich für die meisten so darstellte.

»Ja, bringt sie weg. Und richtet sie her, damit sie nachher eine würdige Totenwache hält!«, beschied die Herzoginmutter Lucia und Elisabeth und wandte sich dann an Gunhild. »Kind, wir verstehen und teilen deine Trauer. Aber du musst nun stark sein. Wir sehen uns in der Kapelle!«

Die Herzöge diskutierten derweil, ob Bernhards unkonventionelle Wurftechnik möglicherweise die Durchschlagskraft der Lanze erhöht hatte.

»Muss sie wirklich die Totenwache halten?«, fragte Lucia. Sie schob Gunhild vor sich her wie eine teilnahmslose Puppe. Das Mädchen weinte nicht mehr laut, sondern schluchzte nur noch leise.

»Natürlich«, sagte Elisabeth steif. »Das ist wohl das Mindeste, was von einer trauernden Braut erwartet wird. Wären sie bereits getraut, hätte sie auch dabei helfen müssen, ihn zu waschen und aufzubahren. Und das hätte sie getan – und wenn ich sie mit der Peitsche in die Kapelle hätte treiben müssen!« Die junge Herzogin stieß Gunhild unsanft vor sich her, um sie möglichst bald aus dem Sichtfeld der Zuschauer und Ritter zu entfernen.

Diese hatten aber keinen Blick mehr für das Mädchen. Der Herzog hatte soeben bestimmt, dass die Kämpfe fortgeführt werden sollten.

»Wir werden sie auch gleich in ihr Brautkleid stecken, ihr Haar lösen und Blumen hineinflechten. Damit sie als jungfräuliche, unschuldige Braut an seine Totenbahre treten kann – und damit um Himmels willen niemand auf den Gedanken kommt, sie hätte etwas damit zu tun!«

»Hat sie ja auch nicht«, rutschte es Lucia heraus. Das also ließ Elisabeth so hart reagieren. Sie vermutete eine Beteiligung Gunhilds am Mordkomplott.

»Wer denn dann? Du etwa? Dann hätte es doch eher den Fraunberger getroffen oder den Oettinger!« Elisabeth warf Lucia einen misstrauischen Blick zu. »Eine von euch muss es jedenfalls gewusst haben. Oder seid ihr auf die Tribüne zurückgekommen, weil ihr plötzlich euer Herz für Schlammschlachten entdeckt habt?«

»Ich habe etwas beobachtet«, deutete Lucia an. »Aber Gunhild wusste von nichts. Und auch keiner der anderen Ritter.«

»Das wollen wir dann mal hoffen«, beschied sie Elisabeth. »Und nun lass uns sehen, dass wir sie etwas herrichten. Sie ist ja völlig am Ende. Hast du irgendein Stärkungsmittel?«

Zwei Stunden später trat Gunhild gefasst und in der aufrechten Haltung einer Fürstentochter an die Bahre ihres Verlobten. Sie trug ihr lichtblaues, mit Edelsteinen geschmücktes Hochzeitskleid, dazu einen Kranz frischer Blumen im offenen Haar, das allerdings von einem Schleier aus schwarzer Gaze bedeckt wurde. Der Schleier verbarg auch ihr Gesicht vor neugierigen Blicken. Das war gut so, denn das Mädchen brachte es nicht über sich, den Blick auf den Toten vor ihr zu richten. Sie hielt die Augen gesenkt oder starrte in eine der Kerzen, die man um die Bahre herum aufgestellt hatte. Vorerst waren es noch schlichte weiße Kerzen, aber die Nonnen im Kloster Seligenthal arbeiteten schon daran, Kerzen in den Farben des Hauses Skaane zu ziehen. Auch den Schild und die Waffen des Toten hatten die Herolde vor seinem Totenbett zur Schau gestellt. Nur der Helm fehlte; man hatte ihn wohl nicht so schnell von dem vielen Blut reinigen können.

Die Bahre mit Herrn Birgers Körper war vor dem Altar der Burgkapelle aufgestellt, und der Hofkaplan las bereits die ersten Totenmessen für ihn. In den nächsten Tagen würden es Dutzende, ja Hunderte Totengebete werden. Um verdiente Ritter wie Herrn Birger wurde wochenlang getrauert. Die Anzahl der Totenmessen entsprach seiner Wertschätzung durch Familie und Gastgeber.

In der ersten Bankreihe vor dem Altar kniete Bernhard von Paring. Der junge Ritter schluchzte haltlos, und Lucia und Elisabeth mussten Gunhild fast mit Gewalt daran hindern, sich ihm zuzuwenden.

»Es wäre besser, wenn er sich nicht so auffällig benehmen würde«, wisperte Elisabeth. »Andererseits passt es gut ins Bild. Man glaubt ihm die aufrichtige Reue. In Birgers Familie wird man die Sache auch kaum anzweifeln. Solche Unfälle kommen vor...«

Tatsächlich geschahen sie sogar recht häufig. Manchmal verlangte man Wergeld von dem Mann, der den Tod im Turnier veranlasst hatte; mitunter zahlte der Veranstalter eine Entschädigung, oder man ließ es einfach auf sich beruhen.

Bernhards Trauer sicherte ihm zumindest die Sympathie aller Beteiligten. Selbst die Herzöge, die vor dem Bankett einer der Totenmessen beiwohnten, zeigten ihm ihr Mitgefühl, indem sie neben ihm knieten und die Totengebete sprachen.

Bernhard bat die Herren, mit dem Kaplan und den Damen die Totenwache halten zu dürfen, und natürlich wurde es ihm gewährt.

Die anderen Ritter zogen sich nach einer Andacht in die große Halle zurück, wo diesmal nicht zu Ehren eines Siegers, sondern im Andenken an den verdienten Ritter gezecht wurde.

»Letztlich kommt es natürlich aufs Gleiche heraus«, bemerkte Elisabeth zynisch. Sie gönnte sich und Lucia eine Pause vom endlosen Beten, nachdem nicht nur die Nonnen von Seligenthal, sondern auch die Herzoginmutter eingetroffen waren.

Die Nonnen nahmen sich sofort der trauernden Braut an, nachdem sie ihre Kerzen aufgestellt hatten. Sie hielten das Mädchen zwischen sich und sprachen Gebete mit ihm; man durfte davon ausgehen, dass sie Gunhild erfolgreich davon abhalten würden, sich nach dem Ritter in der ersten Kirchenbank umzusehen.

Frau Margarethe wirkte ausgeruht. Sie schien nach den Wettkämpfen etwas gegessen und ein wenig geschlafen zu haben. Jetzt brachte sie genügend Energie auf, um zugleich die Klosterschwestern, den Kaplan und ihre Mädchen im Auge zu behalten. Bestimmt würde während dieser Totenwache niemand einschlafen.

Elisabeth und Lucia stärkten sich mit ein wenig Rauchfleisch, Brot und Wein.

»Die Dienstboten werden tuscheln«, meinte Lucia besorgt. Der kleine Heinrich hatte die Damen eben bedient. Und zumindest er wusste von der Liebschaft zwischen Gunhild und ihrem Ritter.

Elisabeth zuckte mit den Schultern. »Niemand wird auf sie hören. Aber einige der Ritter werden ebenfalls eins und eins zusammenzählen. Dietmar von Thüringen und Bernhard von Paring sind enge Freunde. Desgleichen Jérôme de la Bourgogne. Aber die halten den Mund. Wenn hier jemand hätte reden wollen, hätte er es heute getan. Falls der Wein nicht noch einem die Zunge löst, hat Herr Bernhard morgen sicher nichts mehr zu befürchten. Aber frag mich nicht, wie das weitergehen soll. Natürlich ist Gunhild jetzt frei, aber Bernhard kann schwerlich um sie werben. Ein junger Ritter, noch ohne Land, selbst wenn ihm ein Lehen zugesagt ist . . .«

Dass der Mann ihren Verlobten umgebracht hatte, schien kein größeres Hindernis zu sein. Lucia hatte immer noch Schwierigkeiten, die Sitten des Adels zu verstehen.

Aber hier musste irgendeine Regelung gefunden werden.

Als die Frauen zurück in die Kirche gingen, kniete Lucia sich neben Bernhard.

Der junge Ritter schluchzte jetzt nicht mehr laut; stattdessen hatte er sein Gesicht in den Händen verborgen.

»Was wollt Ihr jetzt machen?«, wisperte Lucia.

Herr Bernhard warf ihr aus dem Augenwinkel einen Blick zu.

»Ihr wisst, ich hatte keine Wahl.« Sein Gesicht war vom Weinen gerötet.

»Ich mache Euch keinen Vorwurf. Aber was geschieht jetzt? Mit Euch? Und Gunhild?« Lucia sprach leise im monotonen

Tonfall eines Gebets. Auch sie hatte einen Schleier über ihr Haar gezogen. Sie wusste noch von Al Shifa, wie man sich in einer Kirche verstellt.

»Ich werde zunächst zurück nach Sizilien reiten«, gab Bernhard Auskunft. »Und meinen Herrn an das versprochene Lehen gemahnen. Danach werde ich Gunhilds Vater um ihre Hand bitten.«

»Und meint Ihr, er wird sie Euch gewähren? Dem Mör... äh, demjenigen, der Herrn Birger getötet hat?« Lucia spielte mit ihrem Gebetbuch.

»Eben deshalb habe ich Hoffnung. Meine Ehre gebietet es mir, mich der Hinterbliebenen des Mannes anzunehmen, dem ich das Leben genommen habe. Ich biete seiner Familie Wergeld. Und der Familie seiner Verlobten biete ich mich selbst als Ersatz an.« Der Ritter sah sie beifallheischend an. Er schien das für eine ideale Lösung zu halten, der Gunhilds Vater nicht widerstehen konnte.

Lucia war eher skeptisch. Sie machte schließlich gerade selbst ihre ersten Erfahrungen darin, das Pfand in einem Heiratsgeschäft zu sein. Und wenn ein Conrad von Oettingen schon die Rechte an einer Bastard-Tochter wie Lucia so vehement verteidigte, wie er es gegen Arnulf von Bruckberg getan hatte – wie wertvoll war dann erst eine Fürstentochter wie Gunhild? Wahrscheinlich würden die Bewerber ihrem Vater die Türen einrennen.

»Und wenn Gunhilds Familie nicht wartet?«, gab Lucia zu bedenken. »Es geht mich ja nichts an, aber Ihr werdet Monate, vielleicht Jahre brauchen, um zunächst nach Sizilien, dann nach Skaane zu reiten! Zumal Ihr zwischendurch Turniere bestreiten müsst, oder wovon wollt Ihr leben? Was ist, wenn längst ein neuer Verlobter oder gar Ehemann gefunden ist? Wollt Ihr den dann auch...?«

»Um Himmels willen, schweigt still!«, flüsterte Bernhard. »Das hier war die grauenhafteste Tat, die ich je begangen habe. Ich werde niemals dafür sühnen können. Meine Ehre als Ritter ist für immer befleckt!«

Lucia holte tief Luft.

»Nun, wenn das so ist«, murmelte sie, »sollte es auf ein paar Flecken mehr oder weniger nicht so ankommen ...«

Es wurde früher Morgen, als die Herzoginmutter Gunhild endlich die Erlaubnis gab, die Totenwache zu unterbrechen, um sich zu stärken. Das Mädchen war schon lange vorher zwischen den Nonnen eingedöst, die Ordensfrauen hatten sie zwar aufrecht gehalten, aber nicht zu weiteren Gebeten gezwungen.

Nun taumelte sie in ihre Kemenate und schaute verwundert, als Lucia keine Trostworte, keine warme Milch und kein Bett für sie bereithielt, sondern nur ihren alten Reitmantel und einen mit Lebensmitteln gefüllten Korb.

»Schnell, beeil dich! Wickle das Ding um dich, häng dir den Korb über den Arm, und geh ganz selbstverständlich durch die Küchenpforte. Du musst vor dem Wachwechsel hinaus, die Männer werden müde sein und keine Fragen stellen. Wenn doch, so bist du Marie, die Küchenmagd. Und im Korb sind Almosen für die Bettler. Die Herzogin hat dir aufgetragen, sie zu verteilen, im Gedenken an den Herrn Birger ... du weißt schon.«

»Aber ich ...« Gunhild verstand nicht.

»Dein Ritter wartet an der Isar auf dich. Mit einem zweiten Pferd, das haben wir alles geregelt. Ihr müsst nur zusehen, dass ihr so schnell wie möglich und so weit wie möglich fortkommt. In den nächsten Stunden wird dich niemand vermissen.« Lucia warf ihrer Freundin den Mantel über. »Ihr werdet nach Süden reiten. In ein paar Wochen seid ihr in Sizilien.«

»Du meinst ...« Allmählich begriff Gunhild, und leichte Röte stieg in ihre blassen Wangen. »Er will mich entführen?«

Lucia verdrehte die Augen. »So könnte man es nennen.«

»Aber sie werden uns suchen! Und dann weiß jeder ... dann kann sich jeder denken ... Bisher ahnt doch niemand etwas von Bernhard und mir ...« Gunhild hatte noch Einwände, doch ihre Augen blitzten schon im Gedanken an das Abenteuer.

»Herr Bernhard hat die Herzöge heute schon um Urlaub gebeten. Er hat seine Pflicht getan und für Herrn Birger die Totenwache gehalten, aber jetzt kann er die Blicke der Ritter nicht mehr ertragen. Wahrscheinlich wird er sich ein paar Monate in ein Kloster zurückziehen, um für seine Tat zu sühnen. Und dann wird er nach Norden reiten und Herrn Birgers Familie Wergeld bieten ...«

Lucia lächelte der Freundin verschwörerisch zu.

»Und ich?«, fragte Gunhild.

Lucia nahm die Blumen aus ihrem Haar.

»Diesen Kranz ... und diesen Schleier ...«, sie wies auf die schwarze Seide, »wird man heute Abend an der Isar finden. Und jeder weiß, wie sehr du um Herrn Birger getrauert hast. Ich werde mir unendliche Vorwürfe machen, dass ich nicht bei dir gewacht habe. Ich hätte dich niemals allein in deiner Kemenate lassen dürfen.« Lucia schniefte theatralisch.

Gunhild musste beinahe lachen.

»Aber was ist, wenn wir dann in ein paar Wochen in Sizilien wieder auftauchen?«, fragte sie schüchtern.

Lucia zuckte mit den Schultern.

»Sizilien«, bemerkte sie, »ist weit.«

7

Ich habe Euch schlecht gedient!«

Dietmar von Thüringen war bereit zum Aufbruch zu neuen Abenteuern. Vorher wollte er sich jedoch von »seiner Dame« verabschieden, wie es sich gehörte. Lucia konnte es kaum glauben, als Gisela bei ihr klopfte und ihr kichernd verkündete, »ihr Ritter« warte in der Kemenate seiner Schwester. Seit Birgers Tod und Gunhilds Verschwinden herrschte auf der Burg ein allgemeines Durcheinander; der draufgängerische junge Ritter hatte diesen Umstand genutzt, sich in die Frauengemächer zu schleichen. Jetzt verbeugte er sich tief und zerknirscht vor Lucia, während seine Schwester und die anderen Mädchen sich auf den Fluren und Wehrgängen um die Kemenaten herumtrieben und verzweifelt versuchten, ein paar Worte aus dem Gespräch zwischen Dame und Minneherrn aufzuschnappen.

»Unsinn«, meinte Lucia freundlich. »Ihr habt tapfer unter meinem Zeichen gekämpft. Und seid Ihr für Euren Einsatz im Buhurt nicht sogar ausgezeichnet worden?«

Elisabeth pflegte dafür zu sorgen, dass die fahrenden Ritter auch dann nicht völlig mittellos abreisten, wenn sie keinen Preis gewonnen hatten. Dietmar trug auch ein neues hellblaues Obergewand zu dunkelroten Hosen und Unterkleid. Die Herzogin hatte die jungen Ritter vermutlich allesamt neu einkleiden lassen und dabei besten Geschmack an den Tag gelegt. Dietmars hellblonde, lange Locken wallten über die seidene Surkotte und ließen ihn so schön und edel wirken wie einen Ritter der Artussage.

Der junge Mann nickte, und trotz seiner angeblichen Zerknirschung leuchteten seine Augen. »Doch, ich wurde dafür geehrt, dass ich meinen Trupp tapfer anführte, nachdem Herr Bernhard... Aber das ist nichts, meine Herrin! Nichts gegen das, was Herr Bernhard für seine Dame getan hat.«

Lucia erschrak.

»Ich verstehe Euch nicht!«, sagte sie dann sehr deutlich und sehr streng. »Herr Bernhard hat sich nun wirklich nicht mit Ruhm bedeckt, und meines Wissens hat er an diesem Hof auch keine Dame, unter deren Zeichen er kämpfte. Herrn Birgers Tod...«

»...war ein bedauernswerter Unfall. Es gibt niemanden, der das anzweifelt. Aber sagt selbst: Wäret Ihr traurig gewesen, hätte es stattdessen den Fraunberger getroffen?« Dietmar wollte ihr verschwörerisch zuzwinkern, doch der Ausdruck auf seinem Jungengesicht wirkte eher treuherzig.

Lucia schüttelte den Kopf. »Dann hätte mein Onkel schnell einen anderen Gemahl für mich gefunden«, meinte sie. »Und ich nehme nicht an, dass ich den inniger hätte lieben können.«

»Ihr liebt den Fraunberger also nicht!«, freute sich Dietmar. »Ich wusste es! Ich wusste, dass Euer Herz noch frei ist!«

Der junge Ritter ließ sich anmutig vor Lucia auf die Knie nieder und sah mit leuchtenden Augen zu ihr auf. »Nachdem Ihr mir dies nun gestanden habt, wage ich es, mich zu erklären! Meine Dame Lucia, ich liebe Euch! Seit ich Euch zum ersten Mal sah, bin ich Euch mit Körper und Seele verfallen. Ich...«

Lucia runzelte die Stirn. Sie wusste nicht recht, ob sie ihn auslachen oder hinauswerfen sollte. Und etwas in ihr wollte ihn auch aufheben und an sich ziehen.

»Herr Dietmar, dies entspricht nicht den Regeln der hohen Minne«, rügte sie ihn schließlich. »Die fleischliche Vereinigung mit der Herrin darf nicht das Ziel der Verehrung durch den Ritter sein...«

»Wer immer diese Regeln aufstellte, hat keine drei Tage in

Eurer Gegenwart verbracht! Dann wüsste er, wie sinnlos das Streben ist, Euch nur von Weitem anzuschmachten. Aber als ich Euer Haar sah, leuchtend wie die Sonne, Euer schönes Gesicht, zart wie eine Rose ... und niemals werde ich die Wonnen vergessen, die Ihr mir durch die Versorgung meiner Verletzung bereitet habt! Ihr wart mir so nahe! Euer Streicheln, Euer Duft, wie Lilien am Morgen...«

»Ich habe Euch mit Kampfer und Menthol eingerieben«, bemerkte Lucia trocken. »Beides riecht streng, Ihr könnt kaum einen anderen Duft wahrgenommen haben. Zudem Lilien nicht allzu aufdringlich duften.«

Sie brachte Dietmar damit kurz aus dem Konzept, aber dann verzog er sein Jungengesicht mit den tausend Lachfältchen zu einer zerknirschten Grimasse und versuchte es noch einmal.

»Verzeiht, meine Herrin, ich bin kein Dichter. Und Ihr erinnert mich auch gar nicht an eine Lilie. Es ist eher eine blaue Blume, die ich vor Augen habe, wenn ich an Euch denke, was ständig der Fall ist. Eine ... ja, eine Wegwarte, das ist es! Kennt Ihr nicht das Märchen von der Wegwarte? Ein Ritter liebte ein wunderschönes Mädchen, aber er zog in den Krieg und kam niemals zurück. Doch sie konnte es nicht glauben, wartete am Weg und verzehrte sich dabei vor Trauer. Bis ein Engel Mitleid mit ihr hatte und sie in jene blaue Blume verwandelte, die uns noch heute an ihre ewige Liebe mahnt!«

Lucia verdrehte die Augen. »Der Engel hätte ihr lieber ihren Ritter zurückbringen sollen«, bemerkte sie dann. »Was hat sie davon, dass sie jetzt als Blume am Wegrand steht?«

Dietmar grinste. »Aber das hat der Engel in Eurem Fall doch getan! Betrachtet mich als Euren vom Engel gesandten Ritter!«

Er küsste ihr die Hand, und als er sie immer noch lächeln sah, fasste er Mut, setzte sich neben sie und zog sie an sich. Lucia erwiderte seinen Kuss beinahe überrascht. Seit Clemens' Tod hatte sie keine zärtlichen Lippen mehr auf den ihren gespürt, und nun suchte Dietmars vorwitzige Zunge auch noch Eingang in ihren Mund. Sie wollte ihn zunächst abwehren, aber dann genoss sie den Kuss. Dietmar mochte kein Dichter sein, aber in anderen Liebesdingen schien er erfahren.

Er strahlte sie an, als sie sich voneinander lösten. »Ich sehe, das hat Euch gefallen, meine Herrin! Und ich kann nicht glauben, dass Ihr Euch auf der düsteren Burg des Fraunbergers lebendig begraben lasst! Kommt stattdessen mit mir, meine Herrin! Ich werde Euch rauben wie Lancelot einstmals Genevra! Und ich bin kein Ritter ohne Land, Lucia. Mein Vater hat mir ein Lehen versprochen. Natürlich wird es kein Fürstentum sein, eher ein Gutshof. Aber da wäret Ihr die geliebte Herrin! Mein Vater würde Euch voller Freude willkommen heißen, schon weil ich mit Euch endlich sesshaft würde. Es gefällt ihm nicht, dass ich als fahrender Ritter herumreise. Ihr braucht nur Ja zu sagen, Lucia!« Während er sprach, spielte er mit Lucias Händen, streichelte ihre Finger, zeichnete kleine Kreise auf die zarte Haut ihrer Handgelenke. Lucia ging Al Shifas Erzählung durch den Kopf, dass die Kurtisanen des Sultans sich die Hände mit Ornamenten aus Henna bemalten ...

Aber Dietmar von Thüringen wollte sie nicht als Kurtisane. Er bot ihr ein Leben als geachtete Gattin an. Ein paar Augenblicke lang verlor sie sich in Tagträumen von einem schmucken kleinen Landgut, von Heil- und Küchenpflanzen in ihrem Garten. Sie sah sich beim Schelten ihres tollkühnen Ehemannes, der die Kinder schon mit auf Wildschweinjagd nehmen wollte, und sie vermeinte Leona mit einer Schar fröhlicher Geschwister spielen zu sehen ...

»Ich habe ein Kind!«, gestand sie dann. Das war nicht gerade ein Geheimnis, Dietmar hätte es eigentlich wissen müssen. Schließlich hatte er seine Schwester bestimmt nach Lucia ausgehorcht. Er wirkte denn auch nicht überrascht, sondern nur ein wenig unwillig.

»Das erschwert die Sache. Ich kann nicht gleich eine ganze Familie entführen«, bemerkte er. »Aber du kannst das Kind ja einfach hierlassen! Wenn wir erst verheiratet sind und unseren Hof haben, holen wir es nach!«

Für Lucia zerbrach der Traum in tausend Stücke. Es war unmöglich, Leona hierzulassen. Frau Margarethe würde all ihre Wut über das zweite entlaufene Mädchen aus dem Hause Oettingen an ihr auslassen; ganz sicher beließ sie das Kind nicht in Elisabeths sanfter Obhut. Eher übergab sie Leona dem Oettinger oder der kaltherzigen Äbtissin im Kloster. Sie würde das Mädchen auch kaum widerspruchslos herausgeben, sofern Dietmar überhaupt noch Interesse daran hatte, wenn Lucia erst seine Frau und womöglich mit einem eigenen Kind von ihm schwanger wäre. Und auch andere Teile des Traums wurden für Lucia plötzlich schwer vorstellbar. Vielleicht war es dem Herzog von Thüringen ja wirklich egal, welche Frau sein jüngster Sohn heiratete. Aber auf eine Fehde mit Oettingen, dem Fraunberger – und den Herzögen von Niederbayern – war er ganz sicher nicht aus.

»Nun überleg nicht so lange!«, drängte Dietmar. »Komm, lass mich dich noch einmal küssen. Das überzeugt dich besser als tausend Worte. Oder gefalle ich dir nicht?«

Wieder wurden seine Samtaugen treuherzig und ließen Lucia dahinschmelzen. Aber das alles hatte keinen Sinn. Obendrein zog dieses Gespräch sich schon zu lange hin. Herzogin Margarethe würde kaum länger als zwei oder drei Totenmessen in der Kapelle ausharren. Sie hatte zwar lauthals verkündet, sowohl für Herrn Birger als auch für Gunhild beten zu wollen, aber sie war eine zu tatkräftige Frau, um den ganzen Tag auf den Knien zu verbringen. Die Suche nach Gunhild am Ufer der Isar hielt noch an – Margarethe würde begierig sein, sie zu überwachen, und sicher in die

Frauengemächer zurückkehren, um sich umzukleiden. Nicht auszudenken, wenn sie Dietmar dann in Giselas Kemenate fand – Bruder hin, Schwester her.

Wenn ihr nur etwas einfiele, den eifrigen Ritter loszuwerden! Möglichst schnell und möglichst für immer!

Solange Dietmar sich auch nur die leiseste Hoffnung machte, bestand die Gefahr, dass er nachts an ihre Kammer klopfte, um sie zu entführen.

»Sagt es mir, meine Herrin! Sagt mir ins Gesicht, dass Ihr mich nicht liebt!«, forderte er jetzt ganz in der Manier des Troubadours. »Dann wäre zwar mein Leben verwirkt, aber . . .«

Lucia fasste einen Entschluss.

»Es ist nicht so, dass ich Euch nicht mag, mein Herr Ritter«, unterbrach sie ihn freundlich, wehrte ihn aber ab, als er sie gleich darauf wieder in die Arme schließen wollte. »Aber ich kann Euch dennoch kein weiteres Mal küssen. Schon mit dem ersten Kuss brach ich einen Schwur, aber da habt Ihr mich überrumpelt.«

»Einen Schwur, meine Herrin?« Der Jüngling blickte sie forschend an. Lucia lächelte. Sie hatte ihn richtig eingeschätzt. Wie viele an Minnehöfen erzogene Mädchen und Jungen wusste er nichts so sehr zu schätzen wie eine gute Geschichte.

»Ja, mein Herr Ritter. Denn auch wenn ich Wolfram von Fraunberg nicht liebe, mein Herz habe ich dennoch bereits verschenkt . . .«

Mit schönen, zärtlichen Worten beschrieb Lucia ihre angebliche Liebe und erzählte dazu die Geschichte der Herzogin Elisabeth und Adrian von Rennes. Noch am Minnehof der Herzogin, so behauptete Lucia, hätte sie sich in einen jungen Ritter verliebt, der dann in einem Duell zur Verteidigung ihrer Ehre verletzt worden sei. Seitdem sieche er dahin, und niemand könne ihm helfen. Als Aufenthaltsort des Ritters gab sie eine Einsiedelei an.

»Der Mönch tut sein Bestes, um ihn zu pflegen, aber er will

dafür natürlich Almosen. Ich verpfände eins meiner Schmuckstücke nach dem anderen, um ihn zu bezahlen, aber ich habe nicht viel. Es wäre sehr viel einfacher, wenn ich meine eigene Hofhaltung hätte, aus der ich alle paar Wochen ein paar Pfennige abzweigen könnte. Deshalb habe ich der Heirat mit dem Fraunberger zugestimmt.«

Lucia senkte den Kopf und schaffte es tatsächlich, ein paar Tränen zu vergießen. »Und nun bitte ich Euch, mein Ritter, lasst ab von mir!«

Dietmar von Thüringen lauschte mit dem hingebungsvollen Ausdruck eines Kindes, dem man Ritterromane vorliest. Lucia fühlte sich an Leas Ausdruck erinnert. Auch Lea hatte romantische Geschichten geliebt.

»Das ist natürlich etwas anderes, meine Herrin«, erklärte Dietmar schließlich. »Wenngleich mein Herz bricht ob dieser Nachricht. Nie wieder werde ich ohne den Schmerz erwachen, von Euch getrennt zu sein! Nie wieder werde ich meine Lanze ansehen können, ohne an Euer Zeichen daran zu denken! Euer Bild ist eingebrannt in ...« Mehr fiel ihm offensichtlich nicht ein. Dietmar von Thüringen war weiß Gott kein Dichter. Allerdings ein praktisch denkender Mensch mit einem großen Herzen – eine Veranlagung, die sich gleich wieder Bahn brach, als er die Versuche einstellte, Verse zu schmieden.

»Habt Ihr denn überhaupt schon alles versucht?«, fragte er, als der schmachtende Ausdruck von seinem freundlich-klugen Gesicht wich. »Wegen Eures Liebsten, meine ich. Ich weiß, Ihr seid ein wenig heilkundig, und viele Eremiten sollen es ja auch sein. Aber was ist mit Heilern, Chirurgen, Badern?«

Lucia schüttelte traurig den Kopf. »Die Heiler und Apotheker sind mit ihren Arzneien am Ende, und die ständigen Aderlässe schwächen ihn nur. Die Chirurgen drängen darauf, ihm erst die Wunde auszubrennen und dann den Arm abzuschneiden. Aber was sollte das helfen? Das Übel sitzt ja in der Schulter. Und die Bader ... sagt selbst, das sind doch mehr Gaukler als Heiler!«

Dietmar nickte. »Aber es gibt einen neuen Medikus in Regensburg«, berichtete er dann. »Ich habe ihn noch nicht aufgesucht, aber die Ritter reden voller Respekt von ihm. Seine Standesgefährten allerdings nicht. Er soll sich schon mit sämtlichen Ärzten und Chirurgen der Gegend überworfen haben. Es heißt, sie wollten ihn gar verklagen! Wegen Überschreitung seiner Kompetenzen oder etwas in der Art.«

Lucia runzelte die Stirn. »Was tut er denn so Schreckliches?«, fragte sie dann, widerwillig interessiert. Sie hätte Dietmar jetzt wirklich energisch hinauswerfen müssen.

»Er macht alles«, gab der Ritter Auskunft. »Er schneidet Furunkel auf wie ein Bader und amputiert Gliedmaßen wie ein Chirurg, aber häufiger rettet er sie, indem er Medizinen verordnet, Wunden reinigt und Umschläge anlegt. Es heißt, er erdreiste sich sogar, Frauen zu behandeln, die in den Wehen liegen!«

Die Hebammen dürften ihn also ebenfalls hassen. Lucia überlegte. Das klang zumindest nach einer interessanten Persönlichkeit.

»Und vor allem nimmt er den Kranken die Schmerzen!«, sprach Dietmar eifrig weiter. »Ja, ich weiß, das klingt wie Magie, und sie beschuldigen ihn ja auch der Hexerei. Aber ich habe mit Rittern gesprochen, die mir schworen, sie hätten nichts gespürt, wenn er ihnen Arme und Beine wieder einrenkte! Das macht er nämlich auch ...«

Lucia kam zu dem Ergebnis, dass man sich der Dienste dieses Medikus möglichst bald bedienen sollte. Auf Dauer würde er zweifellos auf dem Scheiterhaufen enden.

»Wisst Ihr denn, wie er heißt, mein Ritter?«, erkundigte sie sich.

»Das nicht, aber ich kann Euch sagen, wo Ihr ihn findet. Er hat vorerst Aufnahme im Benediktinerkloster gefunden. Der Abt von Sankt Emmeram ist ein Freigeist. Er hat seine eigenen Vorstellungen und setzt sie durch. Außerdem leidet er unter hartnäckigen Gelenkschmerzen, und dieser Arzt konnte ihm wohl Linderung verschaffen. Er wirkt Wunder, wie ich bereits sagte ...« Dietmar blickte seine Minneherrin beifallheischend an.

Lucia lächelte huldvoll. »Ich werde diesen Medikus aufsuchen«, versicherte sie. »Vielleicht kann er meinem Geliebten ja helfen.« Sie stand auf, um Dietmar nun endgültig zu verabschieden, und küsste ihn liebevoll auf beide Wangen. »Ihr habt mir sehr gut gedient, mein Herr Ritter«, sagte sie sanft. »Ihr habt mir besser gedient, als Ihr es mit Schwert und Schild je hättet tun können.«

Lucia konnte Elisabeths Rückkehr kaum abwarten. Auch die Herzogin hatte den Wirbel auf der Burg genutzt, sich eine Auszeit zu nehmen. Mit der Begründung, die Männer bei der Suche nach Gunhild zu beaufsichtigen, war sie gleich am Morgen auf ihr Pferd gestiegen, um nach Seligenthal zu reiten und Adrian wiederzusehen.

Doch sie kämpfte mit den Tränen, als sie zurückkam.

»Ach, Lucia, es geht ihm schlechter. Die Wunde hatte sich wieder geschlossen, aber vor drei Tagen brach sie erneut auf, und er hat Schmerzen und Fieber. Er hat es nicht einmal geschafft, sich zu meiner Begrüßung zu erheben. All seine Kraft hat ihn verlassen. Ich fürchte, er stirbt, Lucia. Und ich kann nicht mal an seinem Bett sitzen, wenn es zu Ende geht.«

Nicht einmal Lucias Bericht von dem neuen Medikus in Regensburg konnte der Herzogin Auftrieb geben.

»Wie sollen wir denn an den herankommen? Regensburg ist weit, mindestens einen Tagesritt. Bis dahin mag es für Adrian längst zu spät sein.« Elisabeth weinte jetzt wirklich. Sie stand kurz davor, völlig die Hoffnung zu verlieren.

Lucia hätte ihre Freundin am liebsten geschüttelt.

»Elisabeth, lass dir etwas einfallen! Wir müssen irgendeine Ausrede finden, in diese Gegend zu reisen. Was ist mit einer Wallfahrt? Gibt es da nicht irgendeinen Ort, an dem du für dein sündiges früheres Leben büßen willst? Oder deine Nonnen müssen dir helfen! Gibt es kein Zisterzienserinnenkloster in der Gegend, das du aufsuchen könntest, mit irgendeinem Auftrag der Äbtissin?«

»Die Äbtissin erteilt der Herzogin von Niederbayern keine Aufträge!«, sagte Elisabeth würdevoll.

Lucia lief aufgeregt im Zimmer herum. »Aber irgendeine Lösung müssen wir finden! Wenn dieser Arzt ihm wirklich helfen kann...«

»Ich glaube nicht mehr an Ärzte«, flüsterte Elisabeth. »Ich habe es niemals wahrhaben wollen, aber vielleicht liegt doch alles in Gottes Hand. Ich werde beten.«

Beten nützt nichts, dachte Lucia.

Lucias Herz klopfte heftig, als sie sich am Morgen des nächsten Tages die Stute der Herzogin satteln ließ. Die Stallburschen schauten sie dabei seltsam an, sicher auch wegen ihrer Kleidung: Obwohl es ein warmer Frühlingstag war, trug Lucia das dunkle, hochgeschlossene Kleid, das Elisabeth anzulegen pflegte, wenn sie die Pfandleihe des Zacharias Levin aufsuchte. Der Schleier lag jetzt noch über ihrer Schulter, aber nachher würde sie ihn über ihr Gesicht ziehen und sich völlig darunter verstecken. Dennoch war es ein Wagnis. Elisabeth war dünner und größer als Lucia; es würde nicht leicht sein, als ihre Vertreterin durchzukommen. Lucia tröstete sich damit, dass die Figur unter Mantel und Schleier kaum zu erkennen war. Die Körpergröße konnte sie aber auch mit Hilfe der Trippen, die sie unter die Schuhe schnallen wollte, sobald sie im Ort ankam, nur schwer ausgleichen. Nun war Zacharias Levin zum Glück halb blind ... Umso mehr würde sie aufpassen müssen, sich nicht durch ihre Stimme zu verraten!

Lucia hatte obendrein ein schlechtes Gewissen, weil sie in Elisabeths Kammer geschlichen war und sich die Kleidung ohne Wissen der Freundin aus der Truhe genommen hatte. Alles wäre viel leichter gewesen, hätte Elisabeth sich selbst zu diesem Gang bereit erklärt. Aber das war hoffnungslos; die Herzogin war viel zu weich. Sie würde den Verhandlungen niemals gewachsen sein, würde niemals die Sicherheit bekommen, die sie brauchte, damit Levin den Dienst wirklich ausführte, den sie zu erkaufen gedachte. Immerhin besaß Lucia das ideale Pfand für dieses Geschäft. Wolfram von Fraunberg hatte ihr kostbare Ohrgehänge aus Gold und Edelsteinen zukommen lassen. Ein Verlobungsgeschenk – sie würde einiges zu erklären haben, wenn sie es zur Hochzeit nicht trug. Aber das war jetzt Nebensache.

Lucia hatte es eilig. Sie wollte zurück sein, ehe die Herzoginmutter sie vermisste. Zum Glück hatte sich das Leben in den Frauengemächern noch längst nicht normalisiert. Die Herzöge und Frau Margarethe ließen immer noch Messen lesen, nun auch schon für Gunhild, von deren Tod in den Fluten der Isar man inzwischen ausging. Frau Margarethe verlangte von ihren Zöglingen, so vielen Andachten wie möglich beizuwohnen. Eine oder zwei von ihnen waren stets in der Kapelle; auch Lucia hatte diesen Dienst heute Nacht zähneknirschend abgeleistet. Nun hatte Margarethe sie zu Bett geschickt. Zwei oder drei Stunden lang würde niemand nach ihr fragen. Sie drückte dem Stallmeister ein paar Pfennige in die Hand, um sich seines Schweigens zu versichern. Auch Elisabeth pflegte das so zu handhaben. Der Mann war verschwiegen und ihr obendrein ergeben.

»Weiß die Herzogin von Eurem Ausflug?«, fragte er jetzt besorgt, während er Lucia das Pferd vorführte.

»Ich bin in ihren Angelegenheiten unterwegs«, meinte Lucia hoheitsvoll. »Stell keine Fragen, Mann, ich werde in wenigen Stunden zurück sein.«

Die Schimmelstute lief rasch den Berg hinunter, und Lucia erreichte die Stadt schneller als geplant. Die Tore standen jedoch schon offen, auch die zum Judenviertel, die der Stadtwächter gern ein bisschen später öffnete, um die Hebräer zu ärgern.

Lucia stellte das Pferd im Mietstall unter und befestigte die Trippen unter ihren Schuhen. Sie hatte sie vorher nie getragen; auf der Burg bestand selten die Notwendigkeit, das Schuhwerk vor Schlamm und Unrat zu schützen. Als Pflegetochter der von Speyers in Mainz sowie als Nichte der Levins in Landshut hatte sie aber durchaus Erfahrung mit diesen stelzenhaften Holzsohlen, die ordentliche Bürger unterschnallten, wenn sie notgedrungen zu Fuß durch die Stadtstraßen wandern mussten. Sehr häufig – und nicht nur an Regentagen – stand nämlich eine dreckige, übelriechende Brühe in den Gassen, da viele Bürger ihre Nachtgeschirre entleerten, indem sie den Inhalt einfach durchs Fenster auf die Straße schütteten. Auch Schenken und Garküchen warfen ihre Abfälle oft einfach auf die Gassen vor ihren Häusern. Stadtluft mochte frei machen, aber sie roch nicht gut. Clemens hatte auch dies für die häufigen Seuchen verantwortlich gemacht. Lucia untersagte sich, an ihn zu denken. Sie hatte jetzt andere Sorgen, auch wenn sie sich ebenfalls um einen Arzt drehten.

Mit klopfendem Herzen ging sie durch die vertrauten Straßen zwischen Mietstall und Pfandleihe. Der Laden war geöffnet. Lucia fragte sich, ob sie klopfen sollte. Elisabeth hatte das immer getan. Aber dann trat sie einfach ein.

»Gott zum Gruße, Meister Levin«, erklärte sie mit heiserer, leiser Stimme. Sie musste versuchen, tiefer zu klingen. Vielleicht hätte sie Kreide essen sollen.

»Auch Euch einen Gruß«, erwiderte Levins mürrische Stimme. »Braucht Ihr schon wieder Geld? Ich hätte Euch so bald nicht wieder erwartet.«

Elisabeth musste vor kurzem hier gewesen sein. Vielleicht erst gestern. Das erschwerte das Unternehmen; Levin mochte misstrauisch sein. Aber jetzt war sie hier, jetzt gab es kein Zurück mehr.

»In der Tat, Meister Levin ...« Lucia musste sich auf die Anrede konzentrieren. Beinahe wäre ihr ein »Reb Levin« herausgerutscht. »Aber ich brauche kein Geld. Diesmal wollte ich Euch um einen anderen Dienst bitten.«

»Für andere Dienste bin ich nicht zu haben. Dies ist eine Pfandleihe. Was immer Ihr sonst sucht, müsst Ihr woanders finden.«

Levins Tonfall gegenüber der vermeintlichen Kundin Elisabeth war noch deutlich rauer geworden. Der Pfandleiher war erkennbar schlechter Laune, und an der eingeschüchterten Frau konnte er es auslassen, ohne Konsequenzen fürchten zu müssen. Jedenfalls hatte er das bis heute gekonnt.

»Meister Levin«, meinte Lucia ruhig und versuchte, ihre Stimme unter Kontrolle zu halten. Doch unter dem dicken Schleier klang sie ohnehin gedämpft. »Ich weiß, was Ihr von mir haltet, und es interessiert mich nicht. Aber ich bitte Euch um ein wenig Höflichkeit. Niemand hat Euch zweideutige Anträge gemacht, und ich versichere Euch, dass Ihr mich da auch in keiner Weise reizt. Also wollt Ihr Euch nun mein Anliegen anhören, oder gefällt Euch das hier nicht?«

Sie zog den ersten Ohrring aus der Tasche und hielt ihn dem Pfandleiher hin. Zacharias suchte seine Lupe heraus und betrachtete das Stück. Lucia, die ihn gut kannte, sah das Funkeln in seinen Augen.

»Dafür kann ich Euch höchstens hundertzwanzig Silberpfennig anbieten«, brummte der Händler. »Es ist eine schlampige Arbeit, wenngleich die Steine schön sind und...«

»Auch hier habe ich Euch nicht um eine Stellungnahme gebeten«, fiel Lucia ihm ins Wort. »Ich weiß sehr wohl, was die Stücke wert sind. Und ich gebe sie Euch ganz ohne Bezahlung, wenn Ihr dafür diesen Brief für mich befördert.«

Lucia zog ein Schreiben aus der Tasche, das sie gestern Abend verfasst hatte.

»Ich weiß, dass Ihr Juden Eure Verbindungswege habt und dass Ihr Nachrichten schneller befördert als jeder Bote, den ich sonst beauftragen könnte. Außerdem seid Ihr als diskret bekannt. Eure Briefe gelangen ungeöffnet an ihren Bestimmungsort.«

Levin nahm das Schreiben widerwillig entgegen.

»An den Wundarzt im Benediktinerkloster Sankt Emmeram zu Regensburg«, las Zacharias mit Hilfe seines Vergrößerungsglases. »Den Brief könnt Ihr gleich wieder mitnehmen, wir haben keine Verbindungen zu Klöstern...«

Lucia lachte. »Ihr verkauft den Abteien kein Tuch und kein Silber? Ihr würdet einem Abt, der nicht genug Gold auf seine Altäre packen kann, niemals Geld leihen?«

Levin sah sie aus seinen kurzsichtigen Augen forschend an.

»Ihr erscheint mir heute anders als sonst«, murmelte er.

Lucia holte tief Luft. Sie durfte sich jetzt nicht verraten. »Ich bin verzweifelt, Meister Levin«, sagte sie schließlich. »Ich muss Verbindung mit diesem Arzt aufnehmen, und das schnell. Also, können wir ins Geschäft kommen?« Sie nahm den Ohrring wieder an sich, den sie Levin vorhin zur Prüfung überlassen hatte. »Oder soll ich das hier wieder mitnehmen? Ich könnte mir dafür auch einen Burschen im Mietstall verdingen...«

»Nein, nein. Gebt mir den Schmuck, und lasst den Brief hier. Ich werde ihn weiterleiten«, lenkte Levin ein.

Lucia schüttelte den Kopf. »Nein, Meister Levin, das ist mir nicht sicher genug. Ich gebe Euch einen Ohrring. Und in einer Woche werde ich zurückkommen, und Ihr übergebt mir die Antwort.«

»Eine Woche könnte zu knapp sein«, meinte der Händler.

»Dann komme ich eine Woche später. Aber Ihr werdet den zweiten Ohrring erst erhalten, wenn ich sicher sein kann, dass mein Schreiben den Empfänger erreicht hat.«

»Und wenn dieser Arzt dort gar nicht mehr ist?«

»Dann lasst Ihr Euch den Erhalt vom Abt quittieren. Da wird es doch Möglichkeiten geben, Meister Levin!« Lucia schob den Ohrring über den Tresen.

»Ich werde sehen, was ich tun kann«, sagte der Pfandleiher unfreundlich. »Sonst noch etwas?«

»Sonst nichts«, meinte Lucia und hustete. Sehr lange würde sie weder die stickige Hitze unter dem Schleier noch die heisere Stimme beibehalten können. »Nur, dass ich Euch für Eure Hilfe sehr verbunden bin.«

Zacharias schloss die Tür hinter Lucia. Sie konnte sich denken, dass er jetzt hinter ihr ausspuckte. Danach aber würde sich Zufriedenheit auf seinem Gesicht ausbreiten. Die Beförderung des Briefes war schließlich kein Problem und würde ihn höchstens einen Pfennig kosten. Jüdische Händler pendelten fast täglich zwischen Regensburg, Landshut und allen anderen Orten des Herzogtums. Sie alle beförderten Briefe ihrer Glaubensbrüder – entweder kostenlos oder gegen ein kleines Entgelt. Der Adressat dieses Briefes jedoch war ungewöhnlich; der Bote mochte sich den Abstecher ins Kloster bezahlen lassen. Aber gerade mit St. Emmeram machten die Juden so häufig Geschäfte, dass die Beförderung vielleicht nebenbei erledigt wurde. Das Skriptorium der Abtei war berühmt, und Abt Adalbert sammelte antike Schriftrollen und Kodizes. Von wo sonst sollte er sie beziehen, wenn nicht von jüdischen Fernhändlern?

Lucia erreichte die Burg früh genug, um sich umzukleiden und zu frühstücken, bevor Frau Margarethe sie zu einer weiteren Messe in die Kapelle beorderte. Elisabeth kniete dort seit Stunden, in ein verzweifeltes Gebet vertieft.

Lucia setzte sich neben sie.

»Du kannst mit dem Beten aufhören«, wisperte sie. »Die Kinder Israels werden sich der Sache annehmen ...«

8

Lucia bestand darauf, selbst in die Pfandleihe zurückzukehren und nach einer Antwort des Arztes zu fragen. Dabei wäre es natürlich weniger gefährlich gewesen, Elisabeth zu schicken. Doch Lucia traute ihr nicht. Womöglich gab sie den zweiten Ohrring vorschnell heraus, noch ehe sie einen Brief erhalten hatte. Dann würde Levin das Interesse verlieren und die Nachricht in der nächsten Woche zurückhalten, um Elisabeth eins auszuwischen. Oder er würde weitere Bezahlung fordern – was die verschleierte Fremde anging, traute sie Leas Onkel so ziemlich alles zu.

Also wiederholte Lucia das Manöver von der letzten Woche, wobei Elisabeth ihr diesmal das Geleit bis zum Burggraben gab. Die Herzogin sollte auch für eine Ausrede gegenüber Frau Margarethe sorgen, deren Wachsamkeit wieder gewachsen war. Zwar las man immer noch Totenmessen für Birger von Skaane, doch die Angehörigen der herzoglichen Familie überließen das Trauern jetzt meist den Mönchen und Nonnen, deren Klöster sie dafür bezahlte. An Gunhild von Hälsingborgs Familie war Nachricht von den Vorfällen ergangen. Man wartete nun auf eine Antwort, aber wahrscheinlich würde man das Mädchen bald für tot erklären.

Lucia betrat die Pfandleihe diesmal mit nicht ganz so heftig pochendem Herzen. Wenn Zacharias sie beim ersten Mal nicht erkannt hatte, bestand beim zweiten Mal schließlich kaum Gefahr. Umso überraschter war sie, als der korpulente Mann sich erstaunlich behände vor ihr aufbaute und sofort auf sie losging.

»Man kann dir vieles vorwerfen, Mädchen, aber Mut hast du!«, fuhr er sie an. »Ja, nimm den Schleier nur ab, ›Lucia von Bruckberg‹. Ich weiß Bescheid! Eigentlich hätte es mir beim letzten Mal schon auffallen müssen, denn deine Stimme kam mir bekannt vor. Aber wer rechnet mit einer solchen Dreistigkeit? Die Maske der geheimnisvollen Kundin anzulegen, um einen Brief befördern zu lassen!«

Lucia ließ den Schleier tatsächlich sinken, während sie fieberhaft überlegte. Woher stammte Zacharias' Wissen? Sie war sicher, dass sie keinen Absender auf den Brief geschrieben hatte. Natürlich hatte sie unterschrieben, doch um ihren Namen zu finden, musste man das Siegel brechen ...

»Öffnet Ihr neuerdings anderer Leute Briefe, Reb Levin?«, fragte sie vorwurfsvoll.

Der Pfandleiher runzelte die Stirn. »Jetzt wird die Dame auch noch frech!«, schimpfte er. »Nein, Edle von Bruckberg, oder wie Ihr Euch zurzeit nennt ...«

»Ich nenne mich beim Namen meines Vaters!« Lucia war entschlossen, sich nicht einschüchtern zu lassen. Wenn es eine Antwort des Arztes aus Regensburg gab, würde sie den Laden nicht ohne das Schreiben verlassen.

»Dann habt Ihr den wohl in Mainz noch nicht gekannt!«, höhnte Levin.

Woher wusste er das schon wieder?

Lucia seufzte. »Ihr werdet es mir nicht glauben, aber genau so war es. Erinnert Ihr Euch nicht? Ich war ein Findelkind. David von Speyer hat es Euch doch erzählt.«

»Erwähne den Namen von Speyer nicht!«, herrschte Levin sie an. »Damit hast du genug Ärger über mein Haus gebracht.«

»Ihr habt mich so genannt. Es war nicht meine Idee«, versuchte Lucia sich zu verteidigen, doch das Argument stand natürlich auf tönernen Füßen. »Aber gut, Ihr wisst jetzt, wer ich bin. Habt Ihr meinen Brief geöffnet, ehe Ihr ihn versandt habt, oder hat erst die Antwort Eure Neugier erregt?«

Levin richtete sich hoheitsvoll auf. »Beleidige mich nicht, Mädchen. Niemand aus unserer Gemeinde würde jemals einen Brief öffnen, der nicht für ihn bestimmt ist. Aber Moses von Kahlbach, der den Brief für mich beförderte, war vorhin hier und erklärte, er habe den Arzt, an den er gerichtet war, gleich mitgebracht. Der Mann hätte ihn in Regensburg aufgesucht und nach dir ausgefragt. Natürlich hat er ihm nicht viel erzählt. Aber die Juden von Landshut sind nicht taub. Natürlich haben sie gehört, wer sich da als Lucia von Bruckberg auf der Burg eingeschmeichelt hat.«

»Ich habe nicht ...« Lucia wollte sich verteidigen, gab es dann aber auf. Levin wollte doch nichts davon hören, und es gab wichtigere Dinge zu bereden. »Ihr sagt, dieser Arzt sei hier?«

Levin nickte. »Er hat sich Reb Kahlbachs Reisegruppe angeschlossen. Ziemlich ungewöhnlich, aber er scheint nichts gegen die Juden zu haben. Er sagte, er hätte gemeinsam mit Juden und Muselmanen studiert, was immer das heißen mag. Wo er jetzt ist, weiß ich nicht.«

»Aber er wird mich suchen!«, rief Lucia. »Was habt Ihr ihm gesagt?«

Levin verzog das Gesicht. »Ich habe ihm gar nichts gesagt. Aber Reb Kahlbach hat ihn zur Burg verwiesen. Da wollte er heute hinreiten.«

Lucia erblasste. »Er will zur Burg reiten und sein Anliegen vortragen? Er wird dort nach dem kranken Ritter suchen? Um Himmels willen, ich muss sofort zurück!«

Sie wollte sich auf dem Absatz umdrehen und aus dem Laden stürmen, erinnerte sich dann aber an Zacharias' Lohn.

»Hier«, sagte sie und warf den zweiten Ohrring auf den Ladentisch. »Ich danke Euch für Eure Bemühungen. Und ich entschuldige mich für den Ärger, den ich verursacht habe. Aber ich habe Lea von Speyer geliebt wie eine Schwester. Sie hätte mir nichts nachgetragen. Und vielleicht bedenkt ja auch Ihr eines Tages, dass Menschen sehr viel seltener aus Dreistigkeit handeln denn aus Verzweiflung!«

Lucia wollte gehen, doch Levin kam ihr nach.

»Ich habe inzwischen einiges über Euch gehört, Lucia«, sagte er. Sie spürte, wie viel Überwindung ihn diese Worte kosteten. »Und wenn ich Euch auch nicht verzeihen kann, so will ich Euch doch nicht übervorteilen. Behaltet Euren Schmuck. Die Beförderung des Briefes hat mich keinen Pfennig gekostet.«

Er drückte Lucia die Ohrgehänge in die Hand und schob sie zur Tür hinaus, noch ehe sie sich bedanken konnte.

Lucia wusste nicht, worüber sie sich zunächst Gedanken machen und sorgen sollte, als sie zum Mietstall eilte. Zacharias Levins plötzliche Milde war eigenartig. Und wie kam er an neue Erkenntnisse über sie? Waren Überlebende aus Mainz eingetroffen, die von der Pestärztin erzählt hatten? Andererseits hatten damals kaum Juden zu ihren Patienten gehört.

Das Wichtigste war jedoch die Ankunft des Arztes aus Regensburg. Es war gütig von ihm, sich sofort auf den Weg zu machen, aber vielleicht hatte er auch nur nach einem guten Grund gesucht, das Kloster St. Emmeram zu verlassen. Freunde hatte er sich in Regensburg schließlich nicht gemacht, und für den Abt barg es auf Dauer bestimmt Gefahren, den Arzt zu schützen. Außerdem stammte die Anfrage aus Landshut immerhin von einem Burgfräulein. Der Mann mochte sich stärkere Verbündete erhoffen als ein paar Mönche. Wenn er einem Herzog oder seinem verdienten Ritter das Leben rettete, würde niemand mehr wagen, gegen ihn zu intrigieren.

Lucia zermarterte sich den Kopf darüber, was genau sie über den Aufenthalt des Kranken, seinen Namen und seine Beziehung zur Absenderin geschrieben hatte. Ganz sicher hatte sie die Herzogin nicht erwähnt. Aber würden Frau Margarethe und Herr Stephan nicht eins und eins zusammenzählen, wenn sie seine Geschichte hörten?

Lucia übernahm ihre Stute und ließ sie ohne Rücksicht auf Fußgänger durch die Straßen der Stadt traben und den Berg zur Burg hinaufgaloppieren. Vielleicht konnte sie den Medikus ja noch abfangen.

»Habt Ihr einen Mann eingelassen, der nach mir gefragt hat?«, wandte sie sich im Vorbeireiten an die Wächter der Burg.

Karl, der junge Mann, der sie am ersten Abend in die Küche geleitet hatte, nickte.

»Ja, Frau Lucia. Einen Herrn im dunklen Talar, sah fast aus wie ein Priester. Wir haben ihn der Herzoginmutter gemeldet.«

Lucia fragte nicht weiter. Sie musste Frau Margarethe und den Medikus schnellstens finden. Dabei versuchte sie, sich eine Geschichte zurechtzulegen. Doch ihr fiel beim besten Willen nichts ein, das sie mit einem verwundeten Ritter in Seligenthal in Verbindung bringen konnte. Dabei war dies die einzige Möglichkeit, Elisabeth zu retten. Sie musste zuerst Frau Margarethe und dann den Herzog glauben machen, Adrian sei ihre Liebe.

Die Herzoginmutter pflegte Bittsteller in einem Gemach etwas abseits der Wohnungen ihrer Damen zu empfangen. Dieses Gemach gehörte zu den Kemenaten und war im Winter heizbar. Allerdings war es nicht so persönlich eingerichtet wie die Zimmer der Damen, und es war auch nicht damit zu rechnen, dass irgendwelche Bediensteten oder Hofdamen unangemeldet eintraten.

Lucia hielt sich jetzt allerdings nicht an diese Regel. Sie wollte die Tür aufstoßen, beherrschte sich dann aber und öffnete sie langsam und so leise sie es vermochte. So konnte sie zwar nicht unbemerkt bleiben, aber vielleicht gelang es ihr ja wenigstens, ein paar Worte der Unterhaltung aufzuschnappen, an denen sie ihre Strategie ausrichten konnte.

Die Herzogin thronte auf einem fein gedrechselten, mit weichen Polstern versehenen hohen Stuhl vor einem Wandteppich. Sie wirkte majestätisch und unnahbar; die Bittsteller mussten vor ihr auf niedrigeren Schemeln Platz nehmen. Ihr heutiger Besucher, ein großer, sehr schlanker Mann, hatte jedoch darauf verzichtet und stand vor ihr. Er war offensichtlich aufgebracht.

»Herzogin, ich bestehe darauf, sie zu sehen!«, sagte er mit fester Stimme – eine Stimme, bei der Lucia fast das Blut in den Adern gefror. »Und wenn sie diejenige ist, von der ich vermute, *dass* sie es ist, habe ich alles Recht der Welt darauf!«

Lucia wollte ins Zimmer stürzen, doch sie war wie gelähmt.

»Das Mädchen ist verlobt. Ich werde sie nicht ohne Not den Blicken fremder Männer aussetzen!« Die Herzogin sprach bestimmt und selbstbewusst. »Und nun setzt Euch, und befleißigt Euch eines anderen Tonfalles, Herr von ...«

»Treist«, sagte der Mann, machte aber keine Anstalten, sich zu Füßen der Herzogin zu setzen.

»Clemens ...« Lucia schaffte es endlich, den Namen zu flüstern. Dabei stieß sie die Tür vollständig auf.

Der Blick der Herzogin fiel auf das Mädchen. Der Mann wandte sich um. Lucia bemerkte dabei sein leichtes Hinken. Und sie sah sein schmales, durchgeistigtes Gesicht mit den sanften, leuchtenden Augen, seine fein geschnittenen Lippen und die kleinen Falten, die zu viel Leid und zu viele durchwachte Nächte an Krankenbetten in sein Antlitz geschnitten hatten.

Lucia verstand die Empfindungen der alten Anna beim Anblick des »Geistes« der Beatrix von Oettingen.

»Ich dachte, du wärest tot«, brachte Lucia hervor und machte zwei zögernde Schritte auf ihn zu.

Clemens hielt ihr die Hände entgegen. Auch ihn brachte das Wiedersehen beinahe aus dem Gleichgewicht, obwohl er vermutlich damit gerechnet hatte.

»Ich wusste, dass du es bist«, sagte er leise. »Es konnte nicht anders sein. Eine so genaue Schilderung der Symptome und der Krankengeschichte ... und dann der Name Lucia. Aber wie bist du ...? Ich sah das Pesthaus brennen, und es hieß, man habe eine Hexe gerichtet. Ich dachte, du wärst tot.«

Lucia wollte die Hände ergreifen, die sich ihr entgegenstreckten. Aber jetzt erwachte die Herzogin aus ihrer Verblüffung.

»Ihr kennt das Mädchen also tatsächlich, Herr von Treist. Vielleicht verratet Ihr mir etwas über die Umstände Eurer Bekanntschaft in Mainz. Ich hoffe, es war nichts Unzüchtiges. Und du, Lucia, verabschiedest dich jetzt. Es gehört sich nicht, hier einfach hereinzuplatzen. Und mit einem fremden Mann zu reden geziemt sich erst recht nicht.«

Lucia war noch zu überwältigt, um irgendetwas zu antworten.

Clemens jedoch trat nun auf sie zu, legte ihr leicht, aber besitzergreifend die Hand auf die Hüfte und schob sie sanft neben sich vor die Herzogin. Lucia hatte das Gefühl, zu schwanken. Sie nahm Clemens' Worte und die Antworten Margarethes wie durch einen Nebel war. Es war schlichtweg unglaublich, dass sie hier neben Clemens stand, seine Hand auf ihrem Körper fühlte und seine Stimme hörte!

»Wir sind einander nicht fremd. Lucia ist mein mir angetrautes Weib«, erklärte er ruhig. »Wir haben einander Eide geschworen ...«

»Im Kreise der Ritterschaft?«, fragte die Herzogin scharf. »Ihr gehört doch dem Adel an, Herr von Treist, oder irre ich mich? Ihr solltet die Bräuche kennen.«

Bevor Clemens etwas erwidern konnte, wurde die Tür erneut geöffnet, und Elisabeth stürzte ins Gemach. Sie wirkte ebenso alarmiert wie Lucia zuvor; anscheinend hatte sie eben von der

Ankunft des Medikus erfahren. Lucia fragte sich vage, wie sie diesen Auftritt erklären wollte, doch Frau Margarethe warf ihrer Stiefschwiegertochter nur einen unwilligen Blick zu.

»Was immer Ihr auf dem Herzen habt, Elisabeth – es kann warten!«, beschied sie die junge Frau. Elisabeth hätte daraufhin den Raum verlassen müssen, blieb jedoch, ohne dass Margarethe sie dafür rügte. Stattdessen wandte sie sich wieder Clemens und Lucia zu.

»Ich warte, Herr von Treist.«

»Lucia und ich haben einander in Mainz kennen gelernt, während der Pestepidemie«, sagte Clemens ruhig. »Da gab es keine Ritterschaft. Die verschanzte sich auf den Burgen und ließ keinen Fremden ein. Es war schwer genug, einen Priester zu finden, der unsere Verbindung segnete.«

»Eine Verbindung, die in meinen Augen nicht existiert!«, trumpfte die Herzoginmutter auf. »Ihr seid zweifellos von Adel, Herr Clemens, aber dieses Mädchen ist eine von Oettingen zu Harburg. Sie kann sich nicht mit einem kleinen Krauter aus dem Westfälischen vermählen, dessen Familie einen winzigen Wehrhof ihr Eigen nennt.«

»Frau Margarethe, auch Bürger schließen gültige Ehen«, bemerkte Elisabeth. Lucia hatte ihr natürlich von ihrem Gatten und seinem Verlust erzählt, und nun begriff sie die Zusammenhänge schnell. Die Tatsache, dass Clemens am Leben war, schien ihr Mut zu machen. Zudem fühlte sie sich in Fragen der Eheschließung deutlich auf sicherem Terrain. An Minnehöfen musste dies ein Thema sein. Schließlich wurde dort ständig über Entführungen und heimliche Heiraten getuschelt.

»Wir können unsere Schwüre jederzeit vor der Ritterschaft wiederholen!«, erklärte Clemens von Treist, wobei er Lucia allerdings einen unsicheren Blick zuwarf. Lucia, nach wie vor benommen, nickte irritiert.

»Das Mädchen steht unter der Munt ihres Onkels. Wir werden Erkundigungen darüber einziehen, wie er dazu steht.« Frau Margarethe schien Clemens mit diesen Worten entlassen zu wollen. »Bis dahin gehst du auf deine Kemenate, Lucia, und ...«

»Zur Erneuerung des Versprechens einer Ehe, die längst vollzogen, vor einem Priester geschlossen und sogar mit einem Kind gesegnet ist?«, fiel Elisabeth ihr ins Wort. »Das ist absurd! Conrad von Oettingen mag nicht erfreut über diese Entwicklung sein, aber ändern kann er daran nichts mehr.«

Clemens schaute Lucia an. Sie las tausend Fragen in seinem Blick.

»Ein ... Kind?«

»Eine Tochter«, flüsterte Lucia.

»Ich bin überzeugt, der Oettinger und der Fraunberger werden die Sache vor das Gericht der Herzöge bringen!«, erklärte Margarethe hoheitsvoll. Ihr war anzusehen, dass sie ihre Söhne vorher ausgiebig instruieren würde.

Elisabeth lächelte sardonisch. »Das könnt Ihr gleich haben«, bemerkte sie. »Mein Gatte spricht soeben Recht im großen Saal. Die Ritter der Burg sind versammelt. Es kommen ein paar Streitpunkte zwischen den Herren zur Sprache. Außerdem sind etliche Bürger zugegen, die bestimmt gern Auskunft über ihre Art der Eheschließung geben, und auch die unvermeidliche Abordnung der jüdischen Gemeinde ist zugegen. Ausreichend Zeugen also für Schwüre jeder Art.«

Lucia hatte gehört, dass Margarethes Söhne sich der lästigen Pflicht, Gericht zu halten, heute entzogen hatten und schon früh am Morgen zur Jagd aufgebrochen waren.

»So lasst uns gehen«, sagte sie und tastete nach Clemens' Hand. Er umfasste die ihre mit seinen warmen, langen Fingern. Es war wie ein Nachhausekommen. Lucia hatte keine Angst vor dem Richterspruch des Herzogs. Sie wusste, wohin sie gehörte.

»Der Oettinger sollte dabei sein!« Frau Margarethe machte einen letzten Vorstoß.

Elisabeth lächelte ihr zu und öffnete die Tür für Lucia und Clemens. »Ich denke, der Oettinger braucht sich keine Sorgen zu machen«, meinte sie honigsüß. »Ihr werdet seine Sache würdig vertreten.«

Herzog Stephan war erkennbar schlechter Laune. Statt sich hier kleinliche Ehrenhändel der Ritter schildern zu lassen und sich mit den Vermögensangelegenheiten der Bürger herumzuärgern, von denen er doch nichts verstand, hätte er seine Brüder lieber auf die Jagd begleitet. Aber inzwischen war der Gerichtstag fast vorüber. Er hatte die Streitpunkte der Ritter entschieden und sich in den Sachen der Bürger durchweg dem Urteil seines ungemein fähigen Haushofmeisters Heinrich von Hohenthann angeschlossen. Nun folgte nur noch die übliche Bittstellerei der Juden, die schon wieder gegen irgendwelche Einschränkungen ihres Lebens protestierten, statt sich einfach taufen zu lassen. Und dann wartete immerhin ein gutes Essen auf ihn. Der Duft von gebratenen Ochsen und Kapaunen wehte jetzt schon verführerisch aus der Küche herüber. Auch die Bürger wurden anlässlich des Gerichtstages bewirtet. Allerdings in gesonderten Sälen; in seiner Halle wäre er gleich mit seinen Rittern allein.

Aber nun diese seltsame Sache zwischen seiner Frau und seiner Stiefmutter. Denn um einen Streit zwischen den beiden Herzoginnen musste es gehen; die Angelegenheit selbst war lächerlich.

»Ihr habt dem Mädchen also Eide geschworen und sie Euch«, vergewisserte er sich bei dem hoch gewachsenen jungen Mann, der hier mit der kleinen Oettingen zusammen vor seinem Hochsitz stand. »Aber Ihr wusstet nicht, wer sie ist, Ihr hieltet sie für eine

Hausmagd. Dann habt Ihr unter Eurem Stand geheiratet, Herr von Treist!«

»Es geht mehr darum, dass Lucia von Oettingen unter ihrem Stand geheiratet haben will!«, warf Frau Margarethe ein.

Der Herzog brachte sie mit einer Handbewegung zum Schweigen.

Clemens von Treist verbeugte sich. »Ich war mir der Folgen bewusst.«

Ein Ritter, der ein Mädchen aus dem Volk heiratete, verlor die Privilegien seiner Klasse. Er wurde fortan von Recht und Gesetz wie ein Bürgerlicher behandelt.

»So könnt Ihr Euch jetzt ja glücklich schätzen«, bemerkte der Herzog.

Clemens lächelte. »Herzog, ich schätze mich glücklich, Lucia wiedergefunden zu haben. Ihr Stand und ihr Name sind mir egal.«

»Und Ihr, Frau Lucia?«, wandte der Herzog sich an die junge Frau. »Habt Ihr dieser Ehe zugestimmt und haltet auch unter den veränderten Umständen daran fest? Ich kann mich nicht erinnern, dass Ihr vorher jemals von einem Gatten gesprochen hättet. Ihr führtet den Namen derer von Oettingen.«

Lucia hob den Blick. »Ich hielt meinen Gatten für tot. Und ich freute mich, meine wahre Abstammung zu erfahren. Deshalb hatte ich nichts dagegen, dass man mich hier Lucia von Bruckberg nannte.«

»Der Name ihres Vaters«, fügte Elisabeth erklärend hinzu.

Der Herzog runzelte die Stirn; dann aber legte sich ein Grinsen auf sein Gesicht. »Von Oettingen, von Bruckberg, von Treist ... Das kleine Mädchen hat bald mehr Titel als Ihr, Frau Margarethe!« Er lachte dröhnend. Man sah ihm die Freude an, seine Stiefmutter endlich einmal demütigen zu können.

»Also ist es wohl der Neid, der Euch zu so lachhaften Forderungen treibt. Nur weil es Euch nicht passt, dass Euch eine weitere kleine Oettingen abhanden kommt. Aber nur, weil der Oettinger das Mädel jetzt nicht mit seinem Busenfreund Fraunberger vermählen kann, werde ich keine Ehe auflösen, die von zwei Menschen in gegenseitigem Einverständnis geschlossen und von einem Priester gesegnet wurde! Letzteres ist doch wohl entscheidend, ob Adel oder Bürger. Und vollzogen habt Ihr den Bund sicher auch, oder, Herr Clemens?«

Der Herzog grinste über das ganze Gesicht. Dieser Fall hatte ihm eindeutig den Tag gerettet. Die Ritterschaft quittierte seinen Scherz mit zotigem Lachen.

Clemens brachte ebenfalls ein Lächeln zustande. »In gegenseitigem Einverständnis und voller Freude«, bekannte er, zog Lucias Hand an die Lippen und küsste sie. Lucia fühlte sich wie im Rausch. Seine Berührung versetzte sie zurück in ihr Haus in Mainz, doch um sie her tobte das Leben der Burg. Sie hatte das Gefühl, irgendwo zwischen den Zeiten zu schweben.

Herzogin Elisabeth nutzte inzwischen die Gunst der Stunde. In den letzten Monaten hatte sie ihren Gatten nie in so aufgeräumter Stimmung erlebt. Sie musste einen Vorstoß wagen.

»Ist es Euch recht, mein Gemahl, dass ich Herrn Clemens die Gastfreundschaft der Landshuter Burg anbiete? Und was Frau Lucia angeht... Ihr habt mir verboten, junge Mädchen zur Erziehung anzunehmen. Aber erlaubt Ihr mir eine Hofdame, verheiratet und von Adel, die mir aufwartet?« Elisabeth verbeugte sich vor dem Thron ihres Mannes, als wäre sie eine Bittstellerin aus dem Volk. Die Geste musste die sizilianische Prinzessin hart ankommen.

Herr Stephan, schon auf dem Sprung zu seinem Bankett, nickte.

»Herr Clemens hat ein Recht auf unsere Gastfreundschaft. Wie bereits festgestellt wurde, gehört er dem Adelsstand an, auch wenn er das Schwert wohl an den Nagel gehängt hat! Ihr praktiziert als Medikus wie ein Bürgersohn, Herr Clemens, Euren Vater muss das hart ankommen ...« Der Herzog blickte Lucias Gatten fast strafend an.

Clemens zuckte mit den Schultern. »Ich bin einer von drei Söhnen, Herr, und wie die Herrin Margarethe früher bereits anmerkte, hat mein Vater kein Herzogtum zu vererben. Zudem bin ich lahm; einem Heer würde ich als Kämpfer wenig nutzen. Als Medikus dagegen kann ich so manchen Ritter vor frühem Tod und Siechtum bewahren.«

Lucia und Elisabeth blickten gleichermaßen furchtsam. Hoffentlich fing er jetzt nicht mit dem Auftrag an, den zu erfüllen man ihn nach Landshut gebeten hatte!

Clemens hielt jedoch inne, und der Herzog nickte. »Wohl gesprochen, Herr Clemens. Wenngleich die meisten Eurer Zunft die Ritter eher schneller vor ihren Schöpfer bringen. Aber lassen wir hier einmal den guten Willen gelten!«

Die Ritter lachten wieder.

Clemens grinste ein wenig schief, erwiderte aber nichts.

»Die Hofdame sei Euch ebenfalls gewährt, Frau Elisabeth. Vielleicht führt sie Euch ja in die Kunst ein, eine Ehe freudig und in gegenseitigem Einverständnis zu vollziehen.«

Elisabeths dunkle Augen schienen Blitze zu schleudern, aber der Herzog sah sie gar nicht. Nachdem er sein letztes Bonmot abgesondert und die Ritter damit noch einmal zu zotigem Gelächter angeregt hatte, stand er endgültig auf und beendete die Sitzung.

Elisabeth kämpfte ihren Zorn nieder und wandte sich mit bemühtem Lächeln an ihre Gäste. »Herr von Treist, ich werde Euch und Eurer Gattin bald geeignete Gemächer zuweisen lassen. Aber vorerst möchtet Ihr vielleicht mit meiner Kemenate vorliebnehmen ...?«

Clemens wirkte peinlich berührt ob Stephans letzter Worte. Lucia nahm das Angebot jedoch gern an.

»Wir danken Euch von Herzen für Eure Unterstützung, Herzogin«, sagte sie leise, als Elisabeth sie ohne ein weiteres Wort an der indignierten Frau Margarethe vorbeilotste.

»Ich denke, Ihr werdet euch tausendfach dafür revanchieren.« Elisabeth lächelte und schob das Paar in ihre Kemenate. »Ich habe bereits Wein und einen Imbiss herbringen lassen, sodass Ihr ungestört seid. Später bringe ich Euch Leona.«

Sie schloss die Tür hinter Lucia und Clemens. Sie waren allein.

Lucia genoss die Stille. Sie stand Clemens gegenüber, blickte zu ihm auf und konnte sich gar nicht sattsehen an seinem Gesicht. Clemens bewegte sich ebenso wenig.

»Ich hoffe, es ist dir wenigstens recht«, sagte er schließlich. »Ich platze hier einfach in dein Leben und nötige dich, mir neue Eide zu schwören. Dabei scheinst du dich neu gebunden zu haben. Dieser Ritter ...«

»Der Fraunberger?«, fragte Lucia verständnislos. »Du meinst doch nicht etwa, da wäre etwas zwischen uns! Ich habe bislang nicht mal der Verlobung zugestimmt ... obwohl man mich zweifellos dazu gezwungen hätte.«

»Ich denke nicht an den Mann, von dem der Herzog sprach. Es ist der andere Ritter ...« Clemens zog Lucias Brief aus der Tasche.

Lucia lächelte. Sie wollte jetzt nichts erklären, hatte keine Worte mehr. Zaghaft hob sie eine Hand, fuhr die Konturen seines Antlitzes nach, streichelte über seine Augenbrauen, seine Lippen, sein feines, aber energisches Kinn.

»Ich hatte kein Leben ohne dich«, flüsterte sie. »Kein Tag verging, ohne dass ich an dich gedacht habe, keine Nacht, in der ich nicht von dir träumte. Unser Kind hat deine Augen, Clemens. In Leona warst du immer bei mir.«

Sie sprach nicht von den furchtbaren Monaten der Schwangerschaft und von ihrer Angst nach der Vergewaltigung am Fischtor. Wenn überhaupt, würde sie es ihm später erzählen, viel später...

Clemens beugte sich zu ihr hinab und küsste sie so sanft, scheu und forschend wie damals beim allerersten Mal. Lucia legte ihm die Arme um den Hals.

»Ich liebe dich über alles«, flüsterte sie, als er sie aufhob und zum Bett trug. »Und das will ich dir gern immer wieder schwören, vor Gott und vor den Menschen.«

Clemens und Lucia erneuerten ihr Eheversprechen in Körper und Geist. Alle Zärtlichkeit und Sehnsüchte der letzten Monate und Jahre gingen darin auf. Schließlich lagen sie nebeneinander, tranken Wein und fütterten sich gegenseitig mit dem Brot und dem kalten Braten, den Elisabeth hatte bereitstellen lassen.

»Ich kann immer noch nicht glauben, dass du am Leben bist«, flüsterte Lucia. »Als ich dich verließ, lagst du im Sterben!«

Clemens runzelte die Stirn, lächelte jedoch dabei. »Habe ich dich in der letzten Stunde nicht davon überzeugt, dass ich ganz und gar von dieser Welt bin? Oder hast du je von einem Geist gehört, der eine Sterbliche auf diese Weise geliebt hat?«

Lucia lachte. »Was die Liebe angeht, bin ich mir nicht sicher, da hört man die seltsamsten Mären«, bemerkte sie. »Aber du isst und trinkst, also musst du aus Fleisch und Blut sein. Nun erzähl es mir endlich! Wie bist du entkommen?«

Clemens nahm noch einen Schluck Wein. »Ich war mir sicher, sterben zu müssen«, sagte er langsam. »Ich hatte die Pest, das steht außer Frage. Hier...« Er zeigte Lucia die Narben in seiner Achselhöhle. »Ich habe den Abszess links selbst geöffnet, als ich die Schmerzen nicht mehr ertragen konnte. Rechts ging er von allein auf, und auch an der Leiste. Es war einer dieser rasanten Krankheitsverläufe ... du erinnerst dich, so etwas gab es bei manchen Patienten. Mitunter blieb einer am Leben und erholte sich dann auch schnell, zumeist aber starb man spätestens am dritten Tag. Ich war sicher, mir würde es genauso ergehen. Aber ich habe überlebt, als Einziger im ganzen Haus.«

»Aber dann hätten die Totengräber dich finden müssen«, meinte Lucia. »Die haben doch die Leichen aus den Häusern geholt. So wurde es mir jedenfalls versichert.«

Clemens lachte bitter. »Nicht nur die Leichen. Sie haben alles mitgehen lassen, was nicht niet- und nagelfest war. Ein Judenhaus ... da hielten sie sich schadlos. Und mir war auch klar, was mich als Überlebenden erwartet hätte. Bestenfalls ein rascher Tod durch ein Messer, schlimmstenfalls der Scheiterhaufen als jüdischer Hexer. Aber ich war noch zu krank, um aus dem Fenster zu klettern und davonzulaufen. Also habe ich mich versteckt.«

»Ich dachte, das Haus wurde durchsucht?« Lucia schenkte Wein nach.

Clemens nickte. »Aber Aron von Greve – so lautete der Name des jüdischen Arztes – war darauf vorbereitet. Er besaß mehrere wertvolle Manuskripte. Griechische und arabische Handschriften. Du wärst begeistert gewesen! Und er bewahrte sie in einer Truhe auf, die im Kellerboden eingelassen war. So vollständig verborgen unter einer Steinplatte des Fußbodens, dass niemand sie sah. Von Greve hoffte sogar, dass seine Schätze darin einen Brand überstehen würden. Jedenfalls, in diese Truhe kroch ich hinein. Es war nicht sehr gemütlich. So muss es in einem Sarg sein ...«

Clemens schüttelte sich bei dem Gedanken an die Stunden in dem dunklen, engen Verlies.

»Und du warst während des Feuers darin?«, fragte Lucia entsetzt.

Clemens schüttelte den Kopf. »Nein, das denn doch nicht. Das Pogrom setzte ja erst ein paar Tage später ein, da ging es mir schon besser. Als dann das Feuer aus dem Nachbarhaus auf das Haus des Arztes übergriff, kletterte ich aus dem Fenster. Über deine Leiter, Lucia. Im Grunde hast du mir damit das Leben gerettet. Die Tür hatten sie nämlich versiegelt, nachdem sie die Toten geholt hatten.«

Lucia streichelte ihm übers Haar und die Schultern. Es fiel ihr schwer, ihn loszulassen; sie musste sich immerzu vergewissern, ihn wirklich bei sich zu haben.

»Ich war auch da«, sagte sie dann. »Im Hof von Leas Haus. Wir müssen uns knapp verpasst haben. Allerdings brannte das Haus des Arztes schon lichterloh. Ist es nicht ein Jammer um all die Bücher?« Vor Clemens wagte sie das auszusprechen. Niemand anders hätte verstanden, dass sie um ein paar alte Schriftrollen fast so sehr trauerte wie um die menschlichen Opfer der Ausschreitungen.

Clemens nickte. »Wenigstens habe ich deinen Kanon der Medizin gerettet und ein paar weitere Schriften. Ich kann sie bis heute nicht lesen, aber sie gehören zu den Schätzen des Ar-Rasi. Du wirst deine Freude daran haben.«

Lucia lächelte. »Ich habe meine Freude an dir«, sagte sie zärtlich, und Clemens küsste sie.

»Jedenfalls«, fuhr er dann fort, »schleppte ich mich zu unserem Haus in der Augustinergasse und stellte fest, dass es ebenfalls lichterloh brannte. Ich sah die Leiche Bruder Caspars und musste mit ansehen, was die Meute mit Katrina tat. Ich versuchte, nach dir zu fragen, und man sagte mir, die ›Hexe‹ sei tot. Aus dem Haus waren Schreie zu hören. Da drin hat niemand überlebt . . .«

Lucia schmiegte sich an ihn. »Ich war auch da, später allerdings.

Die Stadtbüttel waren schon dabei, Ordnung zu schaffen. Jedenfalls kam ich gerade zurecht, um zu hören, wie die Mörder alle Schuld auf mich schoben. Ich floh aus der Stadt, ehe sie mich als Hexe anklagen konnten.«

Clemens zog sie an sich. »Auch ich habe Mainz verlassen«, erzählte er. »Ich habe mich nach Süden gewandt. Ich wollte nach Al Andalus. Deine Schriften und die Erzählungen des jüdischen Arztes hatten meinen Ehrgeiz geweckt, mehr über die Medizin des Orients zu erfahren. Aron von Greve war ein wunderbarer Mensch. Er hat sein Wissen freudig mit mir geteilt, auch dann noch, als er fast schon im Sterben lag. Er sprach Arabisch und konnte die Kodizes lesen. Das wollte ich auch lernen. Aber die Sprache ist zu schwer, und die Fronten zwischen Christen und Mohammedanern sind zu sehr verhärtet. Ich überquerte die Grenze mit ein paar jüdischen Kaufleuten, doch arabische Lehrer fand ich nicht, und ihre Schulen und Universitäten nehmen sowieso keine Christen auf. Schließlich arbeitete ich eine Zeitlang für einen jüdischen Medikus bei Granada. Er war aus Kastilien geflohen, weil Juden dort nicht mehr als Ärzte praktizieren dürfen. Die Arbeit mit ihm war sehr interessant, aber er war bereits schwer krank, als ich ihn kennen lernte. Ich pflegte ihn schließlich bis zu seinem Tod, dann kehrte ich heim.«

Lucia wusste, dass es nun an ihr war, zu erzählen. Sie lieferte Clemens eine verkürzte und vereinfachte Fassung ihrer Erlebnisse unter den Juden von Landshut.

»Im Grunde waren sie sehr gut zu mir. Selbst Abraham von Kahlbach wollte mir nichts Böses, zumindest aus seiner Sicht. Ich hätte mich niemals zu dieser Hochzeit überreden lassen dürfen, aber nachdem mein Geld weg war, wusste ich nicht ein noch aus.«

Schließlich berichtete sie ausführlich von Elisabeths Geheimnis und ihrem Leben auf der Burg.

»Es ist seltsam, plötzlich einen Namen zu haben, eine Geschichte und obendrein eine Familie ... wobei ich auf meinen Onkel Conrad gut hätte verzichten können.« Lucia lachte, ehe sie fortfuhr: »Aber mein Großvater hat großen Eindruck auf mich gemacht. Du musst ihn unbedingt kennen lernen.«

Clemens küsste noch einmal ihr Haar, ehe er aufstand. »Es gibt auch noch die Familie von Treist«, neckte er sie, »die eine geborene von Bruckberg freudig willkommen heißen würde. Allerdings sind wir ziemlich arm. Du müsstest schon mehr Mitgift haben als bloß eine alte Handschrift!«

Lucia tat, als würde sie sich enttäuscht von ihm abwenden. »Tja, dann müssen wir uns wohl noch mal an den Herzog wenden und diese Ehe auflösen lassen«, scherzte sie. »Der Fraunberger wird mich um meiner selbst willen lieben!« Sie kicherte allein bei dem Gedanken, Wolfram von Fraunberg könnte etwas wie Liebe für seine Gattin empfinden. »Komm jetzt, genug geplaudert. Ich werde dir deine Tochter vorstellen!«

Die Liebe der Herzogin

Landshut 1350

1

Elisabeths letzte Nachrichten über den Zustand des Adrian von Rennes waren so besorgniserregend, dass Clemens sich bereit erklärte, gleich am nächsten Tag das Kloster aufzusuchen und den Ritter zu untersuchen. Dabei bescherte Lucias neuer Stand beiden Frauen ungeahnte Freiräume. Lucia wartete der Herzogin am Morgen auf, während Clemens zurück in die Stadt ritt, um seine Sachen aus seinem Quartier zu holen. Er war bei Moses von Kahlbach untergekommen, und als er jetzt zurückkehrte, führte er ein ungewöhnliches »Packpferd« mit sich. Die gescheckte Maultierstute Pia trug die Taschen mit seinen Heilmitteln und chirurgischen Instrumenten.

»Wenn schon keine Mitgift, so doch wenigstens eine Morgengabe«, sagte er lächelnd, als er Lucia sein Geschenk überreichte. »Ich habe sie Reb Levin abgehandelt und lange mit ihm gesprochen. Er trägt dir nichts mehr nach. Und er meint, du hättest dieses Tier genauso geliebt, wie Lea es liebte. Stimmt das, oder hättest du lieber ein Pferd gehabt?«

Lucia umarmte ihn. »Ich bin hoffnungslos bürgerlich!« Sie lachte. »Frau Margarethe und ihre Damen werden sich die Mäuler über mich zerreißen, aber ich kann es nicht ändern! Auf jeden Fall hättest du mir keine größere Freude machen können. Und obendrein ist dies eine wunderbare Ausrede für den Ritt zum Kloster. Ich muss mein neues Reittier erproben!«

Niemand untersagte der Herzogin und ihrer Hofdame den Ausritt in den sonnigen Frühsommernachmittag. Dass Clemens sich anschloss, wurde eher verwundert vermerkt; an konventionellen Höfen war es nicht unbedingt üblich, dass Herren und Damen zum Vergnügen gemeinsam ausritten. An Minnehöfen geschah das eher, berichtete Elisabeth mit sanfter Ironie. Hier hätte man es nur bei miteinander vermählten Paaren absonderlich gefunden.

Elisabeth war einerseits guter Stimmung und voller Zuversicht, andererseits konnte sie ihre Angst und Aufregung kaum verbergen. Clemens von Treist war die letzte Hoffnung für ihren Ritter. Die Schwester Apothekerin fand jetzt schon, dass Herr Adrian im Sterben läge. Elisabeth konnte ihn bei ihren Besuchen immer wieder etwas aufrichten, aber es ging zweifellos dem Ende zu.

Vorerst musste Clemens den Nonnen aber vorgestellt werden und zumindest ansatzweise ihr Vertrauen gewinnen. Lucia hatte zwar vorgeschlagen, ihn erst mal als Freund des Ritters einzuführen, der einfach einen Krankenbesuch machen wollte, aber Elisabeth und Clemens lehnten das ab.

»Ich kann ihn nicht heimlich behandeln, Liebste. Das zu versuchen wäre auch unklug. Irgendwann würde die Schwester Apothekerin es bemerken und mir womöglich wieder mal mit dem Vorwurf der Magie kommen. Das passiert schnell, wenn man unorthodoxe Methoden anwendet. Also gehen wir lieber den steinigen Weg und reden mit der Oberin.«

Insofern verbrachten sie eine enervierende Stunde im Sprechzimmer der Ehrwürdigen Mutter, in der Elisabeth zunächst die Beziehung zwischen Clemens und Lucia klarstellte.

»Wir sind auch deshalb gekommen, um in der Klosterkirche zu beten und Gott für die wundersame, erneute Zusammenführung der Eheleute zu danken!«, erklärte Elisabeth, die sich bewundernswert beherrschte. Doch Lucia kannte sie inzwischen gut genug, um ihre fahrigen Handbewegungen und ihr nervöses Befingern von Kopfschmuck und Gürtel als Zeichen äußerster Anspannung und Ungeduld zu deuten. »Und natürlich werden wir Euch eine großzügige Spende zukommen lassen, um ein paar Dankgottesdienste halten zu lassen ...«

Anschließend berichtete Clemens ausführlich von seinem medizinischen Werdegang, wobei er sämtliche jüdischen Ärzte und arabischen Schriften tunlichst ausließ. Seine unorthodoxen Behandlungsmethoden erklärte er mit dem Besuch der Universität von Salerno.

»Man versucht dort – natürlich auf Gott gefällige Weise – die Geheimnisse des menschlichen Körpers zu entschlüsseln. Unter anderem schneiden wir Tierkörper auf, um zu erfahren, wie es unter der Haut aussieht.«

»Verabscheuungswürdig!«, urteilte die Mutter Oberin. »Seid Ihr Ärzte oder Metzger?«

Clemens schenkte ihr sein gewinnendstes Lächeln. »Manchen Feldschern wird nachgesagt, sie wüssten das Messer nicht halb so geschickt zu führen wie ein guter Schlachter!«, scherzte er. »Aber im Ernst, Ehrwürdige Mutter, es gibt Anzeichen, dass der menschliche Körper dem des Tieres in mancher Weise ähnelt ...«

Die Oberin funkelte ihn an. »Gott schuf uns nach seinem Bilde!«

Lucia seufzte. »Ist es nicht so, dass Gott in jedem Teil der Schöpfung allgegenwärtig ist und in seiner übergroßen Güte wirkt?«, fragte sie sanft.

Die Oberin nickte besänftigt. »So ist es, meine Tochter. Weshalb wir es auch ihm überlassen sollten, zu helfen und zu heilen, wenn es sein Wille ist.«

Clemens bekreuzigte sich. »Und sollte er mir die unendliche Gnade erweisen, dies durch meine Hand zu tun, so können wir ihm nicht genug dafür danken ...«

Elisabeth raffte sich dazu auf, ein kurzes Gebet beizusteuern. Außerdem nahte die Stunde der Non. Die Oberin musste das Gespräch beenden.

Clemens' und Lucias Teilnahme an der Andacht und ihr offensichtlich inniges Gebet überzeugte die Nonnen schließlich davon, hier vielleicht einen Freigeist, aber doch einen ordentlichen Christen vor sich zu haben.

Elisabeth hielt die Messe nicht durch. Sie verschwand durch ihren geheimen Ausgang und kehrte erst zu den Abschlussgebeten zurück.

»Es geht ihm sehr schlecht«, sagte sie hoffnungslos, als sie Clemens und Lucia schließlich zum Gästehaus des Klosters führte. »Aber er freut sich, Euch zu sehen. Er ist immer noch zu kämpfen bereit.«

Adrian von Rennes wirkte jedoch nicht mehr wie ein Kämpfer, als Clemens und Lucia endlich an seinem Bett standen. Lucia erschrak bei seinem Anblick: Sein Zustand hatte sich deutlich verschlimmert, seit sie ihn zum letzten Mal gesehen hatte. Damals hatte er abgezehrt gewirkt, jetzt aber spannte sich seine Haut über den Knochen, als bedecke sie einen Totenschädel. Der Ritter war bleich und fiebrig; er schaffte es kaum noch, den Kopf zu heben, um die Besucher zu begrüßen.

»Bleibt einfach liegen, Herr Adrian«, meinte Clemens freundlich. »Ich kann Euch in dieser Lage gut untersuchen, nur Eure Brust müssen wir natürlich freilegen. Aber zunächst gebe ich Euch etwas gegen die Schmerzen...« Er suchte in seinen Taschen und förderte ein Fläschchen mit einer dunklen Flüssigkeit zutage.

»Ich kann Schmerzen ertragen«, sagte der Ritter würdevoll. »Aber diese Schwäche im Angesicht meiner Dame ertrage ich nicht. Ich sollte sie niederkämpfen und mich erheben, um ihr zu dienen.«

»Ihr könnt Ihr dienen, wenn es Euch wieder besser geht«, beschied ihn Clemens. »Und es ist angenehmer für Euch und für mich, wenn Eure Schmerzen gedämpft werden, während ich Eure Wunde abtaste. Also trinkt das jetzt.« Er goss den Sirup aus der Flasche in einen Becher und verdünnte ihn mit ein wenig Wein.

»Was ist das?«, fragten Adrian und Lucia wie aus einem Munde.

»Eine Mohnzubereitung. Man nennt es ein Opiat. Es berauscht und dämpft den Schmerz.« Clemens hielt den Becher an Adrians Lippen und flößte ihm die Substanz ein.

»Es lässt ihn schlafen? Wie dieses Haschisch, nach dem wir gesucht haben?« Lucia roch interessiert an dem Fläschchen.

Clemens lächelte ihr zu. »Nein. Dies versetzt ihn nicht in Tiefschlaf, es dämpft nur die Schmerzen. Aber jetzt sollten wir erst mal diese Wunde freilegen.«

Während Elisabeth den bereits benommenen Adrian in den Armen hielt, entfernte Lucia den Verband um seine Schulter. Die Wunde war tatsächlich wieder offen und nässte, eiterte aber nicht. Lucia stellte erfreut fest, dass die Schwester Apothekerin sich an die Anweisungen hielt und Umschläge mit altem Wein auf die Wunde legte.

»Ich arbeite inzwischen auch oft mit einer Heilsalbe«, erklärte Clemens. »Du erinnerst dich an Ar-Rasis Anweisung, Schimmel von Pferdegeschirren in entzündete Wunden zu reiben? Mein Lehrer in Al Andalus verwandte auch Schimmel von altem Brot. Der lässt sich leichter zu Staub zermahlen. Er ließ Patienten diesen Staub einatmen, wenn sie unter langwierigem Husten litten.«

Lucia lauschte eifrig. »Aber hier wollten wir ja gar nicht, dass die Wunde sich schließt«, bemerkte sie. »Sieh es dir selbst an. Ich glaube nicht, dass es jemals von allein völlig verheilt.«

Clemens holte ein paar sorgsam gefertigte Instrumente aus Silber hervor und begann, die Wunde damit zu sondieren. Lucia bewunderte die zierlichen Werkzeuge. Vor allem staunte sie darüber, wie ruhig Adrian lag, obwohl Clemens die Haut um die Wunde herum abtastete und die Sonden tief im Fleisch versenkte. Als sie vor ein paar Wochen die gleiche Untersuchung vornehmen wollte, war der Ritter vor Schmerz zurückgezuckt. Jetzt verzog er zwar leicht das Gesicht, doch die schlimmste Pein schien durch das Opium gelindert.

Clemens kam insofern deutlich besser voran als Lucia beim letzten Mal. Schließlich drückte er ihr eine Sonde in die Hand und wies sie an, bis fast auf den Grund der Wunde zu tasten.

»Spürst du den Widerstand?«, fragte er.

Lucia nickte. »Irgendwas steckt im Fleisch, aber das hatte ich ja beim letzten Mal schon vermutet.«

Clemens nickte. Dann tupfte er die Wunde sorgfältig mit verdünntem Wein aus, den er vorher in eine Schale gefüllt hatte. Auch seine Instrumente reinigte er in dieser Lösung.

Elisabeth bettete den Ritter so bequem wie möglich, während Lucia den Verband erneuerte.

»Und?«, fragte die Herzogin schließlich. »Könnt Ihr etwas für ihn tun?«

Clemens wartete, bis auch Adrian sich wieder etwas gefasst hatte. Während der Untersuchung hatte der Blick des Ritters glasig gewirkt; jetzt schien er klarer, obwohl immer noch ruhig und furchtlos.

Lucia prägte sich ein, dass Opiate den Schmerz und die Angst eines Patienten linderten, ihn aber auch schwach und schläfrig machten.

Schließlich befand Clemens seinen Patienten als ansprechbar.

»Herr Adrian, Eure Wunde kann sich deshalb nicht schließen, weil nach wie vor ein Fremdkörper in Eurem Fleisch steckt«, erklärte er. »Wahrscheinlich ein Teil der Lanzenspitze. Manchmal verkapselt sich so etwas, aber in Eurem Fall scheint das Stück Eisen zu wandern. Es verursacht immer wieder Entzündungen, und die Wunde bricht stets aufs Neue auf, da sich der Eiter Bahn schaffen muss.«

Adrian nickte fast teilnahmslos, doch Elisabeth richtete sich auf.

»Das hat Lucia uns schon gesagt«, bemerkte sie ungeduldig. »Aber was könnt Ihr tun?«

Clemens warf dem Ritter einen besorgten Blick zu, schaute das Paar dann aber offen an. »Wenn es Euch recht ist, werde ich seine Schulter aufschneiden und das Stück Eisen herausholen«, sagte er ruhig. »Dann sollte die Wunde heilen und das Fieber vergehen. Allerdings ist Herr Adrian bereits sehr geschwächt. Ich kann nicht sicher sagen, ob sein Herz der Belastung durch die Operation gewachsen sein wird ...«

»Vor allem den Schmerzen«, fügte Lucia hinzu. Sie hatte immer noch die Menschen vor Augen, die Clemens schreiend unter der Hand gestorben waren, während er versucht hatte, ihre Pestbeulen zu öffnen.

Clemens schüttelte den Kopf. »Schmerzen wird er nicht haben, wir werden ihn in Schlaf versetzen. Du erinnerst dich an die mit Haschisch getränkten Schwämmchen, Lucia?«

»Du hast sie?«, fragte Lucia aufgeregt. »Und sie erweisen sich als brauchbar?«

Clemens nickte stolz. »Gibt es irgendetwas aus dem Erfahrungsschatz des Ibn Sina, das sich nicht als brauchbar erweist? Aron von Greve wandte sie nicht an. Er hatte zu große Angst, als Hexer angeklagt zu werden, wenn er Menschen in todesähnlichen Schlaf versetzte. Außerdem stand ihm die Hanfzubereitung nicht zur Verfügung. Mit dem, was in unseren Landen wächst, geht es nicht so gut. Die Pflanze braucht die Wärme des Südens, um ihre Kraft zu entfalten.« Clemens suchte in seiner Tasche und reichte Lucia ein Schwämmchen. Sie roch daran und registrierte einen seltsamen, aber sehr charakteristischen Duft.

Clemens wandte sich derweil wieder an Elisabeth und ihren Ritter. »Aber auch die Betäubung belastet das Herz des Kranken. Es kann sein, Herr Adrian, dass Ihr nicht mehr aufwacht, wenn ich Euch einmal in Schlaf versetze.«

Adrian von Rennes versuchte, sich würdevoll aufzurichten.

»Dann werde ich in den Armen meiner Geliebten einschlafen und mit ihrem Kuss auf den Lippen vor meinen Schöpfer treten«, sagte er ruhig. »Schneidet mich auf, Medikus, und entfernt dieses Übel. Hauptsache, Ihr erlöst mich aus diesem Zustand zwischen Leben und Tod!«

Adrian hätte sich am liebsten gleich unter Clemens' Messer begeben, doch der Arzt setzte die Operation auf den übernächsten Tag fest.

»Es ist heute schon spät. Außerdem muss ich meine Gattin in den Gebrauch der Schwämmchen einweisen. Das Risiko für den Patienten ist sehr viel geringer, wenn man zu zweit arbeitet. Der eine überwacht seinen Puls und seinen Atem, der andere kann sich auf die Chirurgie konzentrieren. Du wirst mir doch helfen, Lucia?«

Er lächelte ihr zu.

»Ich brenne darauf!«, sagte Lucia.

»Hauptsache, Ihr brennt nicht letztlich selbst dafür«, gab Elisabeth auf dem Rückweg zur Burg zu bedenken. »Wenn ich das richtig verstanden habe, wird er so tief schlafen, dass er keinen Schmerz mehr empfindet, keinen Laut mehr hört – man könnte ihn für tot halten. Und dann erweckt Ihr ihn wieder. Das klingt sehr nach Hexerei.«

»Sein Herz wird niemals aufhören zu schlagen, Herzogin«, beruhigte Clemens sie.

Elisabeth nickte. »Ich weiß, und ich glaube es Euch auch. Aber wenn die Schwester Apothekerin auf den Gedanken kommt, zuzusehen...«

»Wir sollten eine Zeit wählen, in der die Nonnen beschäftigt sind«, meinte Lucia.

Elisabeth überlegte.

»Nach dem Hochamt. Dann treffen die Nonnen sich im Kapitelsaal und besprechen interne Angelegenheiten. Es geht um Übertretungen der Ordensregeln und solche Dinge; die Schwestern klagen sich gegenseitig an. Wenn wir Glück haben, dauert das Stunden. Anschließend verteilen sie die Aufgaben für den Tag, und ein paar Gebete werden auch noch gesprochen. Wie lange werdet Ihr brauchen, Herr Clemens?«

Der Arzt zuckte mit den Schultern. »Eine Stunde«, erwiderte er. »Vielleicht auch länger. Wir müssen ihn in Schlaf versetzen, den Fremdkörper entfernen, die Wunde nähen...«

»Du nähst sie einfach zu?«, fragte Lucia verwirrt. »Ich hatte davon gehört, aber...«

Clemens nickte. »Schon Galen spricht vom Vernähen von Wunden. Und der jüdische Arzt in Granada praktizierte das auch. Mit Seidenfäden...«

»Das zeigst du mir auch!«, bestimmte Lucia. »Und dann mache ich es selbst.«

Nähen hatte sie schließlich gelernt.

2

Lucia war ebenso begierig, Clemens' neue Techniken zu lernen, wie ihr Gatte auf ihre Übersetzung der neuen Schriften von Ar-Rasi. Die beiden schlossen sich stundenlang in den Räumen ein, die Elisabeth ihnen zugewiesen hatte, und die Mädchen und Hofdamen wollten nicht aufhören, sie deshalb zu necken.

»Frau Lucia und ihr Gatte können die Hände nicht voneinander lassen!«, tuschelte man in den Frauengemächern, und selbst die Ritter lachten den beiden verschwörerisch zu, wenn sie vorbeikamen.

Doch bald fanden sich auch die Ersten von ihnen ein, um Clemens diskret um Ratschläge zur Behandlung alter Wunden oder anderer Gebrechen zu bitten. Es galt als wenig ritterlich, über Schmerzen und Krankheiten zu klagen, und keiner der Männer hätte sich in die Stadt begeben, um einen der bürgerlichen Ärzte aufzusuchen. Aber Clemens war nun verfügbar und konnte sich über einen Mangel an Patienten nicht beklagen.

»Bezahlen werden sie allerdings kaum etwas«, meinte Elisabeth. »Die Ritter auf der Burg werden nicht entlohnt, sie erhalten nur Kost und Logis. Und im Turnier auszeichnen können sie sich auch nur einmal im Jahr.« Erst wenn die Ritter irgendwann mit einem Lehen für ihre Dienste belohnt wurden, bestand die Aussicht auf regelmäßige Einnahmen.

Clemens zuckte mit den Schultern. »Ich erhalte zurzeit ja auch Kost und Logis, also werde ich es verschmerzen.«

Elisabeth fieberte der Operation entgegen, doch am Tag zuvor kam es zu einem Zwischenfall, der ihre und Lucias Nervenkraft noch einmal bis zum Äußersten beanspruchte.

Conrad von Oettingen und Wolfram von Fraunberg sprengten wutschnaubend auf den Hof der Burg und verlangten, die Herzöge zu sprechen.

»Ich werde keineswegs erlauben, dass mein Mündel meinen Anweisungen zuwiderhandelt!«, erregte sich Herr Conrad.

»Das Mädchen ist mit mir verlobt!«, erklärte Herr Wolfram. »Es hat mein Geschenk angenommen und ist mir damit versprochen. Es kann nicht angehen, dass plötzlich ein angeblicher Ehemann auftaucht, der ...«

»... der keine Zeugen dafür aufbringen kann, dass wirklich ein Bund mit Lucia geschlossen wurde. Wo ist der Priester, der ihn gesegnet haben will?« Herr Conrad funkelte Lucia an, die eben mit Clemens auf dem Wehrgang vor den Kemenaten erschien.

Einer der Torwächter hatte rasch gehandelt und die junge Frau sofort benachrichtigen lassen. Clemens hatte ihm gestern ein beim Reiten äußerst störendes Furunkel an einem sehr peinlichen Körperteil geöffnet und behandelt. Seitdem fühlte er sich dem Arzt verbunden.

»Wir müssen das doch wohl nicht auf dem Hof verhandeln, oder?«, meinte Herzog Stephan würdevoll, wenn auch ein wenig unwillig. Er trat aus dem Kontor seines Hofmarschalls. Die Ankunft der Herren hatte eine Besprechung gestört. »Bitte lasst eure Pferde in den Stall bringen, nehmt einen Begrüßungsschluck entgegen, und kommt dann in meine Halle, oder ... äh, in den großen Saal.« Der Herzog verbesserte sich schnell, als er Frau Margarethe aus ihren Empfangsräumen treten sah. Sie pflegte indigniert zu reagieren, wenn er die Landshuter Feste als »seine Burg« oder den Rittersaal als »seine Halle« bezeichnete. Schließlich gehörte das alles auch seinen Brüdern.

»Ich werde dann auch den Herzog Wilhelm und den Herzog Albrecht dazurufen lassen«, erklärte die Herzoginmutter zuckersüß und ließ es sich nicht nehmen, den Ankömmlingen den Begrüßungsschluck selbst zu reichen.

Das bewahrte sie allerdings nicht vor Conrad von Oettingens Vorwürfen.

»Was soll das alles, Herzogin? Ihr habt mir geschworen, die Mädels seien hier sicher aufgehoben und vor allen Anfechtungen geschützt. So etwas wie damals mit Beatrix könnte nie wieder geschehen. Aber dann verschwindet erst die kleine Wikingerin wie vom Erdboden verschluckt, und dann taucht hier ein Kerl auf, der angeblich mit meinem Mündel verheiratet ist. Und statt einzuschreiten, macht Ihr den beiden ein Bett in der Burg!«

Frau Margarethe zuckte mit den Schultern. »Mein Stiefsohn hat das entschieden. Entgegen meinem Rat ...«

»Nun, dann werden wir mal sehen, ob es sich auch als haltbar erweist, wenn ich hier Klage führe!« Der Oettinger stapfte selbstbewusst in den großen Saal. Sein Lehen gehörte zu den größten des Herzogtums, und er unterhielt ein kleines Heer von Rittern, das er den Herzögen im Kriegsfall unterstellen konnte. Auch seine Abgaben leistete er pünktlich und ohne zu murren. Einen solchen Untertanen verärgerte man ungern, selbst wenn man Stephan von Bayern hieß.

Der Fraunberger folgte seinem Freund nicht minder grimmig. Er hatte keinen vergleichbaren Einfluss bei Hofe, war aber ebenfalls ein verdienter Ritter und so reich, dass er seine Burg hatte kaufen können. Er hatte in verschiedenen Kriegen gekämpft und war im Turnier gefürchtet. Auch kein Mann, den man sich bei Hofe gern zum Feind machte.

Lucia war höchst besorgt, als diesmal alle drei Herzöge über sie zu Gericht saßen.

Clemens dagegen blieb gelassen und lächelte, als man ihm vorwarf, Lucia »geraubt« zu haben.

»Herr von Oettingen, Lucia und ich konnten Eurem Willen als ihr Vormund gar nicht zuwiderhandeln, da sie zurzeit unserer Eheschließung niemand unter Eure Munt gestellt hatte. Wir wussten nicht einmal, dass es Euch gab ...«

»Das bestreitet niemand!«, erklärte der Oettinger. »Aber wo sind die Beweise, wo sind die Zeugen für die Ehe?«

»In Mainz wütete die Pest«, bemerkte Clemens. »Der Priester, der uns gesegnet hat, ist daran gestorben. Und das Pesthospiz, in dem wir damals arbeiteten, ging obendrein in Flammen auf. Ihr werdet niemanden in Mainz oder Köln, Worms oder Trier finden, der die Eheschließung eines Pestarztes mit einer Magd bezeugen kann! Es ging wüst zu in diesen Städten, Herr von Oettingen; die Ordnung war außer Kraft gesetzt. Die Priester in den Kirchen wechselten alle paar Wochen, manchmal alle paar Tage. Da wurden auch keine Kirchenbücher geführt. Ihr werdet Euch einfach auf mein Wort und das meiner Gattin verlassen müssen!«

»Und eben das lehne ich ab!«, donnerte der Oettinger. »Ich bin von weit höherem Adel als Ihr!«

Der Fraunberger musterte inzwischen Clemens mit abschätzendem Blick.

»Wie ich das sehe, ist es eine Sache zwischen ihm und mir«, erklärte er und wies auf den hochgewachsenen, aber schmalen Mann an Lucias Seite. Er selbst war kleiner, aber doppelt so breit. »Herr von Treist, hiermit fordere ich Euch zum Zweikampf!« Er suchte nach seinem Handschuh, um ihn seinem Widersacher formgemäß vor die Füße zu werfen, doch es war heiß, und er hatte die Handschuhe im Stall abgelegt. Ein paar Ritter konnten sich das Lachen nicht verbeißen.

»Nun bewahrt erst einmal die Ruhe, meine Herren!« Herzogin Margarethe mischte sich ein. »Ich denke, Ihr seid hier, um das

Urteil Eurer Landesherren zu erbitten. Vielleicht lasst Ihr die Herzöge dann erst sprechen ...« Sie warf ihren Söhnen einen beschwörenden Blick zu.

Wilhelm und Albrecht wanden sich auf ihren erhöhten Stühlen neben Herzog Stephan. Den Brüdern schien der Sinn der Auseinandersetzung ebenso wenig einzuleuchten wie Elisabeths Gatten drei Tage zuvor. Auch fehlte es ihnen an Argumenten gegen Lucia und Clemens.

»Nun ja, das Mädchen hat der Verlobung mit Herrn Wolfram zugestimmt ...«, meinte Herzog Wilhelm halbherzig.

»Aber das waren doch ganz andere Umstände!«, rief Lucia. Sie wusste, dass sie hätte warten sollen, bis man sie fragte, doch sie hielt es einfach nicht aus. »Ich ging davon aus, verwitwet zu sein! Deshalb brauchte ich einen Vormund, und da sich der Herr von Oettingen ja so darum riss ...«

»Werde nicht frech, Mädchen!«, warnte der Oettinger. »Ich bin dein einziger Verwandter.«

Lucia schüttelte den Kopf. »Ich habe noch einen Großvater und andere Onkel im Fränkischen. Ich hätte auch einen von ihnen zum Vormund wählen dürfen.«

Seit ihrer Ankunft auf der Burg hatte sie ein bisschen mehr über die Munt gelernt, der sie als adelige Frau unterworfen war. Tatsächlich oblag sie nur bei ganz jungen Mädchen automatisch dem nächsten Angehörigen. Eine verwitwete Frau konnte jeden männlichen Verwandten, selbst einen jüngeren Bruder oder den Vater ihres verstorbenen Ehemanns, darum bitten, die Munt zu übernehmen. Solche Vormunde nahmen dann meist keinerlei Einfluss auf ihr Leben. Undenkbar, dass eine Witwe wie Margarethe von Holland sich von irgendeinem Verwandten etwas vorschreiben ließ!

»Und wie sich jetzt herausgestellt hat, war die Sache ohnehin müßig. Ich brauche keinen Vormund. Mein Beschützer ist mein

Mann, Clemens von Treist.« Lucia schob sich näher an ihren Gatten heran.

»Niemand hat dich um deine Stellungnahme gebeten!«, beschied Frau Margarethe sie knapp. »Wie sehen es die anderen Herzöge? Herr Albrecht?« Der Blick, mit dem sie ihren jüngeren Sohn bedachte, konnte nur als drohend bezeichnet werden.

»Wenn die Ehe aber vielleicht doch nicht geschlossen wurde...«, murmelte Albrecht.

Dem Fraunberger reichte es.

»Nehmt Ihr meine Forderung jetzt an oder nicht?« Er zog das Schwert und stellte sich Clemens entgegen.

Lucia wollte sich vor ihren Mann werfen, doch Elisabeth kam ihr zuvor.

»Keiner zieht das Schwert in der Halle des Herzogs!«, sagte sie scharf.

Stephan warf ihr einen missbilligenden Blick zu. Ihre Parteinahme für den jungen Arzt gefiel ihm offensichtlich nicht.

Lucia zitterte. Wenn Stephan sich nun auch gegen die Anerkennung ihrer Ehe aussprach oder auch nur so vage blieb wie seine Brüder... Es durfte nicht sein, dass Clemens sich mit dem Fraunberger schlug! Der erfahrene Ritter war dem schmächtigen Arzt turmhoch überlegen.

Lucia fasste einen verzweifelten Entschluss. Sie warf sich vor dem Thron des Herzogs zu Boden und setzte alles auf eine Karte.

»Herr Stephan!«, sagte sie mit klangvoller Stimme. »Da die Herren meiner Familie sich nicht einigen können, unter wessen Munt ich stehen soll, und mein Großvater obendrein nicht anwesend ist, um sich für mich einzusetzen, wende ich mich an Euch, meinen Landesherrn. Ich bin eine Waise, ich habe meinen Vater nicht gekannt. Meinen Landesvater aber kenne ich als weisen und gerechten Mann. Bitte, Herr Stephan, nehmt mich unter Eure Obhut.« Sie hob schüchtern den Blick.

Stephan von Bayern war sichtlich geschmeichelt. »Ich muss hier der Ordnung halber erwähnen, dass ich nicht dein einziger Landesvater bin«, bemerkte er, ehe Margarethe etwas Entsprechendes einwerfen konnte. »Aber es ehrt mich, dass du mich als deinen Beschützer erwählst. Also schön, Lucia von ... wie heißt du noch mal? Was erbittest du von mir als deinem Vormund?«

»Die Anerkennung meiner Ehe mit Clemens von Treist!«, sagte Lucia fest. Eine weitere Aufzählung ihrer möglichen Familiennamen ersparte sie sich.

Herzog Stephan runzelte die Stirn. »Nun, da geht nur eines, Mädchen: Entweder kann ich dein Vormund sein, oder ich kann deine Ehe anerkennen. Denn wenn du verheiratet bist, brauchst du keinen Vormund.«

Lucia sah verzweifelt zu ihm auf. Wenn er ihr jetzt in den Rücken fiel, war alles verloren.

Schließlich legte sich ein breites Grinsen auf das Gesicht des Herzogs. »Also wollen wir es mal so entscheiden. Da es für deine Eheschließung mit dem Herrn von Treist keine Beweise gibt, wie mir inzwischen von verschiedenster Seite vorgehalten wurde, kann ich die Ehe nicht anerkennen.«

Lucia hatte das Gefühl, eine Klippe hinunterzustürzen. Sie konnte den Fraunberger nicht heiraten! Clemens würde es auch nicht zulassen, doch im Kampf würde er sterben ...

»Als Vormund dieser jungen Frau hier gäbe ich allerdings dem dringenden Wunsch meines Mündels nach, dem Medikus Clemens von Treist ehelich verbunden zu werden. Am besten schaffen wir die Angelegenheit gleich hier aus der Welt. Wenn die anwesenden Herren Ritter bitte einen Kreis bilden würden ...«

Der Herzog stand auf.

Lucia wusste nicht, wie ihr geschah.

Während es im Saal rumorte und der Oettinger wortreich protestierte, half Clemens ihr auf.

»Was für ein Wagnis«, sagte er bewundernd. »Und ich dachte schon, ich müsste diesen Ritter töten.«

»Wie hättest du das machen wollen?«, raunte sie. »Mit Gift?«

Clemens musste lachen. »Du hast schon noch deine Schwierigkeiten mit den ritterlichen Tugenden!«

»Nun komm, wir müssen in den Kreis treten.«

Die Ritter formierten sich jedoch nur langsam und schienen die Entscheidung des Herzogs dabei gründlich zu diskutieren. So hatte Elisabeth Zeit, vor der Zeremonie in ihre Kemenate zu laufen und den rubingeschmückten Reif zu holen, den Lucia ihr damals zurückgebracht hatte.

»Hier, ich hoffe, er bringt dir mehr Glück als mir«, flüsterte sie Lucia zu, als sie ihr den Reif ins Haar schob.

Herzog Stephan betrachtete die Geste missbilligend, sagte aber kein Wort dazu.

Schließlich trat auch unter den Rittern Stille ein; selbst der Oettinger und der Fraunberger schienen sich in ihr Schicksal zu fügen. Clemens nahm Lucia bei der Hand und führte sie in den Kreis.

»Mit diesem Kuss«, sagte er zärtlich, »nehme ich dich zum Weibe.«

Lucia sah strahlend zu ihm auf. »Mit diesem Kuss«, wiederholte sie, »nehme ich dich zum Mann!«

Die beiden küssten einander zärtlich, während die Ritter lachten, weil die Liebkosung weit über die formelle Berührung der gegenseitigen Lippen hinausging, die sie von anderen Hochzeiten kannten. Schließlich applaudierte der Hof, als die beiden sich trennten.

»Wir werden die Hochzeit heute Abend ein wenig feiern«, erklärte der Herzog. »Seht zu, dass ihr euch vorher noch vom Hofkaplan segnen lasst. Bis zum nächsten Morgen brauchen wir da ja wohl nicht mehr zu warten. Schließlich haben wir den erfolgreichen Vollzug dieser Ehe bereits bei der letzten Verhandlung dieser Angelegenheit festgestellt. Und nun kümmert sich wohl jeder wieder um seine eigenen Angelegenheiten!«

Der Herzog kehrte zu seiner Besprechung zurück. Frau Margarethe nahm sich ihre Söhne vor, und Oettinger und Fraunberger trösteten sich mit dem besten Wein des Hauses, den ihnen der Mundschenk in eindeutig beschwichtigender Absicht kredenzte.

Lucia zitterte, als Clemens sie zurück in ihre Gemächer führte.

Er gab auch ihr Wein, den sie durstig trank.

»Damit bist du mir endgültig und auf ewig verbunden«, sagte sie lächelnd, aber nach wie vor ein wenig zittrig. »Wollen wir ... wollen wir jetzt die Sache mit dem Schwamm noch einmal durchgehen, oder soll ich die Naht noch mal üben? Oder wollen wir lieber nachsehen, ob Ar-Rasi vielleicht etwas über Operationen schreibt, das ...«

Clemens schüttelte den Kopf und küsste sie.

»Nichts dergleichen.« Mit geschickten Fingern zog er den glänzenden Goldreif aus ihrem Haar. »Wir sollten vor der Segnung durch den Hofkaplan sicherheitshalber noch mal die Ehe vollziehen ...«

Clemens und Lucia verabschiedeten sich früh von dem Bankett, das der Herzog zu ihren Ehren gab. Die äußerst schlecht gelaunte Herzogin Margarethe erlaubte ihren Mädchen gerade mal, sich satt zu essen, bevor sie ihre Zöglinge in die Kemenaten zurückbeorderte, und auch Elisabeth täuschte Müdigkeit vor. Lucia betrachtete sie besorgt und voller Mitgefühl. In der Nacht vor Adrians Operation würde sie kaum viel schlafen.

Auf ihren Anblick am nächsten Morgen war Lucia allerdings nicht vorbereitet. Um das Kloster Seligenthal pünktlich zum Hochamt zu erreichen, mussten sie früh aufbrechen, doch als sie sich bei Sonnenaufgang im Stall trafen, wirkte Elisabeths Gesicht nicht bloß übernächtigt – es war zerschlagen. Sie versuchte, es hinter einem leichten Schleier zu verbergen, doch Lucia bemerkte sofort die aufgeschlagenen Lippen und die blutunterlaufenen, fast zugeschwollenen Augen.

»Der Herzog?«, fragte sie leise.

Elisabeth nickte. Sie hinkte auch und schaffte es nur mit Clemens' Hilfe, auf ihr Pferd zu steigen.

»Stephan ist im Grunde kein schlechter Kerl«, meinte sie erklären zu müssen, als die drei den Hofberg hinabritten. »Aber ihm wächst alles über den Kopf. Die Verstimmungen zwischen ihm und seinen Brüdern, die Adligen hier in Bayern und erst recht die in den Niederlanden, die ständig irgendwelche Beschwerden haben, dazu Frau Margarethes Quertreibereien ... Und jetzt auch noch der Ärger mit dem Oettinger. Als alle so richtig betrunken waren, ist es gestern wohl noch zu ein paar unschönen Auftritten gekommen. Nun wollen sie ja endlich in Verhandlungen über diesen Teilungsvertrag eintreten. Das hätte längst geschehen müssen! Diese vielen Ländereien, die zum Teil Hunderte von Meilen auseinanderliegen und die drei Männer zu gleichen Teilen beherrschen sollen ... so ist das doch unregierbar ...«

»Mag ja sein«, bemerkte Lucia. »Aber das ist kein Grund, seine Frau zusammenzuschlagen. Womit sollst du ihn denn diesmal erzürnt haben?«

Elisabeth zuckte mit den Schultern und fuhr dabei schmerzhaft zusammen. »Mein Einsatz für deinen Gatten. Ich hätte mich wieder mal unschicklich verhalten. Als Frau hätte ich in Gesellschaft der Ritter zu schweigen.«

»Frau Margarethe hat ganz schön den Mund aufgetan«, meinte Lucia. »Aber das hat ihm sicher auch nicht gefallen.«

Elisabeth versuchte ein Lächeln. »Die konnte er nur nicht dafür züchtigen ...«

Clemens beteiligte sich nicht an der Unterhaltung. Lucia wusste, dass er die bevorstehende Operation immer wieder in Gedanken durchging; sie hoffte nur, dass sie ihn dabei nicht enttäuschte. Der Umgang mit den haschischgetränkten Schwämmchen war nicht einfach: Das Mittel musste genau dosiert werden, um den Patienten zwar bewusstlos zu halten, sein Herz aber nicht zum Stillstand kommen zu lassen. Lucia hätte das lieber an robusteren Patienten geübt als gleich mit Elisabeths schwerkrankem Ritter. Clemens meinte, das Risiko bei sonst relativ gesunden Menschen sei nicht allzu groß. Er hatte schon Amputationen durchgeführt und den Schlaf der Patienten dabei selbst überwacht. Bei Adrian befürchtete er jedoch das Schlimmste. Sowohl Clemens als auch Lucia würden ihr ganzes Geschick und Gefühl und obendrein sehr viel Glück brauchen, um die Sache zu einem guten Ende zu bringen.

Die Reiter kamen zeitgleich mit dem Priester, der das Hochamt halten sollte, im Kloster an. Zu längeren Vorgesprächen mit der Oberin war diesmal keine Zeit. Elisabeth hatte die Nonnen auch nicht davon in Kenntnis gesetzt, dass Clemens eine Behandlung plante, die über Einreibungen und Packungen hinausging.

Die Ehrwürdige Mutter begrüßte die Herzogin, ihre Hofdame und den jungen Arzt nur kurz im Vorbeigehen.

»Viel geholfen habt Ihr Eurem Patienten bislang nicht, Medikus«, bemerkte sie knapp. »Im Gegenteil, der Ritter bat gestern um die Sterbesakramente. Er wünscht sich zudem, heute noch einmal dem Hochamt beizuwohnen. Wir haben ihn in die Kirche tragen lassen.«

Lucia verdrehte die Augen. »Hoffentlich haben sie ihm die Sakramente wenigstens gestern schon gegeben und warten damit nicht bis nach dem Hochamt!«, raunte sie Clemens zu. »Wir verlieren schon genug Zeit damit, dass er erst mal zurück in seine Kammer getragen werden muss!«

Clemens und Elisabeth hielten es allerdings für selbstverständlich, dass der Kranke noch einmal die Nähe zu seinem Gott suchte.

»Wenn er stirbt, hat er diese Nähe bald lange genug!«, bemerkte dagegen Lucia. »Das alles schwächt ihn nur unnötig vor der Operation!«

Clemens schüttelte nachsichtig lächelnd den Kopf. »Du wirst nie eine gute Christin, Lucia«, rügte er sanft. »Und du hast Unrecht. Wenn er gläubig ist, wird die Messe ihm Kraft geben.«

Auch Clemens selbst gab seine Versenkung ins Gebet sicher nicht einfach nur vor. Lucia hatte ihren Liebsten noch nie in einer Kirche gesehen, aber offensichtlich bat auch er Gott um Kraft und Geschick für das vor ihm liegende Werk.

Lucia versuchte ebenfalls, inbrünstig um Beistand zu bitten, doch es wollte ihr nicht gelingen. Sie mochte christlich getauft sein, aber sie fühlte sich als Tochter Al Shifas. Am Ende versuchte sie es mit einer Sure aus dem Koran, gab es dann jedoch auf. Auch Al Shifas Gott hatte deren Gebete schließlich nie erhört.

Adrian von Rennes lehnte bleich und kraftlos auf seiner Trage, nur seine Lippen bewegten sich, als er auf die Gebete des Priesters antwortete. Elisabeth kniete neben ihm. Sie ließ sich zu deutlich anmerken, wie sehr er ihr am Herzen lag. Der Priester sah sie denn auch missbilligend an, als er zu dem Kranken trat, um ihm die Hostie zu bringen. Der junge Ritter erhielt die Sterbesakramente während der Messe.

Lucia erfüllte das alles mit Unruhe. Sie fand es fahrlässig – sowohl Adrians Ausflug in die Kirche als auch Elisabeths deutlich gezeigte Zuneigung. Hätte sie nicht wenigstens ihr Haar und ihr

Gesicht verbergen können, wenn sie sich schon nicht vom Bett des Ritters lösen konnte? Wie leicht konnte sich ihre Fürsorge für Adrian herumsprechen! Natürlich wurden die Nonnen für ihr Schweigen bezahlt, aber den Seelsorger schloss das sicher nicht ein, und es fiel auch nicht unter sein Schweigegelübde.

Schließlich endete das Hochamt, und zwei Knechte trugen den völlig erschöpften Adrian zurück in seine Kammer. Elisabeth ging neben ihm her und hielt seine Hand. Wieder ein Wagnis, das sie nicht hätte eingehen dürfen. Auch die Knechte hatten Augen im Kopf und konnten sich Geschichten zusammenreimen.

»Nach Stärkung durch den Glauben sieht mir das aber nicht aus.« Lucias Spannung entlud sich in dieser sarkastischen Bemerkung. Sie hatte eben den Puls des Ritters gefühlt und befand, dass er zu schnell und zu flach ging. Auch seine Kurzatmigkeit und sein offensichtliches Fieber bereiteten ihr Sorgen. »Wir hätten ihm die Teilnahme am Gottesdienst nicht erlauben sollen.«

Clemens zuckte mit den Schultern. »Es stand nicht in deiner oder meiner Macht, ihn an irgendetwas zu hindern, meine kleine Heidin. Es liegt jetzt in Gottes Hand ...«

Es liegt in deiner Hand, dachte Lucia und fühlte sich dabei weitaus sicherer als bei ihrem versuchten Gebet in der Kirche. Und da Adrians Leben auch in ihrer Hand lag, konzentrierte sie sich jetzt darauf, die vorher eingeweichten Schwämmchen so in Adrians Nase zu platzieren, dass er genug von ihrem Wirkstoff aufnahm, ohne dabei zu ersticken.

Elisabeth hielt ihren Ritter im Arm und flüsterte Liebesschwüre. Sie schluchzte leise, als sein Körper erschlaffte.

Lucia überprüfte seinen Puls, während Clemens den ersten Schnitt vornahm. Er arbeitete schnell und präzise, und Lucia bewunderte erneut die zierlichen Instrumente aus Silber, vor allem das scharfe Skalpell.

»Ein Geschenk von meinem jüdischen Mentor«, erklärte Clemens. »Er hätte die Sachen lieber an einen Sohn weitergegeben, aber er hatte keine Kinder. Ich versuche seitdem, mich dieser Gabe würdig zu erweisen.«

Das tat er zweifellos, musste den Schnitt aber noch zweimal erweitern, bis er den Fremdkörper in Adrians Schulter endlich fand. Triumphierend förderte er einen scharfen Eisensplitter zutage.

»Da ist die Wurzel des Übels! Kein Wunder, dass sich das scharfkantige Ding nicht verkapselt hat. Es muss sich bei jeder Bewegung erneut in sein Fleisch gebohrt haben.«

»Meinst du, du hast alles?«, fragte Lucia und spähte in die nun stark vergrößerte Wunde.

Elisabeth weinte. Für sie war das entschieden zu viel Blut. Lucia hätte sie am liebsten hinausgeschickt.

»Wir spülen noch mal mit verdünntem Wein, aber es sieht nicht so aus, als wären da noch mehr Splitter. Wenn die Lanze darin abgebrochen wäre, und wir hätten es mit Holzsplittern zu tun, wäre das weitaus schlimmer. Ich nehme an, da ist wirklich nur die Lanzenspitze abgeplatzt. Sie wird beim Aufprall auf die Rüstung geborsten sein.« Clemens säuberte die Wunde sorgfältig.

Lucia prüfte Puls und Atmung des Schlafenden und zog die Schwämmchen ein wenig zurück.

»Er hält sich tapfer«, bemerkte sie.

Clemens lächelte ihr zu, während er Nahtmaterial aus Katzensehne auf eine Nadel zog und sich daranmachte, die Unterhaut zu vernähen. Das Material hielt nicht so gut wie Seidenfäden, aber die Tiersehnen würden sich später im Körper auflösen, wie er Lucia erklärt hatte.

»Er ist ein Ritter und gestärkt durch den Glauben ...« Lucia wusste nicht, ob ihr Geliebter sie neckte oder ob er die Worte ernsthaft sprach. Er legte eine Hand an den Hals des Schlafenden und fühlte den Puls, bevor er mit der Arbeit fortfuhr.

Lucia nahm ihm die Nadel aus der Hand. »Jetzt lass mich mal

machen, ich kann das schneller als du!«, sagte sie selbstbewusst. »Es mag mir am Glauben fehlen, aber meinem Meister habe ich damals abgenommen, dass er mich zur Hölle schickt, wenn meine Nähte nicht halten ...«

Clemens übernahm derweil die Kontrolle der Haschischschwämmchen und entfernte sie, als Lucia Seidenfaden aufzog und die Haut über der Wunde schloss.

Adrian kam langsam wieder zu sich, während sie die Wunde noch einmal wusch und Anstalten machte, die Salbe aufzustreichen, die Clemens aus verschimmeltem Brot zu bereiten pflegte.

Clemens reinigte derweil seine chirurgischen Instrumente und packte sie ein – keinen Augenblick zu früh, wie sich herausstellte.

Elisabeth, Lucia und Clemens fuhren zusammen, als die Schwester Apothekerin den Raum betrat.

»Ihr seid noch hier?«, fragte sie verwundert und blickte dann starr vor Schrecken auf Lucias saubere Hautnaht. »Barmherziger Himmel, Ihr ... Ihr habt ihn zugenäht?«, stieß sie hervor. »Ihr habt die Wunde einfach zugenäht, als ob Ihr einen Riss in einem Gewand stopft?«

»Nicht ganz so«, murmelte Lucia.

Die Nonne bekreuzigte sich. Aber sie war auch Medizinerin genug, um sich für Einzelheiten zu interessieren.

»Wie hat er das ausgehalten? Wir haben ihn nicht schreien gehört!«

»Er war bewusstlos«, erklärte Lucia.

»Er ist ein Ritter!«, sagte Elisabeth würdevoll.

Adrian öffnete die Augen. Er war noch benommen, schien die Welt aber wieder wahrzunehmen. Der Anblick der Schwester Apothekerin musste ihn davon überzeugen, bestimmt nicht im Himmel gelandet zu sein.

»Lucia arbeitet sehr schnell«, bemerkte Clemens. »Außerdem

ist das Vernähen von Wunden eine sehr alte Technik, Ehrwürdige Schwester. Schon Galen erwähnt sie. Man betrieb es also bereits im alten Griechenland.«

»Im heidnischen Griechenland!«, sagte die Schwester streng.

»Und ich glaube, dass auch Hildegard von Bingen es irgendwo erwähnt«, behauptete Lucia. Tatsächlich hatte sie das Werk der Äbtissin nie gelesen. Schon die Erwähnung der Heilkraft von Steinen, an die Hildegard felsenfest glaubte, hatte Lucia davon überzeugt, hier nur gesammelten Aberglauben vor sich zu haben.

»Ach, wirklich? Und diese Salbe?« Die Apothekerin beugte sich über die Wunde.

»Ringelblumen!«, erklärte Lucia. »Hauptsächlich Ringelblumen.«

»Aber es sieht nicht nach Schweinefett aus . . . ?«

»Nein«, begann Clemens. »Wir nehmen eine andere Grundlage.«

Lucia blickte ihn beschwörend an und schüttelte leicht den Kopf. Die Sache mit den Schimmelpilzen behielt man der braven Kräuterkundlerin besser vor.

»Ich kann Euch übrigens gern zeigen, wie man solche Hautnähte anbringt«, bot Lucia der Schwester an. »Sie empfehlen sich auch bei kleinen Wunden, vor allem Platzwunden oder Schnitten. Der Heilungsprozess beschleunigt sich, und es bleiben weniger große Narben zurück.«

»Ich bin noch nicht davon überzeugt, dass dies hier heilt!«, meinte die Nonne würdevoll.

Lucia zuckte mit den Schultern. »Mit Gottes Hilfe«, beeilte sie sich zu versichern.

Clemens lächelte ihr zu, als die Nonne gegangen war. »Für eine Heidin«, neckte er sie, »verstehst du die Schwestern ganz schön um den Finger zu wickeln.«

Lucia lachte zurück. Sie hatte mit dem Priester von St. Quintin lange genug geübt.

Während Clemens seine letzten Sachen zusammenpackte, verband Lucia die Wunde. Adrian kam nun wieder völlig zu Bewusstsein. Seine Wunde schmerzte, doch es war erträglich. Für den Abend ließ Clemens ihm etwas von dem Opiumsirup da.

»Nehmt nicht zu viel davon, es beansprucht das Herz!«, mahnte er. »Wir müssen jetzt gehen, damit die Schwestern nicht misstrauisch werden. Aber Lucia und ich werden Euch morgen wieder besuchen.«

»Ich werde auch ...« Elisabeth konnte sich kaum von ihrem Ritter trennen. Sie schien ihre eigenen Schmerzen gar nicht mehr zu spüren, wenn sie seine Hand hielt und sein Gesicht streichelte.

»Du wirst zu Hause bleiben, die Wunden an deinem eigenen Körper versorgen und dich brav bei Frau Margarethe sehen lassen!«, sprach Lucia ein Machtwort. »Was du heute riskiert hast, war fahrlässig! Was hast du davon, wenn dein Ritter schließlich gesund wird, aber dein Gatte schlägt dich tot?«

Elisabeth zuckte mit den Schultern. »Das wird er ohnehin einmal tun. Aber meinst du wirklich, Adrian wird genesen?«

Clemens nickte. »Es kann natürlich immer zu Entzündungen kommen«, schränkte er dann jedoch ein. »Er wird in den nächsten Tagen sicher noch Fieber haben, und die Schulter wird anschwellen. Aber mit ein bisschen Glück und Gottes Hilfe wird er das alles überstehen. An seiner Wunde wird er jetzt jedenfalls nicht mehr sterben. Die sollte zuheilen wie jede andere Verletzung auch.«

3

Lucia und Clemens ritten gleich am nächsten Morgen zurück zum Kloster. Lucia empfand ihre neue Freiheit als fast berauschend. Als verheiratete Frau schnüffelte ihr niemand mehr nach. Wurde Clemens nach seinem Verbleib gefragt, so erzählte er nur vage etwas von Krankenbesuchen in der Stadt. Genaueres wollte niemand wissen. Die Ritter und Edelfrauen hatten andere Interessen als die Furunkel und Leibschmerzen irgendwelcher Bürger.

Umso mehr stand Elisabeth unter Beobachtung. Die Herzoginmutter hatte ihre Verletzungen natürlich bemerkt und brannte darauf zu erfahren, womit die junge Frau ihren Gatten so aufgebracht hatte. Ihr langes Ausbleiben am letzten Tag – trotz der Schwellungen und Wunden im Gesicht – war ihr ebenfalls suspekt. Lucia war froh, dass sie Elisabeth zumindest am ersten Tag nach der Operation dazu bewegen konnte, auf der Burg zu bleiben. Dabei sorgte sie sich schrecklich und hätte lieber ein paar Stunden früher erfahren, wie es Adrian ging.

»Vielleicht ist er tot, und ich weiß nichts davon...«, flüsterte sie tonlos, als Lucia sich verabschiedete.

Lucia schüttelte den Kopf. »Ach was, dann hätten die Nonnen dir einen Boten geschickt. Schon, damit sie ja nicht vor Zusage der Kostenübernahme mit den Totenmessen anfangen! Bestimmt geht es ihm gut. Und wir werden auch zurück sein, so rasch wir können.«

Adrian von Rennes war allerdings in eher schlechter Verfassung, als Clemens und Lucia nach ihm sahen. Er war fiebrig und nur halb bei Bewusstsein; immerhin wehrte er sich erfolgreich gegen die Schwester Apothekerin, die eben Anstalten machte, die so sorgsam genähte Wunde wieder zu öffnen.

»Der Eiter muss ablaufen können!«, erklärte sie den entsetzten Ärzten. »Seht doch, wie das Fleisch angeschwollen ist. Diese ganzen neumodischen Ideen! Wir hätten statt der vielen Umschläge lieber versuchen sollen, die Eiterung zu fördern. Und wir sollten ihn zur Ader lassen. Der Mond steht zurzeit günstig!«

»Die Wunde ist nicht vereitert, und die Schwellungen sind ganz normal«, beruhigte Clemens die Nonne. »Wir geben ihm jetzt Eichenrindentee, machen kühlende Umschläge, legen Salbe auf und warten ab.«

»Vor allem warten wir hier ab!«, wisperte er Lucia zu, während die Klosterfrau sich grummelnd bereit erklärte, den Tee zu bereiten. »Zumindest einer von uns muss bei ihm wachen, die Frau bringt ihn sonst noch um!«

Deshalb wurde es später Abend, bis Clemens und Lucia es endlich wagten, Adrians Krankenbett zu verlassen und zurück zur Burg zu reiten. Dem Ritter ging es bereits etwas besser; zumindest war er wach und fest entschlossen, niemanden an seine Wunde zu lassen, bevor Clemens zurückkehrte.

Elisabeth war außer sich, als Lucia endlich in ihre Kemenate kam und ihr Ausbleiben erklärte. »Ich war mir sicher, er sei gestorben«, schluchzte sie. »Ich habe gewartet und gebetet, und dann wollte Frau Margarethe, dass ich den Mädchen beim Sticken vorlese. Ich hoffte auf ein wenig Zerstreuung, aber die Suche der Ritter nach dem Gral in der Erzählung konnte mich nicht fesseln. Obwohl der Gral ja alle Krankheiten heilen soll ...«

»Bloß, dass ihn noch keiner gefunden hat, genau so wenig wie den Stein der Weisen«, meinte Lucia. Sie war todmüde und nicht in der Stimmung, ihre Freundin zu trösten. »Dein Ritter jedenfalls ist noch schwach, aber auf dem Wege der Besserung. Er wird sicher auch diese Nacht nicht sterben. Du kannst ihn getrost Clemens' und meiner Pflege überlassen.«

Elisabeth schüttelte heftig den Kopf. »Morgen reite ich wieder mit!«, erklärte sie. »Ich halte es hier nicht aus, ich muss bei ihm sein. Er braucht mich auch! Sag, hat er nicht nach mir gefragt?«

Lucia musste zugeben, dass Adrian oft nach Elisabeth fragte.

Und als sie am nächsten Tag wieder an seinem Krankenbett erschien, beruhigte er sich unter ihren Händen schneller und ertrug die Schmerzen beim Verbandwechsel geduldiger, wenn er dabei in ihren Armen lag. Es ging ihm nach wie vor ziemlich schlecht, und Elisabeth schaute denn auch ein wenig vorwurfsvoll: Lucias aufmunternde Berichte von gestern waren übertrieben gewesen. Adrians Fieber war wieder gestiegen, die Schulter bis in den Arm hinein geschwollen und heiß.

Clemens legte Salbe auf, und Lucia brachte großflächig Packungen mit altem Wein an. Elisabeth drängte ihm Tee auf.

»Er muss viel trinken, und der Aufguss hilft auch gegen das Fieber«, erklärte Clemens. Trotz des augenscheinlichen Verfalls des Kranken war er nicht unzufrieden.

»Die Wunde sieht gut aus. Das Fieber und die Schwellungen liegen im Bereich des Normalen. Seine Schwäche gefällt mir nicht, aber die Wundheilung als solche verläuft gut.«

Adrian überwand seine Schwäche zusehends in Elisabeths Armen. Sie gab ihm deutlich Auftrieb – sehr viel mehr als das Gebet der Nonnen, das die Schwester Apothekerin an seinem Bett organisierte.

Lucia gefiel Letzteres wieder einmal gar nicht. Bislang hatten wahrscheinlich nur die Oberin, die Leiterin des Gästehauses und die Schwester Apothekerin von Elisabeths besonderer Beziehung zu ihrem Ritter gewusst. Jetzt aber gab es immer mehr Schwestern und Hausangestellte, die Adrian in ihren Armen sahen.

Elisabeth verhielt sich fahrlässig, ja leichtsinnig. Ihre Angst um den Geliebten ließ sie jede Vorsicht vergessen. Auch die Ausreden, die sie nannte, um jeden Tag zum Kloster zu reiten, waren bestenfalls tollkühn zu nennen. Zum Glück fragte Herzog Stephan kaum nach, wenn seine Frau mit ihrer Hofdame Ausritte unternahm. Lucia hatte zumindest durchgesetzt, dass Elisabeth nicht gemeinsam mit ihr und Clemens die Burg verließ, sondern erst nach der Morgenmesse. Während Clemens gleich bei Morgengrauen fortritt, brachen die Frauen erst auf, nachdem sie die Andacht im Kreise von Frau Margarethe und ihrer Mädchen absolviert hatten. Dennoch spürte die Herzoginmutter, dass etwas nicht mit rechten Dingen zuging. Und wenn sie irgendwie dahinterkäme, was vorging, würde sie es dem Herzog mit Wonne verraten!

Deshalb beschwor Lucia ihre Freundin, zu Hause zu bleiben oder doch zumindest auf ein Treffen mit Adrian zu verzichten, als Frau Margarethe in der Woche darauf einen gemeinsamen Besuch im Kloster ansetzte. Ihre Mädchen hatten wochenlang fleißig gestickt, und auch neues Silber für die Klosterkapelle war eingetroffen. Das alles sollte in Seligenthal abgeliefert werden.

»Nimm dich um Himmels willen zusammen, und weiche deiner Stiefschwiegermutter an diesem Tag nicht von der Seite!«, wies Lucia Elisabeth an. »Am besten reiten wir gar nicht erst mit. Das nimmt Frau Margarethe uns dann zwar übel, aber besser Übelnehmen als Argwöhnen!«

Elisabeth blickte sie an, als wäre sie nicht bei Trost. »Aber auf eine solche Gelegenheit kann ich doch nicht verzichten! Endlich wieder einmal hinreiten, ohne eine Ausrede erfinden zu müssen! Wir werden wieder zur Terz da sein, und ich verschwinde, während die anderen beten. Das hat bisher immer geklappt. Warum sollte es nicht auch heute gutgehen?«

Lucia hätte sie am liebsten geschüttelt. »Weil Margarethe ahnt, dass du etwas verbirgst! Weil die Nonnen böse auf uns sind. Wir handeln ihnen zu eigenmächtig. Sie argwöhnen, dass Clemens' Methoden nicht immer ganz gottgefällig sind. Meine Güte, Elisabeth, merkst du nicht, dass die Schwester Apothekerin geradezu darüber wütend ist, dass Adrian noch lebt? Ein paar Schwestern munkeln sicher schon vom Einfluss des Teufels. Die wären deinen Ritter lieber heute als morgen los!«

»Er will ja auch so bald wie möglich weg ...«

Eine Woche nach der Operation war für Adrian zwar noch nicht daran zu denken, das Bett oder gar das Kloster zu verlassen, aber er machte doch schon wieder Pläne. Elisabeth hoffte, ihn bald irgendwo in Landshut einmieten zu können, bis er gesund genug war, dass er wieder reiten konnte. Was darüber hinaus geschehen sollte, bedachte noch niemand. Bislang war es unsicher, ob Adrian je wieder ein Schwert würde führen oder auch nur die Laute würde spielen können. Und eine andere Möglichkeit, sich ohne gesunden rechten Arm den Lebensunterhalt zu verdienen, fiel Lucia nicht ein. Doch Elisabeth schien sich vorerst nicht den Kopf darüber zu zerbrechen. Sie wollte Adrian nur so schnell wie möglich aus dem Kloster holen. Auch sie spürte die wachsende Bedrohung.

»Die Ehrwürdige Mutter könnte sich ihn mit einem Wort vom Hals schaffen!«, gab Lucia zu bedenken. »Sei klug, Elisabeth, täusche eine Erkrankung vor, und bleib auf der Burg!«

Elisabeth brauchte gar nichts vorzutäuschen: Am Tag vor dem Ritt zum Kloster betrank Herzog Stephan sich wieder einmal bis zum absoluten Verlust der Selbstkontrolle. Elisabeth wirkte völlig zerschlagen, als sie sich am Morgen der aufgeregten Gruppe von Mädchen und Hofdamen anschloss. Ihr Gesicht war diesmal nicht so sehr in Mitleidenschaft gezogen wie beim letzten Mal, doch ihr ganzer Rücken war grün und blau.

»Er meinte, mich für irgendetwas züchtigen zu müssen«, seufzte Elisabeth. Lucia traf sie im Stall, um einen letzten Versuch zu unternehmen, sie vom Besuch im Kloster abzuhalten. »Ich hätte zu lange mit den jungen Rittern gesprochen, die gestern eingetroffen sind. Aber was sollte ich denn machen? Es ist Brauch, dass ich ihnen einen Becher Wein reiche und sie willkommen heiße, wenn sie auf den Hof reiten. Und wenn sie mir dann ein paar Fragen stellen oder Grüße von anderen Höfen ausrichten, kann ich doch nicht weglaufen! Dir soll ich übrigens auch herzliche Grüße ausrichten. Gunhild und Bernhard sind wohlbehalten am Hof meines Vaters eingetroffen. Und dein Ritter, Dietmar, kämpft in den Niederlanden. Offenbar findet er da bei einem bedeutenden Grafen, einem Erzfeind der Herzoginmutter, langfristig Aufnahme. Das kann alles noch sehr interessant werden dort in Holland. Die Adligen fordern zurzeit die Rückkehr der Herzogin oder zumindest eines ihrer Söhne. Und sie wünschen, dass endlich klargestellt wird, wer denn nun ihr Landesherr sein soll. Das hat gestern Abend wieder mal zum Streit zwischen den Brüdern geführt, der auf meinem Rücken ausgetragen wurde.« Elisabeth lächelte schwach.

»Ein hervorragender Grund, zu Hause zu bleiben!«, erklärte Lucia. Sie hatte sich schon längst abgewöhnt, die Motive des Herzogs zu diskutieren. Elisabeth tat jedes Mal so, als verstünde sie ihn zumindest ansatzweise, und fand Entschuldigungen für seine Ausbrüche. Wahrscheinlich war das purer Selbstschutz. Sie hoffte, ihr Gatte würde sich ändern, wenn das Problem der Landesteilung endlich aus der Welt wäre. Lucia hatte da ihre Zweifel, aber der Herzogin blieb wohl nichts anderes übrig, als sich an die Hoffnung zu klammern.

»Leg dich ins Bett, ich mache dir Tee und kalte Kompressen. Das tut dir gut, und die Gefahr ist gebannt.« Lucia wollte der Freundin den Reitmantel abnehmen, doch Elisabeth schüttelte den Kopf.

»Komm du lieber mit!«, forderte sie Lucia auf.

Doch Lucia war fest entschlossen, sich der Gesellschaft nicht anzuschließen. Die Ehrwürdige Mutter mochte sie nicht, davon war sie inzwischen fest überzeugt. Clemens war den Nonnen suspekt, und die Frau an seiner Seite war zu bestimmend und selbstbewusst. Und womöglich war den Klosterfrauen auch aufgefallen, dass sie nicht sehr inbrünstig betete und stets als Erste aufsprang, sobald die Andacht zu Ende war.

Dabei beruhte die Abneigung auf Gegenseitigkeit. Lucia hielt die Ehrwürdige Mutter für geldgierig und betrachtete sie obendrein als geschickte Intrigantin. Eine kleine Rüge von ihr an Lucias Verhalten, geschickt formuliert und im richtigen Moment angebracht, würde Frau Margarethe dazu bringen, weitere Fragen zu stellen. Und die Vereinbarung zwischen Elisabeth und der Oberin war ebenso klar wie gefährlich: Die Ordensfrau würde dem Herzog und seiner Familie den Aufenthalt ihres Ritters verschweigen. Lügen würde sie jedoch nicht!

»Ich bleibe hier«, sagte Lucia fest. »Frag mich nicht, aber ich habe ein schlechtes Gefühl. Und falls etwas passiert, hast du nichts davon, wenn ich in die gleiche Falle gehe wie du.«

»Aber wir sind Freundinnen!«, sagte Elisabeth verletzt.

»Und eine Freundin würdest du brauchen!«, gab Lucia zurück. »Eine Mitangeklagte hülfe dir nichts!«

Lucia erfuhr nie, inwieweit die Mutter Oberin oder eine der anderen Nonnen letztlich in Elisabeths Entdeckung verstrickt waren. Vielleicht machte eine der Ordensfrauen eine Bemerkung über Elisabeths mangelnde Frömmigkeit, oder jemand verriet, dass die junge Herzogin das Kloster in der letzten Zeit fast täglich besuchte, aber selten zur Andacht erschien. Vielleicht aber hatte Margarethe von Holland auch andere Quellen. Es mochte gut sein, dass sie einen Knecht oder ein Küchenmädchen dafür bezahlte, die Nonnen auszuspähen. Einem solchen Spion wäre Elisabeths Beziehung zu Adrian bis jetzt entgangen. Inzwischen jedoch tuschelte mit Sicherheit das ganze Kloster darüber.

Frau Margarethes Mädchen konnten Lucia jedenfalls von keinerlei Hinweisen berichten. Sie wussten nur, dass ihre Herrin die Herzogin während des Hochamts, an dem die Frauen diesmal teilnahmen, nicht aus den Augen ließ. Als Elisabeth aufstand und sich durch ihre Geheimtür entfernte, befragte sie die Oberin. »Es war ein Eklat!«, berichtete die klatschsüchtige kleine Gisela beeindruckt. »Niemand sonst hätte sich getraut, das Hochamt zu stören, aber sie wurde laut und zerrte die Ehrwürdige Mutter aus der Kirche.«

Die Klosterfrau machte dann wohl keine besonderen Versuche, Elisabeths Aufenthaltsort zu verschleiern.

Lucia konnte sich vorstellen, was für ein Sturm daraufhin über sie und das Kloster hereingebrochen war, aber davon wussten die Mädchen nichts. Ehrentrud – die Einzige, die ihre Herrin aus der Messe begleitet hatte – berichtete nur von lauten Stimmen aus dem Kontor der Oberin. Anschließend war die Herzoginmutter aus dem Raum gestürzt, hatte sich ins Gästehaus begeben, geführt von der Schwester Apothekerin, und dort eine Tür aufgerissen.

»Der Ritter lag in Frau Elisabeths Armen«, erklärte Ehrentrud, eine von jeher gute Erzählerin. »Er lehnte an ihrer Schulter, und beiden kicherten und lachten, während sie ihn mit Weintrauben fütterte. Dann küsste er sie, und sie teilten die Süße der Traube und die Süße des Kusses. Sie sahen so glücklich aus! Nie habe ich die Herrin Elisabeth so schön und sanft gesehen. Und der Herr Adrian ... ich sah ihn nur einmal kämpfen. Ich wurde am Tag des vorletzten Turniers auf die Burg gebracht. Aber damals war er ein strahlender Ritter, tugendhaft und minniglich ... und er wollte sie auch jetzt noch schützen, krank und schwach, wie er ist. Es war rührend. Aber natürlich schraken sie auf, als Frau Margarethe eintrat. Und die Herzoginmutter sah sie an ... einerseits voller Kälte, andererseits vergnügt wie eine Katze, die mit der Maus spielt. Sie sagte nur: ›Hure!‹ Und der Ritter wollte etwas erklären und beschwor Frau Elisabeth, bei ihm zu bleiben und vielleicht um Asyl im Kloster zu bitten. Doch Frau Elisabeth stand nur auf und suchte ihre Sachen zusammen, und dann küsste sie ihn noch einmal. Ganz ruhig, ganz zärtlich, auf die Stirn. Ein Abschiedskuss, so, als wüsste sie genau, ihn nie wieder zu sehen. Er wollte aufstehen und ihr folgen oder mit ihr gehen, aber die Herzogin sagte: ›Ihr bleibt hier!‹ Wie ein Bannspruch. Ich glaube nicht, dass jemand es geschafft hätte, sich ihm zu widersetzen. Der Herr Adrian war auch zu schwach. Er brach zusammen, als er das Bett verließ.«

»Was ist ihm passiert?«, fragte Lucia entsetzt. »Ist die Wunde wieder aufgebrochen?« Sie hoffte es nicht; die Operation war zehn Tage her, und Clemens sprach schon davon, die Seidenfäden zu ziehen.

Ehrentrud zuckte mit den Schultern. »Ich glaube nicht, aber Frau Margarethe ist dann ja auch gegangen, und ich natürlich mit ihr. Ich musste die Herzogin stützen. Als sie das Zimmer verlassen hatte, war es ... nun, sie brach nicht direkt zusammen, aber es sah doch aus, als hätte alle Kraft sie verlassen. Die Schwester Apothekerin hat sich dann um den Ritter gekümmert.«

Auf dem Weg zurück zur Burg waren nach Angaben der Mädchen nicht viele Worte gewechselt worden. Frau Margarethe hatte Elisabeth in die Mitte der Reitergruppe nehmen lassen, als fürchte sie einen Fluchtversuch. Doch die junge Herzogin ritt wie in Trance und schien die Welt um sich herum gar nicht mehr wahrzunehmen. Als sie schließlich die Burg erreichten, befahl die Herzoginmutter Elisabeth in ihre Kemenate und bestimmte zwei Soldaten, ihre Tür zu bewachen. Zum Glück machten die Männer keine Einwände, als Lucia zu ihr in ihre Gemächer schlüpfte.

Elisabeth saß am Feuer und starrte teilnahmslos in die Flammen. Lucia wollte ihr den Mantel abnehmen, den sie immer noch trug, doch sie zog ihn um sich, als brauche sie die zusätzliche Wärme.

»Du musst Adrian retten«, sagte sie leise, ohne Lucia anzusehen. »Du musst ihn aus dem Kloster holen, er wird ihn sonst umbringen!«

»Elisabeth, wir müssen jetzt erst einmal an dich denken«, mahnte Lucia. »Du musst überlegen, was du sagen willst. Noch kannst du alles abstreiten. Der Herzog mag dir eher glauben als Frau Margarethe, vor allem, wenn er damit einen Skandal verhindert.«

»Es gibt zu viele Zeugen, Lucia«, meinte Elisabeth müde. »Du hattest recht, ich war verrückt. Aber das ist jetzt egal. Reite zum Kloster, Lucia. Ich will, dass wenigstens Adrian am Leben bleibt.«

»Aber der Herzog wird ihn doch nicht töten!«, überlegte Lucia. »Gewöhnlich würde er ihn zum Kampf fordern, doch unter diesen Umständen ...«

Elisabeth schüttelte den Kopf. »Er würde ihn fordern, wenn die Sache nicht eindeutig wäre. Aber so ... Man wird uns des Ehebruchs anklagen, und wenn sie uns für schuldig befinden, verlieren wir unsere Ehre und unser Leben. Wenn wir Glück haben, erlaubt man uns den Tod durch das Schwert. Aber sie können uns ebenso gut hängen lassen.«

Oder vierteilen, dachte Lucia. Wenn Adrian erst einmal seiner Ritterehre verlustig gegangen war, lag das Urteil ganz in der Hand der Herzöge. Es gab kein Gesetz, das sie einschränkte. Und Elisabeth war ohnehin völlig der Gnade ihres Gatten unterworfen. Er konnte sie heute noch zu Tode prügeln ...

Andererseits war Elisabeth von hohem Adel. Ihr Vater würde ihren schimpflichen Tod als Affront empfinden, es würde Ärger und Nachfragen geben. Dazu würden die Troubadoure in allen christlichen Landen von Elisabeth und ihrer Liebe zu ihrem Ritter singen. Das alles lag nicht in Herzog Stephans Interesse.

Deshalb hatte Elisabeth gute Aussichten, am Leben zu bleiben. Sofern das Leben in einer Klosterzelle, überwacht von einer scharfzüngigen und für ihren Dienst wohl bezahlten Oberin, als solches zu bezeichnen war.

Adrian dagegen ...

Elisabeth wandte Lucia jetzt endlich den Blick zu. Ihre großen braunen Augen flehten sie an. »Lucia, Adrian muss verschwinden! Nicht nur um ihn zu retten, auch um meinetwillen! Es können tausend Leute beschwören, ich hätte mit einem Ritter die Ehe gebrochen. Aber wenn da kein Ritter ist und auch ich kein Wort sage, kann nicht viel passieren! Geh jetzt, Lucia, bitte!«

Lucia folgte endlich ihrem Befehl. Elisabeth hatte recht. Anscheinend hatte sie auf dem Weg zurück zur Burg doch nicht nur stumm vor sich hin gebrütet, sondern eine Art Plan ausgeheckt. Natürlich würde sie nicht unbeschadet aus der Sache herauskommen. Ihr Leben, so wie sie es bislang gekannt hatte, war verwirkt. Aber man konnte den Schaden vielleicht begrenzen. Und womöglich war auch Herzog Stephan daran interessiert, alles nicht zu sehr aufzubauschen.

Lucia eilte zu den Ställen. Der Gedanke an Rettung beflügelte sie und ließ sie wieder klar denken. Sie würde sich beeilen müssen! Denn alle Pläne, die Elisabeth sich einfallen lassen mochte, gingen bestimmt auch Frau Margarethe durch den Kopf. Die Herzoginmutter kannte die Hofpolitik mindestens so gut wie ihre Stiefschwiegertochter. Sie würde alles unternehmen, Adrian alsbald festzusetzen. Und wenn Stephan nicht den Befehl dazu gab, fand sich bestimmt einer ihrer Söhne ...

Auf dem Weg zu den Ställen lief Lucia Heinrich, der Küchenjunge, über den Weg. Lucia atmete auf. Der Knabe vereinfachte alles.

»Heinrich, bitte, kann ich dich um einen Gefallen bitten?«

Der Junge blieb sofort stehen und sah Lucia vergnügt, aber auch anbetend an.

»Frau Lucia, für Euch würde ich Berge versetzen oder Drachen töten!«, sagte er grinsend. »Auch wenn es mir sicher mehr liegen würde, die Biester zuzubereiten. Lindwurm am Spieß, das wäre doch mal eine Abwechslung im Speiseplan.«

Lucia zwang sich zu einem Lächeln.

»Keine Drachen, Heinrich, obwohl ein Bratspieß als Waffe den Lindwurm sicher verblüffen würde. Ich bitte dich nur um einen Botendienst. Lauf schnell in die Stadt, und suche meinen Gatten, Herrn Clemens. Er ist ...«

»Der Medikus? Der ist bei den Juden in der Apothekergasse«, sagte der Kleine, ohne zu zögern.

Clemens hatte inzwischen wirklich Patienten in der Stadt. Wie er auf seiner Reise mit Moses von Kahlbach erfahren hatte, war der jüdische Arzt vor kurzem gestorben. Sein Sohn führte sein Geschäft weiter, war aber noch unsicher. Er hatte Clemens freudig in seiner Praxis willkommen geheißen, und im medizinischen Bereich, einer angestammten Domäne der Juden, war die Aufsicht der Obrigkeit auch nicht zu streng. Clemens und der junge Doktor behandelten sowohl christliche als auch jüdische Patienten.

»Meine Mutter war gestern bei ihm. Ich hatte ihn gefragt, was man gegen ihre Gicht tun könnte, und er hat sie zu sich bestellt. Ohne Geld von ihr zu fordern! Er sagte, was den Rittern recht ist, soll einer braven Bäuerin wohl billig sein!«

Lucia dankte dem Himmel für Clemens' gutes Herz, auch wenn sie sich im Stillen fragte, wie er sie und Leona auf diese Art ernähren wollte. Aber jetzt musste der Junge erst mal los.

»Sag meinem Gatten, er soll auf keinen Fall zurück zur Burg kommen, sondern bleiben, wo er ist. Er soll auf mich warten. Ich versuche es zu schaffen, bevor sie das Ghetto schließen. Es muss gelingen! Andernfalls...«

Sie mochte sich nicht vorstellen, was geschah, wenn sie mit Adrian vor verschlossenen Türen stände. Ihr Plan war ohnehin riskant. Schließlich gehörten die Juden von Landshut nicht gerade zu ihren engsten Freunden...

Lucia ließ ihr Maultier satteln und dazu den braunen Zelter, den sie früher oft geritten hatte. Die kleine Stute gehörte Elisabeths Tochter Agnes und war das sanfteste Geschöpf in den Ställen. Der Stallknecht wunderte sich, stellte aber keine Fragen. Der Mann war nicht dumm. Die vielen Monate der Heimlichkeiten rund um Elisabeths Ausflüge nach Landshut und Seligenthal, dazu die Gerüchte, die seit Ankunft der Frauen heute Mittag durch die Burg gingen...

»Viel Glück, Frau Lucia«, wünschte er freundlich, als er ihr den Führstrick der Braunen in die Hand gab. »Wenn das Fräulein Agnes reiten will, werde ich ihr sagen, ich hätte ihr Pferdchen auf die Weide geschickt.«

Lucia dankte ihm ebenfalls. Sie wusste seine Fürsorge zu schätzen. Allerdings würde die kleine Agnes heute sicher nicht in die Ställe kommen. Wahrscheinlich übernahm Frau Margarethe gerade die Oberaufsicht über die Kinderstuben, und Agnes und die drei Jungen hörten zumindest gerüchteweise von der Schande ihrer Mutter.

Lucia trieb ihre Tiere rücksichtslos an, was die Zelter, die auf ruhigen Gang hin trainiert waren, bald ermüdete. Lucia kümmerte sich nicht darum. Im Gegenteil, je erschöpfter die kleine Braune war, desto ruhiger würde sie Adrian tragen.

Schließlich erreichte sie das Kloster zur Stunde der Vesper. Die Andacht hatte bereits begonnen; sie würde sich erneut beeilen müssen, Adrian in Sicherheit zu bringen, ehe das Gebet endete. Zunächst aber musste sie die Pforte allein passieren, wofür sie einen Schleier über ihr Haar und ihr Gesicht zog. Sie hatte vor, sich als Hofdame der Frau Margarethe auszugeben, die den Ritter ohne viel Aufhebens auf die Burg holen sollte. Natürlich stand diese Geschichte auf mehr als tönernen Füßen! Wenn die Pförtnerin sie nicht durchließ, sondern die Oberin aus der Messe holte, würde sie auffliegen. Die Ehrwürdige Mutter würde sich fragen, warum die Herzogin nur eine einzelne Frau schickte, statt eines Regiments von Wachsoldaten. Zumindest würde sie darauf bestehen, dass die Besucherin sich auswies, und auf keinen Fall würde sie den Ritter an Clemens' Gattin und Elisabeths Vertraute ausliefern! Lucia sah sich schon selbst in einer Klosterzelle festgesetzt. Frau Margarethe würde die Chance nutzen, sie als Mitverschwörerin anzuklagen und zur Aussage gegen ihre Freundin zu zwingen.

Immerhin war die Vesper gerade in vollem Gange. Die Pförtnerin war allein auf ihrem Posten und würde diesen verlassen müssen, sollte sie sich entschließen, die Oberin zu benachrichtigen. In diesem Fall plante Lucia, sich unerlaubt Zugang zum Kloster zu verschaffen. Aber dann musste wirklich alles blitzschnell gehen, und ob der immer noch schwer kranke Adrian das Tempo mithalten konnte, war mehr als fraglich.

Lucia näherte sich der Klosterpforte mit wild pochendem Herzen. Sie wollte der Pförtnerin schon einen möglichst beiläufigen Gruß zuwerfen, als sie erkannte, dass diesmal nicht die ältere und meist ziemlich bärbeißige Schwester Pförtnerin Dienst am Einlass hatte, sondern eine Laienschwester. Lucia kannte die junge Frau flüchtig; sie hatte ihr einmal geholfen, Tee für Adrian zu bereiten. Gewöhnlich war sie in der Küche tätig, und wahrscheinlich würde sie weder Elisabeths noch Margarethes Hofdamen erkennen.

»Guten Tag, Schwester Mathilde«, grüßte Lucia sie freundlich. »Seid Ihr zur Pförtnerin aufgestiegen?«

Schwester Mathilde, eine noch sehr junge Nonne mit großen hellblauen Augen, sah furchtsam zu ihr auf.

»Ich hoffe, ich mache alles richtig, mit Gottes Hilfe!«, sagte sie unterwürfig. »Aber die Schwester Pförtnerin hat heute Morgen der Schlag getroffen. Nach all den Aufregungen ... Die Schwestern bemühen sich noch um sie, aber sie wird wohl heute Nacht noch heimgehen. Gott sei ihrer Seele gnädig.«

Lucia stimmte eifrig in ein kurzes Gebet für die Seele der Pförtnerin ein, obwohl ihr eher ein Dank auf der Zunge lag. Wenn die Pförtnerin im Sterben lag, war die Schwester Apothekerin beschäftigt. Und alle Ordensfrauen, die sonst nichts zu tun hatten, saßen bestimmt am Krankenbett oder hielten später die Totenwache. Lucia konnte ihr Glück kaum fassen.

Dazu fragte Schwester Mathilde, die nicht die Klügste zu sein schien, nicht einmal nach dem Begehr ihrer Besucherin, bevor sie die Pforte öffnete. Zu groß war ihr Respekt vor der Edelfrau, die zweifellos zum Hofstaat der Herzoginnen gehörte.

Lucia ließ die Pferde an der Pforte, dankte der Schwester würdevoll und begann erst zu rennen, als sie außer Sicht der kleinen

Nonne war. Dann aber huschte sie zum Gästehaus. Wenn sie nur nicht zu spät kam und das Zimmer des Ritters verschlossen oder von Soldaten bewacht fand!

Doch der Flur des Gästehauses lag verlassen wie eh und je vor ihr. Die Tür zu Adrians Zelle öffnete sich sofort, als Lucia die Klinke betätigte. Sie vergaß dabei, anzuklopfen, und der Ritter auf seinem Lager schreckte hoch, musste er doch damit rechnen, den Häschern des Herzogs gegenüberzustehen. Er griff denn auch nach seinem Schwert, das am Bett lehnte. Doch mit der linken Hand, dazu behindert von seiner Schwäche, war es ein kläglicher Versuch.

»Lasst das Schwert stecken, Herr Adrian!«, wisperte Lucia.

Der Raum wurde nur von einer einzigen Kerze erhellt. Mehr gestanden die Nonnen einem Gast nicht zu, für den sicher niemand mehr zahlte. Lucia sah Tränenspuren auf dem abgezehrten Gesicht des Ritters.

»Wie geht es ihr?«, fragte Adrian leise. »Ich habe sie im Stich gelassen, ich . . .«

»Ihr habt überhaupt nichts falsch gemacht!«, versuchte Lucia ihn zu beruhigen. »Irgendjemand hat geredet, aber das ist nicht Eure Schuld. Ihr müsst jetzt mit mir kommen!«

»Zu Elisabeth?« Der Kranke blickte sie hoffnungsvoll aus fiebrigen Augen an.

Lucia schüttelte den Kopf. Wie konnte er eine solche Frage stellen? Hoffentlich phantasierte er nicht!

»Natürlich nicht, ich bringe Euch nach Landshut. Aber jetzt fragt nicht so viel. Kommt! Ich helfe Euch auf. Wir müssen uns beeilen.«

Lucia legte dem jungen Ritter seinen Mantel um und hoffte, dass es ihr gelingen würde, ihn zu stützen. Er war beängstigend mager und schwach, und Ehrentrud hatte berichtet, dass er beim Versuch, aufzustehen, gestürzt war. Doch jetzt fragte er wenigstens nicht weiter und nahm all seine Kraft zusammen.

»Mein Schwert . . .«, flüsterte er.

»Euer Schwert kann ich nicht auch noch schleppen«, erklärte Lucia. »Und Ihr erst recht nicht. Stützt Euch auf mich, wir müssen gehen.«

»Aber ich . . .« Adrian wollte über die Heiligkeit seiner Waffen sprechen, über seine Schwertleite, bei der sie gesegnet worden waren, und seine Ehre als Ritter. Andererseits wusste er, dass ebendiese sowieso verwirkt war.

»Meine Laute . . .« Er sprach die Worte beinahe tonlos.

Lucia warf einen Blick auf das wunderschöne Instrument aus leichtem Holz.

»Die sollte ich gerade noch schaffen«, murmelte sie. »Man hängt sie über die Schulter, nicht wahr?« Ungeschickt versuchte sie, sich das Instrument über den Rücken zu hängen, aber Adrian nahm es ihr ab.

»Ich kann sie selbst tragen«, sagte er würdevoll.

Lucia antwortete nicht. Die Berührung der Laute schien Adrian Kraft zu geben. Er stützte sich zwar schwer auf die junge Frau, schaffte es aber, das Zimmer zu verlassen. Die nächsten Hürden waren Schwester Mathilde und dann der Ritt nach Landshut.

»Was meint Ihr, könnt Ihr Euch auf einem Pferd halten?«, fragte Lucia.

»Ich bin Ritter, Frau Lucia!« Adrians Stimme klang schwach, aber zutiefst beleidigt. »Solange ich lebe, kann ich ein Pferd lenken!«

Lucia war nicht davon überzeugt, aber jetzt mussten sie ohnehin erst an der Pforte vorbei.

Schwester Mathilde sah von ihrer Näherei auf.

»Wohin bringt Ihr denn den armen Herrn Adrian?«, fragte sie freundlich und völlig arglos. »Hat die Herzogin Margarethe – Gott schütze sie für all die Wohltaten, die sie unserem Kloster bereits erwiesen hat – nicht bestimmt, er solle vorerst hierbleiben?«

Adrian stöhnte leise, als Lucia stehen blieb und ihn damit zwang, sein Gewicht zu verlagern.

»Frau Margarethe hat es sich anders überlegt!«, erklärte sie mit fester Stimme. »Nun will sie ihn doch heute noch auf der Burg sehen. Seid so gut und öffnet uns, Schwester Mathilde. Ihr seht doch, er kann sich kaum auf den Beinen halten.«

Die kleine Laienschwester hielt brav, wenn auch zu Tode verängstigt vor den großen Tieren, die Pferde fest, als Lucia dem Ritter auf den kleinen braunen Zelter half. Er schien das Tier als unter seiner Würde zu befinden, sagte aber nichts. Immerhin stieg er mit erstaunlichem Geschick auf den Rücken des Pferdes, ohne die rechte Hand zur Hilfe nehmen zu müssen. Lucia drückte ihm die Zügel in die Linke und stieg auf ihre Pia.

»Vielen Dank und Gottes Segen, Schwester!«, sagte sie zu Mathilde, ehe sie davonritten. Die kleine Schwester würde Gottes Segen brauchen können. Nicht auszudenken, was auf sie einstürmen würde, wenn die Oberin herausfand, dass sie Margarethes Wünschen zuwidergehandelt und Adrian entlassen hatte!

Der junge Ritter litt sichtlich Schmerzen, obwohl sein zierliches Pferd weich und brav unter ihm lief.

Lucia wäre gern schneller geritten. Sie befürchtete die Schließung des Judenviertels, die oft schon vor der Zeit erfolgte. Zudem konnten sie den Häschern des Herzogs in die Hände fallen, die Margarethe inzwischen sicher in Richtung Kloster in Marsch gesetzt hatte. Also hielt Lucia sich an alte Strategien und ritt querfeldein. Für Adrian bedeutete dies eine zusätzliche Strapaze. Er war kaum noch bei Bewusstsein, als die beiden schließlich, im Schutz einer ziemlich großen Gruppe heimkehrender Juden, das Tor zum Ghetto durchritten.

Lucia lenkte ihre Stute zur Apothekergasse und versuchte, die neugierigen Blicke der Leute zu ignorieren, die ihr auffälliges Reittier natürlich erkannten. Schließlich brachte sie beide Tiere im Mietstall unter, auch wenn dies noch einen kleinen Fußmarsch bis zum Haus des Arztes bedeutete. Dabei erkannte sie Clemens' Pferd. Ihre Nachricht hatte den Medikus also erreicht.

Adrian fiel mehr vom Pferd, als dass er abstieg. Lucia stellte besorgt fest, dass er nicht mehr gehen konnte. Und sie würde es nicht mehr schaffen, ihn zu stützen. Also bettete sie ihn auf eine Strohschütte und drückte den Stallburschen einen Kupferpfennig in die Hand.

»Hier, kümmert Euch um ihn. Gebt ihm Wasser, wenn er danach verlangt. Ich werde gleich mit dem Medikus zurück sein . . .«

Die Stallburschen waren kleine Bestechungen durch die Edeldamen gewohnt, die hierherkamen, um Schmuck zu versetzen oder eben auch den jüdischen Medikus aufzusuchen. Sie nickten ohne große Neugier.

Lucia rannte zum Haus des Arztes.

Hoffentlich ging das gut! Hoffentlich warf man sie nicht hinaus!

4

Eine Stunde später lag Adrian von Rennes wohlversorgt in einer Dienstbotenkammer im Haus des jüdischen Arztes. Simon ben Jakov hatte sich nicht dagegen gesträubt, ihn bei sich aufzunehmen. Der junge Medikus, der seine Studien in Salamanca nicht einmal ganz abgeschlossen hatte, ehe der Tod seines Vaters ihn zurück nach Landshut zwang, vergötterte Clemens. Der erfahrene Arzt half ihm über so manche Klippe bei der Behandlung seiner ersten Patienten hinweg; vor allem gab er ihm Sicherheit. Simon platzte schier vor Stolz, wenn Clemens seine Diagnosen bestätigte, und holte sich Rat bei der Verordnung von Medikamenten. An diesem Tag hatte er erstmals unter Aufsicht eine kleine Operation durchgeführt. Es war bloß die Amputation einer Fingerspitze gewesen, doch für Simon war es ein Meilenstein auf seinem Weg zu einem angesehenen Arzt.

Clemens hoffte nur, dass er dem jungen Mann keinen Bärendienst erwies, indem er ihm all dies zeigte. Auch in Landshut würden Bader und Chirurgen über ihre Pfründe wachen und es übel vermerken, wenn ein Medikus zum Skalpell griff. Andererseits praktizierte Simon im Judenviertel. Da war man vielleicht nicht so streng. Clemens schärfte seinem Schüler ein, bei der Behandlung von Christen besonders vorsichtig zu sein. Auf keinen Fall durfte ihm jemand sterben, nachdem er unerlaubte Behandlungen vorgenommen hatte.

Bislang hatte Clemens in Simons Praxis auch nicht mit den Haschischschwämmchen experimentiert, allerdings davon erzählt. Nun gestand er seinem Schüler auch die Operation an Adrian, und

Simon brannte natürlich darauf, den Patienten zu sehen. Er geriet angesichts der fast verheilten Wunde Adrians regelrecht in Verzückung und erklärte sich gern bereit, den Ritter ein paar Tage lang zu pflegen.

»Am besten, wir sagen keinem etwas«, erklärte der junge Arzt. »Auch meine Glaubensbrüder müssen nichts wissen.«

»Und Eure Frau?«, fragte Lucia argwöhnisch. Sie kannte die Klatschbasen der jüdischen Gemeinde.

Simon ben Jakov schüttelte den Kopf. »Meine Frau spricht bislang nur Italienisch.« Er hatte das bildschöne, blutjunge Mädchen aus Salamanca mitgebracht. Salomea bat Aron war schwarzhaarig, hatte riesige Augen wie glühende Kohlen und betrachtete ihren Mann mit anbetender Zuneigung. Sie hätte wahrscheinlich auch geschwiegen, wenn sie die Landessprache beherrscht hätte. Aber so war Adrian vollständig sicher.

»Zwei Engel im Paradies...«, flüsterte er im Halbschlaf, als Lucia und Salomea sich über ihn beugten.

»Hör einfach nicht hin!«, erklärte Lucia ihrer neuen Freundin. Sie konnte sich mit Salomea verständigen; das Mädchen sprach Latein.

Lucia und Clemens ritten derweil zur Burg – wobei es ihnen gelang, die Pforte zum Ghetto im letzten Moment vor der Schließung zu durchqueren. Auf der Burg hofften sie, Neues von Elisabeth zu erfahren, doch die Herzogin wurde immer noch in ihrer Kemenate unter Verschluss gehalten, und diesmal durfte auch Lucia nicht zu ihr.

»Aber ich sage ihr, dass Ihr zurück seid und mir guter Dinge zu sein scheint«, erklärte die gutmütige Anna, die Lucia aufwartete.

Im Rittersaal speisten die Männer heute ohne ihre Herzöge, und es ging ungewohnt ruhig zu. Stephan, Wilhelm und Albrecht hatten sich in einem Seitenraum eingeschlossen und stritten umso lauter.

Lucia holte für sich und ihren Gatten nur etwas Essen aus der Küche und zog sich dann mit ihm in ihre Gemächer zurück.

»Sie werden dich auch zu der Sache hören«, berichtete sie Clemens dabei. »Sie wissen, dass du die Operation vorgenommen hast, also wirst du berichten müssen, was du über das Verhältnis zwischen dem Ritter und der Herzogin weißt.«

Clemens biss in ein Stück Brot. »Und was soll ich dann eurer Ansicht nach erzählen?«, fragte er. »Dass es gar keinen Ritter gab? Die Nonnen und Frau Margarethe hätten ihn sich nur eingebildet?«

Lucia lachte bitter. »Geniale Strategie! Leider mussten wir seine Waffen dalassen. Das ist der Beweis, und es bestätigt auch, dass es hier um Adrian von Rennes ging und niemanden sonst. Und was dich angeht, sagst du einfach die Wahrheit: Man habe dich kommen lassen, um einen kranken Ritter zu behandeln, dessen Pflege die damit betrauten Frauen überforderte. Die Herzogin Elisabeth hat dich dafür entlohnt. Aber natürlich hast du nie gesehen, wie sie und der Ritter Zärtlichkeiten austauschten. Von einer Liebe zwischen den beiden ist dir nichts bekannt.«

»Also soll ich doch lügen?«, fragte Clemens.

Lucia funkelte ihn an. »Willst du etwa nicht? Stehst du nicht auf unserer Seite?«

Clemens hob besänftigend die Arme. »Ruhig, meine Liebste! Fahr nicht gleich die Krallen aus! Ich weiß nicht, auf wessen Seite ich stehe, darüber habe ich mir bisher keine Gedanken gemacht.«

»Aber der Herzog ... du willst doch nicht, dass er sie tötet!« Lucia trank hastig einen Schluck Wein.

Clemens schüttelte den Kopf. »Natürlich will ich nicht, dass deine Freundin erschlagen wird, Lucia. Aber ich bringe auch dem Herzog ein gewisses Verständnis entgegen. Niemand mag es, wenn seine Frau ihm Hörner aufsetzt.«

»Aber Elisabeth und Adrian ... sie haben niemals das Bett geteilt.«

Clemens runzelte die Stirn. »Verzeih mir, Liebste, wenn ich das nicht ganz glaube«, sagte er trocken. »Und auch wenn es tatsächlich so ist: Du willst doch nicht leugnen, dass sie zumindest kurz davor standen. Wozu du nun natürlich anführen wirst, dass der Herzog ihr gute Gründe gab, einen anderen mehr zu lieben als ihn. Auch das mag stimmen ...«

»Es mag stimmen?«, rief Lucia fassungslos. »Du weißt, dass er sie schlägt!«

Clemens nickte. »Und ich entschuldige das auch nicht. Aber es wäre mir lieber, ich hätte hier nicht zu richten.«

Lucia bedachte ihn mit ihrem grimmigsten Blick. »Du musst nicht richten, nur ein bisschen die Wahrheit verdrehen! Untersteh dich, Elisabeth zu verraten!«

Clemens musste lachen. »Ich ergebe mich, bevor du mich schlägst!«, meinte er und zog Lucia an sich. »Nein, ich werde aussagen, ich hätte nichts gesehen, was den Regeln eines Minnehofes zuwiderlief.« Er grinste. »Aber du musst versprechen, dass wir unsere Tochter an einem Hof mit strengeren Sitten erziehen lassen. Ich denke da an einen arabischen Hof, an dem sie gezwungen wird, sich im Beisein junger Ritter zu verschleiern.«

Lucia schmiegte sich in seine Arme. »Die jungen Ritter sind dir doch ganz egal«, neckte sie ihn. »Du willst nur, dass sie besser Arabisch lernt als ich und dir dann den Rest ihres Lebens Ibn Sina übersetzen kann.«

Sie überließ sich Clemens' Umarmungen, machte dabei aber schon weitere Pläne. Sie musste Leona unbedingt aus der Kinderstube zu sich holen, bevor der Herzog Clemens vernahm. Falls sie schnell fliehen mussten, wollte sie das Mädchen bei sich haben.

Lucia holte am nächsten Tag gleich alle fünf Kinder in ihre Räume, nachdem die Kinderfrauen sich als völlig unfähig erwiesen hatten, die verwirrten kleinen Jungen und die hysterisch weinende Agnes zu beruhigen. Natürlich hatten die Kinder Gerüchte gehört, und Frau Margarethe war auch nicht sonderlich feinfühlig mit ihnen umgegangen. Ihre Erklärung dafür, warum Elisabeth ihre Kinder nicht wie sonst jeden Morgen besuchte, strotzte vor Andeutungen und Schuldzuweisungen. Nun weinten die älteren Jungen, weil ihre Mutter angeblich »ihre Ehre auf immer befleckt« habe, und Agnes, die den Unterschied zwischen Hure und Hexe nicht verstand, sah Elisabeth schon auf dem Scheiterhaufen. Nur Leona war unbeschwert fröhlich und hüpfte auf dem Schoß ihrer besorgten Mutter, während ihr Vater den Herzögen im Rittersaal Rede und Antwort stand.

Lucias Befürchtungen, der Medikus könnte als mitschuldig bezeichnet und zumindest der Burg verwiesen werden, bewahrheiteten sich allerdings nicht. Tatsächlich hatte Clemens sich hier schon bei so vielen Rittern und Würdenträgern – allen voran Herzog Wilhelm, der ihn neuerdings fast täglich zu sich befahl – unentbehrlich gemacht, dass niemand sich gegen ihn aussprach. Seine Erklärungen klangen ja auch durchaus glaubwürdig, und bevor er nach Landshut gerufen wurde, hatte er nie etwas von Adrian und Elisabeth gehört.

Peinlicher war da schon die anschließende Anhörung Lucias. Frau Margarethe bestand darauf, auch Elisabeths Hofdamen und Zugehfrauen vor dieses seltsame Tribunal zu laden, bei dem die Hauptpersonen fehlten: Keiner der Angeklagten war zugegen. Herzog Stephan hatte es nicht für nötig befunden, seine Gattin »ihre Schande mitanhören zu lassen«, wie er auf Clemens möglichst höfliche Frage nach ihrem Verbleib erklärt hatte. Was Adrian anging, so wusste man inzwischen von seiner Flucht. Lucia zitterte innerlich vor Angst, die kleine Nonne könnte sie doch erkannt haben. Dann würde man sie zweifellos gleich hier mit den Vorwürfen konfrontieren.

Tatsächlich befragten die Herzöge sie aber nur nach Elisabeths Verhältnis zu ihrem Ritter, und vor allem Stephan hakte nicht sehr intensiv nach, als sie ihre Erklärungen abgab. Lucia gab zu, von Adrian gewusst zu haben. Sie hätte jedoch angenommen, die Fürsorge der Herzogin für den Ritter sei im Rahmen der Mildtätigkeit angemessen und würde von einer Edeldame erwartet.

»Ich weile noch nicht lange bei Hofe und kenne die Regeln nicht ganz genau«, entschuldigte sie sich brav und nahm vor allem die jüngeren Herzöge mit einem unschuldigen Blick aus ihren großen blauen Augen für sich ein.

»Und Ihr habt Euch nicht gefragt, warum die Herzogin ihre Milte so klammheimlich ausüben musste?«, fragte Frau Margarethe spöttisch.

Herzog Stephan schien nicht sehr erbaut von ihrer Einmischung. Wahrscheinlich hätte er sie am liebsten ebenso des Saales verwiesen wie Elisabeth, aber das wagte er nicht.

Lucia senkte den Blick. »Verzeiht mir ... bitte verzeiht, ich sollte das nicht sagen. Aber der Herr Herzog ... der Herr Stephan ...« Sie errötete. »Ihr seid als ein wenig eifersüchtig bekannt, Herr.«

Die anderen Herzöge und Ritter lachten dröhnend.

Stephan von Bayern verzog das Gesicht.

»Passt auf, dass Ihr nicht für Eure Dreistigkeit bekannt werdet, Lucia von Treist!«, rügte er sie streng. Dann allerdings war sie entlassen. Das Tribunal nahm sich Elisabeths Mägde vor – nach der Auflösung des Minnehofes war Lucia schließlich ihre einzige Vertraute von Adel gewesen.

Die Zugehfrauen brachten aus Angst vor den Herzögen kaum ein Wort heraus. Aber natürlich wussten sie auch von nichts.

»Es sieht gut aus für deine Elisabeth«, meinte Clemens am Abend dieses schrecklichen Tages. Er hatte sich ausnahmsweise dem gemeinsamen Mahl der Ritter an der Tafel des Herzogs angeschlossen, um Gerüchten über den Verlauf des Verfahrens nachzuspüren. »Die einzige ihr ranggleiche Frau, die Anklage gegen sie erhebt, ist die Herzoginmutter. Die anderen Zeugen muss Herr Stephan nicht ernst nehmen, und er gedenkt es wohl auch nicht zu tun. Und der angebliche Buhle seiner Gattin ist verschwunden; er kann sie also auch nicht verraten. Deshalb wird sie offiziell niemals als Ehebrecherin bloßgestellt.«

»Aber er hält sie doch nicht wirklich für unschuldig?« Lucia wiegte Leona in ihrem Bettchen. Sie hatte die anderen Kinder in der Kinderstube zu Bett gebracht, nachdem sie sich endlich beruhigt hatten. Ihre eigene Tochter behielt sie allerdings bei sich.

Clemens schüttelte den Kopf und befreite sich von den engen Beinlingen und hohen Stiefeln, die er sich extra für Einladungen an die Tafel des Herzogs hatte anmessen lassen. »Natürlich nicht. Er ist stockwütend! Wenn ich sagte, es sähe gut für Elisabeth aus, dann meinte ich bestenfalls Kloster. Wahrscheinlich wird er sie sich in den nächsten Tagen irgendwohin vom Hals schaffen.«

Der gesamte Hof rechnete mit einer Abreise Elisabeths in ein strenges Konvent, tatsächlich aber erfolgte kein Richterspruch des Herzogs. Stattdessen beließ Herr Stephan alles, wie es war. Niemand sprach über die Affäre, und Elisabeth blieb in strenger Klausur.

»Warum kann ich denn nicht wenigstens zu ihr?«, fragte Lucia verzweifelt die Kammerfrau Anna, die Elisabeth das Essen zu bringen pflegte. »Und warum sagt mir niemand, wie es ihr geht?«

Anna zuckte bedauernd mit den Schultern. »Ach, Frau Lucia,

ich weiß es doch selbst nicht. Alle denken, ich warte ihr auf, aber tatsächlich bringe ich nur ihr Essen in ihr Wohnzimmer und stelle es vor dem Kamin auf den Tisch. Dabei begleitet mich ein Wachmann, und er führt mich auf demselben Wege wieder hinaus. Später hole ich dann das Tablett ab, meist fast unberührt. Daraus kann man folgern, dass sie trauert und immer dünner wird. Aber gesehen habe ich sie nicht, und erst recht lässt man mich kein Wort mit ihr wechseln.«

Die Tage von Elisabeths Haft wurden zu Wochen, und Lucias Sorgen wuchsen.

»Da muss etwas geschehen!«, meinte sie schließlich. »Der König darf sie nicht so behandeln! Wir wissen ja kaum, ob sie noch lebt. Was tut man denn in solchen Fällen unter Adligen, Clemens?«

Clemens zuckte mit den Schultern. »Es gibt niemanden, der dem Herzog in diesen Dingen befehlen kann, Liebste. Elisabeth ist seine Frau, und sie hat ihn zumindest brüskiert. Dafür straft er sie jetzt. Der Einzige, der ihm da Grenzen setzen könnte, wäre vielleicht ihr Vater – zumal, wenn er so einflussreich ist wie der Herzog von Sizilien. Den müsste man aber erst einmal benachrichtigen.«

»Dann tun wir das!«, erklärte Lucia resolut. Sie war froh, überhaupt etwas unternehmen zu können.

»Aber das dauert Monate«, gab Clemens zu bedenken. »Ganz abgesehen davon, dass wir uns gar nicht leisten könnten, einen Boten zu bezahlen.«

Lucia lächelte. »Da gibt es andere Wege«, erklärte sie vergnügt. »Diesmal musst du allerdings die Verhandlungen übernehmen.«

Der junge jüdische Arzt organisierte die Weiterleitung des Briefes gern für Clemens. Die beiden Männer waren inzwischen sehr vertraut miteinander, während Simon ben Jakov seinen ritterlichen Logiergast in der letzten Zeit zunehmend argwöhnisch beäugte. Seine schöne Gattin Salomea schien Adrians Charme täglich mehr zu verfallen, seit der sich zusehends erholte. Er spielte jetzt bisweilen wieder die Laute, und dann strahlten Salomeas Augen wie glühende Kohlen. Natürlich verhielt Adrian von Rennes sich untadelig, aber Simon hätte es durchaus gern gesehen, wenn er langsam Vorbereitungen zur Abreise getroffen hätte.

»Fragt sich nur, wohin«, meinte Clemens, der Lucia belustigt von den Entwicklungen im Hause Ben Jakov erzählte. »Solange der Herzog Elisabeth auf der Burg gefangen hält, wird Adrian sich nicht aus der Gegend wegrühren. Ich weiß nicht, was er sich einbildet. Selbst wenn er sein Schwert wieder wie einst zu führen vermöchte – er könnte doch nicht ganz allein die Burg angreifen und die Frau entführen!«

»Nun warten wir erst mal ab, wie der König von Sizilien reagiert«, antwortete Lucia zuversichtlich. »Ich glaube nicht, dass er Elisabeth einfach ihrem Schicksal überlässt. Sie hat so liebevolle Erinnerungen an ihn, er ist ihr sicher immer noch sehr zugetan.«

Clemens überlegte. »Selbst wenn es so sein sollte, Wunder wirken kann er auch nicht. Sie ist nun mal die Gattin des Herrn Stephan. Und selbst wenn unsere jüdischen Freunde die Post schneller befördern, als ein herzoglicher Bote es könnte – der Brief wird dennoch wochenlang unterwegs sein. Ich hoffe, Elisabeth tut sich nicht inzwischen etwas an. Genau das nämlich befürchtet Herr Adrian und denkt über die abenteuerlichsten Möglichkeiten nach, ihr eine Nachricht zukommen zu lassen.«

»Das ginge höchstens über die Wachsoldaten«, meinte Lucia und half ihrem Mann, neue Tinkturen und Salben in seine Tasche zu packen. Sie ging ihm inzwischen bei der Zubereitung der verschiedensten Mischungen zur Hand und war auch mit der Herstellung der Haschischschwämmchen vertraut. Dennoch langweilte sie sich, während er in der Stadt war und mit dem jüdischen Arzt arbeitete. Sie wusste beinahe so viel über Medizin wie er. Die neuen Schriftrollen hatten wahre Offenbarungen enthalten! Doch während Clemens Patienten behandeln durfte, saß sie allein auf der Burg. »Aber der Herzog lässt jeden Tag die Wache wechseln.«

Clemens lachte. »Wusste ich doch, dass du da vorgefühlt hast, meine Geliebte! Wir alle werden uns gedulden müssen!«

Elisabeth war seit drei Monaten eingesperrt, und Adrian machte in seinem heimlichen Unterschlupf erste Übungen mit dem Schwert, als tatsächlich ein Bote des Königs von Sizilien eintraf. Dabei hatte niemand mit einer so schnellen Reaktion gerechnet: Die Juden hatten für den Transport der Nachricht nicht einmal sechs Wochen gebraucht, und der König musste den Boten mit seiner Antwort noch am Tag des Erhalts auf den Weg geschickt haben.

Nun stand der junge Ritter vor dem Herzog, und Frau Margarethes aufgeregte Zöglinge tuschelten darüber, wer es war. Lucia, die kurz nach seiner Ankunft ebenfalls vor den Herzog zitiert wurde, erkannte zu ihrer Überraschung Dietmar von Thüringen. Er zwinkerte ihr in seiner unnachahmlich frechen Art zu, als sie sich vor Herrn Stephan verbeugte.

»Frau Lucia«, bemerkte der Herzog unwillig. »Ich habe einen Auftrag für Euch. Diesen Ritter schickt der König von Sizilien, der Vater meiner Gattin. Er ist besorgt über ihren Verbleib und verlangt von mir einen Nachweis darüber, dass sie noch unter den Lebenden weilt. Ich weigere mich allerdings, Herrn Dietmar zu ihr zu lassen. Die Gründe werden Euch sicher einleuchten. Denn auch, wenn Herr Dietmar unzweifelhaft von hoher Ehre ist – Elisabeth ist es nicht. Ich kann und will nicht verantworten, dass ihr der nächste

Ritter verfällt und irgendetwas anstellt, um sie aus ihrer verdienten Lage zu befreien. Nun habe ich ihm angeboten, die Herzogin Margarethe als Zeugin zu benennen, aber das lehnt er ab. Er fordert eine ›Freundin‹ der Herzogin, was natürlich eine Frechheit ist. Die Herzogin Margarethe und meine Gattin sind nicht verfeindet.«

Lucia hätte beinahe gelacht. Dietmar grinste unverblümt.

»Könntet Ihr Euch mit Frau Lucia als Eure Abgesandte anfreunden?«, fragte ihn der Herzog, ohne darauf einzugehen. »Sie war wohl ausreichend mit meiner Gattin verschworen.«

»Herr Stephan, ich war nie ...«, setzte Lucia zu ihrer Verteidigung an, doch der Herzog winkte ab.

»Spart Euch das, ich kenne die Weiber. Also, Herr Dietmar ...«

Dietmar von Thüringen nickte würdevoll. »Wenn Ihr Frau Lucia mit Eurer Gattin sprechen lasst, so werde ich ihr Wort an den König übermitteln.«

Der Herzog machte eine Handbewegung, als wolle er die beiden davonscheuchen. »Nun, dann macht zu! Geht hin, Frau Lucia, und vergewissert Euch, dass sie lebt, ihr Tun bereut und ihr Schicksal in Würde annimmt. Ihr habt eine Stunde Zeit.«

Lucia ließ sich das nicht zweimal sagen. Allerdings musste erst die Herzoginmutter geholt werden, die sie zu Lucias Kemenate begleitete und davor auf sie warten sollte. Sie würde ihr keinen Augenblick mehr gönnen als das zugestandene Maß an Zeit.

Elisabeth saß vor dem Kamin und starrte ins Feuer. Genau so, wie Lucia sie bei ihrem letzten Treffen verlassen hatte. Aber die Frau, die jetzt langsam den Blick von den Flammen nahm und auf Lucia richtete, war nicht mehr die gleiche: Elisabeth war bleich und dermaßen mager, dass ihr Kleid um sie herum schlotterte. Ihr üppiges Haar war wirr und hatte jeden Glanz verloren. Sie trug es offen, nicht aufgesteckt wie eine erwachsene Frau. Ihre Augen schienen erloschen, gewannen aber etwas von ihrer alten Lebendigkeit zurück, als sie Lucia eintreten sah.

»Lucia, endlich! Wie geht es ihm?«

Elisabeths Stimme klang rau, fast tonlos. Eine Stimme, von der man tage-, vielleicht wochenlang keinen Gebrauch mehr gemacht hatte.

Die mageren Hände der Herzogin spielten fahrig mit einem Gebetbuch, das auf dem Tisch lag. Wahrscheinlich die einzige Lektüre, die man ihr erlaubte. Als Lucia näher kam, hob sie wie flehend die Hände. Lucia ergriff sie spontan, zog ihre Freundin daran hoch und nahm sie in die Arme.

»Elisabeth, ich freue mich so sehr, dich wiederzusehen! Und dein Ritter wird glücklich sein, von dir zu hören!«

Ein Lächeln huschte über Elisabeths eingefallenes Gesicht. »So lebt er und ist wohlauf? Man hat mich da im Ungewissen gelassen. Aber manchmal tuschelten die Wächter. Einer sagte einmal, man hätte ihn gehenkt...«

Lucia schüttelte den Kopf. »Aber nein, er ist in Sicherheit. Doch lass uns nicht von ihm sprechen, wir haben nicht viel Zeit. Man hat mich nur zu dir gelassen, weil dein Vater ein Lebenszeichen verlangt. In einer Stunde muss ich gehen. Also rasch! Erzähl mir, warum du noch hier bist und nicht in einem Kloster! Wie geht es dir, und was machst du den ganzen Tag?«

Elisabeth lachte bitter. Dann ließ sie sich wieder auf ihrem Sessel nieder und bot auch Lucia Platz an. »Wein kann ich dir nicht kredenzen. Den verwehrt mein Gatte mir bis heute, auch wenn er mich nicht mehr bei Wasser und Brot darben lässt wie in den ersten Tagen.«

Lucia winkte ab. »Erzähl schon!«, sagte sie. »Ich brauche keinen Wein.«

Elisabeth lehnte sich in ihren Sessel. »So viel gibt es nicht zu erzählen. Das Meiste weißt du besser als ich. Die Anklage gegen mich ist unhaltbar, aber natürlich ist meine Schuld trotzdem erwiesen, und Stephan macht von seinem Recht Gebrauch, mich zu strafen ...«

»Aber warum schickt er dich dann nicht in ein Kloster?«, fragte Lucia.

Elisabeth biss sich auf die Lippen.

»Mein Gatte«, sagte sie dann, »hat gewisse Bedürfnisse wie jeder Mann, und du wirst mir sicher gleich vorhalten, er könnte sie auch mit einer Mätresse befriedigen. Nun – das könnte er zweifellos, aber es wäre nicht ohne Risiko. Frau Margarethe würde ihn überwachen, womöglich das Mädchen bestechen, ihn auszuhorchen. Und dazu ... Ein adeliges Mädchen, das Rechte hat, würde seine Art von Liebe nicht hinnehmen. Nein, Lucia, er wird mich nie in ein Kloster schicken – und erst recht nicht die Ehe auflösen lassen. Nichts könnte seinen Zwecken genehmer sein als der jetzige Zustand.«

Lucia sah Tränen über Elisabeths Wangen rinnen.

»Wenn ich das deinem Vater mitteilen lasse ... der Bote ist Dietmar von Thüringen. Er ist zweifellos auf unserer Seite ...« Lucia dachte angestrengt über eine Lösung nach.

Elisabeth schüttelte den Kopf. »Du kannst ihm solche delikaten Details trotzdem nicht anvertrauen. Ich würde vor Scham vergehen. Und es würde auch nichts nutzen. Mein Vater könnte nichts für mich tun. Ich bin Stephans Gattin, und so wird es bleiben, bis der Tod uns scheidet. Lebendig jedenfalls werde ich diese Burg ganz sicher nie verlassen.«

Elisabeth vergrub das Gesicht in den Händen. Lucia ging zu ihr und legte ihr einen Arm um die Schulter. Dabei überlegte sie fieberhaft. Es musste einen Ausweg geben! So konnte das Ganze nicht enden! Lucia dachte an all die Gefahren, die Elisabeth und sie schon gemeinsam ausgestanden hatten. Bernhard und Gunhild ... die Operation, die sie so geschickt vor den Nonnen geheim gehalten hatten ... schließlich Adrians Flucht.

Und plötzlich formte sich das alles zu einem irrwitzigen, aber naheliegenden Plan!

»In dem Fall«, erklärte Lucia, »musst du eben sterben!«

5

Das ist völliger Unsinn, Lucia, das lässt sich nicht machen!« Clemens von Treist schritt rastlos im Zimmer auf und ab. Der Plan, den seine Gattin ihm eben unterbreitet hatte, war zu ungeheuerlich. »Es wäre auch viel zu gefährlich!«

Lucia blieb in ihrem Sessel sitzen. Sie war längst fest entschlossen, und die Herzogin hatte zugestimmt. Jetzt musste sie nur noch Clemens überzeugen.

»Du hast selbst gesagt, bei gesunden Menschen sei das Risiko gering«, argumentierte sie.

»Ja, bei einer Operation, die eine halbe oder eine Stunde dauert. Aber doch nicht für drei Tage! Und so lange dauert es, bis sie die Leiche gewaschen und aufgebahrt und dann glücklich in die Gruft gebracht haben. Das ist völlig undenkbar, ganz abgesehen von dem Abenteuer, dann auf dem Friedhof einzubrechen und ...«

»Nur in die Kirche im Kloster. Sie würde bestimmt in ihrer Lieblingskapelle bestattet, die hat sie doch gestiftet. Wir könnten durch die Sakristei hinein und brauchten nur die Marmorplatte ...«

»Nur die Marmorplatte! Um die als einzelner Mensch zu bewegen, bräuchte man die Kraft eines Herkules! Aber wie ich schon sagte, so weit kämen wir erst gar nicht.« Clemens schüttelte den Kopf.

Doch Lucia ließ sich nicht unterkriegen. Zu gut war die Idee, Elisabeths Tod mit Hilfe der Betäubungsschwämmchen vorzutäuschen.

»Die Nonnen würden das auch merken«, sprach Clemens

weiter. »Wenn sie den Leichnam waschen und anziehen. Das Herz hört ja nicht auf zu schlagen. Und die Atmung verlangsamt sich zwar ein wenig, setzt aber nicht aus. Es gibt keine Leichenstarre ...«

Lucia nickte geduldig. »Ich weiß. Aber zumindest hier auf der Burg wird man ihr gar nicht nahe genug kommen, um das festzustellen. Clemens, die Wachleute sind dumm! Und der Herzog und Frau Margarethe sind abergläubisch. Die werden sie nicht anrühren, wenn sie leblos im Bett liegt! Vielleicht müsste man sie auch gar nicht so lange schlafen lassen. Nach den ersten Stunden könnte sie sich auch tot stellen ...«

Clemens fasste sich an die Stirn.

»Während die Nonnen sie waschen und aufbahren? Während der Totenwache? Während man sie in einen Sarg legt und in eine Gruft bettet? Glaub mir, ich weiß, wie man sich in einer engen Kiste unter der Erde fühlt. Und ich hätte das Versteck von Greves mit einem Handgriff aufstemmen können! Elisabeth dagegen müsste sich bei vollem Bewusstsein lebendig begraben lassen. So viel Selbstbeherrschung hat kein Mensch!«

»Dann muss sie eben schlafen«, kam Lucia auf ihren ursprünglichen Plan zurück. »So lang sind drei Tage auch nicht. So mancher Gauner verbringt sie oft genug im Branntweinrausch. Und ich würde doch die Totenwache halten. Ich wäre immer bei ihr und könnte die Betäubung kontrollieren ...«

Clemens war immer noch nicht überzeugt.

»Was sagt sie denn dazu?«, fragte er unwillig. »Hast du ihr erklärt, welche Gefahren damit verbunden sind?«

Lucia nickte. »Sie sagt, alles sei besser als das Leben, das sie heute führt. Und sie ist fest entschlossen, Hand an sich zu legen. Sie hat es bisher nur nicht getan, weil der Gedanke an Adrians Verbleib sie nicht ruhen ließ. Aber jetzt, da sie weiß, dass er wohlauf ist ...«

»Nicht auszudenken, was er tun wird, wenn ihm das wieder zu Ohren kommt!«, seufzte Clemens. »Er wird immer besser mit dem Schwert. Irgendwann begeht er eine Dummheit, und dann hängen sie ihn womöglich doch noch an die Zinnen der Burg.«

»Da siehst du's!«, erklärte Lucia zufrieden. »Es gibt gar keine andere Möglichkeit. Lass es mich machen. Bitte! Wenn ihr Herz nicht durchhält, lasse ich sie einfach wieder aufwachen! Dann haben wir eben ein Wunder. Kann ja sein, dass es an das Gewissen des Herzogs rührt.«

»Jedenfalls könnte sie dann hier herauskommen«, überlegte Clemens. »Wenn man sie nach Seligenthal bringt und sie dort von den Toten aufersteht ... die Nonnen werden sie nicht zurückschicken, falls sie beschließt, zum Dank für ihre Rettung den Schleier zu nehmen.«

»Da siehst du's!«, wiederholte Lucia. »Was auch immer passiert, es kann sich nur zum Guten wenden. Wir haben übrigens auch schon alles abgesprochen. In einer oder zwei Wochen wird Elisabeth behaupten, sich schlecht zu fühlen. Dann ist sie ein paar Tage krank, und schließlich ...«

Clemens schüttelte fassungslos den Kopf. »Du hast also gar nicht auf meine Zustimmung gewartet!«, erregte er sich. »Das alles war längst beschlossen!«

Lucia küsste ihn. »Ich stelle die Schwämmchen inzwischen selbst her, Liebster«, sagte sie sanft. »Ich brauche deine Erlaubnis nicht.« Ihr zärtliches Lächeln nahm ihren Worten die Schärfe. »Tut mir leid, Liebster«, fügte sie dann noch hinzu. »Aber männliche Hilfe brauchen wir diesmal nur bei der Marmorplatte!«

»Noch einmal, ganz langsam, damit ich es auch verstehe ...« Moses von Kahlbach sah Clemens von Treist an, als wäre der nicht bei Trost. »Wir sollen Euch helfen, bei Nacht in ein Kloster einzudringen, vielleicht auch auf einen Friedhof, so ganz sicher seid Ihr Euch da nicht. Aber wahrscheinlich in eine Kirche. Da sollen wir ein Grab öffnen, eine Leiche herausholen ...«

»Keine Leiche, Reb Kahlbach, nur ...«

»Nur das, was sämtliche Nonnen, die ganze Besatzung der Burg, ihre Frauen und Mädchen und der Ehemann für eine Leiche halten.«

Reb Kahlbach rieb sich die Schläfen.

»Genau«, erklärte Clemens und bemühte sich um einen zuversichtlichen Tonfall.

»Und das werdet Ihr dann wieder zum Leben erwecken ...«

Clemens verdrehte die Augen.

»Herrgott, Meister Kahlbach, natürlich werde ich keinen Toten zum Leben erwecken! Wenn wir da ankommen, ist die Frau wahrscheinlich schon wach und halbtot vor Angst. Das Betäubungsmittel muss ja immer wieder erneuert werden, und spätestens nach der Sarglegung kommt niemand mehr an sie heran. Wenn sie Pech hat, wacht sie schon während der Totenmesse auf.«

»Wir entführen also die angeblich Tote aus ihrem Sarg, verschließen das Grab wieder und machen uns mit ihr aus dem Staub.«

»Das ist der Plan.« Clemens fand selbst, dass er sich ziemlich verrückt anhörte.

»Und selbst wenn das gehen sollte«, meinte von Kahlbach. »Wozu braucht Ihr uns dabei?«

Clemens schob die Ärmel seines Talars hoch und ließ demonstrativ seinen Bizeps spielen. Beeindruckend war das nicht. Er lächelte denn auch milde. »Seht mich an, Reb Kahlbach. Glaubt Ihr, ich könnte eine Marmorplatte anheben? Zusammen mit meiner Frau und dem Herrn Adrian, der gerade wieder halbwegs genesen ist? Was wir brauchen, sind zwei starke Männer, die mit

Werkzeugen umgehen können. Sie müssen auch halbwegs geschickt sein. Nicht auszudenken, dass wir die Marmorplatte zerschlagen!«

»Und warum sollen das Juden sein?«, erkundigte von Kahlbach sich misstrauisch. »Wir sind nicht gerade bekannt für unsere Körperkraft und unsere Handwerker. Ihr könntet Euch in jeder christlichen Schenke ein paar Gauner mieten, die so stark sind, dass sie mit Marmorplatten jonglieren könnten!«

Clemens nickte. »Das haben wir auch überlegt. Aber sie wären nicht verschwiegen. Und sie müssten sich erst Mut antrinken, ehe sie eine Kirche schänden. Ganz abgesehen davon, dass sie dumm wären. Sie würden nicht begreifen, dass die ... die Tote nur schläft. Und was sie dann womöglich herumerzählen ...«

»Der Scheiterhaufen wäre Euch sicher«, meinte von Kahlbach gelassen. »Aber reden wir mal über den Preis. Warum sollten wir Euch helfen wollen? Was bekommt die jüdische Gemeinde dafür, dass wir unsere Männer solchen Gefahren aussetzen? Denn über eins seid Ihr Euch doch hoffentlich im Klaren: Wenn sie zwei Juden beim Schänden eines Friedhofs erwischen, brennt hier das ganze Viertel!«

Clemens biss sich auf die Lippen und holte tief Luft. Es schien ihm nicht leichtzufallen, sein Angebot auszusprechen. »Wenn Ihr mir helft, die Frau aus dem Kloster zu entführen, sorge ich dafür, dass die Ketten von den Toren des Judenviertels entfernt werden. Man wird es später schließen, zusammen mit den normalen Stadttoren. Ihr könntet Eure Geschäfte betreiben wie alle anderen braven Bürger auch.«

Von Kahlbach pfiff durch die Zähne. »Ihr seid ein Medikus, von Treist, kein Zauberer! Wie wollt Ihr das erreichen?« Der jüdische Gemeindevorsteher wirkte jetzt noch ungläubiger als eben beim Gedanken an die Wiedererweckung einer Leiche.

Clemens spielte mit seiner Tasche. »Das ist auch einer der

schwierigsten Punkte des gesamten Planes«, gab er dann zu. »Ich kann Euch nicht sagen, wie ich es machen will. Es fällt unter meine Pflicht als Arzt, über meine Patienten zu schweigen. Aber ich hoffe, ich schaffe es.«

Von Kahlbach überlegte kurz. »Gut, Medikus. Ich schlage ein, aber nur gegen Vorkasse. Ihr werdet Euren Beitrag zuerst leisten müssen. Aber an dem Tag, an dem die Ketten vor unseren Toren fallen, werden Euch zwei Männer und ein Pferdefuhrwerk zur Verfügung stehen.«

»Das hast du versprochen?«, fragte Lucia verwirrt. Clemens hatte ihr eben strahlend von seiner Abmachung mit dem Gemeindevorsteher erzählt. »Aber wie willst du das hinkriegen? Du müsstest die Herzöge beeinflussen . . .«

Clemens schüttelte den Kopf. »Nicht *die* Herzöge, Lucia. Einer sollte reichen. Der Haushofmeister ist sowieso auf Seiten der Juden, der unterstützt ihre Anträge jedes Mal. Aber in Wahrheit sind die Juden den Herzögen gleichgültig. Sie haben keine Lust, sich mit ihnen auseinanderzusetzen und Schriftstücke aufzusetzen. Die Juden fallen ihnen lästig, Lucia. Das ist bei jedem Gerichtstag und jeder Ratsversammlung nur zu deutlich. Würde sich aber einer von ihnen für die Juden aussprechen – einen Streit wäre es den anderen nicht wert.«

Lucia zuckte mit den Schultern. »Mag sein«, meinte sie. Im Gegensatz zu Clemens, der mitunter im Kreise der Ritter zuhörte, hatte sie noch nie einer Ratsversammlung oder einem Gerichtstag beigewohnt. »Aber wer sollte das sein? Gericht hält doch meistens Herr Stephan, und der ist dabei so schlecht gelaunt, dass er niemandem Zugeständnisse macht.«

Clemens lächelte. »Ich hab's Reb Kahlbach nicht erzählt, schließlich bin ich verpflichtet, über die Schwierigkeiten meiner Patienten zu schweigen. Aber wenn du mir noch heute den Eid ablegst, bist du Ärztin wie ich ...«

»Den Eid des Hippokrates?«, fragte Lucia atemlos. »Du willst ihn mir abnehmen? Kann ich denn ...?«

»Du könntest jede Frage beantworten, die ein Prüfer dir stellt«, meinte Clemens gelassen. »Zwischen Bagdad und Salamanca. Warum also sollst du den Eid nicht leisten? Wir müssen es ja niemandem erzählen. Oder willst du nicht?«

Lucia strahlte ihn an. »Und ob ich will!«, flüsterte sie. »Ich habe nie etwas so sehr gewollt!«

Lucias Stimme klang denn auch ernst und fest, als sie die rituellen Worte sprach.

»Ich schwöre und rufe bei ...« Lucia stockte. Hippokrates hatte bei Apollon geschworen, Ibn Sina bestimmt bei Allah!

»... bei Gott, dem allmächtigen Vater, Jesus Christus, seinem eingeborenen Sohn, und dem Heiligen Geist«, half Clemens ihr weiter.

»... Ärztliche Verordnungen werde ich treffen zum Nutzen der Kranken nach meiner Fähigkeit und meinem Urteil, hüten aber werde ich mich davor, sie zum Schaden und in unrechter Weise anzuwenden. Wenn ich diesen Eid erfülle und nicht breche, so sei mir beschieden, in meinem Leben und in meiner Kunst weiterzukommen, indem ich Ansehen bei allen Menschen für alle Zeit gewinne. Wenn ich ihn aber übertrete und breche, so geschehe mir das Gegenteil.«

Als Lucia geendet hatte, schwiegen beide.

Lucia fand allerdings schnell in die Wirklichkeit zurück. »Und nun das Geheimnis!«, verlangte sie.

Clemens lachte. »Das Geheimnis ist, dass Herzog Wilhelm mich seit Wochen immer wieder konsultiert, weil er an einer ... wie soll ich sagen ... kleinen Störung leidet. Er hat Schwierigkeiten, eine Frau zu beglücken.«

Lucia runzelte die Stirn. »Er hat was? Er ist neunzehn, Clemens! In dem Alter sollte er stark sein wie ein Stier!« Die junge Frau blickte besorgt. »Was kann er haben? Eine von diesen Krankheiten, die Männer und Frauen einander weitergeben? An denen man letztlich dahinsiecht und ... Aber so recht passt das alles nicht!«

Clemens schüttelte den Kopf. »Das ist ausgeschlossen. Er hat ja bisher nie mit einer Frau ... nun ja, er war nie mit einem Mädchen zusammen. Er hält es aber trotzdem für möglich, mit der einzigen Alternative, jemand könnte ihn verhext haben.« Der Medikus lächelte.

»Letzteres kann ich mir nicht denken«, bemerkte Lucia. »Er hat doch wohl keinen handfesten Verdacht?«

Clemens grinste. »Gott sei Dank nicht. Und ich habe es ihm auch fast schon ausgeredet. Aber die andere Möglichkeit, nämlich eine ernsthafte Erkrankung, lasse ich neuerdings offen, Gott möge mir die Schwindelei vergeben ...«

»Wenn man dich so hört, könnte man glauben, es läge gar keine Erkrankung vor«, überlegte Lucia. »Aber irgendeine Ursache muss es haben, wenn ein so junger Mann im Bett versagt.«

Clemens nickte. »Sicher. Aber man muss sich auch die Umstände vor Augen führen. Die Frau, mit der er es versucht hat, war eine Hofdame der Herzoginmutter, und es würde mich nicht wundern, wenn die auch dahintersteckte! Sie will ihre Söhne als Marionetten behalten, und eine Spionin im Bett des Herzogs würde ihr nicht schlecht gefallen. Ganz abgesehen davon, dass die Frau auch Einfluss auf seine Entscheidungen nehmen könnte, wenn es ihr nur gelänge, ihn hörig zu machen.«

»Aber es war ja wohl nicht erfolgreich«, meinte Lucia.

»Nein«, bestätigte Clemens. »Mit der älteren, erfahrenen Frau in der Schlafkammer, völlig berauscht vom zu reichlich genossenen Wein – und all seine Freunde unter den Knappen feixend vor der Tür, um zu hören, wie es gewesen sei! Dem armen Jungen ist alles vergangen!«

Lucia lachte. »Und das ist mehrmals passiert?«, erkundigte sie sich.

Clemens zuckte mit den Schultern. »Zweimal mit der Hofdame. Danach hat er versucht, ein Küchenmädchen in eine Hofecke zu ziehen. Wobei er sich vermummte, was ein Fehler war.«

»Wieso ein Fehler?«, fragte Lucia.

Clemens grinste wieder. »Für ihren Herzog hätte die Kleine stillgehalten. Aber von irgendeinem Wachsoldaten ließ sie sich nicht vergewaltigen. Und sie hat gründlich zugetreten! Im Augenblick behandele ich den jungen Wilhelm wegen ganz konkreter Prellungen an seinen edelsten Teilen ...«

Lucia kicherte. »Die sollen wohl wieder heilen. Aber wie willst du die andere Sache aus der Welt schaffen? Möglichst so, dass er dir auf ewig dankbar ist?«

Clemens setzte ein ernstes Gesicht auf. »Vorerst habe ich ihm Sühne und Enthaltsamkeit verordnet. Die Brüder im Heiliggeistspital halten bereits eine Zelle für ihn bereit. Da wird er mit ihnen Einkehr halten, fasten und beten. Er braucht viel Ruhe, keinerlei Zerstreuungen ... ich denke, drei Wochen werden genügen, damit er anschließend nur noch an das Eine denkt. Ein paar Tees und Stärkungsmittel werde ich ihm natürlich auch noch verordnen. Und wenn er herauskommt, wird eine kleine Hübschlerin auf ihn warten. Ein junges Ding, aber ausreichend erfahren. Ich habe mir da schon eine ausgeguckt ...«

»Du schaust dir Hübschlerinnen an?«, empörte sich Lucia.

Clemens lachte. »Nur unter medizinischen Gesichtspunkten. Das Mädchen ist sauber, und es wird den Beutel Silbermünzen wohl zu schätzen wissen, der dem Herzog sowohl seine Hilfe als auch sein Schweigen erkauft. Anschließend wird er sich fühlen wie neugeboren. Und er wird mir sicher nicht die kleine

Gunst verwehren, die ich mir für meine jüdischen Freunde erbitte.«

»Und man wird noch nicht mal etwas argwöhnen!«, begeisterte sich Lucia. »Weil du ja auch im Judenviertel arbeitest. Der Herzog wird denken, du wolltest dein Geschäft erweitern, indem du es abends länger geöffnet hältst!«

Clemens lachte. »Du bist nicht die Einzige in dieser Familie, die sich auf Intrigen versteht!«

Lucia küsste ihn. Dann wurde sie nachdenklich.

»Aber die Juden werden uns nicht helfen, solange du nicht Erfolg hattest«, meinte sie schließlich. »Und du sagst, das kann noch Wochen dauern.«

Clemens nickte besorgt. »Das ist die Bedingung. Und daran ist nichts zu ändern. Auch wenn deine Freundin schon nächste Woche vorhat, zu erkranken. Sie kann dann eben erst nach längerem Siechtum sterben.«

Herzogin Elisabeth erkrankte ein paar Tage später. Kurz darauf war sie zu schwach, um das Bett zu verlassen. Herzog Stephan musste ihr notgedrungen eine Pflegerin stellen, doch Lucias Bitte, diese Aufgabe übernehmen zu dürfen, lehnte er ab. Stattdessen sandte Margarethe die gutherzige Kammerfrau Anna, die Lucia zumindest über Elisabeths Befinden im Bilde hielt und auch Grüße und unverfängliche Nachrichten weiterleitete. Für Elisabeth musste es eine Erleichterung sein, überhaupt mit anderen Menschen als dem Wachpersonal und dem Herzog in Berührung zu kommen. Lucia hoffte auch, dass Herr Stephan sie nicht anrührte, solange sie krank im Bett lag.

Herr Wilhelm verschwand für drei lange Wochen im Kloster der Dominikaner. Angeblich um Einkehr zu halten und sich auf die Regentschaft der Niederländischen Grafschaften vorzubereiten, die ihm wahrscheinlich demnächst zufallen würden. Sein älterer Bruder Ludwig, der mit Oberbayern und Brandenburg ohnehin schon ein großes Stück des Erbes beherrschte, hatte bereits verzichtet. Nun musste nur noch Stephan zustimmen, und einer Teilung der unregierbaren Besitzungen stand nichts mehr im Wege.

Margarethe von Holland war zunächst verwundert und beinahe verärgert über den Rückzug ihres älteren Sohnes ins Kloster, erfreute sich bei seiner Rückkehr allerdings an seinem ausgeglichenen Wesen, seiner strahlend guten Laune und seiner zumindest vorübergehenden Mäßigkeit bei den abendlichen Gelagen im Rittersaal. Der junge Herr Wilhelm nahm auch seine Herrscherpflichten endlich ernster und erklärte sich sogar bereit, den nächsten Gerichtstag zu leiten. Herr Stephan und Herr Albrecht zogen derweil aufatmend auf Wildschweinjagd.

Es war Oktober und ein bereits eiskalter Tag, als Moses von Kahlbach ins Haus des jüdischen Arztes kam und Clemens zwischen zwei Patienten zu sprechen wünschte.

Clemens empfing ihn mit einem Lächeln. Er wusste bereits, worum es ging. Lucia hatte einen Boten geschickt.

»Die Herzöge von Niederbayern-Straubing haben der letzten Bittpetition ›ihrer Juden‹ um eine Lockerung der Bestimmungen über das Zusammenleben zwischen Hebräern und Christen entsprochen«, erklärte von Kahlbach ungläubig. »Wir haben es eben schriftlich erhalten. Der Haushofmeister hat es persönlich vorbeigebracht. Ich weiß nicht, wie Ihr das gemacht habt, Medikus, aber wir sind Euch zu großem Dank verpflichtet.«

Clemens verbeugte sich leicht. »Ich habe es gern für Euch getan, aber ich darf Euch die Gründe für die Sinnesänderung der Herzöge nicht nennen. Werdet Ihr mir nun auch den Gefallen tun, um den ich Euch bat?«

Von Kahlbach nickte. »Deshalb bin ich hier. In sieben Tagen, von heute an, oder auch in einer anderen Nacht, ganz wie Ihr es wünscht, werden Euch zwei Männer und ein Fuhrwerk zur Verfügung stehen. Ich kann nur beten, dass alles gutgeht.«

Clemens nickte. »Darum beten wir alle. Wir werden jedenfalls unser Bestes tun.«

Lucia hoffte, dass Elisabeth die Botschaft verstand, die sie ihr durch Anna ausrichten ließ. Es sei alles bereit, ließ sie bestellen, um im Kloster Seligenthal darum zu beten, dass der Tod sie diesmal noch verschonen werde.

»Wir lassen besondere Kerzen ziehen und veranstalten eine kleine Bittprozession«, erklärte Lucia der Kammerfrau. Sie hatte dies alles – mit widerwilliger Unterstützung der Herzogin Margarethe – tatsächlich organisiert. Anna sollte schließlich nicht argwöhnisch werden.

Elisabeths Zustand verschlechterte sich daraufhin umgehend. Sie hustete und schien zu fiebern. Die rasch herbeigerufene Schwester Apothekerin aus Seligenthal stellte allerdings eher Untertemperatur fest, fand das sehr bedenklich und verordnete einen Aderlass zum kommenden Neumond.

»Deine Freundin sollte besser vorher sterben«, meinte Clemens besorgt. »Es schwächt das Herz, wenn sie ihr zu viel Blut abnimmt.«

Lucia nickte bedrückt. Auch sie brannte darauf, ihren Plan endlich in die Tat umzusetzen. Aber noch hatte man ihr nicht erlaubt, Elisabeth zu besuchen. Wenn der Herzog sich weiterhin stur stellte, sah sie schwarz für die ganze Rettungsaktion.

Aber dann hustete Elisabeth angeblich Blut, wand sich im Fieber und schien im Sterben zu liegen. Die Schwester Apothekerin persönlich bat den Herzog, ihren letzten Wunsch zu erfüllen und ihre Freundinnen an ihr Bett zu rufen. Sie wünsche auch ihren Schmuck zu verschenken und ihre Angelegenheiten zu regeln, ehe sie vor ihren Schöpfer trat.

Lucia, Frau Margarethe und ihre Zöglinge warteten vor Elisabeths Zimmer, als der Priester ihr die Sterbesakramente erteilte.

»Es geht zu Ende«, erklärte der Geistliche ernst, als er die Frauen hereinbat.

Elisabeth kämpfte eben mit einem weiteren Hustenanfall. Verblüfft sah Lucia tatsächlich Blutspuren auf dem Leinentuch, das die Schwester Apothekerin ihr vor den Mund hielt. Sie bewunderte den Mut der Freundin: Elisabeth musste sich auf die Zunge gebissen und ernstlich verletzt haben.

Das erklärte auch ihre schwache Stimme und die undeutliche Aussprache.

»Strengt sie nicht zu sehr an!«, mahnte die Schwester und wollte aus dem Zimmer gehen, was Frau Margarethe nicht wenig verschreckte. Lucia hatte sie richtig eingeschätzt. Krankheit, Siechtum und Tod machten ihr Angst. Sie würde sich bestimmt nicht darum reißen, bei der Waschung der Leiche dabei zu sein.

Aber auch Elisabeth bat die Schwester mit schwacher Stimme zu bleiben. Sie wollte auch das Kloster mit einem Nachlass bedenken, erklärte sie.

Während der Priester bei ihr war, hatte Anna ihren Weisungen gemäß ihre Truhe herbeigeholt und nahm die Schmuckstücke und Kleider eins um das andere heraus, damit die Sterbende alles verteilen konnte.

Elisabeth übergab zunächst ein paar Silberschalen, Pokale, Teller und Leuchter für das Kloster, wobei sie bestimmt darauf hoffte, dass die Schwester ihren Goldwert nicht einschätzen konnte. Lucia erkannte die Stücke als zwar hübsch, aber minderwertig. Deshalb waren sie vermutlich noch nicht in der Pfandleihe des Zacharias Levin gelandet.

Frau Margarethe erhielt Elisabeths Siegelring. Die junge Herzogin übergab ihn mit einer bewegenden, immer wieder von Hustenanfällen unterbrochenen Rede, in der sie um Vergebung für all die kleinen Missverständnisse und Zerwürfnisse bat, die mitunter zwischen den Frauen geherrscht hatten. Margarethe von Holland nahm das Geschenk huldvoll an. Wahrscheinlich war es ihr gleichgültig, dass auch dieses Schmuckstück kaum 120 Silberpfennig Wert haben durfte.

Elisabeth bedachte anschließend Frau Margarethes Zöglinge, hauptsächlich mit wertvoller Kleidung. Dabei ermahnte sie die Mädchen, stets maßvoll und bescheiden zu sein, die ritterlichen Tugenden zu pflegen und ihren künftigen Gatten gehorsame Frauen zu sein.

Lucia musste sich dabei ihrerseits auf die Zunge beißen. Die Situation war ernst, und Elisabeth spielte ihre Rolle hervorragend. Doch die Ermahnungen aus ihrem Mund und im Vorfeld ihres gemeinsamen Vorhabens brachten Lucia doch beinahe zum Lachen.

Schließlich erhielten Anna und zwei weitere Zofen kleine Geschenke. Den weitaus größten Teil ihres Besitzes »vermachte« Elisabeth jedoch Lucia.

»Du kamst mittellos an meinen Hof, Lucia, und gingst auch deine Ehe ohne Aussteuer ein. Bei einem Mädchen aus guter Familie sollte das nicht sein. Für mich warst du eine enge Freundin – ich kann dir auch mit all meinem Schmuck nicht das zurückgeben, was du für mich getan hast.«

Damit sank Elisabeth anscheinend ermattet in die Kissen zurück. Sie spielte gut, aber sie musste auch tatsächlich erschöpft sein. Seit zwei Tagen verweigerte sie jegliche Nahrung; Lucia hatte sich schon größte Sorgen gemacht. Für kurze Zeit war das akzeptabel und würde ihr Vorgehen sogar erleichtern. Clemens riet seinen Patienten stets, vor Operationen zu fasten. Zog sich das aber zu lange hin, schwächte es das Herz.

»Wir sollten die Herzogin Elisabeth jetzt allein lassen!«, meinte Frau Margarethe beinahe erleichtert. »In der Kapelle wird eine Messe für sie gelesen. Wir werden daran teilnehmen!«

Ihr »wir« schloss ihre Zöglinge auf jeden Fall mit ein. Für Lucia aber begann nun der brenzligste Teil der Unternehmung.

»Wenn Ihr erlaubt, würde ich lieber am Bett der Herzogin wachen«, bat sie mit einem tiefen Knicks. »Ihr wisst, ich habe Erfahrung in Krankenpflege, und ich würde der Schwester Apothekerin gern zur Hand gehen.«

Die Nonne erhob keine Einwände. Sie pflegte die Herzogin jetzt seit zwei Tagen – und Lucia traute Elisabeth genügend Raffinesse zu, sie dabei so weit wie möglich beschäftigt zu haben. Wahrscheinlich hatte sie kaum geschlafen und war entsprechend erschöpft.

Auch Frau Margarethe nickte. »Bleib bei ihr, und bete mit ihr!«, meinte sie großmütig. Jetzt, da Elisabeth im Sterben lag, war sie bereit, sich mit ihrer Stiefschwiegertochter zu versöhnen.

Lucia atmete auf. Sie verbrachte die nächsten Stunden tatsächlich mit Warten und Beten. Elisabeth schien zu schlafen und schreckte nur gelegentlich auf, anscheinend aus Albträumen. Dann hustete sie wieder.

»Sie bereut ihre Sünden!«, erklärte die Schwester Apothekerin streng. »Aber der Herr gewährt ihr noch einen vergleichsweise gnädigen Tod. So manche Sünder sterben unter größeren Schmerzen!«

Lucia verkniff sich die Bemerkung, dass die Herzogin nun doch schon gebeichtet und sich sogar mit Frau Margarethe versöhnt hatte. Eine so große Sünderin konnte sie also gar nicht mehr sein. Aber heute Nacht durfte es keine Unstimmigkeiten zwischen Lucia und der Klosterfrau geben. So schwieg, betete und wartete sie – bis zur zweiten Stunde des neuen Tages, erfahrungsgemäß die Zeit, in der die Nachtwache den übermüdeten Pflegern am schwersten fiel. Die Nonne war auch bereits zweimal eingenickt. Lucia wartete, bis sie ein drittes Mal entschlummerte. Dann füllte sie ein Fläschchen Opiumsirup in einen Becher Wein und sprach die Ordensfrau an.

»Ehrwürdige Schwester, Ihr seid erschöpft. Hier, trinkt einen Schluck Wein!«

Die Schwester nahm das Getränk gern entgegen. Sie fühlte sich zweifellos verpflichtet, wach zu bleiben, und hätte alles getan, um sich zu erfrischen.

Lucia wartete kurze Zeit, bis das Opium die Müdigkeit der Frau noch verstärkte.

»Warum legt Ihr Euch nicht auf dem Diwan vor dem Feuer etwas hin?«, schlug sie anschließend vor. »In der Wohnstube habt Ihr es bequem, und das Husten der Kranken reißt Euch nicht aus dem Schlaf. Ich kümmere mich derweil um die Herzogin. Ihr wisst, ich bin erfahren. Wenn es zu Ende geht, rufe ich Euch.«

Die Nonne sah auf, einerseits dankbar, andererseits ein wenig in ihrer Ehre gekränkt. »Wenn überhaupt, werde ich mich auf dem Boden zur Ruhe legen und das Feuer vorher löschen«, erklärte sie würdevoll. »Ich bin an Kasteiung gewöhnt, nicht an Bequemlichkeit!«

Lucia nickte demütig. Ihr war es gleichgültig, ob die Frau auf dem Diwan, dem Boden oder an die Wand gelehnt schlief. Hauptsache, sie verließ das Krankenzimmer. Doch auch wenn sie hier einnickte, würde Lucia sich nicht an der Durchführung ihres Planes hindern lassen – allerdings wurde dann alles riskanter.

Die Nonne gähnte und kämpfte deutlich um Haltung. Lucias Herz klopfte heftig. Das Opium musste allmählich seine Kraft entfalten. Sie konnte sich nicht vorstellen, dass die Schwester der beruhigenden Wirkung des Mittels widerstand. Tatsächlich schien sie endlich nachzugeben.

»Ich ... ich fühle mich ein bisschen müde«, gab sie endlich zu. »Es würde Euch wirklich nichts ausmachen, wenn ich Euer Angebot annehme?«

Lucia schüttelte den Kopf. »Natürlich nicht, Ehrwürdige Schwester. Und wir wissen doch beide, dass wir hier nichts mehr tun können. Das Schicksal der Herzogin liegt allein in Gottes Hand. Er wird sie zweifellos noch in dieser Nacht zu sich nehmen.«

Lucia fiel ein Stein vom Herzen, als die Nonne schließlich ihr Brevier ergriff und die Tür hinter sich schloss.

6

Elisabeth wartete noch ein paar lange Minuten; aber auch sie ging wohl davon aus, dass die Ordensfrau sehr schnell einschlafen würde. Schließlich öffnete sie die Augen.

»Lucia!«, sagte sie leise. »Alles bereit?«

Lucia zog die mit Kräutern getränkten Schwämmchen aus ihrem Ärmel und benetzte sie mit Wasser aus dem Krug neben Elisabeths Bett.

»Wir müssen noch kurze Zeit warten, bis die Substanzen sich freisetzen. Dann tun wir es.« Lucia nahm Elisabeths Hand. »Du warst stark bisher.«

Elisabeths Augen füllten sich mit Tränen. »Danke. Aber es war schwer, so schwer! Als sie die Kinder zu mir brachten ... Agnes hat bitterlich geweint. Es tut mir unendlich weh, sie zu verlassen.«

»Du kannst noch gesund werden«, bemerkte Lucia.

Elisabeth schüttelte den Kopf. »Ich habe die Kinder jetzt seit drei Monaten nicht gesehen. Und auch heute wurden sie mir nur zugeführt, weil ich im Sterben lag. Ob ich hier von ihnen getrennt bin oder mit Adrian ein neues Leben beginne – für mich ist es gleich. Und für die Kinder ist es besser, eine tote Mutter zu haben als eine Sünderin, deren Schlechtigkeit ihr Vater ihnen jeden Tag vorhält. Agnes hat mich gefragt, ob ich jetzt für meine Sünden büßen müsse, und sie malte mir das Fegefeuer in bunten Farben aus. Nein, Lucia, ich ändere meine Meinung nicht.«

Elisabeth lehnte sich zurück in ihre Kissen und wartete, während Lucia die Schwämmchen jetzt ausdrückte und dann vorsichtig in ihre Nasenlöcher schob.

»Wenn ich nicht mehr aufwache ... Sag Adrian, dass ich ihn liebe. Sag ihm, dass mein letzter Gedanke ihm galt und mein letzter Traum!«

Lucia schüttelte den Kopf. »Du wirst früher wieder aufwachen, als dir lieb ist!«, warnte sie die Freundin. »Clemens hat mir aufgetragen, dir das noch einmal nachdrücklich vor Augen zu halten. Es kann sein, dass sie dich bei vollem Bewusstsein lebendig begraben. Oder du wachst in einem verschlossenen Sarkophag auf, zwei Meter unter der Erde. Wenn die Aufbahrung endet und man dich in den Sarg legt, kann ich die Schwämmchen nicht mehr erneuern oder mit weiterer Kräuterlösung befeuchten. Dann wirst du irgendwann wach, und du wirst all deine Kraft brauchen, um keinen Mucks zu tun.«

»Adrian würde jetzt sagen: Meine Dame, ich bin ein Ritter!« Elisabeth lächelte. Sie wurde schon schläfrig und ein wenig albern.

»Aber nicht alle Schlachten werden mit dem Schwert geschlagen«, bemerkte Lucia.

Elisabeth richtete sich noch einmal auf.

»Lucia, man hat mir schon schlimmere Wunden geschlagen, als ein Schwert es vermag. Und ich bin durch dunklere Nächte gegangen, als ein Grab sein kann. Also sorge dich nicht um mich!«

Lucia wollte noch etwas erwidern, doch ihre Freundin war bereits eingeschlafen. Kurz darauf ging ihr Atem ganz ruhig, ihr Herz schlug langsam. Lucia stand nun der heikelste Moment des Unternehmens hervor. Sie schlich sich aus der Kemenate und sprach einen der Soldaten an, die noch immer Elisabeths Gemächer bewachten.

»Hört zu, ich glaube, die Herzogin Elisabeth ist soeben entschlafen. Aber ich möchte, dass ein kundigerer Mediziner als ich den Tod bestätigt. Bitte ruft meinen Gatten, den Medikus Clemens von Treist. Später muss dann auch der Herzog benachrichtigt werden. Ich werde derweil die Schwester Apothekerin bitten, die notwendigen Untersuchungen vorzunehmen.«

Während der Mann sich zu Clemens begab, trat Lucia an das Lager der Ordensfrau. Wie erwartet schlief sie tief – sie lag zwar auf dem Boden, hatte es aber nicht mehr geschafft, das Feuer zu löschen. Jetzt würde sich zeigen, ob Lucia das Opium richtig dosiert hatte. Die Nonne sollte auf die Beine kommen, aber nicht voll zu Verstand.

Lucia musste sie tatsächlich schütteln, bis sie endlich Lebenszeichen von sich gab.

»Die Herzogin«, sagte Lucia ruhig, »ist soeben von uns gegangen. Wir sollten damit beginnen, sie zu waschen und aufzubahren. Ich habe außerdem den Medikus gebeten, ihren Tod zu bestätigen.«

»Aber das kann ich doch . . .« Die Stimme der Schwester klang unsicher und schleppend. Aber immerhin richtete sie sich auf.

»Der Herzog könnte trotzdem Wert darauf legen, es von einem Medikus zu hören. Er hat seine Frau sehr geliebt. Trotz allem. Ihr Tod wird ihm das Herz brechen. Ich möchte keine Fehler machen.«

Lucia registrierte dankbar, dass die Schwester ihre salbungsvollen Worte hinnahm, ohne ihr auch nur einen fragenden Blick zu schenken. Sie konnte nicht wirklich an die tiefe Liebe zwischen Stephan und Elisabeth glauben. Doch Lucias Rechnung ging auf. Die Schwester Apothekerin mochte sich in der Wirklichkeit bewegen, aber tatsächlich befand sie sich in ihrer eigenen Welt des Opiumrausches.

Dennoch ging Lucia kein Risiko ein und entfernte kurz die Schwämmchen aus Elisabeths Nase, als die Nonne sie untersuchte.

»Kein Puls«, bestätigte die Schwester Apothekerin schließlich. Lucia fiel ein Stein vom Herzen. »Und kein Atem. Lasst uns für sie beten . . .«

Die Schwester kniete vor dem Bett nieder und schien dabei schon wieder in Halbschlaf zu versinken.

Fast gleichzeitig mit Clemens erschien Frau Margarethe. Sie hatte die Nacht pflichtschuldig in der Kapelle beim Gebet verbracht und stündlich auf die Nachricht von Elisabeths Tod gewartet.

Nun beobachtete sie misstrauisch, wie der sichtlich angespannte Clemens die »Leiche« untersuchte. Die Schwester Apothekerin betete derweil laut. Frau Margarethes Erscheinen hatte ihre Lebensgeister wieder geweckt, doch die Sterbegebete hatte sie wohl schon mehr als einmal bei Nachtwachen im Halbschlaf gemurmelt.

»Was ist das?«, fragte sie, als Clemens die Schwämmchen in Elisabeths Nase kurz anhob.

»Baumwolle«, antwortete der Medikus geschäftsmäßig. »Getränkt mit wohlriechenden Essenzen. Man verschließt damit die Körperöffnungen der Toten, um üble Gerüche zu vermeiden, aber auch, um die Gesunden vor Ansteckung zu bewahren. Gerade bei Verstorbenen wie der Herzogin, die am Bluthusten oder anderen, manchmal ansteckenden Krankheiten litten. Es muss in diesem Fall auch davor gewarnt werden, die Verwandten dazu anzuhalten, den Verstorbenen zum Abschied zu küssen.«

Frau Margarethe zog sich sofort ein gehöriges Stück vom Bett zurück. »Ich werde es meinem Stiefsohn weitergeben«, erklärte sie. »Er wird sicher schon warten. Und ich habe auch bereits nach Seligenthal schicken lassen. Sie senden eine Abordnung von Nonnen, um sie aufzubahren.«

Clemens nickte ernst. »Wenn Ihr mir noch einen Hinweis erlaubt, würde ich gerade bei dieser Erkrankung darauf achten, dass es bald geschieht. Je eher die Verstorbene gewaschen und zur Bestattung hergerichtet ist, desto geringer ist die Gefahr für die Trauernden.«

Die Herzoginmutter warf der Schwester Apothekerin einen unwilligen Blick zu.

»Warum habt Ihr uns nicht vor Ansteckung gewarnt?«, fragte sie scharf. »Ich habe ihr vorhin noch den Versöhnungskuss gewährt, um den sie bat. Ihr hättet mich auf die Gefahren hinweisen müssen!«

Die Schwester war sichtlich verwirrt. »Es ... es liegt alles in Gottes Hand ...«, murmelte sie dann.

Die Herzogin schnaubte. »Wir hätten Euch früher hinzuziehen sollen!«, sagte sie zu Clemens.

Der zuckte mit den Schultern. »Wie die Ehrwürdige Schwester sagt, es liegt alles in Gottes Hand. Auch ich hätte hier nicht viel mehr tun können. Was Eure Sicherheit angeht, so würde ich Euch raten, Euch so bald wie möglich in ein Badehaus zu begeben und gründlich zu schwitzen. Wenn Ihr Gott anschließend inbrünstig darum bittet, Euch zu verschonen, sollte es Euch gewährt werden.«

Die Herzoginmutter stand fahrig auf. Ihr war deutlich anzusehen, dass sie die Badewärterinnen gleich jetzt aus dem Schlaf scheuchen würde. Lucia baute sich vor ihr auf und verbeugte sich demütig. Frau Margarethe scheute allerdings vor ihr zurück. Womöglich trug ja auch Lucia den Keim der Krankheit schon in sich.

»Frau Margarethe, ich würde die Waschung und Aufbahrung der Toten gern selbst übernehmen. Ihr wisst, ich habe in Mainz Pestkranke gepflegt. Die Vorsichtsmaßnahmen sind mir also bekannt.«

Die Augen der Herzogin weiteten sich. »Ihr meint, dies hier ist so gefährlich wie die Pest ...?«

Lucia schlug die Augen nieder, während Clemens sich beeilte, die Dame zu beruhigen. Frau Margarethe eilte dennoch gleich darauf hinaus, und sie hörten sie im Vorraum mit dem Herzog sprechen. Herr Stephan trat daraufhin gar nicht erst ein.

»In ein paar Stunden wird auf der ganzen Burg getuschelt, sie sei an der Pest gestorben«, wisperte Clemens im Tonfall eines Gebets, während er Elisabeths Herzschlag kontrollierte. »Wie bist du nur auf die Idee gekommen?«

»Du hast doch mit der Ansteckung angefangen. Und nun schweig oder bete – oder noch besser, du gehst raus. Es schickt sich nicht, wenn Männer bei der Waschung und Aufbahrung zugegen sind. Ich mache das allein mit der Schwester Apothekerin.«

Die Nonnen aus Seligenthal trafen einige Stunden später ein, fanden dann aber nichts anderes mehr zu tun, als den Leichnam der Herzogin vom Bett auf eine Bahre zu heben. Lucia hatte die Freundin gewaschen und in weiße Kleider gehüllt, ihr Haar aufgesteckt und züchtig unter einem ordentlichen Gebende versteckt. Als die Schwestern eintrafen, richtete sie eben demonstrativ die Kinnbinde. Sie hatte kurz vorher die Schwämmchen erneuert. Elisabeth lag in tiefem Schlaf, und ihre Kinnlade fiel herunter wie bei einer echten Leiche.

Lucia befürchtete nur, dass die Nonnen sich an der fehlenden Leichenstarre stoßen würden. Aber darüber dachte wohl keine von ihnen nach. Auch sie wirkten übernächtigt; man hatte sie kurz vor den ersten Gebeten des Tages aus den Betten geholt und losgeschickt. Nun waren sie froh, dass die schwerste Arbeit schon getan war, und stellten keine Fragen zum Zeitpunkt des Todes.

Clemens und Lucia wohnten beide den ersten Totenmessen bei, und auch der Herzog und die Kinder erschienen natürlich an der Bahre der Herzogin. Ansonsten aber war die Kirche verdächtig leer. Das Pest-Gerücht machte wohl schon die Runde. Allzu nahe musste aber auch niemand der Toten kommen. Lucia hatte für ein erhöhtes Podest gesorgt und die Bahre großzügig mit den letzten Herbstblumen, Kerzen und allen Ehrenzeichen der Familien Elisabeths und Stephans umgeben lassen. Zwischen zwei Messen trat sie mitunter an das Lager ihrer Freundin, um am Blumenschmuck oder anderen Arrangements etwas zu richten. Das fiel niemandem sonderlich auf, und im Laufe des Tages und der darauffolgenden Nacht traten auch die gleichen Ermüdungseffekte ein wie damals bei der Wache für Herrn Birger. Die Nonnen beteten im Halbschlaf, der Priester las die Messen geschäftsmäßig herunter. Die Ritter, Frauen und Mädchen erschienen nur sporadisch, um die Tote zu ehren, gingen sonst aber all den übrigen Geschäften nach, die mit einem Todesfall verbunden waren. Frau Margarethe lobte allerdings Lucia für ihren Eifer. Die junge Frau hielt schließlich tapfer durch und wich auch zu Beginn der zweiten Nacht nicht von Elisabeths Lager. Erst später am Abend bekreuzigte sich Clemens von Treist vor ihrer Kirchenbank und schob sich neben sie. Ein wenig mühsam kniete er nieder; sein lahmes Bein erschwerte die Bewegung und machte längeres Knien zur Qual.

»Schon irgendwelche Erkenntnisse bezüglich der letzten Ruhestätte?«, fragte er leise.

Lucia nickte müde. »Ja. Das Kloster, wie wir gehofft hatten. Ihre Kapelle. Das hat die Oberin vorgeschlagen, und Frau Margarethe fand es eine sehr schöne Lösung, die sicher im Sinne der Verstorbenen gewesen wäre.«

Clemens lächelte. »Man kann sagen, dass diese Kapelle ihr immer als Zugang zum Paradies gedient hat. Wie geht es ihr sonst?«

»Sehr gut. Sie hält ausgezeichnet durch. Allmählich beneide ich sie. Ich fürchte, heute Nacht schlafe ich ein.« Lucia unterdrückte ein Gähnen.

Clemens schüttelte den Kopf. »Eben deshalb bin ich hier. Du kannst gehen und dich ausschlafen. Erneuere vorher noch einmal die Schwämmchen, dann brauche ich nicht nach vorn zu gehen. Man würde mir den Gärtner schließlich kaum glauben.«

Lucia stand ohne Widerrede auf. Clemens hatte recht, sie musste frisch sein, wenn sie die tote Herzogin morgen ins Kloster begleiten wollte. Dort konnte Clemens sie sicher nicht ablösen. Natürlich hätten beide Elisabeths Zustand gern weiter überwacht. Bislang hatte Lucia immer wieder ihren Puls gefühlt. In den nächsten Stunden jedoch musste es genügen, wenn Clemens auf die Anzeichen frühzeitigen Erwachens achtete.

Lucia erneuerte die Schwämmchen ein weiteres Mal, als sie den Nonnen half, die Herzogin in einen offenen Sarg zu betten. Den hoben dann sechs Ritter auf ein Pferdefuhrwerk. Der Transport der Toten ins Kloster gestaltete sich zum Trauerzug. Das Volk stand am Weg und erwies der Herzogin die letzte Ehre. Elisabeth war beliebt gewesen. Die Menschen hatten sich für ihre Schönheit begeistert, und ihre Großzügigkeit war in aller Munde. Die reiche sizilianische Prinzessin hatte auch mit Geschenken nicht gespart, als Stephan sie als Gattin ins Land gebracht hatte. Entsprechend begeistert hatte man sie empfangen.

Nun säumten die Trauernden die Straße zum Kloster, und Lucia hörte ihre verwunderten Ausrufe, wie schön die Herzogin noch im Tod sei. Fast könne man meinen, sie schlafe nur!

Den Nonnen war das zum Glück nicht aufgefallen. Sie waren wohl selbst zu übernächtigt, um irgendetwas zu bemerken.

Lucia ritt neben der kleinen Agnes hinter den Herzögen und Frau Margarethe her, und auch Elisabeths Söhne folgten dem Fuhrwerk mit der Toten. Lucia hoffte dabei nur, die Sache schnell hinter sich zu bringen. Der Weg war alles andere als gepflegt, der

Wagen polterte von einem Schlagloch ins andere, und sie befürchtete, Elisabeth könnte darüber wach werden.

Aber dann war es endlich geschafft. Die Herzogin wurde in der Klosterkirche erneut aufgebahrt, und die unvermeidlichen Totenmessen setzten wieder ein. Schließlich schloss man den Sarg. Weitere Messen folgten.

Lucia saß dabei wie auf heißen Kohlen. Sie hatte die Schwämmchen seit der Terz nicht erneuern können. Elisabeth musste in den nächsten Stunden wach werden. Und die Bestattung fand erst am Ende der Complet statt, der letzten Andacht des Tages!

Immerhin hatten Totengräber und Steinmetz schnell gearbeitet. Das Grab in Elisabeths Kapelle war bereits ausgehoben und mit Steinen ausgekleidet. Außerdem war eine Platte angeliefert worden, um es vorläufig zu bedecken. Später würde man den schlichten Stein durch Marmor ersetzen und den Grabstein verzieren. Für die Retter in der Nacht bedeutete dies, den Sarg aufs Sorgfältigste wieder zu verschließen und zu versiegeln. Schließlich würde er bei Erneuerung der Platte wieder in Sicht kommen.

Die Stunden vergingen, und endlich sprach der Priester auch die letzten Worte der Abendandacht. Lucias Nerven waren inzwischen in hellem Aufruhr. Als man Elisabeths Sarg vom Sockel hob und in die Grube senkte, erwartete sie jeden Moment, Schreie und Kratzgeräusche von innen zu hören. Sie konnte nur hoffen, dass ihre Freundin da drinnen Luft bekam! Der Sarg war aus Stein, ein antiker Sarkophag. Wenn er hermetisch abschloss, würde Elisabeth ersticken.

Dann endlich senkte sich auch die Steinplatte über das Grab. Der Priester sprach die letzten Gebete, und die Nonnen und Gläubigen verließen die Kirche. Der Herzog, die Kinder und Frau Margarethe würden in dieser Nacht nicht auf die Landshuter Burg zurückreiten. Der gesamte Hof logierte im Gästehaus. Also gab es immer noch viel zu tun für die Nonnen, und das sicher lange Zeit, bis das Kloster zur Ruhe kam! Clemens und Adrian planten die Rettungsaktion zwischen Mitternacht und zwei Uhr morgens. Später durfte es nicht werden, denn um diese Zeit begann die Vigil, die erste Morgenandacht der Schwestern.

Lucia hatte also ein paar Stunden Ruhe und fiel zu Tode erschöpft auf die Pritsche in der kleinen Zelle, die man ihr zugewiesen hatte. Sie fand dann aber lange keinen Schlaf, sondern wurde von einer grauenvollen Vorstellung nach der anderen heimgesucht. Elisabeth, die in ihrem Grab verzweifelt weinte und schrie ... Elisabeth, qualvoll erstickt in der Enge des Sarges ...

Schließlich döste sie doch ein, fuhr dann aber aus furchtbaren Träumen, als es zwölf schlug.

Sie musste jetzt hinunter und den Helfern die Pforte öffnen, durch die gewöhnlich der Priester das Kloster betrat. Lucia hatte dieses Türchen durch Zufall entdeckt, als sie Adrian mit Elisabeth besucht hatte. Es erschien ihr eine interessante Alternative zum gewöhnlichen Weg ins Kloster. Vielleicht konnte Elisabeth damit ja der ständigen Aufsicht durch die Oberin und die anderen Schwestern entgehen und ihren Ritter auch heimlich treffen.

Die Herzogin hatte damals genickt.

»Ich habe selbst bereits daran gedacht, aber man kann es nur von innen öffnen. Der Schlüssel hängt in der Sakristei, und ich habe auch schon mal überlegt, ihn zu stehlen und dann nachschmieden zu lassen. Aber einen Verlust würden die Nonnen sofort bemerken. Sie lassen den Priester schließlich jeden Tag ein.«

Lucia fand den Schlüssel jetzt jedenfalls gleich, und das Risiko beim Eindringen in die Sakristei war gering. Schließlich konnte sie behaupten, weiter in der Kirche beten zu wollen. Sie hoffte bloß, dass nicht noch jemand anders auf diese Idee kam.

Während der Rettungsaktion musste die Kirche frei sein.

Lucia verließ das Garwehaus mit dem Schlüssel und überquerte vorsichtig den dahinterliegenden Friedhof der Nonnen. Sie schlich dabei ängstlich von einem Grabstein zum anderen. Zum Glück war die Nacht bewölkt, kein Mondlicht erhellte den Friedhof, aber der Weg über das freie Feld erschien ihr doch gefährlich.

Schließlich erreichte sie die Pforte, schloss auf und schlüpfte hindurch. Bis jetzt nichts von Clemens und seinen Helfern!

Lucia wartete unruhig und lauschte auf Hufgetrappel.

Sie schrie erschrocken auf, als sich plötzlich vier unheimliche Gestalten lautlos aus dem Dunkel vor ihr schälten.

»Pssst, wir sind es!« Clemens legte ihr die Hand auf den Mund. »Wir haben die Pferde im Wald gelassen, um nicht aufzufallen. Hoffentlich hat das jetzt keiner gehört! Du wusstest doch, dass wir ...«

»Aber nicht in Verkleidung des leibhaftigen Sensenmannes!«, stöhnte Lucia. »Ihr solltet euch mal sehen! Die dunklen Mäntel und die Schaufeln über der Schulter ...« Sie lachte nervös. »Aber bis vorhin war noch niemand in der Kirche. Alles schläft ...«

Leise stieß Lucia die Pforte auf und ließ die Männer ein. Als sie schließlich selbst hindurchging, erwartete sie, die vier bereits über den Friedhof gehen zu sehen. Stattdessen verbargen die Männer sich sorglich; sie standen eng an die Mauer gedrückt.

»Da ist jemand auf dem Friedhof!«, wisperte Adrian Lucia zu. »Zwei Leute, links bei dem großen Engel!«

Lucia musste sich anstrengen, um das Paar zu erkennen, doch die Stimmen der beiden klangen jetzt recht gut verständlich durch die Nacht.

»Es ist heute viel zu gefährlich, Edmund! Nach der Beerdigung ... und die vielen Gäste ...« Eine Mädchenstimme, die Lucia irgendwie bekannt vorkam.

»Gerade heute, Tildchen! Alle sind übermüdet. Niemand wird etwas merken ...« Der Mann machte Anstalten, die Frau zu küssen.

»Es ist kalt ...« Die junge Frau entzog sich ihm.

Lucia erkannte jetzt ihre Stimme.

»Das ist Schwester Mathilde!«, seufzte sie. »Oh Gott, dem Seelchen hätte ich das niemals zugetraut!«

Die beiden Juden gaben schnaubende Geräusche von sich. Wenn sie zurück zu ihren Familien kamen, konnten sie ihnen sämtliche Vorurteile gegenüber christlichen Klöstern bestätigen.

Clemens spähte angestrengt ins Dunkel.

»Der Junge ist hier Knecht«, erinnerte er sich. »Ich habe mal kurz mit ihm gesprochen. Er hat damals geholfen, Adrian in die Kirche zu tragen. Wie kommt der denn hier rein? Des Nachts schließen sie doch die Pforten vor den männlichen Bediensteten.«

»Entweder hat er sich in der Kirche einschließen lassen, oder die zwei kennen auch einen geheimen Eingang«, überlegte Adrian.

»Kann uns doch gleichgültig sein, wie er reinkam«, meinte einer der Juden, ein kräftiger junger Mann, an den Lucia sich aus der Synagoge flüchtig erinnerte. Ari ben Isaak von Stein. »Wichtiger ist, ob und wann er verschwindet!«

»Vielleicht ist das ja schon der Abschied«, hoffte Adrian.

Edmund küsste Mathilde lange und innig.

»Das ist eher der Anfang«, meinte der zweite Jude trocken.

»Gehen wir in den Stall!«, forderte Edmund seine Freundin soeben auf. »Da ist es warm.«

»Guter Einfall«, lobte Lucia. Mathilde war leider nicht ihrer Meinung.

»Nein, der ist doch voller Pferde! Und die Knechte der Hofgesellschaft schlafen da und passen auf sie auf. Wenn die uns sehen ...«

»Dann in die Kirche, Tildchen! Komm, Gott wird dich nicht strafen. Der hat dich nicht berufen. Er kann gar nichts dafür, dass dein Vater dich loswerden wollte, weil er keine Mitgift für dich aufbrachte...«

Mathilde war Laienschwester. Im Grunde nicht viel mehr als eine unbezahlte Magd. Dennoch wurden auch diesen Bauernmädchen die Gelübde abgenommen.

»Ich weiß nicht...«

»Wenn die jetzt in die Kirche gehen, dauert das mindestens eine Stunde«, stöhnte Ari. »Wir werden kaum genug Zeit haben, die Frau zu befreien. Geschweige denn das Grab wieder herzurichten, als wäre es unberührt.«

Lucias Gedanken rasten. Der Knecht Edmund schien zu allem entschlossen. Aber ein wenig Angst vor der Kirchenentweihung hatte er sicher doch. Und Mathilde ... die kleine Schwester war freundlich, aber dumm. Beide würden abergläubisch sein.

»Geh über den Friedhof, Clemens!«, sagte sie entschlossen. »Ganz aufrecht und unerschrocken, genau so, wie du eben vor mir aufgetaucht bist. Schau starr nach vorn, als würdest du die beiden nicht bemerken...«

»Bist du verrückt? Sie werden mich sehen.«

»Sollen sie ja auch! Sie sollen den Tod sehen! Den Sensenmann, der seinen Acker abschreitet und zur Kirche geht. Da ist schließlich gerade eine neue Seele abzuholen.«

»Das ist Irrsinn, Lucia! Selbst wenn sie darauf reinfallen. Die Kleine wird sich zu Tode erschrecken und laut schreien. Und dann holt sie die Oberin!«

»Und beichtet ihr, dass sie sich hier mit einem der Knechte getroffen hat? Um sich eine Ausrede einfallen zu lassen, ist sie viel zu beschränkt.« Lucia schob ihren Mann vorwärts.

»Und der Junge? Wenn er mich angreift?« Clemens konnte sich nicht überwinden.

»Den Sensenmann? Mach dich nicht lächerlich!«

»Wenn der Junge Euch angreift, schlagen wir ihn zusammen«, sagte Adrian ruhig. »Es würde mir leidtun und wäre nicht sehr ritterlich, aber jetzt sind wir hier, Elisabeth braucht Hilfe. Wenn es getan werden muss, wird es getan.«

»Und das Mädchen?«, fragte Ari.

Adrian schlug die Augen nieder, fasste seine Schaufel aber fester. Er schien zu allem entschlossen.

»Macht Eure Sache gut, Clemens! Alles andere liegt in Gottes Hand!«

Lucia hätte schreien können. Sie hätte ihr Leben darum gegeben, diesen Spruch nie wieder hören zu müssen.

Doch Clemens schien sich nun in die Sache zu fügen.

Er richtete sich auf und schien dabei wie aus dem Nichts auf dem Friedhof zu erscheinen. Sein langer, dunkler Mantel wogte um seine hagere Gestalt; sein Gesicht leuchtete weiß wie ein Totenschädel unter der Kapuze, und sein Hinken ließ ihn noch bedrohlicher wirken. Natürlich trug er einen Spaten anstelle einer Sense, aber das würde auf den ersten Blick niemand bemerken.

»Langsam...«, murmelte Lucia.

Clemens durfte nicht rennen, der Tod hatte Zeit.

Lucia und die anderen Männer beobachteten gebannt, wie Clemens über den Gottesacker schritt, ohne nach rechts oder nach links zu schauen.

Das Paar auf dem Friedhof musste ihn jetzt auch sehen. Und erstarrte vor Schreck! Mathilde schrie nicht, wie Lucia befürchtet hatte. Sie trennte sich nur von Edmund. Beide ließen die Arme sinken, mit denen sie sich eben noch umfasst hatten.

»Barmherziger Himmel!« Mathilde sank auf die Knie. Edmund dagegen ergriff die Flucht. Ohne sich weiter um seine Liebste zu kümmern, rannte der Junge los, wie von Furien gejagt – zum Glück nicht auf die Mauerpforte zu, sondern in Richtung der Ställe.

»Der eine wäre weg«, kommentierte Ari.

»Aber das Mädchen macht keine Anstalten«, flüsterte der andere Jude. »Was tut sie da bloß?«

Mathilde hockte hinter dem Grabstein und schien etwas vor sich hin zu murmeln.

»Beten natürlich!«, meinte Lucia. »Und sie traut sich nicht weg. Wenn sie aufsteht, könnte der Sensenmann sie doch sehen.«

Clemens war inzwischen längst in der Kirche verschwunden, aber Mathilde sah gar nicht mehr auf.

»Darum kümmere ich mich jetzt mal«, erklärte Lucia und machte sich, eng an die Mauer gedrückt, auf den Weg Richtung Gästehaus. »Wartet nicht auf mich. Geht einfach ins Garwehaus, wenn die Luft rein ist. Und von da aus in die Kirche. Das Türchen ganz rechts führt direkt in unsere Kapelle.«

Diesmal schrie Mathilde wie eine Irrsinnige, als sie eine weitere Gestalt aus dem Dunkel auftauchen sah. Die Wolken hatten sich inzwischen verzogen und einen fast vollen Mond enthüllt. Er strahlte Lucia von hinten an, als sie sich von der Mauer löste; ihr Schatten fiel auf das zitternde, fieberhaft Gebete murmelnde Mädchen. Die junge Nonne hörte erst auf zu schreien, als Lucia zu ihr eilte und sie schüttelte.

»Schwester Mathilde! Was habt Ihr denn? Ihr seht ja aus, als hättet Ihr einen Geist gesehen! Dabei bin es doch nur ich, Lucia von Treist! Erinnert Euch, Ihr habt mir einmal beim Teekochen geholfen ...«

Mathilde beruhigte sich langsam, bebte aber immer noch am ganzen Körper. »Ich ... ich ... der Tod ...«

»Ihr seid auf dem Friedhof, Schwester, da ist der Tod allgegenwärtig«, meinte Lucia gelassen. »Was ängstigt Euch denn nur daran? Und wo ist Eure Haube?«

Edmund hatte Mathildes Schleier vorhin abgenommen und dabei wunderschönes, mattblondes Haar freigelegt. Die kleine Nonne war ein hübsches Mädchen. Kein Wunder, dass der Knecht ihr verfallen war.

»Ich ... ich bin verflucht. Oh, Heilige Mutter Gottes, bete für uns Sünder ...« Mathilde war völlig durcheinander.

Lucia suchte ihre Haube und half ihr, sie wieder zu befestigen. »Aber nicht doch, Schwester, warum sollt Ihr verflucht sein? Wollt Ihr mit mir in die Kirche kommen, um noch ein paar Gebete für die Herzogin Elisabeth zu sprechen?«

»In die ...? Da hinein? Nein ... nein, um der Gnade Gottes willen ... der Tod ...« Mathilde hätte sich eher vierteilen lassen, als in dieser Nacht die Klosterkirche zu betreten.

Lucia legte ihr den Arm um die Schulter. »Schwester, ich weiß nicht, was Euch geschehen ist, aber Ihr seid verwirrt. Kommt jetzt mit mir, wir gehen zur Mutter Oberin, und Ihr erzählt ...«

»Nein, nur das nicht! Sie darf nicht wissen ... Bitte, Herrin, verratet nichts ...« Mathilde schien allmählich in die Wirklichkeit zurückzufinden und sich dabei vor der Oberin kaum weniger zu fürchten als vor dem Sensenmann.

Lucia nickte beruhigend. »Gut, dann begleitet Ihr mich ins Gästehaus. Wenn die Küche noch offen ist, bereite ich uns einen Tee, oder ich hole Wein aus meiner Stube. Ihr müsst Euch beruhigen, Schwester.«

Lucia atmete auf, als Mathilde ihr artig folgte. Der Weg in die Kirche war frei. Wenn es für Elisabeth nur nicht zu spät war ...

Es dauerte seine Zeit, bis Lucia die kleine Nonne mit heißem Würzwein versorgt und schließlich zum Dormitorium der Schwestern geführt hatte. Ohne ihre Begleitung war das völlig aufgelöste

Mädchen nicht bereit, auch nur einen Schritt zu tun. Lucia musste all ihre Überzeugungskraft aufbringen, um sie nur dazu zu bringen, allein ihren Schlafsaal aufzusuchen.

Lucia hoffte, dass sie ihr Erlebnis nach dem Wein und etwas Schlaf am Morgen als Albtraum ansehen würde. Aber selbst wenn sie anderen Nonnen etwas erzählte, sollte dann keine Gefahr mehr bestehen.

Lucia rannte zurück in Richtung Kirche und betrat sie durch den Haupteingang. Die Männer, die in der Marienkapelle arbeiteten, duckten sich blitzschnell hinter Altar und Pfeiler. Ein besonderes Licht hatten sie nicht anzünden müssen; die Kerzen vor der Marienstatue und Elisabeths Grabkerzen erhellten die Nische ausreichend.

»Damit wären wir quitt in Sachen Erschrecken«, bemerkte Lucia. »Wie weit seid Ihr?«

Die Männer hatten ihr Werkzeug ausgebreitet, und Clemens war eben dabei, einen Hebel anzubringen, der die Grabplatte lüften sollte. Ari achtete darauf, dass die Platte dabei nicht zerkratzt wurde.

Adrian betätigte schließlich den Hebel, während die anderen die Steinplatte aufnahmen. Sie war schwer, aber zu dritt konnten sie den Stein halten. Lucia half ebenfalls, und Adrian fasste mit an, als er sah, dass der Hebel nicht mehr vonnöten war.

»Überanstrengt Euch nicht!«, mahnte Clemens, aber der junge Ritter hatte jetzt alles vergessen.

»Elisabeth!« Er rief ihren Namen, doch aus dem Steinsarg am Fuße der Grube kam keine Antwort.

»Den Sarg auch anheben?«, fragte Ari zweifelnd.

»Nein, nur öffnen. Er muss unglaublich schwer sein. Haben sie den extra anfertigen lassen?«, fragte der andere Jude, Jona ben Levi. Er ließ sich rasch in die Grube hinab und machte sich an den Verschlüssen zu schaffen. Dabei war er sehr geschickt. Lucia erinnerte sich daran, ihn im Mietstall gesehen zu haben, als er Pferde beschlug.

»Nein, das ist ein antiker Sarkophag«, antwortete Lucia ungeduldig. »Frau Margarethe hat ihn für sich aus Italien kommen lassen. Aber nun brauchte sie ihn ja noch nicht so schnell. Geht das nicht rascher, Reb Jona?«

»Warum antwortet sie nicht?«, flüsterte Adrian. »Oh mein Gott, wenn sie tot ist ...«

»Wenn sie Glück hat, schläft sie noch«, beruhigte ihn Clemens, allerdings ohne viel Hoffnung.

Reb Jona griff derweil nach dem Hebel. »Er ist nicht besonders versiegelt, wir können den Deckel einfach abheben. Aber es, ist sehr schwer! Kommt runter, und passt auf, dass er nicht in zwei Teile zerbricht, wenn er mir abrutscht.«

Die Männer kletterten in die Grube. Lucia blieb oben. Sie schaffte es nicht, den ersten Blick in den Sarg zu tun. Sie wollte nicht diejenige sein, die Elisabeths Leiche entdeckte. Wenn die Freundin hier einen furchtbaren Tod gefunden hatte, war es allein ihre Schuld.

Das schabende Geräusch, mit dem der Sargdeckel sich hob, war schauerlich. Die Männer nahmen ihn auf und schoben ihn zur Seite. Wenn Elisabeth lebte, musste der Spalt reichen, sie herauszuholen.

»Elisabeth ... mein Gott, Elisabeth ...« Adrians Stimme klang wie ein Schluchzen. Oder kamen die Schluchzer aus dem Innern des Sarges?

Lucia nahm allen Mut zusammen und blickte nach unten. Clemens leuchtete eben mit einer Kerze in das Innere des Sarkophags, der auf den ersten Blick leer erschien. Dann aber sahen sie Elisabeth. Sie lag in einer Ecke, zusammengekrümmt, die Arme um die Beine geschlungen, die sie eng an den Körper gezogen hatte. Hier musste ein Luftloch gewesen sein; der antike Sarkophag hatte nicht ganz geschlossen. Wahrscheinlich war er schon mehrmals mit Hebeln geöffnet worden. Lucia fragte sich mit Grauen, wer wohl als Erster darin begraben worden war.

»Ist sie tot?«, fragte sie leise. Vielleicht hatte die Luft nicht ausgereicht. Aber dann hörte sie die erstickten, schwachen Laute, die das verängstigte Wesen in dem Sarg von sich gab. Elisabeth brachte kein Wort heraus. Doch als die Männer den Sargdeckel etwas weiter aufschoben, erkannte Lucia, dass sie zitterte und keuchte. Sie war eindeutig am Leben.

Adrian schien sich zu fassen. Er trat neben Clemens und streckte die Arme in den Sarg, um Elisabeth herauszuhelfen. Doch die völlig verstörte Frau rührte sich nicht.

»Elisabeth, Liebste, ich bin es! Du bist in Sicherheit...«

»Ich bin ... ich bin...« Elisabeth stand noch stärker unter Schock als Mathilde eben auf dem Friedhof.

»Sie schafft es nicht allein. Kommt, Adrian, helft mir, sie herauszuziehen.« Clemens ergriff die Initiative und nahm Elisabeth energisch bei der Schulter. Augenblicke später lag sie in Adrians Armen.

Der Ritter flüsterte zärtliche Worte, während Elisabeth nur etwas wie »Licht« stammelte.

Lucia und die Juden fuhren zusammen, als die Kirchturmuhr eins schlug.

Ari ben Isaak wurde merklich unruhig. »Wir sollten machen, dass wir wegkommen!«, drängte er. »Wann fangen die mit ihren Andachten an?«

»Wenn es zwei schlägt. Aber man weiß natürlich nie, ob da nicht schon vorher jemand kommt, um die Kerzen zu entzünden...« Lucia kniete vor dem Grab nieder. »Könnt Ihr mir Elisabeth heraufreichen?«

»Das lasst mal lieber uns machen«, meinte Jona. »Nicht, dass Ihr sie fallen lasst wie ein Bündel Lumpen.« Der kräftige Schmied kletterte aus dem Grab und nahm Elisabeth an, die Adrian ihm reichte. Lucia zog sie an sich und wiegte sie wie ein Kind. Die Männer verschlossen inzwischen den Sarg.

»Sieht irgendetwas anders aus als vorher?«, fragte Clemens.

Lucia schüttelte den Kopf. Auch die anderen waren zufrieden. Schließlich hatten sie den Sarg ja nicht bewegt.

»Dann alle raus hier. Lasst uns die Grube verschließen, und nichts wie weg!«

Das erneute Anbringen der Grabplatte erwies sich als der schwierigste Teil der Operation. Jona musste all sein Geschick aufbringen, die Platte wieder richtig einzupassen, und ohne Aris Bärenkräfte wäre es kaum gelungen.

Elisabeth lag immer noch zitternd und schluchzend in Lucias Armen, als endlich alles fertig war. Schließlich übergab Lucia die Freundin an Adrian und machte sich daran, die Blumen und Kerzen wieder um die Grabstätte zu ordnen, wie sie es am Abend schon einmal getan hatte.

Es war sicher noch eine halbe Stunde bis zur Vigil, als die Verschwörer aufatmend die Kirche verließen. Lucia geleitete sie zur Pforte und schlüpfte ganz selbstverständlich mit hinaus.

»Was soll das, Lucia?«, fragte Clemens unwillig. »Du willst doch nicht mit?«

Lucia runzelte die Stirn. »Aber sicher. Ich kann sie doch nicht allein lassen ...«

»Sie ist nicht allein«, erwiderte Clemens ernst. »Aber die Herzoginmutter wird eine Menge Fragen stellen, wenn du morgen nicht an ihrem Grab kniest! Du musst spätestens zur Prim in der Kirche sein, und das schaffst du nicht, wenn du jetzt mit uns fliehst!«

»Wo bringt ihr sie denn hin?«, fragte Lucia unschlüssig. Clemens hatte natürlich recht. Sie musste auch den Schlüssel zur Pforte vor dem Hochamt zurückbringen.

»In eine Hütte im Wald, nicht weit vom Kloster«, antwortete Ari. »Früher hat da ein Köhler gehaust, aber jetzt steht die Hütte schon lange leer. Aber sie ist aufgeräumt und sauber. Jüdische Kaufleute übernachten da schon mal, wenn sie nach Schließung der Stadttore heimkommen. Die Bauern in der Gegend haben Angst davor. Der Köhler soll ein übler Geselle gewesen sein.«

Lucia nickte. »Wie finde ich sie?«, fragte sie knapp.

Ari gab eine kurze Erklärung, während die anderen bereits zu den Pferden eilten. Lucia küsste Clemens zum Abschied.

»Pass gut auf sie auf!«, sagte sie zärtlich. »Wir sehen uns, sobald ich hier wegkann.«

7

Es wurde später Nachmittag, bis Lucia ihr Maultier endlich zu der Lichtung lenkte, auf der die Köhlerhütte stand. Sie sah Clemens' und Adrians Pferde davor angebunden. Der Wagen, mit dem Ari und Jona gekommen waren, fehlte. Die beiden jüdischen Helfer waren sicher gleich bei Öffnung der Stadttore nach Landshut zurückgekehrt.

Adrians Streithengst wieherte, als er Lucias Stuten ansichtig wurde. Sie führte zwei davon als Handpferde mit sich: Elisabeths Schimmel und eine fuchsfarbene Zelterin als Packpferd.

Lucia band die Tiere auf der anderen Seite der Hütte fest und klopfte an. Sie hatte einen Korb mit Proviant und Wein bei sich, auch wenn sie sicher war, dass die Juden ihre Gäste bereits versorgt hatten.

Clemens öffnete ihr. Er wirkte übernächtigt, doch sein Lächeln verriet ihr, dass alles in Ordnung war.

»Die Herzogin ist wohlauf«, erklärte er und wies auf den Alkoven der Hütte, in dem Elisabeth und Adrian miteinander flüsterten. Der Ritter hatte eine ganze Anzahl Kerzen um die Nische herum aufgestellt, um sie möglichst hell zu erleuchten. »Sie hat vorhin ein bisschen geschlafen, danach ging es ihr besser. Allerdings verlangt sie ständig nach Licht. Sie hat sich in dem dunklen Grab zu Tode geängstigt.«

»Sie wird darüber hinwegkommen«, meinte Lucia und ging zu ihrer Freundin. »Willkommen zurück von den Toten, Elisabeth!«, sagte sie fröhlich und küsste sie. »Dein Gatte ist übrigens untröstlich. Er berät sich bereits mit seinem Haushofmeister, welche

Prinzessin von welchem Hof als deine Nachfolgerin in Frage kommt!«

Elisabeth lächelte. Sie war immer noch blass und wirkte verhärmt und zittrig, schien aber wieder ganz bei sich zu sein und genoss die Sicherheit in den Armen ihres Ritters. Adrian selbst schien ihre Wiedervereinigung kaum glauben zu können. Er streichelte und küsste Elizabeth immer wieder – nun endlich ohne Angst vor Entdeckung.

»Was werdet ihr jetzt tun?«, fragte Lucia, als sie Brot, kalten Braten, Käse und Wein ausgepackt hatten und zumindest die Männer kräftig zugriffen. Elisabeth hielt sich zurück. Nach dreitägigem Fasten würde ihr Magen rebellieren, wenn sie ihn mit zu vielen guten Dingen belastete.

»Ihr bleibt doch zusammen?«

»Was für eine Frage!« Adrian und Elisabeth konnten kaum die Hände voneinander lassen. Nie mehr würden sie sich trennen!

»Aber wir haben kein Geld mehr«, meinte Elisabeth mit entschuldigendem Lächeln. »Ich kann meinem Troubadour keine großzügige Gönnerin mehr sein. Wirst du mich trotzdem lieben, Adrian?«

Der Ritter küsste sie zärtlich. »Ich kann immer noch die Laute schlagen«, sagte er dann. »Zumindest eine Zeitlang werden wir zum Fahrenden Volk gehören und von Jahrmarkt zu Jahrmarkt ziehen. Verhungern dürften wir dabei nicht, aber ich kann dir auch keine weichen Betten und warmen Stuben versprechen. Wirst du mich trotzdem lieben?«

Elisabeth schmiegte sich in seine Arme.

Lucia dagegen verdrehte die Augen. »Das ist ja alles sehr minniglich gesprochen, Herr Adrian, aber eine Prinzessin von Sizilien könnt Ihr damit kaum halten!«, bemerkte sie streng. »Soll sie wirklich die Münzen auflesen, die man Euch auf den Jahrmärkten zuwirft? Soll sie womöglich tanzen zu Eurem Lautenspiel? Das Leben auf der Straße mag ihr jetzt reizvoll erscheinen, aber glaubt mir, die reine Freude ist es nicht!«

Elisabeth zuckte mit den Schultern. »Ich werde es nehmen, wie es kommt«, erklärte sie und lachte. »Schließlich nimmt mein Ritter mich ohne Mitgift. Was kann ich da erwarten?«

Lucia wies gelassen zur Rückseite der Hütte. »Deine Mitgift ist draußen angebunden«, erklärte sie. »Das Packpferd schleppt all den Schmuck und die Kleider, die du mir ›vermacht‹ hast. Ich kann das unmöglich behalten, du bist schließlich nicht tot.«

Elisabeth schloss Lucia in die Arme. »Das kann ich nicht annehmen, ich ...«

Die Freundinnen stritten noch ein bisschen über den Besitz, aber letztlich war klar, dass Elisabeth ihn wieder an sich nehmen würde.

Clemens, dem das Gerede langsam ein bisschen zu viel wurde, warf einen Blick aus dem Fenster. »Ich will ja niemanden hetzen, aber wenn wir nicht bald aufbrechen, Lucia, erreichen wir die Burg nicht, bevor die Tore geschlossen werden. Und es wäre mir nicht recht, Erklärungen abgeben zu müssen.«

Lucia nickte und gähnte. »Und wir alle sollten vielleicht auch wieder mal schlafen«, bemerkte sie. »Bleibt ihr noch eine Nacht hier, Elisabeth?«

Elisabeth schüttelte den Kopf. »Wir wollen bei Dunkelheit reiten. So weit weg von Landshut wie möglich, ehe uns noch jemand sieht und erkennt. Nach Süden. Nach Frankreich.«

Lucia sah sie an und hatte plötzlich Tränen in den Augen. »Dann werden wir uns nicht wiedersehen«, sagte sie leise.

Elisabeth nickte. »Wahrscheinlich nicht. Es sei denn, wir begegnen uns auf irgendeinem Jahrmarkt, auf dem Adrian die Laute spielt ...«

Die beiden Frauen lachten und schlossen einander noch einmal in die Arme. »Behalte den Haarreif, Lucia, bitte!«, sagte Elisabeth schließlich. »Wenn du mir schon alles zurückgibst – der Reif mit den Rubinen soll dir gehören. Als Abschiedsgeschenk.«

»Ich werde immer an dich denken, wenn ich ihn trage.«

»Lucia!«, mahnte Clemens. Die Männer hatten einander bereits verabschiedet. Clemens hielt ohnehin nichts von vielen Worten.

»Es war selbstverständlich«, antwortete er knapp auf Adrians weitere Dankesbekundungen. »Ich habe meinem Eid gemäß gehandelt. Ebenso Lucia. Auch wenn sie manchmal eine eigenwillige Art hat, ihn auszulegen.«

Lucia lachte. »Ich habe Schaden von meiner Patientin abgewendet!«, erklärte sie. »Und das ist doch wohl, was zählt ...«

Die Dämmerung zog auf, als Clemens und Lucia endlich der Stadt und dem Hofberg zuritten.

»Was meinst du, wird aus den beiden?«, fragte Clemens müde.

»Ein fahrender Sänger und eine Prinzessin. Ob die Liebe reicht, um diesen Unterschied auszugleichen?«

»Mit dem Geld aus ihrem Schatz können sie sich irgendwo ein kleines Gut kaufen«, meinte Lucia. »Und vielleicht Pferde züchten. Ich habe ihr zwei hübsche Stuten aus dem Stall des Herzogs geholt, damit lässt sich schon mal was anfangen.«

Clemens griff sich an die Stirn. »Jetzt stiehlst du auch noch Pferde! Pass auf, dass man dich nicht irgendwann aufhängt! Und was wird überhaupt aus unserer Zukunft? Jetzt, da Elisabeth fort ist, hält dich doch nichts mehr auf der Burg, oder?«

Lucia schüttelte den Kopf. »Ich möchte die Gastfreundschaft des Herzogs nicht mehr allzu lange in Anspruch nehmen, wenn es dir recht ist. Auch wenn Herr Wilhelm seinen Leibarzt sicher vermissen wird.«

Clemens lächelte. »Er hat mir schon angeboten, mit ihm in die Niederlande zu gehen.«

Lucia sank das Herz. »Und, willst du?«

»Nein«, sagte Clemens. »Ich möchte nicht einem einzelnen Herrn zu Diensten sein, der mich womöglich vierteilen lässt, wenn eine Kur nicht anschlägt. Lieber wäre ich irgendwo Stadtarzt – ein Bürger unter Bürgern, mit meiner Frau als Ärztin an meiner Seite.«

»Dann müssen wir nur noch einen Ort finden, wo man mich nicht umgehend als Hexe verbrennt«, sagte Lucia lachend. »Was hältst du von Bruckberg? Mein Großvater und meine wirklichen Onkel würden mich schützen.«

»Meine Familie würde uns ebenfalls aufnehmen. Sie sind zwar selbst nicht einflussreich, aber ihr Landesherr ist ihnen wohlgesinnt. Das ist in Lemgo, im Lippischen.«

»Beides nicht gerade um die Ecke«, überlegte Lucia. »Und wir werden einen Wagen brauchen, in dem wir schlafen können. Mit Leona können wir nicht einfach unser Lager im Wald aufschlagen.«

Clemens grinste. »Dafür sollten meine Ersparnisse reichen. Aber unterwegs werden wir uns unseren Lebensunterhalt verdienen müssen. Ich kann als Bader und Chirurg arbeiten – und du mischst die Wundermedizinen, die wir den Leuten verkaufen.«

Lucia lenkte Pia dicht neben sein Pferd und griff nach seiner Hand.

»Solange ich damit nicht gegen den Eid verstoße! Du wirst doch keine Quacksalberei betreiben?«

Clemens lachte. »Und wenn es so wäre?«

Lucia zwinkerte ihm zu.

»Ich würde dich trotzdem lieben«, sagte sie leise.

ENDE

Die abenteuerliche Flucht einer Frau, die alles riskiert – für die Liebe ihres Lebens

Ricarda Jordan
DAS GEHEIMNIS
DER PILGERIN
Historischer Roman
560 Seiten
ISBN 978-3-404-16081-5

Burg Falkenberg, Oberpfalz, 1192: Obwohl ihr Herz dem Ritter Florís gehört, heiratet Gerlin von Falkenberg auf Wunsch ihres Vaters den erst vierzehn Jahre alten Erben der Grafschaft Lauenstein. Sie ist ihm ehrlich zugetan und schenkt ihm bald einen Sohn. Doch als der junge Graf unerwartet stirbt, wendet sich das Schicksal gegen Gerlin: Ein entfernter Verwandter ihres Mannes sieht seine Zeit gekommen, die Hand auf Lauenstein zu legen. Völlig gesichert wäre sein Machtanspruch, wenn Gerlin und ihr kleiner Sohn zu Tode kämen. Eine waghalsige Flucht beginnt ...

Bastei Lübbe Taschenbuch

»*Ein großartiger Mittelalter-Roman, in dem Rebecca Gablé Fakten und Fiktion zu einer mitreißenden Geschichte fügt.*« BRIGITTE

Rebecca Gablé
HIOBS BRÜDER
Historischer Roman
912 Seiten
ISBN 978-3-404-16069-3

Er weiß nicht, wer er ist, und so nennen sie ihn Losian. Mit einer Handvoll anderer Jungen und Männer lebt er eingesperrt in einer verfallenen Inselfestung vor der Küste Yorkshires. Als eine Laune der Natur ihnen den Weg in die Freiheit öffnet, wagen sie die Flucht zurück aufs Festland. Ein Abenteuer beginnt und eine Suche – und Losian muss fürchten, dass er den grauenvollen Krieg verschuldet hat, unter dem ganz England leidet ...

Bastei Lübbe Taschenbuch

Mitreißend, gefühlvoll, voller unerwarteter Schicksalswendungen – eine einzigartige Familiensaga.

Sarah Lark
DAS GOLD DER MAORI
Roman
752 Seiten
ISBN 978-3-7857-6024-6

Kathleen und Michael wollen Irland verlassen. Das heimlich verlobte Paar schmiedet Pläne von einem besseren Leben in der neuen Welt. Aber all ihre Träume finden ein jähes Ende: Michael wird als Rebell verurteilt und nach Australien verbannt. Die schwangere Kathleen muss gegen ihren Willen einen Viehhändler heiraten und mit ihm nach Neuseeland auswandern … Michael gelingt schließlich mit Hilfe der einfallsreichen Lizzie die Flucht aus der Strafkolonie, und das Schicksal verschlägt die beiden ebenfalls nach Neuseeland. Seine große Liebe Kathleen kann er allerdings nicht vergessen …

Lübbe Paperback

Werden Sie Teil der Bastei Lübbe Familie

- Lernen Sie Autoren, Verlagsmitarbeiter und andere Leser/innen kennen
- Lesen, hören und rezensieren Sie Bücher und Hörbücher noch vor Erscheinen
- Nehmen Sie an exklusiven Verlosungen teil und gewinnen Sie Buchpakete, signierte Exemplare oder ein Meet & Greet mit unseren Autoren

Willkommen in unserer Welt:

 www.luebbe.de

 www.facebook.com/BasteiLuebbe

 www.twitter.com/bastei_luebbe

 www.youtube.com/BasteiLuebbe